U0093910

本書介紹 ▷

本書收錄大考中心頒佈的 6000 個字彙，並補充原 7000 字中常見單字，單字量龐大，每個單字亦需要一定的字義與用法補充，為求精簡並配合小開本，故在編排上大量運用英文縮寫與一些常見標示來代表各個分類與相關資訊。本書按字母順序排序，而每個單字部分也都固定出現幾個劃分類別功用的符號，分別說明如下。

功能說明 ▷

用法 收錄該單字最常見使用方式，為歷屆試題範圍或是高中範圍該具備的知識。

延伸 其他延伸詞性，動詞化、名詞化、形容詞化、副詞化，學一字能舉一反三，舉例：organize – organization – organizational。

補充 解釋單字的歷史淵源或使用典故，或易混淆字詞之間的差異。

字構 拆解單字構成，強化學生聯想記憶。

成語 中英文中常用、常見的俚語、成語等，擴充學生寫作儲備知識。

同義 英文常有多字同義的現象，有些加上前綴詞 im- / il- / re- 等之後則成了相反意思的詞彙，藉由同義與反義的統整，達到觸類旁通、無痛熟記單字的境地。

附400分鐘QR code語音線上聽

學霸必修課
6000+
單字這樣背

☆英語名師 孟瑞秋、張翔、黃翊帆 編著

108課綱適用

善用本書，稱霸大考，
輕鬆邁向學霸之路！

User's Guide

① 語音線上聽，每兩頁設置一個 QR code，隨掃隨聽不無聊！

② 字母一鍵搜，猶如字海中的一盞明燈，指引你位置！

③ 單字懶人包，跟單字息息相關的資訊，這裡一次 Get！

④ 複習筆記欄，第一次讀時確認自己背熟記熟後在①上打勾做記，等全部 run 過一遍後再重頭來一次，測驗自己能花幾次就記住！

L3 aboard [ə`bord]　　　　①②③④
** adv. 在（船、飛機）上；prep. 上（船、飛機）
　用法 go aboard + N 登上……
L5 abolish [ə`balɪʃ]　　　　①②③④
* v. 廢除、廢止
　字辨 abolition n. 廢除；abolisher n. 廢除者；
③ aboriginal [ˌæbə`rɪdʒən!]　　　　①②③④
** adj. 土著的、原始的；n. 土著
　用法 be aboriginal to + N ……的原產
L6 aborigine [ˌæbə`rɪdʒəˌni]　　　　①②③④
* n. 土著、土著居民
　字辨 ab 來自 + origin 起源 + e 名詞
④ ①②③④
L5 abortion [ə`bɔrʃən]　　　　①②③④
* n. 人工流產、計劃中止、失敗、挫折
　用法 have / perform an abortion 做人工流產
L6 abound [ə`baʊnd]　　　　①②③④
** v. 大量存在、充足、富於
　用法 abound in / with + N 富於 / 充滿……
*** about [ə`baʊt]　　　　①②③④
⑥ prep. 關於、大約；adv. 到處、各處
　用法 be about to-V 即將要……
L1 above [ə`bʌv]　　　　①②③④
*** prep. 在……上面；adv. 在上面；adj. 上述的

⑤ 難易度分級，6000 單字共分 6 級，L1～L2 適用國中範圍，L1～L5 為學測必考範圍，L6 為為進階範圍，可依照自身狀況調整複習腳步喔！
⚠ 不在 6000 詞彙的單字沒有分級標示！

⑥ 衝刺高效率，依大考出現頻率分成 3 顆星，3 顆星出現頻率最高，適合想拿高分、卻沒時間的人！

語音檔下載，掃描下方二維碼，也能將音檔一次性打包下載，沒有網路的人也能不斷電充實自己！

厚積薄發，奠定基石成就巔峰

　　不可否認，學習任何一種語言，第一個也是最基本的步驟就是要認識單字，單字認得多了，才能更進一步去融會貫通，進而達到精通的境界。但是字海無涯，若缺乏一套系統將其整合，即便背了大量單字，結果還是會像無頭蒼蠅一樣只是白費工夫。

　　有鑑於此，坊間出版的單字書多不勝數，每一本都有一套獨到的見解，不論是利用拆解單字來簡化記憶難度的、配合圖像串連記憶的、利用電腦運算篩選出高頻率必備單字的，或是其他利用諧音、主題分類或心智圖等趣味方式，最終目的都是想提升讀者們的學習成效，不要被眼前這座名為單字的高牆所嚇退。因此，選擇一本合適的工具書，如同裝備一套稱手的武器，就是攻克這道城牆的不二法門。

　　大考中心頒佈的 6000 基本詞彙，是國中到高中必經的路徑，也被視為是升大學必跨的門檻，要取得好成績進入理想大學，單字累積不可或缺，但是龐大的單字量並非一朝一夕就能消化完畢，於是演化出了兩種備考模式，一是選擇大考出現頻率高的單字集中背誦，一是逐一踏實地讀完全部的字彙，前者有效率、能在短期內複習完常考單

字，命中率高；後者花費的心力大，然而實力一旦養成就能厚積薄發。兩種模式不分熟優熟劣，端看個人學習目的。

　　為了讓學子更有效率地吸收大量的單字，鴻漸文化特別企劃出版這本《學霸必修課，6000⁺單字這樣背》，除了基本的字詞意思、詞性、分級、常考頻率標示外，每個單字同時收錄超實用資訊，如同義反義、慣用法、片語、典故、延伸詞性、字構、短句補充等，讓你一手掌握核心用法，省去繁文末節的雜訊。此外，針對不同程度的學習需求，制定四套晉級方案，讓學子可以按照自己的步調進行鍛鍊，穩紮穩打邁向學霸之路。

── 四種使用本書的方式 ──

1 按字母順序從頭開始背，適合時間充裕的初心者！	按分級一階一階往上背，適合喜歡挑戰關卡的勇士！ **2**
3 按大考出現頻率衝刺背，適合考前衝刺單字的達人！	挑老背老忘的來複習背，適合喜歡十全十美的學霸！ **4**

6000⁺ Words

目錄

Contents

L4　abandon [ə`bændən]　　　　　①②③④

★★★ v. 放棄、丟棄、放縱

用法　abandon oneself to + N / Ving 沉溺於……

L6　abbreviate [ə`brivɪˌet]　　　　①②③④

★★★ v. 縮寫、縮短

用法　abbreviate A as B 把 A 縮寫成 B

**　　abbreviation** [əˌbrivɪ`eʃən]　　①②③④

★★★ n. 略語、縮寫

用法　an abbreviation **for / of** + N ……的縮寫

**　　abdomen** [`æbdəmən]　　　　①②③④

★ n. 腹部、下腹、肚子

用法　**in / on** the abdomen 在腹部

L6　abide [ə`baɪd]　　　　　　　①②③④

★★ v. 承受、忍耐、遵守

用法　abide by + N 遵守……

L1　ability [ə`bɪlətɪ]　　　　　　①②③④

★★★ n. 能力、才能

用法　have the ability to-V 有能力去……

L1　able [`eb!]　　　　　　　　①②③④

★★★ adj. 能夠的、有才能的

用法　be able to-V 能夠……

L5　abnormal [æb`nɔrm!]　　　　①②③④

★★★ adj. 不正常的、反常的、異常的

字構　ab 偏離 + norm 標準 + al ……的

8

L3 **aboard** [ə`bord] ①②③④
★★ **adv.** 在（船、飛機）上；**prep.** 上（船、飛機）

用法 go aboard + N 登上……

L5 **abolish** [ə`balıʃ] ①②③④
★ **v.** 廢除、廢止

延伸 abolition **n.** 廢除；abolisher **n.** 廢除者；
abolitionary **adj.** 廢除的

L6 **aboriginal** [ˌæbə`rɪdʒən!] ①②③④
★★ **adj.** 土著的、原始的；**n.** 土著

用法 be aboriginal to + N ……的原產

aborigine [ˌæbə`rɪdʒəˌni] ①②③④
★★ **n.** 土著、土著居民

字構 ab 來自 + origin 起源 + e 名詞

L5 **abortion** [ə`bɔrʃən] ①②③④
★★ **n.** 人工流產、計劃中止、失敗、挫折

用法 **have / perform an abortion** 做人工流產

L6 **abound** [ə`baʊnd] ①②③④
★★ **v.** 大量存在、充足、富於

用法 abound **in / with** + N 富於 / 充滿……

L1 **about** [ə`baʊt] ①②③④
★★★ **prep.** 關於、大約；**adv.** 到處、各處

用法 be about to-V 即將要……

L1 **above** [ə`bʌv] ①②③④
★★★ **prep.** 在……上面；**adv.** 在上面；**adj.** 上述的

6000+ Words

用法 above all 最重要的是……

L1 **abroad** [əˋbrɔd]　　　　　①②③④

★★★ *adv.* 在國外、到國外、到海外

用法 home and abroad 國內外

L5 **abrupt** [əˋbrʌpt]　　　　　①②③④

★★ *adj.* 突然的、唐突的、意外的

字構 ab 分離 + rupt 斷裂

L2 **absence** [ˋæbsəns]　　　　　①②③④

★★★ *n.* 缺席、缺乏、沒有

成語 Absence makes the heart grow fonder.
　　小別勝新婚。

L2 **absent** [ˋæbsənt]　　　　　①②③④

★★★ *adj.* 缺席的、缺少的；*v.* 缺席、未參加

用法 absent oneself from + N 從……缺席

　　absentminded [ˋæbsəntˋmaɪndɪd]　　　　　①②③④

★ *adj.* 心不在焉的、健忘的

補充 也可以寫成 absent-minded，是由形容詞 absent
加上擬似分詞 minded 組成的複合形容詞。

L4 **absolute** [ˋæbsəlut]　　　　　①②③④

★★★ *adj.* 絕對的、確實的、完全的

延伸 absoluteness *n.* 絕對性；absolutely *adv.* 絕對地

L4 **absorb** [əbˋsɔrb]　　　　　①②③④

★★★ *v.* 吸收、全神貫注

用法 be absorbed in + N 全神貫注於……

L4 **abstract** [`æbstrækt]　　　　　　　①②③④

★★ *adj.* 抽象的、抽象派的、純理論的

用法 an abstract noun 抽象名詞

L6 **abstraction** [æb`strækʃən]　　　　①②③④

★★ *n.* 抽象、抽象概念、心神專注

用法 be lost in abstraction 出神

L5 **absurd** [əb`sɝd]　　　　　　　　①②③④

★★ *adj.* 荒謬的、荒唐的、不合理的

延伸 absurdity *n.* 荒誕；absurdism *n.* 荒謬主義

L6 **abundance** [ə`bʌndəns]　　　　　①②③④

★★ *n.* 豐盛、充裕

用法 an abundance of + N 豐富的⋯⋯

L5 **abundant** [ə`bʌndənt]　　　　　①②③④

★★★ *adj.* 豐富的、大量的、充裕的

用法 be abundant **in / with** + N 豐盛於⋯⋯

L5 **abuse** [ə`bjus]　　　　　　　　　①②③④

★★ *v.* 濫用、虐待；*n.* 傷害、辱罵

用法 drug abuse 濫用藥物

L4 **academic** [ˌækə`dɛmɪk]　　　　①②③④

★★★ *adj.* 學術的、學院的、學業的

用法 academic performances 學業成績

L6 **academy** [ə`kædəmɪ]　　　　　①②③④

★★ *n.* 學院、學會

典故 美國的奧斯卡金像獎 the Academy Award（即 the

Oscar Award）設立於 1929 年，是由美國電影藝術科學院頒發的年度電影成就獎。

L5 accelerate [æk`sɛlə،ret]　①②③④
★★ **v.** 加速、加快
字構 ac 添加 + celer 快速 + ate 動詞、使成為
acceleration [æk،sɛlə`reʃən]　①②③④
★ **n.** 加速、加速度
用法 acceleration of gravity 重力加速度

L4 accent [`æksɛnt]　①②③④
★★ **n.** 口音、腔調、重音
用法 speak with a local accent 說話帶有地方口音

L2 accept [ək`sɛpt]　①②③④
★★★ **v.** 接受、相信、答應、同意
句型 S + accept the fact that S + V S 相信……。

L3 acceptable [ək`sɛptəb!]　①②③④
★★ **adj.** 可接受的、認可的
用法 be acceptable to + N 對……是可接受的

L4 acceptance [ək`sɛptəns]　①②③④
★★★ **n.** 接受、認可
用法 beg sb.'s acceptance 請求某人的接受

L4 access [`æksɛs]　①②③④
★★ **n.** 通道、接近；**v.** 使用、進入
用法 access to + N 使用……的通道

L5 accessible [æk`sɛsəb!]　①②③④

★	***adj.*** 易到達的、可使用的	
	反義 inaccessible / unapproachable / unreachable	
L6	**accessory** [æk`sɛsərɪ]	①②③④
★	***n.*** 配件、配飾；***adj.*** 附加的、輔助的	
	用法 be accessory to + N 輔助……	
L2	**accident** [`æksədənt]	①②③④
★★★	***n.*** 事故、意外、偶然	
	用法 by accident = accidentally 偶然地、意外地	
L4	**accidental** [ˌæksə`dɛnt!]	①②③④
★	***adj.*** 意外的、偶然的	
	用法 an accidental death 意外死亡	
L6	**acclaim** [ə`klem]	①②③④
★	***n.*** 歡呼、喝采；***v.*** 歡呼、擁立、宣佈	
	用法 be acclaimed for sth. 因某事受到讚賞	
L5	**accommodate** [ə`kamə‚det]	①②③④
★★	***v.*** 容納、提供住宿、適應	
	用法 accommodate sb. with + N 提供……給某人	
L5	**accommodation** [ə‚kamə`deʃən]	①②③④
★	***n.*** 住處、住宿設施、適應	
	用法 apply for accommodations 申請住宿	
L4	**accompany** [ə`kʌmpənɪ]	①②③④
★★★	***v.*** 陪伴、伴隨	
	用法 accompany with + N 伴隨……	
L4	**accomplish** [ə`kamplɪʃ]	①②③④

6000+ Words

*** *v.* 完成、達到

用法 be accomplished in + N 精通……

L4 **accomplishment** [ə`kamplɪʃmənt] ①②③④

** *n.* 成就、實現

用法 **achieve / acquire** an accomplishment 獲得成就

L5 **accord** [ə`kɔrd] ①②③④

★ *v.* 符合、一致；*n.* 符合、一致、調合

字構 ac 向、靠近 + cord 心

L6 **accordance** [ə`kɔrdəns] ①②③④

** *n.* 一致、依據

用法 in accordance with + N 與……一致

according to [ə`kɔrdɪŋ tu] ①②③④

*** *prep.* 根據、依照

用法 according **to** + N / **as** + 子句 依據……

L6 **accordingly** [ə`kɔrdɪŋlɪ] ①②③④

** *adv.* 因此、於是

同義 as a consequence / consequently / therefore / thus

L2 **account** [ə`kaʊnt] ①②③④

*** *n.* 帳戶、說明、理由；*v.* 說明、解釋、引起、佔有

用法 open an account 開戶

L6 **accountable** [ə`kaʊntəb!] ①②③④

★ *adj.* 可說明的、有責任的

用法 be accountable for + N 對……負責

L4 **accountant** [ə`kaʊntənt] ①②③④

★　　*n.* 會計師、會計人員

　　字構 ac 向 + count 數、計算 + ant 人

L5　**accounting** [ə`kaʊntɪŋ]　　①②③④

　　★　　*n.* 會計、會計學

　　用法 major in accounting 主修會計

L6　**accumulate** [ə`kjumjə،let]　　①②③④

　　★★　*v.* 累積、積聚

　　用法 accumulate a great fortune 累積大筆財富

L6　**accumulation** [ə،kjumjə`leʃən]　　①②③④

　　★　　*n.* 累積、積聚、累積物

　　用法 the accumulation of knowledge 知識的累積

L4　**accuracy** [`ækjərəsɪ]　　①②③④

　　★★　*n.* 精確、正確、準確性

　　用法 with accuracy = accurately 準確地

L3　**accurate** [`ækjərɪt]　　①②③④

　　★★★　*adj.* 精確的、準確的

　　用法 be accurate **at / in** + N 精準於……

L6　**accusation** [،ækjə`zeʃən]　　①②③④

　　★　　*n.* 指控、控訴、責備

　　用法 make an accusation against + N 控訴……

L4　**accuse** [ə`kjuz]　　①②③④

　　★★★　*v.* 指控、控告、指責

　　用法 accuse sb. of + N 指控某人……

L6　**accustom** [ə`kʌstəm]　　①②③④

15

★★ **v.** 習慣於、使習慣

用法 accustom oneself to + N / Ving 習慣於……

ace [es] ①②③④

★ **n.** （紙牌）一點、高手；**adj.** 一流的、突出的

補充 ace 意指為「獨特的優秀人才」，原指紙牌的
一點，也就是最大的「王牌」。

L3 **ache** [ek] ①②③④

★ **n.** 痛、痛楚；**v.** 疼痛、渴望

用法 headache 頭痛；stomachache 胃痛

L3 **achieve** [ə`tʃiv] ①②③④

★★★ **v.** 達成、完成、實現

用法 achieve A **by / through** B 藉由 B 達成 A

L3 **achievement** [ə`tʃivmənt] ①②③④

★★★ **n.** 成就、達成、成績

用法 achievement test 學業測試

L4 **acid** [`æsɪd] ①②③④

★★ **n.** 酸、酸類、酸性物質；**adj.** 酸的、酸性的

用法 acid rain 酸雨

L5 **acknowledge** [ək`nalɪdʒ] ①②③④

★★★ **v.** 承認、認為、感謝

用法 acknowledge + Ving 承認……

L5 **acknowledgement** [ək`nalɪdʒmənt] ①②③④

★★★ **n.** 承認、感謝

用法 make an acknowledgement of + N 承認……

A

L6 **acne** [`æknɪ] ①②③④

★ *n.* 青春痘、面皰

用法 suffer from acne 長粉刺

L5 **acquaint** [ə`kwent] ①②③④

★★ *v.* 使知道、熟悉

用法 get acquainted with + N / Ving 熟悉於……

L4 **acquaintance** [ə`kwentəns] ①②③④

★ *n.* 相識的人、認識

用法 a nodding acquaintance 點頭之交

L4 **acquire** [ə`kwaɪr] ①②③④

★★★ *v.* 獲得、得到、學得

同義 attain / earn / gain / get / obtain

L5 **acquisition** [ˌækwə`zɪʃən] ①②③④

★★ *n.* 獲得、收購、獲得物

用法 make acquisitions of + N 收購……

L6 **acre** [`ekə] ①②③④

★★★ *n.* 英畝

用法 acres of 大量的……

L1 **across** [ə`krɔs] ①②③④

★★★ *prep.* 橫越、穿過、對面；*adv.* 橫過、在對面

用法 come across sb. 偶遇某人

L1 **act** [ækt] ①②③④

★★★ *n.* 行為、幕、法案；*v.* 行動、表演

用法 put on an act 裝模作樣

6000+ Words

A 6000+
Words a High School
Student Must Know

L1 **action** [`ækʃən]　　　　　　　①②③④
*** *n.* 動作、行動、作用
用法 take action 採取行動

L2 **active** [`æktɪv]　　　　　　　①②③④
*** *adj.* 活躍的、積極的
反義 inactive / idle / lazy / passive

L5 **activist** [`æktəvɪst]　　　　　　①②③④
★ *n.* 活躍分子、行動主義者
用法 animal rights activists 動物權利活躍分子

L2 **activity** [æk`tɪvətɪ]　　　　　　①②③④
*** *n.* 活動、活躍
用法 extracurricular activities 課外活動

L1 **actor** [`æktɚ]　　　　　　　①②③④
*** *n.* 演員、男演員
用法 best leading actor 最佳男主角

L1 **actress** [`æktrɪs]　　　　　　①②③④
★ *n.* 女演員
字構 字尾 -or 表示「行為者」，-ess 則表示「女性」。

L2 **actual** [`æktʃʊəl]　　　　　　①②③④
*** *adj.* 實際的、真實的、現實的
延伸 actualize *v.* 實現；actually *adv.* 事實上

L5 **acute** [ə`kjut]　　　　　　　①②③④
*** *adj.* 劇烈的、強烈的、敏銳的、急性的
用法 Severe Acute Respiratory Syndrome = SARS

嚴重急性呼吸道症候群

L4 **adapt** [ə`dæpt]　　　　　　①②③④

★★ *v.* 適應、改編

用法 adapt oneself to + N / Ving 去適應……

L6 **adaptation** [ˌædəp`teʃən]　　①②③④

★★ *n.* 適合、改寫、劇本

用法 screen adaptation 拍成電影的改編作品

L1 **add** [æd]　　　　　　　　　①②③④

★★★ *v.* 添加、增加、合計

用法 add up to + N 總計……

L4 **addict** [ə`dɪkt ; `ædɪkt]　　　①②③④

★ *v.* 成癮、沉溺；*n.* 上癮者、入迷者

用法 be addicted to + N / Ving 上癮於……

L6 **addiction** [ə`dɪkʃən]　　　　①②③④

★ *n.* 上癮、入迷、癖好

用法 break one's addiction to + N 戒除……癮

L2 **addition** [ə`dɪʃən]　　　　　①②③④

★★★ *n.* 增加、添加物

用法 in addition to + N 除了……之外

L3 **additional** [ə`dɪʃən!]　　　　①②③④

★★★ *adj.* 附加的、額外的

用法 an additional charge 額外的收費

L2 **address** [ə`drɛs]　　　　　　①②③④

★★★ *n.* 地址、演講；*v.* 寫地址、演說

用法 make an address on + N 就……主題發表演說

L4 adequate [`ædəkwɪt] ①②③④

*** *adj.* 足夠的、適當的

同義 appropriate / enough / proper / sufficient

adjective [`ædʒɪktɪv] ①②③④

* *n.* 形容詞

用法 a compound adjective 複合形容詞

L4 adjust [ə`dʒʌst] ①②③④

*** *v.* 調整、調節、適應

用法 adjust (oneself) to + **N / Ving** 適應於……

L4 adjustment [ə`dʒʌstmənt] ①②③④

*** *n.* 調整、調節、適應

用法 make an adjustment in + N 在……進行調整

L6 administer [əd`mɪnəstɚ] ①②③④

** *v.* 管理;執行

用法 administer foreign affairs 掌管外交事務

L5 administration [əd͵mɪnə`streʃən] ①②③④

*** *n.* 管理、政府、行政機關

用法 bureaucratic administration 官僚機構

L5 administrative [əd`mɪnə͵stretɪv] ①②③④

*** *adj.* 行政的、管理的

用法 an administrative assistant 行政助理

L5 administrator [əd`mɪnə͵stretɚ] ①②③④

** *n.* 行政官員、管理人員

用法 a civil administrator 公務員

L4 **admirable** [`ædmərəbḷ] ①②③④

★ *adj.* 值得讚賞的、令人欽佩的

用法 have an admirable insight 有令人欽佩的洞察力

L6 **admiral** [`ædmərəl] ①②③④

★ *n.* 艦隊司令、海軍上將

補充 admiral 是由英國人在十四世紀建立海軍時正式啟用的名號，常用以泛指海軍上、中、少將。

L4 **admiration** [ˌædmə`reʃən] ①②③④

★ *n.* 讚賞、佩服、欽佩

用法 feel admiration for + N 對……感到欽佩

L3 **admire** [əd`maɪr] ①②③④

★★★ *v.* 欽佩、仰慕、稱讚、佩服

用法 admire sb. for + N 欽佩某人的……

L4 **admission** [əd`mɪʃən] ①②③④

★★★ *n.* 進入許可、加入許可

用法 admission fee to + N 進入……的入場費

L2 **admit** [əd`mɪt] ①②③④

★★★ *v.* 承認、允許進入

句型 S + admit + **Ving / that** S + V... S 承認（做了）……。

L6 **adolescence** [ˌædḷ`ɛsṇs] ①②③④

★★★ *n.* 青春期、青少年時期

字構 ad 向 + ol 生長 + escence 狀態

L5 **adolescent** [ˌædḷ`ɛsṇt] ①②③④

6000+ Words

** **adj.** 青春期的；**n.** 青少年、年輕人

同義 juvenile / youngster / youth / teenager

L4 **adopt** [əˋdɑpt]　　①②③④

*** **v.** 採用、採納、收養

延伸 adoption **n.** 採納；adoptive **adj.** 採用的

L5 **adore** [əˋdor]　　①②③④

** **v.** 喜愛、崇拜

同義 admire / idolize / love / worship

L2 **adult** [əˋdʌlt]　　①②③④

** **n.** 成年人；**adj.** 成年的

用法 adult education 成人教育

　　adulthood [əˋdʌlthʊd]　　①②③④

** **n.** 成年、成年期

字構 adult 成年 + hood 狀態

L2 **advance** [ədˋvæns]　　①②③④

*** **n.** 進步、前進；**v.** 進步、升級、促進

用法 in advance 預先、事先

L3 **advanced** [ədˋvænst]　　①②③④

* **adj.** 高級的、先進的

用法 go abroad for advanced studies 出國進修

L3 **advantage** [ədˋvæntɪdʒ]　　①②③④

*** **n.** 優勢、優點、利益

用法 take advantage of + N 利用……

L3 **adventure** [ədˋvɛntʃɚ]　　①②③④

★★ *n.* 歷險、探險、冒險活動

延伸 adventurer *n.* 探險者；adventurous *adj.* 愛冒險的

adverb [`ædvɝb] ①②③④

★ *n.* 副詞

用法 negative adverbs 否定副詞

L5 **adverse** [æd`vɝs] ①②③④

★ *adj.* 相反的、逆向的、不利的

用法 adverse conditions 不利的條件

L3 **advertise** [,ædvɝ`taɪz] ①②③④

★★★ *v.* 登廣告、宣傳

用法 advertise for + 職務 登徵……職務的廣告

L3 **advertisement** [,ædvɝ`taɪzmənt] ①②③④

★ *n.* 廣告

用法 classified **ads / advertisements** 分類廣告

advertiser [`ædvɝ,taɪzɚ] ①②③④

★ *n.* 登廣告者、廣告業者

用法 commercial advertisers 商業廣告商

L2 **advice** [əd`vaɪs] ①②③④

★★★ *n.* 忠告、勸告、建議

用法 a piece of advice 一則忠告

L3 **advise** [əd`vaɪz] ①②③④

★★★ *v.* 給予忠告、建議

用法 advise sb. on + N 建議某人……

L3 **adviser / advisor** [əd`vaɪzɚ] ①②③④

**   *n.* 指導者、顧問

用法 consult foreign advisors 諮詢外籍顧問

L6   **advisory** [əd`vaɪzərɪ]   ①②③④

*   *adj.* 顧問的、勸告的、諮詢的

用法 advisory service 諮詢服務

L5   **advocate** [`ædvəkɪt ; `ædvəˌket]   ①②③④

**   *n.* 提倡者；*v.* 倡導、主張

用法 an advocate of peace 和平倡導者

L6   **aesthetic** [ɛs`θɛtɪk]   ①②③④

*   *adj.* 美學的、美感的

用法 have little aesthetic sense 沒什麼美感

L2   **affair** [ə`fɛr]   ①②③④

***   *n.* 事務、事情、情形

用法 a state of affairs 事態、情況

L2   **affect** [ə`fɛkt]   ①②③④

***   *v.* 影響、感動、感染

用法 be affected in + N 在……受到影響

L5   **affection** [ə`fɛkʃən]   ①②③④

**   *n.* 情感、鍾愛、感染

用法 have a great affection for sb. 對某人懷有深情

L6   **affectionate** [ə`fɛkʃənɪt]   ①②③④

**   *adj.* 深情的、關愛的

用法 be affectionate with sb. 關愛某人

L6   **affiliate** [ə`fɪlɪˌet]   ①②③④

★   *n.* 成員、隸屬機構、分會

用法 an affiliate member 成員

L6 **affirm** [ə`fɝm]   ①②③④

★★   *v.* 斷言、堅稱、肯定

延伸 affirmation *n.* 斷言；affirmative *adj.* 肯定的

L3 **afford** [ə`ford]   ①②③④

★★★ *v.* 負擔得起、買得起、有能力

用法 cannot afford the money to-V 付不起錢去……

L1 **afraid** [ə`fred]   ①②③④

★★★ *adj.* 恐懼的、害怕的

用法 be afraid **of + N / to-V** 害怕……

L1 **after** [`æftɚ]   ①②③④

★★★ *prep.* 在……之後；*conj.* ……之後；*adv.* 在後面

成語 After a storm comes a calm. 否極泰來、雨過天晴。

L1 **afternoon** [ˌæftɚ`nun]   ①②③④

★★★ *n.* 午後、下午

用法 afternoon tea 下午茶

L3 **afterward(s)** [`æftɚwɚd(z)]   ①②③④

★★   *adv.* 後來、以後、隨後

用法 **shortly / soon** afterwards 不久之後

L1 **again** [ə`gɛn]   ①②③④

★★★ *adv.* 再一次、又一次

用法 over and over again = repeatedly 一再地

L2 **against** [ə`gɛnst]   ①②③④

6000+ words

A 6000⁺
Words a High School Student Must Know

*** *prep.* 倚靠、憑靠、反對
　用法 lean against + N 倚靠……

L1　age [edʒ]　　　　　　　　　①②③④
*** *n.* 年齡、時代；*v.* 變老、成熟、年長
　用法 the golden age 全盛時期

L4　agency [`edʒənsɪ]　　　　　　①②③④
*** *n.* 經銷處、代理機構、仲介
　用法 a travel agency 旅行社

L5　agenda [ə`dʒɛndə]　　　　　　①②③④
*　*n.* 議程、議事日程
　用法 draw up an agenda 起草議程

L4　agent [`edʒənt]　　　　　　　①②③④
*** *n.* 代理商、經紀人、探員
　用法 act as an agent for + N 充當……的代理人

L5　aggression [ə`grɛʃən]　　　　①②③④
** *n.* 侵略、侵犯、積極
　用法 condemn an aggression 譴責侵略行為

L4　aggressive [ə`grɛsɪv]　　　　①②③④
** *adj.* 侵略的、進取的、積極的
　用法 be aggressive in + N / Ving 積極於……

L1　ago [ə`go]　　　　　　　　　①②③④
*** *adv.* 以前、之前
　用法 一段時間 + ago ……以前

L5　agony [`ægənɪ]　　　　　　　①②③④

A

★	**n.** 極端痛苦、苦惱、苦悶	
	用法 be in great agony 感到非常痛苦	
L1	**agree** [ə`gri]	①②③④
★★★	**v.** 一致同意、贊成	
	用法 agree **on / to sth. / with sb.** 同意某事 / 某人	
L4	**agreeable** [ə`griəb!]	①②③④
★★★	**adj.** 愉快的、喜悅的、欣然同意的	
	同義 acceptable / consenting / delightful / pleasing	
L1	**agreement** [ə`grimənt]	①②③④
★★★	**n.** 同意、贊成	
	用法 reach an agreement 達成協議	
L5	**agricultural** [͵ægrɪ`kʌltʃərəl]	①②③④
★★	**adj.** 農業的、農務的	
	用法 agricultural products 農產品	
L3	**agriculture** [`ægrɪ͵kʌltʃɚ]	①②③④
★★★	**n.** 農業、農學	
	字構 agri 田地 + cult 種植 + ure 行業	
L2	**ahead** [ə`hɛd]	①②③④
★★★	**adv.** 領先、向前、在前面	
	用法 go ahead with + N 著手做……	
	artificial intelligence	①②③④
★★★	**n.** 人工智慧（= AI）	
	用法 the **artificial / man-made** satellite 人造衛星	
L2	**aid** [ed]	①②③④

*** *n.* 協助、輔助物；*v.* 協助、幫助、救援

用法 come to sb.'s aid 前來協助某人

AIDS [edz] ①②③④

** *n.* 愛滋病

補充 AIDS 是 Acquired Immune Deficiency Syndrome
（後天免疫不全症候群）的首字母縮寫。

L2 **aim** [em] ①②③④

*** *n.* 瞄準、目標、目的；*v.* 瞄準、鎖定目標

用法 aim at + N 瞄準……

L1 **air** [ɛr] ①②③④

*** *n.* 空氣、空中、神態

用法 put on airs 裝腔作勢

air-conditioner [`ɛr kən͵dɪʃənə] ①②③④

*** *n.* 冷氣機、空調設備

延伸 air-conditioned *adj.* 裝空調的

L2 **aircraft** [`ɛr͵kræft] ①②③④

*** *n.* 航空器、飛機

補充 aircraft 泛指所有在空中飛行的「航空器」，
如 airplane（飛機）、helicopter（直升機）、
spaceship（太空船）、space shuttle（太空梭）等。

L3 **airline** [`ɛr͵laɪn] ①②③④

* *n.* 航線、航空公司

用法 an international airline 國際航線

airmail [`ɛr͵mel] ①②③④

	**	*n.* 航空郵件

用法 send by airmail 以航空郵件寄出

L1 **airplane** [`ɛr,plen] ①②③④
** *n.* 飛機（= plane）

用法 an airplane crash 墜機

L1 **airport** [`ɛr,port] ①②③④
** *n.* 機場

用法 wait in the airport lounge 在候機廳等待

L6 **airtight** [`ɛr,taɪt] ①②③④
* *adj.* 密閉的、無懈可擊的

用法 an airtight alibi 無懈可擊的不在場證明

L6 **airway** [`ɛr,we] ①②③④
* *n.* 呼吸道、固定航線

字構 air 空氣 + way 通路

L5 **aisle** [aɪl] ①②③④
* *n.* 通道、走道

用法 **in** / **on** the aisle 在走道上

L2 **alarm** [ə`lɑrm] ①②③④
** *n.* 警報、警報器；*v.* 發警報、驚慌不安、焦慮不安

用法 sound the alarm 發警報

L2 **album** [`ælbəm] ①②③④
* *n.* 相簿、專輯

用法 release an album 專輯上市

L4 **alcohol** [`ælkə,hɔl] ①②③④

6000+ Words

★   *n.* 酒精、酒、酒精飲料

用法 alcohol abuse 酗酒

L5   **alcoholic** [ˌælkə`hɔlɪk]   ①②③④

★   *adj.* 含酒精的；*n.* 嗜酒者

用法 alcoholic drinks 含酒精的飲料

L4   **alert** [ə`lɝt]   ①②③④

★★   *adj.* 留心的、警覺的；*v.* 警告；*n.* 警戒、警戒狀態

用法 alert sb. to + N 警告某人注意⋯⋯

L6   **algebra** [`ældʒəbrə]   ①②③④

★   *n.* 代數

補充 arithmetic 算術；mathematics 數學

L5   **alien** [`elɪən]   ①②③④

★   *adj.* 外國的；*n.* 外國人、外星人

用法 alien abduction 外星人綁架

L6   **alienate** [`eljənˌet]   ①②③④

★   *v.* 疏遠、疏離

用法 be alienated from + N 疏離於⋯⋯

L6   **align** [ə`laɪn]   ①②③④

★   *v.* 排成一行、使成直線、校準

用法 align A with B 把 A 對齊 B

L2   **alike** [ə`laɪk]   ①②③④

★★   *adj.* 相同的、相似的；*adv.* 相似地、同樣地

用法 A and B look alike A 和 B 很相像

L2   **alive** [ə`laɪv]   ①②③④

*** **_adj._** 活著的、活動的、有生氣的

用法 come alive 栩栩如生、十分活躍

_L1_ **all** [ɔl]　　　　①②③④

*** **_adj._** 全部的；**_pron._** 全部；**_n._** 全部人或事物

用法 all in all = to sum up 總而言之

_L5_ **allergic** [əˋlɝdʒɪk]　　　　①②③④

* **_adj._** 過敏的、敏感的、厭惡的

用法 be allergic to + N 對……過敏

_L5_ **allergy** [ˋælədʒɪ]　　　　①②③④

* **_n._** 過敏症、敏感、厭惡

用法 have an allergy 有過敏症

_L3_ **alley** [ˋælɪ]　　　　①②③④

* **_n._** 小巷、巷弄、巷子

用法 a blind alley 暗巷（比喻沒有前途）

_L5_ **alliance** [əˋlaɪəns]　　　　①②③④

** **_n._** 結盟、聯盟、同盟

用法 **form / make** an alliance with + N 與……結盟

_L6_ **alligator** [ˋæləˌgetə]　　　　①②③④

* **_n._** 短吻鱷、美洲鱷

補充 是鱷魚（crocodile）的一種，盛產於美洲及中國。
酪梨（avocado）也叫做 alligator pear（鱷梨）。

_L5_ **allocate** [ˋæləˌket]　　　　①②③④

* **_v._** 分配、分派

用法 allocate A **for / to** B 分配 A 給 B

A 6000⁺
Words a High School
Student Must Know

L1 **allow** [ə`laʊ]   ①②③④

*** *v.* 允許、准許、答應

用法 allow sb. to-V 允許某人去……

L4 **allowance** [ə`laʊəns]   ①②③④

*** *n.* 津貼、零用錢（= pocket money）

用法 make allowances for + N 考慮、體諒……

L5 **ally** [`ælaɪ ; ə`laɪ]   ①②③④

*** *n.* 盟國；*v.* 結盟、聯盟、結合

用法 ally with A against B 與 A 結盟以對抗 B

L3 **almond** [`ɑmənd]   ①②③④

** *n.* 杏仁、杏仁樹、淡黃褐色

用法 ground almonds 杏仁粉

L1 **almost** [`ɔl‚most]   ①②③④

*** *adv.* 幾乎、差不多、差點

用法 almost every time 幾乎每一次

L2 **alone** [ə`lon]   ①②③④

*** *adj.* 單獨的；*adv.* 獨自地

用法 do...**alone / by oneself** 獨自做……

L1 **along** [ə`lɔŋ]   ①②③④

*** *prep.* 沿著、順著；*adv.* 向前

用法 get along with sb. 與某人相處

L5 **alongside** [ə`lɔŋ`saɪd]   ①②③④

* *adv.* 在旁邊；*prep.* 在……旁邊

字構 a 沿 + long 長 + side 邊

A

L2	**aloud** [ə`laʊd]	①②③④
★	***adv.*** 大聲地、出聲地	
	用法 **read / shout** aloud 大聲朗讀 / 叫喊	
L3	**alphabet** [`ælfə‚bɛt]	①②③④
★	***n.*** (全部)字母、字母系統	
	用法 the English alphabet 英文字母	
L1	**already** [ɔl`rɛdɪ]	①②③④
★★★	***adv.*** 已經、早已	
	補充 already 常用於現在完成式的肯定句中,表示「已經……」,否定句則用 yet,表示「尚未……」。	
L1	**also** [`ɔlso]	①②③④
★★★	***adv.*** 也、同樣地	
	同義 also / as well / too	
L5	**alter** [`ɔltɚ]	①②③④
★★★	***v.*** 改變、修改、變更	
	用法 **alter / make alterations into** + N 修改成……	
L5	**alternate** [`ɔltɚ‚net ; ɔl`tɚnɪt]	①②③④
★	***v.*** 輪流、交互;***adj.*** 輪流的;***n.*** 替代	
	用法 alternate between A and B A 和 B 輪流交替	
L4	**alternative** [ɔl`tɚnətɪv]	①②③④
★★★	***adj.*** 替換的;***n.*** 選擇(的機會)、二者擇一	
	用法 alternative energy 替代能源	
L1	**although** [ɔl`ðo]	①②③④
★★★	***conj.*** 雖然、即使、縱使	

補充 也可寫成 though，though 可置於句首或句尾，
　　 although 較正式，常置於句首。

L6 **altitude** [`æltəˌtjud]　　　　　　　　①②③④

★　*n.* 高度、海拔

用法 altitude sickness 高山症

L2 **altogether** [ˌɔltə`gɛðɚ]　　　　　　　①②③④

★★　*adv.* 合計地、大體上、總計

補充 altogether 意指「共計……」或「完全……」，
　　 all together 則指「一道或一起做……」之意。

L6 **aluminum** [ə`lumɪnəm]　　　　　　　①②③④

★　*n.* 鋁

用法 an aluminum baseball bat 鋁製球棒

L1 **always** [`ɔlwez]　　　　　　　　　①②③④

★★★　*adv.* 總是、一再

用法 as always = as usual 和往常一樣

L4 **amateur** [`æməˌtʃur]　　　　　　　①②③④

★★　*n.* 業餘者；*adj.* 業餘的

反義 expert / professional / specialist

L3 **amaze** [ə`mez]　　　　　　　　　①②③④

★★★　*v.* 驚訝、吃驚、驚奇

用法 be amazed at + N 對……感到驚訝

L3 **amazement** [ə`mezmənt]　　　　　　①②③④

★　*n.* 驚訝、吃驚、驚奇

用法 to one's amazement 令人驚訝的是

L3 **ambassador** [æm`bæsədɚ] ①②③④

★★ *n.* 大使、使節

用法 the ambassador to + N 駐……的大使

L6 **ambiguity** [ˌæmbɪ`gjuətɪ] ①②③④

★ *n.* 模稜兩可、不明確、含糊

用法 without ambiguities 明確地

L4 **ambiguous** [æm`bɪgjʊəs] ①②③④

★★ *adj.* 模稜兩可的、含糊不清的

同義 confusing / indistinct / unclear / vague

L3 **ambition** [æm`bɪʃən] ①②③④

★★★ *n.* 抱負、野心、雄心

用法 fulfill / realize one's ambition 實現抱負

L4 **ambitious** [æm`bɪʃəs] ①②③④

★★ *adj.* 有抱負的、有野心的

用法 be ambitious for + N 熱衷於……

L3 **ambulance** [`æmbjələns] ①②③④

★ *n.* 救護車

用法 Call an ambulance! 叫救護車！

ambush [`æmbʊʃ] ①②③④

★ *n.* 埋伏、突襲、伏兵；*v.* 埋伏、伏擊

用法 hide in ambush for + N 埋伏攻擊……

L5 **amend** [ə`mɛnd] ①②③④

★ *v.* 修改、訂正、改進

用法 amend the constitution 修憲

amiable [`emɪəb!] ①②③④
* * ***adj.*** 隨和的、和藹可親的、溫和的
  同義 congenial / cordial / easy-going / friendly

L6 **amid** [ə`mɪd] / **amidst** [ə`mɪdst] ①②③④
* ***prep.*** 在……之中
  用法 keep calm amid confusion 混亂中保持鎮靜

L2 **among** [ə`mʌŋ] ①②③④
* * * ***prep.*** 在……之間
  補充 among 主要用於「三者以上的之間」。

L2 **amount** [ə`maʊnt] ①②③④
* * * ***n.*** 數量、總額；***v.*** 達到（總數）、共計、等於
  用法 amount to + N 共計……

L5 **ample** [`æmp!] ①②③④
* * ***adj.*** 充足的、大量的、豐富的
  同義 abundant / full / plenty / sufficient

L6 **amplify** [`æmplə‚faɪ] ①②③④
* ***v.*** 擴大、放大
  延伸 amplification ***n.*** 擴大；amplifier ***n.*** 擴音器；
  amplitude ***n.*** 廣闊

L4 **amuse** [ə`mjuz] ①②③④
* ***v.*** 取悅、消遣
  用法 be amused by + N 被……娛樂

L4 **amusement** [ə`mjuzmənt] ①②③④
* ***n.*** 娛樂、快樂的事物

用法 an amusement park 遊樂園

analects [ˌænəˈlɛkts] ①②③④

★ *n.* 文選、論集

用法 *the Analects of Confucius* 《論語》

L6 **analogy** [əˈnælədʒɪ] ①②③④

★★ *n.* 相似、類比

用法 make an analogy 做類比

L4 **analysis** [əˈnæləsɪs] ①②③④

★★★ *n.* 分析、解析

用法 **make an analysis of / analyze + N** 分析……

L5 **analyst** [ˈænlɪst] ①②③④

★ *n.* 分析者、分析師

用法 a chemical analyst 化驗員

L6 **analytical** [ˌænlˈɪtɪkl] ①②③④

★ *adj.* 分析的、解析的

用法 analytical methods 分析法

L4 **analyze** [ˈænlˌaɪz] ①②③④

★★★ *v.* 分析

補充 analyze 是美式拼法（American English），英式
拼法（British English）寫成 analyse。

L4 **ancestor** [ˈænsɛstɚ] ①②③④

★★ *n.* 祖先、祖宗、先人

用法 worship ancestors 祭拜祖先

L6 **anchor** [ˈæŋkɚ] ①②③④

6000+ words

**	*n.* 船錨、新聞節目主播；*v.* 拋錨泊船、固定	
	用法 **cast / drop** anchor 下錨	
L2	**ancient** [`enʃənt]	①②③④
***	*adj.* 古老的、古代的、遠古的	
	用法 in ancient times 在古代	
L1	**and** [ænd]	①②③④
***	*conj.* 和、而且	
	用法 and so on and so forth 等等	
	anecdote [`ænɪkˌdot]	①②③④
*	*n.* 軼事、趣聞	
	用法 historical anecdotes 歷史上的軼事	
L3	**angel** [`endʒ!]	①②③④
***	*n.* 天使、天使般的人	
	用法 a guardian angel 守護天使	
L2	**anger** [`æŋgɚ]	①②③④
***	*n.* 生氣、憤怒、發怒	
	用法 in anger = angrily 憤怒地	
L2	**angle** [`æŋg!]	①②③④
***	*n.* 角、角度、看法	
	用法 from different angles 從不同的角度	
L1	**angry** [`æŋgrɪ]	①②③④
***	*adj.* 生氣的、憤怒的、發怒的	
	用法 be angry **at / with** sb. 對某人生氣	
L1	**animal** [`ænəm!]	①②③④

38

*** **n.** 動物、牲畜

用法 domestic animals 家畜

L6 **animate** [`ænəmɪt；`ænə‚met] ①②③④

*** **adj.** 有生命的；活躍的；**v.** 使有活力、繪製動畫

延伸 animated **adj.** 動畫的；animation **n.** 動畫、活力；

　　animator **n.** 動畫家

L2 **ankle** [`æŋk!] ①②③④

** **n.** 腳踝、足踝

用法 **sprain / strain / twist** one's ankle 扭傷腳踝

L4 **anniversary** [‚ænə`vɝsərɪ] ①②③④

** **n.** 週年紀念日

用法 the wedding anniversary 結婚週年紀念

L3 **announce** [ə`naʊns] ①②③④

*** **v.** 宣佈、公告、發表

用法 announce A to B 向 B 宣佈 A

L3 **announcement** [ə`naʊnsmənt] ①②③④

*** **n.** 宣佈、公告、發表

用法 make an announcement 宣佈

L4 **annoy** [ə`nɔɪ] ①②③④

* **v.** 困擾、煩擾、惹惱

用法 be annoyed **at / with** + N 對……感到惱怒

L6 **annoyance** [ə`nɔɪəns] ①②③④

* **n.** 煩惱、困擾

用法 much to one's annoyance 令某人很氣惱的是

L4 **annual** [`ænjʊəl]　　　　①②③④

*** *adj.* 全年的、每年的、一年一次的

字構 ann 年 + u + al 與……有關的

L5 **anonymous** [ə`nanəməs]　　　　①②③④

** *adj.* 匿名的、不具名的

字構 an 無 + onym 名字 + ous 有……特性的

L1 **another** [ə`nʌðɚ]　　　　①②③④

*** *adj.* 又一、另外的；*pron.* 另一個、再一個

用法 one after another 一個接一個、相繼地

L1 **answer** [`ænsɚ]　　　　①②③④

*** *n.* 答案、解答、回答；*v.* 回答、答覆、符合

用法 **answer / be responsible for** + N 為……負責

L1 **ant** [ænt]　　　　①②③④

* *n.* 螞蟻

用法 an **army / colony / swarm** of ants 一群螞蟻

Antarctic / antarctic [æn`tarktɪk]　　　　①②③④

* *adj.* 南極的；*n.* 南極地區

用法 the Antarctic Circle 南極圈

antenna [æn`tɛnə]　　　　①②③④

* *n.* 觸角、天線

補充 antenna（觸角）的複數是 antennae；antenna（天線）的複數是 antennas。

L6 **anthem** [`ænθəm]　　　　①②③④

* *n.* 讚美詩、聖歌、頌歌

用法 the national anthem 國歌

L6 **antibiotic** [ˌæntɪbaɪˋɑtɪk] ①②③④

★ *n.* 抗生素、抗菌素；*adj.* 抗生的、抗菌的

用法 effective antibiotic treatment 有效的抗生素治療

antibody [ˋæntɪˌbɑdɪ] ①②③④

★ *n.* 抗體

字構 anti 抗 + body 體、身體

L5 **anticipate** [ænˋtɪsəˌpet] ①②③④

★★★ *v.* 預期、期望

句型 S + anticipate + **Ving / that S + V** S 預期……。

L6 **anticipation** [ænˌtɪsəˋpeʃən] ①②③④

★★ *n.* 預期、期待、預料

用法 in anticipation of + N 期待、預料到……

L5 **antique** [ænˋtik] ①②③④

★ *n.* 古董、古物；*adj.* 古老的、舊式的、年代久遠的

用法 a display of antiques 古物展示

L6 **antonym** [ˋæntəˌnɪm] ①②③④

★ *n.* 相反詞、反義字

字構 ant 相反 + onym 名稱、名字

L3 **anxiety** [æŋˋzaɪətɪ] ①②③④

★★★ *n.* 焦慮、擔心、渴望

用法 show anxiety about + N 對……感到憂慮

L3 **anxious** [ˋæŋkʃəs] ①②③④

★★★ *adj.* 焦慮的、擔心的、渴望的

6000+ Words

用法 be anxious **about / for** + N 焦慮 / 急於……

L1 **any** [`ɛnɪ]   ①②③④

*** *adj.* 任何、任一的；*pron.* 任何一個；*adv.* 任何

補充 any 常用於疑問句或否定句，肯定句則用 some。

L1 **anybody** [`ɛnɪ,badɪ]   ①②③④

*** *pron.* 任何人、無論誰（= anyone）

用法 **Anybody / Anyone** home? 有人在家嗎？

L3 **anyhow** [`ɛnɪ,haʊ]   ①②③④

** *adv.* 不管怎樣、無論如何

同義 anyhow / anyway / in any case

L1 **anything** [`ɛnɪ,θɪŋ]   ①②③④

*** *pron.* 任何事情

用法 anything but + N 絕非……、並不是……

L2 **anytime** [`ɛnɪ,taɪm]   ①②③④

*** *adv.* 任何時候、總是

用法 Anytime will do. 任何時刻都可以。

L2 **anyway** [`ɛnɪ,we]   ①②③④

*** *adv.* 無論如何、不管怎樣

用法 Thanks anyway. 無論如何還是謝謝你。

L2 **anywhere** [`ɛnɪ,hwɛr]   ①②③④

*** *adv.* 任何地方（= anyplace）

用法 go **anywhere / anyplace** 去任何地方

L3 **apart** [ə`part]   ①②③④

*** ***adv.*** 分開地、相隔

　　用法 apart from + N 除了……之外

L1　**apartment** [ə`pɑrtmənt]　　　①②③④

*** ***n.*** 公寓

　　用法 an apartment for rent 公寓出租

L2　**ape** [ep]　　　①②③④

*　***n.*** 大猩猩；***v.*** 模仿

　　用法 **act / play** the ape 模仿

L3　**apologize** [ə`pɑləˌdʒaɪz]　　　①②③④

*　***v.*** 道歉、認錯

　　用法 apologize to sb. for sth. 為某事向某人道歉

L4　**apology** [ə`pɑlədʒɪ]　　　①②③④

*　***n.*** 道歉、賠罪

　　用法 owe sb. an apology 應該向某人道歉

L4　**apparent** [ə`pærənt]　　　①②③④

*** ***adj.*** 顯然的、明顯的、表面的

　　句型 It's apparent that S + V 很顯然 S……。

L3　**appeal** [ə`pil]　　　①②③④

*** ***n.*** 吸引力、訴願；***v.*** 引起興趣、吸引、訴諸

　　用法 appeal to + N 吸引、訴諸於……

L1　**appear** [ə`pɪr]　　　①②③④

*** ***v.*** 出現、似乎、看起來

　　句型 S + appears (to be) + N / **adj.** S 似乎是……。

L2　**appearance** [ə`pɪrəns]　　　①②③④

*** **n.** 出現、外表

成語 Never judge a person by his appearances.
不要以貌取人。

L2 **appetite** [`æpəˌtaɪt] ①②③④

* **n.** 食欲、胃口

用法 have an appetite for + N 對……有胃口

L6 **applaud** [ə`plɔd] ①②③④

* **v.** 鼓掌、喝采

用法 applaud sb. for + N 因……為某人鼓掌

L5 **applause** [ə`plɔz] ①②③④

** **n.** 鼓掌、喝采、稱讚

用法 give sb. a big applause 為某人熱烈鼓掌

L1 **apple** [`æp!] ①②③④

* **n.** 蘋果

用法 the apple of sb.'s eye 掌上明珠

L5 **appliance** [ə`plaɪəns] ①②③④

* **n.** 器具、裝置

用法 electrical appliances 電器用品

L6 **applicable** [`æplɪkəb!] ①②③④

** **adj.** 適用的、可實施的

用法 be applicable to + N 適用於……

L4 **applicant** [`æpləkənt] ①②③④

** **n.** 申請者、應徵者

用法 a job applicant 求職者

L4 **application** [ˌæplə`keʃən]   ①②③④

★★★ *n.* 申請、申請表、應用

用法 fill **out** / **in** an application 填寫申請表

L2 **apply** [ə`plaɪ]   ①②③④

★★★ *v.* 申請、應用、擦、塗

用法 apply to + N 應用、申請……

L4 **appoint** [ə`pɔɪnt]   ①②③④

★★★ *v.* 任命、指派、安排

用法 appoint sb. (as) + N 任命某人擔任……

L4 **appointment** [ə`pɔɪntmənt]   ①②③④

★★ *n.* 約定、約會、指派

用法 make an appointment with sb. 與某人訂定約會

L2 **appreciate** [ə`priʃɪˌet]   ①②③④

★★★ *v.* 感激、欣賞、增值、了解

用法 appreciate sb.'s help 感謝某人的幫助

L4 **appreciation** [əˌpriʃɪ`eʃən]   ①②③④

★★ *n.* 感激、鑑賞、鑑賞力

用法 show appreciation of + N 對……表示感謝

L6 **apprentice** [ə`prɛntɪs]   ①②③④

★★ *n.* 學徒、徒弟；*v.* 做學徒

用法 be an apprentice to sb. 當某人的學徒

L2 **approach** [ə`protʃ]   ①②③④

★★★ *v.* 接近、靠近；*n.* 接近、方法

用法 an approach to + N ……的方法、態度、通路

6000+ Words

45

L4 **appropriate** [əˋproprɪ͵et] ①②③④

*** *adj.* 適當的、合宜的

同義 fitting / proper / right / suitable

L4 **approval** [əˋpruv!] ①②③④

*** *n.* 贊成、認可、同意

用法 meet with sb.'s approval 得到某人的贊同

L3 **approve** [əˋpruv] ①②③④

*** *v.* 批准、核准

用法 approve of + N 贊成、贊同……

L6 **approximate** [əˋpraksəmɪt；əˋpraksə͵met] ①②③④

*** *adj.* 大約的、近乎的；*v.* 接近、大致估計

用法 approximate to + N 接近……

April [ˋeprəl] ①②③④

*** *n.* 四月（= Apr.）

用法 April Fools' Day 愚人節（四月一日）

L3 **apron** [ˋeprən] ①②③④

* *n.* 圍裙、工作裙

用法 be tied to sb.'s apron strings 受制於某人、唯命是從

L5 **apt** [æpt] ①②③④

** *adj.* 有……傾向的、易於……的、恰當的

用法 be apt for + N 適合於……

aptitude [ˋæptə͵tjud] ①②③④

* *n.* 習性、天資

用法 **have / show** an aptitude for + N 有……的才能

L4 **aquarium** [əˋkwɛrɪəm] ①②③④

★ *n.* 水族館、水族箱

字構 aqu 水 + arium 地方、場所

L4 **arch** [artʃ] ①②③④

★★ *n.* 拱形、拱門；*v.* 成弧形、拱起

用法 a triumphal arch 凱旋門

L6 **archaeology** [ˌɑrkɪˋɑlədʒɪ] ①②③④

★ *n.* 考古學

用法 an archaeological team 考古隊伍

L5 **architect** [ˋɑrkəˌtɛkt] ①②③④

★★★ *n.* 建築師

成語 Man is the architect of his own fate.
人類掌握自己的命運。

L5 **architecture** [ˋɑrkəˌtɛktʃɚ] ①②③④

★★ *n.* 建築物、建築式樣、建築學

用法 the high-rise architecture 高聳的建築

L6 **archive** [ˋɑrkaɪv] ①②③④

★ *n.* 文件、檔案、檔案室

用法 look up in old archives 查閱舊檔案

Arctic / arctic [ˋɑrktɪk] ①②③④

★ *adj.* 北極的；*n.* 北極地區

用法 Arctic travel 北極旅遊

L1 **area** [ˋɛrɪə] ①②③④

★★★ *n.* 面積、地區、地帶

用法 area code 區域號碼

L5 **arena** [əˋrinə] ①②③④

★   *n.* 競技場、圓形劇場

用法 an arena theater 競技場、圓形劇場

L2 **argue** [ˋɑrgjə] ①②③④

★★★ *v.* 爭吵、爭辯、辯論

用法 argue with sb. over sth. 與某人因某事起爭執

L2 **argument** [ˋɑrgjəmənt] ①②③④

★★★ *n.* 爭吵、爭辯、辯論

用法 have an argument with sb. 與某人起爭執

L4 **arise** [əˋraɪz] ①②③④

★★★ *v.* 上升、發生、起身

補充 動詞三態：arise-arose-arisen

L6 **arithmetic** [əˋrɪθmətɪk] ①②③④

★   *n.* 算術；*adj.* 算術的、計算的

用法 mental arithmetic 心算

L1 **arm** [ɑrm] ①②③④

★★★ *n.* 臂、手臂；*n.pl* 武器；*v.* 武裝、裝備、配備

用法 arm in arm 手臂挽著手臂

armchair [ˋɑrmˌtʃɛr] ①②③④

★   *n.* 扶手椅

用法 sit in an armchair 坐在扶手椅上

L3 **armed** [ɑrmd] ①②③④

★   *adj.* 武裝的、有把手的

用法 armed police 武裝警察；one-armed 獨臂的

armor [`armɚ] ①②③④

★ *n.* 盔甲、甲冑；*v.* 穿戴盔甲

用法 fight in armor 穿著盔甲作戰

L2 **army** [`armɪ] ①②③④

*** *n.* 軍隊、陸軍、大群

用法 **join / go into** the army 從軍、入伍

L1 **around** [ə`raʊnd] ①②③④

*** *adv.* 到處、周圍、四周；*prep.* 環繞、大約

用法 travel around the world 環遊世界

L5 **arouse** [ə`raʊz] ①②③④

*** *v.* 喚起、激起、叫醒

用法 arouse pity 激起同情心

L2 **arrange** [ə`rendʒ] ①②③④

*** *v.* 安排、準備、整理

用法 arrange sth. for sb. 為某人安排某事

L2 **arrangement** [ə`rendʒmənt] ①②③④

*** *n.* 佈置、協定、排列

用法 make an arrangement for sb. 為某人安排

L5 **array** [ə`re] ①②③④

★ *n.* 列陣、對列、一系列、一批

用法 a splendid array of fireworks 一批壯麗煙花

L3 **arrest** [ə`rɛst] ①②③④

*** *v./n.* 逮捕、拘留

用法 be **put** / **placed** under arrest 被逮捕

L2 **arrival** [ə`raɪvl̩]　　　　　①②③④

★★★ *n.* 到達、抵達、到達者（物品）

句型 On arrival **at** / **in** + 地點 ,... 一抵達……就……。

L1 **arrive** [ə`raɪv]　　　　　①②③④

★★★ *v.* 到達、抵達、達成

用法 arrive **at** / **in** + 地點 到達……

L5 **arrogant** [`ærəgənt]　　　　　①②③④

★ *adj.* 傲慢的、自大的

延伸 arrogance *n.* 傲慢；arrogantly *adv.* 自大地

L2 **arrow** [`æro]　　　　　①②③④

★★ *n.* 箭、箭頭

用法 as swift as an arrow 快速似箭

L1 **art** [art]　　　　　①②③④

★★★ *n.* 藝術、藝術品、技藝

用法 an art gallery 美術館、畫廊

artery [`artərɪ]　　　　　①②③④

★★★ *n.* 動脈、主幹線

用法 traffic arteries 交通要道

L2 **article** [`artɪkl̩]　　　　　①②③④

★ *n.* 物品、商品、冠詞、文章、論文（= essay）

用法 an article of + N 一件……

L5 **articulate** [ar`tɪkjəˌlɪt ; ar`tɪkjəˌlet]　　　　　①②③④

★ *adj.* 表達清楚的；*v.* 清晰地發音

用法 articulate **clearly / distinctly** 清楚地發音

artifact [ˋɑrtɪˌfækt]　　　　①②③④

★　*n.* 人工製品、手工藝品

字構 arti 技巧、藝術 + fact 做、製造

L4　**artificial** [ˌɑrtəˋfɪʃəl]　　　　①②③④

★　*adj.* 人造的、人工的

用法 artificial preservatives 人工防腐劑

L2　**artist** [ˋɑrtɪst]　　　　①②③④

★★★　*n.* 藝術家、畫家

用法 a film make-up artist 電影化妝師

L4　**artistic** [ɑrˋtɪstɪk]　　　　①②③④

★★★　*adj.* 藝術的、美術的、風雅的

用法 artistic works 藝術作品

L1　**as** [æz]　　　　①②③④

★★★　*adv.* 同樣地；*conj.* 像、隨著；*prep.* 如同；*pron.*
與……相同事物或人、該事實、該情況

用法 as long as 只要……

L6　**ascend** [əˋsɛnd]　　　　①②③④

★★★　*v.* 上升、登高

延伸 ascendable *adj.* 可攀登的；ascendance *n.* 優勢

L3　**ash** [æʃ]　　　　①②③④

★★　*n.* 灰、灰燼

用法 burn to ashes 燒成灰燼

L4　**ashamed** [əˋʃemd]　　　　①②③④

| ★ | ***adj.*** 羞愧的、慚愧的. | |
| | 用法 be ashamed of + N / Ving 對……感到羞愧 | |

L3 **aside** [ə`saɪd] ①②③④

★★★ ***adv.*** 在一邊、置於一旁、側向地

用法 put aside money for rainy days 存錢以備不時之需

L1 **ask** [æsk] ①②③④

★★★ ***v.*** 問、詢問、請求

用法 ask after sb. 問候某人

L2 **asleep** [ə`slip] ①②③④

★★ ***adj.*** 睡著的、靜止的

用法 fall asleep 睡著

L4 **aspect** [`æspɛkt] ①②③④

★★★ ***n.*** 方面、層面、觀點

用法 consider sth. in all its aspects 全面考慮某事

L6 **aspire** [ə`spaɪr] ①②③④

★ ***v.*** 渴望、嚮往

用法 aspire to fame and fortune 追求名利

L4 **aspirin** [`æspərɪn] ①②③④

★ ***n.*** 阿斯匹靈

用法 take an aspirin 服用阿斯匹靈

L5 **ass** [æs] ①②③④

★ ***n.*** 驢子、傻子

用法 make an ass of oneself 做傻事、出洋相

L6 **assassinate** [ə`sæsɪn‚et] ①②③④

A

★ *v.* 暗殺、行刺

延伸 assassination *n.* 暗殺；assassinative *adj.* 暗殺的；
assassinator / assassin *n.* 刺客

L5 **assault** [ə`sɔlt]　　　　①②③④

★★ *n./v.* 攻擊、襲擊

用法 make an assault on + N 攻擊……

L4 **assemble** [ə`sɛmbl]　　　　①②③④

★★★ *v.* 組裝、集合、聚集

用法 assemble = gather = put together 聚集、組裝

L4 **assembly** [ə`sɛmblɪ]　　　　①②③④

★★★ *n.* 集合、集會、裝配

用法 hold the morning assembly 舉行朝會

L5 **assert** [ə`sɝt]　　　　①②③④

★★★ *v.* 斷言、聲稱、強調

句型 S + assert that S + V S 強調、堅稱……。

L5 **assess** [ə`sɛs]　　　　①②③④

★★ *v.* 估算、評估

用法 assess + N 評估……

L5 **assessment** [ə`sɛsmənt]　　　　①②③④

★★ *n.* 估算、評估

用法 make an assessment of + N 評估……

L5 **asset** [`æsɛt]　　　　①②③④

★ *n.* 資產、所有物

用法 preserve cultural assets 保存文化資產

L4 **assign** [ə`saɪn]　　　①②③④

*** ***v.*** 指派、分配、任命

用法 assign sth. to sb. 指派某事給某人

L4 **assignment** [ə`saɪnmənt]　　　①②③④

*** ***n.*** 指定作業、任務

用法 a home assignment 家庭作業

L3 **assist** [ə`sɪst]　　　①②③④

*** ***v.*** 幫助、協助、援助

用法 assist (sb.) **in / with + N / Ving** 協助做……

L4 **assistance** [ə`sɪstəns]　　　①②③④

*** ***n.*** 幫助、協助

用法 provide assistance in + Ving 提供協助做……

L3 **assistant** [ə`sɪstənt]　　　①②③④

*** ***n.*** 助理、助手

用法 a teaching assistant 教學助理

L4 **associate** [ə`soʃɪ,et ; ə`soʃɪɪt]　　　①②③④

*** ***v.*** 聯想、交往；***n.*** 夥伴、同事；***adj.*** 副的、準的

用法 associate A with B 把 A 和 B 聯想在一起

L4 **association** [ə,sosɪ`eʃən]　　　①②③④

*** ***n.*** 聯想、交往、協會

用法 National Basketball Association = NBA 全美籃球
　　協會

L3 **assume** [ə`sjum]　　　①②③④

*** ***v.*** 假定、承擔、假裝

用法 assume the responsibility 承擔責任

L5 **assumption** [ə`sʌmpʃən] ①②③④
*** *n.* 假設、假定、接受
用法 make an assumption about + N 對……臆測

L4 **assurance** [ə`ʃʊrəns] ①②③④
** *n.* 確保、確信
用法 with assurance = assuredly 有把握地

L4 **assure** [ə`ʃʊr] ①②③④
*** *v.* 保證、確定
用法 assure sb. of + N 向某人保證……

L6 **asthma** [`æzmə] ①②③④
* *n.* 氣喘、哮喘
用法 trigger an asthma attack 引發氣喘發作

L5 **astonish** [ə`stanɪʃ] ①②③④
* *v.* 驚訝、驚奇、吃驚
用法 be astonished at + N 驚訝於……

L5 **astonishment** [ə`stanɪʃmənt] ①②③④
* *n.* 驚訝、令人驚訝之事物
用法 to one's astonishment 令某人驚訝的是

L6 **astray** [ə`stre] ①②③④
* *adv.* 迷途地；*adj.* 誤入歧途的
用法 go astray 誤入歧途

L6 **astronaut** [`æstrə,nɔt] ①②③④
* *n.* 太空人、太空旅行者

延伸 astronautics *n.* 航天學；astronautic *adj.* 航天的

L6 **astronomer** [ə`strɑnəmə] ①②③④

★ *n.* 天文學者、天文學家

字構 astro 星星 + nom 法則、學說 + er 人

L6 **astronomy** [əs`trɑnəmɪ] ①②③④

★★ *n.* 天文學

延伸 astronomical = astronomic *adj.* 天文的、龐大的

asylum [ə`saɪləm] ①②③④

★ *n.* 收容所、避難所、庇護所

用法 seek (politic) asylum 尋求（政治）庇護

L3 **athlete** [`æθlit] ①②③④

★★ *n.* 運動員、運動選手、體育家

用法 athlete's foot 香港腳

L4 **athletic** [æθ`lɛtɪk] ①②③④

★ *adj.* 運動的、運動員的；*n.pl* 體育運動

補充 an athletic meeting 運動會

ATM / automatic teller machine ①②③④

★★★ *n.* 提款機

延伸 automate *v.* 自動化；automation *n.* 自動化

L4 **atmosphere** [`ætməs,fɪr] ①②③④

★★★ *n.* 大氣（層）、氣氛

用法 in the atmosphere 大氣中

L4 **atom** [`ætəm] ①②③④

★★★ *n.* 原子、微粒

用法 split an atom 分裂原子

L4 **atomic** [ə`tɑmɪk]　　　　　　　①②③④

*** *adj.* 原子的、極微的

用法 an atomic bomb 原子彈

L4 **attach** [ə`tætʃ]　　　　　　　①②③④

*** *v.* 附著、貼上、迷戀

用法 be attached to + N 附屬、依附於……

L4 **attachment** [ə`tætʃmənt]　　　①②③④

* *n.* 附屬、附件、仰慕

用法 an attachment to + N ……的附件、配件

L1 **attack** [ə`tæk]　　　　　　　①②③④

*** *v./n.* 攻擊、襲擊、發作

用法 make a surprise attack on + N 突襲……

L6 **attain** [ə`ten]　　　　　　　①②③④

*** *v.* 達到、獲得、到達

用法 attain one's goal 達成目標

L6 **attainment** [ə`tenmənt]　　　①②③④

* *n.U* 達到、獲得；*n.C* 成就、造詣

用法 a man of great attainments 有成就的人

L2 **attempt** [ə`tɛmpt]　　　　　　①②③④

*** *v./n.* 嘗試、企圖

用法 make an attempt on + N 試圖……

L2 **attend** [ə`tɛnd]　　　　　　　①②③④

*** *v.* 出席、照顧、照料

A 6000+
Words a High School
Student Must Know

用法 attend to + N 注意……；attend on + N 照料……

L5 **attendance** [ə`tɛndəns] ①②③④
★ *n.* 出席、到場、陪同
用法 take attendance 點名

L6 **attendant** [ə`tɛndənt] ①②③④
★ *n.* 出席者、服務員；*adj.* 伴隨的、侍候的
用法 a flight attendant 空服員

L2 **attention** [ə`tɛnʃən] ①②③④
★★★ *n.* 注意、專心、照料
用法 pay attention to + N 注意……

L5 **attic** [`ætɪk] ①②③④
★★ *n.* 閣樓、頂樓
用法 in the attic 在閣樓

L3 **attitude** [`ætətjud] ①②③④
★★★ *n.* 態度、意見
用法 have a positive attitude to sth. 對某事有正面態度

L5 **attorney** [ə`tɜnɪ] ①②③④
★ *n.* 律師
用法 a **civil** / **criminal** attorney 民 / 刑事律師

L3 **attract** [ə`trækt] ①②③④
★★★ *v.* 吸引、引起
用法 attract attention 吸引注意

L4 **attraction** [ə`trækʃən] ①②③④
★★★ *n.* 吸引力、吸引人的事物

用法 a tourist attraction 觀光景點

L3 **attractive** [ə`træktɪv]　　　　　①②③④

*** *adj.* 吸引人的、有魅力的

用法 be attractive to + N 對……具吸引力

L6 **auction** [`ɔkʃən]　　　　　　　①②③④

* *n.* 拍賣會；*v.* 拍賣

用法 auction off + N 拍賣……

L3 **audience** [`ɔdɪəns]　　　　　　①②③④

*** *n.* 觀眾、聽眾

用法 appeal to the audience 吸引觀眾

L4 **audio** [`ɔdɪo]　　　　　　　　①②③④

* *adj.* 聲音的、聽覺的

用法 audiovisual aids 視聽輔助器材

L6 **auditorium** [ˌɔdə`torɪəm]　　　①②③④

* *n.* 禮堂、觀眾席

用法 in the school auditorium 在學校禮堂

August [`ɔgəst]　　　　　　　①②③④

*** *n.* 八月（= Aug.）

補充 源於古羅馬時期對偉大君王的封號 Augustus （至尊皇上），並把八月稱為 Augustus。

L1 **aunt** [ænt]　　　　　　　　①②③④

*** *n.* 伯母、姑媽、嬸嬸、姨母（= auntie / aunty）

用法 uncle and aunt 叔叔和嬸嬸

L4 **authentic** [ɔ`θɛntɪk]　　　　①②③④

** *adj.* 真實的、真正的、真跡的

用法 authentic French cuisine 正宗法式烹飪

L2 **author** [`ɔθɚ] ①②③④

*** *n.* 作者、作家、創始人；*v.* 著作、編寫

用法 contemporary authors 當代作家

L4 **authority** [ə`θɔrətɪ] ①②③④

*** *n.* 權威、權力、權威人士

用法 the authorities concerned 有關當局

L5 **authorize** [`ɔθə,raɪz] ①②③④

*** *v.* 授權、委託

用法 be authorized by + N 由……所授權

L4 **autobiography** [,ɔtəbaɪ`agrəfɪ] ①②③④

* *n.* 自傳

字構 auto 自己 + bio 生活 + graph 記錄 + y

L4 **autograph** [`ɔtə,græf] ①②③④

*** *n.* 簽名（= signature）、親筆稿；*v.* 簽名

用法 sign one's autograph 親筆簽名

L3 **automatic** [,ɔtə`mætɪk] ①②③④

*** *adj.* 自動的、自動裝置的

用法 an automatic vending machine 自動販賣機

L3 **automobile** [`ɔtəmə,bɪl] ①②③④

*** *n.* 汽車（= auto）

用法 an automobile racing 賽車

L5 **autonomy** [ɔ`tanəmɪ] ①②③④

★★   *n.* 自主、自治、自治權

用法 seek national autonomy 尋求民族自治

autumn [`ɔtəm]   ①②③④

★★   *n.* 秋天（= fall）

補充 古時候曾以 harvest（秋收）代表秋季；另因秋
天落葉而以 fall 表示秋天。

auxiliary [ɔg`zɪljərɪ]   ①②③④

★   *n.* 助動詞、輔助者；*adj.* 輔助的

用法 install auxiliary equipment 安裝輔助設備

L2   **available** [ə`veləb!]   ①②③④

★★★   *adj.* 可利用的、可得到的、有空的

延伸 avail *v./n.* 幫助、效用；availability *n.* 可用性

L3   **avenue** [`ævə,nju]   ①②③④

★★★   *n.* 大馬路、林蔭大道、方法

用法 an avenue to success 成功之道

L2   **average** [`ævərɪdʒ]   ①②③④

★★★   *adj.* 平均的、普通的；*n.* 平均；*v.* 平均達到

用法 on average 平均、通常

L6   **avert** [ə`vɝt]   ①②③④

★   *v.* 避開、移開、防止

成語 Preparedness averts peril. 有備無患。

L6   **aviation** [,evɪ`eʃən]   ①②③④

★   *n.* 航空、飛行

用法 civil aviation 民航

A 6000+
Words a High School Student Must Know

L2 **avoid** [ə`vɔɪd] ①②③④

*** *v.* 避免、迴避、躲開

延伸 avoidance *n.* 避免；avoidable *adj.* 可避免的

L4 **await** [ə`wet] ①②③④

*** *v.* 等待、等候

用法 **await / wait for** + N 等待……

L3 **awake** [ə`wek] ①②③④

* *adj.* 醒著的；*v.* 醒來、喚醒

用法 be wide-awake 毫無睡意的

L3 **awaken** [ə`wekən] ①②③④

* *v.* 喚醒、喚起

用法 awaken sb. to + N 令某人意識到……

L3 **award** [ə`wɔrd] ①②③④

** *n.* 頒獎、獎項、獎品；*v.* 頒發獎項、給獎

用法 win a Grammy Award 獲頒葛萊美獎

L3 **aware** [ə`wɛr] ①②③④

*** *adj.* 注意到的、知道的、察覺的

用法 be aware of + N 察覺到……

L1 **away** [ə`we] ①②③④

*** *adv.* 遠離、離去、到別處

用法 **right / straight** away 馬上、立刻

L5 **awe** [ɔ] ①②③④

** *n./v.* 敬畏、畏懼、驚嘆

用法 be awed by + N 敬畏於……

L6 **awesome** [`ɔsəm]　　　①②③④
★★ *adj.* 令人敬畏的、嚇人的、可怕的、很棒的
　　同義 amazing / breathtaking / humbling / overwhelming

L3 **awful** [`ɔfʊl]　　　①②③④
★★ *adj.* 可怕的、恐怖的、糟糕的、非常的
　　用法 feel awful about + N 難過於……

L6 **awhile** [ə`hwaɪl]　　　①②③④
★ *adv.* 片刻、一會兒
　　同義 for a while

L3 **awkward** [`ɔkwɚd]　　　①②③④
★ *adj.* 笨拙的、尷尬的、麻煩的
　　同義 clumsy / embarrassed / uncomfortable

ax [æks]　　　①②③④
★ *n.* 斧頭；*v.* 用斧頭劈砍（= axe）
　　用法 chop down sth. with an ax 用斧頭砍倒某物

L1 **baby** [`bebɪ]　　　①②③④
★★★ *n.* 嬰兒、孩子氣的人
　　用法 Don't be such a baby! 別幼稚了！

baby-sit [`bebɪ͵sɪt]　　　①②③④
★ *v.* 當臨時保母、照顧嬰兒
　　用法 baby-sit A for B 為 B 臨時照顧 A

baby-sitter [`bebɪ͵sɪtɚ]　　　①②③④
★★★ *n.* 臨時保母
　　同義 nanny

L6 **bachelor** [`bætʃələ] ①②③④

★ *n.* 單身漢、學士、學士學位

用法 a Bachelor of **Arts / Science** 文 / 理學士

L1 **back** [bæk] ①②③④

★★★ *n.* 背部；*adj.* 後面的；*adv.* 向後地；*v.* 後退

用法 back and forth 來回地

L6 **backbone** [`bæk,bon] ①②③④

★ *n.* 脊椎骨、支柱、骨幹、骨氣、毅力

用法 to the backbone = absolutely 十足地、絕對地

L3 **background** [`bæk,graund] ①②③④

★★★ *n.* 背景、經歷、幕後

用法 educational background 學歷

L2 **backpack** [`bæk,pæk] ①②③④

★★★ *n.* 背包；*v.* 背包旅行

用法 go backpacking 背包旅行

L2 **backward** [`bækwəd] ①②③④

★★ *adj.* 向後的、反方向的；*adv.* 向後

用法 backward(s) and forward(s) = to and fro 來回地

L5 **backyard** [`bækjard] ①②③④

★ *n.* 後院

用法 dig a well in the backyard 在後院挖井

L3 **bacon** [`bekən] ①②③④

★ *n.* 培根、燻豬肉、鹹豬肉

用法 bring home the bacon 養家餬口

L3 **bacteria** [bæk`tɪrɪə]　　　　　　①②③④

★　　*n.* 細菌（bacterium 的複數）

用法 cultivate bacteria 培養細菌

L1 **bad** [bæd]　　　　　　　　　　①②③④

★★★　*adj.* 不好的、劣質的、拙劣的

用法 go from bad to worse 每況愈下

L6 **badge** [bædʒ]　　　　　　　　　①②③④

★★★　*n.* 徽章、臂章、獎章

用法 wear a merit badge 佩戴獎章

L3 **badly** [`bædlɪ]　　　　　　　　①②③④

★★★　*adv.* 壞地、拙劣地、笨拙地、非常

用法 badly off *adj.* 窮困的、不幸的

L2 **badminton** [`bædmɪntən]　　　　①②③④

★　　*n.* 羽毛球

用法 play badminton 打羽球

L1 **bag** [bæg]　　　　　　　　　　①②③④

★★★　*n.* 袋子、手提包

用法 let the cat out of the bag 洩漏祕密

L3 **baggage** [`bægɪdʒ]　　　　　　①②③④

★　　*n.* 行李

用法 a carry-on **baggage** / **luggage** 手提行李

L3 **bait** [bet]　　　　　　　　　　①②③④

★　　*n.* 魚餌、誘餌；*v.* 裝餌、引誘

用法 a bait for + N ……的誘餌

B 6000+
Words a High School
Student Must Know

L2 **bake** [bek] ①②③④

★ *v.* 烘焙、烘烤、烘製

用法 a baking-hot day 酷熱的一天

L2 **bakery** [`bekərɪ] ①②③④

★★★ *n.* 麵包店、烘烤食品

補充 patisserie *n.* 法式蛋糕店

L2 **balance** [`bæləns] ①②③④

★★★ *n.* 平衡、餘額；*v.* 平衡、均衡、衡量

用法 strike a balance between A and B 在 A 與 B 間取
得平衡

L2 **balcony** [`bælkənɪ] ①②③④

★★ *n.* 陽台、包廂

用法 on the balcony 陽台上

L4 **bald** [bɔld] ①②③④

★ *adj.* 禿頭的、禿頂的、光禿的

用法 go bald 變禿

L1 **ball** [bɔl] ①②③④

★★★ *n.* 球、球狀物、舞會；*v.* 使成球狀

用法 throw a ball 丟球、開舞會

L4 **ballet** [`bæle] ①②③④

★★★ *n.* 芭蕾舞（劇）

用法 a ballet dancer 芭蕾舞者

L2 **balloon** [bə`lun] ①②③④

★★ *n.* 氣球；*v.* 搭乘氣球、膨脹

用法 a hot-air balloon 熱氣球

L5 **ballot** [`bælət] ①②③④

★ *n.* 選票；*v.* (無記名)投票

用法 cast a ballot 投票

L3 **bamboo** [bæm`bu] ①②③④

★ *n.* 竹子、竹材

用法 bamboo shoots 竹筍

L5 **ban** [bæn] ①②③④

★ *v.* 禁止、取締；*n.* 禁止、禁令

用法 ban sb. from **Ving / N** 禁止某人做……

L1 **banana** [bə`nænə] ①②③④

★ *n.* 香蕉

用法 go **bananas / crazy** 發瘋

L1 **band** [bænd] ①②③④

★★★ *n.* 帶子、樂團、一群

用法 an orchestra band 管弦樂團

L4 **bandage** [`bændɪdʒ] ①②③④

★ *n.* 繃帶；*v.* 用繃帶包紮

用法 apply a bandage = bandage up 用繃帶包紮

bandit [`bændɪt] ①②③④

★ *n.* 盜匪、強盜

用法 a gang of bandits 一幫盜匪

L3 **bang** [bæŋ] ①②③④

★ *n.* 砰砰的聲音；*v.* 砰然作響；*adv.* 砰地

用法 shut with a bang 砰地一聲關上

L1 **bank** [bæŋk] ①②③④

★★★ *n.* 銀行、堤岸；*v.* 築堤、堆積

用法 a data bank 資料庫；a bank account 銀行帳戶

L3 **banker** [`bæŋkɚ] ①②③④

★★ *n.* 銀行家、銀行業者

用法 deal with a banker 與銀行業者來往

L4 **bankrupt** [`bæŋkrʌpt] ①②③④

★ *adj.* 破產的；*n.* 破產者；*v.* 破產、倒閉

用法 go bankrupt 破產

L5 **banner** [`bænɚ] ①②③④

★★ *n.* 旗幟、橫幅、標語

用法 under the banner of equal rights 打著平權的旗幟

L6 **banquet** [`bæŋkwɪt] ①②③④

★★ *n.* 宴會、盛宴；*v.* 開宴會

用法 give a banquet for sb. 設宴款待某人

L2 **bar** [bɑr] ①②③④

★★ *n.* 酒吧、棒狀物；*v.* 閂門、阻礙、封鎖

用法 behind bars 坐牢

L6 **barbarian** [bɑr`bɛrɪən] ①②③④

★ *n.* 野蠻人；*adj.* 野蠻的、未開化的

用法 barbarian tribes 原始部落

L2 **barbecue** [`bɑrbɪkju] ①②③④

★ *n./v.* 烤肉、烤肉野餐（= BBQ）

用法 have a barbecue 舉辦烤肉野餐

L2 **barber** [`barbɚ]　　①②③④
★ *n.* 理髮師
用法 at the barber's 在理髮店

barbershop [`barbɚ,ʃap]　　①②③④
★ *n.* 理髮廳
用法 at the barbershop 在理髮廳

L3 **bare** [bɛr]　　①②③④
★★ *adj.* 赤裸的、裸露的、空的；*v.* 裸露
用法 run on one's bare feet 光著腳跑步

barefoot [`bɛr,fʊt]　　①②③④
★★ *adj.* 赤腳的、光腳的；*adv.* 赤腳地
字構 bare 赤裸 + foot 足

L3 **barely** [`bɛrlɪ]　　①②③④
★★ *adv.* 幾乎不、勉強地
同義 hardly / scarcely

L4 **bargain** [`bargɪn]　　①②③④
★ *n.* 交易、議價、廉價品；*v.* 講價、議價
用法 It's a bargain! 真便宜！

L2 **bark** [bark]　　①②③④
★ *n.* 吠叫、吠叫聲、樹皮；*v.* 吠叫
成語 Barking dogs seldom bite. 會叫的狗不咬人。

L3 **barn** [barn]　　①②③④
★★ *n.* 穀倉、糧倉、庫房

6000+ Words

用法 barn dance 穀倉舞（非正式的社交休閒舞）

barometer [bə`rɑmətɚ]　　　　①②③④
★ *n.* 氣壓計、晴雨表、標誌、指標
用法 a barometer of + N ……的指標

L3 **barrel** [`bærəl]　　　　①②③④
★★★ *n.* 大桶、一桶的量
用法 a barrel of beer 一桶啤酒

L5 **barren** [`bærən]　　　　①②③④
★ *adj.* 貧瘠的、不孕的、無效果的
同義 childless / infertile / sterile / unproductive

L4 **barrier** [`bærɪɚ]　　　　①②③④
★★ *n.* 障礙、障礙物、阻礙
用法 overcome the language barrier 克服語言障礙

L2 **base** [bes]　　　　①②③④
★★★ *n.* 基地、基部、壘；*v.* 打基礎
用法 be based on + N 以……為基礎

L1 **baseball** [`bes,bɔl]　　　　①②③④
★★★ *n.* 棒球、棒球運動
用法 Major League Baseball = MLB 美國職棒大聯盟

L3 **basement** [`besmənt]　　　　①②③④
★★ *n.* 地下室
用法 in the basement 在地下室

L2 **basic** [`besɪk]　　　　①②③④
★★★ *adj.* 基本的、根本的、必要的；*n.pl* 基本、要素

同義 essential / fundamental / necessary / vital

L4 **basin** [`besən]   ①②③④
★   *n.* 臉盆、盆地、流域
     用法 a basin of water 一盆水

L2 **basis** [`besɪs]   ①②③④
★★★ *n.* 基礎、準則、根據
     用法 on the basis of + N 基於……

L1 **basket** [`bæskɪt]   ①②③④
★★   *n.* 籃子、籃框
     成語 Don't put all your eggs in one basket. 勿孤注一擲。

L1 **basketball** [`bæskɪt͵bɔl]   ①②③④
★   *n.* 籃球、籃球運動
     用法 go in for basketball 喜歡打籃球

L6 **bass** [bes]   ①②③④
★   *n.* 低音部、男低音；*adj.* 低沉的
     用法 sing bass 唱男低音

L1 **bat** [bæt]   ①②③④
★   *n.* 球棒、蝙蝠；*v.* 用棒擊球、打擊
     用法 bat the ball 擊球

L5 **batch** [bætʃ]   ①②③④
★   *n.* 一組、一批
     用法 a batch of + N 一批……

L2 **bath** [bæθ]   ①②③④
★★★ *n.* 浴缸、沐浴、洗澡

用法 **have / take** a bath 洗澡

L2 **bathe** [beð]　　　　　　　　①②③④
★★ *v.* 淋浴、浸泡、沉浸
　　用法 bathe oneself in + N 浸泡 / 沉浸於……

L1 **bathroom** [`bæθˌrum]　　　　①②③④
★★ *n.* 浴室、洗手間
　　用法 go to the bathroom 上洗手間

L6 **batter** [`bætɚ]　　　　　　　①②③④
★ *v.* 連續猛擊、毆打；*n.* 糊狀物、打擊手
　　用法 batter down the door 把門撞開

L4 **battery** [`bætərɪ]　　　　　　①②③④
★★ *n.* 電池、蓄電池
　　用法 charge the battery 充電

L2 **battle** [`bæt!]　　　　　　　①②③④
★★★ *n.* 戰鬥、戰役、勝利；*v.* 作戰、戰鬥
　　補充 battle 指小型的戰役，如 the Battle of Waterloo（滑
　　鐵盧戰役），war 則指大規模的戰爭，如 World
　　War II（二次世界大戰）。

L3 **bay** [be]　　　　　　　　　①②③④
★★★ *n.* 灣、海灣
　　用法 **hold / keep** sb. at bay 阻擋某人接近
　　bazaar [bə`zar]　　　　　　①②③④
★★ *n.* 市場、義賣市集
　　補充 原指印度、土耳其等東方國家的街頭市集。

B

L1 **beach** [bitʃ]   ①②③④
★★★ *n.* 海灘、海濱；*v.* 把……拖上岸
　　用法 at the beach 在海灘

L3 **bead** [bid]   ①②③④
★★★ *n.* 珠子、唸珠；*v.* 用珠子裝飾
　　用法 a string of beads 一串珠子

　　beak [bik]   ①②③④
★ *n.* 鳥嘴、鷹鉤鼻
　　用法 in the beak 鳥嘴裡

L3 **beam** [bim]   ①②③④
★★ *n.* 樑、光線；*v.* 以樑支撐、照射、眉開眼笑
　　用法 beam with joy 充滿喜悅

L1 **bean** [bin]   ①②③④
★ *n.* 豆子、豆科植物
　　用法 spill the beans 洩漏祕密

L1 **bear** [bɛr]   ①②③④
★★★ *n.* 熊；*v.* 忍受、具有、生育
　　用法 a polar bear 北極熊

L2 **beard** [bɪrd]   ①②③④
★★ *n.* 山羊鬍、鬍鬚
　　用法 **grow / wear** a beard 留鬍子

L3 **beast** [bist]   ①②③④
★ *n.* 獸、野獸
　　用法 *Beauty and the Beast* 《美女與野獸》

6000+ words

B **6000⁺**
Words a High School
Student Must Know

L2 **beat** [bit] ①②③④

★★ *v.* 敲打、打敗、跳動；*n.* 拍打、節奏

用法 beat **about** / **around** the bush 聲東擊西

L1 **beautiful** [`bjutəfəl] ①②③④

★★★ *adj.* 美麗的、漂亮的

用法 beautiful = of beauty 美麗的

L6 **beautify** [`bjutəˏfaɪ] ①②③④

★ *v.* 美化、變美

用法 beautify the environment 美化環境

L2 **beauty** [`bjutɪ] ①②③④

★★★ *n.* 美貌、美女

成語 Beauty is in the eye of the beholder.
情人眼裡出西施。

L1 **because** [bɪ`kɔz] ①②③④

★★★ *conj.* 因為、由於

用法 because **S + V** / **of + N** 因為……

beckon [`bɛkən] ①②③④

★ *v.*（招手或點頭）向……示意、召喚

用法 beckon (to) sb. to-V 招手示意某人去……

L1 **become** [bɪ`kʌm] ①②③④

★★★ *v.* 成為、變得

用法 become + N / adj. 變成……

L1 **bed** [bɛd] ①②③④

★★★ *n.* 床、河床

用法 make the bed 整理床舖

L1 **bedroom** [`bɛd,rum]　　　　　　①②③④

*** *n.* 臥室、寢室

用法 the master bedroom 主臥室

L1 **bee** [bi]　　　　　　　　　　　①②③④

** *n.* 蜜蜂

用法 as busy as a bee 忙碌似蜜蜂

L1 **beef** [bif]　　　　　　　　　　①②③④

** *n.* 牛肉

用法 dried beef = beef jerky 牛肉乾

L6 **beep** [bip]　　　　　　　　　　①②③④

* *n.* 嗶嗶的聲音；*v.* 嗶嗶作響

用法 beep the horn at + N 對……按喇叭

L2 **beer** [bɪr]　　　　　　　　　　①②③④

*** *n.* 啤酒

用法 the beer festival 啤酒節

L3 **beetle** [`bit!]　　　　　　　　①②③④

* *n.* 甲蟲

用法 black beetles 黑甲蟲

L1 **before** [bɪ`for]　　　　　　　　①②③④

*** *conj.* 在……以前；*prep.* 在……之前；*adv.* 以前

用法 before long 不久以後

L6 **beforehand** [bɪ`for,hænd]　　　①②③④

* *adv.* 事前、事先地

用法 beforehand = in advance 預先

L2 **beg** [bɛg]　　　　　　　　　①②③④

*** *v.* 乞討、懇請、希望、祈求

用法 **I beg / Beg** your pardon! 請再說一遍！

L4 **beggar** [`bɛgɚ]　　　　　　　　①②③④

* *n.* 乞丐

成語 Beggars can't be choosers. 沒有選擇餘地。

L1 **begin** [bɪ`gɪn]　　　　　　　　①②③④

*** *v.* 開始、著手

用法 to **begin / start** with 首先、第一

L2 **beginner** [bɪ`gɪnɚ]　　　　　　　①②③④

* *n.* 初學者

用法 beginner's luck 純粹運氣好（初學者的好運）

L5 **behalf** [bɪ`hæf]　　　　　　　　①②③④

** *n.* 代表、利益

用法 on behalf of + N 代表……

L2 **behave** [bɪ`hev]　　　　　　　　①②③④

*** *v.* 行為、舉止、守規矩

用法 behave oneself 守規矩

L4 **behavior** [bɪ`hevjɚ]　　　　　　①②③④

*** *n.* 行為、舉動、品行

用法 be on one's best behavior 盡量表現得體

L1 **behind** [bɪ`haɪnd]　　　　　　　①②③④

*** *prep.* 在……後面；*adv.* 在背後

用法 behind the times 落伍的、過時的

L2 **being** [`biɪŋ] ①②③④

*** *n.* 存在、生物

用法 come into **being / existence** 誕生、產生、成立

L2 **belief** [bɪ`lif] ①②③④

*** *n.* 信念、信仰、信任

用法 shake sb.'s belief in + N 動搖某人……的信念

believable [bɪ`livəb!] ①②③④

** *adj.* 可相信的、可信任的

反義 doubtful / incredible / suspicious / unbelievable

L1 **believe** [bɪ`liv] ①②③④

*** *v.* 相信、信任、信賴

用法 Believe it or not! 信不信由你！

L1 **bell** [bɛl] ①②③④

** *n.* 鐘、鈴聲

用法 ring a bell 按鈴、敲鐘

belly [`bɛlɪ] ①②③④

** *n.* 腹部、肚子（ = stomach = tummy = abdomen ）

用法 fill up one's belly 填飽肚子

L1 **belong** [bə`lɔŋ] ①②③④

*** *v.* 應在（某處）、屬於

用法 belong to + N 屬於……

L5 **belongings** [bə`lɔŋɪŋz] ①②③④

* *n.* 所有物、財產

77

用法 personal belongings 個人財物

L5 **beloved** [bɪ`lʌvɪd]　　　　　①②③④
★★ *adj.* 摯愛的、親愛的、心愛的；*n.* 心愛的人
同義 adored / affectionate / cherished / dearest

L1 **below** [bə`lo]　　　　　①②③④
★★★ *prep.* 在……之下；*adv.* 在下面
用法 below average 平均之下

L1 **belt** [bɛlt]　　　　　①②③④
★★★ *n.* 腰帶、帶狀物、地帶；*v.* 用帶子綑住
用法 belt up = fasten the seatbelt 繫上安全帶

L1 **bench** [bɛntʃ]　　　　　①②③④
★★★ *n.* 長板凳、長椅
用法 **be on / warm** the bench 當候補隊員

L2 **bend** [bɛnd]　　　　　①②③④
★★★ *v./n.* 彎曲、傾斜、轉彎
用法 bend down 彎腰

L3 **beneath** [bɪ`niθ]　　　　　①②③④
★ *prep.* 在……下方、比……差
用法 beneath one's dignity 有失尊嚴、身分

L5 **beneficial** [ˌbɛnə`fɪʃəl]　　　　　①②③④
★ *adj.* 有益處的、有利的、有益於
用法 be beneficial to + N 對……有益處

L3 **benefit** [`bɛnəfɪt]　　　　　①②③④
★★ *n.* 利益、好處、恩惠；*v.* 受益、獲益

B

用法 benefit from + N 得益於……

L3 **berry** [`bɛrɪ] ①②③④

*** *n.* 莓果、漿果

用法 **gather / pick** berries 採摘漿果

L1 **beside** [bɪ`saɪd] ①②③④

*** *prep.* 在……旁邊、離開

用法 be beside oneself with + N 因……而忘形

L3 **besides** [bɪ`saɪdz] ①②③④

*** *prep.* 在……之外；*adv.* 此外、而且

同義 **in addition to / aside from** + N 除……之外

besiege [bɪ`sidʒ] ①②③④

* *v.* 包圍、圍攻、圍困

延伸 besieger *n.* 包圍者；besiegement *n.* 圍困

L1 **best** [bɛst] ①②③④

*** *adj.* 最好的；*adv.* 最好地；*n.* 最好；*v.* 勝過

用法 at best 充其量、最多

L3 **bet** [bɛt] ①②③④

** *v./n.* 打賭、賭注

用法 You bet! = Of course! 當然！

L5 **betray** [bɪ`tre] ①②③④

** *v.* 背叛、出賣

補充 betrayal *n.* 背叛；treason *n.* 叛國罪、背叛

L2 **better** [`bɛtɚ] ①②③④

*** *adj.* 較好的；*adv.* 更好地；*n.* 較好；*v.* 改善

用法 be better off 境況變佳

L1 **between** [bɪ`twin] ①②③④

*** *prep.* 在……之間；*adv.* 在中間

用法 few and far between 十分稀罕、罕見

L6 **beverage** [`bɛvərɪdʒ] ①②③④

* *n.* 飲料

字構 bever 喝 + age 集合名詞

L5 **beware** [bɪ`wɛr] ①②③④

* *v.* 當心、小心、提防

用法 beware of + N 提防、注意……

L2 **beyond** [bɪ`jɑnd] ①②③④

*** *prep.* 越過、超出；*adv.* 在更遠處

用法 beyond doubts 無疑地

L5 **bias** [`baɪəs] ①②③④

* *n.* 偏心、成見；*v.* 偏坦、存有偏見、偏重

用法 have a bias against + N 對……有偏見；
have a bias in favor of + N 偏愛……

Bible / bible [`baɪbl̩] ①②③④

*** *n.* 聖經

補充 指稱聖經這本獨一無二的書時用 the Bible，指
權威著作、寶典等的聖經用小寫的 bible。

L1 **bicycle** [`baɪsɪkl̩] ①②③④

* *n.* 腳踏車、自行車（= bike）

用法 **ride / get on** a bicycle 騎腳踏車

L5   **bid** [bɪd]   ①②③④

★   *v./n.* 命令、吩咐、出價

用法 make a bid for sth. 出價競買某物

L1   **big** [bɪg]   ①②③④

★★★   *adj.* 大的、巨大的、重要的

用法 No big deal! 沒什麼大不了的！

L6   **bilateral** [baɪ`lætərəl]   ①②③④

★   *adj.* 左右對稱的、雙邊的

用法 bilateral trade 雙邊貿易

L2   **bill** [bɪl]   ①②③④

★★★   *n.* 帳單、法案、鈔票、鳥嘴；*v.* 付帳、宣傳

用法 pay the bill 付帳單

L2   **billion** [`bɪljən]   ①②③④

★★   *n.* 十億

補充 million 百萬；billion 十億；trillion 兆

L4   **bin** [bɪn]   ①②③④

★★   *n.* 垃圾桶、容器、箱子

用法 throw in the rubbish bin 丟入垃圾桶

L3   **bind** [baɪnd]   ①②③④

★★★   *v.* 綑綁、束縛、裝訂

用法 be bound up with + N 與……關係密切

     bingo [`bɪŋgo]   ①②③④

★   *n.* 賓果遊戲；*int.* 太好了、賓果

用法 play bingo 玩賓果遊戲

6000+ words

binoculars [bɪˋnakjələs] ①②③④

★ *n.* 雙筒望遠鏡

字構 bin 兩個 + ocular 眼睛的 + s 複數

biochemistry [ˋbaɪoˋkɛmɪstrɪ] ①②③④

★ *n.* 生物化學

延伸 biochemist *n.* 生物化學家

L4 **biography** [baɪˋagrəfɪ] ①②③④

★ *n.* 傳記、傳記作品

用法 the fullest biography 最詳盡的傳記

L5 **biological** [ˌbaɪəˋladʒɪk!] ①②③④

★★ *adj.* 生物的、生物學的

用法 the biological science = biology 生物科學

L4 **biology** [baɪˋalədʒɪ] ①②③④

★ *n.* 生物、生物學

字構 bio 生命 + logy 學問

L1 **bird** [bɝd] ①②③④

★★★ *n.* 鳥、鳥禽

成語 A bird in the hand is worth two in the bush.

一鳥在手勝過雙鳥在林。

L2 **birth** [bɝθ] ①②③④

★★★ *n.* 誕生、出身、身世

用法 by birth 生來、天生、血統上

L2 **biscuit** [ˋbɪskɪt] ①②③④

★ *n.* 餅乾

用法 a packet of biscuits 一包餅乾

L2 **bit** [bɪt] ①②③④

★★★ *n.* 少許、少量、小片

用法 bit by bit = gradually 逐漸地

L1 **bite** [baɪt] ①②③④

★★ *v.* 咬、叮咬；*n.* 咬、一口

成語 Don't bite off more than you can chew.
不要自不量力。

L3 **bitter** [`bɪtɚ] ①②③④

★★★ *adj.* 苦的、有苦味的、悲苦的

用法 take the bitter with the sweet 逆來順受

L5 **bizarre** [bɪ`zar] ①②③④

★ *adj.* 古怪的、奇異的

同義 strange / odd / peculiar / weird

L1 **black** [blæk] ①②③④

★★★ *adj.* 黑色的、黑暗的、悲慘的；*n.* 黑色、黑人

用法 black and blue 傷痕累累；blackout 停電

L2 **blackboard** [`blæk͵bord] ①②③④

★ *n.* 黑板

用法 write on the blackboard 寫在黑板上

blacksmith [`blæk͵smɪθ] ①②③④

★★ *n.* 鐵匠、馬蹄鐵匠

字構 black 黑色 + smith 金屬工匠

L4 **blade** [bled] ①②③④

** *n.* 刀刃、刀鋒、葉片

用法 propeller blades 螺旋槳葉

L2 **blame** [blem] ①②③④

*** *v.* 責備、責怪、歸咎於；*n.* 責備、過失

用法 blame sth. on sb. 將某事歸咎於某人

L2 **blank** [blæŋk] ①②③④

* *adj.* 空白的、茫然的；*n.* 空白、空白處

用法 have a blank look on the face 臉上表情茫然

L3 **blanket** [`blæŋkɪt] ①②③④

*** *n.* 毛毯、毯子、（厚的）覆蓋層；*v.* 覆蓋

用法 a blanket of **fog** / **snow** 一層霧／雪

L5 **blast** [blæst] ①②③④

** *n.* （一陣）疾風、爆炸；*v.* 爆炸、損毀

用法 **at** / **in** full blast 全力以赴

L6 **blaze** [blez] ①②③④

* *v.* 燃燒、冒出火燄；*n.* 火燄、閃光

用法 in a blaze 熊熊燃燒中

L6 **bleach** [blitʃ] ①②③④

** *v.* 漂白；*n.* 漂白、漂白劑

用法 wash out the stain by bleach 用漂白水洗掉污漬

bleak [blik] ①②③④

* *adj.* 寒冷的、陰冷的、荒涼的

延伸 bleakness *n.* 蒼涼、陰鬱；bleakly *adv.* 荒涼地

L3 **bleed** [blid] ①②③④

★			

★　　*v.* 流血、出血

　　用法 **have / get a nosebleed** 流鼻血

L4　**blend** [blɛnd]　　①②③④

★　　*v.* 融合、混合；*n.* 融合、混合物

　　用法 **blend A with B** 混合 A 與 B

L3　**bless** [blɛs]　　①②③④

★★　　*v.* 祝福、保祐、祈禱

　　用法 **God bless you!** 上帝保祐你！

L4　**blessing** [`blɛsɪŋ]　　①②③④

★　　*n.* 祝福、賜福、禱告

　　用法 **a blessing in disguise** 因禍得福之事

L1　**blind** [blaɪnd]　　①②③④

★★★　　*adj.* 看不見的、失明的；*v.* 視而不見

　　用法 **turn a blind eye (to + N)**（對……）視而不見

L4　**blink** [blɪŋk]　　①②③④

★　　*v.* 眨眼、閃爍；*n.* 眨眼、閃爍、瞬間

　　用法 **in a blink of an eye** 瞬間、一眨眼

　　blizzard [`blɪzɚd]　　①②③④

★　　*n.* 暴風雪、大量、強烈連續的事件

　　用法 **a blizzard of complaints** 蜂擁而至的抱怨

L1　**block** [blɑk]　　①②③④

★★★　　*n.* 方塊、街區、障礙物；*v.* 封閉、阻塞

　　用法 **huge blocks of rock** 大塊岩石

L6　**blond / blonde** [blɑnd]　　①②③④

** *adj.* 金黃色的、淺色的；*n.* 金髮碧眼的白人

補充 英式英文中，blond 是指稱陽性的名詞或形容詞，blonde 則用於陰性；而美式用法中，名詞有陰陽性之別外，形容詞一律用 blond。

L2 **blood** [blʌd]　①②③④

*** *n.* 血液、血統、家世

用法 high blood pressure = hypertension 高血壓

L3 **bloody** [`blʌdɪ]　①②③④

* *adj.* 流血的、殘忍的

用法 give sb. a bloody nose 打人打至鼻孔流血

L4 **bloom** [blum]　①②③④

** *n.* 花、開花期；*v.* 開花、發達

用法 come into bloom 開始開花

L4 **blossom** [`blasəm]　①②③④

* *n.* 花、花朵；*v.* 開花、繁榮

用法 cherry blossoms 櫻花

L6 **blot** [blat]　①②③④

* *n.* 墨水漬、污點；*v.* 污損、模糊、弄髒（= stain）

用法 remove the ink blot 去掉墨漬

L3 **blouse** [blaʊz]　①②③④

* *n.* 女用襯衫、上衣、罩衫

用法 wear a silk blouse 穿著絲質襯衫

L1 **blow** [blo]　①②③④

*** *v.* 吹動、猛擊；*n.* 吹動、吹奏、猛擊、打擊

用法 blow up = explode 爆炸

L1 **blue** [blu] ①②③④

*** *adj.* 藍色的、憂鬱的；*n.* 藍色；*n.pl* 藍調、憂鬱

用法 out of the blue 意外地

blunder [ˋblʌndɚ] ①②③④

* *n.* 大錯、失策；*v.* 犯錯

用法 **commit / make** a blunder 犯下大錯

L6 **blunt** [blʌnt] ①②③④

* *adj.* 鈍的、直率的；*v.* 遲鈍

用法 be blunt about others' feelings 遲鈍於別人的感受

L5 **blur** [blɝ] ①②③④

* *v.* 弄髒、模糊；*n.* 模糊的事物、污點

延伸 blurriness *n.* 弄髒；blurry *adj.* 污髒的

L4 **blush** [blʌʃ] ①②③④

* *v./n.* 臉紅、羞愧

用法 blush **at / with** + N 因……臉紅

L2 **board** [bord] ①②③④

*** *n.* 木板、委員會；*v.* 登（船或飛機）、寄宿

用法 board the plane 登機；a boarding pass 登機證

L4 **boast** [bost] ①②③④

** *v./n.* 自誇、吹噓、誇耀

用法 **boast / brag about / of** + N 吹噓、誇耀……

L1 **boat** [bot] ①②③④

*** *n.* 小船、帆船、汽船

用法 **turn over / overturn** a boat 翻船

L6 **bodily** [`badɪlɪ]　　　　　①②③④

★　**adj.** 身體的、軀體的；**adv.** 全體地

　　用法 bodily functions 身體機能

L1 **body** [`badɪ]　　　　　①②③④

★★★　**n.** 身體、物體、團體、正文

　　用法 heavenly bodies 天體

L5 **bodyguard** [`badɪ‚gard]　　　　　①②③④

★　**n.** 保鑣、護衛者

　　字構 body 身體 + guard 保護

　　bog [bag]　　　　　①②③④

★　**n.** 沼澤、溼地；**v.** 陷入沼澤、陷入困境

　　用法 bog down 陷於困境、僵局

L2 **boil** [bɔɪl]　　　　　①②③④

★★　**v.** 煮沸、沸騰、憤怒；**n.** 沸騰

　　用法 boil down to + N 總結為……

L3 **bold** [bold]　　　　　①②③④

★★　**adj.** 大膽的、英勇的

　　用法 as bold as brass 膽大妄為的

L5 **bolt** [bolt]　　　　　①②③④

★　**n.** 門閂、螺釘、閃電；**v.** 拴緊

　　用法 a bolt out of the blue 晴天霹靂、意外事件

L3 **bomb** [bam]　　　　　①②③④

★★★　**n.** 炸彈；**v.** 投下炸彈、轟炸

用法 **explode / set off** a bomb 引爆炸彈

bombard [bɑm`bɑrd]　　　　①②③④

★　　*v.* 轟炸、質問、抨擊

用法 bombard sb. with + N 以……連續抨擊某人

L4　**bond** [bɑnd]　　　　①②③④

★★★　*n.* 連結、束縛、公債；*v.* 連結、束縛

用法 chemical bond 化學鍵

bondage [`bɑndɪdʒ]　　　　①②③④

★　　*n.* 奴役、束縛

字構 bond 綑綁 + age 抽象名詞、行為

L1　**bone** [bon]　　　　①②③④

★★★　*n.* 骨頭

用法 lazy bones 懶骨頭

L5　**bonus** [`bonəs]　　　　①②③④

★　　*n.* 獎金、紅利

用法 a year-end bonus 年終獎金

bony [`bonɪ]　　　　①②③④

★★　*adj.* 多骨頭的、骨瘦如柴的

用法 a bony stray dog 骨瘦如柴的流浪狗

L1　**book** [bʊk]　　　　①②③④

★★★　*n.* 書籍、帳簿；*v.* 預約、登記

用法 reference books 參考書；book a seat 訂位

L3　**bookcase** [`bʊk͵kes]　　　　①②③④

★★　*n.* 書櫃、書架

6000+ Words

B 6000⁺
Words a High School
Student Must Know

補充 suitcase 手提箱；briefcase 公事包

L6 booklet [`bʊklɪt] ①②③④
★ *n.* 小冊子
用法 well-illustrated booklets 插圖豐富的小冊子

L5 boom [bum] ①②③④
★ *n.* 興旺、繁榮、隆隆聲；*v.* 興旺、繁榮
用法 baby boom 嬰兒潮

L5 boost [bust] ①②③④
★ *v./n.* 提高、促進
用法 boost one's popularity 提高人氣

L3 boot [but] ①②③④
★★ *n.* 靴子、長筒靴；*v.* 猛踢
用法 a puss in boots 穿靴子的貓

L5 booth [buθ] ①②③④
★ *n.* 崗亭、電話亭、投票站
用法 a **polling / voting** booth 投票間

L2 border [`bɔrdɚ] ①②③④
★★★ *n.* 邊境、國界；*v.* 鄰接
用法 within the borders 境內

L3 bore [bor] ①②③④
★★ *v.* 厭煩、無聊；*n.* 令人討厭的人或物
用法 be bored with + N 厭倦於……

L5 boredom [`bordəm] ①②③④
★★ *n.* 厭煩的事物、無聊

用法 relieve boredom 減緩無聊

L1 **born** [bɔrn]　　　　　　　　　　①②③④

*** *adj.* 出生、天生的

用法 be born to be + N / adj. 天生就是……

L1 **borrow** [`baro]　　　　　　　　　①②③④

*** *v.* 借入、借貸、採用

用法 borrow A from B 向 B 借入 A

L6 **bosom** [`bʊzəm]　　　　　　　　①②③④

* *n.* 胸、胸懷、內心

用法 bosom friends 知己好友

L1 **boss** [bɔs]　　　　　　　　　　①②③④

** *n.* 老闆、上司；*v.* 當老闆

用法 boss sb. **about / around** 對某人發號施令

botany [`batənɪ]　　　　　　　①②③④

* *n.* 植物學、一個地區的植物

用法 the botany of + N ……地區的植物

L1 **both** [boθ]　　　　　　　　　　①②③④

*** *adj.* 雙方、兩者；*pron.* 兩者；*adv.* 兩者都

用法 both A and B A 和 B 兩者都

L2 **bother** [`baðɚ]　　　　　　　　①②③④

*** *n.* 麻煩事、困擾；*v.* 麻煩、打擾、困擾

用法 bother sb. **about / with** + N 以……打擾某人

L1 **bottle** [`bat!]　　　　　　　　①②③④

*** *n.* 瓶子、一瓶的量；*v.* 裝進瓶中

用法 take to the bottle 喜歡喝酒、貪杯

L1 **bottom** [`batəm]　　　　①②③④

★★★ *n.* 底部、臀部、下方；*adj.* 底部的；*v.* 置於底部

用法 from the bottom of one's heart 打從心底地

L6 **boulevard** [`bulə‚vard]　　　　①②③④

★★ *n.* 大馬路、林蔭大道

補充 boulevard 一字由法文而來，用以指市區兩旁種
有高大樹木的大街道，簡寫為 blvd.。

L4 **bounce** [bauns]　　　　①②③④

★★ *v./n.* 反彈、彈跳

用法 bounce up and down 上下彈跳

L5 **bound** [baund]　　　　①②③④

★★ *v.* 跳躍、彈回；*n.* 跳躍、彈力

用法 **by / in** leaps and bounds 突飛猛進

L5 **boundary** [`baundərɪ]　　　　①②③④

★★ *n.* 邊界、分界、界線

用法 beyond the boundaries 超出界線

bout [baut]　　　　①②③④

★ *n.* 一回合、一陣、（拳擊）比賽、（疾病）發作

用法 win a bout 贏一回合；bouts of fever 幾次發燒

L1 **bow** [bo；bau]　　　　①②③④

★★ *n.* 弓、蝴蝶結、鞠躬、船頭；*v.* 弄彎、鞠躬

用法 bow and arrow 弓箭；take a bow 鞠躬謝幕

bowel [`bauəl]　　　　①②③④

★	***n.*** 腸子

用法 bowel disorder 腸子不適

L1 **bowl** [bol]　　　　　　　①②③④

★★　***n.*** 碗、一碗的量

用法 a fish bowl 魚缸

L3 **bowling** [`bolɪŋ]　　　　　①②③④

★　***n.*** 保齡球

用法 go bowling 打保齡球

L1 **box** [baks]　　　　　　　①②③④

★★★　***n.*** 盒子、箱子、包廂；***v.*** 用拳打、裝箱

用法 a box-office success 賣座的電影

L5 **boxer** [`baksɚ]　　　　　①②③④

★★　***n.*** 拳擊手

用法 a professional boxer 職業拳擊手

L6 **boxing** [`baksɪŋ]　　　　①②③④

★　***n.*** 拳擊、拳術

用法 a boxing champion 拳擊冠軍

L1 **boy** [bɔɪ]　　　　　　　①②③④

★★★　***n.*** 男孩、少年、僕人

用法 a boy scout 童子軍

L6 **boycott** [`bɔɪˌkat]　　　①②③④

★　***v.*** 抵制拒絕、聯合抵制、杯葛；***n.*** 聯合抵制

用法 a trade boycott 貿易抵制

boyhood [`bɔɪhʊd]　　　　①②③④

**   *n.* 少年時期、少年時代

補充 childhood 童年；adulthood 成年期；

       neighborhood 鄰近地區；youthhood 青春期

L6   **brace** [bres]   ①②③④

*   *n.* 支柱、牙套；*v.* 支撐、加固

用法 wear a brace 戴牙套

L4   **bracelet** [`breslɪt]   ①②③④

*   *n.* 手鐲、手環

用法 a diamond bracelet 鑽石手鐲

     braid [bred]   ①②③④

*   *n.* 編織物、辮子；*v.* 編織、編辮子

用法 wear one's hair in braids 頭髮結成辮子

L2   **brain** [bren]   ①②③④

*** *n.* 腦部、頭腦、智力

用法 **beat / rack** one's brains 絞盡腦汁

L3   **brake** [brek]   ①②③④

**   *n.* 煞車；*v.* 煞車、抑制

用法 put on the brakes 煞車

L2   **branch** [bræntʃ]   ①②③④

**   *n.* 樹枝、分店、分公司；*v.* 分岔、設立分行

用法 open up branches 開分店

L2   **brand** [brænd]   ①②③④

**   *n.* 品牌、商標、標記；*v.* 烙印、印商標

用法 brand-new *adj.* 嶄新的

L3 **brass** [bræs] ①②③④
★★ *n.* 黃銅、銅管樂器; *adj.* 黃銅的、銅管樂器的
用法 polish the brass 擦亮黃銅物品

L6 **brassiere** [brə`zɪr] ①②③④
★ *n.* 胸罩、內衣（= bra）
用法 put on the bra 穿上胸罩

L1 **brave** [brev] ①②③④
★★ *adj.* 有勇氣的、勇敢的、英勇的
用法 as brave as a lion 如獅子般勇猛

L3 **bravery** [`brevərɪ] ①②③④
★★ *n.* 勇敢、勇氣
同義 boldness / courage / pluck / valor

L1 **bread** [brɛd] ①②③④
★★★ *n.* 麵包、食物、生計
用法 **earn / make** one's bread 謀生

L6 **breadth** [brɛdθ] ①②③④
★ *n.* 寬度、廣度
用法 by a hair's breadth 以極小的差距

L1 **break** [brek] ①②③④
★★★ *v.* 斷絕、破除、破裂; *n.* 毀壞、裂縫
用法 break the ice 打破僵局、破冰

L6 **breakdown** [`brek,daʊn] ①②③④
★★ *n.* 故障、損壞、倒塌
用法 an electricity breakdown 電力故障

L1 **breakfast** [`brɛkfəst] ①②③④

★★★ *n.* 早餐；*v.* 吃早餐

用法 make breakfast 做早餐

L5 **breakthrough** [`brek͵θru] ①②③④

★ *n.* 突破

用法 make a breakthrough in + N 在⋯⋯有突破

L6 **breakup** [`brek͵ʌp] ①②③④

★ *n.* 分手、解散、破裂

用法 the breakup of one's marriage 婚姻的破裂

L3 **breast** [brɛst] ①②③④

★★ *n.* 乳房、胸部

用法 make a clean breast of + N 坦白供認⋯⋯

L3 **breath** [brɛθ] ①②③④

★★★ *n.* 呼吸、氣息

用法 take a **deep / full** breath 深呼吸

L3 **breathe** [brið] ①②③④

★★ *v.* 呼吸、吸入、散發

用法 breathe in fresh air 吸入新鮮空氣

L4 **breed** [brid] ①②③④

★★ *v.* 繁殖、生產、飼養；*n.* 品種、培育

成語 Familiarity breeds contempt. 熟悉易啟侮慢。

L3 **breeze** [briz] ①②③④

★★ *n.* 微風、和風；*v.* 吹著微風

用法 sway in the breeze 微風中舞動

brew [bru] ①②③④

★ *v.* 釀造、策劃；*n.* 釀酒、醞釀、釀造物

用法 brew some **tea** / **coffee** 泡些茶 / 咖啡

L6 **bribe** [braɪb] ①②③④

★ *v.* 賄賂、行賄、收買；*n.* 賄賂、行賄、收買

用法 **take** / **accept** bribes 收受賄賂

L3 **brick** [brɪk] ①②③④

★★ *n.* 磚塊

用法 lay bricks 砌磚

L3 **bride** [braɪd] ①②③④

★★ *n.* 新娘

補充 bride-to-be 準新娘；bridesmaid 伴娘

L4 **bridegroom** [`braɪdˌɡrʊm] ①②③④

★ *n.* 新郎（= groom）

用法 the happy bride and bridegroom 幸福佳偶

L1 **bridge** [brɪdʒ] ①②③④

★★★ *n.* 橋樑、橋牌；*v.* 架橋

用法 bridge the gap 填補鴻溝

L2 **brief** [brif] ①②③④

★★★ *adj.* 簡短的；*n.* 簡報、摘要；*v.* 做簡報

用法 in brief 簡言之

L5 **briefcase** [`brifˌkes] ①②③④

★ *n.* 公事包、公文包

用法 in the briefcase 公事包內

B **6000+**
Words a High School
Student Must Know

L1 **bright** [braɪt]   ①②③④

*** ***adj.*** 明亮的、聰明的、卓越的；***adv.*** 閃亮地

用法 look on the bight side 保持樂觀

L2 **brilliant** [`brɪljənt]   ①②③④

*** ***adj.*** 光輝的、燦爛的、傑出的

用法 have a brilliant future 有光明的未來

L1 **bring** [brɪŋ]   ①②③④

*** ***v.*** 帶來、導致

用法 **bring about / lead to / result in** + N 導致……

L6 **brink** [brɪŋk]   ①②③④

* ***n.*** 邊緣、邊界

用法 on the brink of + N 瀕臨……邊緣、危險

brisk [brɪsk]   ①②③④

* ***adj.*** 活潑的、輕快的、愉快的

同義 active / agile / nimble / swift

L2 **broad** [brɔd]   ①②③④

*** ***adj.*** 寬闊的、廣泛的、寬大的

用法 in broad daylight 光天化日之下

L3 **broadcast** [`brɔd͵kæst]   ①②③④

** ***v.*** 公開播放、廣播；***n.*** 播送、廣播節目

用法 a live broadcast 實況轉播

L6 **broaden** [`brɔdən]   ①②③④

** ***v.*** 擴大、加寬、增廣

用法 broaden one's horizons 開闊眼界

L6 **brochure** [bro`ʃʊr] ①②③④
★ *n.* 小冊子
同義 booklet / pamphlet

L6 **broil** [brɔɪl] ①②③④
★ *v.* 火烤、灼熱、發怒
用法 broil with envy 因嫉妒而生氣

L4 **broke** [brok] ①②③④
★★ *adj.* 破產的、身無分文的
用法 be flat broke 身無分文

L5 **bronze** [brɑnz] ①②③④
★★ *n.* 青銅（色）、青銅器、古銅色；*adj.* 青銅製的
用法 carve a bronze statue 雕塑銅像

brooch [brotʃ] ①②③④
★ *n.* 胸針、別針
用法 wear a brooch 配戴胸針

brood [brud] ①②③④
★★ *n.* 一窩、沉思；*v.* 孵蛋、考慮
用法 brood **about / on / over** + N 考慮……

L6 **brook** [brʊk] ①②③④
★ *n.* 小河、溪流
用法 in the brook 小溪中

L4 **broom** [brum] ①②③④
★ *n.* 掃帚
用法 sweep with a broom 用掃帚掃地

L6　**broth** [brɔθ]　①②③④

★　*n.* 湯汁、肉汁

　　成語 Too many cooks spoil the broth. 人多礙事。

L1　**brother** [ˋbrʌðɚ]　①②③④

★★★　*n.* 兄弟、同胞

　　用法 brother-in-law 姊夫、妹夫、妻舅

L6　**brotherhood** [ˋbrʌðɚ͵hud]　①②③④

★　*n.* 兄弟情誼、兄弟關係、手足之情

　　用法 have a feeling of brotherhood 有兄弟情誼

　　brow [braʊ]　①②③④

★　*n.* 眉毛（= eyebrow）

　　用法 raise one's eyebrows 感到吃驚

L1　**brown** [braʊn]　①②③④

★★★　*adj.* 棕色的；*n.* 棕色；*v.* 變成棕色

　　用法 brown paper 牛皮紙；brown sugar 黑糖

L5　**browse** [braʊz]　①②③④

★　*v./n.* 瀏覽、翻閱

　　用法 browse through the magazine 瀏覽雜誌

L5　**bruise** [bruz]　①②③④

★　*n./v.* 擦傷、瘀傷、挫傷

　　用法 bruise oneself against + N 因……擦傷

L3　**brunch** [brʌntʃ]　①②③④

★　*n.* 早午餐

　　補充 是 breakfast 和 lunch 組合而成的混合字，指將

早、午兩餐併在一起，約在 10 點左右吃的一餐。

L2 **brush** [brʌʃ] ①②③④

*** *n.* 刷子；*v.* 刷、輕觸、掠過

用法 brush up on + N 複習……

L4 **brutal** [`brut!] ①②③④

* *adj.* 殘忍的、嚴酷的、直截了當的

用法 brutal violence 野蠻的暴行

brute [brut] ①②③④

* *n.* 野獸、兇殘之人；*adj.* 殘暴的

用法 use brute force 使用殘暴的武力

L3 **bubble** [`bʌb!] ①②③④

** *n.* 泡影、泡泡；*v.* 冒氣泡、妄想、化為泡影

用法 burst one's bubble 希望破滅

L3 **bucket** [`bʌkɪt] ①②③④

* *n.* 水桶、大量（= pail）

用法 Ice Bucket Challenge 冰桶挑戰（為漸凍人募款的活動）

buckle [`bʌk!] ①②③④

* *n.* 扣環、扣子；*v.* 扣住

用法 buckle the belt 扣住腰帶

L3 **bud** [bʌd] ①②③④

* *n.* 枝芽、花苞；*v.* 萌芽、發芽

用法 come into bud 發芽

L3 **budget** [`bʌdʒɪt] ①②③④

6000+ words

*** ***n.*** 預算、經費；***v.*** 編列預算

用法 cut down the budget 削減預算

L3 **buffalo** [`bʌflˌo]　①②③④

★ ***n.*** 水牛、野牛

用法 buffalo hides 水牛皮革

L3 **buffet** [bə`fe]　①②③④

★ ***n.*** 歐式自助餐

用法 a buffet-style breakfast 自助式早餐

L1 **bug** [bʌg]　①②③④

★ ***n.*** 昆蟲、病毒、竊聽器；***v.*** 安裝竊聽器、竊聽

用法 **install / remove** a bug 安裝 / 拆除竊聽器

L1 **build** [bɪld]　①②③④

*** ***v.*** 建築、建立、建造

成語 Rome was not built in a day. 羅馬不是一天造成的。

L2 **building** [`bɪldɪŋ]　①②③④

*** ***n.*** 建築物、大廈

用法 a building site 建築工地

L3 **bulb** [bʌlb]　①②③④

★ ***n.*** 燈泡、真空管、球莖

用法 a tulip bulb 鬱金香球莖

bulge [bʌldʒ]　①②③④

★ ***n.*** 膨脹、腫脹；***v.*** 腫脹、上漲

用法 bulge with + N 塞滿……

L5 **bulk** [bʌlk]　①②③④

★★　　*n.* 體積、大量、巨大物
　　用法 in bulk 大量、大批

L6　**bulky** [`bʌlkɪ]　　①②③④
★　　*adj.* 龐大的、笨重的
　　用法 too bulky to carry 體積太大無法搬動

L3　**bull** [bʊl]　　①②③④
★★　　*n.* 公牛
　　用法 a bull in a china shop 笨拙莽撞的人

L3　**bullet** [`bʊlɪt]　　①②③④
★★★　　*n.* 子彈、彈頭
　　用法 a bullet train 高速火車

L4　**bulletin** [`bʊlətɪn]　　①②③④
★★　　*n.* 公告、公佈欄、新聞快報
　　用法 an hourly news bulletin 整點新聞快報

L5　**bully** [`bʊlɪ]　　①②③④
★　　*n.* 惡霸、暴徒；*v.* 脅迫、霸凌、威嚇
　　用法 play the bully 橫行霸道

L3　**bump** [bʌmp]　　①②③④
★　　*v.* 碰撞；*n.* 腫塊、撞擊
　　用法 **bump / run** into + sb. 偶遇某人

L2　**bun** [bʌn]　　①②③④
★　　*n.* 小圓麵包（= roll）
　　用法 a hamburger bun 夾漢堡的麵包

L3　**bunch** [bʌntʃ]　　①②③④

6000+ words

** **n.** 一串、一束

用法 a bunch of **flowers** / **bananas** 一束花 / 一串蕉

L2 **bundle** [`bʌnd!] ①②③④

** **n.** 包裹、綑、束

用法 in bundles 成綑地

L3 **burden** [`bɝdən] ①②③④

*** **n.** 負擔、負荷；**v.** 加重負擔

用法 shoulder the burden of + N 負擔……

L5 **bureau** [`bjʊro] ①②③④

*** **n.** （政府部門的）局、事務處

用法 the Federal Bureau of Investigation = FBI（美國）
聯邦調查局

L5 **bureaucracy** [bjʊ`rakrəsɪ] ①②③④

* **n.** 官僚作風、繁文縟節

補充 democracy 民主；aristocracy 特權階級

L4 **burglar** [`bɝglɚ] ①②③④

* **n.** 竊賊、夜賊

用法 burglar alarm 防盜警鈴

L5 **burial** [`bɛrɪəl] ①②③④

* **n.** 埋葬、葬禮

用法 hold a burial 舉行葬禮

L2 **burn** [bɝn] ①②③④

*** **v./n.** 燒、燃燒

用法 burn the midnight oil 熬夜

L2　**burst** [bɜst]　　　　　　　　①②③④

★★★　*v.* 爆發、爆裂；*n.* 裂縫、爆發、爆裂

用法 burst into **tears** / **laughter** 突然大哭 / 大笑

L3　**bury** [ˋbɛrɪ]　　　　　　　　①②③④

★★　*v.* 埋葬、掩埋、掩住

用法 bury oneself in + N 埋頭專心於……

L1　**bus** [bʌs]　　　　　　　　①②③④

★★★　*n.* 公車、巴士；*v.* 搭公車

用法 catch a bus 趕搭公車

L3　**bush** [bʊʃ]　　　　　　　　①②③④

★★　*n.* 灌木、灌木叢

用法 hide in the bushes 躲藏在樹叢裡

L1　**business** [ˋbɪznɪs]　　　　　　　　①②③④

★★★　*n.* 商業、業務

成語 Everybody's business is nobody's business.
　　眾人之事無人管。

L2　**businessman** [ˋbɪznɪsmən]　　　　　　　　①②③④

★　*n.* 商人、實業家

用法 a miserly businessman 吝嗇的商人

L1　**busy** [ˋbɪzɪ]　　　　　　　　①②③④

★★★　*adj.* 忙碌的；*v.* 忙碌於……

用法 be busy **with + N** / **(in) + Ving** 忙碌於……

L1　**but** [bʌt]　　　　　　　　①②③④

★★★　*conj./prep./adv.* 但是

6000⁺ Words

105

句型 S cannot but + VR S 不得不……。

L5 **butcher** [`bʊtʃɚ]　①②③④

★ *n.* 屠夫、肉販；*v.* 屠宰、殘殺

用法 a butcher's shop 肉舖

L1 **butter** [`bʌtɚ]　①②③④

★★ *n.* 奶油；*v.* 塗奶油、巴結討好

用法 bread and butter 謀生之道

L1 **butterfly** [`bʌtɚ‚flaɪ]　①②③④

★ *n.* 蝴蝶、蝶式

用法 have butterflies in one's stomach 緊張、心慌

L1 **button** [`bʌtən]　①②③④

★★ *n.* 鈕扣、按鈕；*v.* 扣上鈕扣、按按鈕

用法 press the button 按按鈕

L1 **buy** [baɪ]　①②③④

★★★ *v./n.* 購買、交易、賄賂

用法 buy off sb. 行賄某人

L3 **buzz** [bʌz]　①②③④

★ *v.* 嗡嗡作響、按鈴叫喚；*n.* 嗡嗡叫、喧鬧聲

用法 Buzz off! = Go away! 走開！

L1 **by** [baɪ]　①②③④

★★★ *prep.* 藉由、用；*adv.* 經過、在旁邊

用法 by and large = on the whole 大體而言

L6 **bypass** [`baɪ‚pæs]　①②③④

★ *n.* 旁路、旁道；*v.* 繞路、繞道

MP3

C

用法 bypass the downtown 繞過市區

byte [baɪt] ①②③④

★ *n.* 二進位元組

用法 many bytes unused 許多閒置的位元組

L2 **cabbage** [`kæbɪdʒ] ①②③④

★ *n.* 卷心菜、甘藍菜

用法 cabbage lettuce 卷心萵苣

L3 **cabin** [`kæbɪn] ①②③④

★★ *n.* 船艙、小木屋

用法 a log cabin 小木屋

L4 **cabinet** [`kæbənɪt] ①②③④

★★ *n.* 櫥櫃、內閣

用法 a filing cabinet 檔案櫃

L3 **cable** [`keb!] ①②③④

★ *n.* 纜線、纜索；*v.* 用纜繩繫某物、打越洋電報

用法 cable TV 有線電視

cactus [`kæktəs] ①②③④

★ *n.* 仙人掌

用法 grow cactuses 種植仙人掌

L2 **café** [kə`fe] ①②③④

★★ *n.* 咖啡、咖啡館、餐館（= cafe）

用法 café au lait 牛奶咖啡

L3 **cafeteria** [ˌkæfə`tɪrɪə] ①②③④

★★ *n.* 自助餐廳

用法 chat in the cafeteria 在自助餐廳裡聊天

L6 **caffeine** [`kæfin] ①②③④

★ **n.** 咖啡因

用法 decaffeinated coffee 不含咖啡因的咖啡

L2 **cage** [kedʒ] ①②③④

★ **n.** 籠子、鳥籠；**v.** 關進籠裡

用法 escape from the cage 從籠子脫逃

L1 **cake** [kek] ①②③④

★★ **n.** 蛋糕

用法 It's a piece of cake! 輕而易舉的事！

L5 **calcium** [`kælsɪəm] ①②③④

★ **n.** 鈣

用法 calcium deficiency 缺鈣

L4 **calculate** [`kælkjə,let] ①②③④

★★★ **v.** 計算、估測、估計

用法 a calculating machine 計算機

L4 **calculation** [,kælkjə`leʃən] ①②③④

★★ **n.** 計算、估計

用法 make a calculation of + N 估算……

L6 **calculator** [`kælkjə,letɚ] ①②③④

★ **n.** 計算機、計算者

用法 an electronic calculator 電子計算機

L2 **calendar** [`kæləndɚ] ①②③④

★★ **n.** 日曆、曆法

用法 the solar calendar 陽曆

calf [kæf] ①②③④

★★ *n.* 小牛、腓、小腿肚

用法 a new-born calf 初生之犢

L1 **call** [kɔl] ①②③④

★★★ *v./n.* 呼叫、打電話

用法 Let's call it a day! 今天工作到此為止！

L6 **calligraphy** [kə`lɪgrəfɪ] ①②③④

★ *n.* 書法

用法 a style of calligraphy 書法字體

L2 **calm** [kɑm] ①②③④

★★ *adj.* 冷靜的；*n.* 鎮定；*v.* 冷靜、使平靜

用法 calm down 冷靜下來

L4 **calorie** [`kælərɪ] ①②③④

★ *n.* 卡路里（熱量單位）

用法 a high-calorie diet 高熱量飲食

L2 **camel** [`kæm!] ①②③④

★ *n.* 駱駝

用法 an Arabian camel 單峰駱駝

L1 **camera** [`kæmərə] ①②③④

★★★ *n.* 照相機

用法 a digital camera 數位相機

L1 **camp** [kæmp] ①②③④

★★★ *n.* 露營；*v.* 紮營、搭帳篷

6000+ words

用法 go camping 去露營

L4 **campaign** [kæm`pen] ①②③④
★★★ *n.* 活動、運動；*v.* 參加活動
用法 launch a campaign 發起活動

L3 **campus** [`kæmpəs] ①②③④
★★★ *n.* 校園
用法 on campus 在校園裡

L1 **can** [kæn] ①②③④
★★★ *aux.* 能夠；*n.* 罐子；*v.* 裝罐
用法 canned food 罐頭食品

L5 **canal** [kə`næl] ①②③④
★ *n.* 運河、水道
用法 the Panama Canal 巴拿馬運河

L2 **cancel** [`kæns!] ①②③④
★★ *v.* 取消、刪除
用法 **cancel / call off** an appointment 取消約會

L2 **cancer** [`kænsɚ] ①②③④
★★ *n.* 癌症
用法 die of cancer 死於癌症

L4 **candidate** [`kændədet] ①②③④
★★ *n.* 候選人、申請人
用法 a candidate for + N ……的候選人

L2 **candle** [`kænd!] ①②③④
★★ *n.* 蠟燭

用法 burn the candle at both ends 蠟燭兩頭燒

candy [`kændɪ] ①②③④
★★ *n.* 糖果（= sweet）
用法 a candy cane 枴杖糖

L4 **cane** [ken] ①②③④
★ *n.* 手杖、柺杖、甘蔗
用法 cane sugar 蔗糖

cannon [`kænən] ①②③④
★ *n.* 大砲；*v.* 砲轟、猛烈撞擊
用法 **fire / shoot off** a cannon 開砲

L4 **canoe** [kə`nu] ①②③④
★ *n.* 獨木舟；*v.* 乘坐獨木舟
用法 paddle the canoe 用槳划獨木舟

L5 **canvas** [`kænvəs] ①②③④
★★★ *n.* 帆布、畫布；*v.* 用帆布覆蓋
用法 paint on the canvas 在畫布上作畫

L3 **canyon** [`kænjən] ①②③④
★ *n.* 峽谷
用法 the Grand Canyon 大峽谷

L1 **cap** [kæp] ①②③④
★★ *n.* 棒球帽、無邊帽；*v.* 戴上帽子、覆蓋頂部
用法 cap in hand 恭敬地

L5 **capability** [ˌkepə`bɪlətɪ] ①②③④
★★ *n.* 能力、才能

用法 have tha capability to-V 有能力去……

L3 **capable** [`kepəb!] ①②③④

★★★ *adj.* 有能力的、能幹的、有才能的

用法 be capable of + **N** / **Ving** 有能力做……

L4 **capacity** [kə`pæsətɪ] ①②③④

★★★ *n.* 容量、能力

用法 be **full** / **filled** to capacity 滿載、客滿

L6 **cape** [kep] ①②③④

★★ *n.* 海角、斗篷、披肩

用法 the Cape of Good Hope 好望角

L2 **capital** [`kæpət!] ①②③④

★★★ *n.* 首都、大寫字母、資方、資本；*adj.* 主要的

用法 capital and labor 勞資雙方

L4 **capitalism** [`kæpət!͵ɪzəm] ①②③④

★★ *n.* 資本主義

補充 socialism 社會主義

L4 **capitalist** [`kæpət!ɪst] ①②③④

★ *n.* 資本家、資本主義者

用法 the capitalist class 資產階級

L6 **capsule** [`kæps!] ①②③④

★ *n.* 膠囊、太空艙

用法 the time capsule 時空膠囊

L3 **captain** [`kæptɪn] ①②③④

★★★ *n.* 隊長、船長

用法 Captain Marvel 驚奇隊長

L6 **caption** [`kæpʃən] ①②③④

★ *n.* 說明文字、字幕；*v.* 加上標題、字幕或文字說明

用法 caption writing 看圖寫作

L6 **captive** [`kæptɪv] ①②③④

★ *n.* 俘虜；*adj.* 被俘虜的

用法 be **held / taken** captive 被俘虜

L6 **captivity** [kæp`tɪvətɪ] ①②③④

★ *n.* 囚禁、束縛

用法 in captivity 被囚禁

L3 **capture** [`kæptʃɚ] ①②③④

★★★ *v.* 捕捉、逮捕；*n.* 捕獲物、俘虜

用法 capture sb.'s attention 引起注意

L1 **car** [kɑr] ①②③④

★★★ *n.* 汽車、火車車廂

用法 a cable car 纜車

carbohydrate [ˌkɑrbə`haɪdret] ①②③④

★ *n.* 碳水化合物

字構 carbo 碳 + hydr 水的、含氫的 + ate 性質、鹽

L5 **carbon** [`kɑrbən] ①②③④

★★ *n.* 碳

用法 carbon dioxide 二氧化碳

L1 **card** [kɑrd] ①②③④

★★★ *n.* 卡片、名片、明信片

6000+ Words

用法 a **post / postal** card 明信片

L6　cardboard [`kard,bord]　　①②③④
★　*n.* 硬紙板

　　用法 be made of cardboard 硬紙板製的

L6　cardinal [`kardnəl]　　①②③④
★　*n.* 樞機主教、深紅色；*adj.* 重要的、基本的

　　用法 **cardinal / ordinal** numbers 基 / 序數

L1　care [kɛr]　　①②③④
★★★　*n.* 關心、注意、憂慮；*v.* 在意、照料、擔憂

　　用法 **take care of / look after** + N 照顧……

L3　career [kə`rɪr]　　①②③④
★★★　*n.* 生涯、事業

　　用法 a career woman 職業婦女

L6　carefree [`kɛr,fri]　　①②③④
★　*adj.* 無憂無慮的、輕鬆愉快的

　　字構 care 憂慮、煩惱 + free 無、免除的

L1　careful [`kɛrfəl]　　①②③④
★★★　*adj.* 小心的、謹慎的

　　延伸 carefulness *n.* 小心；careless *adj.* 粗心的

　　caress [kə`rɛs]　　①②③④
★　*v./n.* 撫摸、擁抱

　　用法 caress sb.'s hair 撫摸某人的頭髮

L6　caretaker [`kɛr,tekɚ]　　①②③④
★★　*n.* 照護者、管理人

字構 care 照顧 + tak(e) 接管、承擔 + er 人

L4 **cargo** [`kargo] ①②③④

★ *n.* 貨物

用法 **load / unload** the cargo 裝 / 卸貨

carnation [kar`neʃən] ①②③④

★ *n.* 康乃馨

用法 wear a carnation 佩戴康乃馨

L5 **carnival** [`karnəvl̩] ①②③④

★ *n.* 嘉年華會、狂歡節

用法 a carnival parade 狂歡節遊行

carol [`kærəl] ①②③④

★★ *n.* 頌歌

用法 Christmas carol 耶誕頌歌

carp [karp] ①②③④

★ *n.* 鯉魚

補充 trout 鱒魚；salmon 鮭魚；sardine 沙丁魚

L3 **carpenter** [`karpəntɚ] ①②③④

★★ *n.* 木匠、木工

用法 work as a carpenter 以做木匠謀生

L3 **carpet** [`karpɪt] ①②③④

★★ *n.* 毛毯、毯子；*v.* 蓋毯子

用法 roll out the red carpet 鋪開紅地毯（熱烈歡迎）

L3 **carriage** [`kærɪdʒ] ①②③④

★★ *n.* 馬車、（火車）客車廂

用法 a horse-drawn carriage 馬車

L4 carrier [`kærɪɚ] ①②③④

★★ **n.** 航空公司、運送者、帶原者

用法 carriers of diseases 病菌的媒介物

L1 carrot [`kærət] ①②③④

★ **n.** 紅蘿蔔、胡蘿蔔

用法 carrot and stick 軟硬兼施

L1 carry [`kærɪ] ①②③④

★★★ **v.** 攜帶、運送、搬運、實施

用法 carry out one's promise 實踐諾言

L3 cart [kɑrt] ①②③④

★ **n.** 手推車、輕便送貨車；**v.** 運送

成語 Don't put the cart before the horse. 勿本末倒置。

L6 carton [`kɑrtn̩] ①②③④

★★ **n.** 紙盒、紙板盒

用法 a carton of milk 一盒牛奶

L2 cartoon [kɑr`tun] ①②③④

★ **n.** 漫畫、卡通影片；**v.** 畫漫畫

用法 animated cartoon 卡通動畫

L4 carve [kɑrv] ①②③④

★★ **v.** 雕刻、切開、開創

用法 carve the meat into pieces 把肉切塊

L1 case [kes] ①②③④

★★★ **n.** 場合、案例、盒子、箱子；**v.** 裝箱

用法 in case **of + N / that S + V** 萬一……

L2 **cash** [kæʃ]　　　　　　　　　　①②③④

*** *n.* 現金；*v.* 兌換成現金

用法 pay in cash 付現金

L6 **cashier** [kæ`ʃɪr]　　　　　　　　①②③④

* *n.* 出納、出納員

用法 a bank cashier 銀行出納員

L5 **casino** [kə`sino]　　　　　　　　①②③④

* *n.* 賭場

用法 casinos in Macau 澳門的賭場

L3 **cast** [kæst]　　　　　　　　　　①②③④

** *v.* 投擲、投影、選角；*n.* 模型、演出人員

用法 cast a spell 下咒語；cast a net 撒網

L2 **castle** [`kæs!]　　　　　　　　　①②③④

* *n.* 城堡

用法 build castles in the air 建造空中樓閣、作白日夢

L3 **casual** [`kæʒʊəl]　　　　　　　　①②③④

** *adj.* 偶然的、隨便的、（服飾上）非正式的

用法 in casual **dress / wear** 穿著便服

L6 **casualty** [`kæʒjʊəltɪ]　　　　　　①②③④

* *n.* 死傷人員、傷亡者、災禍

用法 heavy casualties 死傷慘重

L1 **cat** [kæt]　　　　　　　　　　　①②③④

*** *n.* 貓

6000+ Words

用法 rain cats and dogs 傾盆大雨

L4 **catalogue / catalog** [ˋkætələg] ①②③④

** *n.* 目錄；*v.* 編列目錄

用法 the catalog of + N ……的目錄

L6 **catastrophe** [kəˋtæstrəfɪ] ①②③④

** *n.* 災難、大禍害

同義 calamity / disaster / misfortune / tragedy

L1 **catch** [kætʃ] ①②③④

*** *v.* 捕捉、追捕；*n.* 漁獲量、捕捉

用法 catch up with + N 趕上……

L4 **category** [ˋkætəˏgorɪ] ①②③④

*** *n.* 種類、類別

用法 fall into...category 在……類別下

L6 **cater** [ˋketɚ] ①②③④

* *v.* 承辦宴席、迎合

用法 cater to + N 迎合……

L6 **caterpillar** [ˋkætɚˏpɪlɚ] ①②③④

* *n.* 毛毛蟲

補充 larva 幼蟲；moth 蛾；cocoon 繭；pupa 蛹

L5 **cathedral** [kəˋθidrəl] ①②③④

** *n.* 大教堂

用法 pay a visit to the cathedral 參觀大教堂

L3 **cattle** [ˋkæt!] ①②③④

*** *n.* 牛群

補充 cattle 是集合名詞，本身即為複數。一頭牛是 a head of cattle，一群牛則是 a herd of cattle。

L2　**cause** [kɔz] ①②③④
*** *n.* 理由、原因；*v.* 引起、導致、使發生
用法 cause and effect 因果關係

L5　**caution** [`kɔʃən] ①②③④
** *n.* 小心、警戒；*v.* 給予警告、告誡
用法 with caution = cautiously 小心地

L5　**cautious** [`kɔʃəs] ①②③④
* *adj.* 小心的、謹慎的
用法 be cautious of + N 小心謹慎於……

　　cavalry [`kævḷrɪ] ①②③④
** *n.* 騎兵、騎兵部隊
用法 an officer in the cavalry 騎兵軍官

L3　**cave** [kev] ①②③④
** *n.* 洞穴、洞窟；*v.* 內陷、塌落
用法 cave painting 石洞壁畫

L6　**cavity** [`kævətɪ] ①②③④
* *n.* 洞、腔
用法 fill the cavity in the tooth 填補牙洞

　　compact disk [kəm`pækt dɪsk] ①②③④
* *n.* 雷射唱片、光碟（= CD）
用法 a CD player 光碟播放機

L4　**cease** [sis] ①②③④

*** *v./n.* 停止、中止

用法 cease fire 停止駁火

L2 **ceiling** [`silɪŋ]   ①②③④

*** *n.* 天花板

用法 hit the ceiling 暴跳如雷

L1 **celebrate** [`sɛlə,bret]   ①②③④

** *v.* 慶祝、慶賀、讚揚

用法 celebrate the Chinese New Year 慶祝中國春節

L4 **celebration** [,sɛlə`breʃən]   ①②③④

** *n.* 慶祝、慶典

用法 in celebration of + N 慶祝……

L5 **celebrity** [sɪ`lɛbrətɪ]   ①②③④

* *n.* 名人、名流

用法 Hollywood celebrities 好萊塢名人

L6 **celery** [`sɛlərɪ]   ①②③④

* *n.* 芹菜

用法 a head of celery 一株芹菜

L2 **cell** [sɛl]   ①②③④

*** *n.* 細胞、囚房

用法 cell division 細胞分裂

cellar [`sɛlɚ]   ①②③④

** *n.* 地窖、地下室；*v.* 藏入地窖

用法 a storage cellar 地下儲藏室

cello [`tʃɛlo]   ①②③④

★　*n.* 大提琴

補充 cello 是 violoncello 的縮寫，小提琴則是 violin。

L1　**cellphone** [`sɛl͵fon]　①②③④

★★　*n.* 手機（= cell phone = cellular phone = mobile phone）

用法 be on the cellphone 正在打手機

L6　**cellular** [`sɛljʊlɚ]　①②③④

★　*adj.* 細胞的、多孔的

用法 cellular respiration 呼吸作用

L6　**Celsius** [`sɛlsɪəs]　①②③④

★★　*n.* 攝氏

補充 Celsius 是瑞典天文學家 Andres Celsius（1701-1744）所制定，故以其名命之。

　　Centigrade [`sɛntə͵gred]　①②③④

★　*n.* 攝氏（= centigrade）

用法 centi- 有「百倍、百分之一」的意思，故 centipede 是蜈蚣（百足），centimeter 是公分（百分之一公尺）、centennial 是百年紀念。

L6　**cement** [sɪ`mɛnt]　①②③④

★　*n.* 水泥、黏著劑；*v.* 塗抹水泥、黏結、鞏固

用法 cement up diplomatic relationship 凝聚外交情誼

L5　**cemetery** [`sɛmə͵tɛrɪ]　①②③④

★★　*n.* 墓地、公墓

字構 cemet 睡眠 + ery 場所

L6　**census** [`sɛnsəs]　①②③④

*   *n.* 人口調查

用法 conduct a census 進行人口調查

L1   **cent** [sɛnt]   ①②③④

*** *n.* 一分錢

補充 1 cent 1 分；1 nickel 5 分；1 dime 10 分、1 角；
1 quarter 25 分

L1   **center** [`sɛntɚ]   ①②③④

*** *n.* 中心、中央；*v.* 集中、置於中央

補充 a **business / commercial** center 商業中心

L2   **centimeter** [`sɛntəˌmitɚ]   ①②③④

*   *n.* 公分

補充 meter 公尺；kilometer 公里；millimeter 公釐

L2   **central** [`sɛntrəl]   ①②③④

*** *adj.* 中心的、主要的

用法 Central Intelligence Agency = CIA（美國）中央
情報局

L2   **century** [`sɛntʃʊrɪ]   ①②③④

*** *n.* 100 年、世紀

用法 the nineteenth century 十九世紀（要用序數表示）

L6   **ceramic** [sə`ræmɪk]   ①②③④

*   *adj.* 陶製的、陶器的；*n.* 製陶業

用法 an exhibition of ceramics 陶器作品展

L2   **cereal** [`sɪrɪəl]   ①②③④

*   *n.* 穀類、穀物食品

補充 cereal 起源於羅馬「穀物女神」的名字 Ceres。

全穀物早餐是 the wholegrain breakfast cereals。

L5 **ceremony** [`sɛrəˌmonɪ] ①②③④

★★ *n.* 典禮、儀式、禮節

用法 stand on ceremony 拘泥於禮節、形式

L1 **certain** [`sɝtən] ①②③④

★★★ *adj.* 確定的、無疑的; *pron.* 某些、某幾個

用法 be certain **of + N / that S + V** 確信……

L6 **certainty** [`sɝtəntɪ] ①②③④

★★ *n.* 確定、確信、確實

用法 with certainty 確定無疑地

L5 **certificate** [sə`tɪfəkɪt] ①②③④

★ *n.* 證書、執照; *v.* 發證書

用法 a **birth / marriage** certificate 出生 / 結婚證書

L6 **certify** [`sɝtəˌfaɪ] ①②③④

★ *v.* 證明、保證

字構 cert 確定的 + ify 動詞、使成為

L2 **chain** [tʃen] ①②③④

★★★ *n.* 鎖鏈、連鎖商店、一連串; *v.* 用鐵鏈拴住

用法 chain reactions 連鎖反應

L1 **chair** [tʃɛr] ①②③④

★★★ *n.* 椅子、主席（職位）; *v.* 擔任主席

用法 a rocking chair 搖椅

L6 **chairperson** [`tʃɛrˌpɝsən] ①②③④

★ **n.** 主席（= chair = chairman / chairwoman）

用法 be elected chairperson 被選為主席

L2 **chalk** [tʃɔk]　　　　　　　　　①②③④

★ **n.** 粉筆；**v.** 用粉筆寫字

用法 a **piece** / **stick** of chalk 一支粉筆

L2 **challenge** [`tʃælɪndʒ]　　　　　　①②③④

★★ **n.** 挑戰、挑戰性；**v.** 挑戰、質疑

延伸 challenger **n.** 挑戰者；challenging **adj.** 具挑戰的

L4 **chamber** [`tʃembɚ]　　　　　　　①②③④

★★★ **n.** 房間、寢室

用法 *Harry Potter and the Chamber of Secrets*
《哈利波特：消失的密室》

L6 **champagne** [ʃæm`pen]　　　　　　①②③④

★ **n.** 香檳酒

用法 toast in champagne 用香檳酒敬酒

L3 **champion** [`tʃæmpɪən]　　　　　　①②③④

★★ **n.** 冠軍、優勝者

用法 the world boxing champion 世界拳擊冠軍

L4 **championship** [`tʃæmpɪən‚ʃɪp]　　　①②③④

★ **n.** 冠軍頭銜、冠軍資格

用法 win championships 贏得冠軍稱號

L1 **chance** [tʃæns]　　　　　　　　　①②③④

★★★ **n.** 機會、可能性；**v.** 碰巧、發生

句型 Chance has it that S + V ……有可能發生。

C

L1 **change** [tʃendʒ] ①②③④

*** *v.* 變化、改變、找零；*n.* 變化、改變、零錢

用法 change for the better 好轉

changeable [`tʃendʒəb!] ①②③④

* *adj.* 善變的、易變的

反義 constant / fixed / stable / unchangeable

L2 **channel** [`tʃæn!] ①②③④

*** *n.* 頻道、航道、海峽、途徑；*v.* 築水道、傳送

用法 through the illegal channel 透過非法途徑

L6 **chant** [tʃænt] ①②③④

* *n.* 讚美詩、誦經之旋律；*v.* 反覆、吟誦

用法 a Buddhist chant 佛經誦念

L5 **chaos** [`keɑs] ①②③④

** *n.* 混亂、雜亂

用法 in chaos and disorder 雜亂無章

L5 **chapel** [`tʃæp!] ①②③④

* *n.* 小教堂、小禮拜堂

用法 go to chapel 做禮拜

L2 **chapter** [`tʃæptɚ] ①②③④

*** *n.* 章、章節

用法 Chapter One = the First Chapter 第一章

L2 **character** [`kærɪktɚ] ①②③④

*** *n.* 品德、性格、角色、文字

用法 main characters 主角；Chinese characters 漢字

6000 words

C **6000⁺** Words a High School Student Must Know

L4 **characteristic** [ˌkærəktə`rɪstɪk] ①②③④
★★★ *adj.* 獨特的、特有的；*n.* 特徵、特色、性格
用法 be characteristic of + N 是……的特點

L5 **characterize** [`kærəktəˌraɪz] ①②③④
★★★ *v.* 具有……的特色、描述……的特性
用法 be characterized as + N 被描述成……

charcoal [`tʃarˌkol] ①②③④
★ *n.* 炭、木炭
用法 build a fire with charcoal 用木炭生火

L2 **charge** [tʃardʒ] ①②③④
★★★ *v./n.* 負責、索價、充電、控告
用法 be in charge of + N 負責……

chariot [`tʃærɪət] ①②③④
★ *n.* 古代雙輪戰車；*v.* 駕馭戰車或馬車
用法 a battle chariot 戰鬥用雙輪戰車

L6 **charitable** [`tʃærətəb!] ①②③④
★ *adj.* 慈善的、慈悲的、寬容的
用法 charitable donation 慈善捐贈

L4 **charity** [`tʃærətɪ] ①②③④
★ *n.* 慈悲、善行、慈善事業
成語 Charity begins at home. 慈善始於自家。

L3 **charm** [tʃarm] ①②③④
★★ *n.* 魅力、護身符；*v.* 迷惑、迷人、施符咒
用法 Prince Charming 白馬王子

L2 **chart** [tʃɑrt]   ①②③④

*** *n.* 航海圖、圖表；*v.* 繪圖、製成圖表

用法 statistical charts 統計圖表

L2 **chase** [tʃes]   ①②③④

* *v./n.* 追逐、追求

用法 chase the criminal 追捕罪犯

L3 **chat** [tʃæt]   ①②③④

* *v./n.* 聊天、閒談

用法 the chat room 聊天室

chatter [`tʃætɚ]   ①②③④

* *v.* 嘮叨；*n.* 喋喋不休的人、話匣子

用法 an annoying chatterbox 討人厭的話匣子

L2 **cheap** [tʃip]   ①②③④

** *adj.* 便宜的、卑鄙的；*adv.* 便宜地、卑鄙地

反義 costly / dear / expensive / high-priced

L2 **cheat** [tʃit]   ①②③④

* *v.* 欺騙、作弊；*n.* 欺騙的行為

用法 cheat on exams 考試作弊

L1 **check** [tʃɛk]   ①②③④

*** *v.* 檢查、查核；*n.* 檢查、支票

用法 Check it out! 看一看！

checkbook [`tʃɛkˌbʊk]   ①②③④

* *n.* 支票簿

用法 be an open checkbook to sb. 某人的財主

check-in [`tʃɛkˌɪn] ①②③④
* *n.* 登記住房、報到
用法 the check-in counter 辦理登記的櫃檯

check-out [`tʃɛkˌaʊt] ①②③④
* *n.* 退房、結帳（櫃檯）
用法 a check-out operator 付款台收銀員

L6 **checkup** [`tʃɛkˌʌp] ①②③④
* *n.* 檢查、核對、查驗
用法 have a physical checkup 作身體檢查

L3 **cheek** [tʃik] ①②③④
** *n.* 臉頰、兩頰
用法 turn the other cheek 容忍不予回擊

L2 **cheer** [tʃɪr] ①②③④
* *n./v.* 歡呼、喝采、振奮
用法 cheer up 振作起來

L3 **cheerful** [`tʃɪrfəl] ①②③④
* *adj.* 愉快的、快樂的、興高采烈的
用法 as cheerful as a lark 興高采烈（似雲雀）

L1 **cheese** [tʃiz] ①②③④
* *n.* 乳酪、起士
用法 Say "cheese!"（照相時）笑一笑！

L5 **chef** [ʃɛf] ①②③④
* *n.* 主廚、大師傅
補充 chef 原來是個法文字，英文則起源於 chief（主

要的），語意是 head of the kitchen（主廚）。

L2 **chemical** [`kɛmɪk!] ①②③④
***

adj. 化學的；*n.* 化學藥品、化學製品

用法 chemical weapons 化學武器

L6 **chemist** [`kɛmɪst] ①②③④
*

n. 化學家、藥劑師

字構 chem 化學、化學的 + ist 人

L4 **chemistry** [`kɛmɪstrɪ] ①②③④
**

n. 化學、化學作用、化學性質

用法 organic chemistry 有機化學

L4 **cherish** [`tʃɛrɪʃ] ①②③④
**

v. 珍惜、疼愛、懷抱

句型 S + cherish the hope that S + V S 心中期盼……。

L3 **cherry** [`tʃɛrɪ] ①②③④
*

n. 櫻桃；*adj.* 櫻桃色的、鮮紅色的

用法 the bloom of cherry trees 櫻桃樹開花

L2 **chess** [tʃɛs] ①②③④
**

n. 棋子、西洋棋

用法 play chess 下棋

L3 **chest** [tʃɛst] ①②③④
***

n. 胸、胸部、大箱子

用法 get sth. off one's chest 傾吐心中的話

L6 **chestnut** [`tʃɛs,nʌt] ①②③④
*

n. 栗子、栗樹；*adj.* 栗色的

用法 roast chestnuts 烘烤栗子

L4 **chew** [tʃu]　　　　　　　　①②③④

★　*v./n.* 咀嚼、細想

用法 chew over + N 深思……

chick [tʃɪk]　　　　　　　　①②③④

★　*n.* 小雞、少女

用法 a nest of chicks 一窩小雞

L1 **chicken** [ˋtʃɪkɪn]　　　　　　①②③④

★★★　*n.* 雞、雞肉、膽小鬼

用法 chicken influenza 禽流感

L2 **chief** [tʃif]　　　　　　　　①②③④

★★★　*adj.* 最高位的、主要的；*n.* 首長、首領

用法 the chief engineer 總工程師

L1 **child** [tʃaɪld]　　　　　　　①②③④

★★★　*n.* 小孩、孩童

用法 as innocent as a child 似小孩般天真無邪

L2 **childhood** [ˋtʃaɪldˌhʊd]　　　①②③④

★★★　*n.* 童年、兒童時期

用法 from childhood to adolescence 從童年到青少年

L2 **childish** [ˋtʃaɪldɪʃ]　　　　　①②③④

★　*adj.* 幼稚的、孩子氣的

用法 childish ignorance 幼稚的無知

childlike [ˋtʃaɪldˌlaɪk]　　　　①②③④

★　*adj.* 似小孩的、天真的、單純的

用法 childlike simplicity 孩童般的質樸

L6 **chili** [`tʃɪlɪ]　　　　　　　　①②③④
★　*n.* 辣椒、紅辣椒

用法 chili powder 辣椒粉

L3 **chill** [tʃɪl]　　　　　　　　①②③④
★★　*n.* 寒冷；*v.* 冷卻、感到冷；*adj.* 寒冷的、冷淡的

用法 chill out 冷靜下來

L3 **chilly** [`tʃɪlɪ]　　　　　　　　①②③④
★　*adj.* 寒冷的、冷淡的、冷漠的

用法 give sb. a chilly reception 冷淡接待某人

L3 **chimney** [`tʃɪmnɪ]　　　　　　　　①②③④
★　*n.* 煙囪

用法 smoke like a chimney 煙癮很大

L6 **chimpanzee** [ˌtʃɪmpæn`zi]　　　　　　　　①②③④
★★　*n.* 黑猩猩

補充 chimpanzee 也可省略為 chimp，和 gorilla（大猩
猩）、gibbon（長臂猿）、orangutan（猩猩）、
ape（猿）等同屬 Primates（靈長類）。

L3 **chin** [tʃɪn]　　　　　　　　①②③④
★　*n.* 下巴、下顎

用法 take sth. on the chin 忍受痛苦

L2 **china** [`tʃaɪnə]　　　　　　　　①②③④
★　*n.* 瓷器

用法 be made of china 瓷製的

L3 **chip** [tʃɪp]　　　①②③④

★★　*n.* 碎片、薄片；*v.* 削、鑿、切碎、破碎

用法 potato chips 洋芋片

L6 **chirp** [tʃɝp]　　　①②③④

★　*v.* 鳥蟲叫；*n.* 啁啾、吱喳的聲音

延伸 chirpy *adj.* 愉快的；chirpiness *n.* 快活

L1 **chocolate** [`tʃakəlɪt]　　　①②③④

★　*n.* 巧克力

用法 a bar of chocolate 一條巧克力

L1 **choice** [tʃɔɪs]　　　①②③④

★★★　*n.* 選擇；*adj.* 優質的、上選的

用法 have no choice but to-V 除了……之外別無選擇

L5 **choir** [kwaɪr]　　　①②③④

★　*n.* 唱詩班、合唱隊

用法 sing in the choir 唱詩班中唱歌

L4 **choke** [tʃok]　　　①②③④

★★　*v./n.* 窒息、堵塞

用法 almost choke to death 幾乎被噎死

L6 **cholesterol** [kə`lɛstə‚rol]　　　①②③④

★　*n.* 膽固醇

字構 chole 膽、膽汁 + ster 固體 + ol 化學衍生物

L1 **choose** [tʃuz]　　　①②③④

★★★　*v.* 選擇、抉擇、決定

用法 choose **from / between / among** 從中挑選

L3 **chop** [tʃap]　　　　　　　　　　①②③④

★ *v.* 砍、劈；*n.* 厚肉片

用法 pork chop 豬排

L2 **chopstick(s)** [`tʃap,stɪk(s)]　　　①②③④

★ *n.* 筷子

用法 eat with chopsticks 用筷子吃

L5 **chord** [kɔrd]　　　　　　　　　　①②③④

★★★ *n.* 弦、和弦、心弦（感情）

用法 strike a chord with sb. 引起某人的共鳴

L5 **chore** [tʃor]　　　　　　　　　　①②③④

★★ *n.* 家事、雜務

用法 do house chores 做家事

L4 **chorus** [`korəs]　　　　　　　　①②③④

★★ *n.* 合唱團、合唱曲、齊聲

用法 sing in chorus 齊聲合唱

Christmas [`krɪsməs]　　　　　①②③④

★★ *n.* 聖誕節、耶誕節（= Xmas）

用法 Merry Christmas to you! 祝你耶誕快樂！

L5 **chronic** [`krɑnɪk]　　　　　　　①②③④

★ *adj.* 慢性的、久病的

用法 chronic diseases 慢性疾病

L5 **chubby** [`tʃʌbɪ]　　　　　　　　①②③④

★ *adj.* 圓胖的、胖嘟嘟的

用法 a chubby boy 圓胖的男孩

6000+ Words

chuckle [`tʃʌk!] ①②③④

★ *v.* 咯咯輕聲地笑、暗自發笑；*n.* 輕笑聲

用法 chuckle over sth. 對某事發出輕笑、感到高興

L5 **chunk** [tʃʌŋk] ①②③④

★ *n.* 大塊、厚片

用法 a big chunk of + N 一大塊……

L1 **church** [tʃɝtʃ] ①②③④

★★★ *n.* 教堂、禮拜

用法 go to church 上教堂、做禮拜

L6 **cigar** [sɪ`gɑr] ①②③④

★ *n.* 雪茄

用法 smoke a cigar 抽雪茄

L3 **cigarette** [ˌsɪgə`rɛt] ①②③④

★★ *n.* 香煙、紙煙

用法 a cigarette lighter 打火機

L3 **cinema** [`sɪnəmə] ①②③④

★ *n.* 電影、電影院、電影業

用法 go to the cinema 去看電影

L1 **circle** [`sɝk!] ①②③④

★★★ *n.* 圓圈、圓環；*v.* 盤旋、繞圈子

用法 in a circle 圍成一圈

L5 **circuit** [`sɝkɪt] ①②③④

★★★ *n.* （繞行）一周、巡迴、周圍、電路

用法 a short circuit 短路

L4 **circular** [`sɝkjələ`] ①②③④

★★ *adj.* 圓形的、循環的

用法 make a circular tour 環遊旅行

L4 **circulate** [`sɝkjəˌlet`] ①②③④

★ *v.* 循環、繞行、傳播、散播

用法 circulate extensively 廣泛流通

L4 **circulation** [ˌsɝkjəˈleʃən] ①②③④

★★ *n.* 循環、流通、銷路

用法 have a **good** / **poor** circulation 血液循環好 / 差

L4 **circumstance** [`sɝkəmˌstæns`] ①②③④

★★★ *n.* 情況、境遇、環境

用法 under no circumstances 決不

L3 **circus** [`sɝkəs`] ①②③④

★ *n.* 馬戲團、馬戲表演

用法 circus acrobatics 馬戲團雜技表演

L5 **cite** [saɪt] ①②③④

★★★ *v.* 引用、舉證

用法 cite an example 引用例子

L3 **citizen** [`sɪtəzən`] ①②③④

★★★ *n.* 市民、公民、國民

用法 the world citizen 世界公民

L5 **citizenship** [`sɪtəznˌʃɪp`] ①②③④

★ *n.* 公民權、公民身分

用法 fulfill one's citizenship 行使公民權利

L1 **city** [`sɪtɪ]   ①②③④

*** *n.* 大都市、城市

用法 city plans 都市計畫

L5 **civic** [`sɪvɪk]   ①②③④

** *adj.* 市民的、市政的

用法 civic duties 市民的責任

L3 **civil** [`sɪv!]   ①②③④

*** *adj.* 市民的、公民的、民事的

用法 civil rights 公民權；civil war 內戰

L4 **civilian** [sɪ`vɪljən]   ①②③④

* *n.* 平民、百姓；*adj.* 平民的、百姓的

字構 civ 市民 + il 關係 + ian 人

L4 **civilization** [ˌsɪvḷə`zeʃən]   ①②③④

*** *n.* 文明、開化

用法 ancient civilization 古文明

L6 **civilize** [`sɪvəˌlaɪz]   ①②③④

* *v.* 使文明、教化

用法 a civilized person 有教養的人

L2 **claim** [klem]   ①②③④

*** *v.* 認領、要求、奪走（人命）；*n.* 要求、聲明

用法 claim for damages 要求賠償金

L6 **clam** [klæm]   ①②③④

* *n.* 蚌、蛤蜊、守口如瓶者

用法 shut up like a clam 閉口不言

clamp [klæmp] ①②③④

★ **v.** 鉗住、夾緊；**n.** 螺絲鉗

用法 clamp down on + N 嚴厲打擊……

clan [klæn] ①②③④

★ **n.** 宗族、部落

用法 clan disputes 宗族糾紛

L2 **clap** [klæp] ①②③④

★★ **v.** 拍手、輕拍、鼓掌；**n.** 輕拍、鼓掌聲

用法 give sb. a clap 為某人鼓掌

L4 **clarify** [`klærə/faɪ] ①②③④

★★ **v.** 釐清、澄清

字構 clar 清楚 + ify 使成為

L5 **clarity** [`klærətɪ] ①②③④

★★ **n.** 清晰、清澈

用法 with clarity = clearly 清晰地

L4 **clash** [klæʃ] ①②③④

★ **n.** 碰撞聲、衝突；**v.** 碰撞、衝突

用法 clash against the wall 撞到牆

L6 **clasp** [klæsp] ①②③④

★ **n./v.** 緊握、緊抱

用法 clasp sb. by the hand 緊握某人的手

L1 **class** [klæs] ①②③④

★★★ **n.** 班級、階級、種類；**v.** 分類、分級

用法 the **upper / middle / low** class 上 / 中 / 下層階級

6000+ Words

C 6000+ Words a High School Student Must Know

L2 **classic** [`klæsɪk]　　①②③④

★★ *adj.* 古典派的、經典的；*n.* 古典、經典作品

用法 a classic novel 經典小說

L3 **classical** [`klæsɪk!]　　①②③④

★★★ *adj.* 古典的

用法 classical **literature** / **music** 古典文學 / 音樂

L4 **classification** [ˌklæsəfə`keʃən]　　①②③④

★★ *n.* 分類、類別、分類項目

用法 make a classification of + N 對……進行分類

L4 **classify** [`klæsəˌfaɪ]　　①②③④

★★ *v.* 分類、分級

用法 classified documents 機密文件

L5 **clause** [klɔz]　　①②③④

★ *n.* 子句、條款

用法 a **noun** / **adjective** clause 名詞 / 形容詞子句

L4 **claw** [klɔ]　　①②③④

★ *n.* 爪子、螯、鉗；*v.* 用爪子抓

用法 scratch with claws 用爪子抓

L3 **clay** [kle]　　①②③④

★★★ *n.* 黏土、陶土

用法 a lump of clay 一塊黏土

L1 **clean** [klin]　　①②③④

★★★ *adj.* 乾淨的；*v.* 清掃；*adv.* 完全地；*n.* 清潔

用法 clean up + N 清除……

L3 **cleaner** [`klinɚ] ①②③④

★   *n.* 清潔工、乾洗店

用法 the dry cleaner's 乾洗店

cleanse [klɛnz] ①②③④

★   *v.* 洗清、清潔、淨化

用法 cleanse the soul 淨化心靈

L1 **clear** [klɪr] ①②③④

★★★ *adj.* 清晰的、晴朗的；*v.* 淨空；*adv.* 清楚地

用法 make clear 使明白、弄清楚、搞懂

L6 **clearance** [`klɪrəns] ①②③④

★★ *n.* 清除、清倉

用法 have a clearance sale 舉辦清倉大拍賣

clench [klɛntʃ] ①②③④

★   *v./n.* 咬緊、緊握、牢牢抓住

用法 clench one's fists 緊握拳頭

L2 **clerk** [klɝk] ①②③④

★★★ *n.* 職員、店員

用法 an office clerk 辦公室職員

L2 **clever** [`klɛvɚ] ①②③④

★★ *adj.* 聰明的、靈巧的、巧妙的

同義 bright / skillful / smart / witty

L2 **click** [klɪk] ①②③④

★   *v.* 發出喀擦聲、點擊；*n.* 喀擦聲

用法 click on the icon 點一下圖像

C 6000+
Words a High School Student Must Know

L3 client [`klaɪənt] ①②③④

*** *n.* 客戶、顧客、委託人

用法 serve a client 服務客戶

L4 cliff [klɪf] ①②③④

* *n.* 懸崖、峭壁、斷崖

用法 fall from a steep cliff 從陡峭的懸崖墜落

L2 climate [`klaɪmɪt] ①②③④

** *n.* 氣候、風氣

用法 tropical climates 熱帶氣候

L6 climax [`klaɪmæks] ①②③④

* *n.* 頂點、高點；*v.* 到達頂點

用法 at the climax of one's fortunes 飛黃騰達

L1 climb [klaɪm] ①②③④

*** *v./n.* 攀登、上升

用法 go mountain climbing 去爬山

L5 cling [klɪŋ] ①②③④

*** *v.* 附著、堅持、固執

用法 **cling / stick** to + N 執著、堅持於……

L3 clinic [`klɪnɪk] ①②③④

* *n.* 診所、門診部

用法 dental clinic 牙科診所

L5 clinical [`klɪnɪk!] ①②③④

** *adj.* 診所的、臨床的

用法 clinical research 臨床研究

L3　**clip** [klɪp]　①②③④
★　　*n.* 迴紋針、剪報、夾子；*v.* 修剪、夾住、剪報
　　用法 a paper clip 紙夾、迴紋針

L1　**clock** [klɑk]　①②③④
★★　　*n.* 時鐘
　　用法 work around the clock 日以繼夜地工作

L6　**clockwise** [`klɑk͵waɪz]　①②③④
★　　*adv.* 順時針方向地；*adj.* 順時針方向的
　　反義 anticlockwise

L6　**clone** [klon]　①②③④
★　　*n.* 複製的生物、複製品；*v.* 複製
　　用法 clone human embryos 複製人類胚胎

L1　**close** [klos]　①②③④
★★★　　*adj.* 接近的；*adv.* 緊靠地；*v./n.* 關閉、結束
　　用法 a close call 千鈞一髮

L3　**closet** [`klɑzɪt]　①②③④
★★　　*n.* 櫥子、櫥櫃
　　用法 a walk-in closet 步入式衣帽間

L6　**closure** [`kloʒɚ]　①②③④
★　　*n.* 停業、關閉
　　用法 factory closures 工廠倒閉

L2　**cloth** [klɔθ]　①②③④
★★★　　*n.U* 布、布料；*n.pl* 衣服
　　用法 a piece of cloth 一塊布

6000 Words

L3 **clothe** [kloð]　　　　　　　　　①②③④

★　　*v.* 穿衣、覆蓋

　　用法 clothe oneself in sth. 穿著某衣服

L2 **clothing** [`kloðɪŋ]　　　　　　　①②③④

★★　　*n.* 衣著、衣服（總稱）

　　用法 an article of clothing 一件衣服

L1 **cloud** [klaʊd]　　　　　　　　　①②③④

★★★　　*n.* 雲、雲狀物；*v.* 遮蔽、使陰暗

　　成語 Every cloud has a silver lining. 否極泰來。

L2 **cloudy** [`klaʊdɪ]　　　　　　　①②③④

★　　*adj.* 陰天的、多雲的、心情憂鬱的

　　用法 in a cloudy mood 心情欠佳

　　clover [`klovɚ]　　　　　　　　①②③④

★　　*n.* 苜蓿、紅花草

　　用法 a four-leaf clover 四葉苜蓿（幸運草）

L3 **clown** [klaʊn]　　　　　　　　　①②③④

★　　*n.* 小丑、詼諧的人；*v.* 扮小丑

　　用法 play a clown 扮小丑

L1 **club** [klʌb]　　　　　　　　　　①②③④

★★★　　*n.* 俱樂部、社團、棍子；*v.* 聯合、用棍棒打

　　用法 join a student club 參加學生社團

L3 **clue** [klu]　　　　　　　　　　①②③④

★★★　　*n.* 線索、跡象、頭緒

　　用法 not have a clue 一無所悉、毫無頭緒

L4 **clumsy** [`klʌmzɪ] ①②③④

★★ *adj.* 笨拙的、不靈巧的

用法 be clumsy with + N 在……方面笨手笨腳

L5 **cluster** [`klʌstɚ] ①②③④

★ *n.* 簇、群、串；*v.* 群集、密集

用法 stars in clusters 星星成群

clutch [klʌtʃ] ①②③④

★ *v.* 緊握、抓住；*n.* 控制、抓住、離合器

用法 clutch at + N 緊抓住……

L3 **coach** [kotʃ] ①②③④

★★ *n.* 教練、客車、私人教師；*v.* 指導

用法 act as a coach for + N 擔任……的教練

L2 **coal** [kol] ①②③④

★★★ *n.* 煤、煤炭

用法 coal mining 採煤

L6 **coalition** [ˌkoə`lɪʃən] ①②③④

★ *n.* 聯合、聯盟、結合

用法 form a coalition 結成聯盟

L4 **coarse** [kors] ①②③④

★ *adj.* 粗糙的、粗俗的、粗暴的

用法 a coarse taste 低俗的品味

L2 **coast** [kost] ①②③④

★★★ *n.* 海岸、沿海地區

用法 from coast to coast 遍及全美各地

143

L6 **coastline** [`kost,laɪn] ①②③④

★ *n.* 海岸、海岸線

用法 a rocky coastline 多岩石的海岸線

L1 **coat** [kot] ①②③④

★★★ *n.* 上衣、大衣外套；*v.* 覆蓋……的表面

用法 a custom-made coat 訂製的外套

L5 **cocaine** [ko`ken] ①②③④

★ *n.* 古柯鹼

用法 a cocaine smuggler 古柯鹼走私販

L3 **cock** [kɑk] ①②③④

★ *n.* 公雞

用法 at the cock crow 在雞鳴時刻、在黎明

L2 **cockroach** [`kɑk,rotʃ] ①②③④

★ *n.* 蟑螂（ = roach ）

用法 exterminate cockroaches 消滅蟑螂

L3 **cocktail** [`kɑk,tel] ①②③④

★★ *n.* 雞尾酒

用法 a cocktail party 雞尾酒派對

L2 **cocoa** [`koko] ①②③④

★ *n.* 可可亞

用法 have a mug of cocoa 喝一杯可可亞

L3 **coconut** [`kokə,nət] ①②③④

★ *n.* 椰子

用法 coconut palms 椰子樹

cocoon [kə`kun] ①②③④

★ **n.** 繭、覆蓋物；**v.** 包住、遮蓋

用法 a silkworm cocoon 蠶繭

L4 **code** [kod] ①②③④

★★★ **n.** 代碼、密碼、規章；**v.** 編碼、譯成電碼

用法 dress code 服裝規定

L1 **coffee** [`kɔfɪ] ①②③④

★★★ **n.** 咖啡

用法 **strong / weak** coffee 濃 / 淡的咖啡

L5 **coffin** [`kɔfɪn] ①②③④

★ **n.** 棺材、靈柩

用法 put a nail in sb.'s coffin 加速促使某人失敗

L5 **cognitive** [`kagnətɪv] ①②③④

★★ **adj.** 認知的、認識的

用法 cognitive bias 認知偏見

L5 **coherent** [ko`hɪrənt] ①②③④

★ **adj.** 一致的、連貫的

延伸 cohere **v.** 使一致；coherence **n.** 連貫性

coil [kɔɪl] ①②③④

★ **n.** 線圈、盤繞；**v.** 捲成圈、盤繞

用法 coil up the wire 把電線盤好

L2 **coin** [kɔɪn] ①②③④

★★ **n.** 硬幣；**v.** 擲硬幣

用法 flip a coin 拋擲硬幣

6000+ words

coincide [,koɪn`saɪd] ①②③④

★★ *v.* 同時發生、一致

用法 coincide with + N 與……一致

L5 **coincidence** [ko`ɪnsɪdəns] ①②③④

★★ *n.* 巧合、同時發生

用法 What a coincidence! 真巧！

L2 **cola** [`kolə] ①②③④

★ *n.* 可樂、可口可樂（= Coke）

用法 Coca Cola 可口可樂；Diet Coke 健怡可樂

L1 **cold** [kold] ①②③④

★★★ *adj.* 寒冷的、冷淡的；*n.* 寒冷、感冒

用法 **catch / get / have** a cold 感冒

L5 **collaboration** [kə,læbə`reʃən] ①②③④

★★ *n.* 合作

用法 in collaboration with + N 與……合作

L4 **collapse** [kə`læps] ①②③④

★★ *v./n.* 倒塌、崩潰、衰弱、失敗

用法 undergo a financial collapse 經歷金融崩潰

L3 **collar** [`kalɚ] ①②③④

★★ *n.* 衣領、項圈

用法 seize sb. by the collar 抓住某人領口

L4 **colleague** [`kalig] ①②③④

★★★ *n.* 同事、同行

同義 associate / collaborator / coworker / partner

L1 **collect** [kə`lɛkt] ①②③④

*** *v.* 收集、集合；*adj.* 對方付費的；*adv.* 對方付費

用法 make a collect call 打對方付費的電話

L3 **collection** [kə`lɛkʃən] ①②③④

*** *n.* 收集、收藏品、募款

用法 make a collection of stamps 收集郵票

L5 **collective** [kə`lɛktɪv] ①②③④

** *adj.* 集體的、集合的；*n.* 集合物

用法 collective nouns 集合名詞

L5 **collector** [kə`lɛktɚ] ①②③④

** *n.* 收集者、收藏家

用法 a stamp collector 集郵者

L2 **college** [`kalɪdʒ] ①②③④

*** *n.* 大學、學院

用法 **attend / enter / go to** college 上大學

collide [kə`laɪd] ①②③④

* *v.* 碰撞、相撞、衝突

用法 collide with + N 與……相撞

L6 **collision** [kə`lɪʒən] ①②③④

* *n.* 碰撞、猛烈相撞、衝突

用法 in collision with + N 與……相撞

L6 **colloquial** [kə`lokwɪəl] ①②③④

* *adj.* 口語的、白話的、會話的

用法 colloquial expressions 口語化表達語

colonel [`kɜ·n!] ①②③④

*** *n.* 陸軍上校

補充 major 少校；lieutenant colonel 中校

L5 **colonial** [kə`lonjəl] ①②③④

*** *adj.* 殖民的；*n.* 殖民地

用法 colonial rule 殖民統治

L3 **colony** [`kalənɪ] ①②③④

*** *n.* 殖民地、部落、群體

用法 a colony of bees 蜂群

L1 **color** [`kʌlə] ①②③④

*** *n.* 色彩、顏料；*v.* 著色

用法 come off with flying colors 表現優異、大獲全勝

L3 **colorful** [`kʌlə·fəl] ①②③④

** *adj.* 多采多姿的、色彩豐富的

用法 a colorful story 生動的故事

L3 **column** [`kaləm] ①②③④

*** *n.* 圓柱、圓柱狀物、專欄

用法 marble columns 大理石柱

L5 **columnist** [`kaləmɪst] ①②③④

* *n.* 專欄作家

用法 a fashion columnist 時裝專欄作家

L2 **comb** [kom] ①②③④

* *n.* 梳子；*v.* 梳理

用法 comb out + N 梳理、去除……

L5 **combat** [ˋkɑmbæt ; kəmˋbæt] ①②③④
★★ *n.* 戰鬥、鬥爭；*v.* 戰鬥、鬥爭

用法 a combat between A and B A 與 B 的鬥爭

L4 **combination** [ˏkɑmbəˋneʃən] ①②③④
★★★ *n.* 結合、組合、聯合

用法 in combination with + N 與……聯合

L2 **combine** [kəmˋbaɪn] ①②③④
★★★ *v.* 結合、合併

用法 combine A **and** / **with** B 結合 A 與 B

L1 **come** [kʌm] ①②③④
★★★ *v.* 來、回來、變成

用法 when it comes to + N / Ving 當提到……時

L5 **comedian** [kəˋmidɪən] ①②③④
★ *n.* 喜劇演員、滑稽人物

用法 a comedian figure 喜劇人物

L4 **comedy** [ˋkɑmədɪ] ①②③④
★★ *n.* 喜劇

反義 tragedy

L6 **comet** [ˋkɑmɪt] ①②③④
★ *n.* 彗星、掃帚星

用法 Halley's Comet 哈雷彗星

L3 **comfort** [ˋkʌmfɚt] ①②③④
★★★ *n./v.* 安慰、舒適

用法 live in comfort 安逸度日

L1 **comfortable** [`kʌmfɚtəbl] ①②③④

*** *adj.* 舒適的、愉快的

用法 Make yourself comfortable! 不要拘束！

L2 **comic** [`kɑmɪk] ①②③④

* *adj.* 滑稽的、喜劇的；*n.* 漫畫書、漫畫雜誌

用法 a comic show 喜劇表演

L3 **comma** [`kɑmə] ①②③④

* *n.* 逗號

用法 **place / put** a comma 加上逗號

L2 **command** [kə`mænd] ①②③④

*** *v.* 命令、指揮、使用；*n.* 命令、指揮權

用法 have a good command of + N 精通……

L4 **commander** [kə`mændɚ] ①②③④

*** *n.* 指揮官、指揮者、司令官

用法 a commander-in-chief 總司令官

commemorate [kə`mɛmə,ret] ①②③④

* *v.* 紀念、慶祝

字構 com 完全、加強 + memor 記憶 + ate 使成為

commence [kə`mɛns] ①②③④

** *v.* 開始、著手

用法 commence with + N 從……開始

L4 **comment** [`kɑmɛnt] ①②③④

*** *n.* 評論、意見；*v.* 評論、評議

用法 No comment! 不予置評！

L5 commentary [`kamən,tɛrɪ] ①②③④

★★ *n.* 評論、報導

用法 news commentaries 時事評論

L5 commentator [`kamən,tetɚ] ①②③④

★ *n.* 時事評論家、實況播音員

用法 a political commentator 政治時事評論員

L4 commerce [`kamɝs] ①②③④

★★★ *n.* 商業、通商貿易、交易

同義 bargain / business / dealings / trade

L2 commercial [kə`mɝʃəl] ①②③④

★★★ *adj.* 商業的；*n.* 電視廣告

補充 commercial 指的是電視及廣播的「商業廣告」，
報紙及雜誌的「平面廣告」則用 advertisement。

L5 commission [kə`mɪʃən] ①②③④

★★★ *n.* 委員會、佣金；*v.* 委任、代理、授權

用法 commission sb. to-V 委託某人做……

L4 commit [kə`mɪt] ①②③④

★★★ *v.* 做出、犯（罪）、奉獻

用法 commit suicide 自殺

L5 commitment [kə`mɪtmənt] ①②③④

★★ *n.* 承諾、投入、奉獻

用法 make a commitment to + N 奉獻於……

L3 committee [kə`mɪtɪ] ①②③④

★★★ *n.* 委員會

用法 organize a committee 組織委員會

L5 **commodity** [kə`madətɪ] ①②③④
** *n.* 商品、日用品
用法 daily commodities 日用品

L1 **common** [`kamən] ①②③④
*** *adj.* 共通的、常見的；*n.* 公共用地
用法 have sth. in common 有……共通之處

L6 **commonplace** [`kamən,ples] ①②③④
** *adj.* 普通的、平凡的；*n.* 常見的事
用法 a commonplace practice 司空見慣的作法

L6 **commonwealth** [`kamən,wɛlθ] ①②③④
* *n.* 全體國民、國家、聯邦、州、自治區（大寫）
用法 Commonwealth of Kentucky 肯塔基州

L3 **communicate** [kə`mjunə,ket] ①②③④
** *v.* 溝通、聯絡
用法 communicate with + N 與……溝通

L4 **communication** [kə,mjunə`keʃən] ①②③④
*** *n.* 溝通、通訊、傳播
用法 a communications satellite 通訊衛星

L6 **communicative** [kə`mjunə,ketɪv] ①②③④
* *adj.* 溝通的、傳達的
用法 communicative skills 溝通技巧

L5 **communism** [`kamjʊ,nɪzəm] ①②③④
*** *n.* 共產主義

補充 socialism 社會主義；capitalism 資本主義

L5 **communist** [ˋkɑmjʊˌnɪst] ①②③④
*** *n.* 共產主義者；*adj.* 支持共產主義的
用法 an anti-communist 反共產主義者

L4 **community** [kəˋmjunətɪ] ①②③④
*** *n.* 社區、團體、公眾
用法 community spirit 團隊精神

L5 **commute** [kəˋmjut] ①②③④
** *v.* 通勤
用法 commute between A and B 通勤於 A 與 B 兩地

L5 **commuter** [kəˋmjutɚ] ①②③④
* *n.* 通勤者、通勤族
用法 MRT commuters 捷運通勤族

L5 **compact** [kəmˋpækt] ①②③④
* *adj.* 緊密的、緊湊的；*v.* 使緊密、壓緊；*n.* 協議
字構 com 共同、一起 + pact 緊密

L4 **companion** [kəmˋpænjən] ①②③④
*** *n.* 同伴、夥伴
用法 a traveling companion 旅行同伴
companionship [kəmˋpænjənˌʃɪp] ①②③④
* *n.* 同伴情誼、友誼
用法 keep pets for companionship 養寵物作伴

L2 **company** [ˋkʌmpənɪ] ①②③④
*** *n.* 公司、同伴、（一群）夥伴

成語 A man is known by the company he keeps.

觀其友，知其人。

L5 **comparable** [`kɑmpərəb!] ①②③④

★★★ *adj.* 可比較的、匹配的

用法 be comparable **with** / **to** + N 與……相比、相當

L6 **comparative** [kəm`pærətɪv] ①②③④

★ *adj.* 比較的、相對的

用法 comparative literature 比較文學

L2 **compare** [kəm`pɛr] ①②③④

★★★ *v.* 比較、比喻

用法 compare A to B 將 A 比喻做 B

L3 **comparison** [kəm`pærəsṇ] ①②③④

★★★ *n.* 比較、比喻

用法 in comparison with + N 與……比起來

L6 **compass** [`kʌmpəs] ①②③④

★ *n.* 羅盤、指南針、圓規、範圍；*v.* 圍繞、圖謀

用法 draw a circle with a compass 用圓規畫圓

L5 **compassion** [kəm`pæʃən] ①②③④

★ *n.* 同情、憐憫

用法 have compassion for the poor 對窮人抱持憐憫

L5 **compassionate** [kəm`pæʃənɪt] ①②③④

★ *adj.* 同情的、憐憫的

字構 com 共同 + passion 感情 + ate 充滿……的

L5 **compatible** [kəm`pætəb!] ①②③④

**	*adj.* 相容的、共存的、不相矛盾的	
	用法 be compatible with + N 與……相容	
L5	**compel** [kəm`pɛl]	①②③④
**	*v.* 強迫、迫使	
	延伸 compulsion *n.* 強迫；compulsory *adj.* 義務的	
L5	**compensate** [`kampən,set]	①②③④
★	*v.* 補償、賠償、償還	
	用法 compensate for + N 補償……	
L5	**compensation** [,kampən`seʃən]	①②③④
★	*n.* 補償、賠償費	
	用法 unemployment compensation 失業救濟金	
L3	**compete** [kəm`pit]	①②③④
***	*v.* 競爭、匹敵	
	用法 compete **against / with** sb. 與某人競爭	
L5	**competence** [`kampətəns]	①②③④
**	*n.* 能力、技能、適合性	
	用法 Basic Competence Test 國中基本學力測驗	
L5	**competent** [`kampətənt]	①②③④
**	*adj.* 有能力的、能勝任的	
	用法 be competent for + N 能勝任……	
L4	**competition** [,kampə`tɪʃən]	①②③④
***	*n.* 競爭、競賽、競技	
	用法 a fierce competition 激烈的競爭	
L4	**competitive** [kəm`pɛtətɪv]	①②③④

600 Words

** *adj.* 競爭的、競爭性的

用法 a highly competitive society 高度競爭的社會

L4 **competitor** [kəm`pɛtətə] ①②③④

** *n.* 競爭者、參賽者

同義 rival / opponent

L6 **compile** [kəm`paɪl] ①②③④

* *v.* 編纂、編輯

用法 compile an encyclopedia 編纂百科全書

L3 **complain** [kəm`plen] ①②③④

*** *v.* 抱怨、控訴

用法 complain **about** / **of** + N 抱怨⋯⋯

L3 **complaint** [kəm`plent] ①②③④

** *n.* 抱怨、訴苦

用法 make complaints about + N 對⋯⋯有所抱怨

L6 **complement** [`kampləmənt] ①②③④

** *n.* 補充物、補語；*v.* 補充、補足

用法 a complement to + N ⋯⋯的補充物

L2 **complete** [kəm`plit] ①②③④

*** *adj.* 全部的、完整的；*v.* 完成

同義 entire / total / undivided / whole

L3 **complex** [`kamplɛks] ①②③④

*** *adj.* 複雜的、綜合的；*n.* 集合體、情結

用法 inferiority complex 自卑感

L6 **complexion** [kəm`plɛkʃən] ①②③④

★　　*n.* 臉色、膚色、氣色

　　用法 a suntanned complexion 曬黑的膚色

L5　**complexity** [kəm`plɛksətɪ]　　①②③④

★★　*n.* 複雜、複雜性、建築群

　　用法 of great complexity 非常複雜

L5　**compliance** [kəm`plaɪəns]　　①②③④

★　　*n.* 順從、遵守

　　用法 in compliance with regulations 遵守規範

L4　**complicate** [`kɑmplə͵ket]　　①②③④

★★★　*v.* 使複雜、使難懂

　　用法 be complicated by + N 因……變得複雜、棘手

L5　**complication** [͵kɑmplə`keʃən]　　①②③④

★　　*n.* 複雜、複雜的情況、併發症

　　用法 surgical complications 手術併發症

L5　**compliment** [`kɑmpləmənt]　　①②③④

★　　*n./v.* 恭維、讚美、讚頌

　　用法 compliment sb. on sth. 因某事讚美某人

L5　**comply** [kəm`plaɪ]　　①②③④

★★　*v.* 遵守、順從

　　用法 comply with social conventions 遵照社會習俗

L5　**component** [kəm`ponənt]　　①②③④

★★★　*n.* 成分、構成要素；*adj.* 組成的

　　用法 component parts 構成部分

L4　**compose** [kəm`poz]　　①②③④

6000+ Words

*** *** *v.* 構成、作曲、寫作、鎮靜

用法 be composed of + N 由……組成

L4 composer [kəm`pozɚ] ①②③④

** ** *n.* 作曲家、作者

用法 a **major** / **minor** composer 主 / 次要的作曲家

L4 composition [ˌkɑmpə`zɪʃən] ①②③④

*** *** *n.* 構成、作曲、寫作

用法 write an English composition 寫英文作文

L5 compound [`kɑmpaʊnd ; kɑm`paʊnd] ①②③④

** ** *n.* 混合物、化合物；*adj.* 合成的；*v.* 混合、調配

用法 chemical compounds 化學化合物

L5 comprehend [ˌkɑmprɪ`hɛnd] ①②③④

★ *v.* 理解、了解

同義 grasp / know / realize / understand

L5 comprehension [ˌkɑmprɪ`hɛnʃən] ①②③④

★ *n.* 理解、理解力

用法 reading comprehension tests 閱讀測驗

L6 comprehensive [ˌkɑmprɪ`hɛnsɪv] ①②③④

** ** *adj.* 理解的、包羅萬象的、全面的

用法 a comprehensive survey 全面的調查

L5 comprise [kəm`praɪz] ①②③④

** ** *v.* 組成、包含

用法 comprise a large proportion of + N

   ……佔很大部分

L5 **compromise** [`kɑmprə,maɪz]   ①②③④

★★ *n./v.* 妥協、和解

用法 come to a compromise 達成妥協

L5 **compulsory** [kəm`pʌlsərɪ]   ①②③④

★★ *adj.* 必修的、義務的、強制的

用法 12-year compulsory education 12 年義務教育

L6 **compute** [kəm`pjut]   ①②③④

★★ *v.* 計算、估計

用法 compute the bill 算帳

L1 **computer** [kəm`pjutɚ]   ①②③④

★ *n.* 電腦

用法 personal computer 個人電腦

L6 **computerize** [kəm`pjutə,raɪz]   ①②③④

★ *v.* 電腦化

用法 be fully computerized 全面電腦化

L6 **comrade** [`kɑmræd]   ①②③④

★ *n.* 戰友、同志

字構 com 共同 + rade 行動的人

L5 **conceal** [kən`sil]   ①②③④

★ *v.* 隱藏、隱瞞

用法 conceal sth. from sb. 對某人隱瞞某事

L5 **concede** [kən`sid]   ①②③④

★★ *v.* 讓步、承認

用法 concede to sb.'s demands 對某人的要求讓步

conceit [kən`sit] ①②③④
★ **n.** 自負、自傲、自誇
延伸 conceited **adj.** 自負的；conceitedness **n.** 自負

L5 **conceive** [kən`siv] ①②③④
★★★ **v.** 構思、受孕、想像
用法 conceive a plan to-V 構思……的計畫

L4 **concentrate** [`kɑnsɛnˌtret] ①②③④
★★★ **v.** 集中、專心
用法 concentrate on + N 專心於……

L4 **concentration** [ˌkɑnsɛn`treʃən] ①②③④
★★★ **n.** 集中注意力、濃度
用法 the concentration camp 集中營

L4 **concept** [`kɑnsɛpt] ①②③④
★★★ **n.** 概念、思想
同義 idea / notion / thought / view

L5 **conception** [kən`sɛpʃən] ①②③④
★★★ **n.** 觀念、構思、懷孕
用法 have no conception of + N 對……沒有概念

L2 **concern** [kən`sɝn] ①②③④
★★★ **v.** 涉及、關心、有關、憂慮；**n.** 關心、憂慮
用法 as far as sb. be concerned 就某人而言

L4 **concerning** [kən`sɝnɪŋ] ①②③④
★★★ **prep.** 關於、涉及
用法 concerning certain issues 關於某些議題

C

L3 **concert** [`kɑnsɚt]　　　①②③④

*** *n.* 音樂會、演唱會

用法 attend a musical concert 參加音樂演奏會

L6 **concession** [kən`sɛʃən]　　　①②③④

* *n.* 讓步、妥協

用法 make a concession 讓步

L6 **concise** [kən`saɪs]　　　①②③④

* *adj.* 簡明的、簡潔的

用法 precise and concise 精確簡明

L3 **conclude** [kən`klud]　　　①②③④

*** *v.* 結束、結論

用法 conclude with + N 以⋯⋯作結論

L3 **conclusion** [kən`kluʒən]　　　①②③④

*** *n.* 結尾、結論

用法 in conclusion 最後、總之

L4 **concrete** [`kɑnkrit]　　　①②③④

** *adj.* 具體的、固體的；*n.* 水泥；*v.* 凝固

反義 abstract *adj.* 抽象的

L5 **condemn** [kən`dɛm]　　　①②③④

** *v.* 譴責、責難、宣告有罪

延伸 condemnation *n.* 譴責；condemned *adj.* 被定罪
的；condemnable *adj.* 應受譴責的

L6 **condense** [kən`dɛns]　　　①②③④

* *v.* 精簡、濃縮

161

用法 condensed milk 煉乳

L2 **condition** [kən`dɪʃən] ①②③④

*** *n.* 狀況、條件；*v.* 調整

用法 in **poor** / **good** condition 狀況不好 / 良好

L5 **conduct** [`kandʌkt ; kən`dʌkt] ①②③④

*** *n.* 行為、引導；*v.* 傳導、指揮

字構 con 共同 + duct 引導

L4 **conductor** [kən`dʌktɚ] ①②③④

** *n.* 指揮家、列車長、導體

用法 an orchestra conductor 樂隊指揮家

L3 **cone** [kon] ①②③④

* *n.* 圓錐體、毬果

用法 ice cream cone 冰淇淋甜筒

L6 **confederation** [kən,fɛdə`reʃən] ①②③④

* *n.* 同盟、聯盟、邦聯、聯合

用法 Articles of Confederation 聯邦條例

confer [kən`fɝ] ①②③④

** *v.* 商談、商議、授予

用法 confer sth. on sb. 把某物授予某人

L4 **conference** [`kanfərəns] ①②③④

*** *n.* 會議、協商會

用法 a press conference 記者會

L4 **confess** [kən`fɛs] ①②③④

** *v.* 坦承、招供

用法 confess oneself guilty 坦承有罪

L5 **confession** [kənˈfɛʃən] ①②③④
★★ *n.* 招供、懺悔、告解
用法 make a confession 坦承、招供

L4 **confidence** [ˈkɑnfədəns] ①②③④
★★★ *n.* 信心、信任
用法 have confidence in + N 對……有信心

L2 **confident** [ˈkɑnfədənt] ①②③④
★ *adj.* 有自信的、確信的
用法 be confident of + N 對……有信心

L5 **confidential** [ˌkɑnfəˈdɛnʃəl] ①②③④
★ *adj.* 祕密的、機密的
用法 confidential documents 機密文件

L5 **confine** [kənˈfaɪn] ①②③④
★★ *v.* 限制、禁閉
用法 be confined to bed 臥病在床

L3 **confirm** [kənˈfɜm] ①②③④
★★★ *v.* 確認、證實、堅定
用法 confirm a reservation 確認訂位

L2 **conflict** [ˈkɑnflɪkt ; kənˈflɪkt] ①②③④
★ *n.* 衝突、爭執、矛盾；*v.* 衝突、爭執
用法 come into conflict with + N 與……起衝突

L5 **conform** [kənˈfɔrm] ①②③④
★★ *v.* 遵守、符合、遵照

用法 conform to the customs 遵照、遵從習俗

L5 **confront** [kən`frʌnt] ①②③④

*** *v.* 面對、對抗、對質

用法 be confronted with + N 面對、面臨……

L5 **confrontation** [ˌkɑnfrʌn`teʃən] ①②③④

★ *n.* 衝突、對抗

用法 have a confrontation with + N 與……衝突

Confucius [kən`fjuʃəs] ①②③④

★ *n.* 孔子

用法 the sayings of Confucius 孔子的教誨

L3 **confuse** [kən`fjuz] ①②③④

*** *v.* 混淆、困惑

用法 be confused about + N 對……感到困惑

L4 **confusion** [kən`fjuʒən] ①②③④

*** *n.* 混亂、困惑、慌亂

用法 in confusion 在混亂中

L4 **congratulate** [kən`grætʃəˌlet] ①②③④

★ *v.* 恭喜、祝賀、慶賀

用法 congratulate sb. on sth. 恭喜某人某事

L2 **congratulation** [kənˌgrætʃə`leʃən] ①②③④

★ *n.* 恭喜、祝賀

用法 Congratulations! 恭喜！

L4 **congress** [`kɑŋgrəs] ①②③④

★ *n.* 代表大會、美國國會

用法 an annual congress 年會

L6　**congressman** [`kaŋgrəsmən]　　①②③④

★★　*n.* 男國會議員（congresswoman 女國會議員）

用法 a Republican congressman 共和黨國會議員

conjunction [kənˋdʒʌŋkʃən]　　①②③④

★★　*n.* 連接（詞）、關聯

字構 con 共同 + junct 連接 + ion 名詞、行為

L3　**connect** [kəˋnɛkt]　　①②③④

★★★　*v.* 連接、聯想

用法 be connected with + N 與……有關聯

L2　**connection** [kəˋnɛkʃən]　　①②③④

★★★　*n.* 連接、關係、連繫

用法 be in connection with + N 與……有關聯

L4　**conquer** [`kaŋkɚ]　　①②③④

★　*v.* 征服、戰勝

成語 I came, I saw, I conquered. 我來，我見，我征服。

L6　**conquest** [`kaŋkwɛst]　　①②③④

★　*n.* 征服、戰勝

用法 make a conquest of + N 征服……

L4　**conscience** [`kanʃəns]　　①②③④

★★★　*n.* 良心、道德心

用法 for conscience' sake 為求良心過得去

L6　**conscientious** [ˌkanʃɪˋɛnʃəs]　　①②③④

★　*adj.* 有良心的、本著良心的

6000+ Words

用法 a conscientious business 良心企業

L3 **conscious** [`kanʃəs]   ①②③④

*** *adj.* 有意識的、察覺的

用法 be conscious of + N 意識到……

L5 **consecutive** [kən`sɛkjutɪv]   ①②③④

* *adj.* 連續的、不間斷的

用法 the fifth consecutive night 連續第 5 個晚上

L5 **consensus** [kən`sɛnsəs]   ①②③④

* *n.* 共識、一致、輿論

用法 reach a general consensus 普遍達成共識

L5 **consent** [kən`sɛnt]   ①②③④

** *v./n.* 同意、贊成

成語 Silence gives consent. 沉默即同意。

L4 **consequence** [`kansə,kwɛns]   ①②③④

*** *n.* 結果、後果

用法 as a consequence 結果是……

L4 **consequent** [`kansə,kwɛnt]   ①②③④

*** *adj.* 由……而起的、隨之發生的

用法 be consequent on + N 是由於……

L5 **conservation** [,kansə`veʃən]   ①②③④

* *n.* 保存、保護

用法 energy conservation 節約能源

L4 **conservative** [kən`sɝvətɪv]   ①②③④

** *adj.* 保守的、謹慎的；*n.* 保守者、保守黨

用法 a conservative estimate 保守的估計

L6 **conserve** [kən`sɝv ; `kansɝv] ①②③④

★★★ *v.* 保存、節約；*n.* 果醬、蜜餞

用法 conserve forests 維護森林

L2 **consider** [kən`sɪdɚ] ①②③④

★★★ *v.* 考慮、思考、認為

用法 consider + Ving 考慮做……

L3 **considerable** [kən`sɪdərəb!] ①②③④

★★★ *adj.* 相當多的、可觀的

用法 a considerable amount of + N 相當大量的……

L5 **considerate** [kən`sɪdərɪt] ①②③④

★ *adj.* 體貼的、考慮周到的

用法 be considerate of + N 體貼於……

L2 **consideration** [kənˏsɪdə`reʃən] ①②③④

★★★ *n.* 考慮、體諒

用法 take sth. into consideration 考慮到某事

L4 **consist** [kən`sɪst] ①②③④

★★★ *v.* 由……組成、在於……

用法 consist of + N 包括……；consist in + N 存在……

L4 **consistent** [kən`sɪstənt] ①②③④

★★ *adj.* 一貫的、一致的

用法 be consistent in + N 在……是一致的

L6 **consolation** [ˏkansə`leʃən] ①②③④

★ *n.* 安慰、慰問

C 6000+
Words a High School Student Must Know

用法 serve as a great consolation to sb.
對某人是極大的安慰

L6 **console** [kən`sol ; `kansol]　①②③④
★　*v.* 安慰、慰問；*n.* 控制台、儀表板
　　用法 a home video game console 家用電子遊戲機

L6 **consonant** [`kansənənt]　①②③④
★　*n.* 子音
　　補充 a vowel 母音

L6 **conspiracy** [kən`spɪrəsɪ]　①②③④
★★　*n.* 陰謀、密謀
　　延伸 conspire *v.* 密謀；conspiratorial *adj.* 密謀的

L3 **constant** [`kanstənt]　①②③④
★★★　*adj.* 不斷的、經常的；*n.* 不變的事物
　　成語 Constant dripping wears away the stone. 滴水穿石。

　　constituent [kən`stɪtʃuənt]　①②③④
★　*adj.* 組成的、構成的；*n.* 構成、選民
　　用法 main constituents 主要成分

L4 **constitute** [`kanstə,tjut]　①②③④
★★★　*v.* 構成、組成
　　用法 constitute a committee 組成委員會

L4 **constitution** [,kanstə`tjuʃən]　①②③④
★★★　*n.* 構造、憲法
　　用法 draft a constitution 起草憲法

L5 **constitutional** [,kanstə`tjuʃən!]　①②③④

MP3

C

★★	*adj.* 憲法的、體質上的；*n.* 保健散步	
	用法 a constitutional monarchy 君主立憲制	
L5	**constraint** [kən`strent]	①②③④
★	*n.* 約束、限制、強迫	
	用法 without constraint 無拘無束地	
L4	**construct** [kən`strʌkt]	①②③④
★★★	*v.* 建造、建築、構成	
	用法 construct a theory 創建理論	
L4	**construction** [kən`strʌkʃən]	①②③④
★★★	*n.* 建造、建造物、建設、構成	
	用法 under construction 建構中	
L4	**constructive** [kən`strʌktɪv]	①②③④
★★	*adj.* 建設性的、有益的	
	用法 constructive advice 具建設性的建議	
L4	**consult** [kən`sʌlt]	①②③④
★★★	*v.* 請教、諮詢、查閱	
	用法 consult the dictionary 查閱字典	
L4	**consultant** [kən`sʌltənt]	①②③④
★	*n.* 顧問、諮詢專家	
	用法 a legal consultant 法律顧問	
L5	**consultation** [ˌkɑnsəl`teʃən]	①②③④
★★	*n.* 商議、諮詢	
	用法 be in consultation with + N 與……商議	
L4	**consume** [kən`sjum]	①②③④

6000+ Words

★★ *v.* 消費、消耗

用法 consume energy 消耗能源

L4 **consumer** [kən`sjumɚ] ①②③④

★★★ *n.* 消費者、用戶

用法 consumer rights 消費者權益

L5 **consumption** [kən`sʌmpʃən] ①②③④

★★ *n.* 消費、消耗（量）

用法 reduce one's alcohol consumption 減少飲酒量

L2 **contact** [`kɑntækt] ①②③④

★ *n./v.* 接觸、聯絡

用法 keep in contact with sb. 與某人保持聯絡

L5 **contagious** [kən`tedʒəs] ①②③④

★ *adj.* 傳染性的、有感染力的

同義 catching / infectious / transmittable / spreading

L2 **contain** [kən`ten] ①②③④

★★★ *v.* 包含、包括、容納

同義 consist of / enclose / hold / include

L4 **container** [kən`tenɚ] ①②③④

★★ *n.* 容器、貨櫃

用法 a container ship 貨櫃輪

L5 **contaminate** [kən`tæmə‚net] ①②③④

★ *v.* 污染、弄髒

延伸 contamination *n.* 污染；contaminant *n.* 污染物；
contaminated *adj.* 受污染的

L5 **contemplate** [`kɑntɛmˌplet] ①②③④

★★ *v.* 仔細思考、沉思

用法 contemplate over + N 沉思……

contemplation [ˌkɑntɛmˈpleʃən] ①②③④

★ *n.* 沉思、冥想

用法 be lost in contemplation 陷入沉思

L5 **contemporary** [kənˈtɛmpəˌrɛrɪ] ①②③④

★★★ *adj.* 當代的、現代的；*n.* 同時代的人

用法 be contemporary with + N 與……同時期

L5 **contempt** [kənˈtɛmpt] ①②③④

★★ *n.* 輕視、蔑視

用法 contempt for + N 蔑視、瞧不起……

L5 **contend** [kənˈtɛnd] ①②③④

★★ *v.* 競爭、對抗、主張

用法 contend for the first prize 競爭第一名

L4 **content** [kənˈtɛnt；`kɑntɛnt] ①②③④

★ *adj.* 滿意的；*v.* 高興、滿足；*n.* 滿意、目錄

用法 to one's heart's content 盡情地

L4 **contentment** [kənˈtɛntmənt] ①②③④

★★ *n.* 高興、滿足

成語 Happiness lies in contentment. 知足常樂。

L6 **contention** [kənˈtɛnʃən] ①②③④

★ *n.* 論點、主張、爭論

句型 It's sb.'s contention that... 某人主張……。

6000+
Words a High School
Student Must Know

L4	**contest** [`kantɛst ; kən`tɛst]	①②③④
★★	*n./v.* 競爭、比賽	
	用法 an English speech contest 英語演講比賽	
L6	**contestant** [kən`tɛstənt]	①②③④
★★	*n.* 參賽者、競爭者	
	用法 contestans competing for + N 角逐……的競爭者	
L4	**context** [`kantɛkst]	①②③④
★★	*n.* 上下文、大致的情況	
	用法 infer from the context 從上下文中推斷	
L3	**continent** [`kantənənt]	①②③④
★★	*n.* 洲、大陸	
	用法 the European continent 歐洲大陸	
L5	**continental** [ˌkantə`nɛnt!]	①②③④
★★	*adj.* 大陸的、大陸性的	
	用法 continental climate 大陸性氣候	
L4	**continual** [kən`tɪnjuəl]	①②③④
★	*adj.* 連續的、不斷的、斷斷續續的……	
	用法 continual practice 持續的練習	
L2	**continue** [kən`tɪnju]	①②③④
★★★	*v.* 繼續、持續	
	用法 continue + **Ving / to-V** 持續……	
L6	**continuity** [ˌkantə`njuətɪ]	①②③④
★★	*n.* 連續性、連貫性	
	用法 historic continuity 歷史的連續性	

L4 **continuous** [kən`tɪnjʊəs] ①②③④

★★★ *adj.* 連續的、持續的、不間斷的

用法 a continuous supply of blood 不斷的血液供給

L2 **contract** [`kɑntrækt ; kən`trækt] ①②③④

★★★ *n.* 契約、合約；*v.* 簽合約、收縮

用法 sign a contract 簽合約

L5 **contractor** [`kɑntræktɚ] ①②③④

★ *n.* 立約人、承包商

用法 a building contractor 建築承包商

L6 **contradict** [ˌkɑntrə`dɪkt] ①②③④

★ *v.* 反駁、否認、矛盾

用法 contradict with + N 矛盾於……

L5 **contradiction** [ˌkɑntrə`dɪkʃən] ①②③④

★★ *n.* 反駁、矛盾

用法 contradiction between A and B A 和 B 之間的矛盾

L4 **contrary** [`kɑntrɛrɪ] ①②③④

★★★ *adj.* 相反的；*n.* 相反、相對

用法 on the contrary 相反地

L4 **contrast** [`kɑn,træst ; kən`træst] ①②③④

★★★ *n.* 對比、對照；*v.* 顯出差異、形成對照

用法 in contrast **to / with** + N 與……成對比、相比

L4 **contribute** [kən`trɪbjut] ①②③④

★★★ *v.* 捐獻、貢獻、促成

用法 contribute to + N 促成……

6000+ words

L4 contribution [ˌkɑntrə`bjuʃən] ①②③④

★★★ **n.** 貢獻、捐助、捐助物

用法 make contribution to + N 貢獻、捐助……

L2 control [kən`trol] ①②③④

★★★ **n./v.** 支配、控制

用法 **under / out of** control 得到 / 失去控制

L3 controller [kən`trolɚ] ①②③④

★ **n.** 管理人、管制員

用法 an air traffic controller 航空調度員

L5 controversial [ˌkɑntrə`vɝʃəl] ①②③④

★ **adj.** 爭議的、爭論的

用法 a controversial issue 具爭議的議題

L5 controversy [`kɑntrəˌvɝsɪ] ①②③④

★★★ **n.** 爭論、議論

用法 beyond controversy 無可爭議地

L4 convenience [kən`vinjəns] ①②③④

★★ **n.** 方便、便利

用法 at one's convenience 在某人方便時

L1 convenient [kən`vinjənt] ①②③④

★★ **adj.** 方便的、便利的

句型 It's convenient for sb. to-V ……對某人是方便的。

L4 convention [kən`vɛnʃən] ①②③④

★★★ **n.** 代表大會、慣例

用法 social conventions 社會習俗

C

L4	**conventional** [kən`vɛnʃən!]	①②③④
★★★	*adj.* 傳統的、習俗的	
	用法 conventional practices 傳統的作法	
L2	**conversation** [ˌkɑnvɚ`seʃən]	①②③④
★★★	*n.* 對話、會話	
	用法 have a conversation with sb. 與某人談話	
L4	**converse** [kən`vɝs]	①②③④
★	*v.* 交談、談話	
	用法 converse with sb. 與某人交談	
L5	**conversion** [kən`vɝʃən]	①②③④
★	*n.* 改變、轉變、皈依	
	用法 conversion rate 匯率	
L5	**convert** [kən`vɝt]	①②③④
★★★	*v.* 改變、變更、轉變信仰	
	用法 convert to Buddhism 改信佛教	
L4	**convey** [kən`ve]	①②③④
★★★	*v.* 傳達、運輸、運送	
	用法 convey feelings 傳達感情	
L5	**convict** [kən`vɪkt ; `kɑnvɪkt]	①②③④
★★	*v.* 判決、宣判有罪；*n.* 囚犯、罪犯	
	用法 a wicked ex-convict 邪惡的前科犯	
L5	**conviction** [kən`vɪkʃən]	①②③④
★★★	*n.* 信念、堅信、定罪	
	同義 belief / creed / faith / principle	

6000 Words

L4 **convince** [kən`vɪns] ①②③④

★★★ **v.** 說服、信服

用法 convince sb. of + N 說服某人相信……

L1 **cook** [kʊk] ①②③④

★★ **v.** 烹飪；**n.** 廚師

補充 fry 用油煎、炸、炒；stew 燉煮；steam 蒸煮；
grill 燒烤；roast 炙烤；boil 水煮

L3 **cooker** [`kʊkɚ] ①②③④

★ **n.** 炊具、鍋、烹調器具

用法 use a pressure cooker 使用壓力鍋

L1 **cookie** [`kʊkɪ] ①②③④

★ **n.** 餅乾（= cooky）

用法 fortune cookies 幸運籤餅乾

L1 **cool** [kul] ①②③④

★★★ **adj.** 涼快的；**n.** 涼快、冷靜；**v.** 冷卻、冷靜

用法 as cool as a cucumber 非常冷靜（似黃瓜）

L4 **cooperate** [ko`apəˌret] ①②③④

★★ **v.** 合作、協力

用法 cooperate with sb. 與某人合作

L4 **cooperation** [koˌapə`reʃən] ①②③④

★★★ **n.** 合作、協力

反義 non-cooperation

L4 **cooperative** [ko`apəˌretɪv] ①②③④

★★ **adj.** 合作的、願意合作的；**n.** 合作社

字構 co 一起 + oper 操作 + ative 形容詞、傾向於

L5 **coordinate** [ko`ɔrdṇet ; ko`ɔrdṇɪt] ①②③④
★★ *v.* 搭配、協調；*adj.* 同等的；*n.* 同等的人或物
用法 coordinate clause 對等子句

L4 **cope** [kop] ①②③④
★★★ *v.* 應付、對抗、處理
用法 **cope / deal** with + N 應付、處理……

L4 **copper** [`kapɚ] ①②③④
★ *n.* 銅；*adj.* 銅的、紅銅色的
用法 refine copper 冶煉銅

L1 **copy** [`kapɪ] ①②③④
★★★ *n.* 副本、影印；*v.* 抄寫、複印（= Xerox = xerox）
用法 a copy of *The Da Vinci Code* 一本《達文西密碼》

L5 **copyright** [`kapɪ,raɪt] ①②③④
★ *n.* 版權、著作權；*v.* 取得版權
用法 violate the copyright 侵犯著作權

L6 **coral** [`kɔrəl] ①②③④
★ *n.* 珊瑚；*adj.* 珊瑚的
用法 coral reef 珊瑚礁

L4 **cord** [kɔrd] ①②③④
★ *n.* 細繩、粗線
用法 an extension cord 延長線

cordial [`kɔrdʒəl] ①②③④
★ *adj.* 誠懇的、熱誠的、親切的

用法 a cordial welcome 熱誠的歡迎

L5 **core** [kor] ①②③④
*** *n.* 果核、核心；*v.* 去除核、去除果核
用法 be rotten to the core 壞透了的

cork [kɔrk] ①②③④
* *n.* 軟木塞；*v.* 用軟木塞密封
用法 remove a cork 拔掉軟木塞

L2 **corn** [kɔrn] ①②③④
*** *n.* 玉蜀黍、穀類
用法 pop corn 爆玉米花

L1 **corner** [`kɔrnɚ] ①②③④
*** *n.* 角落、街角
用法 be around the corner 近在眼前

L5 **corporate** [`kɔrpərɪt] ①②③④
** *adj.* 公司的、有限公司的、法人組織的
用法 a corporate body 法人（團體）

L5 **corporation** [ˌkɔrpəˈreʃən] ①②③④
*** *n.* 有限公司、大企業、法人組織
用法 a multinational corporation 跨國公司

corps [kɔr] ①②③④
*** *n.* 軍團、兵團、團體
用法 a diplomatic corps 外交使團

L6 **corpse** [kɔrps] ①②③④
* *n.* 屍體

用法 an unidentified corpse 無名屍體

L1 **correct** [kə`rɛkt] ①②③④

*** *adj.* 正確的、對的；*v.* 糾正、改正

用法 correct the answer sheet 批改答案卷

L5 **correlation** [ˌkɔrə`leʃən] ①②③④

* *n.* 相互關係、關聯

用法 a **high** / **poor** correlation 高 / 低相關性

L4 **correspond** [ˌkɔrɪ`spand] ①②③④

** *v.* 一致、符合、通信

用法 correspond with sb. 與某人通信；
correspond to + N 符合於……

L6 **correspondence** [ˌkɔrə`spandəns] ①②③④

** *n.* 一致、符合、通信

用法 in correspondence with + N 與……一致

L5 **correspondent** [ˌkɔrɪ`spandənt] ①②③④

** *n.* 特派員、通信者

用法 a war correspondent 戰地記者

L5 **corridor** [`kɔrɪdə] ①②③④

** *n.* 走廊、通道

用法 at the end of the corridor 走廊盡頭

L5 **corrupt** [kə`rʌpt] ①②③④

* *adj.* 貪污的、腐化的；*v.* 墮落、敗壞

用法 a corrupt regime 腐化的政權

L5 **corruption** [kə`rʌpʃən] ①②③④

**   *n.* 貪污、腐化、墮落、賄賂

字構 cor 完全 + rupt 斷裂、破壞 + ion 行為

L6   **cosmetic** [kaz`mɛtɪk]   ①②③④

*   *adj.* 美容的、化妝用的；*n.pl* 化妝品

用法 cosmetic surgery 整容手術

cosmopolitan [ˌkazməˈpalətən]   ①②③④

*   *adj.* 大都會的、國際性的；*n.* 世界主義者

同義 global / multinational / international / universal

L1   **cost** [kɔst]   ①②③④

***   *n.* 費用、成本；*v.* 花費

用法 cost an arm and a leg 花費甚大

L3   **costly** [`kɔstlɪ]   ①②③④

**   *adj.* 昂貴的、代價高的

用法 a costly mistake 高代價的錯誤

L4   **costume** [`kastjum]   ①②③④

**   *n.* 服裝、戲服

用法 Halloween costumes 萬聖節服裝

L4   **cottage** [`katɪdʒ]   ①②③④

**   *n.* 小屋、農舍、度假小別墅

用法 a holiday cottage 度假小別墅

L3   **cotton** [`katən]   ①②③④

***   *n.* 棉、棉花

用法 a cotton field 棉花田

L1   **couch** [kautʃ]   ①②③④

* **n.** 長沙發；**v.** 橫臥

  用法 a couch potato 電視迷、沙發馬鈴薯

L3 **cough** [kɔf]　　　　　　　　①②③④

* **v./n.** 咳嗽

  用法 a fit of **cough** / **coughing** 一陣咳嗽

L4 **council** [ˋkaʊnsl̩]　　　　　　①②③④

*** **n.** 議會、委員會

  用法 city council 市議會

L5 **counsel** [ˋkaʊnsl̩]　　　　　　①②③④

** **n.** 勸告、忠告、辯護律師；**v.** 勸告、建議

  用法 follow sb.'s counsel 遵從某人勸告

L5 **counselor** [ˋkaʊnsl̩ɚ]　　　　①②③④

* **n.** 顧問、律師

  用法 a vocational counselor 職業諮詢顧問

L1 **count** [kaʊnt]　　　　　　　①②③④

*** **v./n.** 計算、數

  用法 New Year's Eve countdown 除夕倒數

L3 **countable** [ˋkaʊntəbl̩]　　　①②③④

* **adj.** 可數的

  用法 countable nouns 可數名詞

L4 **counter** [ˋkaʊntɚ]　　　　　①②③④

** **n.** 櫃台、相反；**adv.** 相反地；**adj.** 相反的

  用法 act counter to + N 行動與……相反

　　counterclockwise [ˌkaʊntɚˋklɑkˌwaɪz]　①②③④

★ *adv.* 逆時針方向地；*adj.* 逆時針方向的

用法 go counterclockwise 逆時針方向行進

L6 **counterpart** [`kaʊntə‚pɑrt] ①②③④

★★ *n.* 相對應的人或物

用法 A is the counterpart of B A 與 B 是相對應的角色

L1 **country** [`kʌntrɪ] ①②③④

★★★ *n.* 國家、鄉村、地方

用法 country music 鄉村音樂

L2 **countryside** [`kʌntrɪ‚saɪd] ①②③④

★ *n.* 鄉間、農村

用法 in the countryside 在鄉下

L3 **county** [`kaʊntɪ] ①②③④

★★★ *n.* 郡、縣

用法 an ancient county 古郡

L2 **couple** [`kʌp!] ①②③④

★★★ *n.* 一對、夫妻、情侶、幾個；*v.* 結合、連繫

用法 a couple of days 幾天

L6 **coupon** [`kupɑn] ①②③④

★ *n.* 優待券、折價券

用法 redeem a coupon 兌換折價券

L2 **courage** [`kɝɪdʒ] ①②③④

★★★ *n.* 勇氣

用法 pluck up the courage to-V 鼓起勇氣去……

L4 **courageous** [kə`redʒəs] ①②③④

| ★ | *adj.* 勇敢的、英勇的 |
| | 同義 brave / daring / undaunted / valorous |

L1 **course** [kors]　　　　　　　　　　①②③④

*** *n.* 課程、過程、一道菜；*v.* 流動、追逐

用法 in the course of life 人生旅程中

L2 **court** [kort]　　　　　　　　　　①②③④

*** *n.* 法院、庭院、球場；*v.* 追求

用法 the tennis court 網球場

L5 **courteous** [`kɝtjəs]　　　　　　　①②③④

★ *adj.* 禮貌的、謙恭的

同義 civil / polite / respectful / well-mannered

L4 **courtesy** [`kɝtəsɪ]　　　　　　　①②③④

★ *n.* 禮貌、謙恭

用法 do...out of courtesy 出於禮貌而……

L6 **courtyard** [`kort͵jɑrd]　　　　　　①②③④

★ *n.* 庭院、院子

用法 sweep and clean the courtyard 打掃清理庭院

L1 **cousin** [`kʌzən]　　　　　　　　　①②③④

*** *n.* 堂（表）兄弟姊妹

用法 a **distant** / **remote** cousin 遠房表親

L1 **cover** [`kʌvɚ]　　　　　　　　　　①②③④

*** *v.* 覆蓋、掩藏、採訪；*n.* 覆蓋物、封面

用法 be covered with + N 被……覆蓋

L5 **coverage** [`kʌvərɪdʒ]　　　　　　①②③④

** *n.* 覆蓋、範圍、報導

用法 live coverage 實況轉播報導

covet [`kʌvɪt] ①②③④

★ *v.* 垂涎、覬覦

用法 a coveted job 夢寐以求的工作

L1 **cow** [kaʊ] ①②③④

*** *n.* 母牛

用法 a dairy cow 乳牛

L4 **coward** [`kaʊəd] ①②③④

★ *n.* 懦夫、膽小鬼

用法 a chicken-hearted coward 膽怯的懦夫

L6 **cowardly** [`kaʊədlɪ] ①②③④

★ *adj.* 懦弱的、怯懦的

用法 a cowardly act 懦夫的舉動

L2 **cowboy** [`kaʊbɔɪ] ①②③④

** *n.* 牛仔

用法 see cowboy movies 觀賞牛仔電影

L6 **cozy** [`kozɪ] ①②③④

★ *adj.* 溫暖舒適的、安逸的

用法 a warm and cozy home 溫暖舒適的家

L3 **crab** [kræb] ①②③④

★ *n.* 螃蟹、蟹肉

成語 You cannot make a crab walk straight.
江山易改，本性難移。

L4 **crack** [kræk] ①②③④

★★ *n.* 爆裂、爆破聲、裂縫；*v.* 爆裂、爆破、破裂

用法 crack down on + N 嚴厲取締……

L6 **cracker** [`krækɚ] ①②③④

★★ *n.* 薄脆餅乾、鞭炮

用法 soda crackers 蘇打餅乾

L3 **cradle** [`kred!] ①②③④

★ *n.* 搖籃、發源地；*v.* 輕抱搖晃

用法 from (the) cradle to (the) grave 從出生到死亡

L4 **craft** [kræft] ①②③④

★★ *n.* 手藝、技巧

用法 **learn / master** a craft 學手藝

L6 **cram** [kræm] ①②③④

★ *v.* 填塞、硬塞

用法 cram for the exam 臨時抱佛腳

L6 **cramp** [kræmp] ①②③④

★ *n.* 抽筋、痙攣、鐵夾鉗；*v.* 約束、阻止、妨礙

用法 get a cramp 抽筋

L3 **crane** [kren] ①②③④

★ *n.* 鶴鳥、吊車、起重機；*v.* 伸長脖子

用法 operate a crane 操作起重機

L3 **crash** [kræʃ] ①②③④

★ *n./v.* 碰撞、墜毀、暴跌

用法 the stock market crash 股票市場暴跌

C **6000+**
Words a High School
Student Must Know

L6 **crater** [`kretɚ]　　　①②③④
★　*n.* 火山口；*v.* 形成坑
　　用法 erupt from the crater 從火山口噴發

L3 **crawl** [krɔl]　　　①②③④
★★　*v./n.* 爬、爬行、緩慢前行
　　用法 at a crawl 緩慢地

L2 **crayon** [`kreən]　　　①②③④
★　*n.* 蠟筆
　　用法 wax crayons 蠟筆

L1 **crazy** [`krezɪ]　　　①②③④
★★★　*adj.* 瘋狂的、狂熱的、熱衷的
　　用法 go crazy for + N 對……瘋狂

　creak [krik]　　　①②③④
★　*n.* 嘎吱聲；*v.* 吱吱作響
　　用法 creak with age 因年久而吱吱作響

L2 **cream** [krim]　　　①②③④
★★　*n.* 乳脂、奶油；*adj.* 奶油色的
　　用法 sour cream 酸奶油

L2 **create** [krɪ`et]　　　①②③④
★★★　*v.* 創造、創作
　　用法 create a cartoon character 創造卡通角色

L4 **creation** [krɪ`eʃən]　　　①②③④
★★★　*n.* 創作、創造、創造物
　　用法 an art creation 藝術作品

MP3

C

L3　**creative** [krɪ`etɪv]　　　　　　　①②③④

★★★　*adj.* 創造的、有創意的、有創造力的

　　　[同義] imaginative / ingenious / inventive / original

L4　**creativity** [ˌkrie`tɪvətɪ]　　　　　　①②③④

★　　*n.* 創造性、創意、創作力

　　　[用法] full of creativity 極具創意

L3　**creator** [krɪ`etɚ]　　　　　　　　　①②③④

★★　*n.* 創造者、原創人

　　　[用法] the creator of + N ……的原創人

L3　**creature** [`kritʃɚ]　　　　　　　　　①②③④

★★★　*n.* 生物、人

　　　[用法] living creatures 生物

L5　**credibility** [ˌkrɛdə`bɪlətɪ]　　　　　①②③④

★　　*n.* 可靠性、可信度

　　　[字構] cred 信任 + ibility 可能性

L6　**credible** [`krɛdəb!]　　　　　　　　①②③④

★　　*adj.* 可靠的、可信的

　　　[用法] credible evidence 可信的證據

L3　**credit** [`krɛdɪt]　　　　　　　　　　①②③④

★★　*n.* 信用、名聲；*v.* 相信、信任、歸功於

　　　[用法] on credit 分期付款、賒帳、憑信用卡

L5　**creek** [krik]　　　　　　　　　　　①②③④

★　　*n.* 小河、溪流

　　　[用法] both sides of the creek 小溪流的兩岸

6000+ Words

L4 **creep** [krip] ①②③④
** *v.* 爬行、潛進、緩緩或悄悄行進
用法 creep into + N 悄悄溜進……

L3 **crew** [kru] ①②③④
*** *n.* 全體人員、工作人員
用法 all the crew members 全體工作人員

crib [krɪb] ①②③④
* *n.* 嬰兒床、儲藏箱、糧倉；*v.* 抄襲、放進糧倉
用法 the baby in the crib 嬰兒床裡的寶寶

L3 **cricket** [`krɪkɪt] ①②③④
* *n.* 蟋蟀、板球
用法 as chirpy as a cricket 非常歡樂（似蟋蟀）

L2 **crime** [kraɪm] ①②③④
*** *n.* 犯罪、罪行
用法 commit a crime 犯罪

L3 **criminal** [`krɪmən!] ①②③④
** *adj.* 犯罪的、刑事的；*n.* 罪犯、犯人
用法 the Criminal Law 刑法

L5 **cripple** [`krɪp!] ①②③④
* *n.* 殘障者、跛子；*v.* 使殘廢、癱瘓
用法 the crippled (people) 身障人士

L2 **crisis** [`kraɪsɪs] ①②③④
*** *n.* 危機、緊要關頭
用法 energy crisis 能源危機

crisp [krɪsp] ①②③④
* *adj.* 清脆的、清新的（= crispy）
  用法 crisp **pears** / **vegetables** 清脆的梨 / 新鮮蔬菜

L3 **crispy** [`krɪspɪ] ①②③④
** *adj.* 酥脆的、清脆的
  用法 crispy cookies 酥脆的餅乾

L5 **criterion** [kraɪ`tɪrɪən] ①②③④
** *n.* 衡量標準、規範
  用法 meet a criterion 符合標準

L4 **critic** [`krɪtɪk] ①②③④
*** *n.* 評論家、批判者
  用法 a(n) **art** / **food** critic 藝術 / 美食評論家

L4 **critical** [`krɪtɪk!] ①②③④
*** *adj.* 批評的、關鍵的
  用法 at the critical moment 在關鍵時刻

L4 **criticism** [`krɪtə,sɪzəm] ①②③④
*** *n.* 批判、評論、指責
  用法 receive sharp criticism 遭受嚴厲批評

L4 **criticize** [`krɪtɪ,saɪz] ①②③④
** *v.* 批評、評論、苛求
  用法 criticize sb. for sth. 因某事批評某人

L6 **crocodile** [`krɑkə,daɪl] ①②③④
* *n.* 鱷魚、鱷魚皮革
  用法 crocodile tears 鱷魚眼淚、假慈悲

crook [krʊk] ①②③④
* *n.* 彎折、騙子；*v.* 使彎曲
  用法 crook one's back 駝背

crooked [`krʊkɪd] ①②③④
* *adj.* 彎曲的、不誠實的、不正當的
  用法 a crooked merchant 不誠實的商人

L3 **crop** [krɑp] ①②③④
*** *n.* 農作物、收成；*v.* 播種、種植
  用法 crop failures 農作物歉收

L1 **cross** [krɔs] ①②③④
*** *n.* 十字圖案、十字架；*v.* 穿越、交叉
  用法 cross out + N 刪除、劃掉……

L6 **crossing** [`krɔsɪŋ] ①②③④
* *n.* 十字路口、交叉點
  用法 a pedestrian crossing 行人穿越道

crouch [kraʊtʃ] ①②③④
** *v.* 彎腰，蜷伏；*n.* 蹲伏
  用法 crouch down 蹲下

L2 **crow** [kro] ①②③④
* *n.* 鴉；*v.* 雄雞叫、報曉、嬰兒格格笑、得意洋洋
  用法 crow about one's + N 誇耀自己的……

L2 **crowd** [kraʊd] ①②③④
*** *n.* 人群、群眾；*v.* 聚集、擠滿
  用法 be crowded with + N 擠滿了……

L3 **crown** [kraʊn] ①②③④
★★ *n.* 皇冠、王位；*v.* 加冕
用法 succeed to the crown 繼承王位

L5 **crucial** [`kruʃəl] ①②③④
★★★ *adj.* 決定性的、關鍵的、嚴酷的
用法 at the crucial moment 關鍵性的一刻

L5 **crude** [krud] ①②③④
★★ *adj.* 天然的、粗野的
用法 a barrel of crude oil 一桶原油

L3 **cruel** [`kruəl] ①②③④
★★ *adj.* 殘忍的、殘暴的
用法 be cruel to + N 對……是殘忍的

L4 **cruelty** [`kruəltɪ] ①②③④
★★ *n.* 殘酷、殘暴的行為
用法 with cruelty 殘忍地

L5 **cruise** [kruz] ①②③④
★ *v.* 巡航、乘船遊覽；*n.* 漫遊、巡航、巡邏
用法 take a cruise around the world 航行世界

cruiser [`kruzɚ] ①②③④
★ *n.* 遊艇、巡洋艦、巡邏警車
用法 a missile cruiser 導彈巡洋艦

crumb [krʌm] ①②③④
★ *n.* 碎屑、麵包屑
用法 crumbs of information 少量訊息

6000+ Words

crumble [`krʌmb!]　　①②③④

★　*v./n.* 崩潰、粉碎、捏碎

用法 crumble the bread 弄碎麵包

crunch [krʌntʃ]　　①②③④

★　*v.* 嘎吱響地咀嚼、發出嘎吱聲；*n.* 咀嚼聲、短缺

用法 crunch (on) a bone 啃骨頭

L4　**crunchy** [`krʌntʃɪ]　　①②③④

★　*adj.* 嘎吱作響的、易碎的、鬆脆的

用法 crunchy salad 鬆脆的沙拉

L4　**crush** [krʌʃ]　　①②③④

★★　*v.* 壓壞、壓碎；*n.* 毀壞、迷戀

用法 have a crush on sb. 迷戀某人

crust [krʌst]　　①②③④

★★　*n.* 麵包皮、外殼；*v.* 結成外殼、用硬皮覆蓋

用法 the crust of the earth 地殼

L6　**crutch** [krʌtʃ]　　①②③④

★★★　*n.* 枴杖

用法 walk on crutches 拄枴杖走路

L1　**cry** [kraɪ]　　①②③④

★★★　*v.* 大哭、叫喊；*n.* 大哭、叫喊聲

成語 Don't cry over spilt milk. 覆水難收。

L5　**crystal** [`krɪst!]　　①②③④

★★　*n.* 水晶、結晶；*adj.* 透明的、清澈的

用法 be crystal clear 非常清晰的、顯而易見的

L6 **cub** [kʌb] ①②③④
★ *n.* 幼獸、幼童軍、新手
用法 a fox cub 小狐狸

L4 **cube** [kjub] ①②③④
★ *n.* 立方體、立方；*v.* 切成小方塊
用法 magic cube 魔術方塊

L6 **cucumber** [`kjukʌmbɚ] ①②③④
★ *n.* 黃瓜、胡瓜
用法 slice the cucumber 把黃瓜切片

L4 **cue** [kju] ①②③④
★ *n./v.* 暗示、提示
用法 throw sb. a cue 給某人暗示

L5 **cuisine** [kwɪ`zin] ①②③④
★★ *n.* 菜餚、食品、烹調法
用法 **French / Italian** cuisine 法 / 義式料理

L6 **cultivate** [`kʌltə͵vet] ①②③④
★★ *v.* 耕作、培養、修養
字構 cultiv 耕種 + ate 動詞

L2 **cultural** [`kʌltʃərəl] ①②③④
★★★ *adj.* 文化的、教養的
用法 cultural values 文化價值觀

L2 **culture** [`kʌltʃɚ] ①②③④
★★★ *n.* 文化、培養
用法 popular culture 流行文化

L6 **cumulative** [`kjumjʊˌletɪv] ①②③④
★ *adj.* 累積的、漸增的
用法 cumulative bonus 累積紅利

L4 **cunning** [`kʌnɪŋ] ①②③④
★ *adj.* 狡猾的、奸詐的；*n.* 狡猾、奸詐
用法 as cunning as a fox 像狐狸般地狡猾

L1 **cup** [kʌp] ①②③④
★★★ *n.* 茶杯、獎盃；*v.* 用手環成杯狀
用法 a cup and saucer 一套杯碟

L3 **cupboard** [`kʌbəd] ①②③④
★ *n.* 櫥櫃、碗碟櫃
用法 put...in the cupboard 放置……於碗盤櫃裡

L6 **curb** [kɜb] ①②③④
★ *n.* 勒馬繩、約束、路邊；*v.* 控制、約束
用法 curb one's anger 抑制怒火

L2 **cure** [kjʊr] ①②③④
★★ *v.* 治療；*n.* 治療的方法
用法 cure one of one's cold 治好某人的感冒

L6 **curfew** [`kɜfju] ①②③④
★ *n.* 宵禁
用法 **impose / lift** a curfew 實施 / 撤銷宵禁

L4 **curiosity** [ˌkjʊrɪ`asətɪ] ①②③④
★★ *n.* 好奇、好奇心、珍品
成語 Curiosity killed the cat. 好奇惹禍上身。

C

L2 **curious** [`kjʊrɪəs] ①②③④

★★★ *adj.* 好奇的、奇怪的

用法 be curious about + N 對……感到好奇

L4 **curl** [kɝl] ①②③④

★ *v.* 使捲曲；*n.* 彎曲狀、捲髮

用法 have the hair curled 弄捲頭髮

L5 **currency** [`kɝənsɪ] ①②③④

★★ *n.* 貨幣、通貨、流通、通行

用法 a **strong** / **weak** currency 強勢 / 弱勢貨幣

L2 **current** [`kɝənt] ①②③④

★★★ *adj.* 目前的、流通的；*n.* 流動、風潮、趨勢

用法 the current of thought 思潮的趨勢

L5 **curriculum** [kə`rɪkjələm] ①②③④

★★ *n.* 課程

用法 the curriculum schedule 課程表

L6 **curry** [`kɝɪ] ①②③④

★ *n.* 咖哩、咖哩粉；*v.* 用咖哩煮

補充 curry 一字源於 Kari，意思是「醬汁、米的調味
料」，起源於南印度的泰米爾語（Tamil）。

L4 **curse** [kɝs] ①②③④

★★ *n./v.* 詛咒、咒罵

用法 lay curses on sb. 對某人下咒

L2 **curtain** [`kɝtn̩] ①②③④

★★ *n.* 窗簾、幕；*v.* 裝上窗簾（ = drape）

6000+ words

用法 the Iron Curtain 鐵幕

L4 **curve** [kɝv] ①②③④

*** *n.* 曲線、道路轉彎處；*v.* 彎曲

用法 a curve-shaped smartphone 可彎曲的智慧手機

L4 **cushion** [`kʊʃən] ①②③④

★ *n.* 坐墊、緩衝器；*v.* 安裝墊子、掩蓋

用法 a protective cushion 保護用的墊層

L5 **custody** [`kʌstədɪ] ①②③④

★ *n.* 照管、監護、拘留

用法 be given joint custody 得到共同監護權

L2 **custom** [`kʌstəm] ①②③④

** *n.* 習慣、風俗；*n.pl* 海關、關稅

成語 Custom makes all things easy. 習慣成自然。

L6 **customary** [`kʌstəmˌɛrɪ] ①②③④

** *adj.* 習慣性的、慣例的

用法 It's customary to-V 做……是慣例的。

L2 **customer** [`kʌstəmɚ] ①②③④

*** *n.* 顧客

用法 a regular customer 常客、老顧客

L1 **cut** [kʌt] ①②③④

*** *v.* 切、切割、縮減；*n.* 切口、割傷、削減

用法 cut down on + N 削減……

L1 **cute** [kjut] ①②③④

★ *adj.* 可愛的、俏皮的

用法 cute little kittens 可愛的小貓

L2 **cycle** [`saɪk!] ①②③④

★★ *n.* 週期、繞圈；*v.* 騎自行車、循環、輪轉

成語 Good and bad times cycle. 十年風水輪流轉。

L6 **cynical** [`sɪnɪk!] ①②③④

★ *adj.* 憤世嫉俗的、悲觀的、挖苦的

用法 have a cynical view of sth. 對某事看法偏激

daffodil [`dæfədɪl] ①②③④

★ *n.* 水仙花

用法 a host of golden daffodils 一群金色的水仙花

L2 **daily** [`delɪ] ①②③④

★★★ *adj.* 每日的、日常的；*adv.* 每日；*n.* 日報

用法 a daily routine 日常工作

L3 **dairy** [`dɛrɪ] ①②③④

★ *n.* 乳製品、乳酪店、乳酪廠

用法 dairy products 乳製品

L3 **dam** [dæm] ①②③④

★ *n.* 水壩、水堤；*v.* 築水壩、控制

用法 build a dam 築水壩

L2 **damage** [`dæmɪdʒ] ①②③④

★★★ *n./v.* 傷害、損害、毀損

用法 do / cause damage to + N 對……造成損害

damn [dæm] ①②③④

★★ *v./n.* 詛咒、指責

6000+ Words

用法 damn sb. for sth. 為某事指責某人

L4 **damp** [dæmp]　　　　　　①②③④

★★ *adj.* 潮溼的；*n.* 溼氣；*v.* 使潮溼

同義 humid / moist / soggy / wet

L1 **dance** [dæns]　　　　　　①②③④

★★★ *v.* 跳舞；*n.* 跳舞、舞會

用法 dance to music 隨著音樂起舞

L2 **dancer** [`dænsɚ]　　　　　　①②③④

★★★ *n.* 舞者

用法 a graceful ballet dancer 優雅的芭蕾舞者

dandruff [`dændrəf]　　　　　　①②③④

★ *n.* 頭皮屑

用法 anti-dandruff shampoo 去屑洗髮精

L2 **danger** [`dendʒɚ]　　　　　　①②③④

★★★ *n.* 危險、危險的事物

用法 pose a danger to + N 對……造成危險

L1 **dangerous** [`dendʒərəs]　　　　　　①②③④

★★★ *adj.* 危險的

用法 on dangerous ground 置身危險處境中

L3 **dare** [dɛr]　　　　　　①②③④

★★★ *v.* 挑戰、勇於面對；*aux.* 膽敢

用法 How dare you! 好大的膽子！

L1 **dark** [dɑrk]　　　　　　①②③④

★★★ *adj.* 黑暗的、深色的；*n.* 黑暗、暗處

用法 in the dark 在黑暗中

L3 **darling** [`dɑrlɪŋ] ①②③④
★
  n. 親愛的人；*adj.* 親愛的
  用法 the darling of fortune 幸運兒

  dart [dɑrt] ①②③④
★
  n. 飛鏢、猛衝；*v.* 擲飛鏢、飛奔
  用法 play darts 玩射飛鏢遊戲

L3 **dash** [dæʃ] ①②③④
★
  v. 急衝、猛撞、猛擲；*n.* 急衝、短距離賽跑
  用法 a 100-meter dash 100 公尺短跑

L2 **data** [`detə] ①②③④
★
  n. 資料、數據
  用法 **collect / gather** data on + N 收集……的資料

L3 **database** [`detə,bes] ①②③④
★★
  n. 數據庫、資料庫
  用法 access the database 連結資料庫

L1 **date** [det] ①②③④
★★★
  n. 日期、約會、椰棗；*v.* 註明日期
  用法 **date / trace** back to + 時間 追溯到某時

L1 **daughter** [`dɔtɚ] ①②③④
★★★
  n. 女兒
  用法 the first-born daughter 長女

L3 **dawn** [dɔn] ①②③④
★★
  n. 黎明；*v.* 開始、明白、頓悟

用法 at dawn 黎明時、天剛亮時

L1 **day** [de] ①②③④

*** *n.* 白天、白晝

用法 day and night 日夜不停地

daybreak [`de،brek] ①②③④

* *n.* 黎明、破曉時分

用法 before daybreak 黎明前

L6 **dazzle** [`dæz!] ①②③④

** *v.* 使目眩、耀眼；*n.* 亮光、燦爛

用法 be dazzled by the sunlight 被陽光刺眼

L1 **dead** [dɛd] ①②③④

*** *adj.* 死的、枯萎的、無生氣的、完全的

用法 come to a dead end 陷入絕境

L4 **deadline** [`dɛd،laɪn] ①②③④

* *n.* 截止日期、最後期限

用法 meet the deadline 趕上截止期限

L5 **deadly** [`dɛdlɪ] ①②③④

** *adj.* 致命的；*adv.* 非常、極度地

同義 fatal / lethal / mortal / terminal

L2 **deaf** [dɛf] ①②③④

* *adj.* 聾的、充耳不聞的

用法 turn a deaf ear to + N 對……充耳不聞

L6 **deafen** [`dɛfən] ①②③④

* *v.* 使耳聾、震聾

用法 be deafened by + N 被……震聾

L1 **deal** [dil]　　　　　　　①②③④

★★★ *v.* 應付、交易、經營、處理；*n.* 量、交易

　　用法 It's a deal! 一言為定！

L3 **dealer** [`dilə]　　　　　　①②③④

★★★ *n.* 商人、經銷商

　　用法 an antique dealer 古董商

L1 **dear** [dɪr]　　　　　　　①②③④

★★★ *adj.* 親愛的、珍貴的；*n.* 親愛的人；*adv.* 昂貴地

　　用法 a Dear John letter 分手信

L1 **death** [dɛθ]　　　　　　①②③④

★★★ *n.* 死亡

　　用法 frighten sb. to death 把某人嚇壞了

L2 **debate** [dɪ`bet]　　　　　①②③④

★★★ *n./v.* 辯論、討論、爭論

　　用法 debate **on / about** + N 辯論……

L5 **debris** [də`bri]　　　　　①②③④

★★ *n.* 殘骸、破瓦殘礫

　　用法 clean up the debris 清除殘骸

L2 **debt** [dɛt]　　　　　　　①②③④

★★ *n.* 債務、借款

　　用法 in debt 負債

L5 **debut** [`debju]　　　　　①②③④

★★ *n.* 首次登台、首次亮相

6000+ Words

用法 make one's debut 首次登台

L3 **decade** [ˋdɛked] ①②③④

★★★ *n.* 十年

字構 deca 十 + de 名詞

L5 **decay** [dɪˋke] ①②③④

★ *v./n.* 腐敗、衰退、衰敗

用法 a decayed tooth 蛀牙

L5 **deceive** [dɪˋsiv] ①②③④

★ *v.* 欺騙、矇蔽

延伸 deception *n.* 欺騙；deceptive *adj.* 欺詐的

December [dɪˋsɛmbɚ] ①②③④

★★★ *n.* 十二月（= Dec.）

用法 by next December 明年十二月前

L5 **decent** [ˋdisənt] ①②③④

★★ *adj.* 體面的、正派的、像樣的

用法 keep up with the decent living 保持像樣的生活

L1 **decide** [dɪˋsaɪd] ①②③④

★★★ *v.* 決定、下決心

用法 decide on + N / Ving 決定……

L2 **decision** [dɪˋsɪʒən] ①②③④

★★★ *n.* 決定、決心

用法 make a decision to-V 決定……

L6 **decisive** [dɪˋsaɪsɪv] ①②③④

★★ *adj.* 決定性的、果斷的

D

用法 play a decisive role 扮演關鍵的角色

L3 **deck** [dɛk] ①②③④

★★ *n.* 甲板、艙面

用法 a double-deck plane 雙層客機

L5 **declaration** [ˌdɛkləˈreʃən] ①②③④

★★ *n.* 宣告、宣言

用法 the Declaration of Independence 美國獨立宣言

L4 **declare** [dɪˈklɛr] ①②③④

★★★ *v.* 宣佈、宣告、聲稱

用法 declare war **against / on** + N 向……宣戰

L5 **decline** [dɪˈklaɪn] ①②③④

★★★ *v.* 下降、衰退、婉拒；*n.* 下降、衰退

用法 on the decline 日漸衰敗

L3 **decorate** [ˈdɛkəˌret] ①②③④

★★★ *v.* 裝飾、佈置

用法 decorate A with B 以 B 裝飾 A

L4 **decoration** [ˌdɛkəˈreʃən] ①②③④

★★ *n.* 裝飾、裝飾物

用法 interior decoration 室內裝潢

L3 **decrease** [dɪkˈris ; ˈdikris] ①②③④

★★ *v.* 減少、裁減、降低；*n.* 減少、降低

用法 decrease in sales 銷售減少

L5 **dedicate** [ˈdɛdəˌket] ①②③④

★★ *v.* 致力、奉獻

用法 dedicate oneself to + N / Ving 致力於……

L6 **dedication** [ˌdɛdəˈkeʃən] ①②③④

★★ *n.* 貢獻、致力

用法 with whole-hearted dedication 全心投入

L6 **deduct** [dɪˈdʌkt] ①②③④

★ *v.* 扣除、減去

用法 deduct A from B 從 B 中扣掉 A

L3 **deed** [did] ①②③④

★★ *n.* 行為、功績、事績

用法 heroic deeds 英勇事績

L6 **deem** [dim] ①②③④

★★ *v.* 認為、視為

用法 be deemed as + N 被視為是……

L1 **deep** [dip] ①②③④

★★★ *adj.* 深深的、強烈的;*adv.* 深深地、在深處

用法 in deep waters 身處困境中

L3 **deepen** [ˈdipən] ①②③④

★ *v.* 加深、變深

用法 deepen the well 加深水井

L2 **deer** [dɪr] ①②③④

★ *n.* 鹿

用法 run as quick as a deer 跑得跟鹿一樣快

L6 **default** [dɪˈfɔlt] ①②③④

★ *n./v.* 不履行、拖欠

用法 defaults on loan repayments 拖欠貸款償還

| L4 | **defeat** [dɪ`fit] | ①②③④ |

★★ *v.* 打敗、擊敗；*n.* 失敗、挫敗

用法 take defeat well 坦然接受挫敗

| L6 | **defect** [`difɛkt ; dɪ`fɛkt] | ①②③④ |

★★ *n.* 缺點、缺陷、不足；*v.* 叛逃

用法 in defect of + N 欠缺、不足……

| L4 | **defend** [dɪ`fɛnd] | ①②③④ |

★★★ *v.* 防禦、保衛

用法 defend against + N 防禦……

| L5 | **defendant** [dɪ`fɛndənt] | ①②③④ |

★ *n.* 被告

反義 plaintiff 原告、起訴人

| L4 | **defense** [dɪ`fɛns] | ①②③④ |

★★★ *n.* 保護、防衛

用法 the Ministry of National Defense 國防部

| L4 | **defensible** [dɪ`fɛnsəb!] | ①②③④ |

★★ *adj.* 可防禦的、可辯解的、有理的

用法 logically defensible 邏輯上說得通的

| L4 | **defensive** [dɪ`fɛnsɪv] | ①②③④ |

★★ *adj.* 防禦性的、防禦用的

用法 take defensive measures 採取防禦措施

| L6 | **defiance** [dɪ`faɪəns] | ①②③④ |

★ *n.* 反抗、蔑視、挑戰

6000+ Words

用法 in defiance of discipline 無視紀律

deficiency [dɪˋfɪʃənsɪ] ①②③④

★★ *n.* 缺乏、不足

用法 a deficiency in water supply 水資源缺乏

L5 **deficit** [ˋdɛfɪsɪt] ①②③④

★★ *n.* 赤字、逆差、虧損

用法 budget deficit 預算赤字

L3 **define** [dɪˋfaɪn] ①②③④

★★★ *v.* 下定義、闡釋

用法 define A as B 把 A 定義為 B

L4 **definite** [ˋdɛfənɪt] ①②③④

★★★ *adj.* 明確的、確切的、必定的

用法 a definite answer 明確的回答

L3 **definition** [͵dɛfəˋnɪʃən] ①②③④

★★★ *n.* 定義、釋義

用法 by definition 根據定義

L5 **defy** [dɪˋfaɪ] ①②③④

★ *v.* 違抗、蔑視、挑戰

用法 defy majority decision 不顧多數決定

degrade [dɪˋgred] ①②③④

★ *v.* 貶低、降級、分解

用法 degrade from A to B 由 A 降級至 B

L2 **degree** [dɪˋgri] ①②③④

★★★ *n.* 度數、程度、等級

用法 by degrees = little by little 逐漸地

L2 **delay** [dɪ`le]　　　　　　　　①②③④
*** *v.* 耽誤、拖延、延期；*n.* 延遲、耽擱
　　用法 with no delay 立即、馬上

L5 **delegate** [`dɛlə͵get]　　　　　①②③④
** *n.* （會議）代表、使節；*v.* 委託、代表
　　用法 the chief delegate 首席代表

L5 **delegation** [͵dɛlə`geʃən]　　　①②③④
* *n.* 代表團、委任
　　用法 an official delegation 官方代表團

L5 **deliberate** [dɪ`lɪbərɪt ; dɪ`lɪbəret]　①②③④
** *adj.* 深思熟慮的、慎重的；*v.* 仔細考慮
　　用法 deliberate on + N 仔細考慮……

L4 **delicate** [`dɛləkət]　　　　　①②③④
*** *adj.* 細緻的、易碎的、纖弱的
　　用法 be in delicate health 體弱多病

L2 **delicious** [dɪ`lɪʃəs]　　　　　①②③④
* *adj.* 美味的、好吃的
　　用法 taste delicious 嚐起來很美味

L4 **delight** [dɪ`laɪt]　　　　　　①②③④
** *n.* 喜悅、愉快；*v.* 使高興、欣喜
　　用法 (take) delight in + N / Ving 喜愛……

L4 **delightful** [dɪ`laɪtfəl]　　　　①②③④
** *adj.* 愉快的、喜悅的

同義 appealing / charming / enjoyable / pleasant

delinquent [dɪ`lɪŋkwənt]　　　　①②③④

★　　*n.* 青少年罪犯、違法者；*adj.* 怠忽職守的

用法 a juvenile delinquent 青少年罪犯

L2　**deliver** [dɪ`lɪvə]　　　　①②③④

★★★　*v.* 運送、送貨

用法 deliver the parcel 遞送包裹

L3　**delivery** [dɪ`lɪvərɪ]　　　　①②③④

★★　　*n.* 傳送、遞送

用法 by express delivery 快遞

L4　**demand** [dɪ`mænd]　　　　①②③④

★★★　*n./v.* 要求、需求

句型 S₁ demand that S₂ (should) VR

　　　S₁ 要求 S₂ 應該要……。

L3　**democracy** [dɪ`mɑkrəsɪ]　　　　①②③④

★★　　*n.* 民主政治、民主國家

用法 liberal democracies 自由民主的國家

L5　**democrat** [`dɛmə͵kræt]　　　　①②③④

★　　*n.* 民主主義者、（美國）民主黨員（大寫）

字構 demo 民眾、人民 + crat 統治者

L3　**democratic** [͵dɛmə`krætɪk]　　　　①②③④

★★★　*adj.* 民主的、（美國）民主黨的（大寫）

用法 a democratic country 民主國家

L4　**demonstrate** [`dɛmən͵stret]　　　　①②③④

*** **v.** 示範、證明、示威

用法 demonstrate an experiment 示範實驗

L4 **demonstration** [ˌdɛmənˋstreʃən] ①②③④

** **n.** 示範、示威

用法 teaching demonstration 教學演示

L5 **denial** [dɪˋnaɪəl] ①②③④

** **n.** 否認、拒絕、否認聲明

用法 issue a denial of + N 聲明否認……

denounce [dɪˋnaʊns] ①②③④

** **v.** 公開譴責、指責、責難、揭發

用法 be denounced as + N 被公然指責為……

L4 **dense** [dɛns] ①②③④

* **adj.** 密集的、濃密的

用法 a dense population 密集的人口

L5 **density** [ˋdɛnsətɪ] ①②③④

** **n.** 密度、濃度

用法 the density of the population 人口密度

L6 **dental** [ˋdɛnt!] ①②③④

* **adj.** 牙齒的、牙科的

用法 dental floss 牙線

L2 **dentist** [ˋdɛntɪst] ①②③④

** **n.** 牙醫

用法 **go to / see** a dentist 看牙醫

L2 **deny** [dɪˋnaɪ] ①②③④

*** *v.* 否認、否定、拒絕

句型 There is no denying that... 不可否認的是⋯⋯。

L4 **depart** [dɪ`part]　　①②③④

*** *v.* 離開、出發

字構 de 脫離 + part 分開

L2 **department** [dɪ`partmənt]　　①②③④

*** *n.* 部門、局、科系

用法 the Department of Civil Engineering 土木工程系

L4 **departure** [dɪ`partʃɚ]　　①②③④

** *n.* 離開、啟程、出境

用法 take a departure from + N 從⋯⋯出發

L2 **depend** [dɪ`pɛnd]　　①②③④

*** *v.* 依靠、信賴

用法 depend on + N 依賴⋯⋯

　　dependable [dɪ`pɛndəbl]　　①②③④

** *adj.* 可信賴的、可依靠的

同義 consistent / reliable / trustworthy / unfailing

L4 **dependent** [dɪ`pɛndənt]　　①②③④

*** *adj.* 依賴的、不獨立的；*n.* 受撫養者

用法 be dependent on + N 依賴⋯⋯

L5 **depict** [dɪ`pɪkt]　　①②③④

** *v.* 描寫、描繪

用法 depict one as a savior 把某人描繪成救世主

L6 **deplete** [dɪ`plit]　　①②③④

★　　*v.* 用盡、使減少

用法 deplete a pond of fish 耗盡池中的魚

L5　**deploy** [dɪ`plɔɪ]　①②③④

★　　*v.* 展開、部署、調動

用法 deploy more troops 部署更多軍隊

L3　**deposit** [dɪ`pazɪt]　①②③④

★★　*n.* 存款、押金、沉澱物；*v.* 儲存、存放

用法 make a deposit into the account 存錢至帳戶中

L5　**depress** [dɪ`prɛs]　①②③④

★★　*v.* 使沮喪、氣餒、使降低

同義 dampen / deject / dishearten / discourage

L4　**depression** [dɪ`prɛʃən]　①②③④

★★　*n.* 憂鬱、沮喪、不景氣

用法 economic depression 經濟蕭條

L6　**deprive** [dɪ`praɪv]　①②③④

★★　*v.* 剝奪、喪失

用法 deprive sb. of + N 剝奪某人……

L2　**depth** [dɛpθ]　①②③④

★★★　*n.* 深度、厚度

用法 in depth = deeply 深入地

L5　**deputy** [`dɛpjətɪ]　①②③④

★★　*n.* 副手、代理人

用法 a deputy mayor 副市長

L5　**derive** [dɪ`raɪv]　①②③④

6000 Words

*** *v.* 得到、獲得、源自

用法 derive from + N 由……取得

L5 **descend** [dɪ`sɛnd] ①②③④

** *v.* 下降、遺傳、傳承

反義 ascend

descendant [dɪ`sɛndənt] ①②③④

* *n.* 子孫、後裔

用法 a descendant of Mencius 孟子後裔

L6 **descent** [dɪ`sɛnt] ①②③④

* *n.* 家世、下降、血統

用法 a man of noble descent 出身高貴的人

L2 **describe** [dɪ`skraɪb] ①②③④

*** *v.* 描述、形容

用法 describe the event in detail 詳細地描述事件

L2 **description** [dɪ`skrɪpʃən] ①②③④

*** *n.* 描寫、形容

用法 beyond description 難以形容

L5 **descriptive** [dɪ`skrɪptɪv] ①②③④

* *adj.* 敘述的、描寫的

用法 a descriptive paragraph 描述性段落

L2 **desert** [`dɛzət ; dɪ`zɜt] ①②③④

** *n.* 沙漠；*v.* 遺棄、背棄

用法 a deserted island 無人島

L4 **deserve** [dɪ`zɜv] ①②③④

*** **v.** 應得、值得

用法 well deserve the name 名符其實

L2 **design** [dɪ`zaɪn] ①②③④

*** **n.** 設計、製圖；**v.** 設計、構思、籌劃

用法 be designed for + N 為……而設計

designate [`dɛzɪɡ,net] ①②③④

** **v.** 任命、指派、標明；**adj.** 指定的、選定的

用法 be designated as + N 被指定為……

L3 **designer** [dɪ`zaɪnɚ] ①②③④

** **n.** 設計師、構思者

用法 a fashion designer 時裝設計師

L3 **desirable** [dɪ`zaɪrəb!] ①②③④

*** **adj.** 美好的、令人嚮往的

用法 a desirable pay 令人滿意的薪水

L3 **desire** [dɪ`zaɪr] ①②③④

*** **n.** 欲望、渴望、願望；**v.** 想要、請求

用法 leave much to be desired 有許多需要改善的地方

L1 **desk** [dɛsk] ①②③④

*** **n.** 書桌、櫃檯

用法 a **front / reception** desk 服務台

L5 **despair** [dɪ`spɛr] ①②③④

** **n.** 絕望；**v.** 失望、失去信心

用法 in despair 絕望地

L4 **desperate** [`dɛspərɪt] ①②③④

6000+ Words

** *adj.* 絕望的、拼命的、渴望的

用法 make desperate efforts 拼命努力

L6 **despise** [dɪ`spaɪz] ①②③④

* *v.* 蔑視、輕視、看不起

用法 despise sb. for + N / Ving 瞧不起某人⋯⋯

L4 **despite** [dɪ`spaɪt] ①②③④

*** *prep.* 儘管、縱使

用法 **despite / in spite of** + N 縱使、儘管⋯⋯

L3 **dessert** [dɪ`zɜt] ①②③④

* *n.* 點心、餐後甜點

用法 have a pudding for dessert 吃布丁當點心

L5 **destination** [ˌdɛstə`neʃən] ①②③④

* *n.* 目的地、終點

用法 **arrive at / reach** one's destination 到達目的地

L6 **destined** [`dɛstɪnd] ①②③④

** *adj.* 注定的、預定的

用法 be destined to-V 注定會⋯⋯

L5 **destiny** [`dɛstənɪ] ①②③④

** *n.* 命運、定數、天命

同義 doom / fate / fortune / lot / luck

L3 **destroy** [dɪ`strɔɪ] ①②③④

*** *v.* 破壞、摧毀、毀滅

同義 devastate / spoil / ruin / wreck

L4 **destruction** [dɪ`strʌkʃən] ①②③④

*** **n.** 毀壞、破壞

用法 cause destruction to + N 對……造成破壞

L5 **destructive** [dɪ`strʌktɪv] ①②③④

** **adj.** 破壞的、具毀滅性的

用法 a destructive weapon 具毀滅性的武器

L6 **detach** [dɪ`tætʃ] ①②③④

** **v.** 派遣、分開、分離

用法 detach A from B 把 A 從 B 處分離

L2 **detail** [`ditel] ①②③④

*** **n.** 細節、詳情；**v.** 詳述、說明細節

用法 in detail (= detailedly) 仔細地

L6 **detain** [dɪ`ten] ①②③④

* **v.** 拘留、耽擱、延遲

延伸 detention **n.** 拘留、放學後留校

L3 **detect** [dɪ`tɛkt] ①②③④

** **v.** 察覺、發現、探知

用法 detect the smoke 偵測到煙霧

L4 **detective** [dɪ`tɛktɪv] ①②③④

*** **n.**（私家）偵探；**adj.** 偵探的、探測用的

用法 an armchair detective 安樂椅偵探

L6 **detention** [dɪ`tɛnʃən] ①②③④

* **n.** 拘留、留校察看

用法 in detention 關押中

L6 **deter** [dɪ`tɝ] ①②③④

★   *v.* 妨礙、制止

用法 deter sb. from doing sth. 阻礙某人做……

L6   **detergent** [dɪ`tɝdʒənt]   ①②③④

★★   *n.* 清潔劑、洗衣粉

用法 laundry detergent 洗衣粉

deteriorate [dɪ`tɪrɪəˌret]   ①②③④

★   *v.* 惡化、退化、變壞

用法 deteriorate rapidly 急速惡化

L4   **determination** [dɪˌtɝməˈneʃən]   ①②③④

★★★   *n.* 決心、堅決

用法 show determination in + N 在……展現決心

L3   **determine** [dɪ`tɝmɪn]   ①②③④

★★★   *v.* 決定、下定決心

用法 be determined to-V 下決心去……

devalue [di`vælju]   ①②③④

★   *v.* 貶值

同義 depreciate

L2   **develop** [dɪ`vɛləp]   ①②③④

★★★   *v.* 發展、沖洗（相片）

用法 develop films 沖洗膠卷

L2   **development** [dɪ`vɛləpmənt]   ①②③④

★★★   *n.* 發展的事物、進展

用法 sustainable development 永續發展

L4   **device** [dɪ`vaɪs]   ①②③④

*** **n.** 儀器、裝置、設備

用法 a device for sharpening pencils 削鉛筆機

L3　**devil** [`dɛv!]　①②③④

** **n.** 魔鬼、惡魔

用法 speak of the devil 說曹操，曹操就到

L4　**devise** [dɪ`vaɪz]　①②③④

** **v.** 策劃、設計、制定

用法 devise a practical scheme 制定可行的計畫

L4　**devote** [dɪ`vot]　①②③④

*** **v.** 奉獻、專心致力

用法 devote oneself to + **N / Ving** 專心致力於……

L5　**devotion** [dɪ`voʃən]　①②③④

** **n.** 奉獻、貢獻

用法 devotion to the development of the vaccine

　　致力於疫苗的研發

L6　**devour** [dɪ`vaʊr]　①②③④

* **v.** 狼吞虎嚥、毀滅

用法 devour the novel 一口氣看完小說

L4　**dew** [dju]　①②③④

* **n.** 露水、露珠

用法 morning dew drops 早晨的露珠

L6　**diabetes** [ˌdaɪə`bitiz]　①②③④

* **n.** 糖尿病

用法 suffer from diabetes 罹患糖尿病

L5 **diagnose** [`daɪəgnoz] ①②③④

★　**v.** 診斷、判斷

用法 diagnose one's illness 診斷病情

L5 **diagnosis** [,daɪəg`nosɪs] ①②③④

★★　**n.** 診斷結果

用法 make a diagnosis 做出診斷

L4 **diagram** [`daɪə,græm] ①②③④

★★　**n.** 圖表、圖解；**v.** 圖示、圖解

用法 draw a diagram 畫示意圖

L2 **dial** [`daɪəl] ①②③④

★　**n.**（電話）轉盤；**v.** 打電話、撥電話號碼

用法 dial the phone number 撥打電話號碼

L5 **dialect** [`daɪəlɛkt] ①②③④

★★　**n.** 方言、土話

用法 speak a dialect 說方言

L2 **dialogue** [`daɪə,lɔg] ①②③④

★　**n.** 對話、對白

用法 have a dialogue with sb. 與某人對話

L5 **diameter** [daɪ`æmətə] ①②③④

★★　**n.** 直徑、倍率

字構 dia 橫過 + meter 測量

L2 **diamond** [`daɪəmənd] ①②③④

★　**n.** 鑽石、鑽石的飾物

成語 Diamond cut diamond. 棋逢敵手。

L5 **diaper** [`daɪəpə] ①②③④
★ *n.* 尿布
用法 disposable diapers 免洗尿布

L2 **diary** [`daɪərɪ] ①②③④
★ *n.* 日記
用法 keep a diary 寫日記

L6 **dictate** [`dɪktet] ①②③④
★★ *v.* 口述、指揮、命令
用法 dictate sth. to sb. 口述某事給某人聽

L6 **dictation** [dɪk`teʃən] ①②③④
★ *n.* 口述、聽寫
用法 give students a French dictation 給學生聽寫法文

L6 **dictator** [`dɪkˌtetə] ①②③④
★ *n.* 獨裁者
用法 a military dictator 軍事獨裁者

L6 **dictatorship** [dɪk`tetəˌʃɪp] ①②③④
★ *n.* 獨裁、獨裁政府、專政
用法 a military dictatorship 軍事獨裁國家

L1 **dictionary** [`dɪkʃənˌɛrɪ] ①②③④
★★ *n.* 字典、辭典
用法 look up words in the dictionary 查字典

L1 **die** [daɪ] ①②③④
★★ *v.* 死亡、枯萎、消逝
用法 die of + 疾病 / 饑餓 / 口渴 / 衰老；

die from + 外傷 / 意外事故

L6 diesel [`diz!]　　　　　　　①②③④

★　*n.* 柴油

用法 a diesel engine 柴油引擎

L2 diet [`daɪət]　　　　　　　①②③④

★★　*n.* 飲食、食物；*v.* 節食、規定飲食

用法 go on a diet 節食

L4 differ [`dɪfɚ]　　　　　　　①②③④

★★★　*v.* 不同、相異

用法 differ from + N 不同於……

L2 difference [`dɪfərəns]　　　　①②③④

★★★　*n.* 不同、差異、差別

用法 tell the difference 看出差別

L1 different [`dɪfərənt]　　　　①②③④

★★★　*adj.* 不同的、有差異的

成語 Different things appeal to different people.
仁者樂山，智者樂水。

L6 differentiate [ˌdɪfə`rɛnʃɪˌet]　①②③④

★　*v.* 使有差異、區分、變異

用法 differentiate right from wrong 分辨對錯

L1 difficult [`dɪfəˌkəlt]　　　　①②③④

★★★　*adj.* 困難的、艱困的

用法 a difficult man 難相處的人

L2 difficulty [`dɪfəˌkʌltɪ]　　　①②③④

*** *n.* 困難、難題、逆境

用法 have difficulty (in) + Ving 做……有困難

L1 **dig** [dɪg]　　　①②③④

*** *v.* 挖掘、探究、發掘；*n.* 戳、考古挖掘

用法 Let's dig in! 開動、開始吃！

L4 **digest** [daɪ`dʒɛst ; `daɪdʒɛst]　　　①②③④

* *v.* 消化、融會貫通；*n.* 文摘、摘要、概述

用法 digest food 消化食物；a news digest 新聞摘要

L5 **digestion** [də`dʒɛstʃən]　　　①②③④

* *n.* 消化作用、吸收

用法 have a **good** / **poor** digestion 消化好 / 不好

L4 **digital** [`dɪdʒɪt!]　　　①②③④

* *adj.* 數字的、數位的

用法 digital technology 數位科技

L4 **dignity** [`dɪgnətɪ]　　　①②③④

* *n.* 威嚴、尊嚴、高貴、高位

延伸 dignify *v.* 有威嚴；dignitary *n.* 顯貴、要人

L5 **dilemma** [də`lɛmə]　　　①②③④

** *n.* 進退兩難、困境

用法 put sb. in a dilemma 令某人陷入進退兩難

L4 **diligence** [`dɪlədʒəns]　　　①②③④

* *n.* 勤勉、勤奮

成語 Diligence makes up for intelligence. 勤能補拙。

L4 **diligent** [`dɪlədʒənt]　　　①②③④

★ *adj.* 勤勉的、勤奮的

同義 hard-working / industrious / painstaking

L3 **dim** [dɪm]　　　　①②③④

★★ *adj.* 昏暗的、模糊的；*v.* 變黯淡、變模糊

用法 take a dim view of + N 對⋯⋯持懷疑的態度

L3 **dime** [daɪm]　　　　①②③④

★★ *n.* 一角硬幣

用法 a dime store 廉價商店

L5 **dimension** [dɪ`mɛnʃən]　　　　①②③④

★★★ *n.* 大小、尺寸、規模、次元、空間

用法 in **two / three** dimensions 2D / 3D 地

L5 **diminish** [də`mɪnɪʃ]　　　　①②③④

★★ *v.* 減少、縮小

字構 di 脫離 + min 小 + ish 行為

L3 **dine** [daɪn]　　　　①②③④

★★★ *v.* 用餐、進正餐、宴請

用法 dine **in / out** 在家 / 外用餐

L1 **dinner** [`dɪnɚ]　　　　①②③④

★★★ *n.* 晚餐、晚宴、正餐、主餐

補充 dinner 源自法語 dîner，指的是「每天吃的第一
餐主餐」，可能是早餐或午餐，逐漸演變至今
專指「晚餐」。

L3 **dinosaur** [`daɪnəˌsɔr]　　　　①②③④

★ *n.* 恐龍

用法 the extinction of the dinosaurs 恐龍的滅絕

L3 **dip** [dɪp]　　　　　　　①②③④
★　　*v.* 浸、沾、浸泡；*n.* 浸泡、下沉
　　用法 dip a dumpling in(to) the soy sauce 餃子蘸醬油

L4 **diploma** [dɪ`plomə]　　　　①②③④
★　　*n.* 文憑、學位、畢業證書
　　用法 receive a diploma in + N 得到……的文憑

L6 **diplomacy** [dɪ`ploməsɪ]　　①②③④
★★　*n.* 外交、外交手腕、圓滑
　　用法 international diplomacy 國際外交

L4 **diplomat** [`dɪpləmæt]　　　①②③④
★　　*n.* 外交官、圓滑的人
　　用法 a foreign diplomat 外國外交官

L5 **diplomatic** [ˌdɪplə`mætɪk]　①②③④
★★　*adj.* 外交的、圓滑的
　　用法 establish diplomatic relations 建立外交關係

L2 **direct** [də`rɛkt]　　　　　①②③④
★★★　*adj.* 直接的；*adv.* 直接地；*v.* 指揮、指引
　　用法 direct sb. to + N 指引某人前往……

L2 **direction** [də`rɛkʃən]　　　①②③④
★★★　*n.* 方向、指引、指示、說明
　　用法 ask for directions 問路

L6 **directive** [də`rɛktɪv]　　　①②③④
★　　*n.* 指令

用法 issue a directive 下指令

L2 **director** [dəˋrɛktə]　　　　　①②③④

★★★ *n.* 導演、指導者

用法 a **film** / **movie** director 電影導演

L5 **directory** [dəˋrɛktərɪ]　　　　　①②③④

★ *n.* 姓名地址簿

用法 the telephone directory 電話簿

L3 **dirt** [dɜt]　　　　　①②③④

★★★ *n.* 泥土、醜聞

用法 wash the dirt off 洗掉污垢

L1 **dirty** [ˋdɜtɪ]　　　　　①②③④

★★ *adj.* 髒的、卑鄙的；*v.* 弄髒、變髒

成語 Don't wash your dirty linen in public. 家醜勿外揚。

L4 **disability** [ˌdɪsəˋbɪlətɪ]　　　　　①②③④

★ *n.* 失去能力、傷殘

用法 a **mental** / **physical** disability 心理 / 生理殘缺

L6 **disable** [dɪsˋeb!]　　　　　①②③④

★ *v.* 使傷殘、使失去能力

用法 the disabled (people) 身障人士

L4 **disadvantage** [ˌdɪsədˋvæntɪdʒ]　　　　　①②③④

★ *n.* 缺點、劣勢；*v.* 處於不利地位、損害

用法 at a disadvantage 處於劣勢、吃虧

L2 **disagree** [ˌdɪsəˋgri]　　　　　①②③④

★ *v.* 意見不合、爭論

用法 disagree with sb. about sth.

在某事與某人意見不合

L2 **disagreement** [,dɪsə`grimənt]   ①②③④

★   *n.* 不同意、反對

用法 in disagreement with sb. 與某人意見不合

L2 **disappear** [,dɪsə`pɪr]   ①②③④

★★★   *v.* 消失、失蹤

用法 disappear in the crowd 消失於人群中

L4 **disappoint** [,dɪsə`pɔɪnt]   ①②③④

★   *v.* 令人失望、沮喪

用法 disappoint sb. 讓某人失望

L4 **disappointment** [,dɪsə`pɔɪntmənt]   ①②③④

★★   *n.* 失望、沮喪

用法 to sb.'s disappointment 令某人失望的是

L5 **disapprove** [,dɪsə`pruv]   ①②③④

★   *v.* 不同意、不贊成

用法 disapprove of + N 不贊成……

L4 **disaster** [dɪ`zæstə]   ①②③④

★★   *n.* 災難、災害

同義 calamity / misfortune / mishap / catastrophe

L6 **disastrous** [dɪz`æstrəs]   ①②③④

★★   *adj.* 不幸的、悲慘的

用法 make disastrous mistakes 犯下災難性的錯誤

L6 **disbelief** [,dɪsbə`lif]   ①②③④

★　*n.* 不相信、懷疑
用法 in disbelief 不信任地

L6　discard [dɪs`kard]　①②③④

★　*v.* 丟棄、拋棄；*n.* 拋棄、丟棄的東西
用法 discard / throw away + N 丟棄……

L6　discharge [dɪs`tʃardʒ]　①②③④

★★　*v.* 釋放、排除、解僱；*n.* 釋放、排除、解雇
用法 be discharged from hospital 出院

L6　disciple [dɪ`saɪp!]　①②③④

★　*n.* 信徒、門徒、追隨者
用法 Confucius' disciples 孔子的弟子

L6　disciplinary [`dɪsəplɪn,ɛrɪ]　①②③④

★　*adj.* 紀律的、訓練的、懲戒的
用法 the disciplinary committee 紀律委員會

L4　discipline [`dɪsəplɪn]　①②③④

★　*n.* 紀律、教導；*v.* 教導、訓練
用法 keep classroom discipline 維持教室紀律

L5　disclose [dɪs`kloz]　①②③④

★★　*v.* 揭露、透露、顯露
同義 expose / reveal / uncover / unveil

L6　disclosure [dɪs`kloʒɚ]　①②③④

★　*n.* 揭露、揭發、顯露
用法 make a disclosure to the public 向大眾揭發

　　disco [`dɪsko]　①②③④

★ *n.* 迪斯可舞廳（= discotheque）

用法 have fun in a disco 在迪斯可舞廳玩樂

L6 **discomfort** [dɪs`kʌmfət] ①②③④

★ *n.* 不舒服、不舒適；*v.* 使不舒服

用法 in great discomfort 十分不舒服

L5 **disconnect** [ˌdɪskə`nɛkt] ①②③④

★ *v.* 分離、中斷

用法 disconnect A from B 把 A 從 B 中分離

L3 **discount** [`dɪskaʊnt] ①②③④

★★ *n.* 折扣；*v.* 打折扣、不考慮

用法 offer a 20 percent discount 打八折

L4 **discourage** [dɪs`kɝɪdʒ] ①②③④

★★ *v.* 挫折、氣餒、勸阻

用法 discourage sb. from Ving 打消某人……

L4 **discouragement** [dɪs`kɝɪdʒmənt] ①②③④

★ *n.* 挫折、氣餒、勸阻

用法 a feeling of discouragement 消沉的感覺

L5 **discourse** [`dɪskors] ①②③④

★ *n.* 演講、談話

用法 make a discourse 發表演說

L2 **discover** [dɪs`kʌvə] ①②③④

★★★ *v.* 發現、洩漏

用法 discover the truth 發現真相

L2 **discovery** [dɪs`kʌvərɪ] ①②③④

*** **_n._** 發現、發現的事物、發覺

用法 make a discovery of + N 發現……

L6 **discreet** [dɪ`skrit] ①②③④

* **_adj._** 考慮周到的、謹慎的

用法 make a discreet statement 謹慎的發言

L5 **discriminate** [dɪ`skrɪməˌnet] ①②③④

* **_v._** 分辨、有差別地對待、歧視

用法 discriminate against minorities 歧視少數民族

L5 **discrimination** [dɪˌskrɪmə`neʃən] ①②③④

** **_n._** 辨別、區分、歧視

用法 **racial / gender** discrimination 種族 / 性別歧視

L2 **discuss** [dɪ`skʌs] ①②③④

*** **_v._** 討論、商談

用法 discuss sth. with sb 與某人討論某事

L2 **discussion** [dɪ`skʌʃən] ①②③④

*** **_n._** 討論、議論

用法 under discussion 討論中

L2 **disease** [dɪ`ziz] ①②③④

*** **_n._** 病、疾病

用法 wipe out a disease 滅絕疾病

L6 **disgrace** [dɪs`gres] ①②③④

* **_n._** 不名譽、恥辱；**_v._** 羞辱、蒙羞

用法 a disgrace to the family 對家族是丟臉的人或事

disgraceful [dɪs`gresfəl] ①②③④

★   *adj.* 不名譽的、可恥的

     用法 disgraceful behavior 不名譽的行為

L4   **disguise** [dɪsˋgaɪz]   ①②③④

★★   *v.* 偽裝、假裝、隱瞞；*n.* 偽裝、假裝、託辭

     用法 disguise oneself as + N 假扮成……

L4   **disgust** [dɪsˋgʌst]   ①②③④

★   *n.* 厭惡、憎恨；*v.* 使厭惡、使作嘔

     用法 be disgusted at + N 對……反感

L1   **dish** [dɪʃ]   ①②③④

★★★   *n.* 盤子、菜餚；*v.* 盛於盤中、成碟狀

     用法 **do / wash** the dishes 洗碗盤

L3   **dishonest** [dɪsˋɑnɪst]   ①②③④

★   *adj.* 不誠實的、欺騙的

     用法 by dishonest means 用不誠實的手段

L3   **disk** [dɪsk]   ①②③④

★★   *n.* 碟片、唱片（ = disc ）

     用法 a **floppy / hard** disk 軟式 / 硬式磁碟片

L3   **dislike** [dɪsˋlaɪk]   ①②③④

★★   *v./n.* 不喜歡、厭惡

     用法 likes and dislikes 喜歡與討厭、好惡

     dismantle [dɪsˋmænt!]   ①②③④

★   *v.* 拆除、拆卸、廢除

     用法 dismantle the boat 拆卸小船

L6   **dismay** [dɪsˋme]   ①②③④

6000+ words

D 6000+
Words a High School Student Must Know

★   *v.* 使驚慌、使沮喪；*n.* 驚慌、失望、沮喪
  用法 in extreme dismay 極度驚慌地

L4 **dismiss** [dɪs`mɪs]   ①②③④

★★★ *v.* 解散、解僱、去除、不考慮
  用法 dismiss the class 下課

L4 **disorder** [dɪs`ɔrdɚ]   ①②③④

★   *n.* 紊亂、失序；*v.* 紊亂、無秩序、失調
  用法 mental disorder 精神障礙

dispatch [dɪ`spætʃ]   ①②③④

★   *v.* 派遣、發送、急速辦理；*n.* 派遣、發送、急件
  用法 send a dispatch to the station 發電訊到電視台

L6 **dispensable** [dɪ`spɛnsəb!]   ①②③④

★   *adj.* 非必要的、可分配的
  反義 indispensable

L6 **dispense** [dɪ`spɛns]   ①②③④

★   *v.* 分配、摒棄、免除
  用法 dispense supplies to refugees 發送補給給難民

disperse [dɪ`spɝs]   ①②③④

★   *v.* 驅散、傳播
  用法 disperse the smell 驅散味道

displace [dɪs`ples]   ①②③④

★   *v.* 移走、取代、撤換、迫使離開
  用法 displace a bone 脫臼

L2 **display** [dɪ`sple]   ①②③④

***   *v.* 展示、發揮、表現；*n.* 展示、表露

用法 on display 展示中

displease [dɪs`pliz]   ①②③④

★   *v.* 使不愉快、不快樂

用法 be displeased **at / with** + N 對……感到不悅

L6 **disposable** [dɪ`spozəb!]   ①②③④

★   *adj.* 拋棄式的、可有可無的；*n.* 一次性使用的商品

用法 disposable products 用完即丟的產品

L6 **disposal** [dɪ`spoz!]   ①②③④

★★   *n.* 處置、丟棄

用法 at sb.'s disposal 任由某人處置

L6 **dispose** [dɪ`spoz]   ①②③④

★★   *v.* 處置、處理、扔掉

用法 dispose of nuclear waste 處置核廢料

L4 **dispute** [dɪ`spjut]   ①②③④

★★   *v.* 爭論、辯論、爭執；*n.* 爭論、爭執

用法 beyond dispute 無庸置疑的

disregard [ˌdɪsrɪ`gard]   ①②③④

★   *v./n.* 不理會、忽視、輕視

用法 in disregard of + N 不顧、不在乎……

L5 **disrupt** [dɪs`rʌpt]   ①②③④

★★   *v.* 打斷、中斷、瓦解

用法 disrupt the conversation 打斷對話

L6 **dissent** [dɪ`sɛnt]   ①②③④

231

★★ **n.** 不同意、異議
用法 without dissent 一致同意

dissident [`dɪsədənt]　　①②③④

★ **adj.** 有異議的、意見不同的；**n.** 異議分子
用法 political dissidents 政治上持異議者

L5 **dissolve** [dɪ`zɑlv]　　①②③④

★★ **v.** 溶化、溶解
用法 dissolve salt in(to) water 把鹽溶於水中

dissuade [dɪ`swed]　　①②③④

★ **v.** 勸阻、阻止
用法 dissuade sb. from Ving 勸阻某人做……

L2 **distance** [`dɪstəns]　　①②③④

★★★ **n.** 距離、疏遠；**v.** 保持距離、與……疏遠
用法 keep sb. at a distance 與某人保持距離

L2 **distant** [`dɪstənt]　　①②③④

★★★ **adj.** 遙遠的、疏遠的、疏離的
用法 distant relatives 遠親

L4 **distinct** [dɪ`stɪŋkt]　　①②③④

★★★ **adj.** 明顯的、清晰易辨的、有所區別的
用法 be distinct from + N 與……有區別

L5 **distinction** [dɪ`stɪŋkʃən]　　①②③④

★★★ **n.** 區別、區分、卓越
用法 without distinction 一視同仁地

L5 **distinctive** [dɪ`stɪŋktɪv]　　①②③④

★★	*adj.* 獨特的、有特色的
	用法 a distinctive symbol 特殊的符號

L4 **distinguish** [dɪ`stɪŋgwɪʃ]　　　　①②③④

★★★ *v.* 分辨、區別

用法 distinguish A from B 區分 A 與 B

L4 **distinguished** [dɪ`stɪŋgwɪʃt]　　　①②③④

★★ *adj.* 突出的、卓越的、高雅的

用法 a distinguished look 出眾的長相

distort [dɪs`tɔrt]　　　　　　　　①②③④

★★ *v.* 扭曲、曲解

用法 distort the facts 扭曲事實

L5 **distract** [dɪ`strækt]　　　　　　①②③④

★ *v.* 分心、分散、轉移

用法 distract sb. from Ving 使某人做……分心

L6 **distraction** [dɪ`strækʃən]　　　　①②③④

★ *n.* 分心、分神的事物

用法 a distraction from + N 從……分心

L6 **distress** [dɪ`strɛs]　　　　　　　①②③④

★★ *n.* 痛苦、苦惱；*v.* 使痛苦、苦惱

用法 in distress 感到痛苦

L4 **distribute** [dɪ`strɪbjut]　　　　　①②③④

★★★ *v.* 散播、分配、分發

用法 distribute sth. **among** / **to** sb. 把某物發給某人

L4 **distribution** [ˌdɪstrə`bjuʃən]　　　①②③④

233

D 6000⁺ Words a High School Student Must Know

*** ***n.*** 分佈、分配、散佈

用法 an equitable distribution of treasure 公平分配財寶

L4 **district** [`dɪstrɪkt］ ①②③④

* ***n.*** 地區、區域

用法 a central business district 中央商務區

distrust [dɪs`trʌst］ ①②③④

** ***n./v.*** 不信任、不相信、懷疑

用法 have a distrust of + N 不相信……

L4 **disturb** [dɪs`tɝb］ ①②③④

*** ***v.*** 打擾、妨礙、攪動

用法 a piece of disturbing news 一則令人煩惱的新聞

L6 **disturbance** [dɪs`tɝbəns］ ①②③④

* ***n.*** 妨礙、擾亂、動亂

用法 put down a disturbance 平息動亂

L3 **ditch** [dɪtʃ］ ①②③④

* ***n.*** 下水溝、水道；***v.*** 掘溝、用溝渠圍住

用法 a drainage ditch 排水溝

L3 **dive** [daɪv］ ①②③④

* ***v./n.*** 潛水、跳水

用法 dive into the pool 跳入泳池

L4 **diverse** [daɪ`vɝs］ ①②③④

* ***adj.*** 不同的、多種多樣的、變化多端的

用法 diverse cultures 多元文化

L6 **diversify** [daɪ`vɝsəˌfaɪ］ ①②③④

D

★   **v.** 使多樣化、變得多樣化

用法 diversify products 讓產品多樣化

L6   **diversion** [daɪ`vɝʒən]   ①②③④

★   **n.** 轉移注意力、變換、改道

用法 the diversion of sb.'s vision 轉移某人視線

L4   **diversity** [daɪ`vɝsətɪ]   ①②③④

★   **n.** 多樣性、多種類

用法 a great diversity of creatures 多樣的生物

L6   **divert** [daɪ`vɝt]   ①②③④

★   **v.** 改道、轉向、娛樂、消遣

用法 divert sb. from sth. 轉移某人對某事的注意力

L2   **divide** [də`vaɪd]   ①②③④

★★★   **v.** 劃分、分配、除；**n.** 分歧、不合

用法 divide the cake into 3 pieces 將蛋糕分成三份

L6   **dividend** [`dɪvə,dɛnd]   ①②③④

★   **n.** 股息、紅利、被除數

用法 an annual dividend 年度股息

L4   **divine** [də`vaɪn]   ①②③④

★   **adj.** 神的、非凡的、聖人的

成語 To err is human; to forgive, divine.

人非聖賢，孰能無過。

L2   **division** [də`vɪʒən]   ①②③④

★★★   **n.** 劃分、部門、分裂、除法

用法 division of labor 分工

6000+ Words

L4 divorce [də`vors] ①②③④
★★ *n.* 離婚；*v.* 離婚、和……離婚
用法 end up in divorce 以離婚收場

L3 dizzy [`dɪzɪ] ①②③④
★ *adj.* 令人昏眩的
用法 feel dizzy and light-headed 感到頭暈昏眩

L3 dock [dak] ①②③④
★ *n.* 碼頭、船塢；*v.* 停靠碼頭
用法 at the dock 在碼頭

L1 doctor [`daktɚ] ①②③④
★★★ *n.* 醫生、博士（doc = Dr.）
用法 **consult / go to / see** a doctor 看醫生

L5 doctrine [`daktrɪn] ①②③④
★★★ *n.* 教義、主義
用法 preach a doctrine 宣揚主義

L5 document [`dakjəmənt] ①②③④
★★★ *n.* 文件、文書；*v.* 記錄、用文件證明
用法 sign a document 簽署文件

L5 documentary [ˌdakjə`mɛntərɪ] ①②③④
★★ *adj.* 紀錄的、文書的；*n.* 紀錄片
用法 film a documentary 拍紀錄片

L4 dodge [dadʒ] ①②③④
★ *v.* 閃躲、躲開；*n.* 閃躲、躲避
補充 dodge behind + N 閃身躲到……後面

L1　**dog** [dɔg]　　　　　　　　①②③④
***　*n.* 狗
　　用法 walk a dog 遛狗

L1　**doll** [dɑl]　　　　　　　　①②③④
**　*n.* 洋娃娃
　　用法 play with a doll 玩洋娃娃

L1　**dollar** [`dɑlɚ]　　　　　　　①②③④
***　*n.* 元（= buck）
　　用法 by the dollar 以美元計

L3　**dolphin** [`dɑlfɪn]　　　　　　①②③④
*　*n.* 海豚
　　用法 a school of dolphins 一群海豚

L5　**dome** [dom]　　　　　　　①②③④
**　*n.* 圓形屋頂、穹窿；*v.* 加圓屋頂於
　　用法 the dome of the cathedral 大教堂的圓頂

L2　**domestic** [də`mɛstɪk]　　　　①②③④
***　*adj.* 家庭的、國內的、馴良的
　　用法 domestic violence 家庭暴力

L4　**dominant** [`dɑmənənt]　　　　①②③④
***　*adj.* 主要的、佔優勢的
　　用法 play a dominant role 扮演主要角色

L4　**dominate** [`dɑmə‚net]　　　　①②③④
***　*v.* 支配、統治、控制
　　用法 dominate over + N 統管……

6000+ Words

D 6000⁺
Words a High School Student Must Know

L5	**donate** [`donet]	①②③④
**	*v.* 捐贈、捐款	
	用法 donate blood 捐血	
L5	**donation** [do`neʃən]	①②③④
★	*n.* 捐贈、捐款	
	用法 make a donation of food 捐贈食物	
L3	**donkey** [`daŋkɪ]	①②③④
★	*n.* 驢子、傻瓜	
	用法 as stupid as a donkey 和驢子一樣愚蠢	
L5	**donor** [`donɚ]	①②③④
★	*n.* 捐贈者、贈送人	
	用法 an organ donor 器官捐贈者	
L6	**doom** [dum]	①②③④
★	*n.* 毀滅、厄運；*v.* 命運、命中注定	
	用法 be doomed to + N 注定要……	
L1	**door** [dor]	①②③④
***	*n.* 門	
	用法 from door to door 挨家挨戶	
	doorstep [`dor͵stɛp]	①②③④
★	*n.* 門階	
	用法 sit on the doorstep 坐在門口	
L5	**doorway** [`dor͵we]	①②③④
**	*n.* 門口、出入口	
	用法 stand in the doorway 站在門口	

L6 **dormitory** [`dɔrməˌtorɪ] ①②③④
★ *n.* 宿舍（= dorm）
用法 a single dormitory 單身宿舍

dosage [`dosɪdʒ] ①②③④
★ *n.* 一次的劑量
用法 the recommended dosage 建議劑量

L3 **dose** [dos] ①②③④
★★ *n.* 一劑的量；*v.* 給……服藥
用法 a dose of medicine 一劑藥

L2 **dot** [dɑt] ①②③④
★★ *n.* 小點；*v.* 加小點、散佈、散落
用法 a dot com company 網路公司

L2 **double** [`dʌb!] ①②③④
★★★ *adj.* 加倍的；*adv.* 加倍地；*n.* 加倍；*v.* 使加倍
用法 On the double!（速度）快一點！

L2 **doubt** [daʊt] ①②③④
★★★ *n./v.* 懷疑、不信任
用法 There's no doubt about it. 毫無疑問。

L3 **doubtful** [`daʊtfəl] ①②③④
★★ *adj.* 懷疑的、可疑的、未確定的
用法 be doubtful about + N 對……感到懷疑

L5 **dough** [do] ①②③④
★ *n.* 生麵團、錢
用法 make dough 揉麵團

D **6000⁺**
Words a High School Student Must Know

L3 **doughnut** [`do,nʌt] ①②③④
★ *n.* 甜甜圈
用法 a peanut doughnut 花生口味甜甜圈

L2 **dove** [dʌv] ①②③④
★ *n.* 鴿子
用法 a dove of peace 和平鴿

L1 **down** [daʊn] ①②③④
★★★ *adv.* 向下；*prep.* 在下；*adj.* 向下的；*n.* 下降
用法 come down with + N 因……（病）倒下

L2 **download** [`daʊn,lod] ①②③④
★ *v.* 下載
補充 overload 超載、超過負荷；upload 上傳

L2 **downstairs** [,daʊn`stɛrz] ①②③④
★ *adv.* 往樓下；*adj.* 樓下的；*n.* 樓下
用法 walk downstairs 往樓下走

L3 **downtown** [,daʊn`taʊn] ①②③④
★★★ *adv.* 在市中心；*adj.* 市中心的；*n.* 鬧區
反義 uptown

L6 **downward** [`daʊnwəd] ①②③④
★ *adj.* 向下的、向下
用法 a downward trend 下降的趨勢

L6 **doze** [doz] ①②③④
★ *v.* 打瞌睡；*n.* 瞌睡
用法 doze off 打瞌睡

L1 **dozen** [`dʌzən]　　　　　①②③④

*** *n.* 一打、十二個

用法 by the dozen 論打計算、成打地

L4 **draft** [dræft]　　　　　①②③④

** *n.* 初稿、草稿；*v.* 起草、選派

用法 the original draft 原稿

L3 **drag** [dræg]　　　　　①②③④

*** *v./n.* 拖曳、拖拉

用法 drag one's **feet / heels**（因太累）拖步而走

L2 **dragon** [`drægən]　　　　　①②③④

* *n.* 龍

用法 the Dragon Boat Festival 端午節

L3 **dragonfly** [`drægənˏflaɪ]　　　　　①②③④

* *n.* 蜻蜓

補充 butterfly 蝴蝶；ladybug 瓢蟲；firefly 螢火蟲

L3 **drain** [dren]　　　　　①②③④

** *v.* 流失、排光；*n.* 排水溝、排水管、排水系統

用法 drain the polluted water 排出廢水

L2 **drama** [`drɑmə]　　　　　①②③④

*** *n.* 戲劇、劇本

用法 a historical drama 歷史劇

L3 **dramatic** [drə`mætɪk]　　　　　①②③④

*** *adj.* 戲劇性的、誇張的、重大的

用法 take a dramatic turn 產生重大的轉變

6000+ Words

241

drape [drep] ①②③④
* *v.* 拉窗簾、用布覆蓋；*n.* 簾、窗簾
  用法 draw drapes 拉上窗簾

L6 **drastic** [`dræstɪk] ①②③④
* *adj.* 激烈的、嚴厲的
  用法 drastic climate changes 劇烈的氣候變化

L6 **draught** [dræft] ①②③④
* *n.* 通風氣流、散裝、西洋棋
  用法 beer on draught 散裝啤酒

L1 **draw** [drɔ] ①②③④
*** *v.* 畫圖、拖拉、吸引；*n.* 抽籤、拖拉
  用法 draw a map 畫地圖

drawback [`drɔ‚bæk] ①②③④
* *n.* 缺點、不利的條件、撤回
  用法 the drawback of sb.'s plan 某人計畫的缺點

L2 **drawer** [`drɔɚ] ①②③④
* *n.* 抽屜
  用法 pull out a drawer 拉開抽屜

L2 **drawing** [`drɔɪŋ] ①②③④
*** *n.* 繪畫、圖畫、描繪
  用法 mechanical drawing 機械製圖

L4 **dread** [drɛd] ①②③④
* *v./n.* 恐懼、畏懼、害怕
  用法 dread + N / Ving / to-V 害怕……

L5 **dreadful** [`drɛdfəl]　　　①②③④
★　***adj.*** 可怕的、嚇人的、令人不愉快的
　　同義 fearful / frightful / scary / terrible

L1 **dream** [drim]　　　①②③④
★★★　***n.*** 夢、夢想；***v.*** 做夢、夢見、想像
　　用法 dream one's life away 醉生夢死、虛度一生

　　dreary [`drɪərɪ]　　　①②③④
★　***adj.*** 令人沮喪的、陰沉的
　　用法 a dreary winter morning 陰鬱的冬日清晨

L1 **dress** [drɛs]　　　①②③④
★★★　***n.*** 洋裝、衣服；***v.*** 穿衣、著裝、裝飾
　　用法 dress up 盛裝打扮

L6 **dresser** [`drɛsɚ]　　　①②③④
★　***n.*** 梳妝台、衣櫃
　　用法 on the dresser 梳妝台上

L6 **dressing** [`drɛsɪŋ]　　　①②③④
★　***n.*** 調味醬、敷料、填料
　　用法 salad dressing 沙拉醬

L4 **drift** [drɪft]　　　①②③④
★★★　***n.*** 漂流、漂流物、趨勢；***v.*** 漂流、堆積
　　用法 drift off course 迷航、偏離軌道

L4 **drill** [drɪl]　　　①②③④
★　***n.*** 鑽孔、練習；***v.*** 鑽孔、練習、訓練
　　用法 a fire drill 消防演習；drill the tooth 鑽牙

6000+ Words

L1 **drink** [drɪŋk] ①②③④

*** *v.* 飲、喝；*n.* 飲料

用法 **hard / soft** drinks 含酒精 / 不含酒精的飲料

L3 **drip** [drɪp] ①②③④

* *v.* 滴落、滴下；*n.* 水滴

用法 drip down 滴下

L1 **drive** [draɪv] ①②③④

*** *v.* 開車、驅使；*n.* 駕駛、車道、欲望

用法 drive sb. **crazy / mad** 令人發狂 / 生氣

L1 **driver** [`draɪvɚ] ①②③④

*** *n.* 司機、駕駛

用法 a reckless driver 魯莽的駕駛

L5 **driveway** [`draɪv،we] ①②③④

** *n.* 私人車道

用法 **in / on** the driveway 車道上

drizzle [`drɪz!] ①②③④

* *n.* 毛毛雨、細雨；*v.* 下毛毛雨

用法 drizzle on and off 斷斷續續地下毛毛雨

L1 **drop** [drɑp] ①②③④

*** *v.* 掉落、滴落、中斷；*n.* 落下、一滴

用法 a drop in temperature 溫度下降

L5 **drought** [draʊt] ①②③④

* *n.* 乾旱、旱災

用法 a severe drought 嚴重的旱災

D

L3 **drown** [draʊn] ①②③④

★ *v.* 淹死、溺水、淹沒

成語 A drowning man catches at a straw. 急不暇擇。

L4 **drowsy** [ˋdraʊzɪ] ①②③④

★ *adj.* 昏昏欲睡的、沉寂的

用法 a drowsy summer afternoon 昏昏欲睡的夏日午後

L2 **drug** [drʌg] ①②③④

★ *n.* 藥品、毒品;*v.* 服毒、用藥麻醉

用法 be addicted to drugs 染上毒癮

L3 **drugstore** [ˋdrʌgˏstor] ①②③④

★ *n.* 藥局、藥妝店

用法 run a drugstore 經營藥局

L1 **drum** [drʌm] ①②③④

★★ *n.* 鼓;*v.* 打鼓

用法 **beat / play** the drums 打鼓

L3 **drunk** [drʌŋk] ①②③④

★★★ *adj.* 酒醉的;*n.* 醉漢、酒鬼

用法 drunk driving 酒醉開車

L1 **dry** [draɪ] ①②③④

★★★ *adj.* 乾燥的;*v.* 弄乾、擦乾

用法 dry cleaning 乾洗

L2 **dryer** [ˋdraɪɚ] ①②③④

★ *n.* 烘乾機

用法 a hair dryer 吹風機

6000+ Words

D 6000⁺
Words a High School Student Must Know

L6 **dual** [ˋdjuəl]　　　　　　　①②③④

★　*adj.* 雙重的

用法 dual nationality 雙重國籍

L6 **dubious** [ˋdjubɪəs]　　　　　①②③④

★　*adj.* 懷疑的、結果未定的、沒把握的

用法 be dubious about + N 懷疑……

L1 **duck** [dʌk]　　　　　　　　①②③④

★　*n.* 鴨子；*v.* 潛入水中、閃避

用法 a **wild / domesticated** duck 野 / 家鴨

　　duckling [ˋdʌklɪŋ]　　　　①②③④

★　*n.* 小鴨子

用法 the Ugly Duckling 醜小鴨

L2 **due** [dju]　　　　　　　　　①②③④

★★★　*adj.* 到期的、預定的；*n.* 應得之物；*adv.* 正對著

用法 due to + N 因為、由於……

L2 **dull** [dʌl]　　　　　　　　①②③④

★★　*adj.* 單調的、遲鈍的；*v.* 使遲鈍

成語 All work and no play makes Jack a dull boy.
　　　只工作不休閒使人變遲鈍。

L3 **dumb** [dʌm]　　　　　　　①②③④

★　*adj.* 啞的、笨的

用法 the deaf and dumb 聾啞人士

L3 **dump** [dʌmp]　　　　　　　①②③④

★　*v.* 傾倒、丟棄、傾銷；*n.* 垃圾場

用法 anti-dumping duty 反傾銷關稅

L3 **dumpling** [`dʌmplɪŋ] ①②③④
★ *n.* 水餃
用法 rice dumplings 粽子

L4 **durable** [`djʊrəb!] ①②③④
★★ *adj.* 持久的、耐用的
字構 dur 持久 + able 可以⋯⋯的

L6 **duration** [djʊ`reʃən] ①②③④
★★ *n.* 持續的時間
用法 for the duration of the break 在休息期間

L1 **during** [`djʊrɪŋ] ①②③④
★★★ *prep.* 在⋯⋯期間
用法 during the class break 下課期間

L6 **dusk** [dʌsk] ①②③④
★ *n.* 黃昏、昏暗、薄暮
用法 at dusk 在黃昏、傍晚

L3 **dust** [dʌst] ①②③④
★★★ *n.* 灰塵；*v.* 擦去灰塵
用法 dust off the desk 拭去桌子灰塵

L4 **dusty** [`dʌstɪ] ①②③④
★ *adj.* 佈滿灰塵的
用法 on the dusty road 在塵土飛揚的道路上

L2 **duty** [`djutɪ] ①②③④
★★★ *n.* 責任、義務、關稅

用法 be **on** / **off** duty 值勤中 / 不當班

digital video disk [`dɪdʒɪt! `vɪdɪˌo dɪsk] ①②③④

★ *n.* 數位影音光碟（= DVD = digital versatile disk）

用法 play the DVD 播放影音光碟

L6 **dwarf** [dwɔrf] ①②③④

★ *n.* 侏儒、矮子、矮人；*v.* 使顯得矮小

用法 Snow White and the Seven Dwarfs
白雪公主與七個小矮人

L6 **dwell** [dwɛl] ①②③④

★★ *v.* 居住、思索

用法 **dwell on** / **think about** + N 思考……

L6 **dwelling** [`dwɛlɪŋ] ①②③④

★★ *n.* 住處、寓所

用法 the hometown dwelling 故鄉的住所

L4 **dye** [daɪ] ①②③④

★ *n.* 染料；*v.* 染色

用法 dye hair 染髮

L4 **dynamic** [daɪ`næmɪk] ①②③④

★ *adj.* 有活力的、動力的、活動的

字構 dynam 力量 + ic 形容詞、具有……特性的

dynamite [`daɪnəˌmaɪt] ①②③④

★ *n.* 炸藥；*v.* 用炸藥炸

用法 set off the dynamite 引爆炸藥

L4 **dynasty** [`daɪnəstɪ] ①②③④

★	***n.*** 朝代、王朝

用法 **found / establish** a dynasty 建立王朝

L1 **each** [itʃ] ①②③④

*** ***adj.*** 每個；***pron.*** 每一個；***adv.*** 每個地、各個

用法 **each other** 彼此、互相

L3 **eager** [`igɚ] ①②③④

** ***adj.*** 熱切的、急切的、渴望的

用法 **be eager to-V** 渴望做……

L2 **eagle** [`ig!] ①②③④

★ ***n.*** 鷹、老鷹

用法 a soaring **eagle** 翱翔天際的老鷹

L1 **ear** [ɪr] ①②③④

*** ***n.*** 耳朵、聽覺

用法 **be all ears** 洗耳恭聽

L1 **early** [`ɝlɪ] ①②③④

*** ***adj.*** 早的；***adv.*** 早地

成語 The **early** bird gets the worm. 早起的鳥兒有蟲吃。

L2 **earn** [ɝn] ①②③④

*** ***v.*** 賺錢、獲得

用法 **earn / make** one's living 謀生

L4 **earnest** [`ɝnɪst] ①②③④

** ***adj.*** 認真的、熱心的；***n.*** 認真

用法 **in earnest = earnestly** 認真地

earnings [`ɝnɪŋz] ①②③④

E **6000+** Words a High School Student Must Know

★　　*n.* 薪水、收入、利潤
　　用法 average earnings 平均收入

L4　**earphone** [`ɪr‚fon]　　　①②③④
★　　*n.* 耳機
　　用法 put on the earphone 戴上耳機

L4　**earring** [`ɪr‚rɪŋ]　　　①②③④
★　　*n.* 耳環
　　用法 a pair of silver earrings 一副銀耳環

L1　**earth** [ɝθ]　　　①②③④
★★★　*n.* 地球、陸地、土壤
　　用法 on earth 世界上、究竟

L2　**earthquake** [`ɝθ‚kwek]　　　①②③④
★★★　*n.* 地震
　　用法 predict an earthquake 預測地震

L2　**ease** [iz]　　　①②③④
★★　*n.* 輕鬆、悠閒；*v.* 減輕（痛苦）、趨緩
　　用法 ease the pain 舒緩疼痛

L1　**east** [ist]　　　①②③④
★★★　*n.* 東方；*adj.* 東方的；*adv.* 向東地
　　用法 in the Middle East 在中東地區

L2　**eastern** [`istɚn]　　　①②③④
★★★　*adj.* 東方的
　　用法 the eastern flavor 東方風味

L1　**easy** [`izɪ]　　　①②③④

MP3

E

*** **adj.** 容易的、輕鬆的、舒適的
用法 Take it easy! 放輕鬆、慢慢來！

L1 **eat** [it]   ①②③④

*** **v.** 吃
用法 eat one's words 收回前言、承認說錯

ebb [ɛb]   ①②③④

* **n.** 退潮、盛衰；**v.** 退潮、處於低潮
用法 ebb and flow 潮漲潮落、起伏

L6 **eccentric** [ɪk`sɛntrɪk]   ①②③④

* **adj.** 古怪的、異常的；**n.** 古怪的人
延伸 eccentricity **n.** 古怪、怪僻、反常

L3 **echo** [`ɛko]   ①②③④

** **n.** 回聲、附和；**v.** 發出回聲、引起共鳴
用法 arouse an echo 引起回響

L6 **eclipse** [ɪ`klɪps]   ①②③④

* **n.** 日蝕、月蝕；**v.** 遮蔽、黯然失色
用法 a **lunar** / **solar** eclipse 月 / 日蝕

L5 **ecological** [ˌɛkə`ladʒɪkəl]   ①②③④

** **adj.** 生態的
用法 an ecological disaster 生態浩劫

L5 **ecology** [ɪ`kalədʒɪ]   ①②③④

* **n.** 生態、生態學
延伸 ecologist **n.** 生態學家；ecological **adj.** 生態的

L4 **economic** [ˌikə`namɪk]   ①②③④

*** *adj.* 經濟的、經濟學的；*n.pl* 經濟（學）

用法 economic recession 經濟衰退

L4 **economical** [,ikə`namık!] ①②③④

* *adj.* 節儉的、節約的、經濟的、省錢的

用法 be economical on fuel 省油的

L4 **economist** [i`kanəmıst] ①②③④

* *n.* 經濟學者、經濟學家

用法 a professional economist 專業的經濟學者

L4 **economy** [ı`kanəmı] ①②③④

*** *n.* 經濟、節約、經濟制度

用法 an economy class air ticket 經濟艙機票

L5 **ecosystem** [`iko,sıstəm] ①②③④

* *n.* 生態系統

用法 aquatic ecosystem 水生生態系統

ecstasy [`ɛkstəsı] ①②③④

* *n.* 狂喜、入迷

用法 in great ecstasy over + N 對……感到狂喜

L2 **edge** [ɛdʒ] ①②③④

*** *n.* 邊緣；*v.* 使鋒利、側身前進

用法 be on the cutting edge 在尖端、最前線

L6 **edible** [`ɛdəb!] ①②③④

* *adj.* 可吃的、可食用的

字構 ed 吃 + ible 可……的

L3 **edit** [`ɛdıt] ①②③④

★   *v.* 編輯、剪輯

用法 edit a film 剪輯影片

L2   **edition** [ɪ`dɪʃən]   ①②③④

*** *n.* 版、版本

用法 an online edition 網路版本

L3   **editor** [`ɛdɪtɚ]   ①②③④

*** *n.* 編輯者、編輯人員

用法 the editor-in-chief 總編輯

L6   **editorial** [ˌɛdə`tɔrɪəl]   ①②③④

*** *adj.* 編輯的；*n.* 社論

用法 an editorial about + N 有關……的社論

L3   **educate** [`ɛdʒəˌket]   ①②③④

**   *v.* 教育、培養、教化

用法 well-educated 有教養的、受過良好教育的

L2   **education** [ˌɛdʒʊ`keʃən]   ①②③④

*** *n.* 教育、教養

用法 vocational education 職業教育

L3   **educational** [ˌɛdʒʊ`keʃən!]   ①②③④

*** *adj.* 教育的、有益的

用法 an educational institution 教育機構

     eel [il]   ①②③④

★   *n.* 鰻魚

用法 as slippery as an eel 似鰻魚般滑溜

L2   **effect** [ɪ`fɛkt]   ①②③④

6000+ words

*** *n.* 效果、影響、結果；*v.* 產生效果

用法 take effect 生效；in effect 實際上、生效

L2 **effective** [ɪ`fɛktɪv]　　　①②③④

*** *adj.* 有效的、起作用的

用法 an effective strategy 有效的策略

L4 **efficiency** [ɪ`fɪʃənsɪ]　　　①②③④

*** *n.* 效率、功效

用法 improve work efficiency 提高工作效率

L3 **efficient** [ɪ`fɪʃənt]　　　①②③④

*** *adj.* 效率高的、有效率的

用法 be efficient **at / in** + N 在……有效率

L2 **effort** [`ɛfət]　　　①②③④

*** *n.* 努力、盡力

用法 make efforts to-V 努力去……

L1 **egg** [ɛg]　　　①②③④

*** *n.* 蛋、卵

用法 lay eggs 下蛋、產卵

L5 **ego** [`igo]　　　①②③④

** *n.* 自我、自我意識

延伸 egoism *n.* 利己主義；egoist *n.* 自我中心者

eight [et]　　　①②③④

** *n.* 八；*adj.* 八的

用法 at eight o'clock sharp 在八點整

eighteen [e`tin]　　　①②③④

** **n.** 十八；**adj.** 十八的

用法 at the age of eighteen 在十八歲時

eighty [`etɪ] ①②③④

* **n.** 八十；**adj.** 八十的

用法 in one's eighties 在八十多歲時

L1 either [`iðɚ] ①②③④

*** **adj./pron.** 兩者任一（的）；**conj.** 或者；**adv.** 也不

用法 Either will do! 任何一個都可以！

L5 elaborate [ɪ`læbəˌrɪt ; ɪ`læbəˌret] ①②③④

** **adj.** 精心製作的、複雜的；**v.** 詳細地說明

用法 elaborate on + N 詳細說明……

L4 elastic [ɪ`læstɪk] ①②③④

* **adj.** 有彈性的、可伸縮的；**n.** 鬆緊帶

用法 elastic band 橡皮筋

L3 elbow [`ɛlbo] ①②③④

** **n.** 手肘；**v.** 用手肘推開

用法 be at one's elbow 在某人旁邊

L2 elder [`ɛldɚ] ①②③④

* **adj.** 年長的；**n.** 長輩、年長者

用法 an elder **brother / sister** 哥哥 / 姊姊

L3 elderly [`ɛldɚlɪ] ①②③④

** **adj.** 較老的、老年人的

用法 the elderly 年長者

L3 elect [ɪ`lɛkt] ①②③④

*** *v.* 選舉、選出；*adj.* 選定的

用法 be elected as President 被選為總統

L3 **election** [ɪˋlɛkʃən]　　　　　①②③④

*** *n.* 選舉、當選

用法 in the general election 普選、大選中

L2 **electric** [ɪˋlɛktrɪk]　　　　　①②③④

*** *adj.* 電力的、用電的、電動的（= electrical）

用法 an electric automobile 電動汽車

L6 **electrician** [ˌilɛkˋtrɪʃən]　　　①②③④

★ *n.* 電機師、電工、電器技師

用法 call in an electrician 請電工來

L3 **electricity** [ˌilɛkˋtrɪsətɪ]　　①②③④

** *n.* 電、電力、電學

用法 generate electricity 發電

electron [ɪˋlɛktran]　　　　　①②③④

** *n.* 電子

用法 an electron microscope 電子顯微鏡

L3 **electronic** [ɪlɛkˋtranɪk]　　　①②③④

★ *adj.* 電子的、電子學的；*n.pl* 電子學

用法 an electronic mail 電子郵件

L4 **elegant** [ˋɛləgənt]　　　　　①②③④

** *adj.* 優雅的、高雅的、巧妙的

同義 graceful / neat / refined / tasteful

L3 **element** [ˋɛləmənt]　　　　　①②③④

E

*** **n.** 元素、要素、成分

用法 basic elements 基本要素

L4 **elementary** [͵ɛlə`mɛntərɪ] ①②③④

** **adj.** 基本的、基礎的、初級的

用法 an **elementary** / **primary** school 小學

L1 **elephant** [`ɛləfənt] ①②③④

** **n.** 大象

用法 a white elephant 昂貴而無用之物

L6 **elevate** [`ɛlə͵vet] ①②③④

** **v.** 升高、提升、提高

用法 elevate the social status 提升社會地位

L3 **elevator** [`ɛlə͵vetɚ] ①②③④

* **n.** 電梯、升降機

補充 a lift 電梯（英式用法）

eleven [ɪ`lɛvən] ①②③④

*** **n.** 十一 ; **adj.** 十一的

用法 an **eleven**-year-old boy 11 歲的男孩

L5 **eligible** [`ɛlɪdʒəb!] ①②③④

* **adj.** 有資格的、合格的

用法 be eligible for + N 符合……資格的

L4 **eliminate** [ɪ`lɪmə͵net] ①②③④

*** **v.** 淘汰、消除、排除

用法 eliminate A from B 將 A 從 B 中排除

elite [ɪ`lit] ①②③④

E **6000⁺**
Words a High School
Student Must Know

★ *n.* 精英、優秀分子；*adj.* 優秀的
用法 the intellectual elite 知識界的精英

eloquence [`ɛləkwəns] ①②③④

★ *n.* 雄辯、口才
用法 a man of eloquence 辯才無礙之人

L5 **eloquent** [`ɛləkwənt] ①②③④

★ *adj.* 有口才的、口才流利的
用法 an eloquent speaker 口才流利的演說者

L1 **else** [ɛls] ①②③④

★★★ *adv.* 其他
用法 or else 否則

L4 **elsewhere** [`ɛls,hwɛr] ①②③④

★★★ *adv.* 在別處
用法 go elsewhere 去別處

L1 **e-mail / email** [`imel] ①②③④

★ *n.* 電子郵件；*v.* 寄送電子郵件
用法 **junk / spam** e-mail 垃圾郵件

embark [ɪm`bark] ①②③④

★ *v.* 上船、從事
用法 embark on a new life 開始過新的生活

L4 **embarrass** [ɪm`bærəs] ①②③④

★★ *v.* 使尷尬、使困窘、使難堪
用法 an embarrassing situation 尷尬的情境

L4 **embarrassment** [ɪm`bærəsmənt] ①②③④

★	**n.** 尷尬、拮据	

用法 financial embarrassment 財政拮据

L4	**embassy** [`ɛmbəsɪ]	①②③④
★★	**n.** 大使館	

用法 work **at / in** an embassy 在大使館工作

L5	**embrace** [ɪm`bres]	①②③④
★★	**v.** 擁抱、欣然接受、包括；**n.** 擁抱、懷抱	

用法 embrace **tenderly / warmly** 溫暖地擁抱

L4	**emerge** [ɪ`mɝdʒ]	①②③④
★★★	**v.** 出現、浮現	

用法 emerge from + N 從……出現

L3	**emergency** [ɪ`mɝdʒənsɪ]	①②③④
★★★	**n.** 緊急事件、緊急狀況	

用法 in an emergency 緊急狀況時

L6	**emigrant** [`ɛməgrənt]	①②③④
★	**n.** 移民、僑民、移出者	

用法 an emigrant from + N 來自……的移民

L6	**emigrate** [`ɛmə,gret]	①②③④
★	**v.** 移居、遷居他國	

字構 e 外出 + migr 遷移 + ate 使成為

L6	**emigration** [,ɛmə`greʃən]	①②③④
★	**n.** 移民、移居、出境	

用法 the mass emigration 大規模移居

L5	**emission** [ɪ`mɪʃən]	①②③④

* **n.** 散發、發射

  用法 carbon emission 碳排放

L2 **emotion** [ɪ`moʃən] ①②③④

*** **n.** 情緒、感情

  用法 **control / suppress** emotions 壓抑情緒

L3 **emotional** [ɪ`moʃən!] ①②③④

*** **adj.** 情緒化的、情感的

  用法 emotional outburst 情緒爆發

L3 **emperor** [`ɛmpərɚ] ①②③④

** **n.** 皇帝、君主

  延伸 empire **n.** 帝國；empress **n.** 女皇

L4 **emphasis** [`ɛmfəsɪs] ①②③④

*** **n.** 強調、重視、重音

  用法 **lay / place / put** emphasis on + N 強調……

L2 **emphasize** [`ɛmfə‚saɪz] ①②③④

*** **v.** 強調、著重

  用法 emphasize the importance 強調重要性

  emphatic [ɪm`fætɪk] ①②③④

* **adj.** 強調的、用力的

  用法 an emphatic tone 強調、加重的語氣

L4 **empire** [`ɛmpaɪr] ①②③④

** **n.** 帝國、大企業

  用法 **govern / rule** an empire 統治帝國

L2 **employ** [ɪm`plɔɪ] ①②③④

*** *v.* 僱用、使用

反義 unemployed 失業的；unemployment 失業

L2 **employment** [ɪm`plɔɪmənt] ①②③④

*** *n.* 雇用、使用、職業、工作

用法 out of employment 失業

L2 **employee** [ˌɛmplɔɪ`i] ①②③④

*** *n.* 雇員、員工

用法 a contract employee 約聘人員

L2 **employer** [ɪm`plɔɪɚ] ①②③④

*** *n.* 雇主、老闆

用法 the former employer 前雇主

L2 **empty** [`ɛmptɪ] ①②③④

*** *adj.* 空的、空虛的；*v.* 騰空、倒空

用法 empty the room 清空房間

L3 **enable** [ɪn`ebl̩] ①②③④

*** *v.* 使能夠

用法 enable sb. to-V 使某人能夠……

enact [ɪn`ækt] ①②③④

** *v.* 制定、實施、扮演

用法 enact a new law 制定新的法律

enactment [ɪn`æktmənt] ①②③④

* *n.* 制定、實施、扮演

用法 the enactment of a new law 新法的制定

L4 **enclose** [ɪn`kloz] ①②③④

6000⁺ Words

★★ *v.* 圍住、圈起、附入信封

字構 en 在內 + clos 關閉 + e 動詞

enclosure [ɪn`kloʒɚ]　　　①②③④

★ *n.* 圈地、圍場、附件

用法 a wildlife enclosure 野生動物的圍場

L4 **encounter** [ɪn`kaʊntɚ]　　　①②③④

★★ *v./n.* 遭遇、偶遇、邂逅

用法 a pleasant encounter 愉快的偶遇

L2 **encourage** [ɪn`kɝɪdʒ]　　　①②③④

★★★ *v.* 鼓勵、激勵、獎勵

用法 encourage sb. to-V 鼓勵某人……

L2 **encouragement** [ɪn`kɝɪdʒmənt]　　　①②③④

★★ *n.* 鼓勵、激勵、獎勵

用法 give encouragement to sb. 鼓勵某人

L6 **encyclopedia** [ɪnˌsaɪklə`pidɪə]　　　①②③④

★ *n.* 百科全書

用法 a **living** / **walking** encyclopedia 活百科全書

L1 **end** [ɛnd]　　　①②③④

★★★ *n.* 結束、目標；*v.* 結束、終結

用法 make both ends meet 收支平衡

L4 **endanger** [ɪn`dendʒɚ]　　　①②③④

★ *v.* 危害、危及、使瀕臨絕種

用法 endangered species 瀕臨滅絕的物種

L6 **endeavor** [ɪn`dɛvɚ]　　　①②③④

★   *v./n.* 努力、盡力

用法 endeavor to-V 努力去……

L2   **ending** [`ɛndɪŋ]   ①②③④

★   *n.* 結局、結束

用法 a surprise ending 出乎意料的結局

L5   **endorse** [ɪn`dɔrs]   ①②③④

★   *v.* 背書、簽名、認同

用法 endorse sb.'s view 認同某人看法

L5   **endorsement** [ɪn`dɔrsmənt]   ①②③④

★   *n.* 背書、簽名、贊同

用法 receive endorsements 獲得支持

L6   **endowment** [ɪn`daʊmənt]   ①②③④

★   *n.* 捐贈、資助、天賦

用法 endowment insurance 人壽保險

L6   **endurance** [ɪn`djʊrəns]   ①②③④

★★   *n.* 忍耐、耐久力

用法 beyond endurance 忍無可忍

L4   **endure** [ɪn`djʊr]   ①②③④

★★   *v.* 忍耐、忍受

用法 endure to the end 堅持到底

L2   **enemy** [`ɛnəmɪ]   ①②③④

★★★   *n.* 敵人、仇敵

用法 defeat enemies 打敗敵人

L3   **energetic** [͵ɛnɚ`dʒɛtɪk]   ①②③④

★　　*adj.* 精力旺盛的、活力充沛的

用法 an energetic supporter 熱心的支持者

L2　**energy** [`ɛnɚdʒɪ]　　①②③④

★★★　*n.* 能量、活力、能源

用法 the **solar** / **nuclear** energy 太陽 / 核能

L4　**enforce** [ɪn`fors]　　①②③④

★★★　*v.* 實施、強迫、執行

用法 enforce the law 執法

L4　**enforcement** [ɪn`forsmənt]　　①②③④

★★　*n.* 實施、強迫、執行

用法 enforcement measures 強制措施

L3　**engage** [ɪn`gedʒ]　　①②③④

★★★　*v.* 從事、訂婚、交戰

用法 be engaged in + N 從事於、忙於……

L3　**engagement** [ɪn`gedʒmənt]　　①②③④

★★★　*n.* 從事、訂婚、約會

用法 break off the engagement with sb. 跟某人解除婚約

L3　**engine** [`ɛndʒən]　　①②③④

★★★　*n.* 引擎、發動機

用法 turn **on** / **off** an engine 啟動 / 關閉引擎

L1　**engineer** [ˌɛndʒə`nɪr]　　①②③④

★★★　*n.* 工程師、技師

用法 a consulting engineer 顧問工程師

L4　**engineering** [ˌɛndʒə`nɪrɪŋ]　　①②③④

★	*n.* 工程學、工程

用法 civil engineering 土木工程學

English [`ɪŋglɪʃ] ①②③④

★★★ *n.* 英語、英國人；*adj.* 英文的、英國的

用法 English grammar 英文文法

L6 **enhance** [ɪn`hæns] ①②③④

★ *v.* 加強、增加、提高

用法 enhance the mystery 增加神祕感

L6 **enhancement** [ɪn`hænsmənt] ①②③④

★ *n.* 加強、增加、提高

用法 seek enhancement of the quality 尋求品質提升

L1 **enjoy** [ɪn`dʒɔɪ] ①②③④

★★★ *v.* 享受、喜愛

用法 enjoy oneself = have a good time 玩得開心

L1 **enjoyment** [ɪn`dʒɔɪmənt] ①②③④

★★ *n.* 愉快、樂趣

用法 spoil the enjoyment 破壞興致

L3 **enjoyable** [ɪn`dʒɔɪəb!] ①②③④

★ *adj.* 愉快的、有樂趣的

同義 agreeable / amusing / delightful / pleasant

L4 **enlarge** [ɪn`lardʒ] ①②③④

★★ *v.* 擴大、放大

用法 enlarge photos 放大照片

L4 **enlargement** [ɪn`lardʒmənt] ①②③④

6000+ Words

★	*n.* 增大、放大的照片、擴展	

用法 the enlargement of the ranch 牧場的擴大

L6　**enlighten** [ɪn`laɪtən]　①②③④

★　*v.* 啟蒙、啟發、開導

用法 an enlightened opinion 有見識的看法

L6　**enlightenment** [ɪn`laɪtənmənt]　①②③④

★　*n.* 啟蒙運動、啟發、開導

用法 give an enlightenment on sth. 對某事提點、啟發

L4　**enormous** [ɪ`nɔrməs]　①②③④

★★★　*adj.* 巨大的、龐大的、廣大的

同義 huge / immense / large / vast

L1　**enough** [ə`nʌf]　①②③④

★★★　*adj.* 足夠的；*n.* 足夠；*adv.* 足夠地、相當地

用法 cannot thank sb. enough 非常感謝某人

L6　**enrich** [ɪn`rɪtʃ]　①②③④

★　*v.* 豐富、增加

用法 enrich one's life with music 用音樂豐富生命

L6　**enrichment** [ɪn`rɪtʃmənt]　①②③④

★　*n.* 豐富、增加

用法 the enrichment of the ecology 生態的豐富

L6　**enroll** [ɪn`rol]　①②③④

★★　*v.* 登記、加入、註冊

用法 enroll in the talent course 報名才藝課

L6　**enrollment** [ɪn`rolmənt]　①②③④

**	*n.* 註冊、入伍	

用法 the enrollment of new students 新生註冊

L4	**ensure** [ɪn`ʃʊr]	①②③④
★	*v.* 保證、確保	

用法 ensure sb. sth. 向某人保證某事

L1	**enter** [`ɛntɚ]	①②③④
★★★	*v.* 進入、參加、輸入	

用法 enter data into a computer 將資料輸入電腦中

L5	**enterprise** [`ɛntɚ͵praɪz]	①②③④
★★★	*n.* 企業、公司、冒險精神、事業心	

用法 a private enterprise 私人企業

L4	**entertain** [͵ɛntɚ`ten]	①②③④
★★★	*v.* 娛樂、款待	

用法 entertain sb with sth. 用某物娛樂某人

L4	**entertainment** [͵ɛntɚ`tenmənt]	①②③④
★★	*n.* 演藝、娛樂表演	

用法 entertainment business 娛樂業、演藝圈

L4	**enthusiasm** [ɪn`θjuzɪ͵æzəm]	①②③④
★★★	*n.* 熱心、狂熱、熱愛之物	

用法 with enthusiasm 熱情地

L5	**enthusiastic** [ɪn͵θjuzɪ`æstɪk]	①②③④
★★★	*adj.* 熱心的、狂熱的	

用法 be enthusiastic about + N 對……很熱情

L2	**entire** [ɪn`taɪr]	①②③④

*** *adj.* 全部的、整個的

    用法 be in entire agreement with sb. 完全同意某人

L5 **entitle** [ɪn`taɪt!] ①②③④

    *** *v.* 使有權利、給予稱號、題名

    用法 be entitled to + **N** / **to-V** 有資格……

L5 **entity** [`ɛntətɪ] ①②③④

    ** *n.* 實體、獨立存在體

    用法 separate legal entities 個別的法人實體

L2 **entrance** [`ɛntrəns] ①②③④

    * *n.* 入口、進入

    用法 the entrance examination 入學考試

L5 **entrepreneur** [ˌɑntrəprə`nɝ] ①②③④

    * *n.* 實業家

    用法 an unscrupulous entrepreneur 黑心實業家

L3 **entry** [`ɛntrɪ] ①②③④

    *** *n.* 進入、參加、條目

    用法 no entry 不得進入

L1 **envelope** [`ɛnvəˌlop] ①②③④

    ** *n.* 信封、封袋

    用法 address an envelope 在信封上寫地址

L5 **envious** [`ɛnvɪəs] ①②③④

    * *adj.* 羨慕的、忌妒的

    用法 be envious of + **N** 忌妒……

L2 **environment** [ɪn`vaɪrənmənt] ①②③④

E

*** ***n.*** 環境、四周狀況

用法 protect the environment 保護環境

L2 **environmental** [ɪnˌvaɪrən`mɛnt!] ①②③④

** ***adj.*** 有關環境的、周圍的

用法 the environmental movement 環保運動

L5 **envision** [ɪn`vɪʒən] ①②③④

* ***v.*** 展望、想像

用法 envision one's future 想像未來

L3 **envy** [`ɛnvɪ] ①②③④

* ***n./v.*** 羨慕、忌妒

用法 be the envy of sb. 是某人忌妒的對象

L5 **epidemic** [ˌɛpɪ`dɛmɪk] ①②③④

** ***n.*** 流行性傳染病、傳播；***adj.*** 流行性的、傳染的

用法 trigger an epidemic 引發流行性傳染病

L5 **episode** [`ɛpəˌsod] ①②③④

** ***n.*** 一集、插曲、一個事件

用法 an episode on the journey 旅途中的插曲

emotional quotient [ɪ`moʃən! `kwoʃənt] ①②③④

* ***n.*** 情緒指數（＝EQ＝emotional intelligence）

用法 have a **high** / **low** EQ 高 / 低情商

L2 **equal** [`ikwəl] ①②③④

* ***adj.*** 平等的；***n.*** 相等的事物；***v.*** 等於、匹敵

用法 be equal to ＋ N 相當於……

L4 **equality** [i`kwalətɪ] ①②③④

6000+ words

★ *n.* 平等、相等

用法 racial equality 種族平等

L6 **equalize** [`ikwəlˌaɪz]　①②③④

★ *v.* 使平等、使均衡

用法 equalize the scores 使得分相同

L6 **equate** [ɪ`kwet]　①②③④

★ *v.* 等同、相等

用法 equate A with B 把 A 跟 B 相提並論

L5 **equation** [ɪ`kweʃən]　①②③④

★★ *n.* 方程式、相等、等式

用法 formulate an equation 制定公式

L4 **equip** [ɪ`kwɪp]　①②③④

★★★ *v.* 裝備、配備

用法 **well-equipped / ill-equipped** 裝備良好 / 差的

L4 **equipment** [ɪ`kwɪpmənt]　①②③④

★★★ *n.* 裝備、設備

用法 camping equipment 露營設備

L5 **equivalent** [ɪ`kwɪvələnt]　①②③④

★★ *adj.* 同等的、相等的；*n.* 相等的事物、同等物

用法 be equivalent to + N 相當於……

L4 **era** [`ɪrə]　①②③④

★★★ *n.* 時代、年代、時期

用法 enter a new era 進入新紀元

L3 **erase** [ɪ`res]　①②③④

E

★	*v.* 擦掉、抹去

用法 erase the pencil mark 擦掉鉛筆痕跡

L1 **eraser** [ɪˋresɚ] ①②③④

★ *n.* 橡皮擦

用法 a blackboard eraser 板擦

L5 **erect** [ɪˋrɛkt] ①②③④

★★ *adj.* 直立的、豎立的；*v.* 建造、豎立

用法 erect a monument 豎立紀念碑

erode [ɪˋrod] ①②③④

★ *v.* 侵蝕、腐蝕

延伸 erosion *n.* 侵蝕、腐蝕；erosive *adj.* 侵蝕的

L5 **errand** [ˋɛrənd] ①②③④

★ *n.* 差事、任務

用法 run errands for sb. 為某人跑腿

L1 **error** [ˋɛrɚ] ①②③④

★★★ *n.* 錯誤、失誤

用法 **commit / make** an error 犯錯

L5 **erupt** [ɪˋrʌpt] ①②③④

★ *v.* 爆發、噴出

字構 e 向外 + rupt 斷裂

eruption [ɪˋrʌpʃən] ①②③④

★ *n.* 爆發、噴發、突發

用法 a volcanic eruption 火山爆發

escalate [ˋɛskəˏlet] ①②③④

271

★	*v.* 逐漸擴大、逐步攀升	
	用法 escalating prices 攀升的物價	
L5	**escalator** [`ɛskə‚letə·]	①②③④
★	*n.* 電扶梯、升降梯	
	用法 take an escalator 搭手扶梯	
L2	**escape** [ə`skep]	①②③④
★★★	*v./n.* 逃脫、逃跑、逃避	
	用法 escape from reality 逃避現實	
L6	**escort** [`ɛskɔrt]	①②③④
★	*n.* 護衛隊、護衛者；*v.* 護送、護航	
	用法 escort sb. home 護送某人回家	
L2	**especially** [ə`spɛʃəlɪ]	①②③④
★★★	*adv.* 尤其、特別	
	用法 do sth. especially for sb. 特別為某人而做某事	
L2	**essay** [`ɛse]	①②③④
★★	*n.* 論說文、短文、散文	
	用法 an essay **about / on** + N 關於⋯⋯的短文	
L5	**essence** [`ɛsns]	①②③④
★★	*n.* 本質、精華、要素	
	用法 in essence 本質上	
L4	**essential** [ɪ`sɛnʃəl]	①②③④
★★★	*adj.* 必要的、本質的、基本的；*n.* 要素、必需品	
	用法 essential oil 精油	
L4	**establish** [ɪs`tæblɪʃ]	①②③④

*** **v.** 建立、創立

用法 establish a good reputation 建立好名聲

L4　**establishment** [ɪs`tæblɪʃmənt]　①②③④

*** **n.** 建立、創立

用法 the establishment of the foundation 基金會創立

L5　**estate** [ɪs`tet]　①②③④

*** **n.** 地產、不動產

用法 a real estate agent 房地產經紀人

L6　**esteem** [ɪs`tim]　①②③④

* **v./n.** 尊重、敬重

用法 hold sb. in high esteem 非常敬重某人

L4　**estimate** [`ɛstə,met]　①②③④

*** **n./v.** 估計、估價、評價

用法 a rough estimate 粗略估計

L5　**eternal** [ɪ`tɝn!]　①②③④

** **adj.** 永恆的、永久的

用法 eternal life 永生

L6　**eternity** [ɪ`tɝnətɪ]　①②③④

** **n.** 永恆、永世

用法 for eternity 永遠

L5　**ethic** [`ɛθɪk]　①②③④

** **n.** 倫理、道德規範

用法 professional ethics 職業道德

L5　**ethical** [`ɛθɪk!]　①②③④

6000+ Words

273

★★ *adj.* 道德的、倫理的

用法 ethical norms 道德規範

L4 **ethnic** [`ɛθnɪk]　　　　①②③④

★ *adj.* 種族的、民族的；*n.* 少數民族的成員

用法 ethnic conflicts 種族衝突

L6 **evacuate** [ɪ`vækjʊˌet]　　　　①②③④

★ *v.* 撤離、撤退

用法 evacuate the village 撤離全村人口

L4 **evaluate** [ɪ`væljʊˌet]　　　　①②③④

★★ *v.* 評估、評價

用法 evaluate one's ability 評估某人的能力

L4 **evaluation** [ɪˌvæljʊ`eʃən]　　　　①②③④

★★ *n.* 評估、評價

用法 make an evaluation 做評估

L2 **eve** [iv]　　　　①②③④

★ *n.* 前夕、前日

用法 on **Christmas / New Year's** Eve 聖誕前夕 / 除夕

L1 **even** [`ivən]　　　　①②③④

★★★ *adv.* 甚至；*adj.* 偶數的；*v.* 使平坦、使平等

用法 get even with sb. 向某人報復

L1 **evening** [`ivnɪŋ]　　　　①②③④

★★★ *n.* 傍晚、夜晚

用法 **early / late** in the evening 薄暮 / 夜深時

L2 **event** [ɪ`vɛnt]　　　　①②③④

★★★ *n.* 事件、事情的發展、競賽項目

     用法 a sporting event 體育盛事

L4 **eventual** [ɪ`vɛntʃʊəl] ①②③④

★ *adj.* 最後的、結果的

     用法 the eventual decision 最終的決定

L1 **ever** [`ɛvɚ] ①②③④

★★★ *adv.* 從來、至今、曾經

     用法 live a happy life ever after 從此過著幸福生活

L6 **evergreen** [`ɛvɚ͵grin] ①②③④

★ *adj.* 常綠的；*n.* 常綠樹、長青植物

     用法 evergreen trees 長青樹

L1 **every** [`ɛvrɪ] ①②③④

★★★ *adj.* 每一

     用法 every other day 每隔一天

L4 **evidence** [`ɛvədəns] ①②③④

★★★ *n.* 證據、跡象；*v.* 證明、成為證據

     用法 a piece of hard evidence 一則鐵證

L4 **evident** [`ɛvədənt] ①②③④

★★★ *adj.* 明顯的、明白的

     句型 It's evident that S + V 很明顯……。

L2 **evil** [`iv!] ①②③④

★★★ *adj.* 邪惡的；*n.* 邪惡、惡魔

     用法 return good for evil 以德報怨

L5 **evolution** [͵ɛvə`luʃən] ①②③④

★　　*n.* 演化、進化、發展

用法 Darwin's theory of evolution 達爾文的進化論

L5 **evolve** [ɪ`vɑlv]　　①②③④

★★　*v.* 演化、發展成

用法 evolve from apes 由猿演變而來

L2 **exact** [ɪg`zækt]　　①②③④

★★★　*adj.* 精確的、確切的

用法 not exactly 不盡然、不算是

L4 **exaggerate** [ɪg`zædʒə͵ret]　　①②③④

★★　*v.* 誇張、誇大

用法 exaggerate details 誇大細節

L5 **exaggeration** [ɪg͵zædʒə`reʃən]　　①②③④

★　　*n.* 誇張、誇大的言語

句型 It's no exaggeration to say that... 說……絕無誇大。

L2 **examination** [ɪg͵zæmə`neʃən]　　①②③④

★★★　*n.* 考試、檢查（= exam）

用法 take an examination 參加考試

L2 **examine** [ɪg`zæmɪn]　　①②③④

★★★　*v.* 檢查、調查、測驗

用法 examine the mental state 檢查精神狀態

L6 **examinee** [ɪg͵zæmə`ni]　　①②③④

★　　*n.* 應試者、受檢查者

用法 a liberal arts examinee 文科考生

L6 **examiner** [ɪg`zæmɪnɚ]　　①②③④

★★ *n.* 檢查者、主考人

用法 a customs examiner 海關檢查員

L1 **example** [ɪɡˋzæmp!]　　　　①②③④

★★★ *n.* 例子、實例

用法 take sth. as an example 舉某事為例

L5 **exceed** [ɪkˋsid]　　　　①②③④

★★★ *v.* 超過、勝過

用法 exceed sb. in + N 在……勝過某人

L6 **excel** [ɪkˋsɛl]　　　　①②③④

★ *v.* 勝過、優於

用法 excel **at / in** + N 在……表現突出

L3 **excellence** [ˋɛks!əns]　　　　①②③④

★ *n.* 卓越、優秀

用法 academic excellence 學術上的傑出表現

L1 **excellent** [ˋɛks!ənt]　　　　①②③④

★★★ *adj.* 極好的、優秀的、傑出的

用法 excellent performance 優秀的表現、演出

L1 **except** [ɪkˋsɛpt]　　　　①②③④

★★★ *v.* 除去、除外；*prep.* 除了（= excepting）

用法 except for + N 除了……

L4 **exception** [ɪkˋsɛpʃən]　　　　①②③④

★★★ *n.* 例外、除外

用法 without exception 沒有例外

L5 **exceptional** [ɪkˋsɛpʃən!]　　　　①②③④

**	*adj.* 例外的、優異的、特殊的

用法 show exceptional competence 展現不尋常的能力

L6 **excerpt** [`ɛksɝpt ; ɪk`sɝpt] ①②③④

★ *n./v.* 摘錄、引述

用法 an excerpt from the report 報告摘錄

L6 **excess** [ɪk`sɛs] ①②③④

** *n.* 超越、超過；*adj.* 過量的、額外的

用法 in excess of + N 超過……

L5 **excessive** [ɪk`sɛsɪv] ①②③④

*** *adj.* 過度的、過多的、極度的

用法 excessive drinking 過度飲酒

L3 **exchange** [ɪks`tʃendʒ] ①②③④

** *n.* 交易、交換；*v.* 交換、兌換

用法 exchange A for B 把 A 換成 B

L2 **excite** [ɪk`saɪt] ①②③④

*** *v.* 興奮、激動、刺激

用法 be excited about + N 對……感到興奮

L2 **excitement** [ɪk`saɪtmənt] ①②③④

*** *n.* 興奮、激動

用法 emotional excitement 情緒激動

L5 **exclaim** [ɪks`klem] ①②③④

** *v.* 驚叫、感嘆

用法 an exclamation mark 驚嘆號

L5 **exclude** [ɪk`sklud] ①②③④

★★   *v.* 排除在外、排斥

用法 exclude sb. from **Ving** / N 將某人排除……

L6   **exclusion** [ɪk`skluʒən]   ①②③④

★★   *n.* 排除在外、排斥

用法 the exclusion of sb. from sth.

    將某人排除在某事之外

L5   **exclusive** [ɪk`sklusɪv]   ①②③④

★★★   *adj.* 排外的、獨有的

用法 exclusive of + N 不包含……

L2   **excuse** [ɪk`skjuz]   ①②③④

★★   *n.* 理由、藉口；*v.* 同意免做、原諒

用法 make up an excuse 捏造藉口

L5   **execute** [`ɛksɪ͵kjut]   ①②③④

★★   *v.* 實施、執行、處死

用法 execute **orders** / **one's will** 執行命令 / 遺囑

L5   **execution** [͵ɛksɪ`kjuʃən]   ①②③④

★★   *n.* 實行、執行、處決

用法 suspend execution 暫緩執行

L5   **executive** [ɪg`zɛkjutɪv]   ①②③④

★★★   *n.* 高階主管、經營者；*adj.* 執行的

用法 the chief executive officer 最高執行長、董事長

L6   **exempt** [ɪg`zɛmpt]   ①②③④

★   *adj.* 被免除的、被豁免的

用法 be exempt from sth. 免除做某事

E **6000⁺**
**Words a High School
Student Must Know**

L1 **exercise** [`ɛksəˌsaɪz] ①②③④

★★★ *n.* 運動、練習；*v.* 運動、訓練、運用

用法 take exercise 做運動

L6 **exert** [ɪg`zɝt] ①②③④

★★★ *v.* 努力、運用、發揮、用力

用法 exert all one's strength to pull 使盡力氣去拉

L4 **exhaust** [ɪg`zɔst] ①②③④

★★ *n.* 排氣、排出；*v.* 用完、耗盡、排出

用法 prevent exhaust pollution 預防廢氣污染

L4 **exhibit** [ɪg`zɪbɪt] ①②③④

★★ *v.* 展覽、展示；*n.* 展覽、展覽品、陳列品

用法 exhibit sth. to the public 向大眾展示某物

L3 **exhibition** [ˌɛksə`bɪʃən] ①②③④

★★ *n.* 展覽、展覽會

用法 be on exhibition 展出中

L5 **exile** [`ɛksaɪl] ①②③④

★ *n.* 流亡者；*v.* 流亡、放逐

用法 a political exile 政治流亡者

L2 **exist** [ɪg`zɪst] ①②③④

★★★ *v.* 存在、生存

用法 **exist / feed** on bread 以麵包為生

L2 **existence** [ɪg`zɪstəns] ①②③④

★★★ *n.* 存在、生存

用法 a struggle for existence 生存競爭

L2 **exit** [ˋɛksɪt] ①②③④

★ *n.* 出口；*v.* 出去、離去

用法 an emergency exit 緊急出口

L5 **exotic** [ɛgˋzɑtɪk] ①②③④

★ *adj.* 外國的、異國情調的；*n.* 異國風格

用法 exotic fashion 異國風尚

L4 **expand** [ɪkˋspænd] ①②③④

★★★ *v.* 擴張、過大、膨脹、展開

用法 expand A into B 把 A 發展成 B

L4 **expansion** [ɪkˋspænʃən] ①②③④

★★★ *n.* 擴展、擴大物

用法 industrial expansion 工業擴張

L1 **expect** [ɪkˋspɛkt] ①②③④

★★★ *v.* 期望、期待、預期

字構 ex 向外 + (s)pect 看

L3 **expectation** [ˏɛkspɛkˋteʃən] ①②③④

★★★ *n.* 期望、期待、預期

用法 live up to sb.'s expectations 符合某人的期望

L5 **expedition** [ˏɛkspɪˋdɪʃən] ①②③④

★★ *n.* 遠征、探險隊

用法 go on an expedition to Tibet 去西藏探險

expel [ɪkˋspɛl] ①②③④

★ *v.* 驅逐、開除、排出

用法 be expelled from school 被學校開除

6000+ Words

E 6000+
Words a High School
Student Must Know

L6 **expenditure** [ɪk`spɛndɪtʃɚ]　　①②③④

★　*n.* 消費、支出

用法 the expenditure on arms 軍備開支

L2 **expense** [ɪk`spɛns]　　①②③④

★★★ *n.* 費用、花費、支出

用法 at the expense of + N 以……為代價

L1 **expensive** [ɪk`spɛnsɪv]　　①②③④

★★★ *adj.* 昂貴的、花費多的

同義 costly / dear / high-priced / pricey

L1 **experience** [ɪk`spɪrɪəns]　　①②③④

★★★ *n./v.* 經驗、體驗

用法 undergo an experience 經歷經驗

L3 **experiment** [ɪk`spɛrəmənt]　　①②③④

★★★ *n./v.* 實驗、試驗

用法 conduct an experiment 做實驗

L4 **experimental** [ɪkˌspɛrə`mɛnt!]　　①②③④

★★★ *adj.* 實驗的、試驗性的

用法 at the experimental stage 處於實驗階段

L2 **expert** [`ɛkspɚt]　　①②③④

★★★ *n.* 專家、行家；*adj.* 熟練的、專門的

用法 an expert on + N ……的專家

L5 **expertise** [ˌɛkspɚ`tiz]　　①②③④

★　*n.* 專門技術、專門知識

用法 technical expertise 科技專業知識

E

L6 **expiration** [ˌɛkspəˈreʃən] ①②③④
* *n.* 期滿、終結、死亡、吐氣

用法 the expiration date 有效日期

L6 **expire** [ɪkˈspaɪr] ①②③④
* *v.* 期滿、終結、死亡、吐氣

用法 expire in June of this year 今年六月到期

L1 **explain** [ɪkˈsplen] ①②③④
*** *v.* 解釋、說明

用法 explain sth. to sb. 向某人解釋某事

L4 **explanation** [ˌɛkspləˈneʃən] ①②③④
*** *n.* 解釋、說明

用法 **give / offer / provide** an explanation 提出說明

L5 **explicit** [ɪkˈsplɪsɪt] ①②③④
** *adj.* 清楚的、詳盡的

用法 give explicit instructions 給予明確指示

L3 **explode** [ɪkˈsplod] ①②③④
** *v.* 爆炸、爆發

用法 explode with anger 大發雷霆

L5 **exploit** [ɪkˈsplɔɪt] ①②③④
** *n.* 功績、功勳；*v.* 剝削、利用

用法 exploit child labor 剝削童工

L5 **exploration** [ˌɛkspləˈreʃən] ①②③④
** *n.* 探險、探索、調查

用法 space exploration 太空探險

L3 **explore** [ɪkˈsplor] ①②③④

*** **v.** 探險、探索、調查

用法 explore all the possibilities 探索所有的可能

L4 **explosion** [ɪkˈsploʒən] ①②③④

** **n.** 爆炸、爆發、遽增

用法 a population explosion 人口爆炸

L4 **explosive** [ɪkˈsplosɪv] ①②③④

** **adj.** 爆炸的、突發的;**n.** 爆炸物、炸藥

用法 an explosive issue 引起激烈爭議的議題

L3 **export** [ɪksˈport;ˈɛksport] ①②③④

* **v.** 輸出、外銷;**n.** 外銷、出口品、出口貨物

用法 the export trade 出口貿易

L4 **expose** [ɪkˈspoz] ①②③④

*** **v.** 暴露、揭露

用法 be exposed to ultraviolet rays 暴露於紫外線中

L4 **exposure** [ɪkˈspoʒɚ] ①②③④

** **n.** 暴露、曝光

用法 radiation exposure 輻射暴露

L2 **express** [ɪkˈsprɛs] ①②③④

*** **v.** 表達;**adj.** 快遞的;**adv.** 用快遞;**n.** 快遞

用法 express one's gratitude 表達感激之意

L2 **expression** [ɪkˈsprɛʃən] ①②③④

*** **n.** 表達、表情、措辭

用法 idiomatic expressions 慣用表達語

L3 **expressive** [ɪk`sprɛsɪv] ①②③④

★★★ *adj.* 表達的、表情豐富的

用法 be expressive of + N 表達……的

exquisite [`ɛkskwɪzɪt] ①②③④

★ *adj.* 精緻的、精美的

用法 an exquisite statue 精緻的雕像

L4 **extend** [ɪk`stɛnd] ①②③④

★★★ *v.* 延長、擴大

用法 extend the deadline till... 將期限延展至……

L5 **extension** [ɪk`stɛnʃən] ①②③④

★★★ *n.* 擴展、延期、分機

用法 the telephone extension 電話分機

L5 **extensive** [ɪk`stɛnsɪv] ①②③④

★★★ *adj.* 廣泛的、大量的

用法 extensive reading 廣泛閱讀

L4 **extent** [ɪk`stɛnt] ①②③④

★★★ *n.* 範圍、程度

用法 to **certain / some** extent 就某種程度而言

L5 **exterior** [ɪk`stɪrɪɚ] ①②③④

★ *adj.* 外部的；*n.* 外部、外貌

用法 exterior decoration 外部裝潢

L5 **external** [ɪk`stɝnəl] ①②③④

★★★ *adj.* 外面的、外表的；*n.* 外觀、外形

用法 an external wound 外傷

285

6000⁺ Words

E 6000+
Words a High School
Student Must Know

L5	**extinct** [ɪk`stɪŋkt]	①②③④
★	*adj.* 滅絕的、絕種的、消滅的	
	用法 an extinct volcano 死火山	
L2	**extra** [`ɛkstrə]	①②③④
★★★	*adj.* 額外的；*adv.* 另外、特別地；*n.* 附加物	
	用法 extra charge 額外收費	
L6	**extract** [ɪk`strækt ; `ɛkstrækt]	①②③④
★★	*v.* 拔出、抽出；*n.* 摘錄	
	字構 ex 向外 + tract 抽、拉	
L6	**extracurricular** [ˌɛkstrəkə`rɪkjələ]	①②③④
★	*adj.* 課外的、業餘的	
	用法 extracurricular activities 課外活動	
L5	**extraordinary** [ɪk`strɔrdənˌɛrɪ]	①②③④
★★★	*adj.* 奇特的、非凡的	
	用法 an extraordinary memory 驚人的記憶力	
L3	**extreme** [ɪk`strim]	①②③④
★★★	*adj.* 極度的、極端的；*n.* 極端、末端	
	用法 extreme sports 極限運動	
L1	**eye** [aɪ]	①②③④
★★★	*n.* 眼睛、眼光、觀點；*v.* 看、注視、審視	
	用法 have an eye for + N 對……有鑑賞力	
L2	**eyebrow** [`aɪˌbraʊ]	①②③④
★	*n.* 眉毛（= brow）	
	用法 raise one's eyebrows 感到驚訝、懷疑或不悅	

L6 **eyelash** [`aɪˌlæʃ] ①②③④
★ *n.* 眼睫毛、眼毛（= lash）
用法 by an eyelash 差一點

L6 **eyelid** [`aɪˌlɪd] ①②③④
★ *n.* 眼皮、眼瞼
用法 without stirring an eyelid 不為所動

L6 **eyesight** [`aɪˌsaɪt] ①②③④
★ *n.* 視力、視覺、視野
用法 have **good** / **poor** eyesight 視力良好 / 差

L6 **fable** [`feb!] ①②③④
★ *n.* 寓言、神話
用法 *Aesop's Fables* 《伊索寓言》

L5 **fabric** [`fæbrɪk] ①②③④
★★★ *n.* 織物、結構
用法 cotton fabrics 棉織品

L5 **fabulous** [`fæbjələs] ①②③④
★ *adj.* 難以置信的、很棒的
同義 amazing / marvelous / unbelievable / wonderful

L1 **face** [fes] ①②③④
★★★ *n.* 臉、表面；*v.* 面對、正視
用法 face the music 面對現實

L4 **facial** [`feʃəl] ①②③④
★★ *adj.* 臉部的、表面的
用法 facial expressions 臉部表情

F 6000⁺
Words a High School Student Must Know

L5　**facilitate** [fə`sɪlə,tet]　①②③④
★　*v.* 使便利、促進
　　用法 facilitate work efficiency 促進工作效率

L4　**facility** [fə`sɪlətɪ]　①②③④
★★★　*n.* 設施、設備、便利
　　用法 public facilities 公共設施

L1　**fact** [fækt]　①②③④
★★★　*n.* 事實、真相
　　用法 in / as a matter of fact 事實上

L6　**faction** [`fækʃən]　①②③④
★　*n.* 派系、派別、小團體、內鬥
　　用法 opposing factions 反對派系

L2　**factor** [`fæktɚ]　①②③④
★★★　*n.* 因素、要素、原因
　　用法 a crucial factor 關鍵因素

L1　**factory** [`fæktərɪ]　①②③④
★★★　*n.* 工廠、製造廠
　　用法 run a factory 經營工廠

L5　**faculty** [`fæk!tɪ]　①②③④
★★★　*n.* 機能、能力、全體教職員
　　用法 have a faculty for languages 有語言天分

　　fad [fæd]　①②③④
★　*n.* 一時的流行、一時的風尚
　　用法 a passing fad 一時的流行

L3 **fade** [fed]　①②③④

★★ *v.* 凋謝、褪色、逐漸消失

用法 fade away 逐漸消失

L6 **Fahrenheit** [`færən͵haɪt]　①②③④

★ *n.* 華氏溫度、華氏標準

用法 the temperature in Fahrenheit 華氏溫度

L1 **fail** [fel]　①②③④

★★★ *v./n.* 失敗、不及格

用法 fail in **math / the exam** 數學 / 考試不及格

L2 **failure** [`feljɚ]　①②③④

★★★ *n.* 失敗、衰竭

成語 Failure is the mother of success. 失敗為成功之母。

L3 **faint** [fent]　①②③④

★★ *adj.* 頭暈的、模糊的；*v.* 昏倒；*n.* 暈倒

用法 fall into a faint 昏倒

L2 **fair** [fɛr]　①②③④

★★★ *adj.* 公平的、美好的；*adv.* 公正地；*n.* 集會

用法 fair weather 好天氣；a book fair 書展

L3 **fairly** [`fɛrlɪ]　①②③④

★ *adv.* 公平地、相當地

用法 fairly well 相當好

L3 **fairy** [`fɛrɪ]　①②③④

★ *n.* 仙女、精靈；*adj.* 仙女似的、幻想的

用法 fairy tales 童話故事

L3 **faith** [feθ] ①②③④

★★★ *n.* 信心、信念

用法 have faith in + N 對……有信心

L4 **faithful** [`feθfəl] ①②③④

★ *adj.* 忠實的、忠誠的

用法 be faithful to + N 忠於……

L3 **fake** [fek] ①②③④

★ *adj.* 偽造的、假裝的；*n.* 贗品；*v.* 偽造、欺騙

用法 fake the handwriting 仿造筆跡

L1 **fall** [fɔl] ①②③④

★★★ *v.* 掉落、變得；*n.* 秋天、瀑布

用法 **fall / get** behind 落後

L2 **false** [fɔls] ①②③④

★★ *adj.* 錯誤的、虛假的

用法 a false alarm 虛驚一場

L6 **falter** [`fɔltə] ①②③④

★ *v.* 畏縮、猶豫、搖晃、蹣跚

用法 falter in one's determination 猶豫不決

L4 **fame** [fem] ①②③④

★★ *n.* 名聲、名譽、聲望

用法 fame and fortune 名與利

L3 **familiar** [fə`mɪljə] ①②③④

★★★ *adj.* 熟悉的、眾所周知的、通曉……的

用法 be familiar with + N 熟悉於……

L6 **familiarity** [fə‚mɪlɪ`ærətɪ] ①②③④

★★ *n.* 熟悉、親近、通曉

用法 familiarity with + N 通曉……的

L1 **family** [`fæməlɪ] ①②③④

★★★ *n.* 家庭、家族、家人

用法 support a family 供養家庭

famine [`fæmɪn] ①②③④

★ *n.* 飢餓、飢荒

用法 a potato famine 馬鈴薯飢荒

L1 **famous** [`feməs] ①②③④

★★★ *adj.* 有名的、著名的

用法 be famous for + **N / Ving** 因……而著名

L1 **fan** [fæn] ①②③④

★★ *n.* 扇子、粉絲、狂熱者；*v.* 煽動、刺激

用法 an electric fan 電風扇

L3 **fancy** [`fænsɪ] ①②③④

★ *n.* 想像、迷戀；*adj.* 花俏的；*v.* 想像、喜愛

用法 take a fancy to + **N / Ving** 喜歡……

L4 **fantastic** [fæn`tæstɪk] ①②③④

★★ *adj.* 精彩的、極好的、驚人的

同義 amazing / incredible / marvelous / remarkable

L4 **fantasy** [`fæntəsɪ] ①②③④

★★ *n.* 幻想、空想、奇幻文學

用法 indulge in a fantasy world 生活在幻想世界中

F 6000+
Words a High School Student Must Know

L1 **far** [far] ①②③④
★★★ ***adv.*** 遙遠地、極度地；***adj.*** 遠的、極端的
用法 so far, so good 到目前一切都安好

L3 **fare** [fɛr] ①②③④
★ ***n.*** 車費、票價
用法 a taxi fare 計程車資

L4 **farewell** [`fɛr`wɛl] ①②③④
★★ ***n.*** 道別、告別
用法 hold a farewell party 舉辦惜別會

L1 **farm** [farm] ①②③④
★★★ ***n.*** 農田、農場；***v.*** 耕作、經營農場
用法 *Animal Farm* 《動物農場》

L1 **farmer** [`farmɚ] ①②③④
★★★ ***n.*** 農夫
用法 a tenant farmer 佃農

L3 **farther** [`farðɚ] ①②③④
★★ ***adv.*** 更遠地；***adj.*** 較遠的
補充 far 有兩種比較級：farther（較遠的）表「距離」，further（進一步的）表「程度」。

L5 **fascinate** [`fæsn͵et] ①②③④
★★ ***v.*** 著迷、入迷
用法 be fascinated by + N 對……著迷

L6 **fascination** [͵fæsn͵`eʃən] ①②③④
★★ ***n.*** 著迷、魅力、陶醉

用法 have a fascination for sb. 對某人有吸引力

L2 **fashion** [`fæʃən] ①②③④

*** *n.* 時尚、流行；*v.* 製作、形成

用法 be in **fashion / vogue** 流行

L3 **fashionable** [`fæʃənəbl] ①②③④

* *adj.* 時髦的、時尚的

用法 fashionable ideas 新興流行的想法

L1 **fast** [fæst] ①②③④

*** *adj.* 迅速的；*adv.* 牢固地、緊緊地

用法 hold fast to the rope 抓緊繩子

L4 **fasten** [`fæsən] ①②③④

** *v.* 固定、繫牢、集中注意力

用法 fasten the shoelaces 繫緊鞋帶

L1 **fat** [fæt] ①②③④

*** *adj.* 肥胖的；*n.* 脂肪、肥肉

用法 **low-fat / full-fat** milk 低脂 / 全脂牛奶

L4 **fatal** [`fetl] ①②③④

** *adj.* 致命的、決定性的

用法 a fatal disease 致命的疾病

L2 **fate** [fet] ①②③④

*** *n.* 命運、災難

同義 doom / fortune / lot / destiny

L1 **father** [`faðɚ] ①②③④

*** *n.* 父親、爸爸、神父；*v.* 做父親、創立

F 6000⁺ Words a High School Student Must Know

用法 an expectant father 準爸爸

L5 **fatigue** [fə`tig] ①②③④

★ **n./v.** 疲勞、疲累

用法 metal fatigue 金屬疲勞

L3 **faucet** [`fɔsɪt] ①②③④

★ **n.** 水龍頭（= tap）

用法 turn **on / off** the faucet 打開 / 關掉水龍頭

L2 **fault** [fɔlt] ①②③④

★★★ **n.** 錯誤、缺點；**v.** 挑毛病、出差錯

用法 find fault with + N 挑剔……

L2 **favor** [`fevɚ] ①②③④

★★★ **n.** 恩惠、偏袒；**v.** 贊成、偏愛

用法 be in favor of + N / Ving 支持……

L4 **favorable** [`fevərəb!] ①②③④

★★★ **adj.** 稱讚的、有利的、贊同的

用法 favorable conditions 有利的條件

L2 **favorite** [`fevərɪt] ①②③④

★★★ **adj.** 寵愛的、最喜愛的；**n.** 最喜愛的事物

用法 a fortune's favorite 幸運兒

L4 **fax** [fæks] ①②③④

★★★ **n./v.** 傳真

用法 receive a fax from sb. 收到來自某人的傳真

L2 **fear** [fɪr] ①②③④

★★★ **n./v.** 害怕、恐懼

用法 for fear **of Ving / that...** 唯恐、以免……

L3　**fearful** [`fɪrfəl]　①②③④
★★　*adj.* 擔心的、可怕的
　　用法 be fearful of + N 害怕……

L6　**feasible** [`fizəb!]　①②③④
★★　*adj.* 可行的、實用的、合適的
　　用法 a feasible plan 可行的方案

L4　**feast** [fist]　①②③④
★　*n.* 盛宴、大餐；*v.* 盛宴款待、參加宴會
　　用法 a wedding feast 婚宴喜酒

L3　**feather** [`fɛðɚ]　①②③④
★★　*n.* 羽毛
　　用法 birds of a feather 一丘之貉

L2　**feature** [`fitʃɚ]　①②③④
★★★　*n.* 特徵、面貌；*v.* 以……為特色、由……主演
　　用法 a distinctive feature 突出的特色

　　February [`fɛbrʊˌɛrɪ]　①②③④
★★★　*n.* 二月（= Feb.）
　　用法 in February 在二月

L5　**federal** [`fɛdərəl]　①②③④
★★★　*adj.* 聯邦政府的、聯邦制度的
　　用法 a federal state 聯邦國家

　　federation [ˌfɛdəˋreʃən]　①②③④
★　*n.* 聯邦政府、聯盟

6000+ words

用法 form a federation 結盟

L2 **fee** [fi] ①②③④

★★★ **n.** 費用、學費

用法 an **admission** / **entrance** fee 入場費

L6 **feeble** [`fib!] ①②③④

★ **adj.** 微弱的、衰弱的、無力的

用法 feeble light 微弱的光線

L1 **feed** [fid] ①②③④

★★★ **v.** 餵、飼養；**n.** 餵養、飼料

用法 be fed up with + N 受夠了……

L4 **feedback** [`fid,bæk] ①②③④

★ **n.** 回饋、回應

用法 feedbacks from customers 客戶的回饋意見

L1 **feel** [fil] ①②③④

★★★ **v./n.** 感覺、探索

用法 feel like + N / Ving 感覺好像是 / 想要……

L2 **feeling** [`filɪŋ] ①②③④

★★★ **n.** 感覺、看法、鑑賞力；**n.pl** 感情

用法 develop a feeling for + N 培養……鑑賞力

L2 **fellow** [`fɛlo] ①②③④

★★★ **n.** 人、同事、夥伴

用法 a fellow traveler 同行的旅伴

L2 **female** [`fimel] ①②③④

★★★ **adj.** 女性的、雌的；**n.** 女性、雌性動物

用法 the female staff 女性職員

L6 **feminine** [`fɛmənɪn]　　　　①②③④

★ *adj.* 女性的、適合於女性的；*n.* 女性

延伸 feminize *v.* 女性化；feminism *n.* 女權主義

L3 **fence** [fɛns]　　　　①②③④

*** *n.* 籬笆、圍牆、擊劍；*v.* 防護、保衛

成語 Good fences make good neighbors.
一籬間隔，友誼長青。

L4 **ferry** [`fɛrɪ]　　　　①②③④

★ *n.* 渡輪；*v.* 乘坐渡輪、運送

用法 cross a river by ferry 乘渡輪過河

L4 **fertile** [`fɝt!]　　　　①②③④

★ *adj.* 肥沃的、豐饒的

用法 fertile soil 肥沃的土壤

L6 **fertility** [fɝ`tɪlətɪ]　　　　①②③④

★ *n.* 肥沃、豐富、繁殖

用法 the fertility of the soil 土地肥沃

L6 **fertilizer** [`fɝtəl͵aɪzɚ]　　　　①②③④

★ *n.* 肥料

用法 chemical fertilizer 化學肥料

L1 **festival** [`fɛstəv!]　　　　①②③④

★ *n.* 節慶、喜慶、節日

用法 a film festival 電影節

L4 **fetch** [fɛtʃ]　　　　①②③④

6000+ Words

297

★　　*v./n.* 取來、拿來

　　用法 fetch and carry for sb. 聽某人差遣

L2　**fever** [`fivɚ]　　　　①②③④

★★　*n.* 發燒、狂熱

　　用法 have a high fever 發高燒

L1　**few** [fju]　　　　①②③④

★★★　*adj.* 少的、幾乎沒有的；*pron.* 很少、幾乎沒有

　　用法 quite a few 相當多的

L6　**fiancé** [ˌfiən`se]　　　　①②③④

★★　*n.* 未婚夫（fiancée 未婚妻）

　　用法 Mike's lovely fiancée 麥克可愛的未婚妻

L5　**fiber** [`faɪbɚ]　　　　①②③④

★★★　*n.* 纖維、纖維物質

　　用法 artificial fiber 人造纖維

L4　**fiction** [`fɪkʃən]　　　　①②③④

★★★　*n.* 小說、虛構的故事

　　用法 a science fiction 科幻小說

　　fiddle [`fɪd!]　　　　①②③④

★　　*n.* 小提琴、騙局；*v.* 拉小提琴、詐欺

　　用法 as fit as a fiddle 非常健康

　　fidelity [fɪ`dɛlətɪ]　　　　①②③④

★★　*n.* 忠誠、盡責

　　用法 **pledge / swear** fidelity 宣誓效忠

L2　**field** [fild]　　　　①②③④

***	*n.* 田地、場地、領域	
	用法 go on a field trip 去田野調查	
L4	**fierce** [fɪrs]	①②③④
★	*adj.* 強烈的、兇猛的	
	用法 a fierce typhoon 猛烈的颱風	
	fifteen [fɪf`tin]	①②③④
★	*n.* 十五；*adj.* 十五的	
	用法 fifteen years of age 十五歲	
	fifty [`fɪftɪ]	①②③④
★	*n.* 五十；*adj.* 五十的	
	用法 go **fifty fifty / Dutch** 各自付帳	
L1	**fight** [faɪt]	①②③④
***	*v.* 戰鬥、打架；*n.* 鬥志、打架	
	用法 fight back 還擊、抵抗	
L3	**fighter** [`faɪtɚ]	①②③④
**	*n.* 戰士、戰鬥機	
	用法 a fearless fighter 無懼的鬥士	
L2	**figure** [`fɪgjɚ]	①②③④
***	*n.* 數字、身材、圖案；*v.* 演算、推算	
	用法 figure out sth. 算出、理解某事	
L1	**file** [faɪl]	①②③④
***	*n.* 檔案、公文、文件夾；*v.* 歸檔	
	用法 keep...on file 將……存檔	
L1	**fill** [fɪl]	①②③④

6000+ Words

*** *v./n.* 填塞、裝滿

用法 fill **in / out** a form 填表格

film [fɪlm] ①②③④

*** *n.* 影片、軟片；*v.* 拍成電影

用法 shoot a film 拍電影

L5 **filter** [`fɪltɚ] ①②③④

* *n.* 過濾器、濾紙；*v.* 過濾、篩檢、滲透

用法 filter the drinking water 過濾飲用水

L6 **fin** [fɪn] ①②③④

* *n.* 鰭、魚翅

用法 sharks' fins 鯊魚翅

L2 **final** [`faɪn!] ①②③④

*** *adj.* 最後的；*n.* 結局、決賽、期末考

用法 take one's finals 考期末考

L4 **finance** [faɪ`næns] ①②③④

** *n.* 財務、金融；*v.* 提供資金、資助

用法 the minister of finance 財政部長

L4 **financial** [faɪ`nænʃəl] ①②③④

*** *adj.* 財務的、金融的

用法 Financial Technology = FinTech 金融科技

L1 **find** [faɪnd] ①②③④

*** *v./n.* 找到、發現

句型 S find it adj. to-V 發現做……是……的。

L1 **fine** [faɪn] ①②③④

*** **adj.** 好的、晴朗的；**adv.** 很好；**n./v.** 罰款

成語 Fine clothes make the man. 人要衣裝，佛要金裝。

L1 **finger** [ˋfɪŋɚ] ①②③④

*** **n.** 手指、指針；**v.** 觸摸、指出

補充 thumb 拇指；index finger 食指；middle finger 中指；ring finger 無名指；little finger 小指

L1 **finish** [ˋfɪnɪʃ] ①②③④

*** **v./n.** 結束、完成

用法 the finish line 終點線

L6 **finite** [ˋfaɪnaɪt] ①②③④

* **adj.** 有限的、限定的

字構 fin 界限 + ite 有……的

L1 **fire** [faɪr] ①②③④

*** **n.** 火、火災；**v.** 點燃、點火、發射、解僱

用法 be on / catch fire 著火；make a fire 生火

L6 **firecracker** [ˋfaɪrˏkrækɚ] ①②③④

* **n.** 鞭炮、炮竹

用法 firecrackers go off 炮竹燃放

L2 **fireman** [ˋfaɪrmən] ①②③④

* **n.** 男消防隊員（firewoman 女消防隊員）

用法 brave deeds of the firemen 消防隊員英勇的事蹟

L4 **fireplace** [ˋfaɪrˏples] ①②③④

* **n.** 壁爐

用法 beside the fireplace 壁爐旁

L6 fireproof [`faɪr`pruf]　　　①②③④
★
adj. 防火的、耐火的
字構 fire 火 + proof 防……的

L3 firework [`faɪr,wɜk]　　　①②③④
★
n. 煙火
用法 a spectacular display of fireworks 壯麗煙火秀

L2 firm [fɜm]　　　①②③④
★★★ *adj.* 堅固的；*adv.* 牢固地；*v.* 使穩固；*n.* 公司
用法 a firm foundation 穩固的基礎

L1 first [fɜst]　　　①②③④
★★★ *adj.* 第一的、最先的；*n.* 第一；*adv.* 首先、最初
用法 from the very first 從一開始

L1 fish [fɪʃ]　　　①②③④
★★★ *n.* 魚肉、魚類；*v.* 釣魚
用法 like a fish out of water 離水之魚（表侷促不安）

L2 fisherman [`fɪʃɚmən]　　　①②③④
★
n. 漁夫
用法 an amateur fisherman 業餘的釣魚者

L6 fishery [`fɪʃərɪ]　　　①②③④
★
n. 漁業、魚場
字構 fish 捕魚 + ery 行業

L3 fist [fɪst]　　　①②③④
★★★ *n.* 拳頭；*v.* 握拳
用法 shake one's fist at sb. 向某人揮拳

MP3

F

L2	**fit** [fɪt]	①②③④
★★	*adj.* 恰當的；*v./n.* 適合、合身；*adv.* 合適地	
	用法 keep fit 保持健康	
	five [faɪv]	①②③④
★★	*n.* 五；*adj.* 五的	
	用法 a five-star hotel 五星飯店	
L2	**fix** [fɪks]	①②③④
★★★	*v./n.* 固定、修理、安排	
	用法 **fix up / repair** + N 修理……	
L2	**flag** [flæg]	①②③④
★★	*n.* 旗子；*v.* 豎旗子、打旗號	
	用法 **raise / put up** a flag 升旗	
L6	**flake** [flek]	①②③④
★	*n.* 薄片；*v.* 成薄片	
	用法 flakes of snow 雪花	
L3	**flame** [flem]	①②③④
★★★	*n.* 火焰；*v.* 燃燒、照亮	
	用法 **put out / extinguish** the flames 滅火	
	flap [flæp]	①②③④
★	*v.* 飄動、拍打；*n.* 拍擊、帽邊、拍打聲	
	用法 flap the wings 拍動翅膀	
	flare [flɛr]	①②③④
★	*v.* 閃耀、燃燒、搖曳；*n.* 火焰、閃光	
	用法 flare in the wind 火光在風中搖曳	

6000+ Words

F 6000+
Words a High School Student Must Know

L3 **flash** [flæʃ]　　　　　　　　　①②③④
★★ **v./n.** 閃爍、瞬間
用法 in a flash 瞬間、立刻

L3 **flashlight** [`flæʃ͵laɪt]　　　　　①②③④
★ **n.** 手電筒、閃光燈（= flash）
字構 flash 閃耀 + light 光

L2 **flat** [flæt]　　　　　　　　　　①②③④
★★ **adj.** 平坦的；**adv.** 平直地；**n.** 平面、公寓
用法 have a flat tire 汽車爆胎

L4 **flatter** [`flætɚ]　　　　　　　①②③④
★ **v.** 諂媚、奉承
用法 flatter sb. **about / on** + N 恭維某人……

L3 **flavor** [`flevɚ]　　　　　　　①②③④
★★ **n.** 口味、風味；**v.** 調味、增添風趣
用法 a local flavor 地方風味

L6 **flaw** [flɔ]　　　　　　　　　①②③④
★ **n.** 瑕疵、缺陷；**v.** 破裂、產生裂縫
用法 have a flaw in + N 在……上有缺陷

L4 **flea** [fli]　　　　　　　　　①②③④
★ **n.** 跳蚤
用法 the flea market 跳蚤市場

L4 **flee** [fli]　　　　　　　　　①②③④
★★★ **v.** 逃走、逃避
用法 flee away 逃走

L5 **fleet** [flit]　　　　　　　　①②③④

★★　*n.* 艦隊、疾飛

　用法 a combined fleet 聯合艦隊

L3 **flesh** [flɛʃ]　　　　　　　　①②③④

★★★　*n.* 肉體、肌肉

　用法 flesh and blood 血肉之軀、凡人

L5 **flexibility** [ˌflɛksə`bɪlətɪ]　①②③④

★★　*n.* 彈性、適應性

　用法 the flexibility of the wire 金屬絲的彈性

L4 **flexible** [`flɛksəb!]　　　　①②③④

★★　*adj.* 有彈性的、靈活的

　用法 flexible working hours 彈性上班時間

　　flick [flɪk]　　　　　　　①②③④

★　*n.* 輕彈；*v.* 輕拍、輕打

　用法 flick through + N 快速翻閱、瀏覽……

　　flicker [`flɪkɚ]　　　　　①②③④

★　*v./n.* 閃爍、閃耀

　用法 a flicker of hope 一線希望

L2 **flight** [flaɪt]　　　　　　　①②③④

★★★　*n.* 飛行、航班

　用法 in flight 飛行中

　　fling [flɪŋ]　　　　　　　①②③④

★　*v./n.* 猛投、拋擲

　用法 fling oneself into + N 全心投入於……

305

L5 **flip** [flɪp]　　　　　　　　　　　①②③④

★ *v./n.* 輕彈、翻轉、輕拋

用法 flip over the fried egg 翻轉荷包蛋

L3 **float** [flot]　　　　　　　　　　　①②③④

★★ *v.* 浮動、漂流；*n.* 漂浮物、浮標、浮板

用法 float around 到處漂流

L3 **flock** [flɑk]　　　　　　　　　　　①②③④

★ *n.* 一群、成群；*v.* 群集、聚集

用法 in flocks 成群地

L3 **flood** [flʌd]　　　　　　　　　　　①②③④

★★ *n.* 洪水、水災；*v.* 淹沒、氾濫

用法 **cause / bring about** floods 造成水災

L1 **floor** [flor]　　　　　　　　　　　①②③④

★★★ *n.* 地板、樓層；*v.* 鋪設地板、擊倒在地

用法 mop the floor 拖地

L3 **flour** [flaʊr]　　　　　　　　　　①②③④

★ *n.* 麵粉；*v.* 灑粉

用法 mix flour with + N 將麵粉和……調和

L6 **flourish** [`flɝɪʃ]　　　　　　　　　①②③④

★★ *v./n.* 繁榮、茂盛、興旺

同義 bloom / grow / prosper / thrive

L2 **flow** [flo]　　　　　　　　　　　①②③④

★★★ *v./n.* 流動、淹沒、氾濫

用法 flow into the sea 流入海裡

L1 **flower** [`flaʊɚ] ①②③④
*** *n.* 花；*v.* 開花
用法 grow flowers 種花

L2 **flu** [flu] ①②③④
* *n.* 流行性感冒
用法 an outbreak of the flu 流行性感冒爆發

L5 **fluency** [`fluənsɪ] ①②③④
** *n.* 流利、流暢
用法 demonstrate fluency in + N 在……展現流利度

L4 **fluent** [`fluənt] ①②③④
* *adj.* 流利的、流暢的
用法 a fluent speaker 流利的演說家

L5 **fluid** [`fluɪd] ①②③④
** *n.* 流體、流質；*adj.* 流動的、流暢的
用法 **drink / take** fluids 飲用流質

L6 **flunk** [flʌŋk] ①②③④
* *v./n.* 不及格、當掉
用法 **flunk / drop** out of school 退學

L4 **flush** [flʌʃ] ①②③④
* *v.* 臉紅、用水沖洗、淹沒；*n.* 沖洗、興奮
用法 flush the toilet 沖馬桶

L3 **flute** [flut] ①②③④
* *n.* 長笛、橫笛；*v.* 吹長笛
用法 play the flute 吹奏長笛

flutter [`flʌtɚ] ①②③④

★ *v./n.* 拍動、振翅、飄揚

用法 in a flutter 忐忑不安

L1 **fly** [flaɪ] ①②③④

★★★ *n.* 蒼蠅、飛行；*v.* 飛行、飛翔

用法 be a fly in the ointment 美中不足之處

L4 **foam** [fom] ①②③④

★★ *n.* 泡沫、水泡；*v.* 起泡沫、激怒

用法 facial cleansing foam 洗面乳

L2 **focus** [`fokəs] ①②③④

★★★ *n.* 焦點、聚焦；*v.* 著重於、聚焦於

用法 focus on + N 聚焦於……上

L6 **foe** [fo] ①②③④

★ *n.* 敵人、敵軍

用法 a political foe 政敵

L2 **fog** [fɑg] ①②③④

★ *n.* 霧、困惑；*v.* 以霧籠罩、模糊

用法 a **dense** / **heavy** / **thick** fog 濃霧

L3 **foggy** [`fɑgɪ] ①②③④

★ *adj.* 多霧的、模糊的

用法 on a foggy day 多霧的日子

foil [fɔɪl] ①②③④

★★★ *n.* 箔、箔紙、食品包裝箔

用法 aluminum foil 鋁箔

L3 **fold** [fold]　　　　　　　　①②③④

★　*v.* 摺疊、合攏；*n.* 摺痕

　　用法 fold up the quilt 疊好被子

L2 **folk** [fok]　　　　　　　　①②③④

★★　*n.* 人們、親屬、民間

　　用法 folk dance 土風舞

L6 **folklore** [`fok͵lor]　　　　①②③④

★★　*n.* 民間傳說、民俗學

　　補充 folklore 旨在闡述一個民族口頭流傳的各種民間
　　　　文化及文學，如故事、歌曲、諺語、格言、傳
　　　　說和迷信觀念等。

L1 **follow** [`falo]　　　　　　①②③④

★　*v.* 跟隨、追從

　　用法 be as follows 如下

L3 **follower** [`faloɚ]　　　　①②③④

★　*n.* 追隨者、跟隨者

　　用法 a **devoted / faithful** follower 忠誠的追隨者

L2 **following** [`faloɪŋ]　　　①②③④

★　*prep.* ⋯⋯以後、接著；*n.* 下一個；*adj.* 其次的

　　用法 in the following year 在隔年

L3 **fond** [fand]　　　　　　　①②③④

★★★　*adj.* 喜歡的、喜愛的

　　用法 be fond of + N 喜歡⋯⋯

L1 **food** [fud]　　　　　　　①②③④

***   *n.* 食物

補充 seafood 海鮮

L1   **fool** [ful]   ①②③④

**   *n.* 傻瓜、愚人；*v.* 愚弄

用法 make a fool of sb. 愚弄某人

L2   **foolish** [`fulɪʃ]   ①②③④

**   *adj.* 愚蠢的、傻的

同義 idiotic / silly / stupid / unwise

L1   **foot** [fʊt]   ①②③④

***   *n.* 腳、英呎；*v.* 步行、支付帳單

用法 stand on one's own feet 獨立

L2   **football** [`fʊt͵bɔl]   ①②③④

***   *n.* 足球

用法 play a football game 踢足球比賽

L1   **for** [fɔr]   ①②③④

***   *prep.* 為了；*conj.* 因為、由於

用法 for good 永遠地

L4   **forbid** [fɚ`bɪd]   ①②③④

***   *v.* 禁止、阻止

用法 the Forbidden City 紫禁城

L2   **force** [fors]   ①②③④

***   *n.* 力量、武力、軍隊；*v.* 強迫、施加壓力

用法 be forced to-V 被迫……

L4   **forecast** [`for͵kæst]   ①②③④

★　　*n./v.* 預測、預報

　　用法 weather forecast 天氣預報

　　forehead [`fɔr,hɛd]　　　①②③④

★★　*n.* 額頭、前額（= brow）

　　用法 be hit on the forehead 撞到額頭

L1　**foreign** [`fɔrɪn]　　　①②③④

★★★　*adj.* 外國的、外來的

　　用法 English as a Second Language 英語為第二外語

L2　**foreigner** [`fɔrɪnə]　　　①②③④

★★　*n.* 外國人、外地人

　　用法 a Spanish-speaking foreigner 說西班牙語的外國人

　　foresee [for`si]　　　①②③④

★★★　*v.* 預知、預料

　　字構 fore 預先 + see 看

L2　**forest** [`fɔrɪst]　　　①②③④

★★★　*n.* 森林、林木

　　用法 preserve forests 保育森林

L3　**forever** [fə`ɛvə]　　　①②③④

★★★　*adv.* 永遠地、不斷地

　　用法 forever and ever 永遠地

L5　**forge** [fɔrdʒ]　　　①②③④

★　　*v.* 鍛造、打鐵、偽造

　　用法 a forged signature 偽造的簽名

L1　**forget** [fə`gɛt]　　　①②③④

*** ***v.*** 忘記、忽略

用法 a forget-me-not 勿忘我草

forgetful [fɚ`gɛtfəl] ①②③④

* ***adj.*** 健忘的、易忘的

用法 be forgetful of + N 對……疏忽、健忘

L2 **forgive** [fɚ`gɪv] ①②③④

** ***v.*** 寬恕、原諒

成語 Forgive others but not yourself.

寬以待人，嚴以律己。

L1 **fork** [fɔrk] ①②③④

** ***n.*** 叉子、耙、分岔處；***v.*** 分岔、叉掘

用法 eat with forks and knives 用刀叉吃東西

L2 **form** [fɔrm] ①②③④

*** ***n.*** 形狀、格式；***v.*** 形成

用法 take the form of + N 採取……的形式

L2 **formal** [`fɔrml̩] ①②③④

*** ***adj.*** 正式的、形式的

用法 formal education 正規教育

L5 **format** [`fɔrmæt] ①②③④

* ***n.*** 版面、格式；***v.*** 編排、格式化

用法 a set format 固定的格式

L4 **formation** [fɔr`meʃən] ①②③④

*** ***n.*** 形成、構造、編隊

用法 a flying formation 飛行隊形

L2 **former** [`fɔrmɚ] ①②③④

★★ *adj.* 從前的、前者的

句型 The former..., and the latter...

前者……，而後者……。

L6 **formidable** [`fɔrmɪdəb!] ①②③④

★ *adj.* 可怕的、難以克服的

用法 formidable obstacles 困難的障礙

L4 **formula** [`fɔrmjələ] ①②③④

★★★ *n.* 公式、配方

用法 a mathematical formula 數學公式

L6 **formulate** [`fɔrmjəˌlet] ①②③④

★★ *v.* 規劃、設計、形成公式

用法 formulate a theory 創立理論

L6 **forsake** [fɚ`sek] ①②③④

★ *v.* 遺棄、拋棄

同義 abandon / desert / discard / leave

L4 **fort** [fort] ①②③④

★★★ *n.* 堡壘、要塞

用法 hold the fort 代為負責、照料

L2 **forth** [forθ] ①②③④

★★★ *adv.* 向前、向外

用法 and so on and so forth 等等

L6 **forthcoming** [ˌforθ`kʌmɪŋ] ①②③④

★ *adj.* 即將到來的、即將出現的

字構 forth 向前 + coming 到來

L6 fortify [`fɔrtə͵faɪ] ①②③④

★ **v.** 增強、強化、設防

用法 fortify A against B 加強 A 以抵禦 B

L4 fortunate [`fɔrtʃənɪt] ①②③④

★★ **adj.** 幸運的、幸福的

用法 be fortunate in + N 很幸運有⋯⋯

L3 fortune [`fɔrtʃən] ①②③④

★★ **n.** 命運、運氣、財富

用法 make a fortune 發財

forty [`fɔrtɪ] ①②③④

★★ **n.** 四十；**adj.** 四十的

用法 **over / under** forty 四十歲以上 / 下

L5 forum [`forəm] ①②③④

★ **n.** 論壇、討論會

用法 a forum for discussion 針對討論的論壇

L2 forward [`fɔrwɚd] ①②③④

★★★ **adj.** 向前的；**n.** 前鋒；**v.** 轉寄；**adv.** 往前

用法 forward mail to sb. 轉寄郵件給某人

L4 fossil [`fɑs!] ①②③④

★ **n.** 化石、頑固不化的人；**adj.** 化石的

用法 fossil fuel 化石燃料

L5 foster [`fɔstɚ] ①②③④

★★ **v.** 領養、培養；**adj.** 領養的、養育的

用法 foster parents 養父母

L5 **foul** [faʊl]　　　　　　　　　①②③④

★　*adj.* 骯髒的；*n.* 犯規；*adv.* 違規地；*v.* 弄髒

用法 foul play 犯規

L2 **found** [faʊnd]　　　　　　　　①②③④

★★★ *v.* 創立、建立

用法 found an orphanage 創辦孤兒院

L4 **foundation** [faʊnˋdeʃən]　　　①②③④

★★★ *n.* 基礎、基地、基金會

用法 lay the foundation of success 為成功奠定基礎

L4 **founder** [ˋfaʊndɚ]　　　　　　①②③④

★★ *n.* 創始人、創立者

用法 the co-founder of the company 公司共同創辦人

L3 **fountain** [ˋfaʊntɪn]　　　　　　①②③④

★★ *n.* 噴水池、噴泉

用法 a **drinking / water** fountain 自動飲水機

four [for]　　　　　　　　　　①②③④

★★ *n.* 四；*adj.* 四的

用法 four seasons 四季

fourteen [forˋtin]　　　　　　①②③④

★★ *n.* 十四；*adj.* 十四的

用法 at the age of fourteen 十四歲時

L6 **fowl** [faʊl]　　　　　　　　　①②③④

★　*n.* 鳥、家禽

用法 keep domestic fowls 飼養家禽

L2 fox [fɑks] ①②③④

★ *n.* 狐狸、狡猾的人

用法 a clever and sly fox 機靈狡猾的狐狸

L5 fraction [`frækʃən] ①②③④

★★ *n.* （數學）分數、片段

用法 not by a fraction = not at all 一點也不

L6 fracture [`fræktʃɚ] ①②③④

★ *n.* 裂縫、破裂；*v.* 骨折、斷裂

字構 fract 破碎 + ure 動作、結果

L4 fragile [`frædʒəl] ①②③④

★ *adj.* 易碎的、脆弱的

用法 fragile with care 小心易碎

L5 fragment [`frægmənt] ①②③④

★ *n.* 碎片、片段；*v.* 使變成碎片

用法 break into fragments 破成碎片

L6 fragrance [`fregrəns] ①②③④

★ *n.* 芳香、香味

用法 the fragrance of the soap 肥皂的香味

L6 fragrant [`fregrənt] ①②③④

★ *adj.* 芬芳的、愉快的、芳香的

用法 fragrant flowers 芬芳的花

frail [frel] ①②③④

★ *adj.* 虛弱的、脆弱的

用法 frail human nature 脆弱的人性

L4 **frame** [frem]   ①②③④

*** *n.* 骨架、架構、畫框；*v.* 裝框、塑造

用法 a photo frame 相框

L5 **framework** [`frem͵wɝk]   ①②③④

* *n.* 結構、框架、構造

用法 within the framework of + N 在……的範圍內

L3 **frank** [fræŋk]   ①②③④

** *adj.* 誠實的、坦白的

用法 to be frank = frankly speaking 坦白說

L6 **frantic** [`fræntɪk]   ①②③④

** *adj.* 狂亂的、發瘋的

用法 be frantic with joy 高興的發狂

L5 **fraud** [frɔd]   ①②③④

* *n.* 詐欺、欺騙

用法 telecom and Internet fraud 電信及網路詐騙

L6 **freak** [frik]   ①②③④

* *n.* 怪物、怪事、怪誕；*v.* 強烈反應

用法 freak out 十分激動

L1 **free** [fri]   ①②③④

*** *adj.* 自由的、免費的；*adv.* 免費地；*v.* 使自由

用法 **free of charge / for free** 免費地

L2 **freedom** [`fridəm]   ①②③④

*** *n.* 自由、解放、免除

6000+ Words

F 6000+
Words a High School
Student Must Know

用法 freedom of speech 言論自由

L6　**freeway** [`frɪ,we]　　　　①②③④
★　*n.* 高速公路
　　用法 get onto the freeway 進入高速公路

L3　**freeze** [friz]　　　　①②③④
★★★　*v.* 結冰、停住不動；*n.* 冰凍、嚴寒期
　　用法 freeze sth. solid 將某物凍成固體

L3　**freezer** [`frizə]　　　　①②③④
★　*n.* 冷凍庫、冰箱
　　用法 defrost a freezer 將冰箱除霜、解凍

L5　**freight** [fret]　　　　①②③④
★★　*n.* 貨物、運送；*v.* 裝貨、運送
　　用法 by sea freight 用海運的方式

L4　**frequency** [`frikwənsɪ]　　　　①②③④
★★★　*n.* 頻率、發生率
　　用法 the frequency of car accidents 車禍的頻率

L3　**frequent** [`frikwənt ; frɪ`kwɛnt]　　　　①②③④
★★★　*adj.* 頻繁的、經常的；*v.* 常出入
　　用法 frequent a local café 常出入當地的咖啡廳

L1　**fresh** [frɛʃ]　　　　①②③④
★★★　*adj.* 新鮮的、淡的、生的
　　用法 fresh water 淡水

L4　**freshman** [`frɛʃmən]　　　　①②③④
★　*n.* 大一新生、新手

補充 sophomore 大二生；junior 大三生；senior 大四生

fret [frɛt]　　　　①②③④

★ **v.** 焦慮、苦惱、煩躁

用法 fret about sth. 為某事煩惱、發愁

L6 **friction** [`frɪkʃən]　　　　①②③④

★★ **n.** 摩擦、摩擦力、衝突

用法 friction against the ground 與地面產生摩擦

Friday [`fraɪˌde]　　　　①②③④

★★★ **n.** 星期五（= Fri.）

用法 Black Friday = Friday the thirteenth 黑色星期五

L1 **friend** [frɛnd]　　　　①②③④

★★★ **n.** 朋友、支持者

用法 make friends with sb. 與某人做朋友

L1 **friendly** [`frɛndlɪ]　　　　①②③④

★★★ **adj.** 友善的、親切的

用法 environmantally friendly 對環境友善的

L2 **friendship** [`frɛndʃɪp]　　　　①②③④

★★ **n.** 友誼、友善

用法 break friendship with sb. 與某人絕交

L3 **fright** [fraɪt]　　　　①②③④

★ **n.** 恐嚇、驚駭

用法 give sb. a fright 嚇某人一跳

L3 **frighten** [`fraɪtən]　　　　①②③④

★★★ **v.** 驚嚇、害怕、驚恐

用法 frighten sb. to death 把某人嚇壞了

L1 **frog** [frɑg] ①②③④

★ *n.* 青蛙

用法 have a frog in one's throat 喉嚨不適而聲音嘶啞

L1 **from** [frɑm] ①②③④

★★★ *prep.* 來自、免於

用法 from head to toe 徹底地

L1 **front** [frʌnt] ①②③④

★★★ *n.* 前面；*adj.* 前面的、正面的；*v.* 面對、朝向

用法 the front of the hotel 旅館正面

L5 **frontier** [frʌn`tɪr] ①②③④

★★★ *n.* 邊界、國境

用法 cross the frontier 越過邊境

L4 **frost** [frɑst] ①②③④

★ *n.* 冰霜、冷酷；*v.* 冰凍、結霜

用法 biting frost 刺骨的嚴寒

L4 **frown** [fraʊn] ①②③④

★★ *v./n.* 皺眉頭、不悅

用法 frown on + N 不贊成、反對……

L1 **fruit** [frut] ①②③④

★★★ *n.* 水果、果實；*v.* 結果

用法 **bear / produce** fruit 結果實

L4 **frustrate** [`frʌsˌtret] ①②③④

★★ *v.* 挫敗、挫折、阻撓

♪ 320

F

用法 feel frustrated 感到沮喪

L4 **frustration** [ˌfrʌsˈtreʃən]   ①②③④
** *n.* 挫折、挫敗、失敗
用法 end in frustration 終歸失敗

L2 **fry** [fraɪ]   ①②③④
* *v.* 油炸、油煎；*n.* 油炸物
用法 fried chicken 炸雞；a frying pan 油鍋、煎鍋

L3 **fuel** [ˈfjʊəl]   ①②③④
* *n.* 燃料、刺激物；*v.* 加燃料、加油
用法 add fuel to the flames 火上加油

L4 **fulfill** [fʊlˈfɪl]   ①②③④
** *v.* 實現、履行、達到
用法 fulfill one's obligation 盡義務

L4 **fulfillment** [fʊlˈfɪlmənt]   ①②③④
* *n.* 實現、履行、達到
用法 come to fulfillment 實現、滿足

L1 **full** [fʊl]   ①②③④
*** *adj.* 充滿的、完全的、飽的
用法 be **full of** / **filled with** + N 充滿……

L6 **fume** [fjum]   ①②③④
* *n.* 煙；*v.* 冒煙、發怒
用法 be choked by the fume 被煙嗆到

L1 **fun** [fʌn]   ①②③④
*** *n.* 樂趣、好玩

6000+ Words

用法 make fun of sb. 取笑某人

L2 **function** [`fʌŋkʃən]　　　　　　　　①②③④

*** *n.* 函數、功能、作用；*v.* 運作、起作用

用法 **exercise / perform** functions 履行職責

L4 **functional** [`fʌŋkʃənl]　　　　　　　①②③④

** *adj.* 有功能的、有功用的、機能的

用法 multifunctional 多功能的

L3 **fund** [fʌnd]　　　　　　　　　　　①②③④

*** *n.* 基金、資金；*v.* 提供資金

用法 raise funds 籌募基金；crowdfunding 集資

L4 **fundamental** [ˌfʌndə`mɛntl]　　　　①②③④

** *adj.* 基本的；*n.* 基本法則、基本原理、基礎

用法 be fundamental to + N 對……很重要

L4 **funeral** [`fjunərəl]　　　　　　　　①②③④

*** *n.* 葬禮、喪禮

用法 attend a funeral 參加喪禮

L1 **funny** [`fʌnɪ]　　　　　　　　　　①②③④

* *adj.* 有趣的、滑稽的

同義 amusing / comical / hilarious / humorous

L3 **fur** [fɝ]　　　　　　　　　　　　①②③④

* *n.* 毛、毛皮、皮衣

用法 wear furs 穿毛皮衣服

L4 **furious** [`fjʊrɪəs]　　　　　　　　①②③④

* *adj.* 憤怒的、猛烈的

用法 be furious **with** / **at** + N 對……大為光火

L4 **furnish** [`fɜ˙nɪʃ] ①②③④

★★★ *v.* 佈置、供應

用法 furnish sb. with sth. 供應某人某物

L2 **furniture** [`fɜ˙nɪtʃɚ] ①②③④

★★★ *n.* 家具、設備

用法 a **piece** / **set** of furniture 一件 / 組家具

L2 **further** [`fɜ˙ðɚ] ①②③④

★★★ *adv.* 進一步地；*adj.* 較遠的；*v.* 增進、促進

用法 can't move any further 無法再動一下

L4 **furthermore** [`fɜ˙ðɚ`mor] ①②③④

★★★ *adv.* 此外、再者

同義 additionally / besides / moreover / what's more

L6 **fury** [`fjʊrɪ] ①②③④

★★ *n.* 憤怒、狂怒、猛烈

用法 fly into a fury 暴跳如雷

L6 **fuse** [fjuz] ①②③④

★ *v.* 加保險絲、燒斷；*n.* 保險絲、導火線

用法 blow a fuse 燒掉保險絲

L6 **fuss** [fʌs] ①②③④

★ *n./v.* 大驚小怪、小題大作

用法 make a fuss about trifles 為瑣事大驚小怪

L1 **future** [`fjutʃɚ] ①②③④

★★★ *n.* 未來；*adj.* 未來的、將來的

用法 in the near future 在不久的將來

L2 **gain** [gen]　　　　　　　　　①②③④

★★★ *v.* 獲得；*n.* 收穫、利益

成語 No pain, no gain. 一分努力，一分收穫。

L5 **galaxy** [`gæləksɪ]　　　　　　①②③④

★ *n.* 銀河、星系

用法 in the **Galaxy / Milky Way** 在銀河系中

L4 **gallery** [`gælərɪ]　　　　　　①②③④

★★★ *n.* 畫廊、美術館

用法 the brochure of the art gallery 美術館的小冊子

L3 **gallon** [`gælən]　　　　　　　①②③④

★ *n.* 加侖、一加侖的容量

用法 a gallon of beer 一加侖啤酒

L6 **gallop** [`gæləp]　　　　　　　①②③④

★ *n./v.* 奔馳、飛跑

用法 at a full gallop 飛奔

L3 **gamble** [`gæmb!]　　　　　　①②③④

★★ *v.* 賭博、投機、孤注一擲；*n.* 賭博、冒險

用法 take a gamble 冒險去做

L1 **game** [gem]　　　　　　　　　①②③④

★★★ *n.* 比賽、遊戲、獵物

用法 play video games 玩電玩

L3 **gang** [gæŋ]　　　　　　　　　①②③④

★★ *n.* 一夥、一幫；*v.* 結黨、群聚

用法 a gang of robbers 一幫搶匪

L6 **gangster** [`gæŋstɚ] ①②③④
★   *n.* 幫派分子、歹徒、流氓

字構 gang 幫派 + ster 人

L3 **gap** [gæp] ①②③④
★★   *n.* 裂縫、缺口

用法 bridge the gap 彌補差距

L3 **garage** [gə`raʒ] ①②③④
★★   *n.* 車庫、修車廠；*v.* 送車入修車廠

用法 have a garage sale 舉辦舊貨出售

L2 **garbage** [`garbɪdʒ] ①②③④
★   *n.* 垃圾、廢物

用法 dump garbage 傾倒垃圾

L1 **garden** [`gardən] ①②③④
★★★   *n.* 花園、庭園；*v.* 從事園藝、種植花木

用法 do the gardening 整理花園

L2 **gardener** [`gardənɚ] ①②③④
★   *n.* 園丁、花匠、園藝家

用法 a landscape gardener 園藝美化專家

L2 **garlic** [`garlɪk] ①②③④
★   *n.* 大蒜、蒜頭

用法 a clove of garlic 一瓣蒜

L6 **garment** [`garmənt] ①②③④
★   *n.* 衣服、服裝

6000+ Words

用法 working garments 工作服

L3 **gas** [gæs] ①②③④

★ *n.* 氣體、瓦斯、汽油；*v.* 供應氣體、加油

用法 a gas station 加油站

L3 **gasoline** [`gæsə,lin] ①②③④

★ *n.* 汽油、汽車用油（= gasolene = gas）

用法 **leadfree / unleaded** gasoline 無鉛汽油

L5 **gasp** [gæsp] ①②③④

★ *v.* 倒抽一口氣、喘氣；*n.* 屏息、喘氣

用法 gasp for air 大口喘氣

L1 **gate** [get] ①②③④

★★★ *n.* 大門、登機門

用法 the boarding gate 登機門

L2 **gather** [`gæðɚ] ①②③④

★★★ *v.* 聚集、收集、摘取

用法 gather **together / up** 團聚在一起

L5 **gathering** [`gæðərɪŋ] ①②③④

★★ *n.* 聚會、收穫

用法 a family gathering 家庭聚會

L6 **gauge** [gedʒ] ①②③④

★ *n.* 標準尺寸、範圍、測量儀器；*v.* 測量、估計

用法 gauge the height 丈量高度

L6 **gay** [ge] ①②③④

★ *adj.* 歡樂的；*n.* 歡樂、同性戀者

用法 a gay trip 歡樂的旅程

L4　**gaze** [gez]　①②③④

★★　*v./n.* 凝視、注視

用法 gaze at + N 凝視……

L4　**gear** [gɪr]　①②③④

★★　*n.* 齒輪、排檔、工具；*v.* 以齒輪連起

用法 in **low / high** gear 打低 / 高檔

L4　**gender** [`dʒɛndɚ]　①②③④

★　*n.* 性別

用法 the neuter gender 中性

L4　**gene** [dʒin]　①②③④

★　*n.* 基因、遺傳因子

用法 a defective gene 有缺陷的基因

L2　**general** [`dʒɛnərəl]　①②③④

★★★　*adj.* 一般的、全體的、通用的；*n.* 將軍

用法 **in general / generally speaking** 一般而言

　　generalize [`dʒɛnərəl,aɪz]　①②③④

★　*v.* 概括而論、歸納

用法 generalize from + N 從……來歸納

L5　**generate** [`dʒɛnə,ret]　①②③④

★★　*v.* 產生、導致、生育

用法 generate electricity 發電

L4　**generation** [,dʒɛnə`reʃən]　①②③④

★★★　*n.* 世代、產生

327

用法 from generation to generation 世世代代

L5 **generator** [`dʒɛnəˌretə] ①②③④
★ *n.* 發電機、產生器
用法 a QR code generator 二維碼生成器

L4 **generosity** [ˌdʒɛnəˈrasətɪ] ①②③④
★ *n.* 慷慨、寬宏大量
用法 abuse sb.'s generosity 濫用某人的慷慨

L2 **generous** [`dʒɛnərəs] ①②③④
★ *adj.* 慷慨的、豐富的
用法 be generous to sb. with + N 對某人慷慨花用……

L5 **genetic** [dʒəˈnɛtɪk] ①②③④
★ *adj.* 基因的、遺傳的；*n.pl* 遺傳學
用法 the genetic code 基因遺傳密碼

L4 **genius** [`dʒinjəs] ①②③④
★★ *n.* 天才、天賦
用法 have a genius for music 有音樂天分

L5 **genre** [`ʒanrə] ①②③④
★ *n.* (文藝作品的)類型、體裁、風格
用法 a literary genre 文學體裁

L2 **gentle** [`dʒɛnt!] ①②③④
★★ *adj.* 文雅的、溫柔的
用法 be gentle with kids 對小孩很溫和

L2 **gentleman** [`dʒɛnt!mən] ①②③④
★★★ *n.* 紳士

用法 Ladies and gentlemen! 各位先生女士們！

L4 **genuine** [ˋdʒɛnjʊɪn]　　　　①②③④
*** **adj.** 真誠的、真實的、純正的
用法 genuine leather 真皮

L6 **geographical** [dʒɪəˋgræfɪk!]　　①②③④
** **adj.** 地理的、地理學的
用法 the geographical location 地理位置

L3 **geography** [dʒɪˋagrəfɪ]　　　①②③④
* **n.** 地理、地理學
用法 human geography 人文地理學

L6 **geometry** [dʒɪˋamətrɪ]　　　①②③④
* **n.** 幾何、幾何學
用法 geometric patterns 幾何圖案

L4 **germ** [dʒɝm]　　　　　　①②③④
* **n.** 細菌、微生物、起源、胚芽
用法 a germ carrier 帶菌者

L3 **gesture** [ˋdʒɛstʃɚ]　　　　①②③④
*** **n.** 手勢、姿勢；**v.** 用手勢表示
用法 make a rude gesture 做了個粗魯的手勢

L1 **get** [gɛt]　　　　　　　①②③④
*** **v.** 得到、購買
用法 get away with + N 逃離……

L1 **ghost** [gost]　　　　　　①②③④
** **n.** 鬼、鬼魂

6000+ Words

用法 believe in ghosts 相信有鬼

L1 **giant** [`dʒaɪənt] ①②③④

★★ *n.* 巨人、偉大；*adj.* 巨大的

用法 a giant in the business world 商業鉅子

L1 **gift** [gɪft] ①②③④

★★★ *n.* 禮物、天賦

用法 have a gift **for / of** + N 有……的天賦

L4 **gifted** [`gɪftɪd] ①②③④

★★ *adj.* 有天賦的、有天資的

用法 a gifted pianist 有才華的鋼琴家

L4 **gigantic** [dʒaɪ`gæntɪk] ①②③④

★ *adj.* 巨人般的、龐大的

同義 enormous / huge / immense / vast / titanic

L4 **giggle** [`gɪg!] ①②③④

★ *v./n.* 咯咯地笑、傻笑

用法 giggle at + N 對……傻笑

L4 **ginger** [`dʒɪndʒɚ] ①②③④

★ *n.* 薑

用法 a gingerbread man 薑餅人

L2 **giraffe** [dʒə`ræf] ①②③④

★ *n.* 長頸鹿

用法 as tall as a giraffe 如長頸鹿一般高

L1 **girl** [gɝl] ①②③④

★★★ *n.* 女孩

用法 a girl scout 女童軍

L1 **give** [gɪv] ①②③④

★★★ *v.* 給予、舉辦

用法 give in to + N / **Ving** 屈服於……

L6 **glacier** [`gleʃɚ] ①②③④

★ *n.* 冰河、冰川

用法 the Rhone Glacier 隆河冰川

L1 **glad** [glæd] ①②③④

★ *adj.* 高興的、歡樂的

用法 be glad **about / of** + N 很高興……

L6 **glamorous** [`glæmərəs] ①②③④

★ *adj.* 迷人的、有魅力的

用法 a glamorous character 迷人的性格

L6 **glamour** [`glæmɚ] ①②③④

★ *n.* 魅力、誘惑力

用法 radiant with glamour 充滿魅力

L3 **glance** [glæns] ①②③④

★★ *v./n.* 一瞥、掃視

用法 take a glance at sth. 匆匆一瞥某物

L5 **glare** [glɛr] ①②③④

★ *v.* 怒視、瞪視、發出炫光；*n.* 刺眼的強光、閃耀

用法 glare at each other 互相瞪視

L1 **glass** [glæs] ①②③④

★★★ *n.U* 玻璃；*n.pl* 眼鏡；*n.C* 玻璃杯

用法 a magnifying glass 放大鏡

glassware [`glæs͵wɛr] ①②③④

★ *n.* 玻璃製品、玻璃器皿

字構 glass 玻璃 + ware 製品

L6 **gleam** [glim] ①②③④

★ *n.* 微光、閃光；*v.* 發出微光、隱約地閃現

用法 gleam with amusement 眼睛閃耀著愉悅

glee [gli] ①②③④

★ *n.* 歡樂、歡喜、高興

用法 dance with glee 歡欣起舞

L6 **glide** [glaɪd] ①②③④

★ *v./n.* 滑動、滑行

用法 glide over the grass 在草地上滑行

L4 **glimpse** [glɪmps] ①②③④

★ *n./v.* 瞥見、一瞥、看一眼

用法 **catch / get / have** a glimpse of sth. 瞥見某物

glisten [`glɪsən] ①②③④

★ *v./n.* 閃閃發光、閃耀、閃爍

用法 glisten with sweat 閃著汗水

L6 **glitter** [`glɪtɚ] ①②③④

★ *v./n.* 閃爍、閃光

成語 All that glitters is not gold.
發亮的東西並非都是金子。

L3 **global** [`globḷ] ①②③④

★ **adj.** 球狀的、全球的、全部的

用法 global warming 全球暖化

L4 **globe** [glob] ①②③④

★ **n.** 地球、球體

用法 travel around the globe 環遊世界

L6 **gloom** [glum] ①②③④

★ **n.** 黑暗、憂鬱；**v.** 變昏暗、變陰沉

用法 fill sb. with gloom 某人內心充滿憂鬱

L5 **gloomy** [`glumɪ] ①②③④

★ **adj.** 陰暗的、憂鬱的

用法 a gloomy Sunday 憂鬱的星期天

L4 **glorious** [`glorɪəs] ①②③④

★ **adj.** 輝煌的、光榮的、壯麗的

用法 those glorious old days 那些輝煌的過往

L3 **glory** [`glorɪ] ①②③④

★★ **n./v.** 光榮、榮譽、壯麗、昌盛

用法 be in one's glory 處於全盛時期

L1 **glove** [glʌv] ①②③④

★★ **n.** 手套

用法 a pair of woolen gloves 一副羊毛手套

L3 **glow** [glo] ①②③④

★★ **v./n.** 發亮、發光、容光煥發

用法 glow with pride 洋洋得意

L2 **glue** [glu] ①②③④

6000+ Words

G 6000+
Words a High School
Student Must Know

★   *n.* 膠水、黏著劑；*v.* 黏貼、黏牢

用法 be glued to + N 緊黏著、緊盯著……

genetically modified organism ①②③④

★   *n.* 基因改造生物（= GMO）

用法 a GMO product 基改食品

gnaw [nɔ] ①②③④

★   *v.* 啃、咬、侵蝕

用法 gnaw (at) fingernails 啃咬手指甲

L1   **go** [go] ①②③④

★★★ *v.* 去、變得；*n.* 去、嘗試

句型 It goes without saying that S + V……自不待言。

L2   **goal** [gol] ①②③④

★★★ *n.* 目標、球門

用法 **achieve / attain / realize** one's goal 實現目標

L6   **goalkeeper** [`gol͵kipɚ] ①②③④

★   *n.* （足球）守門員

用法 an inexperienced goalkeeper 沒經驗的守門員

L2   **goat** [got] ①②③④

★   *n.* 山羊

用法 **keep / raise** goats 飼養山羊

gobble [`gabl] ①②③④

★   *v.* 狼吞虎嚥、火雞咯咯叫

用法 gobble up the pasta 大口吃義大利麵

L1   **god** [gad] ①②③④

G

|---|---|---|
***	**n.** 上帝、神、造物主	
	用法 **God / Heaven** knows! 天 / 誰知道！	
L1	**goddess** [ˋgɑdɪs]	①②③④
*	**n.** 女神	
	用法 the goddess of love 愛神	
L2	**gold** [gold]	①②③④
***	**n.** 黃金、金色；**adj.** 金製的	
	用法 win a gold medal 贏得金牌	
L2	**golden** [ˋgoldən]	①②③④
***	**adj.** 金色的、珍貴的	
	用法 the golden rule 金科玉律	
L3	**golf** [gɑlf]	①②③④
**	**n.** 高爾夫球；**v.** 打高爾夫球	
	用法 a golf course 高爾夫球場	
L1	**good** [gʊd]	①②③④
***	**adj.** 好的；**n.** 益處；**adv.** 非常；**n.pl** 商品	
	用法 do sb. **good / harm** 對某人有益 / 害	
L1	**good-bye** [gʊdˋbaɪ]	①②③④
**	**n.** 再見（= goodbye / good-by / bye-bye / bye）	
	用法 say good-bye to sb. 向某人說再見	
L6	**goodwill** [ˋgʊdˋwɪl]	①②③④
*	**n.** 善意、好心	
	用法 a man of goodwill 好心人	
L2	**goose** [gus]	①②③④

335

★   *n.* 鵝、鵝肉

    用法 kill the goose that lays the golden eggs 殺雞取卵

gorge [gɔrdʒ]   ①②③④

★   *n.* 峽谷、暴食；*v.* 狼吞虎嚥、貪婪地吃

    用法 the Taroko Gorge 太魯閣峽谷

L5   **gorgeous** [`gɔrdʒəs]   ①②③④

★   *adj.* 華麗的、燦爛的

    同義 dazzling / splendid / stunning

L6   **gorilla** [gə`rɪlə]   ①②③④

★   *n.* 大猩猩

    用法 a silverback gorilla 銀背大猩猩

L6   **gospel** [`gɑspl̩]   ①②③④

★   *n.* 福音、信條、真理

    用法 take sth. as gospel 視某事為真理

L3   **gossip** [`gɑsəp]   ①②③④

★   *n./v.* 閒話、閒談、閒聊

    用法 have a gossip 閒聊、話家常

L2   **govern** [`gʌvən]   ①②③④

★★★   *v.* 管理、治理

    用法 govern one's passions 控制感情

L2   **government** [`gʌvənmənt]   ①②③④

★★★   *n.* 政府、政治

    用法 Non-Governmental Organization 非政府組織

L3   **governor** [`gʌvənə]   ①②③④

*** ***n.*** 州長、總督、統治者

用法 the governor of California 加州州長

L4 **gown** [gaʊn] ①②③④

* ***n.*** 長衣服、禮服

用法 a wedding gown 結婚禮服

L3 **grab** [græb] ①②③④

** ***v.*** 抓取、奪取；***n.*** 抓取、奪取、抓取物

用法 grab a bite 隨便吃點東西

L4 **grace** [gres] ①②③④

** ***n.*** 優雅、恩賜；***v.*** 使優美、生輝增色

用法 with grace = gracefully 優雅地

L4 **graceful** [`gresfəl] ①②③④

** ***adj.*** 優美的、優雅的

用法 a graceful performer 優雅的表演者

L4 **gracious** [`greʃəs] ①②③④

** ***adj.*** 親切的、仁慈的、優裕的

用法 gracious living 優渥的生活

L1 **grade** [gred] ①②③④

*** ***n.*** 年級、分數、等級；***v.*** 評分、分等級

用法 **get / receive** high grades 得到好成績

L2 **gradual** [`grædʒʊəl] ①②③④

** ***adj.*** 漸漸地、逐漸的

用法 a gradual rise in sales 銷售逐漸提升

L3 **graduate** [`grædʒʊ,et；`grædʒʊ,ɪt] ①②③④

6000+ Words

G 6000+
Words a High Schooler
Student Must Know

*** *v.* 畢業；*n.* 畢業生

用法 graduate from Cambridge Univesity 劍橋畢業

L4　**graduation** [ˌɡrædʒʊˋeʃən]　①②③④

★　*n.* 畢業、畢業典禮

用法 the graduation ceremony 畢業典禮

L2　**grain** [gren]　①②③④

*** *n.* 穀物、穀粒

用法 take sth. with a grain of salt 對某事存疑

L2　**gram** [græm]　①②③④

** *n.* 公克（重量單位）

用法 two grams of sugar 兩克的糖

L4　**grammar** [ˋɡræmɚ]　①②③④

★　*n.* 文法（書）、語法、措辭

用法 review the grammar 複習文法

L4　**grammatical** [ɡrəˋmætɪk!]　①②③④

★　*adj.* 文法的、語法上的

用法 make grammatical mistakes 犯文法錯誤

L2　**grand** [grænd]　①②③④

*** *adj.* 雄偉的、堂皇的

用法 the grand palace 宏偉的宮殿

L1　**grandchild** [ˋɡrændˌtʃaɪld]　①②③④

★　*n.* 孫子、外孫

用法 take care of grandchildren 照顧孫子

L5　**grant** [grænt]　①②③④

*** *v./n.* 同意、承認、授予

用法 take sth. for granted 視某物為理所當然

L2 **grape** [grep] ①②③④

* *n.* 葡萄

用法 seedless grapes 無籽葡萄

L6 **grapefruit** [`grep,frut] ①②③④

* *n.* 葡萄柚

用法 grapefruit juice 葡萄柚汁

L4 **graph** [græf] ①②③④

* *n.* 圖表、曲線圖；*v.* 用圖表表示

用法 **draw / plot** a graph 繪製圖表

L5 **graphic** [`græfɪk] ①②③④

* *adj.* 圖解的、圖表的；*n.* 製圖法

用法 computer graphics 電腦製圖

L3 **grasp** [græsp] ①②③④

** *v./n.* 抓住、領會、理解

成語 Grasp all, lose all. 貪多必失。

L1 **grass** [græs] ①②③④

*** *n.* 草、草地

用法 **cut / mow** the grass 割 / 除草

L3 **grasshopper** [`græs,hɑpɚ] ①②③④

* *n.* 蚱蜢、蝗蟲

字構 grass 草 + hop 跳躍 + p 重複 + er 者

L2 **grassy** [`græsɪ] ①②③④

6000+ Words

★ *adj.* 多草的、長滿草的

用法 a grassy hillside 長滿草的山坡

L4 **grateful** [`gretfəl] ①②③④

★★★ *adj.* 感激的、感恩的

用法 be grateful to sb. for + N 因……感激某人

L4 **gratitude** [`grætə‚tjud] ①②③④

★★★ *n.* 感激之情、感恩

用法 show gratitude for + N 對……表示感激

L4 **grave** [grev] ①②③④

★★ *adj.* 嚴重的、莊重的；*n.* 墓地、墳墓

用法 turn in one's grave 死不瞑目

L5 **gravity** [`grævətɪ] ①②③④

★ *n.* 重力、地心引力、嚴重

用法 the force of gravity 地心引力

L1 **gray / grey** [gre] ①②③④

★★★ *adj.* 灰色的、憂鬱的；*n.* 灰色；*v.* 使成灰色

用法 gray hair 灰白的頭髮

L6 **graze** [grez] ①②③④

★ *v.* 吃草、放牧、擦傷

用法 graze cattle 放牧牛群

L6 **grease** [gris] ①②③④

★ *n.* 油脂、潤滑油；*v.* 塗油、用油脂潤滑

用法 dissolve grease 分解油脂

L4 **greasy** [`grizɪ] ①②③④

** *adj.* 油膩的、塗有油脂的

用法 greasy food 油膩的食物

L1 **great** [gret] ①②③④

*** *adj.* 偉大的、重要的；*n.* 偉人們、大人物們

用法 Alexander the Great 亞歷山大大帝

L5 **greed** [grid] ①②③④

* *n.* 貪婪、貪心

用法 be motivated by greed 受貪婪所驅使

L3 **greedy** [`gridɪ] ①②③④

* *adj.* 貪婪的、渴望的

用法 be greedy for + N 渴望……

L1 **green** [grin] ①②③④

** *adj.* 綠色的；*n.* 綠色、植物；*v.* 成為綠色

用法 have a green thumb 精於園藝

L3 **greenhouse** [`grin͵haʊs] ①②③④

* *n.* 花房、溫室

用法 greenhouse effect 溫室效應

L2 **greet** [grit] ①②③④

** *v.* 打招呼、問候、歡迎

用法 greet sb. with + N 以……歡迎某人

L4 **greeting** [`gritɪŋ] ①②③④

** *n.* 問候（語）、寒暄

用法 send greetings to sb. 向某人問候

L4 **grief** [grif] ①②③④

6000+ Words

★	*n.* 悲傷、悲痛	
	用法 ease sb.'s grief 減輕某人的悲痛	
L5	**grieve** [griv]	①②③④
★	*v.* 悲傷、哀悼	
	用法 grieve over + N 哀痛於……	
L5	**grill** [grɪl]	①②③④
★	*n.* 烤架、烤肉；*v.* 烤、炙烤	
	用法 a charcoal grill 燒炭烤架	
L5	**grim** [grɪm]	①②③④
★★	*adj.* 無情的、嚴厲的、堅定的、可怕的	
	同義 harsh / merciless / rough / stern	
L3	**grin** [grɪn]	①②③④
★★	*v./n.* 露齒而笑	
	用法 grin at sb. 對某人裂嘴笑	
L4	**grind** [graɪnd]	①②③④
★★	*v./n.* 碾碎、磨碎、磨牙	
	用法 grind soy beans 磨大豆	
L5	**grip** [grɪp]	①②③④
★	*v./n.* 緊握、握牢、理解	
	用法 take a grip on + N 緊抓住……	
L6	**groan** [gron]	①②③④
★	*v.* 發出呻吟聲、抱怨；*n.* 呻吟（聲）、抱怨	
	用法 groan in pain 痛苦地呻吟	
	grocer [ˋgrosɚ]	①②③④

★　*n.* 雜貨、雜貨商

用法 a wholesale grocer 批發雜貨商

L3　**grocery** [`grosərɪ]　①②③④

★　*n.* 雜貨店

用法 a grocery store 雜貨店

　　grope [grop]　①②③④

★　*v./n.* 摸索而行、觸摸、探索

用法 grope for the ticket 尋找車票

L5　**gross** [gros]　①②③④

★★　*adj.* 總計的；*v.* 獲得⋯⋯總收入；*n.* 總收入

用法 Gross National Product = GNP 國民生產總值

L1　**ground** [graʊnd]　①②③④

★★★　*n.* 地面、立場；*v.* 擱淺、停飛

用法 on the ground that S + V 基於⋯⋯的理由

L1　**group** [grup]　①②③④

★★★　*n.* 群、團體；*v.* 分組、聚集

用法 an environmental group 環保團體

L1　**grow** [gro]　①②③④

★★★　*v.* 成長、種植、逐漸變得

用法 grow up 長大

L6　**growl** [graʊl]　①②③④

★　*v./n.* 咆哮、吼叫

用法 growl at + N 對⋯⋯咆哮

L2　**growth** [groθ]　①②③④

*** **n.** 成長、發育、種植
用法 the economic growth 經濟成長

L6 **grumble** [ˋgrʌmb!] ①②③④
* **v.** 抱怨、發牢騷；**n.** 埋怨、怨言
用法 grumble about + N 抱怨……

L4 **guarantee** [ˌgærənˋti] ①②③④
* **n.** 保證書、擔保物；**v.** 保證、確保
用法 under guarantee 在保固期間

L2 **guard** [gɑrd] ①②③④
** **n./v.** 守衛、警戒
用法 be on one's guard 保持警惕

L4 **guardian** [ˋgɑrdɪən] ①②③④
* **n.** 監護人、保護者、管理員
用法 a legal guardian 合法監護人

L2 **guava** [ˋgwɑvə] ①②③④
* **n.** 芭樂、番石榴
用法 pick guavas from the trees 摘取樹上的芭樂

guerrilla [gəˋrɪlə] ①②③④
** **n.** 游擊隊、游擊隊員、游擊戰
用法 armed guerrillas 武裝的游擊隊員

L1 **guess** [gɛs] ①②③④
*** **v./n.** 猜測；推測
用法 make a guess at + N 猜測……

L2 **guest** [gɛst] ①②③④

*** *n.* 賓客、客人；*v.* 款待、招待、當特別來賓

用法 an unexpected guest 不速之客

L3 **guidance** [`gaɪdəns]　　　　①②③④

*** *n.* 指導、引導

用法 under the guidance of + N 在……的指導下

L2 **guide** [gaɪd]　　　　①②③④

*** *n.* 指導、導遊；*v.* 引導、帶領

用法 a tour guide 導遊

L5 **guideline** [`gaɪd,laɪn]　　　　①②③④

* *n.* 指導方針、指導原則、準則

用法 follow the guidelines 遵循準則

L4 **guilt** [gɪlt]　　　　①②③④

*** *n.* 罪行、內疚、過失

用法 a sense of guilt 罪惡感

L4 **guilty** [`gɪltɪ]　　　　①②③④

*** *adj.* 有罪的、愧疚的

用法 find sb. guilty 判定某人有罪

L1 **guitar** [gɪ`tɑr]　　　　①②③④

** *n.* 吉他

用法 an electric guitar 電吉他

L4 **gulf** [gʌlf]　　　　①②③④

** *n.* 海灣、鴻溝

用法 the Persian Gulf 波斯灣

gulp [gʌlp]　　　　①②③④

★	***v./n.*** 狼吞虎嚥、吞嚥	
	用法 drink the coffee **in / at** one gulp 一口飲盡咖啡	
L3	**gum** [gʌm]	①②③④
★	***n.*** 黏膠、樹脂、口香糖	
	用法 chewing gum 口香糖	
L2	**gun** [gʌn]	①②③④
★★★	***n.*** 槍、砲；***v.*** 用槍射擊、向……開槍	
	用法 carry a gun 攜帶槍枝	
	gust [gʌst]	①②③④
★	***n.*** 一陣強風、爆發；***v.*** 一陣陣地勁吹、猛颳	
	用法 a gust of wind 一陣強風	
L5	**gut** [gʌt]	①②③④
★	***n.*** 腸子、膽量、勇氣；***v.*** 取出內臟、損毀內部	
	用法 have the guts to-V 有膽量、勇氣去……	
L1	**guy** [gaɪ]	①②③④
★★★	***n.*** 傢伙、人、男人	
	用法 a miserable guy 可憐的傢伙	
L2	**gymnasium** [dʒɪmˋnezɪəm]	①②③④
★	***n.*** 健身房、體育館（= gym）	
	用法 work out in the gym 在健身房健身	
	gypsy [ˋdʒɪpsɪ]	①②③④
★	***n.*** 吉普賽人	
	用法 gypsy singing and dancing 吉普賽歌舞	
L1	**habit** [ˋhæbɪt]	①②③④

*** *n.* 習慣、習性

成語 Habit is a second nature. 習慣成自然。

L5 **habitat** [`hæbə,tæt`] ①②③④

★ *n.* 棲息地、產地

用法 a natural habitat 自然棲息地

L4 **habitual** [hə`bɪtʃʊəl] ①②③④

★ *adj.* 習慣性的、通常的

用法 a habitual thief 慣竊

hack [hæk] ①②③④

★ *v.* 砍、劈砍

用法 hack into the classified data 駭入機密資料

L6 **hacker** [`hækə`] ①②③④

★ *n.* （電腦）駭客

用法 a computer hacker 電腦駭客

L6 **hail** [hel] ①②③④

★ *n.* 冰雹、歡呼；*v.* 下冰雹、打招呼

用法 hail a cab 叫計程車

L1 **hair** [hɛr] ①②③④

*** *n.* 毛髮、頭髮

用法 **straight / curly** hair 直 / 捲髮

L2 **haircut** [`hɛr,kʌt`] ①②③④

★ *n.* 理髮

用法 get a haircut 剪頭髮

L3 **hairdresser** [`hɛr,drɛsə`] ①②③④

★   *n.* 美髮師、理髮師

用法 work as a hairdresser 擔任美髮師

hairstyle [`hɛr͵staɪl]   ①②③④

★   *n.* 髮型（= hairdo）

用法 a strange modern hairstyle 奇特時髦的髮型

L1   **half** [hæf]   ①②③④

★★   *n.* 一半；*adj.* 一半的；*adv.* 部分地、相當地

成語 Never do things by halves. 不要半途而廢。

L2   **hall** [hɔl]   ①②③④

★★★ *n.* 大廳、門廳

用法 a concert hall 音樂廳

L3   **hallway** [`hɔl͵we]   ①②③④

★   *n.* 玄關、走廊

用法 along the hallway 沿著走廊

L4   **halt** [hɔlt]   ①②③④

★★   *v./n.* 停止、終止

用法 come to a halt 停下來

L1   **ham** [hæm]   ①②③④

★   *n.* 火腿

用法 a slice of ham 一片火腿

L2   **hamburger** [`hæmbɝgə]   ①②③④

★   *n.* 漢堡（= burger）

用法 a double cheeseburger 雙層起司漢堡

L3   **hammer** [`hæmə]   ①②③④

★	*n.* 槌子、鐵槌、榔頭；*v.* 猛敲、槌打

用法 hammer at the door 猛力敲門

L6	**hamper** [`hæmpɚ]	①②③④
★	*v.* 妨礙、牽制	

用法 hamper the rescue process 妨礙救援進度

L1	**hand** [hænd]	①②③④
★★★	*n.* 手、指針；*v.* 交給、傳遞	

用法 be **close** / **near** at hand 即將到來

L3	**handful** [`hændfəl]	①②③④
★★	*n.* 一把、少量	

用法 a handful of sand 一把沙子

L6	**handicap** [`hændɪ͵kæp]	①②③④
★	*n.* 殘障、缺陷、不利條件；*v.* 妨礙、使不利	

用法 physical handicaps 身體殘障

L6	**handicraft** [`hændɪ͵kræft]	①②③④
★	*n.* 手工藝、手工藝品	

字構 handi 靈巧手工的 + craft 技藝

L3	**handkerchief** [`hæŋkɚ͵tʃɪf]	①②③④
★	*n.* 手帕、頭巾	

用法 a silk handkerchief 絲質手帕

L2	**handle** [`hænd!]	①②③④
★★	*n.* 柄、把手、把柄；*v.* 處理、操縱	

用法 handle with care 小心輕放

L2	**handsome** [`hænsəm]	①②③④

6000+ Words

*** *adj.* 英俊的、慷慨的、可觀的

用法 a handsome salary 高薪

L4 **handwriting** [`hænd͵raɪtɪŋ] ①②③④

* *n.* 手寫、字跡

用法 a clear and neat handwriting 清晰工整的筆跡

L3 **handy** [`hændɪ] ①②③④

* *adj.* 方便的、敏捷的、便於操作的

用法 come in handy 有用處的、派上用場的

L1 **hang** [hæŋ] ①②③④

*** *v.* 掛、吊、吊死

用法 hang around + N 在……逗留

L3 **hanger** [`hæŋɚ] ①②③④

* *n.* 衣架、掛鉤

用法 put the coat on a hanger 把外套掛在衣架上

L1 **happen** [`hæpən] ①②③④

*** *v.* 發生、碰巧、正巧

用法 sth. happen to sb. 某人發生某事

L1 **happy** [`hæpɪ] ①②③④

* *adj.* 快樂的、幸福的

用法 Wish you a Happy New Year! 祝你新年快樂！

L6 **harass** [hə`ræs] ①②③④

* *v.* 騷擾、煩擾

用法 keep harassing the enemy 持續騷擾敵人

L6 **harassment** [hə`ræsmənt] ①②③④

★	*n.* 騷擾、煩擾

用法 sexual harassment 性騷擾

L3 **harbor** [`harbɚ]　　①②③④

★★★ *n.* 港口、港灣；*v.* 停泊、庇護

用法 the Attack on Pearl Harbor 偷襲珍珠港事件

L1 **hard** [hard]　　①②③④

★★★ *adj.* 堅硬的、困難的；*adv.* 努力地、艱苦地

用法 be hard of hearing 重聽

L6 **harden** [`hardən]　　①②③④

★ *v.* 使變硬、變得冷酷、堅強

用法 be hardened to **failure / failing** 對失敗無動於衷

L2 **hardly** [`hardlɪ]　　①②③④

★★★ *adv.* 幾乎不、簡直不

用法 can hardly move 幾乎不能動

L4 **hardship** [`hardʃɪp]　　①②③④

★★ *n.* 困苦、艱難

用法 go through hardships 經歷苦難

L4 **hardware** [`hard‚wɛr]　　①②③④

★★ *n.* 五金器具、硬體

反義 software 軟體

hardy [`hardɪ]　　①②③④

★ *adj.* 吃苦耐勞的、堅強的、耐寒的

字構 hard 堅強 + y 具有……性質的

L3 **harm** [harm]　　①②③④

*** **n./v.** 傷害、危害

用法 **cause / do** harm to **sb. / sth.** 對……造成傷害

L3 **harmful** [`harmfəl] ①②③④

*** **adj.** 有害的、傷害的

用法 harmful side effects 有害的副作用

L6 **harmonica** [har`manɪkə] ①②③④

* **n.** 口琴

用法 play the harmonica 吹口琴

L4 **harmony** [`harmənɪ] ①②③④

*** **n.** 和諧、融洽

用法 in harmony with + N 與……協調一致

L6 **harness** [`harnɪs] ①②③④

* **n.** 馬具；**v.** 上馬具、利用、駕馭

用法 in harness with + N 與……密切合作

L4 **harsh** [harʃ] ①②③④

* **adj.** 刺耳的、嚴酷的

用法 a harsh punishment 嚴厲的懲罰

L3 **harvest** [`harvɪst] ①②③④

** **n.** 收成、收穫季節；**v.** 收割、收穫

用法 reap a good harvest 豐收

L4 **haste** [hest] ①②③④

* **n.** 催促、匆忙

成語 Haste makes waste. 欲速則不達。

L4 **hasten** [`hesən] ①②③④

MP3

H

 ★★ *v.* 急忙、匆忙、加速

  用法 hasten to sb.'s assistance 趕去幫助某人

L3 **hasty** [`hestɪ]   ①②③④

 ★ *adj.* 匆忙的、急忙的

  同義 fast / hurried / quick / swift

L1 **hat** [hæt]   ①②③④

 ★★★ *n.* 帽子、草帽

  用法 under one's hat 祕密地

L3 **hatch** [hætʃ]   ①②③④

 ★ *v./n.* 孵化、策劃

  用法 hatch **out** / **up** a plot 策劃陰謀

L1 **hate** [het]   ①②③④

 ★★★ *v./n.* 恨、不喜歡

  用法 hate **to do** / **doing** sth. 討厭做某事

L3 **hateful** [`hetfəl]   ①②③④

 ★ *adj.* 可惡的、憎惡的

  用法 be hateful to sb. 對某人而言是厭惡的

L4 **hatred** [`hetrɪd]   ①②③④

 ★★ *n.* 憎恨、仇恨

  用法 be full of hatred 充滿怨恨

L5 **haul** [hɔl]   ①②③④

 ★★ *v./n.* 拖拉、搬運

  用法 haul up the fishing net 把魚網拉上來

L6 **haunt** [hɔnt]   ①②③④

6000+ Words

★ *v.* 常出沒於、縈繞；*n.* 常去的地方

用法 a haunted house 鬼屋

L1 **have** [hæv] ①②③④

★★★ *v./aux.* 有、使得、經歷

用法 have nothing to do with this matter 跟此事無關

L4 **hawk** [hɔk] ①②③④

★ *n.* 鷹、鷹派人物、主戰派

用法 a war hawk 好戰分子

L3 **hay** [he] ①②③④

★★ *n.* 乾草

成語 Make hay while the sun shines. 把握時機。

L5 **hazard** [`hæzɚd] ①②③④

★★ *n.* 危害物、危險之源、危險；*v.* 冒險嘗試

用法 at / in hazard 在危險中

L1 **head** [hɛd] ①②③④

★★★ *n.* 頭部、領導人；*v.* 率領、居首位、駛往

用法 head for Los Angeles 前往洛杉磯

L1 **headache** [`hɛd͵ek] ①②③④

★ *n.* 頭痛

用法 give sb. a headache 令某人頭痛

L3 **headline** [`hɛd͵laɪn] ①②③④

★ *n.* 頭條新聞；*v.* 加標題

用法 hit the headlines 成為頭條新聞

L6 **headphone** [`hɛd͵fon] ①②③④

★   *n.* 頭戴式耳機

用法 wireless headphones 無線耳機

L3   **headquarters** [`hɛd`kwɔrtɚz]   ①②③④

★★★   *n.* 總部、總公司

用法 the military headquarters 軍事總部

L3   **heal** [hil]   ①②③④

★   *v.* 治療、治癒

成語 Time heals all sorrow. 時間能治癒所有的傷痛。

L1   **health** [hɛlθ]   ①②③④

★★★   *n.* 健康

用法 benefit one's health 有益健康

L6   **healthful** [`hɛlθfəl]   ①②③④

★★   *adj.* 有益健康的、具健康性的

用法 supply healthful food 提供有益健康的食品

L1   **healthy** [`hɛlθɪ]   ①②③④

★★★   *adj.* 健康的、健全的

用法 live a healthy life 過健康的生活

L3   **heap** [hip]   ①②③④

★   *n.* 一堆、大量；*v.* 堆積、裝滿

用法 **a heap / heaps of books** 一堆 / 大量的書

L1   **hear** [hɪr]   ①②③④

★★★   *v.* 聽、聽見

用法 hear from sb. 收到某人來信

L1   **heart** [hɑrt]   ①②③④

  *** **n.** 心臟、中心

   用法 suffer from a heart attack 心臟病發作

L6 **hearty** [`hartɪ]   ①②③④

* **adj.** 衷心的、盡情的

   用法 give sb. a hearty welcome 熱情歡迎某人

L1 **heat** [hit]   ①②③④

*** **n.** 熱度、溫度；**v.** 加熱、變熱

   用法 in the heat of + N 在……最盛的時期

L3 **heater** [`hitɚ]   ①②③④

** **n.** 加熱器、電暖爐、爐子

   用法 a gas heater 瓦斯爐

L2 **heaven** [`hɛvən]   ①②③④

*** **n.** 天空、天堂、天國

   用法 a heaven on earth 人間天堂

  heavenly [`hɛvənlɪ]   ①②③④

* **adj.** 天空的、天堂般的、超凡的

   用法 heavenly paradise 天堂般的樂園

L1 **heavy** [`hɛvɪ]   ①②③④

*** **adj.** 繁重的、大量的

   用法 a heavy smoker 菸癮很大的人

L6 **hedge** [hɛdʒ]   ①②③④

* **n.** 樹籬、防備措施；**v.** 圍樹籬、設障礙

   用法 trim the hedge 修剪樹籬

  heed [hid]   ①②③④

| ★ | **v./n.** 注意、留心 |
| | 用法 **take / pay** heed of + N 注意…… |

L3 **heel** [hil] ①②③④

| ★★★ | **n.** 腳跟、腳後跟; **v.** 緊追 |
| | 用法 Achilles' heel 唯一的(致命)弱點 |

L1 **height** [haɪt] ①②③④

| ★★★ | **n.** 高度、高地 |
| | 用法 measure the height 測量高度 |

L6 **heighten** [ˋhaɪtn̩] ①②③④

| ★ | **v.** 提高、升高、加強、增加 |
| | 用法 heighten the tension 增加緊張關係 |

L5 **heir** [ɛr] ①②③④

| ★ | **n.** 繼承人、承襲者 |
| | 用法 the heir apparent 法定繼承人 |

L4 **helicopter** [ˋhɛlɪkɑptɚ] ①②③④

| ★ | **n.** 直升機 |
| | 用法 a rescue helicopter 救援直升機 |

L3 **hell** [hɛl] ①②③④

| ★★★ | **n.** 地獄、困境 |
| | 用法 go to hell 下地獄 |

L1 **hello** [həˋlo] ①②③④

| ★ | **n.** 哈囉 |
| | 用法 say hello to everybody 跟大家打招呼 |

L3 **helmet** [ˋhɛlmɪt] ①②③④

6000+ words

* *n.* 頭盔、安全帽

  用法 wear a safety helmet 戴安全帽

L1 **help** [hɛlp]　　　　　　　　　　①②③④

*** *v./n.* 幫助、協助

  用法 **can't / couldn't** help + Ving 忍不住……

L1 **helpful** [`hɛlpfəl]　　　　　　　①②③④

*** *adj.* 有助益的、幫忙的

  用法 offer helpful suggestions 提供有幫助的建議

L6 **hemisphere** [`hɛməsˌfɪr]　　　①②③④

* *n.* 半球、半球體、範圍

  字構 hemi 半 + sphere 球體

L2 **hen** [hɛn]　　　　　　　　　　①②③④

** *n.* 母雞、雌禽

  用法 like a hen on a hot griddle 像熱鍋上的螞蟻

L5 **hence** [hɛns]　　　　　　　　　①②③④

*** *adv.* 因此、所以

  同義 accordingly / consequently / therefore / thus

　　herald [`hɛrəld]　　　　　　　①②③④

* *n.* 預兆、預報者；*v.* 預告、通報

  用法 a herald of + N ……的前兆

L5 **herb** [ɝb]　　　　　　　　　　①②③④

** *n.* 藥草、草本植物

  用法 medicinal herbs 藥草

L4 **herd** [hɝd]　　　　　　　　　　①②③④

* *n.* 畜群、成群；*v.* 把……趕在一起、放牧
  用法 herds of cattle 牛群

L1 **here** [hɪr] ①②③④
* *adv.* 這裡、現在；*n.* 這裡、今世
  用法 here and there = everywhere 到處

hereafter [ˌhɪr`æftə] ①②③④
* *adv.* 從今以後、今後；*n.* 將來、來世、來生
  用法 in the hereafter 在來世

L5 **heritage** [`hɛrətɪdʒ] ①②③④
** *n.* 繼承、遺產
  用法 cultural heritage 文化遺產

hermit [`hɜmɪt] ①②③④
* *n.* 隱士
  用法 a hermit crab 寄居蟹

L2 **hero** [`hɪro] ①②③④
*** *n.* 英雄、男主角
  用法 a national hero 民族英雄

L6 **heroic** [hɪ`roɪk] ①②③④
** *adj.* 英雄式的、英勇的
  用法 heroic acts 英勇事蹟

L6 **heroin** [`hɛroˌɪn] ①②③④
* *n.* 海洛因
  用法 a heroin addict 吸海洛因上癮者

L2 **heroine** [`hɛroˌɪn] ①②③④

6000+ Words

★	*n.* 女英雄、女主角

用法 a tragic heroine 悲劇女主角

L3 **hesitate** [ˋhɛzə͵tet]　　①②③④

★★★ *v.* 猶豫、躊躇

成語 He who hesitates is lost. 當斷不斷，必受其患。

L4 **hesitation** [͵hɛzəˋteʃən]　　①②③④

★★ *n.* 猶豫、躊躇

用法 without hesitation 毫不猶豫

L6 **heterosexual** [͵hɛtərəˋsɛkʃʊəl]　　①②③④

★ *adj.* 異性的；*n.* 異性戀者

字構 hetero 不同 + sexual 性別的

L1 **hide** [haɪd]　　①②③④

★★★ *v.* 躲藏、隱藏

用法 hide sth. from sb. 對某人隱藏某事

L6 **hierarchy** [ˋhaɪə͵rɑrkɪ]　　①②③④

★ *n.* 等級制度、階級

用法 a complex social hierarchy 複雜的社群階級

hi-fi [ˋhaɪfaɪ]　　①②③④

★ *n.* 高傳真音響組（= high fidelity）

用法 the hi-fi stereo 高傳真音響立體裝置

L1 **high** [haɪ]　　①②③④

★★★ *adj.* 高的；*n.* 高峰；*adv.* 在高處、強烈地

用法 in high spirits 情緒亢奮、開心

L5 **highlight** [ˋhaɪ͵laɪt]　　①②③④

**	*n.* 最精彩的部分、強光效果；*v.* 照亮、使顯著
	用法 the highlight of the show 演出中最精彩的部分

L2 **highly** [`haɪlɪ] ①②③④

** ***adv.*** 高度地、非常

用法 **speak / think** highly of + N 高度評價……

L2 **highway** [`haɪˌwe] ①②③④

*** ***n.*** 公路、幹道

用法 a highway to **fortune / success** 致富 / 成功之路

L6 **hijack** [`haɪˌdʒæk] ①②③④

* ***v.*** 劫持、搶奪、*n.* 劫持事件

用法 a midair hijacking 空中劫持

L2 **hike** [haɪk] ①②③④

* ***n./v.*** 健行、遠足、徒步旅行

用法 go on a hike 做徒步旅行

L1 **hill** [hɪl] ①②③④

*** ***n.*** 山丘、小山

用法 over the hill 走下坡

L3 **hint** [hɪnt] ①②③④

** ***n./v.*** 暗示、指點

用法 hint at + N 暗指……

L2 **hip** [hɪp] ①②③④

** ***n.*** 臀部、屁股、髖部

用法 hip hop 嘻哈文化

L2 **hippopotamus** [ˌhɪpə`patəməs] ①②③④

6000+ words

★   *n.* 河馬（= hippo）

用法 a large African hippopotamus 巨大的非洲河馬

L3   **hire** [haɪr]   ①②③④

★★★ *v./n.* 雇用、租借

用法 work for hire 做臨時雇工

    hiss [hɪs]   ①②③④

★   *v.* 發出嘶嘶聲；*n.* 嘶嘶聲

用法 be hissed off the stage 被噓下台

L3   **historian** [hɪs`torɪən]   ①②③④

★★★ *n.* 歷史學家

用法 a biased historian 帶有偏見的歷史學家

L3   **historic** [hɪs`tɔrɪk]   ①②③④

★★ *adj.* 歷史上著名的、有重大意義的

用法 an historic event 歷史事件

L2   **historical** [hɪs`tɔrɪk!]   ①②③④

★★★ *adj.* 歷史上的、具有歷史性的

用法 a historical play 歷史劇

L1   **history** [`hɪstərɪ]   ①②③④

★★★ *n.* 歷史

成語 History repeats itself. 歷史會重演。

L1   **hit** [hɪt]   ①②③④

★★★ *v.* 打、攻擊、碰撞；*n.* 打擊、受歡迎的人或物

用法 hit-and-run 打帶跑的、肇事逃逸的

L4   **hive** [haɪv]   ①②③④

★	*n.* 蜂巢、蜂房、蜂群
	用法 a beehive 蜂窩

L6	**hoarse** [hors]	①②③④
★	*adj.* 沙啞的、粗啞的、刺耳的	
	用法 **shout / yell** oneself hoarse 把喉嚨喊啞	

L1	**hobby** [`habɪ]	①②③④
★	*n.* 嗜好、愛好	
	用法 cultivate a hobby 培養嗜好	

L5	**hockey** [`hakɪ]	①②③④
★	*n.* 曲棍球	
	用法 play ice hockey 打冰上曲棍球	

L1	**hold** [hold]	①②③④
★★★	*v./n.* 掌握、舉辦	
	用法 hold up the passenger 攔路搶劫乘客	

L3	**holder** [`holdɚ]	①②③④
★★	*n.* 持票人、所有人、容器	
	用法 a **share / stock** holder 股東	

L2	**hole** [hol]	①②③④
★★★	*n.* 洞;*v.* 鑿洞	
	用法 drill a hole 打洞、鑽孔	

L1	**holiday** [`halə,de]	①②③④
★★	*n.* 假日、節日	
	用法 **go on / have / take** a holiday 度假	

L3	**hollow** [`halo]	①②③④

6000+ words

★　*adj.* 中空的；*n.* 洞、穴、山谷；*v.* 挖空、凹陷
用法 a hollow promise 空口的承諾

L3　**holy** [`holɪ]　①②③④

★　*adj.* 神聖的、聖潔的
用法 the holy grail 聖杯、終極目標

L1　**home** [hom]　①②③④

★★★　*n.* 家、故鄉；*adj.* 家庭的；*adv.* 在家
用法 the home team 地主隊

L4　**homeland** [`hom,lænd]　①②③④

★　*n.* 祖國、家鄉
用法 flee one's homeland 逃離祖國

L3　**homesick** [`hom,sɪk]　①②③④

★　*adj.* 想家的、思鄉的
補充 carsick 暈車的；seasick 暈船的；airsick 暈機的

L3　**hometown** [`hom`taʊn]　①②③④

★　*n.* 家鄉、故鄉
用法 hometown folks 家鄉父老

L1　**homework** [`hom,wɝk]　①②③④

★　*n.* 家庭作業
用法 hand in one's homework 繳交作業

L6　**homosexual** [,homə`sɛkʃʊəl]　①②③④

★　*adj.* 同性戀的；*n.* 同性戀者
字構 homo 相同 + sexual 性別的

L1　**honest** [`ɑnɪst]　①②③④

	***	*adj.* 誠實的、真誠的
		用法 to be honest 老實說
L3	**honesty** [`ɑnɪstɪ]	①②③④
	*	*n.* 誠實、正直
		成語 Honesty is the best policy. 誠實為上策。
L1	**honey** [`hʌnɪ]	①②③④
	**	*n.* 蜂蜜、寶貝
		用法 as sweet as honey 像蜂蜜一樣地甜
L4	**honeymoon** [`hʌnɪ.mun]	①②③④
	*	*n.* 蜜月、蜜月旅行；*v.* 度蜜月
		用法 go on a honeymoon 度蜜月
	honk [hɔŋk]	①②③④
	*	*n.* 喇叭、喇叭聲；*v.* 鳴按喇叭
		用法 honk the horn 按喇叭
L3	**honor** [`ɑnɚ]	①②③④
	***	*n.* 榮譽、光榮；*v.* 尊敬、使榮耀
		用法 in honor of sb. 致敬、紀念某人
L5	**honorable** [`ɑnərəb!]	①②③④
	**	*adj.* 可尊敬的、可欽佩的、光榮的
		用法 Honorable judges! 可敬的評審們！
L6	**honorary** [`ɑnə.rɛrɪ]	①②③④
	*	*adj.* 榮譽的、名譽上的
		用法 honorary degree 名譽學位
	hood [hʊd]	①②③④

6000+ Words

★　　*n.* 頭巾；*v.* 覆蓋

　　用法 *Little Red Riding Hood* 《小紅帽》

　　hoof [huf]　　　　　　　　　①②③④

★　　*n.* 蹄

　　用法 **hoof** / **foot**-and-mouth disease 口蹄疫

L4　**hook** [hʊk]　　　　　　　　①②③④

★　　*n.* 掛鉤、鉤扣；*v.* 鉤住、著迷

　　用法 hook up + N 接通、扣好……

L2　**hop** [hɑp]　　　　　　　　　①②③④

★　　*v./n.* （單腳）跳躍、躍過

　　用法 hop up and down 上下跳動

L1　**hope** [hop]　　　　　　　　①②③④

★★★　*v./n.* 希望、盼望

　　用法 in the hope of Ving 期望……

L3　**hopeful** [`hopfəl]　　　　　①②③④

★★　*adj.* 有希望的、充滿希望的

　　用法 be hopeful **about** / **of** + N 對……充滿希望

L4　**horizon** [hə`raɪzən]　　　　①②③④

★★★　*n.* 地平線、海平面

　　用法 **above** / **below** the horizon 在地平線上 / 下

L5　**horizontal** [ˌhɑrə`zɑnt!]　①②③④

★　　*adj.* 水平的、橫的；*n.* 水平線

　　反義 vertical

L5　**hormone** [`hɔrmon]　　　　①②③④

★　　　*n.* 荷爾蒙、激素
　　　用法 the growth hormone 生長激素

L3　horn [hɔrn]　　　　　　　　　　①②③④
★★★　*n.* 號角、喇叭、警笛
　　　用法 blow one's own horn 自吹自擂

L3　horrible [`hɔrəb!]　　　　　　　①②③④
★　　　*adj.* 可怕的、恐怖的、糟透的
　　　用法 a horrible crime 恐怖的罪行

L4　horrify [`hɔrəˌfaɪ]　　　　　　①②③④
★　　　*v.* 使恐懼、驚駭
　　　用法 be horrified **at / by** + N 對……感到恐懼

L3　horror [`hɔrɚ]　　　　　　　　①②③④
★★　*n.* 恐怖、恐懼、可怕的事物
　　　用法 horror movies 恐怖片

L1　horse [hɔrs]　　　　　　　　　①②③④
★★★　*n.* 馬
　　　用法 horse riding 騎馬；horse racing 賽馬

L4　hose [hoz]　　　　　　　　　　①②③④
★　　　*n.* 水管、軟管、長統襪、短襪；*v.* 用水管澆
　　　用法 a fire hose 消防水管

L6　hospitable [`hɑspɪtəb!]　　　　①②③④
★　　　*adj.* 好客的、殷勤的
　　　用法 be hospitable to(wards) sb. 對某人熱情款待

L1　hospital [`hɑspɪt!]　　　　　　①②③④

H 6000+
Words a High School Student Must Know

    *** *n.* 醫院

      用法 go to hospital 住院

L6 **hospitality** [ˌhɑspɪˈtælətɪ]   ①②③④

*   *n.* 殷勤、好客、盛情款待

    用法 extend hospitality to sb. 殷勤招待某人

L6 **hospitalize** [ˈhɑspɪtlˌaɪz]   ①②③④

*   *v.* 送入醫院、住院

    用法 be hospitalized for treatment 住院治療

L2 **host** [host]   ①②③④

*** *n.* 節目主持人、男主人；*v.* 主持、作東

    用法 **play / act** as a host 擔任主辦人

L5 **hostage** [ˈhɑstɪdʒ]   ①②③④

*   *n.* 人質、抵押品

    用法 take sb. hostage 扣押某人做人質

L6 **hostel** [ˈhɑstl]   ①②③④

*   *n.* 招待所、青年旅社

    用法 stay at a youth hostel 住宿於青年招待所

L2 **hostess** [ˈhostɪs]   ①②③④

*   *n.* 女主人

    用法 a hostile hostess 不友善的女主人

L5 **hostile** [ˈhɑstɪl]   ①②③④

** *adj.* 有敵意的、反對的

    用法 be hostile to + N 對……不友善

L5 **hostility** [hɑsˈtɪlətɪ]   ①②③④

MP3

H

★	**n.** 敵意、敵視

用法 **arouse / stir up** hostility 激起敵意

L1 **hot** [hɑt] ①②③④

*** **adj.** 熱的、辛辣的

用法 a hot pot 火鍋

L1 **hotel** [ho`tɛl] ①②③④

*** **n.** 飯店、旅館

用法 **book / reserve** a hotel 預約旅館

hound [haʊnd] ①②③④

★ **n.** 獵犬、卑劣的人；**v.** 追捕、追獵

用法 a pack of hounds 一群獵犬

L1 **hour** [aʊr] ①②③④

*** **n.** 小時、時間

用法 keep early hours 早睡早起

L3 **hourly** [`aʊrlɪ] ①②③④

★ **adj.** 每小時的、以鐘點計算的；**adv.** 每小時地

用法 at hourly intervals 以每小時的間隔

L1 **house** [haʊs] ①②③④

*** **n.** 房子、住宅；**v.** 留宿、供給房屋、儲藏於屋內

用法 the House of Windsor 溫莎皇室

L4 **household** [`haʊs,hold] ①②③④

*** **n.** 一家人、家庭

用法 do household chores 做家事

L3 **housekeeper** [`haʊs,kipɚ] ①②③④

6000+ words

★	*n.* 管家、主婦

字構 house 家庭 + keep 管理 + er 人

L1	**housewife** [`haʊsˌwaɪf]	①②③④
★	*n.* 家庭主婦	

用法 an orderly housewife 有條理的家庭主婦

L4	**housework** [`haʊsˌwɜˑk]	①②③④
★	*n.* 家務、家事	

用法 do housework 做家事

L5	**housing** [`haʊzɪŋ]	①②③④
★★	*n.* 住宅供給、房屋（總稱）	

用法 the council housing policy 社會住宅政策

L6	**hover** [`hʌvɚ]	①②③④
★	*v./n.* 盤旋、翱翔、徘徊	

用法 hover over the mountain 在山頭徘徊

L1	**how** [haʊ]	①②③④
★★★	*adv.* 如何、多麼、怎樣地	

用法 How come? 怎麼會？

L1	**however** [haʊ`ɛvɚ]	①②③④
★★★	*adv.* 然而、無論如何、不管怎樣	

用法 however cold it is 不論天氣有多冷

L5	**howl** [haʊl]	①②③④
★	*n./v.* 嗥叫、怒吼、號哭	

用法 howler monkeys 吼猴

L3	**hug** [hʌg]	①②③④

H

* **v./n.** 擁抱、緊抱、堅持
  用法 hug each other 相互擁抱

L2 **huge** [hjudʒ] ①②③④

*** **adj.** 巨大的、龐大的
  同義 enormous / gigantic / massive / tremendous

L3 **hum** [hʌm] ①②③④

* **v.** 嗡嗡叫、哼歌；**n.** 嗡嗡聲、哼歌聲
  用法 hum a lullaby 哼搖籃曲

L2 **human** [`hjumən] ①②③④

*** **adj.** 人性的、人類的；**n.** 人、人類
  用法 human nature 人性

humanitarian [hju,mænə`tɛrɪən] ①②③④

* **n.** 人道主義者、慈善家；**adj.** 博愛的、人道主義的
  用法 provide humanitarian aid 提供人道援助

L4 **humanity** [hju`mænətɪ] ①②③④

** **n.U** 人性、人道、人類；**n.pl** 人文學科
  用法 courses in the humanities 文科課程

L2 **humble** [`hʌmbl!] ①②③④

** **adj.** 謙遜的、卑微的；**v.** 使謙卑、貶低
  用法 Welcome to our humble abode! 歡迎光臨寒舍！

L3 **humid** [`hjumɪd] ①②③④

** **adj.** 潮溼的、溼熱的
  同義 damp / moist / wet

L4 **humidity** [hju`mɪdətɪ] ①②③④

H 6000+
Words a High School
Student Must Know

** *n.* 溼氣、潮溼、溼度

用法 **absolute / relative** humidity 絕對 / 相對溼度

L6 **humiliate** [hju`mɪlɪˌet] ①②③④

*** *v.* 使丟臉、蒙羞

字構 humili 低卑 + ate 動詞、使……

L3 **humor** [`hjumɚ] ①②③④

*** *n.* 幽默、情緒

用法 a sense of humor 幽默感

L3 **humorous** [`hjumərəs] ①②③④

** *adj.* 幽默的、詼諧的、滑稽的

用法 humorous remarks 幽默的言談

L6 **hunch** [hʌntʃ] ①②③④

* *v.* 弓背、隆起；*n.* 隆肉、預感、直覺

用法 hunch one's shoulders 聳起肩膀

L1 **hundred** [`hʌndrəd] ①②③④

** *n.* 一百；*adj.* 一百的

用法 by (the) hundreds 數以百計

L3 **hunger** [`hʌŋgɚ] ①②③④

** *n.* 飢餓、渴望

用法 in great hunger 非常飢餓

L1 **hungry** [`hʌŋgrɪ] ①②③④

** *adj.* 飢餓的、渴望的

用法 Stay hungry, stay foolish. 求知若渴，虛心若愚。

L2 **hunt** [hʌnt] ①②③④

*** **v./n.** 打獵、追獵、搜索

用法 hunt a job 找工作

L2 **hunter** [`hʌntɚ]   ①②③④

* **n.** 獵人、搜尋者

用法 a job hunter 求職者

L6 **hurdle** [`hɝd!]   ①②③④

* **n.** 欄架、障礙物、跨欄賽跑；**v.** 跨欄、克服障礙

用法 clear all the hurdles 跨過所有欄架

hurl [hɝl]   ①②③④

** **v./n.** 猛力投擲、大聲斥責

用法 hurl a stone into the river 把石頭丟進河裡

L4 **hurricane** [`hɝɪ͵ken]   ①②③④

* **n.** 颶風、旋風

用法 be hit by a hurricane 遭颶風襲擊

L2 **hurry** [`hɝɪ]   ①②③④

* **v./n.** 急忙、催促、匆忙

用法 Hurry up! 快一點！

L1 **hurt** [hɝt]   ①②③④

** **v./n.** 傷害、疼痛

用法 it won't hurt to-V 做……不會有什麼損害

L1 **husband** [`hʌzbənd]   ①②③④

*** **n.** 丈夫

用法 husband and wife 夫婦

L4 **hush** [hʌʃ]   ①②③④

6000+ Words

★ *v.* 使肅靜、使安靜；*n.* 沉默、寂靜

用法 hush up + N 隱瞞……（事實）

L3 **hut** [hʌt] ①②③④

★ *n.* 小屋、茅屋

用法 a wooden hut 小木屋

L6 **hybrid** [`haɪbrɪd] ①②③④

★ *adj.* 雜種的；*n.* 雜交種、混血種

用法 a hybrid car 油電混合車

L4 **hydrogen** [`haɪdrədʒən] ①②③④

★★ *n.* 氫、氫氣

字構 hydro 水的、氫的 + gen 產生

L6 **hygiene** [`haɪdʒin] ①②③④

★ *n.* 衛生、衛生學

用法 **personal / public** hygiene 個人 / 公共衛生

hymn [hɪm] ①②③④

★ *n.* 讚美詩、聖歌；*v.* 唱讚美詩、唱聖歌

用法 chant a hymn 唱讚美詩

hypocrisy [hɪ`pakrəsɪ] ①②③④

★ *n.* 虛偽、偽善、矯飾

用法 a man of hypocrisy 做作的人

L6 **hypocrite** [`hɪpəkrɪt] ①②③④

★ *n.* 偽君子、偽善者

用法 a shameless hypocrite 無恥的偽君子

L5 **hypothesis** [haɪ`paθəsɪs] ①②③④

**	*n.* 假設、假說	
	用法 propose a hypothesis 提出假設	
	hysterical [hɪs`tɛrɪk!]	①②③④
★	*adj.* 歇斯底里的、過度興奮的	
	用法 get hysterical 變得歇斯底里	
L1	**ice** [aɪs]	①②③④
***	*n.* 冰、冰塊	
	用法 an ice cube 冰塊	
L6	**iceberg** [`aɪs‚bɝg]	①②③④
★	*n.* 冰山、冷峻的人	
	字構 ice 冰 + berg 冰山	
L5	**icon** [`aɪkɑn]	①②③④
★	*n.* （電腦）圖示、偶像	
	用法 double-click the icon 雙點擊圖示	
L3	**icy** [`aɪsɪ]	①②③④
★	*adj.* 冰冷的、結冰的、缺乏熱情的	
	用法 icy cold 非常冰冷	
L1	**idea** [aɪ`diə]	①②③④
***	*n.* 想法、主意、觀念	
	用法 have no idea 不知道	
L2	**ideal** [aɪ`diəl]	①②③④
***	*adj.* 理想的、不切實際的；*n.* 理想、典範	
	延伸 idealism *n.* 理想主義；idealist *n.* 理想主義者；idealistic *adj.* 理想主義的	

375

L4 **identical** [aɪ`dɛntɪk!]　　①②③④

★★ *adj.* 同樣的、相同的

用法 be identical **to / with** + N 和⋯⋯相同

L4 **identification** [aɪˌdɛntəfə`keʃən]　　①②③④

★★★ *n.* 辨認、身分證明（= ID）

用法 make an identification of sb. 辨認某人

L4 **identify** [aɪ`dɛntəˌfaɪ]　　①②③④

★★★ *v.* 識別、鑑定

用法 identify the suspect 辨認嫌犯

L3 **identity** [aɪ`dɛntətɪ]　　①②③④

★★★ *n.* 身分、相同處、一致

用法 **ID / Identity** Card 身分證

L5 **ideology** [ˌaɪdɪ`alədʒɪ]　　①②③④

★ *n.* 意識型態、思想體系

用法 capitalist ideology 資本主義意識型態

L4 **idiom** [`ɪdɪəm]　　①②③④

★ *n.* 慣用語、成語

用法 master English idioms 精通英語慣用語

L5 **idiot** [`ɪdɪət]　　①②③④

★ *n.* 笨蛋、白癡、傻瓜

用法 act like an idiot 舉動像笨蛋

L4 **idle** [`aɪd!]　　①②③④

★★ *adj.* 閒散的、遊手好閒的；*v.* 閒混、空轉

用法 idle around 四處閒晃

L4 **idol** [`aɪd!] ①②③④

★   *n.* 偶像、受崇拜的人

   用法 idol worship 偶像崇拜

L1 **if** [ɪf] ①②③④

★★★   *conj.* 假如、如果、是否

   用法 What if...? 要是……又怎樣？

L4 **ignorance** [`ɪgnərəns] ①②③④

★★   *n.* 無知、愚昧、不知道

   用法 be in ignorance of + N 對……一無所知

L4 **ignorant** [`ɪgnərənt] ①②③④

★   *adj.* 無知的、不知道的

   用法 be ignorant of + N 不懂、不知道……

L2 **ignore** [ɪg`nor] ①②③④

★★★   *v.* 忽視、不顧

   用法 ignore the implication 忽視暗示

L2 **ill** [ɪl] ①②③④

★★   *adj.* 生病的；*adv.* 惡劣地；*n.* 災難、不幸

   用法 be ill-treated 被虐待

L6 **illuminate** [ɪ`lumə,net] ①②③④

★★   *v.* 照亮、啟發

   用法 an illuminating talk 具啟發的談話

L5 **illusion** [ɪ`luʒən] ①②③④

★★★   *n.* 幻想、錯覺、假象

   用法 have no illusion about + N 對……不抱幻想

L4 **illustrate** [`ɪləstret]   ①②③④

*** *v.* 闡明、畫插圖、以圖例說明、圖解

用法 an illustrated encyclopedia 圖解百科全書

L4 **illustration** [ɪ/lʌs`treʃən]   ①②③④

*** *n.* 插圖、圖解、實例

用法 give an illustration of + N 舉例說明……

L2 **image** [`ɪmɪdʒ]   ①②③④

*** *n.* 形象、圖像、象徵

用法 improve sb.'s image 改善某人的形象

imaginable [ɪ`mædʒɪnəb!]   ①②③④

* *adj.* 可想到的、可想像的

用法 every imaginable solution 各個能想到的解決方法

L4 **imaginary** [ɪ`mædʒə/nɛrɪ]   ①②③④

** *adj.* 虛構的、假想的

用法 an imaginary character 虛構的角色

L3 **imagination** [ɪ/mædʒə`neʃən]   ①②③④

*** *n.* 想像力、幻想

用法 stimulate sb.'s imagination 激起某人的想像

L4 **imaginative** [ɪ`mædʒə/netɪv]   ①②③④

** *adj.* 富有想像力的、虛構的

用法 imaginative writers 富有想像力的作家

L2 **imagine** [ɪ`mædʒɪn]   ①②③④

*** *v.* 想像、猜想

用法 Just imagine! 想想看！

L4	**imitate** [`ɪməˌtet]	①②③④

★★ *v.* 模仿、仿效

用法 imitate human behavior 模仿人類行為

L4	**imitation** [ˌɪmə`teʃən]	①②③④

★★ *n.* 模仿、仿製品

用法 an imitation of + N ……的仿製品

L3	**immediate** [ɪ`midɪɪt]	①②③④

★★★ *adj.* 直接的、立即的

用法 take immediate action 立即採取行動

L5	**immense** [ɪ`mɛns]	①②③④

★★ *adj.* 廣大的、巨大的

用法 immense progress 極大的進步

L4	**immigrant** [`ɪməgrənt]	①②③④

★★ *n.* 外來移民、僑民

用法 illegal immigrants 非法移民

L4	**immigrate** [`ɪməˌgret]	①②③④

★ *v.* 移民入境、遷移

字構 im 向內 + migr 遷移 + ate 使……

L4	**immigration** [ˌɪmə`greʃən]	①②③④

★ *n.* 移民、移居

用法 loose limits on immigration 寬鬆的移民限制

L6	**imminent** [`ɪmənənt]	①②③④

★ *adj.* 逼近的、即將到來的

用法 an imminent crisis 迫在眉睫的危機

6000 words

L5 **immune** [ɪ`mjun]   ①②③④

★ ***adj.*** 免疫的、免除的

用法 be immune to chickenpox 對水痘免疫

L4 **impact** [`ɪmpækt ; ɪm`pækt]   ①②③④

★★★ ***n./v.*** 衝擊、撞擊、影響

用法 **have / make** an impact on + N 對……造成衝擊

L6 **imperative** [ɪm`pɛrətɪv]   ①②③④

★ ***adj.*** 必要的、重要的、急需的；***n.*** 需要

用法 the imperative mood 祈使語氣

L6 **imperial** [ɪm`pɪrɪəl]   ①②③④

★★ ***adj.*** 帝國的、皇室的

用法 the imperial family 皇室家族

L5 **implement** [`ɪmpləmənt ; `ɪmplə‚mɛnt]   ①②③④

★ ***n.*** 工具、裝備、器具；***v.*** 實施、貫徹、執行

用法 implement reforms 實施改革

L5 **implication** [‚ɪmplɪ`keʃən]   ①②③④

★★★ ***n.*** 暗示、含意、牽連

用法 by implication 暗示地

L6 **implicit** [ɪm`plɪsɪt]   ①②③④

★ ***adj.*** 含蓄的、暗示的

用法 be implicit in + N 暗示於……之中

L4 **imply** [ɪm`plaɪ]   ①②③④

★★★ ***v.*** 暗示、暗指、表示

字構 im 在……之內 + ply 包含

L3 **import** [ɪm`port ; `ɪmport] ①②③④

★   *v.* 輸入、進口; *n.* 引進、進口品

   用法 imported goods 進口商品

L2 **importance** [ɪm`portn̩s] ①②③④

★★★   *n.* 重要、重大、重要性

   用法 be of great importance 非常重要

L1 **important** [ɪm`portənt] ①②③④

★★★   *adj.* 重要的、重大的

   用法 be important **for / to** + N 對……是重要的

L4 **impose** [ɪm`poz] ①②③④

★★★   *v.* 強加、強制、課稅

   用法 impose sth. (up)on sb. 將某事強加於某人

L6 **imposing** [ɪm`pozɪŋ] ①②③④

★   *adj.* 壯觀的、堂皇的、宏偉的

   用法 an imposing building 氣勢宏偉的建築

L3 **impress** [ɪm`prɛs] ①②③④

★★★   *v.* 使印象深刻、使欽佩

   用法 be impressed by sth. 對某事印象深刻

L4 **impression** [ɪm`prɛʃən] ①②③④

★★★   *n.* 印象、感想

   用法 make an impression (up)on sb. 給某人留下印象

L2 **impressive** [ɪm`prɛsɪv] ①②③④

★★★   *adj.* 印象深刻的、令人刮目相看的

   用法 an impressive speech 令人印象深刻的演講

6000+ Words

L6 **imprison** [ɪm`prɪzn̩]　　　①②③④
★　　*v.* 監禁、束縛
字構 im 放進 + prison 監獄

L6 **imprisonment** [ɪm`prɪzn̩mənt]　　　①②③④
★　　*n.* 監禁、束縛
用法 be sentenced to life imprisonment 被判終身監禁

L2 **improve** [ɪm`pruv]　　　①②③④
★★★　*v.* 改善、改進
用法 improve the design of the handle 改良把手設計

L2 **improvement** [ɪm`pruvmənt]　　　①②③④
★★★　*n.* 改善、改進
用法 an improvement in the weather 天氣轉好

L5 **impulse** [`ɪmpʌls]　　　①②③④
★★★　*n.* 衝動、衝擊、刺激
用法 on impulse 衝動地

incense [`ɪnsɛns]　　　①②③④
★　　*n.* 香、香氣；*v.* 敬香、用香薰
用法 burn incense 燒香

L5 **incentive** [ɪn`sɛntɪv]　　　①②③④
★　　*n.* 誘因、動機；*adj.* 刺激的、鼓勵的
用法 incentive payments 獎金

L1 **inch** [ɪntʃ]　　　①②③④
★★★　*n.* 英寸、一點點；*v.* 緩慢移動
用法 inch by inch = little by little 逐漸地

L4 incident [`ɪnsədənt] ①②③④

★★★ *n.* 事件、插曲

用法 a casual incident 偶發事件

incidental [ˌɪnsə`dɛnt!] ①②③④

★★★ *adj.* 伴隨的、附帶的

用法 incidental music 配樂

L6 incline [ɪn`klaɪn] ①②③④

★★ *v.* 傾向、屈身、有意……；*n.* 傾斜、斜面

用法 be inclined to-V 傾向於……

L2 include [ɪn`klud] ①②③④

★★★ *v.* 包括、包含

反義 exclude

L4 including [ɪn`kludɪŋ] ①②③④

★★★ *prep.* 包括、包含

用法 including tax 含稅

L6 inclusive [ɪn`klusɪv] ①②③④

★★ *adj.* 包括的、包含的

用法 be inclusive of water and electricity 包括水電

L2 income [`ɪnˌkʌm] ①②③④

★★★ *n.* 收入、所得

用法 income tax 所得稅

L2 increase [ɪn`kris；`ɪnkris] ①②③④

★★★ *v./n.* 增加、增多

用法 on the **increase / decline** 增加 / 衰退中

L4 **incredible** [ɪn`krɛdəb!]　①②③④

★★　*adj.* 難以置信的、不敢相信的

用法 an incredible adventure 難以置信的冒險

L6 **incur** [ɪn`kɝ]　①②③④

★　*v.* 招致、帶來

用法 incur fines 招致罰款

L2 **indeed** [ɪn`did]　①②③④

★★★　*adv.* 確實、的確

用法 it's indeed unfair 確實不公平

L2 **independence** [ˌɪndɪ`pɛndəns]　①②③④

★★★　*n.* 獨立、自主、自立

用法 gain independence from + N 不依賴……

L2 **independent** [ˌɪndɪ`pɛndənt]　①②③④

★★★　*adj.* 獨立的、自治的、自主的

用法 be independent of the family 不依賴家裡

L5 **index** [`ɪndɛks]　①②③④

★★★　*n.* 索引、指數；*v.* 編索引

用法 price index 物價指數

L2 **indicate** [`ɪndəˌket]　①②③④

★★★　*v.* 指示、表示、象徵

用法 an indicating lamp 指示燈

L4 **indication** [ˌɪndə`keʃən]　①②③④

★★★　*n.* 指明、徵兆、指點

用法 give / show indications of + N 有……的跡象

MP3

L6 **indifference** [ɪnˋdɪfərəns] ①②③④

★★ *n.* 冷淡、漠不關心

用法 show indifference to + N 對……表現冷漠

L5 **indifferent** [ɪnˋdɪfərənt] ①②③④

★ *adj.* 冷漠的、無關緊要的

用法 be indifferent to + N 對……冷漠

L6 **indignant** [ɪnˋdɪgnənt] ①②③④

★ *adj.* 憤怒的、憤慨的

用法 the indignant parents 憤怒的家長

indignation [ˌɪndɪgˋneʃən] ①②③④

★ *n.* 憤怒、憤慨

用法 raise public indignation 引起公憤

L5 **indispensable** [ˌɪndɪsˋpɛnsəbl̩] ①②③④

★★ *adj.* 不可或缺的、必需的

用法 an indispensable element 不可或缺的要素

L2 **individual** [ˌɪndəˋvɪdʒʊəl] ①②③④

★ *adj.* 個體的、個人的；*n.* 個人、個體

延伸 individualize *v.* 個人化；individualism *n.* 個人主義；individualistic *adj.* 個人主義的

L3 **indoor** [ˋɪnˌdor] ①②③④

★ *adj.* 室內的、屋裡的

用法 the indoor stadium 室內運動場

L6 **induce** [ɪnˋdjus] ①②③④

★★ *v.* 勸誘、說服、導致

用法 induce sb. to-V 引誘某人去……

L5 indulge [ɪn`dʌldʒ] ①②③④

★★ *v.* 沉迷、沉溺、縱容

用法 indulge oneself in + N 沉迷於……

L3 industrial [ɪn`dʌstrɪəl] ①②③④

★★★ *adj.* 工業的、產業的

用法 the Industrial Revolution 工業革命

L6 industrialize [ɪn`dʌstrɪəlˌaɪz] ①②③④

★ *v.* 工業化

用法 an industrialized country 工業化國家

L2 industry [`ɪndəstrɪ] ①②③④

★★★ *n.* 工業、企業、勤勉、勤勞

用法 **heavy / light** industries 重 / 輕工業

L5 inevitable [ɪn`ɛvətəbl̩] ①②③④

★★★ *adj.* 不可避免的、必然的

用法 an inevitable outcome 無可避免的結果

L4 infant [`ɪnfənt] ①②③④

★★ *n.* 嬰兒、幼兒

用法 a newborn infant 新生兒

L5 infect [ɪn`fɛkt] ①②③④

★ *v.* 感染、傳染

用法 be infected with (the) flu 染上流感

L4 infection [ɪn`fɛkʃən] ①②③④

★ *n.* 感染、傳染、傳染病

用法 **keep off / prevent** infection 預防傳染病

L6 **infectious** [ɪnˈfɛkʃəs] ①②③④
★ *adj.* 傳染的、感染的、易影響他人的
用法 a highly infectious flu 傳染性很高的流感

L6 **infer** [ɪnˈfɝ] ①②③④
★ *v.* 推斷、推論、意味著
用法 infer from + N 由⋯⋯推斷

inference [ˈɪnfərəns] ①②③④
★ *n.* 推論、推斷
用法 by inference 依照推斷

L3 **inferior** [ɪnˈfɪrɪə] ①②③④
★ *adj.* 低等的、較劣的；*n.* 部屬、劣於他人者
用法 be inferior to + N 劣於⋯⋯

L5 **infinite** [ˈɪnfənɪt] ①②③④
★★ *adj.* 無限的、無邊的
延伸 finite *adj.* 有限的；infinity 無限、無垠

L4 **inflation** [ɪnˈfleʃən] ①②③④
★ *n.* 通貨膨脹、充氣、膨脹、誇大
反義 deflation 通貨緊縮

L6 **inflict** [ɪnˈflɪkt] ①②③④
★ *v.* 使遭受、給予打擊、強加
用法 inflict sth. on sb. 使某人遭受某事

L2 **influence** [ˈɪnfluəns] ①②③④
★★★ *n./v.* 影響、感化

用法 have an influence (up)on + N 對……有影響

L4 **influential** [ˌɪnfluˈɛnʃəl] ①②③④

★★ *adj.* 有影響力的、有權勢的

用法 be influential in + N 對……具有影響力

L3 **inform** [ɪnˈfɔrm] ①②③④

★★★ *v.* 通知、告知、報告

用法 inform sb. of + N 告知某人……

L3 **information** [ˌɪnfɚˈmeʃən] ①②③④

★★★ *n.* 消息、資訊、情報

用法 information technology = IT 資訊科技

L4 **informative** [ɪnˈfɔrmətɪv] ①②③④

★ *adj.* 具有知識性的、提供資訊的、見聞廣博的

用法 an informative book 增進知識的書

L5 **infrastructure** [ˈɪnfrəˌstrʌktʃɚ] ①②③④

★ *n.* 公共建設、基礎建設

用法 maintain the infrastructure 維護公共建設

ingenious [ɪnˈdʒinjəs] ①②③④

★ *adj.* 獨創的、靈巧的、精巧的

用法 an ingenious device 精巧的裝置

ingenuity [ˌɪndʒəˈnuətɪ] ①②③④

★ *n.* 獨創性、巧妙、靈巧、足智多謀

用法 diplomatic ingenuity 外交上的機智

L4 **ingredient** [ɪnˈgridɪənt] ①②③④

★★ *n.* 材料、因素、原料、成分

用法 main ingredients of the dish 這道菜的主要材料

L6 inhabit [ɪn`hæbɪt] ①②③④
★★ **v.** 居住於、棲息
用法 an inhabited area 有人居住的區域

L6 inhabitant [ɪn`hæbətənt] ①②③④
★★ **n.** 居住者、居民
字構 in 在……中 + habit 住、保持 + ant 人

L5 inherent [ɪn`hɪrənt] ①②③④
★★ **adj.** 天生的、固有的、與生俱有的
用法 be inherent in the system 制度固有的

L5 inherit [ɪn`hɛrɪt] ①②③④
★★ **v.** 繼承、承襲、遺傳
用法 inherit sth. from sb. 從某人那裡繼承某物

L4 initial [ɪ`nɪʃəl] ①②③④
★★★ **adj.** 最初的；**n.** 起首字母；**v.** 用姓名的首字母簽名
用法 the initial impression 初次的印象

L5 initiate [ɪ`nɪʃɪ,et；ɪ`nɪʃɪɪt] ①②③④
★★ **v.** 開始、創始；**n.** 開始；**adj.** 開始的、初步的
用法 initiate a new program 開始一項新計畫

L5 initiative [ɪ`nɪʃətɪv] ①②③④
★★ **n.** 主動發起、初步；**adj.** 開始的、開創的
用法 take the initiative 採取主動

L5 inject [ɪn`dʒɛkt] ①②③④
★ **v.** 注射、投入

用法 inject energy into the world 為世界注入活力

L5　**injection** [ɪn`dʒɛkʃən]　　　①②③④
★　　*n.* 注射、針劑、投入
　　用法 give sb. an injection 給某人打針

L4　**injure** [`ɪndʒɚ]　　　①②③④
★★　*v.* 損害、傷害、受傷
　　用法 be **slightly** / **badly** injured 輕微 / 嚴重受傷

L3　**injury** [`ɪndʒərɪ]　　　①②③④
★★★　*n.* 損害、傷害、受傷
　　用法 an injury to the car 車子受損

L6　**injustice** [ɪn`dʒʌstɪs]　　　①②③④
★★　*n.* 不公平、不法、非正義
　　字構 in 不 + just 公正 + ice 性質

L2　**ink** [ɪŋk]　　　①②③④
★　　*n.* 墨水、油墨；*v.* 用墨水寫、用油墨弄髒
　　用法 write a letter in ink 用墨水寫信

L6　**inland** [`ɪnlənd]　　　①②③④
★　　*adj.* 內地的；*n.* 內陸、內地；*adv.* 在內陸
　　用法 an inland state 內陸的州

L3　**inn** [ɪn]　　　①②③④
★　　*n.* 客棧、旅店、小旅館
　　用法 put up at an inn 在旅店住宿

L3　**inner** [`ɪnɚ]　　　①②③④
★★★　*adj.* 內部的、內心的、精神的

用法 the inner life 精神生活、內心世界

L5 **inning** [`ɪnɪŋ] ①②③④

★ *n.* （棒球中的）局、回合

用法 the ninth inning 第九局

L4 **innocence** [`ɪnəsəns] ①②③④

★ *n.* 無罪、清白、天真無邪

用法 prove one's innocence 證明自己無罪

L3 **innocent** [`ɪnəsənt] ①②③④

★★★ *adj.* 無辜的、天真的

用法 be proved **innocent / guilty** 被證明無罪 / 有罪

L5 **innovation** [ˌɪnəˋveʃən] ①②③④

★★ *n.* 創新、改革、革新

用法 the innovation in printing methods 印刷術革新

L5 **innovative** [`ɪnoˌvetɪv] ①②③④

★★ *adj.* 創新的、革新的

用法 an innovative design 具創意的設計

L6 **innumerable** [ɪˋnjumərəb!] ①②③④

★ *adj.* 無數的、數不清的

字構 in 不 + numer 數 + able 可以……的

L4 **input** [`ɪnˌpʊt] ①②③④

★ *n.* 投入、輸入；*v.* 輸入資料

反義 output 輸出、產出、產品

L6 **inquire** [ɪnˋkwaɪr] ①②③④

★★ *v.* 詢問、調查、查問

用法 inquire about the publication date 查問出版日期

L5 **inquiry** [ɪn`kwaɪrɪ] ①②③④

*** *n.* 詢問、調查、探究

用法 make inquiries about + N 調查……

L5 **insane** [ɪn`sen] ①②③④

* *adj.* 癲狂的、精神失常的

補充 Linsanity 林來瘋（林書豪的暱稱）

L1 **insect** [`ɪnsɛkt] ①②③④

*** *n.* 昆蟲

補充 insecticide *n.* 殺蟲劑

L4 **insert** [ɪn`sɝt] ①②③④

*** *v.* 插進、嵌入；*n.* 插入物、添加物

用法 insert the coin 投入硬幣

L1 **inside** [`ɪn`saɪd] ①②③④

*** *n.* 內部；*adj.* 裡面的；*adv.* 裡面；*prep.* 在裡面

用法 inside out 翻過來地、裡朝外地、徹底地

L5 **insight** [`ɪn,saɪt] ①②③④

*** *n.* 洞察力、見識、眼光

用法 have insight into human nature 洞悉人性

L2 **insist** [ɪn`sɪst] ①②③④

*** *v.* 堅持、強力主張、強調

句型 insist that S (should) + VR 堅持應該……

L6 **insistence** [ɪn`sɪstəns] ①②③④

** *n.* 堅持、強調、主張

用法 do sth. at sb.'s insistence 在某人的堅持下做事

L3 **inspect** [ɪn`spɛkt] ①②③④
★★ *v.* 檢查、視察、調查
字構 in 向內 + spect 查看

L4 **inspection** [ɪn`spɛkʃən] ①②③④
★★★ *n.* 檢查、檢驗、視察
用法 a thorough inspection 仔細的檢查

L3 **inspector** [ɪn`spɛktɚ] ①②③④
★★ *n.* 檢查者、視察員、督察人員
用法 the inspector general 檢查長

L4 **inspiration** [ˌɪnspə`reʃən] ①②③④
★ *n.* 靈感、鼓舞、激勵
用法 draw inspiration from travel 從旅行汲取靈感

L4 **inspire** [ɪn`spaɪr] ①②③④
★★★ *v.* 鼓舞、激勵、賦予靈感
用法 an inspiring speech 激勵人心的演說

L4 **install** [ɪn`stɔl] ①②③④
★★★ *v.* 安裝、設置、任命
用法 install the application program 安裝應用程式

L5 **installation** [ˌɪnstə`leʃən] ①②③④
★★ *n.* 安裝、設備、就任
用法 military installations 軍事設施

installment [ɪn`stɔlmənt] ①②③④
★ *n.* 分期付款

用法 on installment 用分期付款的方式

L2 **instance** [ˋɪnstəns]　　　　　　　①②③④

*** *n.* 例子、實例；*v.* 引證、舉例

用法 for **instance / example** 舉例來說

L2 **instant** [ˋɪnstənt]　　　　　　　①②③④

** *adj.* 立即的、速食的；*n.* 即刻、瞬間

用法 on the instant 立即、立刻

L2 **instead** [ɪnˋstɛd]　　　　　　　①②③④

** *adv.* 代替、反而、而不是……

用法 instead of + N 取代……

L4 **instinct** [ˋɪnstɪŋkt]　　　　　　①②③④

* *n.* 直覺、本能、本性

用法 by instinct 出於本能地

L6 **instinctive** [ɪnˋstɪŋktɪv]　　　　①②③④

** *adj.* 出於本能的、直覺的

用法 an instinctive reaction 本能反應

L5 **institute** [ˋɪnstətjut]　　　　　　①②③④

*** *n.* 學院、協會、機構；*v.* 制定、設立

用法 a research institute 研究機構

L5 **institution** [ˌɪnstəˋtjuʃən]　　　　①②③④

*** *n.* 機構、制度

用法 a financial institution 金融機構

L4 **instruct** [ɪnˋstrʌkt]　　　　　　①②③④

* *v.* 指示、教導

用法 instruct sb. **to-V** / **in** + N 指導某人……

L2 **instruction** [ɪn`strʌkʃən]　　　①②③④

*** *n.* 教導、指示、用法說明

　　用法 follow instructions 服從指示

L4 **instructor** [ɪn`strʌktə]　　　①②③④

*　　 *n.* 指導者、講師、教練

　　用法 a driving instructor 駕駛教練

L2 **instrument** [`ɪnstrəmənt]　　　①②③④

*** *n.* 器具、儀器、工具

　　用法 a musical instrument 樂器

L4 **insult** [ɪn`sʌlt]　　　①②③④

*　　 *v./n.* 侮辱、辱罵、羞辱

　　用法 add insult to injury 落井下石

L4 **insurance** [ɪn`ʃurəns]　　　①②③④

*** *n.* 保險、保險業、保證

　　用法 **life** / **fire** insurance 壽 / 火險

　　 insure [ɪn`ʃur]　　　①②③④

*** *v.* 投保、保險、保證、確定

　　用法 insure against accidents 投保意外險

L6 **intact** [ɪn`tækt]　　　①②③④

*　　 *adj.* 完整無缺的、原封不動的

　　用法 survive intact 毫髮無損的倖存下來

L6 **intake** [`ɪn,tek]　　　①②③④

*　　 *n.* 吸入、攝取量、輸入口

用法 a daily intake of water 每日喝水攝取量

L5 **integrate** [`ɪntəˌgret] ①②③④
★★ *v.* 整合、統整
用法 integrate A into B 將 A 與 B 整合

L5 **integration** [ˌɪntəˈgreʃən] ①②③④
★★★ *n.* 整合、統整、融合
用法 racial integration 種族融合

L5 **integrity** [ɪnˈtɛgrətɪ] ①②③④
★ *n.* 正直、廉潔
用法 a person of integrity 正直的人

L6 **intellect** [`ɪntḷˌɛkt] ①②③④
★ *n.* 智力、理解力、才智非凡的人、知識分子
用法 superior intellect 優越的智力

L4 **intellectual** [ˌɪntḷˈɛktʃʊəl] ①②③④
★★★ *adj.* 有智力的、理智的；*n.* 知識分子
用法 intellectual property 智慧財產權

L4 **intelligence** [ɪnˈtɛlədʒəns] ①②③④
★★★ *n.* 智能、智慧、情報
用法 artificial intelligence 人工智能

L3 **intelligent** [ɪnˈtɛlədʒənt] ①②③④
★★★ *adj.* 聰明的、有才智的
用法 intelligent comments 有見地的評論

L4 **intend** [ɪnˈtɛnd] ①②③④
★★★ *v.* 打算、企圖

用法 intend to-V 打算要……

| L4 | **intense** [ɪn`tɛns] | ①②③④ |

*** ***adj.*** 強烈的、激烈的、熱切的

用法 intense supporters 熱烈的支持者

| L5 | **intensify** [ɪn`tɛnsəˌfaɪ] | ①②③④ |

* ***v.*** 變強烈、增強

用法 intensify the brightness 加強明亮度

| L4 | **intensity** [ɪn`tɛnsətɪ] | ①②③④ |

*** ***n.*** 強度、激烈

用法 heighten intensity 增加強度

| L4 | **intensive** [ɪn`tɛnsɪv] | ①②③④ |

** ***adj.*** 集中的、加強的、密集的

用法 Intensive Cure Unit = ICU 加護病房

| L5 | **intent** [ɪn`tɛnt] | ①②③④ |

* ***n.*** 意圖、目的；***adj.*** 熱切的、專心的

用法 be intent on + **N / Ving** 一心想要……

| L4 | **intention** [ɪn`tɛnʃən] | ①②③④ |

*** ***n.*** 意圖、意向

用法 have good intentions 有善意

| L4 | **interact** [ˌɪntəˋækt] | ①②③④ |

* ***v.*** 互動、互相作用

字構 inter 互相 + act 動作

| L4 | **interaction** [ˌɪntəˋækʃən] | ①②③④ |

* ***n.*** 互動、交互作用

用法 encourage student interaction 鼓勵學生交流

L1 **interest** [`ɪntərɪst] ①②③④

*** *n.* 興趣、利息;*v.* 使注意、引起興趣

用法 take interest in + N 對……有興趣

L4 **interfere** [,ɪntə`fɪr] ①②③④

** *v.* 妨礙、干涉、干擾

補充 interfere with 是妨礙、使其不發生;

interfere in 則是擅自干涉而沒經過別人同意。

L5 **interference** [,ɪntə`fɪrəns] ①②③④

** *n.* 妨礙、干涉

用法 free from outside interference 免於外界的干擾

L5 **interior** [ɪn`tɪrɪə] ①②③④

*** *adj.* 內部的、內政的;*n.* 內部、內政、內陸

用法 interior decoration 室內裝潢

L4 **intermediate** [,ɪntə`midɪət; ,ɪntə`midɪ,et] ①②③④

** *adj.* 中間的、中級的;*n.* 中間人;*v.* 調停、干預

用法 at the intermediate level 在中級程度

L2 **internal** [ɪn`tɜn!] ①②③④

*** *adj.* 內部的、內政的

用法 internal organs 內臟

L2 **international** [,ɪntə`næʃən!] ①②③④

*** *adj.* 國際的、跨國的

用法 international affairs 國際事務

L2 **Internet / internet** [`ɪntə,nɛt] ①②③④

★	*n.* 網際網路	
	用法 surf the Internet 上網	
L4	**interpret** [ɪn`tɝprɪt]	①②③④
★★★	*v.* 解釋、口譯、詮釋、解讀	
	用法 interpret the poem 解讀這首詩	
L5	**interpretation** [ɪn,tɝprɪ`teʃən]	①②③④
★★★	*n.* 解釋、口譯、詮釋、解讀	
	用法 **give / make** an interpretation 提出詮釋	
L6	**interpreter** [ɪn`tɝprɪtə]	①②③④
★	*n.* 口譯者、翻譯員	
	用法 a simultaneous interpreter 同步口譯員	
L3	**interrupt** [,ɪntə`rʌpt]	①②③④
★★	*v.* 打擾、打斷、中斷	
	字構 inter 中間 + rupt 斷裂	
L4	**interruption** [,ɪntə`rʌpʃən]	①②③④
★	*n.* 妨礙、中斷、打斷	
	用法 without interruption 不間斷地	
L6	**intersection** [,ɪntə`sɛkʃən]	①②③④
★★	*n.* 交叉、十字路口	
	用法 in the intersection 在十字路口	
L5	**interval** [`ɪntəv!]	①②③④
★★★	*n.* 間隔、間距、距離	
	用法 at intervals 每隔一段距離、不時地	
L6	**intervene** [,ɪntə`vin]	①②③④

★   ***v.*** 干涉、介入、干預

    用法 intervene in + N 干涉……

L5   **intervention** [ˌɪntɚˈvɛnʃən]   ①②③④

★★   ***n.*** 干涉、介入、干預

    用法 government intervention 政府的干預

L1   **interview** [ˈɪntɚˌvju]   ①②③④

★★★   ***n./v.*** 訪談、面試、採訪

    用法 conduct an interview 進行採訪

L6   **intimacy** [ˈɪntəməsɪ]   ①②③④

★   ***n.*** 親密、友好、親近

    用法 the intimacy between A and B AB 之間過從甚密

L4   **intimate** [ˈɪntəmɪt]   ①②③④

★★   ***adj.*** 親密的、親近的；***n.*** 密友、知己

    用法 intimate friends 密友

L6   **intimidate** [ɪnˈtɪməˌdet]   ①②③④

★   ***v.*** 威脅、脅迫、恐嚇

    用法 intimidate sb. into Ving 威脅某人做……

L6   **intonation** [ˌɪntoˈneʃən]   ①②③④

★   ***n.*** 語調、聲調

    用法 a **rising** / **falling** intonation 上升 / 下降語調

L6   **intrigue** [ɪnˈtrig]   ①②③④

★   ***n.*** 陰謀、詭計；***v.*** 引發好奇或興趣、使迷惑

    用法 intrigue sb.'s curiosity 引發某人的好奇心

L2   **introduce** [ˌɪntrəˈdjus]   ①②③④

★★★	***v.*** 介紹、引進	
	用法 introduce A to B 把 A 介紹給 B	
L2	**introduction** [ˌɪntrəˋdʌkʃən]	①②③④
★★★	***n.*** 介紹、引進、入門書、引言	
	用法 make an introduction of + N 介紹……	
L6	**intrude** [ɪnˋtrud]	①②③④
★	***v.*** 闖入、侵擾、侵犯	
	用法 intrude on sb.'s privacy 侵犯他人的隱私	
L6	**intruder** [ɪnˋtrudɚ]	①②③④
★	***n.*** 入侵者、闖入者	
	用法 an unexpected intruder 意料外的闖入者	
L4	**intuition** [ˌɪntjuˋɪʃən]	①②③④
★★	***n.*** 直覺、洞察力	
	用法 by intuition 經由直覺	
L4	**invade** [ɪnˋved]	①②③④
★★	***v.*** 侵略、入侵、侵襲、湧入	
	用法 invade ruthlessly 殘酷地入侵	
L6	**invaluable** [ɪnˋvæljəb!]	①②③④
★	***adj.*** 無價的、非常珍貴的	
	用法 be invaluable **for / to** + N 對……是無價的	
L4	**invasion** [ɪnˋveʒən]	①②③④
★★	***n.*** 侵略、入侵、侵害	
	用法 an enemy invasion 敵人入侵	
L3	**invent** [ɪnˋvɛnt]	①②③④

★★		v. 發明、創造、虛構

用法 a newly invented gadget 新發明的小玩意

L4　invention [ɪn`vɛnʃən]　　　①②③④

★★　n. 發明、創造、發明物

用法 the latest invention 最新的發明

L3　inventor [ɪn`vɛntə]　　　①②③④

★　n. 發明家、創作者

用法 an original inventor 有創意的發明家

L6　inventory [`ɪnvənˌtorɪ]　　　①②③④

★★　n. 存貨、庫存；v. 盤點、登入目錄

用法 a detailed inventory of goods 詳細的商品清單

L4　invest [ɪn`vɛst]　　　①②③④

★★　v. 投資、出資

用法 invest in the stocks 投資股票

L4　investment [ɪn`vɛstmənt]　　　①②③④

★★★　n. 投資、投資物、投資額

用法 make an investment 投資

L3　investigate [ɪn`vɛstəˌget]　　　①②③④

★★★　v. 調查、研究

用法 investigate (into) the case 調查案件

L4　investigation [ɪnˌvɛstə`geʃən]　　　①②③④

★★★　n. 調查、審查、研究

用法 conduct an investigation 進行調查

L5　investigator [ɪn`vɛstəˌgetə]　　　①②③④

** **n.** 調查員、調查者

用法 a private investigator 私家偵探

L3 **invitation** [ˌɪnvə`teʃən]　　　①②③④

*** **n.** 邀請、請帖

用法 decline an invitation 婉拒邀請

L1 **invite** [ɪn`vaɪt]　　　①②③④

*** **v./n.** 邀請、懇求、吸引

用法 invite sb. to dinner 邀請某人吃晚餐

L4 **involve** [ɪn`valv]　　　①②③④

*** **v.** 牽涉、包含

用法 be involved in + N 涉入……

L4 **involvement** [ɪn`valvmənt]　　　①②③④

** **n.** 涉入、牽連

用法 avoid involvement in fights 避免捲入爭吵中

inward [`ɪnwəd]　　　①②③④

* **adj.** 內部的、內心的；**adv.** 往內、向中心

用法 inward peace 內心的平靜

intelligence quotient　　　①②③④

* **n.** 智商、智力（= IQ）

用法 a student with **high** / **low** IQ 高 / 低智商的學生

L2 **iron** [`aɪən]　　　①②③④

*** **n.** 鐵、熨斗；**adj.** 鐵的、殘酷的；**v.** 熨、燙平

成語 Strike while the iron is hot. 打鐵趁熱。

L6 **ironic** [aɪ`ranɪk]　　　①②③④

★　*adj.* 冷嘲的、諷刺的

用法 ironic comics 諷刺漫畫

L5　**irony** [`aɪrənɪ]　①②③④

★　*n.* 諷刺、嘲弄

用法 a touch of irony 一絲諷刺

L6　**irritable** [`ɪrətəb!]　①②③④

★　*adj.* 易怒的、暴躁的

用法 have an irritable temper 脾氣暴躁

L6　**irritate** [`ɪrə,tet]　①②③④

★　*v.* 激怒、惱怒、煩躁

用法 irritate the skin 刺激皮膚

　　irritation [,ɪrə`teʃən]　①②③④

★　*n.* 激怒、惱怒、生氣

用法 **conceal / hide** sb.'s irritation 隱瞞某人的惱怒

L1　**island** [`aɪlənd]　①②③④

★　*n.* 島、島嶼

用法 a tropical island 熱帶島嶼

L6　**isle** [aɪl]　①②③④

★　*n.* 島、小島

用法 on an isle 在小島上

L4　**isolate** [`aɪs!,et]　①②③④

★★★　*v.* 孤立、隔絕、隔離

用法 be isolated from + N 與……隔絕

L4　**isolation** [,aɪs!`eʃən]　①②③④

*   *n.* 孤立、隔絕、隔離
     用法 live in isolation 獨居

L4   **issue** [`ɪʃjʊ]   ①②③④
***   *n.* 議題、發行的刊物；*v.* 發行、出版
     用法 issue a work permit 發行工作許可證

L6   **itch** [ɪtʃ]   ①②③④
*   *v.* 發癢、抓癢、渴望；*n.* 癢、渴望
     用法 have an itch on the back 背部發癢

L1   **item** [`aɪtəm]   ①②③④
***   *n.* 項目、條款
     用法 the first item on the list 清單上的第一條

L3   **ivory** [`aɪvərɪ]   ①②③④
*   *n.* 象牙、象牙色；*adj.* 象牙的、象牙色的
     用法 the ivory tower 象牙塔

L6   **ivy** [`aɪvɪ]   ①②③④
*   *n.* 常春藤
     用法 Ivy League 常春藤聯盟

     jack [dʒæk]   ①②③④
*   *n.* 普通人、千斤頂、插口；*v.* 用起重機舉起
     用法 a headphone jack 耳機孔

L1   **jacket** [`dʒækɪt]   ①②③④
***   *n.* 夾克、短上衣
     用法 take off the life jacket 脫掉救生衣

L6   **jade** [dʒed]   ①②③④

★　*n.* 玉、翡翠

　　用法 a collection of jades 玉石收藏品

L3　**jail** [dʒel]　①②③④

★　*n.* 監獄、監牢；*v.* 監禁、拘留

　　用法 break jail 越獄

L2　**jam** [dʒæm]　①②③④

★　*n.* 果醬、阻塞；*v.* 擁擠、塞滿

　　用法 get caught in a traffic jam 塞車

L6　**janitor** [`dʒænɪtɚ]　①②③④

★　*n.* 工友、守門人

　　用法 a school janitor 學校工友

　　January [`dʒænjʊˌɛrɪ]　①②③④

★★★　*n.* 一月（= Jan.）

　　用法 during January 在一月期間

L3　**jar** [dʒɑr]　①②③④

★　*n.* 瓶子、罐子、廣口瓶

　　用法 a candy jar 糖果罐

L6　**jasmine** [`dʒæsmɪn]　①②③④

★　*n.* 茉莉花、淡黃色

　　用法 a cup of jasmine tea 一杯茉莉花茶

L3　**jaw** [dʒɔ]　①②③④

★★　*n.* 下顎、下巴；*v.* 嘮叨、責罵

　　用法 one's jaw drops 因吃驚而張大嘴巴

　　jaywalk [`dʒeˌwɔk]　①②③④

★　*v.* 任意穿越馬路、擅闖馬路

用法 be fined for jaywalking 因擅闖馬路而罰款

L3　**jazz** [dʒæz]　①②③④

★★★　*n.* 爵士樂、爵士舞；*v.* 演奏爵士樂、跳爵士舞

用法 jazz music 爵士音樂

L3　**jealous** [`dʒɛləs]　①②③④

★　*adj.* 嫉妒的、猜忌的

用法 be jealous of + N 嫉妒……

L4　**jealousy** [`dʒɛləsɪ]　①②③④

★　*n.* 嫉妒、猜忌

用法 do sth. in a fit of jealousy 出於嫉妒而做某事

L1　**jeans** [dʒinz]　①②③④

★　*n.* 牛仔褲

用法 a pair of jeans 一條牛仔褲

L3　**jeep** [dʒip]　①②③④

★　*n.* 吉普車

用法 drive a jeep 駕駛吉普車

　　jeer [dʒɪr]　①②③④

★　*v./n.* 嘲笑、嘲弄、譏笑

用法 jeer (at) + N 嘲笑……

L3　**jelly** [`dʒɛlɪ]　①②③④

★　*n.* 果凍、膠狀物

用法 a jellyfish 水母

L3　**jet** [dʒɛt]　①②③④

*** *n.* 噴射機；*v.* 噴射、噴出
用法 jet lag 時差；jet flames 噴出火焰

L3 jewel [`dʒuəl]   ①②③④
★ *n.* 珠寶、寶石、珍貴的事物
用法 precious jewels 珍貴的寶石

L3 jewelry [`dʒuəlrɪ]   ①②③④
★ *n.* 珠寶首飾、珠寶類
用法 a piece of jewelry 一件首飾

L6 jingle [`dʒɪŋg!]   ①②③④
★ *n.* 叮噹聲、鈴聲；*v.* 叮噹作響
用法 jingle all the way 一路響叮噹

L1 job [dʒab]   ①②③④
*** *n.* 工作、職業
用法 arrange a job interview 安排工作面試

L6 jockey [`dʒakɪ]   ①②③④
★ *n.* 賽馬騎師、操作者；*v.* 耍手段圖謀
用法 jockey for power 爭奪權力

L2 jog [dʒag]   ①②③④
★ *v./n.* 緩慢前進、慢跑
用法 go jogging 慢跑

L1 join [dʒɔɪn]   ①②③④
*** *v./n.* 參加、加入、接合
用法 join the student club 加入學生社團

L2 joint [dʒɔɪnt]   ①②③④

★★   *n.* 關節、接合處；*adj.* 連接的；*v.* 連接、接合
      用法 out of joint 脫臼

L1 **joke** [dʒok]   ①②③④
   ★★ *n.* 玩笑、笑話；*v.* 開玩笑、取笑、捉弄
      用法 You must be joking! 你是開玩笑的吧！

L6 **jolly** [`dʒɑlɪ]   ①②③④
   ★   *adj.* 愉快的；*adv.* 非常；*v.* 戲弄；*n.* 愉快
      用法 have a jolly laugh 開懷大笑

L2 **journal** [`dʒɝn!]   ①②③④
   ★★★ *n.* 雜誌、期刊、日誌
      用法 keep a travel journal 記旅行日誌

L5 **journalism** [`dʒɝn!ˌɪzm]   ①②③④
   ★   *n.* 新聞學、新聞業、新聞報導
      用法 the ethics of journalism 新聞倫理

L5 **journalist** [`dʒɝnəlɪst]   ①②③④
   ★   *n.* 新聞記者、從事新聞業的人
      用法 a free-lance journalist 自由記者

L3 **journey** [`dʒɝnɪ]   ①②③④
   ★★★ *n.* 旅程、行程；*v.* 旅行
      用法 go on a journey 出外旅行

L1 **joy** [dʒɔɪ]   ①②③④
   ★★★ *n.* 快樂、喜悅
      用法 weep for joy 喜極而泣

L3 **joyful** [`dʒɔɪfəl]   ①②③④

6000+ Words

★	**adj.** 快樂的、喜悅的、高興的	
	用法 a joyful day 一個快樂的日子	
L6	**joyous** [`dʒɔɪəs]	①②③④
★	**adj.** 歡喜的、快樂的、快活的	
	用法 joyous laughter 歡樂的笑聲	
L2	**judge** [dʒʌdʒ]	①②③④
★★★	**n.** 法官、裁判；**v.** 審判、判決	
	用法 judge from + N 由……判斷	
L2	**judg(e)ment** [`dʒʌdʒmənt]	①②③④
★★★	**n.** 判決、審判、判斷	
	用法 a man of good judgment 判斷力強的人	
L5	**judicial** [dʒu`dɪʃəl]	①②③④
★★	**adj.** 司法的、審判的、法庭的	
	用法 the judicial system 司法制度	
L5	**jug** [dʒʌg]	①②③④
★	**n.** 水罐、水壺；**v.** 煮、燉	
	用法 drink a jug of milk 喝一大壺牛奶	
L1	**juice** [dʒus]	①②③④
★	**n.** 果汁、蔬菜汁	
	用法 a glass of orange juice 一杯柳橙汁	
L3	**juicy** [`dʒusɪ]	①②③④
★	**adj.** 多汁的、多水分的、精彩的	
	用法 fresh juicy peaches 新鮮多汁的桃子	
	July [dʒu`laɪ]	①②③④

*** *n.* 七月（= Jul.）

用法 the Fourth of July 美國獨立紀念日

L1 **jump** [dʒʌmp] ①②③④

*** *v./n.* 跳躍、飛躍、跳動

用法 jump to a conclusion 貿然斷定

L6 **junction** [`dʒʌŋkʃən] ①②③④

★ *n.* 接合點、連接、匯合處

用法 at the T-junction 在丁字路口

June [dʒun] ①②③④

*** *n.* 六月（= Jun.）

用法 a June bride 六月新娘

L3 **jungle** [`dʒʌŋg!] ①②③④

★ *n.* 叢林

用法 the law of the jungle 叢林法則

L3 **junior** [`dʒunjɚ] ①②③④

*** *adj.* 年輕的、輩分低的；*n.* 年少者、晚輩、大三

用法 be junior to + N 比……年幼、輩分低

L3 **junk** [dʒʌŋk] ①②③④

★ *n.* 垃圾、廢棄物；*v.* 拋棄、丟棄

用法 junk food 垃圾食物

L5 **jury** [`dʒʊrɪ] ①②③④

*** *n.* 陪審團、陪審委員會

用法 the jury box 陪審員席

L1 **just** [dʒʌst] ①②③④

*** *adj.* 公正的、正直的；*adv.* 剛剛、只是、正好

用法 a just trial 公正的審判；just now 剛剛

L2 **justice** [`dʒʌstɪs]　　　　①②③④

*** *n.* 正義、公正、公義

用法 to do one's justice 平心而論……

L5 **justify** [`dʒʌstə,faɪ]　　　　①②③④

*** *v.* 辯護、證明……是正當的

用法 justify oneself 為自己辯解

L5 **juvenile** [`dʒuvən!]　　　　①②③④

★　*adj.* 少年的、幼稚的；*n.* 青少年

用法 juvenile **crime / books** 青少年犯罪 / 讀物

L3 **kangaroo** [,kæŋgə`ru]　　　　①②③④

★　*n.* 袋鼠

用法 kangaroo care 袋鼠式照護

L4 **keen** [kin]　　　　①②③④

★　*adj.* 激烈的、熱衷的、敏銳的

用法 have a keen ear for + N 有欣賞……的敏銳耳力

L1 **keep** [kip]　　　　①②③④

*** *v.* 持續、保持、記錄；*n.* 生計

用法 keep away from + N 遠離……

L2 **keeper** [`kipɚ]　　　　①②③④

★　*n.* 保管人、飼養員、管理員

補充 housekeeper 家庭主婦；shopkeeper 店主

kernel [`kɝn!]　　　　①②③④

K

★　　*n.* 果仁、核仁、核心

用法 the kernel of the problem 問題的核心

L2　**ketchup** [`kɛtʃəp] ①②③④

★　　*n.* 番茄醬（= catsup）

補充 mustard 黃芥末醬；mayonnaise 美乃滋醬

L4　**kettle** [`kɛt!] ①②③④

★　　*n.* 水壺、茶壺

成語 The pot calls the kettle black. 五十步笑百步。

L1　**key** [ki] ①②③④

★★★　*n.* 鑰匙、解答；*v.* 鎖上；*adj.* 關鍵的、主要的

用法 the key to success 成功的關鍵

L3　**keyboard** [`ki,bord] ①②③④

★　　*n.* 鍵盤、琴鍵

用法 the computer keyboard 電腦鍵盤

L1　**kick** [kɪk] ①②③④

★★★　*v./n.* 踢、反衝、後座

用法 penalty kick = PK 罰球

L1　**kid** [kɪd] ①②③④

★★★　*n.* 小羊、小孩；*v.* 哄騙、開玩笑

用法 a naughty kid 淘氣的小孩

L5　**kidnap** [`kɪdnæp] ①②③④

★　　*v.* 綁架、誘拐

延伸 kidnapper *n.* 綁架犯

L3　**kidney** [`kɪdnɪ] ①②③④

★ **n.** 腎臟

用法 undertake a kidney transplant 進行腎臟移植

L1 **kill** [kɪl] ①②③④

★★★ **v./n.** 殺、殺戮

用法 kill time 消磨時間

L2 **kilogram** [`kɪlə‚græm] ①②③④

★ **n.** 公斤（= kg）

用法 measure sth. in kilograms 以公斤秤重

L3 **kilometer** [`kɪlə‚mitɚ] ①②③④

★ **n.** 公里（= km）

字構 kilo 一千 + meter 公尺

L6 **kin** [kɪn] ①②③④

★ **n.** 家族、親屬；**adj.** 有親屬關係的、同類的

用法 be kin to + N 與……類似

L1 **kind** [kaɪnd] ①②③④

★★★ **adj.** 親切的、仁慈的；**n.** 種類、類型

用法 **kind / sort** of dry 有點乾燥

L3 **kindergarten** [`kɪndɚ‚gɑrtən] ①②③④

★ **n.** 幼稚園

字構 kinder 兒童 + garten 花園

L6 **kindle** [`kɪnd!] ①②③④

★ **v.** 點燃、燃起、激起

用法 kindle a fire with wood 用木頭生火

L1 **king** [kɪŋ] ①②③④

K

*** *n.* 國王、君主

用法 the uncrowned king 無冕王

L3 **kingdom** [`kɪŋdəm]　　　　　　①②③④

** *n.* 王國、國土、領域

用法 the animal kingdom 動物界

L1 **kiss** [kɪs]　　　　　　　　　　①②③④

** *v.* 接吻、輕觸；*n.* 親吻、輕拂

用法 kiss sb. on the cheek 親吻某人臉頰

L3 **kit** [kɪt]　　　　　　　　　　　①②③④

* *n.* 成套用具、工具箱

用法 the first-aid kit 急救藥箱

L1 **kitchen** [`kɪtʃɪn]　　　　　　　①②③④

*** *n.* 廚房

成語 Get out of the kitchen if you can't stand the heat.
　　怕熱就不要進廚房！

L1 **kite** [kaɪt]　　　　　　　　　　①②③④

* *n.* 風箏

用法 fly a kite 放風箏

kitten [`kɪtən]　　　　　　　　①②③④

* *n.* 小貓（＝kitty）

用法 a kitten basket 小貓籃

L1 **knee** [ni]　　　　　　　　　　①②③④

*** *n.* 膝蓋、膝部；*v.* 用膝蓋頂、用膝蓋撞

用法 bring sb. to one's knees 使某人屈服

L4 **kneel** [nil] ①②③④

** *v.* 跪、跪下

用法 kneel down 跪下

L1 **knife** [naɪf] ①②③④

*** *n.* 刀子、小刀；*v.* 劈開、傷害

用法 a steak knife 牛排餐刀

L3 **knight** [naɪt] ①②③④

** *n.* 武士、爵士；*v.* 封為武士、授以爵士位

用法 the Knights of the Round Table 圓桌武士

L3 **knit** [nɪt] ①②③④

** *v.* 編織、密接、結合；*n.* 編織物、編織法

用法 knit a scarf 編織圍巾

L4 **knob** [nɑb] ①②③④

* *n.* 圓形的門把、把手

用法 turn the knob 轉動門把

L1 **knock** [nɑk] ①②③④

*** *v./n.* 敲擊、敲打、撞擊

用法 knock sb. out 擊倒某人

L3 **knot** [nɑt] ①②③④

* *n.* 結、節；*v.* 打結、紮綑

用法 tie a knot 打成結；knot the laces 將鞋帶打結

L1 **know** [no] ①②③④

*** *v.* 知道、了解、認識

用法 know right from wrong 辨別是非對錯

L1 **knowledge** [`nɑlɪdʒ] ①②③④

*** *n.* 知識、了解、學問

用法 to one's knowledge 就自己所知

L6 **knowledgeable** [`nɑlɪdʒəb!] ①②③④

* *adj.* 有知識的、博學的、知識淵博的

用法 be knowledgeable about sth. 在某方面十分博學

knuckle [`nʌk!] ①②③④

* *n.* 指關節、膝關節；*v.* 用指關節敲打

用法 crack one's knuckles 拗指關節

L3 **koala** [ko`ɑlə] ①②③④

* *n.* 無尾熊

用法 keep a koala bear 養無尾熊

L3 **label** [`leb!] ①②③④

** *n.* 標籤、商標；*v.* 貼標籤

用法 acquire the label of + N 得到……的稱號

L4 **labor** [`lebɚ] ①②③④

*** *n.* 勞工、勞動；*v.* 勞動、努力

用法 Labor Day 勞動節

L4 **laboratory** [`læbrə͵torɪ] ①②③④

*** *n.* 實驗室、研究室（= lab）

用法 a language laboratory 語言教室

L3 **lace** [les] ①②③④

* *n.* 帶子、蕾絲；*v.* 以帶子繫上、以帶子束緊

用法 a piece of exquisite lace 一片雅緻的蕾絲

L2 **lack** [læk] ①②③④

★★★ *n./v.* 缺乏、缺少、不足

用法 for lack of water 因為缺水

L6 **lad** [læd] ①②③④

★ *n.* 男孩、少年

用法 lads and lasses 男孩和女孩們

L3 **ladder** [`lædɚ] ①②③④

★★ *n.* 梯子、階梯

用法 fall off the ladder 從梯子跌落

L2 **lady** [`ledɪ] ①②③④

★★★ *n.* 淑女、貴婦、女士

用法 First Lady 第一夫人

L2 **ladybug** [`ledɪ,bʌg] ①②③④

★ *n.* 瓢蟲（= ladybird）

用法 catch a ladybug 抓瓢蟲

L4 **lag** [læg] ①②③④

★ *v./n.* 落後、延遲

用法 lag behind 落後

L1 **lake** [lek] ①②③④

★★★ *n.* 湖、潭

用法 an artificial lake 人工湖

L2 **lamb** [læm] ①②③④

★ *n.* 小羊、羔羊；*v.* 產小羊

用法 like a lamb 溫馴的

L

	lame [lem]	①②③④
★	*adj.* 跛的、跛腳的；*v.* 使跛腳	
	用法 a lame duck 跛腳鴨政客	
	lament [lə`mɛnt]	①②③④
★	*n.* 悲哀、哀歌；*v.* 哀悼、惋惜	
	用法 lament over + N 哀悼……	
L1	**lamp** [læmp]	①②③④
★★	*n.* 桌燈、油燈	
	用法 light a lamp 點燈	
L1	**land** [lænd]	①②③④
★★★	*n.* 陸地、土地；*v.* 登陸、著陸	
	用法 by land 經由陸地	
L6	**landlady** [`lænd͵ledɪ]	①②③④
★	*n.* 女房東、女地主	
	用法 a boarding-house landlady 提供食宿的女房東	
L5	**landlord** [`lænd͵lɔrd]	①②③④
★	*n.* 房東、地主	
	字構 land 土地 + lord 主人	
L4	**landmark** [`lænd͵mark]	①②③④
★	*n.* 路標、地標、里程碑	
	用法 a famous landmark 著名的地標	
L4	**landscape** [`lænd͵skep]	①②③④
★★	*n.* 風景、景色、山水畫；*v.* 造園、美化景觀	
	用法 a rural landscape 鄉村景色	

6000 Words

L6 **landslide** [`lænd͵slaɪd]　　①②③④
★　*n.* 山崩、土石流（= mudslide）

字構 land 陸地 + slide 滑動

L2 **lane** [len]　　①②③④
★★　*n.* 巷弄、車道

用法 **change / shift** lanes 變換車道

L1 **language** [`læŋgwɪdʒ]　　①②③④
★★★　*n.* 語言、措辭

用法 body language 肢體語言

L2 **lantern** [`læntən]　　①②③④
★　*n.* 燈籠、提燈、花燈

用法 hang a lantern 提花燈

L2 **lap** [læp]　　①②③④
★★　*n.* 大腿、膝部

用法 put sth. on the lap 把某物放在大腿上

L1 **large** [lɑrdʒ]　　①②③④
★★★　*adj.* 大的、大量的

用法 be at large 逍遙法外

L5 **laser** [`lezə]　　①②③④
★　*n.* 雷射

用法 a laser printer 雷射印表機

L1 **last** [læst]　　①②③④
★★　*adj.* 最終的；*adv.* 最後；*n.* 最後；*v.* 持續

用法 last forever 永存

L1 **late** [let]   ①②③④

*** **adj.** 遲的、晚的；**adv.** 晚地、遲地

用法 be late for school 上學遲到

L3 **lately** [ˋletlɪ]   ①②③④

* **adv.** 近來、最近

用法 How have you been lately? 近來好嗎？

L1 **later** [ˋletɚ]   ①②③④

*** **adv.** 後來、較晚地

用法 later on 過些時候、後來

L2 **latest** [ˋletɪst]   ①②③④

* **adj.** 最晚的、最新的、最近的

用法 at the latest 最遲、最晚

L6 **latitude** [ˋlætə͵tjud]   ①②③④

* **n.** 緯度

用法 at **high** / **low** latitudes 在高 / 低緯度地區

L2 **latter** [ˋlætɚ]   ①②③④

* **adj.** 較晚的、後期的、後面的

用法 the latter part of this chapter 這章的後半部

L1 **laugh** [læf]   ①②③④

*** **v.** 大笑；**n.** 笑、笑聲

用法 laugh at + N 嘲笑……

L3 **laughter** [ˋlæftɚ]   ①②③④

** **n.** 大笑、笑聲

用法 a burst of laughter 一陣大笑

6000+ Words

L4 **launch** [lɔntʃ] ①②③④

★ **v./n.** 發射、發動、開始

用法 launch a campaign 發起運動

L3 **laundry** [`lɔndrɪ] ①②③④

★ **n.** 洗衣店、待洗衣物

用法 do the laundry 洗衣服

lava [`lɑvə] ①②③④

★ **n.** 熔岩、火山岩

用法 lava ejected from a volcano 火山噴出的熔岩

L6 **lavish** [`lævɪʃ] ①②③④

★ **adj.** 慷慨的、大量的、無節制的

用法 lavish praise 毫不吝惜的稱讚

L2 **law** [lɔ] ①②③④

★ **n.** 法律、法則、定律

用法 defy the law 違抗法律

L4 **lawful** [`lɔfəl] ①②③④

★ **adj.** 合法的、守法的

反義 unlawful

L5 **lawmaker** [`lɔ͵mekɚ] ①②③④

★ **n.** 立法者、立法委員

字構 law 法律 + mak(e) 製作 + er 人

L3 **lawn** [lɔn] ①②③④

★★ **n.** 草地、草坪

用法 mow the lawn 修剪草坪

422

MP3

L

L5 **lawsuit** [`lɔ,sut] ①②③④

★ *n.* 訴訟

用法 file a lawsuit against sb. 對某人提出訴訟

L1 **lawyer** [`lɔjɚ] ①②③④

★★★ *n.* 律師、法學家

用法 a practicing lawyer 執業律師

L2 **lay** [le] ①②③④

★★★ *v.* 放置、鋪設、產卵

用法 lay off the worker 解雇工人

L5 **layer** [`leɚ] ①②③④

★★ *n.* 一層；*v.* 堆積成層

用法 a layer of wool 一層羊毛

L6 **layman** [`lemən] ①②③④

★ *n.* 門外漢、外行人

用法 write especially for laymen 特別寫給外行人看

L6 **layout** [`le,aʊt] ①②③④

★ *n.* 排列、佈局、版面

用法 redo the page layout 重新編排版面

L1 **lazy** [`lezɪ] ①②③④

★ *adj.* 懶惰的、怠惰的、緩慢的

用法 a lazy afternoon 懶洋洋的午後

liquid crystal display ①②③④

★ *n.* 液晶顯示器（= LCD）

用法 LCD panels 液晶顯示器面板

6000+ Words

6000+ Words a High School Student Must Know

L1   **lead** [lid ; lɛd]   ①②③④

★★★   *v.* 領導、引領；*n.* 鉛

用法 take the lead 主動、帶頭

L1   **leader** [`lidɚ]   ①②③④

★★★   *n.* 領導者、領袖

用法 a **born** / **natural** leader 天生的領袖

L2   **leadership** [`lidɚʃɪp]   ①②③④

★★★   *n.* 領導身分、領導階層、領導地位

字構 lead 領導 + er 人 + ship 狀態、特質

L2   **leaf** [lif]   ①②③④

★★   *n.* 樹葉、葉子；*v.* 長葉子、匆匆翻閱

用法 turn over a new leaf 重新開始

L5   **league** [lig]   ①②③④

★★★   *n.* 同盟、聯盟；*v.* 聯合、結盟

用法 Minor League Baseball

美國職棒小聯盟（= MiLB）

L3   **leak** [lik]   ①②③④

★   *v.* 漏、滲漏、洩漏；*n.* 洩漏、漏洞

用法 leak **oil** / **gas** 油 / 瓦斯洩漏

L4   **lean** [lin]   ①②③④

★★★   *v.* 傾身、倚靠；*adj.* 瘦的、貧乏的

用法 lean against the wall 倚著牆；lean meat 瘦肉

L3   **leap** [lip]   ①②③④

★★   *v./n.* 跳、跳躍

成語 Look before you leap. 三思而後行。

L1 **learn** [lɝn] ①②③④

*** *v.* 學習、得知、體驗

用法 learning by doing 由做中學

L4 **learned** [`lɝnɪd] ①②③④

** *adj.* 博學的、學來的

用法 a learned doctor 博學的醫生

L3 **learning** [`lɝnɪŋ] ①②③④

** *n.* 學習、學問、學識

用法 lifelong learning 終生學習

L6 **lease** [lis] ①②③④

** *n.* 租約、出租

用法 sign a two-year lease 簽一個兩年的租約

L1 **least** [list] ①②③④

** *adj.* 最少的；*pron.* 最少；*adv.* 最不

用法 at least 至少、起碼

L3 **leather** [`lɛðɚ] ①②③④

** *n.* 皮革、皮製品、皮件

用法 a leather belt 皮製皮帶

L1 **leave** [liv] ①②③④

*** *v.* 離開、處於……狀態；*n.* 休假

用法 leave sth. behind 忘了帶走某物

L4 **lecture** [`lɛktʃɚ] ①②③④

*** *n./v.* 演講、授課、訓斥

6000+ words

用法 **deliver / give** a lecture 授課

L4 **lecturer** [`lɛktʃərɚ] ①②③④

★ *n.* 演講者、講師

用法 a lecturer in English 英語講師

L1 **left** [lɛft] ①②③④

★★★ *adj.* 左邊的、左派的；*adv.* 向左；*n.* 左邊

用法 turn left 向左轉；on the left 在左邊

L1 **leg** [lɛg] ①②③④

★★★ *n.* 足、腿部

用法 a three-legged creature 三條腿的生物

L2 **legal** [`lig!] ①②③④

★ *adj.* 法律的、合乎法律的

用法 take legal action 提出訴訟、訴諸法律行動

L4 **legend** [`lɛdʒənd] ①②③④

★★ *n.* 傳說、傳奇故事

句型 Legend has it that... 據傳說……。

L5 **legendary** [`lɛdʒəndˌɛrɪ] ①②③④

★★ *adj.* 傳說的、傳奇的

用法 a legendary hero 傳奇英雄

L5 **legislation** [ˌlɛdʒɪs`leʃən] ①②③④

★★★ *n.* 立法、法規

用法 enact legislation 頒布法律

L5 **legislative** [`lɛdʒɪsˌletɪv] ①②③④

★★★ *adj.* 立法的、立法機關的

用法 the Legislative Yuan 立法院

L6 **legislator** [`lɛdʒɪsˌletɚ］ ①②③④

★★ *n.* 立法者、立法委員

用法 a dutiful legislator 盡責的立法委員

legislature [`lɛdʒɪsˌletʃɚ] ①②③④

★★ *n.* 立法機關、立法院

用法 convene a legislature 召集立法機關開會

L5 **legitimate** [lɪ`dʒɪtəmɪt ; lɪ`dʒɪtəˌmet] ①②③④

★★ *adj.* 合法的、正統的；*v.* 使合法、宣佈為合法

用法 a legitimate heir 正統的繼承人

L3 **leisure** [`liʒɚ] ①②③④

★★ *n.* 閒暇、空閒時間

用法 at one's leisure 有空時

L4 **leisurely** [`liʒɚlɪ] ①②③④

★★ *adj.* 悠閒的、慢慢的；*adv.* 從容不迫地

用法 at a leisurely pace 步態悠閒地

L1 **lemon** [`lɛmən] ①②③④

★ *n.* 檸檬、檸檬樹

用法 squeeze a lemon 擠、榨檸檬

L3 **lemonade** [ˌlɛmən`ed] ①②③④

★ *n.* 檸檬水

用法 drink the lemonade 喝檸檬汁

L2 **lend** [lɛnd] ①②③④

★★★ *v.* 借出、借貸

427

用法 **give / lend** sb. a hand 幫助某人

L2　**length** [lɛŋθ]　　①②③④

***　***n.*** 長短、長度

用法 at length = finally 終於

L4　**lengthen** [`lɛŋθən]　　①②③④

*　***v.*** 加長、變長、延長

用法 lengthen out + N 拉長……

L6　**lengthy** [`lɛŋθɪ]　　①②③④

*　***adj.*** 長久的、冗長的

用法 a lengthy discussion 長時間的討論

L2　**lens** [lɛnz]　　①②③④

**　***n.*** 透鏡、鏡片

用法 contact lenses 隱形眼鏡

L3　**leopard** [`lɛpəd]　　①②③④

*　***n.*** 美洲豹、豹

補充 cheetah 印度豹；panther 黑豹

L6　**lesbian** [`lɛzbɪən]　　①②③④

*　***adj.*** 女同性戀的

用法 lesbian lovers 女同性戀情侶

L1　**less** [lɛs]　　①②③④

**　***adj.*** 較少的；***adv.*** 較小地；***pron.*** 較少；***prep.*** 減去

用法 more or less 或多或少

L6　**lessen** [`lɛsən]　　①②③④

**　***v.*** 減少、減輕、減緩

用法 lessen the impact 減緩衝擊

L1 **lesson** [`lɛsən] ①②③④
★ *n.* 功課、課程、教訓
　　用法 teach sb. a lesson 給某人教訓

L5 **lest** [lɛst] ①②③④
★★ *conj.* 以免、唯恐
　　句型 lest S (should) + VR 以免、唯恐……

L1 **let** [lɛt] ①②③④
★★★ *v.* 容許、讓
　　用法 let go (of) sth. 放手某物

L6 **lethal** [`liθəl] ①②③④
★ *adj.* 致命的、危險的
　　用法 lethal gas 致命氣體

L1 **letter** [`lɛtɚ] ①②③④
★★★ *n.* 字母、書信
　　用法 **capital / small** letters 大／小寫字母

L3 **lettuce** [`lɛtɪs] ①②③④
★ *n.* 萵苣
　　用法 a head of lettuce 一顆萵苣

L1 **level** [`lɛvl] ①②③④
★★★ *n.* 水平面、程度、水準；*adj.* 水平的
　　用法 **above / below** the level 水準之上／下

L5 **liability** [ˌlaɪə`bɪlətɪ] ①②③④
★ *n.* 責任、義務、累贅、負債

用法 assets and liabilities 資產與負債

L6　**liable** [`laɪəb!]　　①②③④

★　*adj.* 易得……的、有可能的

用法 be liable to (get) a cold 易感冒的

L4　**liar** [`laɪɚ]　　①②③④

★　*n.* 說謊的人、騙子

用法 a notorious liar 惡名昭彰的騙子

L2　**liberal** [`lɪbərəl]　　①②③④

★★★　*adj.* 思想開明的、自由的、通才教育的

用法 liberal education 通才教育

L6　**liberate** [`lɪbəˌret]　　①②③④

★★　*v.* 使自由、解放

用法 liberate **the slave** / **a gas** 解放奴隸 / 氣體

L6　**liberation** [ˌlɪbə`reʃən]　　①②③④

★　*n.* 解放（運動）、釋放

用法 Women's Liberation Movement 婦女解放運動

L3　**liberty** [`lɪbɚtɪ]　　①②③④

★　*n.* 自由、許可、准許

用法 the Statue of Liberty 自由女神像

L4　**librarian** [laɪ`brɛrɪən]　　①②③④

★　*n.* 圖書館員、圖書館長

字構 libr 書 + ar(y) 場所 + ian 人

L1　**library** [`laɪˌbrɛrɪ]　　①②③④

★★★　*n.* 圖書館、藏書室

用法 the city library 市立圖書館

L4 **license** [`laɪsəns]　　　　　　　①②③④

*** *n.* 執照、許可證；*v.* 准許、發許可證

用法 a **driving / driver's** license 駕駛執照

L3 **lick** [lɪk]　　　　　　　　　　①②③④

** *v./n.* 舔、輕拍

用法 lick the plate clean 把盤子舔乾淨

L2 **lid** [lɪd]　　　　　　　　　　　①②③④

* *n.* 眼瞼、蓋子

用法 cover the pot with a lid 用蓋子蓋住鍋子

L1 **lie** [laɪ]　　　　　　　　　　　①②③④

*** *n.* 謊言；*v.* 說謊、躺臥、位於、存在於

用法 lie in bed 躺在床上

L6 **lieutenant** [lu`tɛnənt]　　　　①②③④

* *n.* 中尉、少尉、副官、海軍上尉

用法 a flight lieutenant 空軍上尉

L1 **life** [laɪf]　　　　　　　　　　①②③④

*** *n.* 生命、生活

用法 **all / throughout** one's life 終其一生

lifeboat [`laɪf,bot]　　　　　　①②③④

* *n.* 救生艇、救生船

用法 launch a lifeboat 放下救生艇

L4 **lifeguard** [`laɪf,gard]　　　　①②③④

* *n.* 救生員、護衛

431

用法 the brave lifeguard 英勇的救生員

L6 **lifelong** [`laɪf,lɔŋ] ①②③④

★ *adj.* 終生的、一輩子的

　　用法 lifelong friendship 終生不渝的友誼

L3 **lifetime** [`laɪf,taɪm] ①②③④

★ *n.* 一生、終身、一輩子

　　用法 last a lifetime 持續一輩子

L2 **lift** [lɪft] ①②③④

★★★ *v.* 舉起、鼓舞 ; *n.* 電梯、吊車、順便搭載

　　用法 lift the spirit 鼓舞精神

L1 **light** [laɪt] ①②③④

★★★ *n.* 燈、光線; *v.* 點燃; *adj.* 明亮的、輕的

　　用法 light yellow 淺黃色

L6 **lighten** [`laɪtən] ①②③④

★ *v.* 減輕、照亮、變淡

　　用法 lighten the cloudy sky 照亮陰沉的天空

L3 **lighthouse** [`laɪt,haʊs] ①②③④

★ *n.* 燈塔

　　用法 a lighthouse keeper 燈塔看守人

L3 **lightning** [`laɪtnɪŋ] ①②③④

★ *n.* 閃電、電光

　　用法 a flash of lightning 一道閃電

L1 **like** [laɪk] ①②③④

★★★ *prep.* 像、似; *v.* 喜歡; *n.* 愛好、相似物

MP3

L

成語 Like father, like son. 有其父必有其子。

| L5 | **likelihood** [`laɪklɪˌhʊd] | ①②③④ |

★★ *n.* 可能、可能性

用法 in all likelihood 極可能

| L2 | **likely** [`laɪklɪ] | ①②③④ |

★★★ *adj.* 有可能的、似乎合理的；*adv.* 或許

用法 be likely to-V 有可能……

| L5 | **likewise** [`laɪkˌwaɪz] | ①②③④ |

★★ *adv.* 同樣地、也、並且

用法 do likewise 照樣去做

| L3 | **lily** [`lɪlɪ] | ①②③④ |

★ *n.* 百合、百合花

用法 water lilies 荷花

| L3 | **limb** [lɪm] | ①②③④ |

★ *n.* 四肢、翼、樹枝

用法 an artificial limb 義肢

| | **lime** [laɪm] | ①②③④ |

★ *n.* 石灰、菩提樹、萊姆；*v.* 撒石灰於

用法 lime juice 萊姆汁

| L2 | **limit** [`lɪmɪt] | ①②③④ |

★★★ *n.* 界線、限度；*v.* 限制、限定

用法 without limit 無限制地

| L4 | **limitation** [ˌlɪməˈteʃən] | ①②③④ |

★★★ *n.* 限制、限度、極限

6000+ Words

用法 put limitations on + N 對……加以限制

limousine [`lɪməˌzin]　①②③④
★ *n.* 豪華禮車、大型高級轎車（= limo）
補充 sedan 轎車；van 箱型車；trailer 拖車

L6 **limp** [lɪmp]　①②③④
★ *v./n.* 跛行、緩慢費力前進
用法 walk with a limp 走路一顛一跛

L1 **line** [laɪn]　①②③④
★★★ *n.* 線條、行列、台詞；*v.* 畫線、排列
用法 line up 排隊

L4 **linen** [`lɪnən]　①②③④
★ *n.* 亞麻布（製品）
用法 a linen cupboard 被單毛巾櫃

L6 **liner** [`laɪnɚ]　①②③④
★ *n.* 客輪、班機、定期輪船、眼線筆
用法 a luxury liner 豪華客輪

L6 **linger** [`lɪŋgɚ]　①②③④
★★ *v.* 逗留、徘徊、拖延
用法 linger on the street 在街上徘徊

linguist [`lɪŋgwɪst]　①②③④
★ *n.* 語言學家、精通多國語言的人
補充 bilinguist 通雙語者

L6 **lining** [`laɪnɪŋ]　①②③④
★ *n.* 內襯、襯裡

用法 a coat lining 外套內襯

L2 **link** [lɪŋk]　　　　　　　　①②③④
*** *n.* 鏈環、連接；*v.* 連接、結合
用法 link A **to / with** B 將 A 與 B 連結

L1 **lion** [`laɪən]　　　　　　　　①②③④
** *n.* 獅子
用法 the roar of a lion 獅子的咆哮

L1 **lip** [lɪp]　　　　　　　　①②③④
*** *n.* 嘴唇
用法 bite one's lip 壓抑情緒的流露

L4 **lipstick** [`lɪp͵stɪk]　　　　①②③④
* *n.* 口紅、唇膏
用法 apply lipstick 擦口紅

L2 **liquid** [`lɪkwɪd]　　　　　　①②③④
*** *n.* 液體、液態
用法 liquid paper 修正液、立可白

L4 **liquor** [`lɪkə]　　　　　　①②③④
*** *n.* 烈酒、含酒精的飲料
用法 **hard / strong** liquor 烈酒

L1 **list** [lɪst]　　　　　　　　①②③④
*** *n.* 表、清單；*v.* 編列成表
用法 a to-do list 執行表、計畫表

L1 **listen** [`lɪsən]　　　　　　①②③④
*** *v.* 聽、傾聽

6000+ Words

用法 listen to sb. 聽某人說

L2 **listener** [`lɪsn̩ɚ]　　①②③④

★　*n.* 傾聽者、聽眾
　　用法 a regular listener to the program
　　　節目的忠實聽眾

L6 **liter** [`litɚ]　　①②③④

★　*n.* 公升
　　用法 a liter of gas 一公升汽油

L6 **literacy** [`lɪtərəsɪ]　　①②③④

★★★ *n.* 識字、讀寫的能力
　　用法 literacy skills 讀寫技巧

L6 **literal** [`lɪtərəl]　　①②③④

★　*adj.* 照字面的、原義的
　　用法 translate literally 逐字翻譯

L4 **literary** [`lɪtəˌrɛrɪ]　　①②③④

★★★ *adj.* 文學的、文藝的
　　用法 literary works 文學作品

L6 **literate** [`lɪtərɪt]　　①②③④

★　*adj.* 識字的、有讀寫能力的；*n.* 能讀寫的人
　　反義 illiterate 文盲

L4 **literature** [`lɪtərətʃɚ]　　①②③④

★★★ *n.* 文學、文學作品
　　用法 contemporary literature 當代文學

L3 **litter** [`lɪtɚ]　　①②③④

*   **n.** 垃圾、廢棄物、雜亂；**v.** 亂丟、亂扔

    用法 No littering! 禁止亂丟垃圾！

L1   **little** [`lɪtl̩]   ①②③④

***   **adj.** 小的、少的；**adv.** 很少地、完全不；**n.** 少量

    用法 little by little = gradually 逐漸地

L1   **live** [laɪv ; lɪv]   ①②③④

***   **adj.** 有生命的、實況轉播的；**v.** 居住、生活

    用法 a live TV show 現場直播的電視表演

L3   **lively** [`laɪvlɪ]   ①②③④

**   **adj.** 活潑的、充滿活力的

    用法 a lively blaze 旺盛的火焰

L2   **liver** [`lɪvɚ]   ①②③④

**   **n.** 肝臟

    用法 a liver complaint 肝病

L6   **livestock** [`laɪvˌstɑk]   ①②③④

*   **n.** 家畜（總稱）、牲畜

    用法 keep livestock 飼養家畜

L6   **lizard** [`lɪzɚd]   ①②③④

*   **n.** 蜥蜴

    用法 a house lizard 壁虎

L2   **load** [lod]   ①②③④

***   **n.** 負擔、裝載量；**v.** 裝載、裝（彈藥）

    用法 load the ship with goods 把貨物裝上船

L3   **loaf** [lof]   ①②③④

*   *n.* 一條、一塊（麵包）

用法 a sliced loaf 一條切片麵包

L4   **loan** [lon]   ①②③④

*** *n./v.* 貸款、借貸、借出

用法 costumes on loan 借來的戲服

L3   **lobby** [`labɪ]   ①②③④

** *n.* 大廳、等候室

用法 a hotel lobby 旅館大廳

L4   **lobster** [`labstɚ]   ①②③④

*   *n.* 龍蝦、龍蝦肉

補充 shrimp 蝦；oyster 牡蠣；clam 蛤蜊

L2   **local** [`lok!]   ①②③④

*** *adj.* 當地的、本地的；*n.* 當地人、當地居民

用法 local customs 當地習俗

L3   **locate** [lo`ket]   ①②③④

*** *v.* 找出位置、座落於

用法 be located in + N 位於……

L3   **location** [lo`keʃən]   ①②③④

*** *n.* 位置、地點

用法 on location 拍攝外景的

L3   **lock** [lak]   ①②③④

*** *n.* 鎖；*v.* 鎖住、固定、加鎖

用法 lock up + N 將……上鎖

L6   **locker** [`lakɚ]   ①②③④

★   *n.* 置物櫃、衣物櫃

用法 a locker room 衣帽間、更衣室

locomotive [ˌlokə`motɪv]   ①②③④

★   *n.* 機車、火車頭；*adj.* 運動的、可移動的

用法 an electric locomotive 電動機車

locust [`lokəst]   ①②③④

★   *n.* 蝗蟲

用法 a swarm of locusts 一群蝗蟲

L6   **lodge** [ladʒ]   ①②③④

★   *n.* 山林小屋、旅社；*v.* 投宿、供住宿

用法 find lodging overnight 找地方過夜

L6   **lofty** [`lɔftɪ]   ①②③④

★   *adj.* 高聳的、崇高的

用法 lofty ideals 崇高的理想

L3   **log** [lɔg]   ①②③④

★★   *n.* 原木、圓木、日誌；*v.* 伐木、記錄、登錄

用法 log **in / out** 登入 / 出

L4   **logic** [`ladʒɪk]   ①②③④

★★   *n.* 常理、邏輯、推理

用法 **apply / use** logic 運用邏輯

L4   **logical** [`ladʒɪk!]   ①②③④

★★★   *adj.* 合乎邏輯的、合理的

用法 logical analysis 合乎邏輯的分析

L6   **logo** [`logo]   ①②③④

6000+ Words

★ **n.** 商標圖案、標誌

用法 a company logo 公司標誌

L3 **lollipop** [`lalɪˌpap] ①②③④

★ **n.** 棒棒糖

用法 lick a lollipop 舔棒棒糖

L2 **lone** [lon] ①②③④

★ **adj.** 孤單的、唯一的

用法 a lone ranger 獨行俠

L1 **lonely** [`lonlɪ] ①②③④

★★ **adj.** 孤單的、寂寞的

用法 feel lonely 感到孤獨

L6 **lonesome** [`lonsəm] ①②③④

★ **adj.** 孤寂的、寂寞的

補充 tiresome / boresome 煩人的；troublesome 麻煩的

L1 **long** [lɔŋ] ①②③④

★★★ **adj.** 長的、長期的；**adv.** 長久地；**v.** 渴望、期盼

用法 long for freedom 渴望自由

L6 **longevity** [lan`dʒɛvətɪ] ①②③④

★ **n.** 長壽、壽命

用法 the average longevity 平均壽命

L6 **longitude** [`landʒəˌtjud] ①②③④

★ **n.** 經度

用法 at longitude 20 degrees east 東經 20 度

L1 **look** [lʊk] ①②③④

*** **v.** 看、注視；**n.** 看、眼神、外表

用法 look after + N 照料……

L5 **loop** [lup]　　　　　　　　　①②③④

* **n.** 環形、圓圈

用法 a belt loop 腰帶

L3 **loose** [lus]　　　　　　　　①②③④

*** **adj.** 寬鬆的、輕率的、無拘束的

用法 be on the loose 無拘束、自由自在的

L4 **loosen** [`lusən]　　　　　　①②③④

* **v.** 放鬆、解開

用法 loosen the necktie 鬆開領帶

L3 **lord** [lɔrd]　　　　　　　　①②③④

*** **n.** 貴族、君主、（實業界）巨頭

用法 a financial lord 金融巨頭

L1 **lose** [luz]　　　　　　　　①②③④

*** **v.** 輸掉、遺失、喪失

用法 lose interest in baseball 對棒球失去興趣

L3 **loser** [`luzɚ]　　　　　　　①②③④

*** **n.** 輸家、失敗者

用法 a sore loser 輸不起的人

L2 **loss** [lɔs]　　　　　　　　①②③④

*** **n.** 損失、喪失、虧損

用法 be at a loss 茫然無措

L1 **lot** [lɑt]　　　　　　　　　①②③④

441

*** *n.* 籤、命運、一塊地、很多
用法 a parking lot 停車場

L6 **lotion** [`loʃən] ①②③④

★ *n.* 化妝水、塗劑、乳液
用法 suntan lotion 防曬乳液

L6 **lottery** [`latərɪ] ①②③④

★ *n.* 樂透彩券、彩票
用法 win the lottery 中樂透

L6 **lotus** [`lotəs] ①②③④

★ *n.* 蓮花、荷花
用法 a lotus flower 蓮花

L1 **loud** [laʊd] ①②③④

★★ *adj.* 響亮的、大聲的；*adv.* 大聲地
用法 **get / grow** louder and louder 變得越來越大聲

L6 **loudspeaker** [`laʊd`spikɚ] ①②③④

★ *n.* 擴音器、喇叭
字構 loud 大聲 + speak 說 + er 物

L5 **lounge** [laʊndʒ] ①②③④

★ *v.* 倚靠、閒蕩；*n.* 會客廳、候機室、休息室
用法 the VIP lounge 貴賓休息室

L4 **lousy** [`laʊzɪ] ①②③④

★ *adj.* 差勁的、污穢的、討厭的、卑鄙的
用法 lousy service 差勁的服務

L1 **love** [lʌv] ①②③④

*** ***n.*** 愛、愛情；***v.*** 愛好、熱愛
用法 fall in love with sb. 愛上某人

L1 **lovely** [`lʌvlɪ] ①②③④

*** ***adj.*** 可愛的、美好的、令人愉快的
用法 a lovely girl 可愛的小女孩

L3 **lover** [`lʌvɚ] ①②③④

** ***n.*** 情人、愛人、愛好者
用法 a nature lover 熱愛大自然者

L1 **low** [lo] ①②③④

*** ***adj.*** 低的、矮的；***n.*** 低點；***adv.*** 低地
用法 at a low temperature 在低溫的情況下

L2 **lower** [`loɚ] ①②③④

*** ***v.*** 降低、減弱
用法 lower the **price** / **voice** 降低價錢 / 音量

L4 **loyal** [`lɔɪəl] ①②③④

** ***adj.*** 忠實的、忠心的、忠誠的
用法 be loyal to its master 忠於主人

L4 **loyalty** [`lɔɪəltɪ] ①②③④

** ***n.*** 忠實、忠誠、忠心
用法 swear loyalty 宣誓效忠

L2 **luck** [lʌk] ①②③④

*** ***n.*** 幸運、運氣、命運
用法 as luck would have it 碰巧、幸好

L1 **lucky** [`lʌkɪ] ①②③④

6000+ Words

** *adj.* 幸運的、僥倖的

用法 a lucky charm 幸運符

L6 **lucrative** [`lukrətɪv]　　　①②③④

** *adj.* 有利可圖的、賺錢的、營利的

用法 a lucrative opportunity 賺錢的機會

L3 **luggage** [`lʌgɪdʒ]　　　①②③④

* *n.* 行李

用法 **luggage / baggage** claim 行李提領區

L6 **lullaby** [`lʌlə‚baɪ]　　　①②③④

* *n.* 催眠曲、搖籃曲；*v.* 唱搖籃曲

用法 sing a lullaby to the baby 對寶寶唱搖籃曲

lumber [`lʌmbɚ]　　　①②③④

* *n.* 木材、木料；*v.* 伐木、製材

用法 a lumber carrier 運木船

L5 **lump** [lʌmp]　　　①②③④

* *n.* 團、小塊、腫塊；*v.* 使成塊、歸併一起

用法 a lump of **earth / sugar** 一塊泥土 / 糖

L6 **lunar** [`lunɚ]　　　①②③④

* *adj.* 月亮的、農曆的、與月球有關的

用法 the lunar calendar 農曆

lunatic [`lunə‚tɪk]　　　①②③④

* *n.* 瘋子；*adj.* 瘋的、發瘋的

用法 lunatic action 愚蠢的行動

L1 **lunch** [lʌntʃ]　　　①②③④

M

*** *n.* 午餐（= luncheon）; *v.* 吃午餐

用法 at lunchtime 午餐時間

L3 **lung** [lʌŋ]   ①②③④

*** *n.* 肺、肺臟

用法 lung cancer 肺癌

L6 **lure** [lʊr]   ①②③④

★ *v.* 引誘、誘惑; *n.* 誘惑、吸引力

用法 lure the prey into a trap 引誘獵物入陷阱

L6 **lush** [lʌʃ]   ①②③④

★ *adj.* 茂盛的、蒼翠的

用法 lush vegetation 茂盛的草木

L4 **luxurious** [lʌg`ʒʊrɪəs]   ①②③④

★ *adj.* 奢侈的、豪華的

用法 live a luxurious life 過奢華的生活

L4 **luxury** [`lʌkʃərɪ]   ①②③④

** *n.* 奢侈、奢侈品、奢華

用法 afford the luxury 負擔得起奢華

lyric [`lɪrɪk]   ①②③④

★ *adj.* 抒情的; *n.* 抒情詩、抒情歌詞、抒情作品

用法 a lyric song 抒情歌

L1 **machine** [mə`ʃin]   ①②③④

*** *n.* 機器、機械; *v.* 用機器製造、加工成型

用法 operate a machine 操作機器

L4 **machinery** [mə`ʃinərɪ]   ①②③④

6000+ Words

★ **n.** 機器（總稱）、機械
用法 farm machinery 農業機械

L1 **mad** [mæd] ①②③④
★★ **adj.** 瘋狂的、生氣的、發狂的
用法 be mad about football 對足球十分著迷

L6 **madam** [ˋmædəm] ①②③④
★ **n.** 女士、夫人（= ma'am）
用法 Dear Madam 親愛的女士

L2 **magazine** [ˌmægəˋzin] ①②③④
★★★ **n.** 雜誌、期刊
用法 subscribe **for / to** a magazine 訂閱雜誌

L1 **magic** [ˋmædʒɪk] ①②③④
★★ **n.** 魔力、魔法；**adj.** 魔法的、魔術的
用法 perform magic tricks 表演魔術

L3 **magical** [ˋmædʒɪk!] ①②③④
★ **adj.** 魔法的、有魔力的、魔術的
用法 magical powers 魔力、法力

L3 **magician** [məˋdʒɪʃən] ①②③④
★ **n.** 魔術師、巫師
用法 a remarkable magician 了不起的魔術師

L3 **magnet** [ˋmægnɪt] ①②③④
★ **n.** 磁鐵、磁石、有吸引力者
用法 be a magnet **for / to** visitors 令遊客流連忘返

L4 **magnetic** [mægˋnɛtɪk] ①②③④

★★ *adj.* 磁鐵的、有磁性的、有魅力的

　　用法 the magnetic field 磁場

L4 **magnificent** [mæg`nɪfəsənt]　　①②③④

★★★ *adj.* 壯麗的、宏偉的、堂皇的

　　用法 the magnificent gorge 壯觀的峽谷

L6 **magnify** [`mægnə͵faɪ]　　①②③④

★ *v.* 放大、誇大

　　用法 magnify the object 放大物體

　　magnitude [`mægnə͵tjud]　　①②③④

★ *n.* 強度、震度、巨大、重大

　　用法 the magnitude of the earthquake 地震的強度

L3 **maid** [med]　　①②③④

★★★ *n.* 女僕、少女、侍女

　　用法 a maid of honor 主要的女儐相

L6 **maiden** [`medən]　　①②③④

★ *n.* 少女、姑娘、未婚女子；*adj.* 少女的

　　用法 a charming maiden 迷人的姑娘

L1 **mail** [mel]　　①②③④

★★ *n.* 郵件、郵政、*v.* 郵寄

　　用法 deliver the mail 送信

L1 **main** [men]　　①②③④

★ *adj.* 主要的、最重要的；*n.* 主要部分

　　用法 in the main 大體上

L6 **mainland** [`menlənd]　　①②③④

★ **n.** 本土、大陸

用法 mainland **Europe / China** 歐洲 / 中國大陸

L5 **mainstream** [`men,strim] ①②③④

★ **n.** 主流

用法 the cultural mainstream 文化主流

L2 **maintain** [men`ten] ①②③④

★★★ **v.** 維持、保養、主張、堅持

用法 maintain the silver tableware 保養銀製餐具

L5 **maintenance** [`mentənəns] ①②③④

★★★ **n.** 維持、保養、堅持

用法 **need / require** maintenance 需要保養

L6 **majestic** [mə`dʒɛstɪk] ①②③④

★ **adj.** 莊嚴的、雄偉的、崇高的

用法 majestic castles 雄偉的城堡

L6 **majesty** [`mædʒɪstɪ] ①②③④

★ **n.** 莊嚴、雄偉、威權、陛下

用法 **His / Her** Majesty 國王 / 女王陛下

L2 **major** [`medʒɚ] ①②③④

★★★ **adj.** 主要的、重要的；**n.** 少校；**v.** 主修

用法 major in philosophy 主修哲學

L3 **majority** [mə`dʒɔrətɪ] ①②③④

★★★ **n.** 大多數、多數人

用法 the majority of the youth 大多數的年輕人

L1 **make** [mek] ①②③④

M

   *** v. 做、製造

   用法 homemade cookies 自製餅乾

L4 **makeup** [`mek͵ʌp]   ①②③④

*   ***n.*** 組成、構造、結構；***n.*** 化妝、化妝品

   用法 the society makeup 社會結構

   malaria [mə`lɛrɪə]   ①②③④

*   ***n.*** 瘧疾

   用法 eradicate malaria 消滅瘧疾

L2 **male** [mel]   ①②③④

*** ***adj.*** 雄的、男性的；***n.*** 雄性動植物

   用法 a male nurse 男護士

L3 **mall** [mɔl]   ①②③④

*   ***n.*** 購物中心、商店區

   用法 a shopping mall 購物中心

L5 **mammal** [`mæm!]   ①②③④

** ***n.*** 哺乳動物

   用法 marine mammals 海洋哺乳動物

L1 **man** [mæn]   ①②③④

*** ***n.*** 男人、人類；***v.*** 配置（人員）、操縱

   成語 Man proposes, God disposes.

        謀事在人，成事在天。

L2 **manage** [`mænɪdʒ]   ①②③④

*** ***v.*** 管理、經營

   用法 manage to-V 設法去……

6000 words

manageable [`mænɪdʒəb!]　①②③④

★ **adj.** 能處理的、易處理的、可設法的

用法 a more manageable level 較易處理的程度

L2 **management** [`mænɪdʒmənt]　①②③④

*** **n.** 管理部門、資方、管理

用法 personnel management 人事管理

L2 **manager** [`mænɪdʒɚ]　①②③④

*** **n.** 經理、負責人、管理人員

用法 the general manager 總經理

Mandarin [`mændərɪn]　①②③④

★ **n.** 國語、普通話、（小寫）橘子

用法 speak Mandarin 說國語

L5 **mandate** [`mændet]　①②③④

** **n.** 授權、委任、命令

用法 the congressional mandate 議會的授權

L2 **mango** [`mæŋgo]　①②③④

★ **n.** 芒果

用法 mango shaved ice 芒果冰

L5 **manifest** [`mænə‚fɛst]　①②③④

★ **v.** 證明、表明、顯示；**adj.** 明顯的、顯然的

用法 manifest fear on the face 臉上顯現恐懼

L5 **manipulate** [mə`nɪpjə‚let]　①②③④

★ **v.** 操縱、控制、操作、使用

用法 manipulate a robot 操縱機器人

L3 mankind [mæn`kaɪnd] ①②③④

*** *n.* 人類（= humankind）、男人

用法 for the mankind 為了全人類

L2 manner [`mænɚ] ①②③④

*** *n.* 態度、方法、方式；*n.pl* 禮儀、規矩

用法 in a polite manner 用禮貌的方式、態度

L5 mansion [`mænʃən] ①②③④

★ *n.* 大廈、豪宅

用法 dwell in a mansion 住豪宅

L4 manual [`mænjʊəl] ①②③④

★ *adj.* 手工的、用手操作的；*n.* 說明書、使用手冊

用法 a thick instruction manual 厚厚的操作手冊

L4 manufacture [ˌmænjə`fæktʃɚ] ①②③④

★ *v.* 製造、生產；*n.* 製造、製造業

用法 be manufactured by Ferrari 由法拉利所製作

L4 manufacturer [ˌmænjə`fæktʃərɚ] ①②③④

*** *n.* 製造商、製造者、製造業者

用法 an aircraft manufacturer 飛機製造廠

L6 manuscript [`mænjəˌskrɪpt] ①②③④

★ *n.* 手稿、原稿

字構 manu 手 + script 寫

L1 many [`mɛnɪ] ①②③④

*** *adj.* 許多的；*pron.* 許多

成語 Many a little makes a mickle. 積少成多。

L1 **map** [mæp] ①②③④

★★ *n.* 地圖；*v.* 繪圖、計劃

用法 map out a trip schedule 籌劃出遊計畫

L6 **maple** [`mepl] ①②③④

★ *n.* 楓、楓樹

用法 maple leaves 楓葉；maple syrup 楓糖漿

L6 **mar** [mar] ①②③④

★ *v.* 毀損、弄壞、破壞

用法 **mar / spoil** sb.'s pleasure 掃某人的興致

L4 **marathon** [`mærə,θan] ①②③④

★ *n.* 馬拉松賽跑

用法 run a marathon 跑馬拉松

L3 **marble** [`marbl] ①②③④

★★ *n.* 大理石、彈珠

用法 a marble statue 大理石雕像

March [martʃ] ①②③④

★★★ *n.* 三月（= Mar.）

用法 March winds and April showers
三月風以及四月雨

L3 **march** [martʃ] ①②③④

★★ *v.* 前進、行軍；*n.* 遊行、行進

用法 on the march 行進、前進

L4 **margin** [`mardʒɪn] ①②③④

★★ *n.* 頁邊空白、邊緣

用法 by a narrow margin 差一點點

L6　**marginal** [`mardʒɪn!]　①②③④

★★　*adj.* 頁邊的、頁緣的、邊緣的

用法 marginal space 邊緣空白處

L5　**marine** [mə`rin]　①②③④

★★★　*adj.* 海洋的、海上的；*n.* 海運、海軍陸戰隊隊員

用法 a marine park 海洋公園

L1　**mark** [mark]　①②③④

★★★　*v.* 做記號、記錄、打分數；*n.* 記號、分數、符號

用法 get the highest mark 得到最高分

L3　**marker** [markɚ]　①②③④

★　*n.* 馬克筆、標識

用法 a marker pen 記號筆

L1　**market** [`markɪt]　①②③④

★★　*n.* 市場；*v.* 銷售、買賣

用法 on the market 出售中、上市

L2　**marriage** [`mærɪdʒ]　①②③④

★★★　*n.* 結婚、婚姻

用法 celebrate a marriage 慶祝結婚

L1　**married** [`mærɪd]　①②③④

★　*adj.* 已結婚的

用法 a married man 已婚男士

L2　**marry** [`mærɪ]　①②③④

★★★　*v.* 嫁、娶、結婚

6000+ Words

用法 **be / get** married to sb. 與某人結婚

marshal [`marʃəl] ①②③④

★★ **n.** 警長、元帥、警察局長、執法官

用法 a federal marshal 聯邦警長

L6 **martial** [`marʃəl] ①②③④

★ **adj.** 軍事的、戰爭的、武術的

用法 martial arts 武術

L6 **marvel** [`marv!] ①②③④

★ **n.** 令人驚奇的人或事物；**v.** 驚嘆、驚訝

用法 a marvel of nature 大自然的奇觀

L3 **marvelous** [`marvələs] ①②③④

★ **adj.** 令人驚嘆的、了不起的

用法 a marvelous painting 令人驚嘆的畫作

L5 **masculine** [`mæskjəlɪn] ①②③④

★ **adj.** 男性的、有男子氣概的；**n.** 男性、陽性

用法 a masculine figure 陽剛的角色

mash [mæʃ] ①②③④

★ **n.** 糊狀物、麥芽漿；**v.** 搗碎、磨碎

用法 mashed potatoes 馬鈴薯泥

L2 **mask** [mæsk] ①②③④

★ **n.** 面具、口罩；**v.** 戴面具、偽裝

用法 wear a mask 戴面具；a masked ball 化裝舞會

L2 **mass** [mæs] ①②③④

★★★ **n.** 堆、大量、群眾、質量

用法 mass production 大量生產、成批生產

massacre [`mæsəkə] ①②③④

★ **n./v.** 殘殺、大屠殺

用法 a brutal massacre 殘酷的大屠殺

L5 **massage** [mə`saʒ] ①②③④

★ **n./v.** 按摩、推拿

用法 get a massage 按摩

L5 **massive** [`mæsɪv] ①②③④

★★★ **adj.** 巨大的、大量的、結實的、大規模的

用法 massive stones 巨石

L2 **master** [`mæstə] ①②③④

★★★ **n.** 主人、大師；**v.** 精通、熟練

用法 master foreign languages 精通外語

L5 **masterpiece** [`mæstə‚pis] ①②③④

★ **n.** 名作、傑作

用法 Da Vinci's masterpieces 達文西的傑作

L6 **mastery** [`mæstərɪ] ①②③④

★ **n.** 優勢、精通、掌控、駕馭

用法 the mastery **of / over** the seas 對海域的掌控

L2 **mat** [mæt] ①②③④

★ **n.** 墊子、草蓆

用法 **put / roll** out the welcome mat 熱烈歡迎

L2 **match** [mætʃ] ①②③④

★★★ **n.** 火柴、比賽；**v.** 比較、較量、和……相配、相稱

用法 strike a match 點燃火柴

L2 **mate** [met]　　　　　　　①②③④

★★ *n.* 配偶、夥伴；*v.* 成配偶、配對

　　用法 soul mates 靈魂伴侶；ideal mates 理想伴侶

L2 **material** [mə`tɪrɪəl]　　　　　①②③④

★★★ *n.* 物質、材料、原料

　　用法 **educational / teaching** materials 教材

　　materialism [mə`tɪrɪəl.ɪzəm]　　①②③④

★ *n.* 物質主義、唯物主義

　　補充 realism 寫實主義；idealism 理想主義；

　　　　 superrealism 超現實主義

L3 **mathematical** [.mæθə`mætɪk!]　①②③④

★★ *adj.* 數學的、精確的

　　用法 mathematical principles 數學法則

L1 **mathematics** [.mæθə`mætɪks]　①②③④

★★ *n.* 數學（= math）

　　用法 a mathematics teacher 數學老師

L1 **matter** [`mætə]　　　　　　　①②③④

★★★ *n.* 事、事情、重要性；*v.* 要緊、有關係

　　用法 It's no laughing matter! 這可不是好玩的！

L5 **mattress** [`mætrɪs]　　　　　①②③④

★ *n.* 床墊、墊子

　　用法 under the mattress 在床墊下

L2 **mature** [mə`tjʊr]　　　　　　①②③④

★★ *adj.* 成熟的、成年人的

反義 immature

L4 **maturity** [mə`tjʊrətɪ] ①②③④

★★ *n.* 成熟、成熟度、成熟時期

用法 reach maturity 成熟

L4 **maximum** [`mæksəməm] ①②③④

★ *n.* 最大值、最大量；*adj.* 最大的

用法 the maximum capacity 最大容量

L1 **may** [me] ①②③④

★★★ *aux.* 可以、許可、表可能、祝願；*n.* 五月（大寫）

用法 may as well + VR 最好、不妨……

L1 **maybe** [`mebɪ] ①②③④

★★★ *adv.* 或許、可能、大概

用法 Maybe so! 也許如此吧！

mayonnaise [ˌmeə`nez] ①②③④

★ *n.* 美奶滋、蛋黃醬

用法 egg mayonnaise 雞蛋美奶滋

L3 **mayor** [`meɚ] ①②③④

★★ *n.* 市長、鎮長

用法 run for mayor 競選市長

L3 **meadow** [`mɛdo] ①②③④

★★ *n.* 草地、牧場

用法 roam the meadow 在草地上漫步

L1 **meal** [mil] ①②③④

6000+ Words

*** *n.* 飯、一餐

用法 prepare meals 準備餐點

L1 **mean** [min]   ①②③④

** *v.* 意指、註定；*adj.* 卑鄙的；*n. pl* 財富、手段

用法 be meant for a writer 天生是當作家的料

L2 **meaning** [`minɪŋ]   ①②③④

*** *n.* 意義、意思

用法 convey the meaning 傳達意思

L3 **meaningful** [`minɪŋfəl]   ①②③④

** *adj.* 有意義的、意味深遠的

用法 a meaningful smile 意味深長的笑容

L5 **meantime** [`min,taɪm]   ①②③④

* *adv./n.* 同時、其間、此時

用法 in the meantime 與此同時

L3 **meanwhile** [`min,hwaɪl]   ①②③④

*** *adv./n.* 同時、其間、此時

用法 in the meanwhile 與此同時、在此期間

L4 **measurable** [`mɛʒərəbl]   ①②③④

* *adj.* 可測量的

用法 produce measurable profits 產生顯著的獲利

L2 **measure** [`mɛʒɚ]   ①②③④

*** *v.* 測量、衡量；*n. pl* 措施、手段、方法

用法 take measures 採取措施

L2 **measurement** [`mɛʒɚmənt]   ①②③④

*** *n.* 測量、尺寸、大小

用法 take the measurement of the waist 量腰的尺寸

L1 **meat** [mit] ①②③④

*** *n.* 肉

成語 One man's meat may be another's poison.

各人喜好不同。

L4 **mechanic** [mə`kænɪk] ①②③④

** *n.* 技工、機械工、機械師；*n.pl* 力學、機械學

用法 an auto mechanic 汽車修理工

L4 **mechanical** [mə`kænɪk!] ①②③④

*** *adj.* 機械的、呆板的

用法 a mechanical engineer 機械工程師

L5 **mechanism** [`mɛkə,nɪzəm] ①②③④

*** *n.* 機件、結構、機制、機械裝置

用法 safety mechanism 安全機制

L3 **medal** [`mɛd!] ①②③④

* *n.* 獎章、獎牌、勳章

用法 award a medal 授予獎章

L6 **mediate** [`midɪ,et] ①②③④

* *v.* 仲裁、調停、促成……的解決

用法 mediate **peace / cease-fire** 促成和平 / 停火

L2 **medical** [`mɛdɪk!] ①②③④

*** *adj.* 醫學的、醫療的

用法 take a medical check-up 做健康檢查

L5 **medication** [ˌmɛdɪˈkeʃən]　①②③④
★　*n.* 用藥、藥物治療
用法 be on medication 進行藥物治療

L1 **medicine** [ˈmɛdəsən]　①②③④
★★★ *n.* 藥物、醫學
用法 practice medicine 開業行醫

L6 **medieval** [ˌmɪdɪˈivəl]　①②③④
★★　*adj.* 中世紀的、中古風的、老式的
用法 medieval castles 中世紀的城堡

L6 **meditate** [ˈmɛdəˌtet]　①②③④
★　*v.* 沉思、深思熟慮
用法 meditate (up)on + N 思考……

L6 **meditation** [ˌmɛdəˈteʃən]　①②③④
★　*n.* 沉思、冥想
用法 practice meditation 靜坐冥想

L3 **medium** [ˈmidɪəm]　①②③④
★★★ *n.* 媒體、媒介物、工具、中間（複數為 media）
用法 through the medium of air 經由空氣的媒介

L1 **meet** [mit]　①②③④
★★★ *v.* 會見、遇見；*n.* 集合、運動會
用法 meet sb. halfway 與某人妥協

L1 **meeting** [ˈmitɪŋ]　①②③④
★★★ *n.* 會議、集會
用法 call a meeting 召開會議

L6 **melancholy** [`mɛlənˌkɑlɪ] ①②③④
* ★ *n.* 憂鬱、憂鬱症；*adj.* 憂鬱的、令人沮喪的
  用法 sink into melancholy 陷入憂鬱

mellow [`mɛlo] ①②③④
* ★ *adj.* 成熟的、圓潤的、老練的；*v.* 成熟、變圓潤
  用法 (be) mellow over time 隨時間變得成熟

L2 **melody** [`mɛlədɪ] ①②③④
* ★★ *n.* 主旋律、曲調
  用法 sing along with the melody 隨旋律哼唱

L3 **melon** [`mɛlən] ①②③④
* ★ *n.* 瓜、甜瓜
  用法 a slice of melon 一片甜瓜

L3 **melt** [mɛlt] ①②③④
* ★★★ *v.* 融化、熔化、溶解
  用法 the melting point 融點、熔點

L1 **member** [`mɛmbɚ] ①②③④
* ★★★ *n.* 成員、會員
  用法 an honorary member 名譽會員

L2 **membership** [`mɛmbɚˌʃɪp] ①②③④
* ★★★ *n.* 會員身分、會員資格
  用法 apply for membership 申請入會

L4 **memorable** [`mɛmərəb!] ①②③④
* ★ *adj.* 難忘的、值得紀念的
  用法 a memorable journey 一次難忘的旅行

M 6000+
Words a High School Student Must Know

L4	**memorial** [mə`morɪəl]	①②③④
★★	*adj.* 紀念的；*n.* 紀念碑、紀念物、紀念館	
	用法 a memorial hall 紀念館	

L4	**memorize** [`mɛmə,raɪz]	①②③④
★	*v.* 記住、背誦、記憶	
	用法 memorize vocabulary 記單字	

L2	**memory** [`mɛmərɪ]	①②③④
★★★	*n.* 記憶、記憶力	
	用法 in memory of + N 紀念……	

	menace [`mɛnɪs]	①②③④
★	*n./v.* 威脅、恐嚇	
	用法 pose a menace to + N 對……造成威脅	

L2	**mend** [mɛnd]	①②③④
★	*v.* 修理、修補、改善、治癒	
	同義 cure / fix / patch / restore / remedy	

L3	**mental** [`mɛnt!]	①②③④
★★★	*adj.* 心理的、精神上的、智力的	
	用法 mental deficiency 智力缺陷	

L6	**mentality** [mɛn`tælətɪ]	①②③④
★	*n.* 心態、智力、心理狀態	
	用法 abnormal mentality 變態心理	

L2	**mention** [`mɛnʃən]	①②③④
★★	*v./n.* 提及、說到、陳述	
	用法 not to mention + N 更別提……	

M

L5 **mentor** [`mɛntɚ]   ①②③④

★   *n.* 導師

　　用法 a mental mentor 精神導師

L1 **menu** [`mɛnju]   ①②③④

★   *n.* 菜單

　　用法 **choose** / **select** from the menu 從菜單選擇

L6 **merchandise** [`mɝtʃənˌdaɪz]   ①②③④

★   *n.* 商品、貨物；*v.* 買賣、推銷

　　用法 purchase merchandise 購買貨物

L4 **merchant** [`mɝtʃənt]   ①②③④

★★★   *n.* 商人、生意人

　　用法 a **wholesale** / **retail** merchant 批發 / 零售商

L4 **mercy** [`mɝsɪ]   ①②③④

★★   *n.* 仁慈、慈悲、憐憫

　　用法 show mercy to the poor 對窮人展現憐憫

L4 **mere** [mɪr]   ①②③④

★★★   *adj.* 僅僅、只是、單單的

　　用法 a mere trifle 一點小事

L5 **merge** [mɝdʒ]   ①②③④

★★   *v.* 合併、融合、同化

　　用法 merge the two into one 把兩者合併在一起

L4 **merit** [`mɛrɪt]   ①②③④

★   *n.* 優點、功績、價值

　　用法 merits and demerits 優點與缺點、功與過

6000 words

463

L6　**mermaid** [`mɝ͵med]　　　　①②③④

★　　*n.* 美人魚

　　字構 mer 海 + maid 少女

L3　**merry** [`mɛrɪ]　　　　①②③④

★　　*adj.* 歡樂的、愉快的

　　用法 ride (on) a merry-go-round 乘坐旋轉木馬

L3　**mess** [mɛs]　　　　①②③④

★★　　*n.* 混亂、髒亂；*v.* 弄亂

　　用法 mess up the room 把房間弄亂

L2　**message** [`mɛsɪdʒ]　　　　①②③④

★★★　　*n.* 口信、訊息、音信

　　用法 get the message 了解含意、知道了

L4　**messenger** [`mɛsəndʒɚ]　　　　①②③④

★　　*n.* 信差、使者

　　用法 dispatch a messenger 派遣信差

L4　**messy** [`mɛsɪ]　　　　①②③④

★　　*adj.* 混亂的、雜亂的、麻煩的

　　用法 a painful and messy job 令人痛苦又麻煩的工作

L2　**metal** [`mɛt!]　　　　①②③④

★★★　　*n.* 金屬、金屬製品；*adj.* 金屬的、金屬製

　　用法 corrode a metal 腐蝕金屬

L5　**metaphor** [`mɛtəfɚ]　　　　①②③④

★　　*n.* 隱喻、暗喻

　　用法 a metaphor for + N ……的比喻

L2 **meter** [`mitə`]　　　　　　　　　①②③④

★★ *n.* 公尺、計量器

用法 read the **electric / gas** meter 抄電 / 瓦斯表

L2 **method** [`mɛθəd]　　　　　　　　①②③④

★★★ *n.* 方法、作法

用法 **adopt / apply / use** a method 採用方法

L5 **metropolitan** [ˌmɛtrə`palətən]　　　①②③④

★★ *adj.* 大都會的、大都市的；*n.* 大城市人

用法 metropolitan districts 大都會區

L3 **microphone** [`maɪkrəˌfon]　　　　①②③④

★ *n.* 麥克風、擴音器（= mike）

用法 speak into a microphone 對著麥克風講話

L4 **microscope** [`maɪkrəˌskop]　　　①②③④

★ *n.* 顯微鏡

用法 under a microscope 在顯微鏡下

L3 **microwave** [`maɪkroˌwev]　　　　①②③④

★ *n.* 微波、微波爐；*v.* 用微波爐烹調

用法 a microwave oven 微波爐

L1 **middle** [`mɪd!]　　　　　　　　　①②③④

★★★ *adj.* 中間的；*n.* 中間、中途；*v.* 放在中間

用法 in the middle of the driveway 在車道中間

L5 **midst** [mɪdst]　　　　　　　　　①②③④

★ *prep.* 在……之中、正值……時期；*n.* 中間

用法 in our midst 在我們之中

might [maɪt]　　　　①②③④

★ **n.** 力氣、力量

用法 try with all one's might 使盡全力去試

L3 **mighty** [`maɪtɪ]　　　　①②③④

★★ **adj.** 強有力的、強大的

成語 The pen is mightier than the sword. 文勝於武。

L6 **migrant** [`maɪgrənt]　　　　①②③④

★ **adj.** 移居的、移民的；**n.** 移民、候鳥

用法 migrant workers 外籍移工

migrate [`maɪˌgret]　　　　①②③④

★ **v.** 遷徙、移居

用法 migrate to a warmer place 移居到更溫暖的地方

L5 **migration** [maɪ`greʃən]　　　　①②③④

★ **n.** 遷移、遷徙

用法 mass migration 大規模的遷徙

L4 **mild** [maɪld]　　　　①②③④

★★ **adj.** 溫和的、溫暖的、輕微的

同義 gentle / kind / tender / warm

L2 **mile** [maɪl]　　　　①②③④

★★★ **n.** 英里、里

用法 60 miles per hour 每小時 60 英里

mileage [`maɪlɪdʒ]　　　　①②③④

★ **n.** 里程數、總英里數

用法 a car with a low mileage 總里程數少的車

L5 milestone [`maɪl,ston] ①②③④

★　*n.* 里程碑

用法 a milestone in history 歷史上的里程碑

militant [`mɪlətənt] ①②③④

★　*adj.* 好戰的、激進的；*n.* 好戰分子

用法 militant protesters 激進的抗議者

L2 military [`mɪlə,tɛrɪ] ①②③④

★★★　*adj.* 軍事的、軍隊的；*n.* 軍隊、軍方

用法 military service 兵役

L1 milk [mɪlk] ①②③④

★★★　*n.* 牛奶；*v.* 擠奶

用法 **cow's / goat's** milk 牛 / 羊奶

L4 mill [mɪl] ①②③④

★★　*n.* 磨坊、麵粉廠、磨粉機；*v.* 磨成粉

用法 a cotton-spinning mill 棉花紡織廠

miller [`mɪlɚ] ①②③④

★　*n.* 磨坊主人、製粉業者

用法 work as a miller 擔任磨坊工人

L1 million [`mɪljən] ①②③④

★★★　*n.* 百萬

用法 millions of fans 數百萬的粉絲

L4 millionaire [,mɪljən`ɛr] ①②③④

★　*n.* 百萬富翁、巨富、富豪

補充 billionaire 億萬富翁

L6 **mimic** [ˋmɪmɪk] ①②③④

★ *v.* 模仿、戲弄；*n.* 模仿者、丑角

同義 ape / copy / imitate / parrot

L1 **mind** [maɪnd] ①②③④

★★★ *n.* 頭腦、心智、想法；*v.* 介意、在意

用法 mind one's own business 管好自己的事

L1 **mine** [maɪn] ①②③④

★★★ *n.* 礦、地雷；*v.* 採礦；*pron.* 我的（所有格代名詞）

用法 mine for jade 採玉

L4 **miner** [ˋmaɪnə] ①②③④

★ *n.* 礦工

用法 a coal miner 煤礦工人

L4 **mineral** [ˋmɪnərəl] ①②③④

★★ *n.* 礦物質

用法 a bottle of mineral water 一瓶礦泉水

L6 **mingle** [ˋmɪŋg!] ①②③④

★★ *v.* 混合、交往、相混

用法 mingle blood with sweat 血汗交雜

L5 **miniature** [ˋmɪnɪətʃə] ①②③④

★ *adj.* 縮小的、小型的；*n.* 小模型、縮圖；*v.* 縮小

用法 a miniature doll's house 娃娃屋模型

L5 **minimal** [ˋmɪnəməl] ①②③④

★★ *adj.* 最低的、最小的、極微的

用法 a minimal amount of + N 極小量的……

L5 **minimize** [ˋmɪnəˏmaɪz] ①②③④

** *v.* 減到最低、縮小

用法 minimize the losses 將損失減到最低

L4 **minimum** [ˋmɪnəməm] ①②③④

*** *n.* 最小值、最低限度；*adj.* 最小的、最少的

字構 min 小 + im 最 + um 量、程度

L4 **minister** [ˋmɪnɪstɚ] ①②③④

*** *n.* 部長、大臣、牧師

用法 a prime minister 首相、總理

L4 **ministry** [ˋmɪnɪstrɪ] ①②③④

** *n.*（政府的）部、內閣

用法 the Ministry of Foreign Affairs 外交部

L2 **minor** [ˋmaɪnɚ] ①②③④

*** *adj.* 次要的、少數的、副修的；*n.* 未成年人

用法 No minors!（告示）未成年者禁止進入！

L2 **minority** [maɪˋnɔrətɪ] ①②③④

** *n.* 少數、少數民族

用法 ethnic minority 少數民族

L5 **mint** [mɪnt] ①②③④

* *n.* 薄荷、薄荷糖

用法 a mint-flavored toothpaste 薄荷味牙膏

L3 **minus** [ˋmaɪnəs] ①②③④

* *prep.* 減去；*n.* 負數、不足；*adj.* 負的

用法 get an A **minus** / **plus** 得了一個 A- / A+

L1 **minute** [`mɪnɪt]　　①②③④

★★★ *n.* 分鐘、片刻

用法 in a minute 馬上、立刻

L3 **miracle** [`mɪrək!]　　①②③④

★★ *n.* 奇蹟

用法 **create / perform / work** a miracle 創造奇蹟

L6 **miraculous** [mɪ`rækjələs]　　①②③④

★ *adj.* 奇蹟般的、神奇的、不平凡的

用法 miraculous survival 奇蹟般生還

L2 **mirror** [`mɪrɚ]　　①②③④

★★ *n.* 鏡子；*v.* 反映

用法 look in the mirror 照鏡子

L4 **mischief** [`mɪstʃɪf]　　①②③④

★ *n.* 淘氣、頑皮、惡作劇、禍源

用法 get into mischief 調皮搗蛋

L6 **mischievous** [`mɪstʃɪvəs]　　①②③④

★ *adj.* 惡作劇的、調皮的、淘氣的

用法 mischievous tricks 惡作劇

　　miser [`maɪzɚ]　　①②③④

★ *n.* 吝嗇鬼、守財奴

用法 a money-hoarding miser 累積財富的守財奴

L4 **miserable** [`mɪzərəb!]　　①②③④

★ *adj.* 悲慘的、不幸的、痛苦的

用法 *Les Misérables* 《悲慘世界》

M

L3 **misery** [`mɪzərɪ] ①②③④
★★ *n.* 悲慘、不幸、苦難
用法 live in misery 過得很悲慘

L4 **misfortune** [mɪs`fɔrtʃən] ①②③④
★ *n.* 厄運、不幸、災難
成語 Misfortune never comes singly. 禍不單行。

L4 **mislead** [mɪs`lid] ①②③④
★ *v.* 誤導、引入歧途
用法 mislead sb. into Ving 誤導某人……

L1 **Miss / miss** [mɪs] ①②③④
★★★ *n.* 小姐；*v.* 思念、錯過
用法 miss a catch 漏接

L3 **missile** [`mɪs!] ①②③④
★★★ *n.* 飛彈、投擲物
用法 launch a missile 發射飛彈

L3 **missing** [`mɪsɪŋ] ①②③④
★ *adj.* 走失的、失蹤的
用法 a missing child 失蹤兒童

L3 **mission** [`mɪʃən] ①②③④
★★★ *n.* 使命、任務、外交使團
用法 carry out one's mission 執行任務

L5 **missionary** [`mɪʃənˌɛrɪ] ①②③④
★★ *adj.* 傳教的、教會的；*n.* 傳教士
用法 a **devoted / dedicated** missionary 虔誠的傳教士

L3 mist [mɪst]　　①②③④

★★　*n.* 薄霧；*v.* 朦朧、變模糊

用法 in the mist 在霧裡

L1 mistake [mɪ`stek]　　①②③④

★★★　*n.* 錯誤、過失、誤會；*v.* 弄錯、誤解

用法 mistake A for B 把 A 誤認為 B

L6 mistress [`mɪstrɪs]　　①②③④

★　*n.* 女主人、情婦

用法 the mistress of a family 家庭主婦

L4 misunderstand [`mɪsʌndə`stænd]　　①②③④

★★　*v.* 誤會、誤解

用法 feel misunderstood 感到被誤解

L2 mix [mɪks]　　①②③④

★★★　*v.* 混合、調製；*n.* 混合物、混亂

用法 get mixed up about + N 被……弄糊塗

L2 mixture [`mɪkstʃə]　　①②③④

★★★　*n.* 混合、混合物

用法 a mixture of grief and comfort 悲喜交加

L5 moan [mon]　　①②③④

★　*n./v.* 呻吟、悲嘆

用法 **moan / complain** about + N 抱怨……

L3 mob [mɑb]　　①②③④

★★　*n.* 暴民、烏合之眾；*v.* 成群圍攻、聚眾滋事

用法 mob violence 暴亂

L3 mobile [`mobɪl]　　　①②③④

★★　*adj.* 行動的、移動的、機動的

用法 a mobile phone 行動電話

L6 mobilize [`mobl̩,aɪz]　　　①②③④

★　*v.* 動員、調動

用法 mobilize all one's supporters 動員所有的支持者

L5 mock [mɑk]　　　①②③④

★　*v.* 嘲弄、嘲笑、模仿；*adj.* 模擬的；*n.* 模仿、取笑

同義 jeer / laugh at / ridicule / scoff

L5 mode [mod]　　　①②③④

★★　*n.* 模式、方法、樣式、流行

用法 be all the mode 非常流行

L2 model [`mɑdl̩]　　　①②③④

★★★　*n.* 模範、榜樣、模特兒；*v.* 做模型

用法 a model mother 模範母親

L4 moderate [`mɑdərɪt]　　　①②③④

★★　*adj.* 適度的、溫和的、有節制的、中等的

用法 at a moderate speed 以適當的速度

L1 modern [`mɑdən]　　　①②③④

★★★　*adj.* 現代的、時髦的

用法 modern architecture 現代的建築

L6 modernization [,mɑdənə`zeʃən]　　　①②③④

★　*n.* 現代化

用法 agricultural modernization 農業現代化

L6 **modernize** [`madən,aɪz]　①②③④
★
   v. 使現代化
   用法 modernize the country 使國家現代化

L4 **modest** [`madɪst]　①②③④
★★★ *adj.* 謙虛的、適度的、有節制的、簡樸的
   用法 be modest about + N 對於……很謙虛

L4 **modesty** [`madɪstɪ]　①②③④
★
   n. 謙虛、謙遜、簡樸
   用法 in all modesty （委婉地表示）不是要自誇

L5 **modify** [`madə,faɪ]　①②③④
★★ *v.* 修正、修改、修飾
   延伸 modification *n.* 修正；modifier *n.* 修飾語

L3 **moist** [mɔɪst]　①②③④
★
   adj. 潮溼的、溼潤的、含淚的
   用法 be moist with tears 眼眶泛淚

L3 **moisture** [`mɔɪstʃɚ]　①②③④
★
   n. 潮溼、溼氣、水分
   用法 **absorb / soak up** moisture 吸收水分

   mold [mold]　①②③④
★★ *n.* 模子、模型、霉、黴菌；*v.* 鑄造、用模子做
   用法 mold the clay into bowls 把陶土製成碗

L5 **molecule** [`malə,kjul]　①②③④
★
   n. 分子、微小顆粒
   用法 molecular gastronomy 分子料理

M

L1 **moment** [`momənt] ①②③④

★★★ *n.* 瞬間、時刻、時機

用法 **just / wait** a moment 等一下

L6 **momentum** [mo`mɛntəm] ①②③④

★ *n.* 動力、氣勢、衝勁

用法 **gain / gather** momentum 獲取動力

L6 **monarch** [`manɚk] ①②③④

★ *n.* 君主、帝王

用法 overthrow the monarch 推翻君主

Monday [`mʌnde] ①②③④

★★★ *n.* 星期一（= Mon.）

用法 blue Monday 憂鬱的星期一

L6 **monetary** [`mʌnəˌtɛrɪ] ①②③④

★ *adj.* 貨幣的、金融的

用法 monetary policy 貨幣政策

L1 **money** [`mʌnɪ] ①②③④

★★★ *n.* 金錢、財富、貨幣

用法 **earn / make** money 賺錢

L4 **monitor** [`manətɚ] ①②③④

★ *n.* 螢幕、顯示器、監視器；*v.* 監控、監視

用法 an electronic monitor 電子監視器

L3 **monk** [mʌŋk] ①②③④

★★ *n.* 僧侶、修道士

用法 a holy and pious monk 神聖且虔誠的修道士

6000+ Words a High School Student Must Know

L1	**monkey** [`mʌŋkɪ]	①②③④

★ *n.* 猴子、猿猴

用法 make a monkey (out) of sb. 愚弄某人

L5	**monopoly** [mə`napḷɪ]	①②③④

★★ *n.* 壟斷、獨占、專賣

用法 have a monopoly **on / of** oil 獨占、壟斷石油

monotonous [mə`natənəs] ①②③④

★★ *adj.* 單調的、無聊的

用法 with a monotonous intonation 用單調的語調

L6	**monotony** [mə`natənɪ]	①②③④

★ *n.* 單調、無變化

用法 break the monotony 打破單調

L3	**monster** [`mʌnstɚ]	①②③④

★ *n.* 怪物、妖怪、巨獸

用法 tame monsters 馴服怪獸

L6	**monstrous** [`mʌnstrəs]	①②③④

★★ *adj.* 似怪物的、可怕的、巨大的、駭人的

用法 a monstrous creature 嚇人的生物

L1	**month** [mʌnθ]	①②③④

★★★ *n.* 月

用法 **early / late** the month 本月初 / 底

L3	**monthly** [`mʌnθlɪ]	①②③④

★★ *adj.* 每月的；*adv.* 每月一次地；*n.* 月刊

用法 a monthly magazine 月刊

L4 **monument** [`manjəmənt] ①②③④

★★★ *n.* 紀念碑、紀念館

用法 erect a monument 豎立紀念碑

L2 **mood** [mud] ①②③④

★★★ *n.* 心情、心境、情緒

用法 be in a **good / bad** mood 心情好 / 不好

L6 **moody** [`mudɪ] ①②③④

★ *adj.* 心情不好的、喜怒無常的

用法 a moody teenager 情緒多變的少年

L1 **moon** [mun] ①②③④

★★★ *n.* 月亮

用法 once in a blue moon 異常稀罕、千載難逢

L2 **mop** [map] ①②③④

★ *n.* 拖把；*v.* 拖地、用拖把拖

用法 mop the floor 拖地板

L3 **moral** [`mɔrəl] ①②③④

★★★ *adj.* 道德的、倫理的；*n.* 道德教訓、寓意、倫理

用法 the moral of the fable 寓言的寓意

L6 **morale** [mə`ræl] ①②③④

★ *n.* 士氣、鬥志

用法 **boost / raise** morale 提振士氣

L5 **morality** [mə`rælətɪ] ①②③④

★★ *n.* 道德、教誨、倫理

用法 public morality 公共道德

L1 **more** [mor] ①②③④

★★★ ***adj.*** 更多的、更大的；***pron.*** 多、大；***adv.*** 更多

用法 all the more 更加地……

L4 **moreover** [mor`ovɚ] ①②③④

★★★ ***adv.*** 並且、此外、而且

同義 also / besides / furthermore

L1 **morning** [`mɔrnɪŋ] ①②③④

★★★ ***n.*** 早晨、早上

用法 from morning till night 從早到晚

L6 **mortal** [`mɔrt!] ①②③④

★ ***adj.*** 會死的、凡人的；***n.*** 人類、凡人

反義 immortal 不死的、神

L5 **mortality** [mɔr`tælətɪ] ①②③④

★ ***n.*** 必死性、死亡數

用法 infant mortality 嬰兒死亡率

L5 **mortgage** [`mɔrgɪdʒ] ①②③④

★ ***n.*** 抵押貸款

用法 apply for a mortgage 申請貸款

L3 **mosquito** [məs`kito] ①②③④

★ ***n.*** 蚊子

用法 a mosquito net 蚊帳

moss [mɔs] ①②③④

★ ***n.*** 青苔、苔蘚；***v.*** 以苔覆蓋

成語 A rolling stone gathers no moss. 滾石不生苔。

L1 **most** [most]　　　　　　　　　　①②③④

*** *adj.* 最多的、最大的；*pron.* 多數；*adv.* 最、非常

用法 at most 最多、不超過

L3 **motel** [moˋtɛl]　　　　　　　　　　①②③④

** *n.* 汽車旅館

補充 motel 是 motor hotel（汽車旅館）的縮寫。

L3 **moth** [mɔθ]　　　　　　　　　　　①②③④

* *n.* 飛蛾、蛀蟲

用法 moth-eaten clothes 遭蟲咬的衣服

L1 **mother** [ˋmʌðɚ]　　　　　　　　　①②③④

*** *n.* 母親、媽媽；*v.* 關愛、照顧

用法 mother tongue 母語、本國語

L6 **motherhood** [ˋmʌðɚˏhʊd]　　　　①②③④

* *n.* 母性、母親的身分、母親們（總稱）

用法 in honor of motherhood 向母親們致敬

L2 **motion** [ˋmoʃən]　　　　　　　　　①②③④

*** *n.* 運動、運行、提議；*v.* 運動、以手示意

用法 in slow motion 慢動作運轉中

L4 **motivate** [ˋmotəˏvet]　　　　　　　①②③④

** *v.* 引起動機、激發

用法 motivate sb. to-V 激勵某人做……

L4 **motivation** [ˏmotəˋveʃən]　　　　　①②③④

** *n.* 動機、激勵

用法 own a strong motivation 擁有強烈動機

L5 **motive** [`motɪv] ①②③④

*** *n.* 動機、目的

用法 have the motive to-V 有動機去做……

L3 **motor** [`motə] ①②③④

*** *n.* 馬達、發動機

用法 be driven by an electric motor 由電動馬達驅使

L2 **motorcycle** [`motə,saɪk!] ①②③④

* *n.* 機車、摩托車

字構 mot 運動 + or 機器 + cycle 圓圈、輪子

L6 **motto** [`mɑto] ①②③④

* *n.* 格言、座右銘

用法 quote mottoes 引用格言

L6 **mound** [maʊnd] ①②③④

* *n.* 小丘、山丘、土堆；*v.* 積成堆、堆起

用法 a mound of earth 一堆泥土

L5 **mount** [maʊnt] ①②③④

*** *v.* 登上、爬上、騎上；*n.* 山、山峰、坐騎

用法 mount up 增加、上升

L1 **mountain** [`maʊntən] ①②③④

*** *n.* 山、山嶽

成語 Don't make a mountain out of a molehill.
不要小題大作。

L4 **mountainous** [`maʊntənəs] ①②③④

* *adj.* 山的、山地的、多山的

用法 a mountainous region 多山的地區

L6 **mourn** [morn] ①②③④

★ *v.* 哀悼、哀痛、悲傷

用法 mourn **for / over** + N 哀悼……

L6 **mournful** [`mornfəl] ①②③④

★ *adj.* 哀痛的、悲傷的、悲觀的

用法 take a mournful view of + N 對……抱持悲觀的態度

L1 **mouse** [maʊs] ①②③④

★★ *n.* 老鼠、滑鼠

用法 click a mouse 點擊滑鼠

L1 **mouth** [maʊθ] ①②③④

★★★ *n.* 嘴巴、河口；*v.* 裝腔作勢地說

用法 from mouth to month 口耳相傳

mouthpiece [`maʊθ͵pis] ①②③④

★ *n.* 話筒、（樂器）吹口、發言人、代言人

用法 the mouthpiece of a trumpet 喇叭的吹口

movable [`muvəb!] ①②③④

★ *adj.* 可移動的

用法 a movable **feast / holiday** 因年而異的節日 / 假日

L1 **move** [muv] ①②③④

★★★ *v.* 運動、移動、搬動、感動；*n.* 移動、行動

用法 move on 繼續前進

L1 **movement** [`muvmənt] ①②③④

★★★ *n.* 運動、動作、移動

用法 make a sudden movement 突然動了一下

L1 **movie** [`muvɪ]　　　　　①②③④

*** *n.* 電影（= motion picture / film / cinema）

用法 go to the movies 去看電影

L6 **mow** [mo]　　　　　①②③④

* *v.* 割草

用法 mow the hay 割乾草

　　mower [`moɚ]　　　　　①②③④

* *n.* 除草機、割草者

用法 operate a lawn mower 操作割草機

L1 **much** [mʌtʃ]　　　　　①②③④

*** *adj.* 許多的、大量的；*pron.* 許多；*adv.* 非常、很

用法 as much as possible 盡可能多、盡量

L1 **mud** [mʌd]　　　　　①②③④

** *n.* 泥、泥漿

用法 get stuck in the mud 陷入泥沼裡

L4 **muddy** [`mʌdɪ]　　　　　①②③④

* *adj.* 泥濘的、沾滿泥巴的、混濁的

用法 drive on a muddy road 駛在泥濘的路上

L2 **mug** [mʌg]　　　　　①②③④

* *n.* 馬克杯、一大杯的量

用法 make a mug of hot cocoa 泡一杯熱可可

L4 **mule** [mjul]　　　　　①②③④

* *n.* 騾子、固執的人

用法 as stubborn as a mule 像騾子般頑固

L4 **multiple** [`mʌltəp!] ①②③④

*** *adj.* 複合的、多樣的、多重的

用法 multiple-choice questions 單選題

L3 **multiply** [`mʌltəplaɪ] ①②③④

* *v.* 乘、（成倍）增加、繁殖

用法 multiply 5 by 7 用 7 乘以 5

L5 **mumble** [`mʌmb!] ①②③④

* *v.* 含糊地說、喃喃而語；*n.* 含糊的話、嘟噥

用法 mumble to oneself 喃喃自語

L5 **municipal** [mju`nɪsəp!] ①②③④

** *adj.* 市的、市政的、市立的

用法 the municipal government 市政府

L3 **murder** [`mɝdɚ] ①②③④

** *n.* 謀殺罪；*v.* 謀殺、兇殺

用法 be charged with murder 被控謀殺

L4 **murderer** [`mɝdərɚ] ①②③④

** *n.* 謀殺犯、兇手

用法 a cold-blooded murderer 冷血的殺人犯

L4 **murmur** [`mɝmɚ] ①②③④

* *v.* 低聲地說、發牢騷；*n.* 低語聲、咕噥

用法 let out a murmur 發出低語聲

L3 **muscle** [`mʌs!] ①②③④

*** *n.* 肌肉

用法 relax the muscles 放鬆肌肉

L5　**muscular** [`mʌskjələ˞]　①②③④
★★　*adj.* 肌肉的、健壯的
　　用法 muscular tissues 肌肉組織

L6　**muse** [mjuz]　①②③④
★　*n.* 沉思、靈感、冥想；*v.* 沉思、冥想
　　用法 muse **about / over / upon** + N 仔細思考……

L1　**museum** [mju`zɪəm]　①②③④
★★★　*n.* 博物館
　　用法 visit the museum 參觀博物館

L3　**mushroom** [`mʌʃrʊm]　①②③④
★　*n.* 洋菇、蘑菇；*v.* 湧現、呈蕈狀擴散
　　用法 mushroom into + N 迅速發展成……

L1　**music** [`mjuzɪk]　①②③④
★★★　*n.* 音樂、樂曲
　　用法 electronic music 電子音樂

L2　**musical** [`mjuzɪk!]　①②③④
★★★　*adj.* 音樂的、悅耳的；*n.* 音樂劇
　　用法 a Broadway musical 百老匯音樂劇

L2　**musician** [mju`zɪʃən]　①②③④
★★★　*n.* 音樂家、作曲家、樂師
　　用法 a master musician 音樂大師

L1　**must** [mʌst]　①②③④
★★★　*aux.* 一定、必須；*n.* 必須做的事

用法 a must for sb. 某人不可少的事物

L6 **mustache** [`mʌstæʃ] ①②③④
★ *n.* 小鬍子、八字鬍

用法 wear a mustache 留小鬍子

L5 **mustard** [`mʌstəd] ①②③④
★ *n.* 芥末

用法 as keen as mustard 極度熱切、極感興趣

L6 **mute** [mjut] ①②③④
★ *adj.* 啞的、沉默的；*n.* 啞巴；*v.* 消音、減緩

用法 mute the noise 降低噪音

mutter [`mʌtə] ①②③④
★★ *v./n.* 低語、嘀咕、抱怨

用法 mutter dissatisfaction 低聲抱怨不滿

mutton [`mʌtən] ①②③④
★ *n.* 羊肉

用法 as dead as mutton 死透了的

L4 **mutual** [`mjutʃʊəl] ①②③④
★★ *adj.* 互相的、彼此的、共同的

用法 promote mutual understanding 增進彼此的了解

L4 **mysterious** [mɪs`tɪrɪəs] ①②③④
★★ *adj.* 神祕的、不可思議的

用法 a mysterious world 神祕的世界

L3 **mystery** [`mɪstərɪ] ①②③④
★★★ *n.* 神祕、神祕的事物

6000+ Words

用法 **resolve / solve / unravel** a mystery 解開謎團

L5 **myth** [mɪθ] ①②③④

★★★ ***n.*** 神話、虛構的事物、迷思

句型 It's a myth that S + V ……是一種迷思。

mythology [mɪˋθɑlədʒɪ] ①②③④

★ ***n.*** 神話、神話學（總稱）

用法 Greek and Roman mythology 希臘羅馬神話

L6 **nag** [næg] ①②③④

★ ***v.*** 嘮叨、煩惱、困擾；***n.*** 嘮叨的人

用法 keep nagging at sb. 不停地對某人嘮叨

L2 **nail** [nel] ①②③④

★ ***n.*** 釘子、指甲；***v.*** 釘牢、固定、集中

用法 nail down 確定

L5 **naive** [naɪˋiv] ①②③④

★ ***adj.*** 天真的、幼稚的、無知的

用法 ask a naive question 問幼稚的問題

L3 **naked** [ˋnekɪd] ①②③④

★ ***adj.*** 赤裸的、無覆蓋的

用法 with the naked eye 用肉眼

L1 **name** [nem] ①②③④

★ ***n.*** 名字、姓名；***v.*** 命名、取名

用法 be named after the flower 用花來命名

L4 **namely** [ˋnemlɪ] ①②③④

★★ ***adv.*** 即、也就是

同義 that is / that is to say / specifically

L3 **nap** [næp]　　　　　　　　　　①②③④
★　*n./v.* 小睡、打盹
　　用法 **have** / **take** a nap 小睡

L3 **napkin** [ˋnæpkɪn]　　　　　　　①②③④
★　*n.* 餐巾、小毛巾
　　用法 fold a napkin 摺疊餐巾

L6 **narrate** [næˋret]　　　　　　　①②③④
★　*v.* 敘述、說旁白
　　用法 narrate one's adventures 敘述冒險經歷

L5 **narrative** [ˋnærətɪv]　　　　　①②③④
★　*n.* 敘述、記事、敘述文；*adj.* 敘述的、敘事的
　　用法 a narrative poem 敘事詩

L6 **narrator** [næˋretɚ]　　　　　①②③④
★　*n.* 敘述者、解說員
　　用法 the narrator of the film 電影旁白

L2 **narrow** [ˋnæro]　　　　　　　①②③④
★　*adj.* 範圍狹小的、心胸狹窄的；*v.* 變窄
　　用法 a narrow escape 驚險逃生

L5 **nasty** [ˋnæstɪ]　　　　　　　①②③④
★　*adj.* 不愉快的、厭惡的、卑鄙的、難處理的
　　同義 disgusting / sickening / unpleasant

L2 **nation** [ˋneʃən]　　　　　　　①②③④
★★　*n.* 國家、民族、國民

6000+ Words

487

用法 an advanced nation 先進的國家

L1 **national** [ˋnæʃən!] ①②③④
★★★ *adj.* 民族的、國家的、全國的
用法 a national holiday 國定假日

L6 **nationalism** [ˋnæʃən!ɪzəm] ①②③④
★ *n.* 民族主義、國家主義
用法 the spirit of nationalism 民族主義精神

L4 **nationality** [ˏnæʃəˋnælətɪ] ①②③④
★ *n.* 國籍、民族、民族風格
用法 dual nationality 雙重國籍

L3 **native** [ˋnetɪv] ①②③④
★ *adj.* 本地的、當地的;*n.* 本地人、本國人
用法 an English native speaker 母語為英語的人

L2 **natural** [ˋnætʃərəl] ①②③④
★★★ *adj.* 天生的、自然的
用法 natural science 自然科學

naturalist [ˋnætʃərəlɪst] ①②③④
★ *n.* 博物學家、自然主義者
字構 natur(e) 生、自然 + al 形容詞 + ist 人

L1 **nature** [ˋnetʃɚ] ①②③④
★★★ *n.* 大自然、自然界、天性
用法 by nature 天生……

L2 **naughty** [ˋnɔtɪ] ①②③④
★ *adj.* 頑皮的、淘氣的

用法 discipline naughty children 管教頑皮的孩子

naval [`nevl] ①②③④

★★ *adj.* 海軍的、軍艦的

用法 a naval base 海軍基地

navel [`nevl] ①②③④

★ *n.* 肚臍、中央

用法 above the navel 肚臍上方

L6 **navigate** [`nævəˌget] ①②③④

★ *v.* 航行、駕駛、導航

用法 navigate the Atlantic 航行大西洋

L6 **navigation** [ˌnævəˈgeʃən] ①②③④

★ *n.* 航行、航海術、導航

用法 electronic navigation 電子導航

L3 **navy** [`nevɪ] ①②③④

★★★ *n.* 海軍、海軍艦隊

用法 serve in the navy 在海軍服役

L1 **near** [nɪr] ①②③④

★★★ *adj.* 近的；*adv.* 幾乎；*prep.* 靠近；*v.* 接近、鄰近

用法 come near + Ving 差點就……

L2 **nearby** [`nɪrˌbaɪ] ①②③④

★★ *adj.* 附近的；*adv.* 在附近

用法 live nearby 住在附近

L2 **nearly** [`nɪrlɪ] ①②③④

★★★ *adv.* 幾乎、差不多

6000+ words

用法 be nearly full 差不多滿了

L6 **nearsighted** [`nɪrˌsaɪtɪd]　①②③④

★ *adj.* 近視的、目光短淺的

反義 farsighted 遠視的

L3 **neat** [nit]　①②③④

★★ *adj.* 整潔的、整齊的

用法 be neat and tidy 整齊、井然有序的

L2 **necessary** [`nɛsəˌsɛrɪ]　①②③④

★★★ *adj.* 必要的、必需的

用法 if necessary 有必要的話

L3 **necessity** [nə`sɛsətɪ]　①②③④

★★★ *n.* 必要、必需品、需求、必要性

成語 Necessity is the mother of invention.
　　需要是發明之母。

L1 **neck** [nɛk]　①②③④

★★★ *n.* 頸、脖子；*v.* 變細、變狹窄、摟脖子親吻

用法 risk one's neck 冒生命危險

L2 **necklace** [`nɛklɪs]　①②③④

★ *n.* 項鍊

用法 a diamond necklace 鑽石項鍊

L3 **necktie** [`nɛkˌtaɪ]　①②③④

★ *n.* 領帶、領結

用法 **put on** / **wear** a necktie 打領帶

L1 **need** [nid]　①②③④

N

*** *v./aux./n.* 必要、需要

用法 people in need **of / for** help 需要幫忙的人

L2 **needle** [`nid!] ①②③④

** *n.* 針、指針；*v.* 縫紉、用針穿刺、刺激

用法 a needle and thread 針線

L4 **needy** [`nidɪ] ①②③④

* *adj.* 貧困的、貧窮的

用法 help the needy 幫助窮困的人

L2 **negative** [`nɛgətɪv] ①②③④

*** *adj.* 負面的、消極的、否定的；*n.* 負面、消極

反義 positive 正面的；affirmative 肯定的

L4 **neglect** [nɪg`lɛkt] ①②③④

** *v./n.* 疏忽、忽略、忽視、遺漏

延伸 negligible *adj.* 可忽視的；negligence *n.* 疏忽

L4 **negotiate** [nɪ`goʃɪˌet] ①②③④

** *v.* 協商、談判、磋商

用法 negotiate with the rebels 與反叛軍談判

L5 **negotiation** [nɪˌgoʃɪ`eʃən] ①②③④

** *n.* 談判、磋商、交涉

用法 under negotiation 談判中

L2 **neighbor** [`nebɚ] ①②③④

*** *n.* 鄰居；*v.* 與……為鄰

用法 the next-door neighbor 隔壁鄰居

L3 **neighborhood** [`nebɚˌhʊd] ①②③④

6000+ words

*** *n.* 附近地區、鄰近區域

用法 in the neighborhood 在鄰近

L2 **neither** [`niðɚ] ①②③④

*** *adj.* 兩者都不的；*adv.* 也不；*pron.* 二者都不

用法 neither...nor... 既不……也不……

neon [`ni‚an] ①②③④

* *n.* 氖、氖光燈、霓虹燈

用法 the neon **light / sign** 霓虹燈 / 霓虹燈廣告牌

L2 **nephew** [`nɛfju] ①②③④

* *n.* 侄子、外甥

用法 Mr. Shelley's nephew 雪萊先生的侄子

L2 **nerve** [nɝv] ①②③④

*** *n.* 神經、膽量、勇氣

用法 get on sb.'s nerves 令某人心煩、心神不寧

L2 **nervous** [`nɝvəs] ①②③④

* *adj.* 緊張的、焦慮的、神經質的

用法 be nervous **about / of** + N 對……感到緊張

L3 **nest** [nɛst] ①②③④

** *n.* 巢穴、窩；*v.* 築巢

用法 **build / make** a nest 築巢

L1 **net** [nɛt] ①②③④

** *n.* 網狀物、網路、淨利；*v.* 編網、用網捕捉、淨賺

用法 **cast / throw** a net 撒網

L2 **network** [`nɛt‚wɝk] ①②③④

★	***n.*** 電腦網路、廣播網、網狀系統	
	用法 a network of blood vessels 血管網絡	
L5	**neutral** [`njutrəl]	①②③④
★★★	***adj.*** 中立的、中性的；***n.*** 中立者、中立國	
	延伸 neutrality *n.* 中立；neutralize *v.* 使中立	
L1	**never** [`nɛvɚ]	①②③④
★★★	***adv.*** 從未、決不	
	成語 Never say die. 不要氣餒、不輕言放棄。	
L4	**nevertheless** [ˌnɛvɚðə`lɛs]	①②③④
★★★	***adv.*** 然而、仍然、不過	
	同義 however / notwithstanding / while / nonetheless	
L1	**new** [nju]	①②③④
★★★	***adj.*** 新的；***n.pl*** 消息；新聞	
	用法 a new-comer to the office 新來上班的人	
	newlywed [`njulɪˌwɛd]	①②③④
★	***n.*** 新婚夫婦	
	用法 be **newlyweds** / **a newlywed couple** 新婚夫婦	
	newscast [`njuzˌkæst]	①②③④
★	***n.*** 新聞廣播	
	用法 an on-the-scene newscast 現場直播	
L1	**newspaper** [`njuzˌpepɚ]	①②③④
★★★	***n.*** 報紙、報社	
	用法 read tabloid newspapers 讀八卦報	
L1	**next** [nɛkst]	①②③④

493

*** *adj.* 其次的、緊鄰的、最接近的；*adv.* 接下去

用法 live next door 住在隔壁

nibble [`nɪb!] ①②③④

* *v./n.* 啃、細咬、小口地咬

用法 nibble (at) the cake 慢慢吃著蛋糕

L1 **nice** [naɪs] ①②③④

*** *adj.* 好的、親切的、愉快的

用法 be nice to sb. 對某人很親切

L6 **nickel** [`nɪk!] ①②③④

* *n.* 鎳、五分鎳幣；*v.* 鍍鎳於

用法 be coated with nickel 鍍鎳的

L3 **nickname** [`nɪk,nem] ①②③④

* *n.* 綽號、小名；*v.* 取綽號

用法 a nickname for + N ……的綽號

L2 **niece** [nis] ①②③④

* *n.* 侄女、外甥女

用法 Linda's niece 琳達的外甥女

L1 **night** [naɪt] ①②③④

*** *n.* 夜晚、夜間

用法 night after night 夜夜、每晚

nightingale [`naɪtɪŋ,gel] ①②③④

* *n.* 夜鶯

用法 a singing nightingale 唱歌的夜鶯

L4 **nightmare** [`naɪt,mɛr] ①②③④

★   *n.* 惡夢、夢魘

用法 have a nightmare 做惡夢

nine [naɪn] ①②③④

*** *n.* 九；*adj.* 九的

用法 on cloud nine 非常快樂

nineteen [͵naɪn`tin] ①②③④

★   *n.* 十九；*adj.* 十九的

用法 a nineteen-year-old college boy 19 歲的大學男孩

ninety [`naɪntɪ] ①②③④

★   *n.* 九十；*adj.* 九十的

用法 in one's early nineties 90 出頭歲時

L4 **noble** [`nob!] ①②③④

** *adj.* 高尚的、高貴的、貴族的；*n.* 貴族

用法 from a noble family 出生貴族家庭

L1 **nobody** [`nobadɪ] ①②③④

★   *pron.* 無人、沒有人；*n.* 無名小卒

反義 somebody 大人物、有名的人

L2 **nod** [nad] ①②③④

*** *v./n.* 點頭、打盹

用法 nod off 打瞌睡

L1 **noise** [nɔɪz] ①②③④

*** *n.* 噪音、吵雜聲

用法 make noise(s) 製造噪音

L1 **noisy** [`nɔɪzɪ] ①②③④

N 6000+
Words a High School Student Must Know

★	*adj.* 吵雜的、喧鬧的	
	用法 a noisy night market 吵雜的夜市	
L5	**nominate** [`namə,net]	①②③④
★★	*v.* 提名、任命、指定	
	用法 nominate sb. **as / for** manager 指派某人為經理	
L5	**nomination** [,namə`neʃən]	①②③④
★	*n.* 提名、任命、指定	
	用法 place sb.'s name in nomination 提名某人	
L5	**nominee** [,namə`ni]	①②③④
★	*n.* 被提名人、候選人	
	用法 nominees for the award 這個獎項的被提名者	
L2	**none** [nʌn]	①②③④
★★★	*pron.* 沒有人、沒有任何事物;*adv.* 一點也不	
	用法 none the less = all the same 仍然是……	
	nonetheless [,nʌnðə`lɛs]	①②③④
★	*adv.* 但是、仍然	
	同義 nevertheless	
L5	**nonprofit** [,nan`prafɪt]	①②③④
★★	*adj.* 非營利的	
	用法 nonprofit organizations 非營利組織	
L4	**nonsense** [`nansɛns]	①②③④
★★	*n.* 胡言亂語、無意義的話	
	用法 **speak / talk** nonsense 胡說八道	
	nonviolent [,nan`vaɪələnt]	①②③④

★	*adj.* 非暴力的	
	用法 nonviolent protests 非暴力的抗議行動	
L2	**noodle** [`nud!]	①②③④
★	*n.* 麵條	
	用法 oyster thin noodles 蚵仔麵線	
L1	**noon** [nun]	①②③④
★★	*n.* 中午、正午	
	用法 at noon 在中午	
L2	**nor** [nɔr]	①②③④
★★★	*conj.* 也不、也沒有	
	用法 neither too early nor too late 勿太早，也勿太晚	
L5	**norm** [nɔrm]	①②③④
★★	*n.* 規範、準則	
	用法 conform to social norms 遵守社會規範	
L3	**normal** [`nɔrm!]	①②③④
★★★	*adj.* 普通的、正常的、標準的	
	反義 abnormal 變態的、不正常的	
L1	**north** [nɔrθ]	①②③④
★★★	*n.* 北方；*adj.* 北部的；*adv.* 在北部、向北方	
	用法 North America 北美洲	
L2	**northern** [`nɔrðən]	①②③④
★★★	*adj.* 北方的、向北的	
	字構 north 北 + ern 形容詞、……方向的	
L1	**nose** [noz]	①②③④

*** *n.* 鼻子；*v.* 聞、打探

用法 **poke / stick** one's nose into + N 探看……

L6 **nostril** [`nɑstrɪl] ①②③④

★ *n.* 鼻孔

用法 the right nostril 右鼻孔

L6 **notable** [`notəb!] ①②③④

★★ *adj.* 顯著的、值得注意的、著名的；*n.* 顯要人物

用法 be notable for + N 因……而出名

L1 **note** [not] ①②③④

*** *n.* 筆記、注意；*v.* 注意、指明

用法 note down + N 記下……

L2 **notebook** [`not‚bʊk] ①②③④

★ *n.* 筆記本、筆記型電腦

用法 a notebook computer 筆記型電腦

L1 **nothing** [`nʌθɪŋ] ①②③④

*** *pron.* 無事、空無一物；*n.* 不重要的東西

用法 be good for nothing 一無是處

L1 **notice** [`notɪs] ①②③④

*** *n./v.* 注意、公告、通知

用法 take notice of + N 注意到……

L5 **noticeable** [`notɪsəb!] ①②③④

★ *adj.* 明顯的、引人注意的、重要的

用法 noticeable effects 顯著的效果

L5 **notify** [`notə‚faɪ] ①②③④

★　　*v.* 通知、報告、告知

　　用法 notify the police of a bomb 向警方舉報炸彈

L5　**notion** [`noʃən]　①②③④

★★★　*n.* 想法、概念、打算

　　用法 have a notion of + N 有……的想法

L6　**notorious** [no`torɪəs]　①②③④

★　　*adj.* 聲名狼藉的、惡名昭彰的

　　用法 be notorious for + N 因……而聲名狼藉

　　noun [naʊn]　①②③④

★　　*n.* 名詞

　　用法 **collective / proper** nouns 集合 / 專有名詞

L6　**nourish** [`nɝɪʃ]　①②③④

★　　*v.* 滋養、養育

　　用法 nourish sb. with sth. 以某物滋養某人

L6　**nourishment** [`nɝɪʃmənt]　①②③④

★　　*n.* 營養、營養品、食物

　　用法 take nourishment from food 從食物中攝取營養

L2　**novel** [`nɑvl]　①②③④

★★★　*adj.* 新穎的、新奇的；*n.* 小說

　　用法 have novel ideas 有新觀點

L3　**novelist** [`nɑvlɪst]　①②③④

★　　*n.* 小說家

　　用法 a prolific novelist 一位多產的小說家

　　November [no`vɛmbɚ]　①②③④

*** ***n.*** 十一月（= Nov.）

用法 in November 在十一月

L6 **novice** [`nɑvɪs] ①②③④

* ***n.*** 初學者、新手

用法 a novice hunter = a novice at hunting 打獵新手

L1 **now** [naʊ] ①②③④

*** ***adv./n.*** 現在、此刻

用法 from now on 從現在開始

L4 **nowadays** [`naʊəˌdez] ①②③④

* ***adv.*** 現今、如今、當今

同義 at present / now / today

L5 **nowhere** [`noˌhwɛr] ①②③④

*** ***adv.*** 無處地、無地；***pron.*** 無處、無名的地方

用法 out of nowhere 從不知名的地方

L4 **nuclear** [`njuklɪɚ] ①②③④

*** ***adj.*** 核子的、中心的、核能的

用法 a nuclear power plant 核能電廠

L6 **nucleus** [`njuklɪəs] ①②③④

** ***n.*** 核、核心、中心

用法 the nucleus of a cell 細胞核

L6 **nude** [njud] ①②③④

** ***adj.*** 裸體的、無裝飾的；***n.*** 裸體

用法 in the nude 裸體的

nuisance [`njusəns] ①②③④

★	*n.* 討厭的人或事物、麻煩事	

用法 make a nuisance of oneself 惹人討厭

L1 **number** [`nʌmbə] ①②③④

★★★ *n.* 數字、數量；*v.* 編號

用法 a **large / small** number of + N 許多 / 一些……

L4 **numerous** [`njumərəs] ①②③④

★★★ *adj.* 許多的、眾多的、數量很多的

字構 numer 數 + ous 形容詞、多

L3 **nun** [nʌn] ①②③④

★★★ *n.* 尼姑、修女

用法 a warm-hearted nun 慈愛的修女

L1 **nurse** [nɝs] ①②③④

★★ *n.* 護士；*v.* 照料、看護

用法 a **chief / head** nurse 護士長

L4 **nursery** [`nɝsərɪ] ①②③④

★ *n.* 托兒所、育兒室

用法 a day nursery 日間托兒所

L6 **nurture** [`nɝtʃə] ①②③④

★ *n.* 養育、營養物；*v.* 養育、培育、教養

用法 carefully nurtured plants 精心培育的植物

L2 **nut** [nʌt] ①②③④

★★ *n.* 堅果、核果、瘋子

補充 betel nut 檳榔；chestnut 栗子；coconut 椰子

L5 **nutrient** [`njutrɪənt] ①②③④

★★ *n.* 營養素、營養物；*adj.* 營養的、滋養的

用法 **basic / essential** nutrients 基本的營養素

L5 **nutrition** [nju`trɪʃən]　　　　　　　①②③④

★ *n.* 營養物、滋養

用法 provide nutrition for + N 提供……營養

L4 **nutritious** [nju`trɪʃəs]　　　　　　　①②③④

★ *adj.* 滋養的、營養的

用法 a nutritious meal 營養的一餐

　　nylon [`naɪlɑn]　　　　　　　　　　①②③④

★ *n.* 尼龍

用法 thread made of nylon 尼龍繩

L1 **o'clock** [ə`klɑk]　　　　　　　　　①②③④

★★★ *adv.* ……點鐘

用法 at 10 o'clock 在十點鐘

L3 **oak** [ok]　　　　　　　　　　　　①②③④

★★ *n.* 橡樹

用法 under the old oak tree 在老橡樹下

　　oar [or]　　　　　　　　　　　　①②③④

★★ *n.* 槳、划槳手

用法 put one's oar in 多管閒事、愛插手

L6 **oasis** [o`esɪs]　　　　　　　　　①②③④

★ *n.* 綠洲

用法 in the oasis 在綠洲

L6 **oath** [oθ]　　　　　　　　　　　①②③④

★ *n.* 宣誓、誓言、誓約

用法 **swear / take** an oath 發誓、宣誓

L6 **oatmeal** [`ot͵mil] ①②③④

★ *n.* 燕麥片、燕麥粥

用法 a bowl of oatmeal 一碗燕麥片

L4 **obedience** [ə`bidjəns] ①②③④

★ *n.* 服從、順從、遵守

用法 in obedience to regulations 遵守規定

L4 **obedient** [ə`bidjənt] ①②③④

★ *adj.* 服從的、順從的

用法 be obedient to orders 服從命令

L2 **obey** [o`be] ①②③④

★★ *v.* 服從、聽從、遵守

用法 obey the law 遵守法律

L2 **object** [`abdʒɪkt ; əb`dʒɛkt] ①②③④

★★★ *n.* 物體、目標、宗旨、受詞；*v.* 反對、抗議

用法 achieve one's object 達到目的

L4 **objection** [əb`dʒɛkʃən] ①②③④

★★★ *n.* 反對、異議

用法 **have / make** an objection to + N 反對……

L4 **objective** [əb`dʒɛktɪv] ①②③④

★★★ *adj.* 客觀的、無偏見的；*n.* 目標、目的

用法 objective description 客觀的描述

L5 **obligation** [͵ablə`geʃən] ①②③④

6000+ Words

*** ***n.*** 義務、責任、恩惠

用法 have an obligation to-V 有義務去……

L6 **oblige** [ə`blaɪdʒ] ①②③④

** ***v.*** 迫使、使感激、幫忙

用法 (be) much obliged (to sb.) 非常感謝（某人）

oblong [`ablɔŋ] ①②③④

* ***adj.*** 矩形的、長方形的；***n.*** 矩形

用法 oblong paving stones 長方形的鋪路石

L5 **obscure** [əb`skjʊr] ①②③④

** ***adj.*** 朦朧的、模糊的、難解的；***v.*** 遮掩、模糊

用法 be obscure to sb. 某人難以了解

L4 **observation** [ˌabzɝ`veʃən] ①②③④

*** ***n.*** 觀察、察覺、觀測

用法 astronomical observations 天文觀測

L3 **observe** [əb`zɝv] ①②③④

*** ***v.*** 觀察、遵守

用法 observe stars 觀察星星

L5 **observer** [əb`zɝvɚ] ①②③④

* ***n.*** 觀察者、觀測員

延伸 observant ***adj.*** 善於觀察的

L6 **obsess** [əb`sɛs] ①②③④

* ***v.*** 使著迷、使牽掛、使困擾

延伸 obsession ***n.*** 著迷；obsessive ***adj.*** 著迷的

L4 **obstacle** [`abstək!] ①②③④

★★   *n.* 障礙、障礙物、妨礙

用法 overcome obstacles 克服障礙

L6   **obstinate** [`abstənɪt]   ①②③④

★   *adj.* 頑固的、倔強的、固執的

用法 be obstinate **about** / **in** + N 對於⋯⋯固執己見

L4   **obtain** [əb`ten]   ①②③④

★★★   *v.* 得到、獲得

同義 acquire / earn / gain / get / win

L2   **obvious** [`abvɪəs]   ①②③④

★★★   *adj.* 明顯的、顯著的

用法 be obvious from + N 從⋯⋯可以很明顯看出

L3   **occasion** [ə`keʒən]   ①②③④

★★★   *n.* 場合、時機；*v.* 引起、導致

用法 on occasion 偶爾、有時

L4   **occasional** [ə`keʒən!]   ①②③④

★★★   *adj.* 有時的、偶爾的

用法 occasional showers 陣雨

L4   **occupation** [ˌɑkjə`peʃən]   ①②③④

★★★   *n.* 職業、工作、佔領

用法 by occupation 職業上

L4   **occupy** [`ɑkjəˌpaɪ]   ①②③④

★★★   *v.* 佔領、佔據、忙碌

用法 be occupied **with** / **in** + N 忙於⋯⋯

L2   **occur** [ə`kɝ]   ①②③④

* *v.* 發生、出現、想到

   句型 It occurs to sb. that S + V 某人突然想起……。

L6 **occurrence** [ə`kɝəns]　　　①②③④

** *n.* 發生、出現、事件

   用法 an unusual occurrence 不尋常的事件

L2 **ocean** [`oʃən]　　　①②③④

*** *n.* 海洋；*n.pl* 大量、許多

   用法 the Indian Ocean 印度洋

   October [ak`tobɚ]　　　①②③④

*** *n.* 十月（= Oct.）

   用法 from May to October 從五月到十月

L6 **octopus** [`aktəpəs]　　　①②③④

*** *n.* 章魚

   補充 複數為 octopi

L3 **odd** [ad]　　　①②③④

*** *adj.* 奇怪的、古怪的、奇數的；*n.pl* 可能性

   用法 an **odd** / **even** number 奇 / 偶數

L6 **odor** [`odɚ]　　　①②③④

** *n.* 氣味、味道、香氣

   用法 **emit** / **give off** an odor 散發出氣味

L4 **offend** [ə`fɛnd]　　　①②③④

* *v.* 冒犯、得罪、激怒

   用法 feel offended 感到生氣

L4 **offense** [ə`fɛns]　　　①②③④

★　　*n.* 冒犯、過錯

用法 **cause / give** offense to sb. 得罪某人

L4　**offensive** [ə`fɛnsɪv]　①②③④

★　　*adj.* 冒犯的、討厭的、無禮的

用法 be offensive to sb. 冒犯了某人

L2　**offer** [`ɔfə]　①②③④

***　　*n.* 提供、出價；*v.* 提供、提議

用法 offer to-V 主動要求去做……

L5　**offering** [`ɔfərɪŋ]　①②③④

**　　*n.* 祭品、貢品

用法 offerings to the gods 給諸神的祭品

L1　**office** [`ɔfɪs]　①②③④

***　　*n.* 辦公室、官職

用法 hold public office 擔任公職

L1　**officer** [`ɔfəsə]　①②③④

***　　*n.* 官員、軍官、警官、公務員

用法 a customs officer 海關人員

L2　**official** [ə`fɪʃəl]　①②③④

**　　*adj.* 官方的、正式的；*n.* 官員、公務員

用法 an **official / unofficial** occasion 正式 / 非正式場合

L6　**offshore** [`ɔf`ʃor]　①②③④

★　　*adj.* 近海的、離岸的、境外的

用法 offshore wind 離岸風

L6　**offspring** [`ɔf,sprɪŋ]　①②③④

★   *n.* 子女、子孫、後代、幼獸

用法 produce offspring 生兒育女

L1   **often** [`ɔfən]   ①②③④

★★★ *adv.* 時常、常常

用法 every so often 偶爾、有時

L1   **oil** [ɔɪl]   ①②③④

★★★ *n.* 油、石油；*v.* 上油、塗油

用法 pour oil on the flames 火上澆油

L1   **old** [old]   ①②③④

★★★ *adj.* 老的、舊的

成語 You can't teach an old dog new tricks.
　　 老狗變不出新把戲。

L5   **olive** [`alɪv]   ①②③④

★★ *n.* 橄欖、橄欖樹；*adj.* 橄欖的

用法 the olive branch 橄欖枝

L3   **omit** [o`mɪt]   ①②③④

★★ *v.* 遺漏、省略、忽略、刪除

用法 omit A from B 從 B 刪除 A

L1   **once** [wʌns]   ①②③④

★★★ *adv.* 一次、一度；*conj.* 一旦；*n.* 一次、一度

用法 once and for all 只此一次、最後一次

     one [wʌn]   ①②③④

★★★ *n.* 一（個、人）；*adj.* 一個的；*pron.* 一人、一個

用法 one after another 一個接著一個

O

L3 **ongoing** [`ɑn‚goɪŋ] ①②③④
* *adj.* 持續進行的、前進
  用法 an ongoing process 持續的過程

L3 **onion** [`ʌnjən] ①②③④
** *n.* 洋蔥
  用法 French onion soup 法式洋蔥湯

L1 **online** [`ɑn‚laɪn] ①②③④
** *adj.* 線上的、網上的
  用法 online banking 網路銀行業務

L1 **only** [`onlɪ] ①②③④
*** *adv.* 僅僅、只是；*adj.* 唯一的；*conj.* 要不是
  用法 only to-V 卻只是……

L3 **onto** [`ɑntu] ①②③④
*** *prep.* 到……上面、向……之上
  用法 step onto the staris 踏上階梯

L1 **open** [`opən] ①②③④
*** *adj.* 開放的、公開的、空曠的；*v.* 打開；*n.* 開
  用法 in the open 在露天、公開地

L4 **opera** [`ɑpərə] ①②③④
*** *n.* 歌劇
  用法 *The Phantom of the Opera* 《歌劇魅影》

L2 **operate** [`ɑpə‚ret] ①②③④
*** *v.* 運轉、經營、動手術
  用法 operate the fax machine 操作傳真機

L3 **operation** [ˌɑpəˈreʃən]　　①②③④
★★★ *n.* 操作、經營、手術
用法 perform an operation 動手術

L5 **operational** [ˌɑpəˈreʃən!]　　①②③④
★★ *adj.* 營運的、運轉的
用法 operational costs 營業費

L6 **operative** [ˈɑpərətɪv]　　①②③④
★ *adj.* 操作的、從事生產勞動的
用法 the operative section 生產部門

L2 **operator** [ˈɑpəˌretə]　　①②③④
★★★ *n.* 操作者、操作員、接線生
用法 a telephone operator 電話接線員

L2 **opinion** [əˈpɪnjən]　　①②③④
★★★ *n.* 意見、看法、輿論
用法 in one's opinion 依某人的看法

L5 **opponent** [əˈponənt]　　①②③④
★★★ *n.* 對手、反對者
用法 a political opponent 政敵

L3 **opportunity** [ˌɑpəˈtjunətɪ]　　①②③④
★★★ *n.* 機會、時機
用法 seize the golden opportunity 抓住良機

L4 **oppose** [əˈpoz]　　①②③④
★★★ *v.* 反對、反抗、敵對
用法 be opposed to + **N / Ving** 反對……

O

L3 **opposite** [ˋɑpəzɪt] ①②③④

*** *adj.* 對面的、相反的；*n.* 對立的人或物

成語 Opposites attract. 異性相吸。

L6 **opposition** [ˌɑpəˋzɪʃən] ①②③④

*** *n.* 反對、對抗的行為

用法 in opposition to + N 與……相對

L6 **oppress** [əˋprɛs] ①②③④

* *v.* 壓迫、壓制、使煩惱

用法 be oppressed **with / by** + N 受……壓抑、鬱悶

L6 **oppression** [əˋprɛʃən] ①②③④

* *n.* 壓迫、壓抑、鎮壓

用法 live under oppression 生活在壓迫下

L5 **opt** [ɑpt] ①②③④

* *v.* 選擇

用法 opt to-V 選擇做……

L5 **optimism** [ˋɑptəmɪzəm] ①②③④

** *n.* 樂觀主義、樂觀

用法 cultivate optimism 培養樂觀精神

L3 **optimistic** [ˌɑptəˋmɪstɪk] ①②③④

** *adj.* 樂觀的、樂觀主義的

用法 be optimistic about + N 對……持樂觀看法

L4 **option** [ˋɑpʃən] ①②③④

* *n.* 選擇、選擇權

用法 have no option but to-V 不得不……

L5   **optional** [`ɑpʃənḷ]   ①②③④

★   **adj.** 可選擇的、非必要的、選修的

用法 **optional / compulsory** courses 選 / 必修課程

L3   **oral** [`orəl]   ①②③④

★★   **adj.** 口頭的、口述的；**n.** 口試

用法 give an oral presentation 上台演說

L1   **orange** [`ɔrɪndʒ]   ①②③④

★   **n.** 柳橙、柑橘；**adj.** 橙色的、橘黃色的

用法 squeeze the orange 榨柳橙汁

L4   **orbit** [`ɔrbɪt]   ①②③④

★★   **n.** 軌道；**v.** 環繞軌道運行

用法 orbit around the sun 繞太陽軌道運行

L5   **orchard** [`ɔrtʃəd]   ①②③④

★   **n.** 果園

用法 an apple orchard 蘋果園

L4   **orchestra** [`ɔrkɪstrə]   ①②③④

★★★   **n.** 管弦樂團

用法 **conduct / direct** an orchestra 指揮管弦樂團

L6   **ordeal** [ɔr`diəl]   ①②③④

★★★   **n.** 嚴酷的考驗、苦難、折磨

用法 **go through / undergo** ordeals 經歷苦難

L1   **order** [`ɔrdə]   ①②③④

★★★   **n.** 秩序、命令；**v.** 整理、命令、訂貨

用法 arrange in alphabetical order 按字母順序排列

O

L6 **orderly** [`ɔrdɚlɪ] ①②③④
★★ *adj.* 有條理的、整齊的；*n.* 護理員、勤務兵
用法 exit in an orderly way 有條理地離場

L2 **ordinary** [`ɔrdnˌɛrɪ] ①②③④
★★★ *adj.* 普通的、平凡的
用法 in the ordinary way 按常例地

L2 **organ** [`ɔrgən] ①②③④
★★ *n.* 器官、風琴
用法 organ transplantation 器官移植

L3 **organic** [ɔr`gænɪk] ①②③④
★★ *adj.* 器官的、有機的
用法 organic vegetables 有機蔬菜

L5 **organism** [`ɔrgənˌɪzəm] ①②③④
★★ *n.* 有機體、有機組織、生物
用法 single-celled organisms 單細胞生物

L2 **organization** [ˌɔrgənə`zeʃən] ①②③④
★★★ *n.* 組織、機構、團體
用法 a charity organization 慈善機關

L3 **organize** [`ɔrgəˌnaɪz] ①②③④
★★★ *v.* 組織、籌辦、創辦
用法 highly organized 非常有組織的

L6 **organizer** [`ɔrgəˌnaɪzɚ] ①②③④
★ *n.* 組織者、發起人
用法 a top-notch organizer 第一流的組織者

L6 **orient** [`orɪənt] ①②③④

★ *n.* 東方、亞洲；*v.* 確定方向、定位、使適應

用法 a user-oriented app 使用者導向的 app

L6 **oriental** [ˌorɪˋɛnt!] ①②③④

★★ *adj.* 東方的；*n.* 東方人

反義 occident *n.* 西方；occidental *adj.* 西方的

L4 **orientation** [ˌorɪɛnˋteʃən] ①②③④

★ *n.* 定位、方向、取向

用法 an eco-friendly orientation 保護生態的目標

L2 **origin** [`ɔrədʒɪn] ①②③④

★★★ *n.* 來源、起源、出身

用法 by origin 論出身

L3 **original** [əˋrɪdʒən!] ①②③④

★★★ *adj.* 最初的、原始的；*n.* 原稿、原著、原文

用法 original scripts 原稿

L5 **originality** [əˌrɪdʒəˋnælətɪ] ①②③④

★ *n.* 獨創性、原創性

用法 a novel of great originality 很有原創性的小說

L6 **originate** [əˋrɪdʒəˌnet] ①②③④

★★★ *v.* 起源於、創始、來自

用法 originate from + N 出自、起因於……

L6 **ornament** [`ɔrnəmənt] ①②③④

★ *n.* 裝飾、裝飾品；*v.* 裝飾、美化

用法 ornament A with B 用 B 裝飾 A

MP3

o

L4 **orphan** [`ɔrfən]　　　　　　　①②③④
★　*n.* 孤兒；*v.* 成為孤兒
　　用法 adopt an orphan 收養孤兒

L6 **orphanage** [`ɔrfənɪdʒ]　　　　　①②③④
★　*n.* 孤兒院
　　用法 grow up in an orphanage 在孤兒院裡長大

L6 **orthodox** [`ɔrθə͵daks]　　　　　①②③④
★　*adj.* 正統的、傳統的
　　用法 orthodox treatment 傳統療法

　　ostrich [`astrɪtʃ]　　　　　　　①②③④
★　*n.* 鴕鳥
　　用法 an ostrich policy 自欺欺人（鴕鳥政策）

L1 **other** [`ʌðɚ]　　　　　　　　　①②③④
★★★　*adj.* 另一個的、別的；*pron.* 不同的人或事物
　　用法 the other day 幾天前

L4 **otherwise** [`ʌðɚ͵waɪz]　　　　　①②③④
★★★　*adv.* 否則、不然、除此之外
　　同義 or else / if not / elsewise

　　ought to [ɔt tu]　　　　　　　①②③④
★★★　*aux.* 應當、應該
　　補充 ought to 和 should 用於應做而未做、且有為時太晚之意。否定的話有 2 種寫法：oughtn't to 是「不應該」，而 needn't 則是「不必要」之意。

L6 **ounce** [aʊns]　　　　　　　　①②③④

*** *n.* 盎司

用法 be sold by ounce 依盎司出售

L1 **out** [aʊt] ①②③④

*** *adv.* 向外地；*prep.* 出去；*n.* 出局；*adj.* 向外的

成語 Out of debt, out of danger. 無債一身輕。

L6 **outbreak** [`aʊt‚brek] ①②③④

* *n.* 爆發、突然發生

用法 an outbreak of **flu / epidemic** 流感 / 傳染病爆發

L4 **outcome** [`aʊt‚kʌm] ①②③④

*** *n.* 結果、成果、結局

用法 forecast the outcome 預測結果

outdo [‚aʊt`du] ①②③④

* *v.* 勝過、超越

用法 not to be outdone 不甘落後、不服輸

L3 **outdoor** [`aʊt‚dor] ①②③④

** *adj.* 戶外的、露天的、室外的

用法 an outdoor swimming pool 室外泳池

L3 **outer** [`aʊtɚ] ①②③④

*** *adj.* 在外的、外面的

用法 in outer space 在外太空

L5 **outfit** [`aʊt‚fɪt] ①②③④

* *n.* 全套服裝、裝備；*v.* 配備、供給、準備

用法 sports outfits 運動服裝

L6 **outgoing** [`aʊt‚goɪŋ] ①②③④

★ **adj.** 外向的、好交際的

補充 easygoing **adj.** 隨和的

L6 **outing** [`aʊtɪŋ]　　　　　①②③④

★ **n.** 出遊、郊遊

用法 go on an outing 外出郊遊

L6 **outlaw** [`aʊtˌlɔ]　　　　　①②③④

★ **n.** 歹徒、不法之徒；**v.** 限制、禁止

用法 track down the outlaws 追捕罪犯

L5 **outlet** [`aʊtˌlɛt]　　　　　①②③④

★★ **n.** 出水口、出口、銷路、暢貨中心

用法 a retail outlet 零售商店

L3 **outline** [`aʊtˌlaɪn]　　　　　①②③④

★★ **n.** 大綱、摘要、輪廓；**v.** 陳述要點、概述

用法 **draw / give / make** an outline 寫大綱

L6 **outlook** [`aʊtˌlʊk]　　　　　①②③④

★★★ **n.** 觀點、看法、前景、景色

用法 have a healthy outlook on life 有健全的人生觀

L6 **outnumber** [aʊt`nʌmbɚ]　　　　　①②③④

★ **v.** 數量超過、比……多

用法 be outnumbered by + N 數量上被……超越

L5 **output** [`aʊtˌpʊt]　　　　　①②③④

★★ **n.** 生產、產量；**v.** 出產、輸出

用法 **curtail / cut back on** the output 削減產量

L6 **outrage** [`aʊtˌredʒ]　　　　　①②③④

6000+ Words

★　　*n.* 憤怒、暴行、侮辱；*v.* 使憤怒、激怒

　　用法 express outrage 表示憤怒

L6　outrageous [aʊtˋredʒəs]　　　　①②③④

★　　*adj.* 粗暴的、可憎的

　　用法 commit outrageous crimes 犯下殘暴的罪行

L6　outright [ˋaʊtˏraɪt]　　　　①②③④

★　　*adv.* 全然地、徹底地；*adj.* 完全的、全部的

　　用法 be banned outright 全面禁止

L6　outset [ˋaʊtˏsɛt]　　　　①②③④

★★　　*n.* 開始、最初

　　用法 at / from the outset 開端、開始

L1　outside [ˋaʊtˋsaɪd]　　　　①②③④

★★★　　*n.* 外面；*adj.* 外面的；*adv.* 在外面；*prep.* 在外面

　　用法 outside the room 房間外面

L5　outsider [aʊtˋsaɪdɚ]　　　　①②③④

★　　*n.* 局外人、門外漢、外來者

　　用法 repel outsiders 抵制外來者

L6　outskirts [ˋaʊtˏskɝts]　　　　①②③④

★　　*n.* 市郊、郊區

　　用法 live on the outskirts of a city 住在城郊

L4　outstanding [aʊtˋstændɪŋ]　　　　①②③④

★★★　　*adj.* 傑出的、顯著的

　　用法 an outstanding female vocalist 傑出女歌手

L6　outward [ˋaʊtwɚd]　　　　①②③④

| ★ | *adj.* 向外的、外表的 |
| | 用法 outward appearances 外表 |

L4 **oval** [`ovl] ①②③④

★ *adj.* 橢圓形的、卵形的；*n.* 橢圓形、卵形物

用法 an oval face 鵝蛋型臉

L3 **oven** [`ʌvən] ①②③④

★ *n.* 烤箱、爐子

用法 turn **on** / **off** the oven 打開 / 關掉烤箱開關

L1 **over** [`ovə] ①②③④

★★★ *prep.* 越過、在……上面；*adv.* 在上方

用法 over and over (again) 一再地、再三地

L5 **overall** [`ovə‚ɔl] ①②③④

★★★ *adj.* 整體的、全面的；*adv.* 整體來說；*n.* 整體

同義 altogether / generally / totally / wholly

L4 **overcoat** [`ovə‚kot] ①②③④

★ *n.* 外套、大衣

用法 **put on** / **take off** one's overcoat 穿上 / 脫掉大衣

L4 **overcome** [‚ovə`kʌm] ①②③④

★★★ *v.* 克服、戰勝

用法 **evcntually** / **finally** overcome 終於克服

L6 **overdo** [‚ovə`du] ①②③④

★ *v.* 過火、過分、誇張

用法 **be a bit** / **rather** overdone 有一點 / 太過火

overeat [`ovə`it] ①②③④

★ *v.* 吃得過多、暴食

用法 compulsive overeating 強迫性暴食

L6 **overflow** [,ovə`flo] ①②③④

★ *v./n.* 溢出、氾濫

字構 over 過度 + flow 流

L5 **overhead** [`ovə`hɛd] ①②③④

★ *adv.* 在頭上、在上方；*adj.* 頭頂上的；*n.* 上方

用法 an overhead projector 投影機

L6 **overhear** [,ovə`hɪr] ①②③④

★ *v.* 無意中聽到、偶然聽見

用法 overhear sb. say sth. 偶然聽到某人說某事

L6 **overlap** [,ovə`læp] ①②③④

★ *v./n.* 重疊

用法 A overlap with B A 與 B 重疊

L4 **overlook** [,ovə`lʊk] ①②③④

★★ *v.* 忽略、俯瞰

用法 overlook a fine view 俯瞰美景

L4 **overnight** [`ovə`naɪt] ①②③④

★ *adv.* 整夜、通宵；*adj.* 徹夜的、過夜的

用法 an overnight bag 短途旅行包；stay overnight 過夜

overpass [,ovə`pæs] ①②③④

★ *n.* 天橋、高架道

用法 a pedestrian overpass 人行天橋

L3 **overseas** [`ovə`siz] ①②③④

★	*adj.* 海外的、外國的；*adv.* 在海外、在國外	
	用法 overseas students 海外留學生	
L5	**oversee** [`ovɚ`si]	①②③④
★★	*v.* 監督、看管、眺望	
	用法 oversee all the accounts 查看全部帳目	
	oversleep [`ovɚ`slip]	①②③④
★	*v.* 睡過頭	
	用法 oversleep oneself 睡過頭	
L5	**overtake** [,ovɚ`tek]	①②③④
★	*v.* 超越、趕上、壓倒、突然來襲	
	用法 overtake a car 超車	
L4	**overthrow** [`ovɚ,θro]	①②③④
★	*v.* 推翻、打倒	
	用法 overthrow the tyranny 推翻暴政	
L5	**overturn** [,ovɚ`tɝn]	①②③④
★	*v./n.* 翻轉、顛覆	
	用法 overturn the nest 鳥巢翻覆	
L5	**overwhelm** [,ovɚ`hwɛlm]	①②③④
★	*v.* 壓倒、戰勝、不知所措	
	用法 be overwhelmed **by / with** N 被……征服、覆蓋	
L6	**overwork** [`ovɚ`wɝk]	①②③④
★	*v./n.* 工作過度、過分勞累	
	補充 stress from overwork 過度工作引發的壓力	
L3	**owe** [o]	①②③④

6000+ Words

*** v. 欠錢、歸功於……

用法 owe one's success to good luck 將成功歸因於好運

L2 **owl** [aʊl]   ①②③④

★   n. 貓頭鷹

用法 a night owl 夜貓子

L1 **own** [on]   ①②③④

*** adj. 自己的；v. 擁有；pron. 屬於自己的

用法 on one's own 靠自己

L2 **owner** [`onɚ]   ①②③④

*** n. 所有人、物主

用法 a property owner 房地產擁有人

L3 **ownership** [`onɚˌʃɪp]   ①②③④

**   n. 所有權、物主身分

字構 own 擁有 + er 人 + ship 名詞、性質

L3 **ox** [ɑks]   ①②③④

★   n. 公牛

補充 bull 公牛；buffalo 水牛；bison 野牛；cow 乳牛

L4 **oxygen** [`ɑksədʒən]   ①②③④

**   n. 氧、氧氣

用法 an oxygen mask 氧氣面罩

L6 **oyster** [`ɔɪstɚ]   ①②③④

★   n. 牡蠣、蠔

用法 as close as an oyster 守口如瓶

L6 **ozone** [`ozon]   ①②③④

★ *n.* 臭氧、新鮮的空氣

用法 ozone layer 臭氧層

L4 **pace** [pes] ①②③④

★★★ *n.* 步調、速度；*v.* 踱步、慢慢地走

用法 keep pace with + N 跟……並駕齊驅

pacific [pə`sɪfɪk] ①②③④

★ *adj.* 太平洋的、平和的；*n.* 太平洋

用法 the Pacific Ocean 太平洋

L1 **pack** [pæk] ①②③④

★★ *n.* 行李、一包；*v.* 打包、包裝

用法 pack sb. off 解僱、打發某人

L1 **package** [`pækɪdʒ] ①②③④

★★ *n.* 包裹；*v.* 打包、包裝

用法 a package tour 套裝行程

L6 **packet** [`pækɪt] ①②③④

★★ *n.* 小包、小袋

用法 a packet of cookies 一小袋餅乾

pact [pækt] ①②③④

★ *n.* 合約、協定、條約

用法 sign a peace pact 簽署和平條約

L3 **pad** [pæd] ①②③④

★ *n.* 襯墊、便條紙簿、動物肉掌；*v.* 填塞

用法 a knee pad 護膝

L6 **paddle** [`pæd!] ①②③④

P 6000⁺
Words a High School Student Must Know

*   *n.* 槳；*v.* 划槳前進、用槳划

    用法 paddle one's own canoe 自力更生、獨立自主

L1   **page** [pedʒ]   ①②③④

*** *n.* 頁

    用法 a Web Page 網頁

    pail [pel]   ①②③④

*** *n.* 桶、提桶、一桶的量

    用法 carry a **pail / bucket** of water 提一桶水

L2   **pain** [pen]   ①②③④

*** *n.* 疼痛；*v.* 使痛苦

    用法 be a pain in the neck 非常討人厭的人或事物

L2   **painful** [ˋpenfəl]   ①②③④

*** *adj.* 痛苦的、疼痛的、討厭的

    用法 painful memories 痛苦的回憶

L1   **paint** [pent]   ①②③④

*** *n.* 油漆、顏料；*v.* 油漆、繪畫

    用法 spray paint 噴漆；wet paint 油漆未乾

L3   **painter** [ˋpentɚ]   ①②③④

*** *n.* 畫家、油漆匠

    用法 a landscape painter 風景畫家

L2   **painting** [ˋpentɪŋ]   ①②③④

*** *n.* 繪畫作品

    用法 exhibit paintings 展出畫作

L1   **pair** [pɛr]   ①②③④

*** *n.* 一雙、一對；*v.* 使成對

用法 a pair of trousers 一條褲子

L2 **pajamas** [pəˋdʒæməs]　　　①②③④

* *n.* （寬大的）睡衣褲

用法 a pair of pajamas 一套睡衣

L3 **pal** [pæl]　　　①②③④

* *n.* 朋友、夥伴

用法 a pen pal 筆友

L3 **palace** [ˋpælɪs]　　　①②③④

*** *n.* 宮殿、皇宮

用法 the imperial palace 皇宮

L2 **pale** [pel]　　　①②③④

*** *adj.* 蒼白的、灰白的、淡色的

用法 **go / turn** pale 變得蒼白；pale purple 淡紫色

L3 **palm** [pɑm]　　　①②③④

** *n.* 棕櫚樹、手掌、掌心

延伸 palmist *n.* 看手相的人；palmistry *n.* 手相術

pamphlet [ˋpæmflɪt]　　　①②③④

* *n.* 小冊子、手冊

補充 pamphlet 是指折疊成多折、沒有封面或裝訂，約 5 至 48 頁的宣傳用小冊子。

L2 **pan** [pæn]　　　①②③④

** *n.* 平底鍋

用法 a frying pan 平底煎鍋

L3 **pancake** [`pæn,kek]　　　　　①②③④
★　　*n.* 薄煎餅、薄烤餅
　　用法 as flat as a pancake 像薄煎餅一樣平坦

L2 **panda** [`pændə]　　　　　①②③④
★　　*n.* 熊貓
　　用法 the giant panda reserves 大貓熊保護區

　　pane [pen]　　　　　①②③④
★　　*n.* 方格、窗格玻璃、窗玻璃片
　　用法 a new pane of glass 一塊新玻璃

L4 **panel** [`pæn!]　　　　　①②③④
★★★　*n.* 嵌板、鑲板、畫板、討論小組
　　用法 a control panel 控制板

L3 **panic** [`pænɪk]　　　　　①②③④
★★　*n./v.* 恐慌、驚慌
　　用法 be in / get into a panic about N 對……感到恐慌

L1 **pants** [pænts]　　　　　①②③④
★　　*n.* 褲子、長褲（= trousers）
　　用法 ski pants 滑雪褲

L2 **papaya** [pə`paɪə]　　　　　①②③④
★　　*n.* 木瓜
　　用法 papaya and banana milkshake 木瓜香蕉奶昔

L1 **paper** [`pepɚ]　　　　　①②③④
★★★　*n.* 紙、報告；*v.* 用紙包、掩蓋
　　用法 on paper 用書面形式

L6 **paperback** [`pepɚ,bæk] ①②③④
★   *n.* 平裝本
　　用法 in **paperback** / **hardcover** 平裝 / 精裝

L4 **parachute** [`pærə,ʃut] ①②③④
★   *n.* 降落傘；*v.* 跳傘
　　用法 a **parachute** jump 跳傘

L3 **parade** [pə`red] ①②③④
★   *n./v.* 遊行、行進、閱兵
　　用法 hold a **parade** 舉行遊行

L3 **paradise** [`pærə,daɪs] ①②③④
★★ *n.* 天堂、樂園
　　用法 an earthly **paradise** 人間樂園

L6 **paradox** [`pærə,daks] ①②③④
★   *n.* 似是而非的論點、自相矛盾的議論、悖論
　　字構 para 相反 + dox 意見

L4 **paragraph** [`pærə,græf] ①②③④
★★ *n.* 段落、章節
　　用法 the following **paragraph** 下一段

L5 **parallel** [`pærə,lɛl] ①②③④
★★ *adj.* 平行的、相似的；*n.* 相似者、平行線；*v.* 平行
　　用法 be **parallel** to + N 與……相似

L6 **paralyze** [`pærə,laɪz] ①②③④
★   *v.* 使無力、麻痺、癱瘓
　　用法 be totally **paralyzed** 全面癱瘓

527

L3 **parcel** [`pɑrs!] ①②③④
★ *n.* 包裹、小包；*v.* 包起來、綑成小包
用法 **get / receive** a parcel 收到包裹

L2 **pardon** [`pɑrdən] ①②③④
★ *n./v.* 原諒、饒恕
用法 Pardon (me)! 對不起，請再說一遍！

L1 **parent** [`pɛrənt] ①②③④
★★★ *n.* 父或母、父母親、雙親
用法 parent-in-law 配偶之父母

L1 **park** [pɑrk] ①②③④
★★★ *n.* 公園、遊樂場；*v.* 停車
用法 Yellowstone National Park 黃石國家公園

L6 **parliament** [`pɑrləmənt] ①②③④
★★ *n.* 議會、國會
用法 **convene / dissolve** a parliament 召集 / 解散國會

parlor [`pɑrlɚ] ①②③④
★★ *n.* 客廳、起居室、會客室、店面
用法 a beauty parlor 美容院

L3 **parrot** [`pærət] ①②③④
★ *n.* 鸚鵡；*v.* 重複、模仿
用法 teach a parrot to talk 教鸚鵡說話

L1 **part** [pɑrt] ①②③④
★★★ *n.* 部分、角色、部件；*v.* 分開、斷裂
用法 take part in + N 參加……

L4 **partial** [`parʃəl] ①②③④
★ *adj.* 局部的、部分的、偏好的
用法 be partial to Chinese cuisine 偏愛中式料理

L5 **participant** [par`tɪsəpənt] ①②③④
★ *n.* 參加者、參與者
用法 an active participant 積極的參與者

L2 **participate** [par`tɪsə,pet] ①②③④
★★★ *v.* 參加、參與
用法 participate in a sit-down strike 參加靜坐罷工

L4 **participation** [par,tɪsə`peʃən] ①②③④
★★★ *n.* 參加、參與
用法 audience participation 觀眾參與

participle [`partəsəp!] ①②③④
★★★ *n.* 分詞
用法 **present** / **past** participles 現在 / 過去分詞

L5 **particle** [`partɪk!] ①②③④
★★★ *n.* 微粒、顆粒、粒子、極小量
用法 dust particles floating in the air 空氣中飄浮的塵埃

L2 **particular** [pə`tɪkjələ] ①②③④
★★★ *adj.* 特別的、特定的、挑剔的
用法 in particular 特別、尤其

L5 **partly** [`partlɪ] ①②③④
★ *adv.* 部分地、不完全地、局部地
用法 partly because S + V 部分原因是……

P 6000+ Words a High School Student Must Know

L2 **partner** [`partnɚ] ①②③④
*** *n.* 夥伴、搭檔、合夥人
用法 a business partner 商業合夥人

L4 **partnership** [`partnɚˌʃɪp] ①②③④
* *n.* 夥伴關係、合夥關係、合作
用法 **form / go into** a partnership with sb. 與某人合夥

L1 **party** [`partɪ] ①②③④
*** *n.* 派對、政黨、當事人；*v.* 開宴會慶祝
用法 a book party 作者簽書會；the third party 第三方

L1 **pass** [pæs] ①②③④
*** *v.* 經過、通過；*n.* 通行證、及格
用法 pass away = die 去世

L3 **passage** [`pæsɪdʒ] ①②③④
*** *n.* 通道、通行、段落
用法 a secret passage 祕密通道

L3 **passenger** [`pæsəndʒɚ] ①②③④
*** *n.* 乘客、旅客
用法 carry passengers 載著乘客

L3 **passion** [`pæʃən] ①②③④
** *n.* 熱情、激情
用法 have a passion for + N 熱愛……

L5 **passionate** [`pæʃənɪt] ①②③④
* *adj.* 熱情的、狂熱的、激昂的
用法 a passionate defender of + N ……狂熱的衛道人士

P

L4 **passive** [`pæsɪv] ①②③④

★ *adj.* 被動的、消極的

用法 **active / passive** voice 主動 / 被動語態

L3 **passport** [`pæs͵port] ①②③④

★ *n.* 護照、通行證

用法 issue a passport 發給護照

L2 **password** [`pæs͵wɝd] ①②③④

★ *n.* 口令、通關密語

用法 **enter / key in** the password 輸入密碼

L1 **past** [pæst] ①②③④

★★★ *prep.* 經過；*adv.* 過；*adj.* 過去的；*n.* 過去、昔日

用法 go past + N 經過……；in the past 在過去

L4 **pasta** [`pɑstə] ①②③④

★★★ *n.* 麵糰、義大利通心麵

補充 lasagna 千層麵；spaghetti 義大利麵；macaroni 通心粉

L2 **paste** [pest] ①②③④

★ *n.* 漿糊、膏、麵糰；*v.* 黏貼、塗漿糊

用法 copy and paste 複製黏貼

L6 **pastime** [`pæs͵taɪm] ①②③④

★ *n.* 消遣、娛樂

用法 favorite pastime 最喜愛的消遣

L5 **pastry** [`pestrɪ] ①②③④

★ *n.* 糕餅、點心

用法 bake pastry 烘烤油酥糕點

L3 **pat** [pæt] ①②③④
★★ *v./n.* 輕拍、拍打、撫拍
用法 pat sb. on the shoulder 輕拍某人的肩膀

L5 **patch** [pætʃ] ①②③④
★★ *n.* 補丁、貼片；*v.* 補綴、修補
用法 patch up an old shirt 修補舊襯衫

L5 **patent** [`pætənt] ①②③④
★★ *n.* 專利權、特權；*adj.* 有專利權的；*v.* 取得專利權
用法 patent law 專利法；patent lawyer 專利法律師

L2 **path** [pæθ] ①②③④
★★★ *n.* 小徑、途徑、通道
用法 cross one's path 與某人不期而遇

L5 **pathetic** [pə`θɛtɪk] ①②③④
★ *adj.* 悲慘的、可悲的
用法 a pathetic consequence 悲慘的結果

L3 **patience** [`peʃəns] ①②③④
★★★ *n.* 耐心、忍耐
用法 with patience = patiently 有耐心地

L2 **patient** [`peʃənt] ①②③④
★★★ *adj.* 有耐心的、能忍受的；*n.* 病人
用法 be patient with + N 對……有耐心

L6 **patriot** [`petrɪət] ①②③④
★ *n.* 愛國者、愛國主義者

用法 a fervent patriot 熱情的愛國者

L6	**patriotic** [ˌpetrɪˋɑtɪk]	①②③④

★ **adj.** 愛國的、有愛國心的

用法 a patriotic poet 一名愛國詩人

L5	**patrol** [pəˋtrol]	①②③④

★★ **n./v.** 巡邏、巡查、偵查

用法 on patrol 巡邏中；a patrol car 巡邏車

L5	**patron** [ˋpetrən]	①②③④

★★ **n.** 贊助者、資助者、保護者、老主顧

用法 a patron for the event 盛會的贊助者

L2	**pattern** [ˋpætɚn]	①②③④

★★★ **n.** 模式、模範、圖案；**v.** 仿造、模仿

用法 sentence pattern practice 句型練習

L3	**pause** [pɔz]	①②③④

★★ **v./n.** 暫停、停頓、間歇

用法 pause for a moment 暫停片刻

L3	**pave** [pev]	①②③④

★ **v.** 築路、鋪設

用法 pave the way **for / to** + N 為……鋪路、做準備

L3	**pavement** [ˋpevmənt]	①②③④

★ **n.** 鋪設的道路、人行道

用法 walk on the pavement 走在人行道上

L4	**paw** [pɔ]	①②③④

★ **n.** 腳掌、爪子；**v.** 用爪子抓

補充 paw 是指動物有肉墊和爪子的腳掌，如貓、狗、熊、虎等動物，鳥類的尖爪則用 claw。

L1 **pay** [pe] ①②③④

★★★ *v.* 支付、償還；*n.* 薪資、報酬（= salary / wages）

用法 pay one's way through college 半工半讀念大學

L1 **payment** [`pemənt] ①②③④

★★★ *n.U* 支付、付款、報償

用法 installment payment 分期付款

L3 **pea** [pi] ①②③④

★★★ *n.* 豌豆

用法 as easy as shelling peas 非常容易

L2 **peace** [pis] ①②③④

★★★ *n.* 和平、寧靜

用法 make peace with sb. 與某人和解

L2 **peaceful** [`pisfəl] ①②③④

★★ *adj.* 和平的、平靜的

用法 peaceful coexistence 和平共存

L2 **peach** [pitʃ] ①②③④

★ *n.* 桃子、桃樹

用法 a honey peach 水蜜桃

L6 **peacock** [`pikak] ①②③④

★ *n.* 孔雀

用法 as proud as a peacock 像孔雀般驕傲

L2 **peak** [pik] ①②③④

** *n.* 高峰、山頂、頂點；*v.* 達到高峰、聳立

用法 reach a peak 達到頂點

L3 **peanut** [`pi,nʌt］ ①②③④

* *n.* 花生

用法 peanut butter 花生醬

L2 **pear** [pɛr] ①②③④

* *n.* 梨子、西洋梨

用法 ripe pears 成熟的梨

L3 **pearl** [pɝl] ①②③④

* *n.* 珍珠

用法 a necklace of pearls 珍珠項鍊

L5 **peasant** [`pɛzənt］ ①②③④

** *n.* 農夫、鄉下人、小農

用法 an owner peasant 自耕農

L6 **pebble** [`pɛb!] ①②③④

* *n.* 鵝卵石、小圓石

用法 be paved with pebbles 用鵝卵石鋪成

peck [pɛk] ①②③④

** *v./n.* 啄、啄食

用法 peck (at) the grains 啄食穀粒

L4 **peculiar** [pɪ`kjuljɚ] ①②③④

** *adj.* 奇怪的、獨特的、特異的

用法 be peculiar to + N 是……獨有的

L5 **pedal** [`pɛd!] ①②③④

★ *n.* 踏板；*v.* 踩踏板
用法 pedal the bicycle 踩腳踏車

peddle [`pɛd!]　　　　　　　①②③④

★ *v.* 沿街叫賣、兜售、散播
用法 peddle A **round / about** B 在 B 四處兜售、散播 A

peddler [`pɛdlə]　　　　　　　①②③④

★ *n.* 小販、散播者
用法 a push-cart peddler 推車叫賣的小販

L5 **pedestrian** [pə`dɛstrɪən]　　　①②③④

★ *n.* 行人、步行者；*adj.* 行人的、徒步的
用法 a pedestrian bridge 人行陸橋

L6 **peek** [pik]　　　　　　　　①②③④

★ *v./n.* 偷看、窺視、一瞥
用法 **peek / peep** at + N 偷看……

L3 **peel** [pil]　　　　　　　　①②③④

★★ *v.* 剝皮、削皮；*n.* 果皮、外皮
用法 peel the skin off the potatoes 削馬鈴薯皮

L4 **peep** [pip]　　　　　　　　①②③④

★ *v./n.* 窺視、偷看、瞥見
用法 a Peeping Tom 偷窺者

L4 **peer** [pɪr]　　　　　　　　①②③④

★★ *n.* 同輩、同儕；*v.* 凝視
用法 peer pressure 同儕壓力

peg [pɛg]　　　　　　　　①②③④

★	***n.*** 木釘、釘子、樁；***v.*** 釘牢、限制	

用法 a square peg in a round hole
圓孔方栓，指不得其所的人

L1	**pen** [pɛn]	①②③④
★★	***n.*** 鋼筆；***v.*** 寫作	

用法 write with a pen 用筆寫

L4	**penalty** [`pɛn!tɪ]	①②③④
★★	***n.*** 懲罰、處罰、罰款	

用法 death penalty 死刑

L1	**pencil** [`pɛns!]	①②③④
★★	***n.*** 鉛筆；***v.*** 用鉛筆寫	

用法 sharpen a pencil 削鉛筆

L6	**pending** [`pɛndɪŋ]	①②③④
★	***adj.*** 懸而未決的、待定的	

用法 a pending case 懸案

L5	**penetrate** [`pɛnəˌtret]	①②③④
★★	***v.*** 刺穿、識破、滲透、貫穿	

用法 penetrate (**into / through**) + N 穿透……

L3	**penguin** [`pɛngwɪn]	①②③④
★	***n.*** 企鵝	

用法 Antarctic penguins 南極企鵝

L6	**peninsula** [pə`nɪnsələ]	①②③④
★	***n.*** 半島	

用法 on a peninsula 在半島上

L3 **penny** [`pɛnɪ] ①②③④

★ *n.* 一便士、一分硬幣、一分錢

成語 A penny saved is a penny earned.
省一文，賺一文。

L5 **pension** [`pɛnʃən] ①②③④

★ *n.* 養老金、退休金、撫恤金；*v.* 發給津貼

用法 live on an old-age pension 靠養老金過活

L1 **people** [`pip!] ①②③④

★★★ *n.* 人們、人民、民族；*v.* 居住在、住滿居民

用法 government of the people, by the people, for the
people 民有、民治、民享的政府

L3 **pepper** [`pɛpɚ] ①②③④

★ *n.* 胡椒（粉）、辣椒（粉）；*v.* 撒胡椒粉

用法 season with salt and pepper 用鹽和胡椒粉調味

L2 **per** [pɚ] ①②③④

★★★ *prep.* 每一；根據

用法 as per instructions 按指示；per day 每一天

L5 **perceive** [pɚ`siv] ①②③④

★★ *v.* 察覺、理解、意識到

延伸 perceptive *adj.* 有知覺力的；perceptible *adj.* 可
感覺的；perceptibly *adv.* 敏銳地

L4 **percent** [pɚ`sɛnt] ①②③④

★★★ *n.* 百分比、百分之……（ = per cent ）

用法 at 2 percent of interest 用 2% 的利率

L4 **percentage** [pə`sɛntɪdʒ] ①②③④

*** *n.* 百分比、百分率

用法 rise by 2 percentage points 上升兩個百分點

L5 **perception** [pə`sɛpʃən] ①②③④

*** *n.* 感覺、知覺、察覺、理解力

用法 have a good perception of + N
對……有很好的洞察力

L6 **perch** [pɝtʃ] ①②③④

* *n.* 棲息處、棲木；*v.* 棲息、座落

用法 perch on the branch 棲息在樹枝上

L2 **perfect** [`pɝfɪkt ; pə`fɛkt] ①②③④

*** *adj.* 完美的、理想的；*n.* 完成式；*v.* 使完美

成語 Practice makes perfect. 熟能生巧。

L4 **perfection** [pə`fɛkʃən] ①②③④

* *n.* 完美、完善、圓滿

用法 **achieve** / **reach** perfection 達到完美

L3 **perform** [pə`fɔrm] ①②③④

*** *v.* 執行、實行、表演、演奏

用法 perform **well** / **poorly** in the exam 考試表現好 / 差

L3 **performance** [pə`fɔrməns] ①②③④

*** *n.* 演出、表現、履行

用法 sponsor a performance 贊助演出

L5 **performer** [pə`fɔrmə] ①②③④

** *n.* 表演者、演奏者、履行者

用法 a street performer 街頭表演者

L4 **perfume** [pəˋfjum]　　　①②③④

★ *n.* 香水、香味；*v.* 灑香水、散發香氣

　用法 wear perfume 擦香水

L1 **perhaps** [pəˋhæps]　　　①②③④

★★★ *adv.* 或許、可能、大概

　用法 perhaps not 也許不會

L6 **peril** [ˋpɛrəl]　　　①②③④

★ *n.* 危險的事物、風險；*v.* 冒險、危及

　用法 be in peril 身處危險中

L2 **period** [ˋpɪrɪəd]　　　①②③④

★★★ *n.* 時期、一段時間、一堂課、句點

　用法 put a period to sth. 結束某事

L6 **perish** [ˋpɛrɪʃ]　　　①②③④

★ *v.* 死亡、消滅

　用法 perish in battle 陣亡

L4 **permanent** [ˋpɝmənənt]　　　①②③④

★★★ *adj.* 永久的、永恆的

　用法 permanent address 固定地址

L6 **permissible** [pəˋmɪsəb!]　　　①②③④

★ *adj.* 准許的、許可的

　用法 a permissible level of vehicle exhaust emissions
　　　汽車廢氣排放標準

L3 **permission** [pəˋmɪʃən]　　　①②③④

P

**	*n.* 允許、准許

用法 without permission 未經許可

L3 **permit** [pə`mɪt ; `pɜˑmɪt] ①②③④

*** *v.* 允許、准許；*n.* 許可證

用法 a working permit 工作許可證

perseverance [ˌpɜˑsə`vɪrəns] ①②③④

*** *n.* 堅忍、堅持、不屈不撓、毅力

用法 have the perseverance to-V 不屈不撓地去……

L6 **persevere** [ˌpɜˑsə`vɪr] ①②③④

★ *v.* 堅忍、堅決、堅持不懈

用法 persevere **at / in** + N 堅持於……

L5 **persist** [pə`sɪst] ①②③④

*** *v.* 堅持、持續、固執

用法 persist **in** + N / Ving 執著於……

L6 **persistence** [pə`sɪstəns] ①②③④

★ *n.* 堅持、持續

用法 **with / by** persistence 努力不懈地

L6 **persistent** [pə`sɪstənt] ①②③④

★ *adj.* 堅持的、持續的

用法 a persistent cough 持續不斷的咳嗽

L1 **person** [`pɜˑsən] ①②③④

*** *n.* 人

用法 attend the meeting in person 親自出席會議

L2 **personal** [`pɜˑsən!] ①②③④

*** *adj.* 個人的、私人的

用法 personal affairs 個人私事

L2 **personality** [ˌpɝsənˈælətɪ]　　①②③④

*** *n.* 人格、品格、個性

用法 **split / multiple** personality 分裂 / 多重人格

L5 **personnel** [ˌpɝsənˈɛl]　　①②③④

*** *n.* 所有員工、人員、人事部門

用法 the personnel department 人事部

L5 **perspective** [pɚˈspɛktɪv]　　①②③④

** *n.* 觀點、看法、洞察力；*adj.* 透視的、有遠見的

用法 from an international perspective 從國際觀點來看

L3 **persuade** [pɚˈswed]　　①②③④

*** *v.* 說服、勸服

用法 persuade sb. **into Ving / to-V** 說服某人做……

L4 **persuasion** [pɚˈsweʒən]　　①②③④

*** *n.* 說服、說服力、信念、勸說

用法 lack persuasion 缺乏說服力

L4 **persuasive** [pɚˈswesɪv]　　①②③④

*** *adj.* 有說服力的

用法 in a persuasive manner 以具說服力的態度

L5 **pessimism** [ˈpɛsəmɪzəm]　　①②③④

* *n.* 悲觀主義、悲觀

用法 full of pessimism 充滿悲觀情緒

L4 **pessimistic** [ˌpɛsəˈmɪstɪk]　　①②③④

★　*adj.* 悲觀的、悲觀主義的

用法 be pessimistic **about / at / over** + N 對……很悲觀

L4　**pest** [pɛst]　　　　　　　　　　①②③④

★　*n.* 有害的小動物、害蟲、討厭的人或物

用法 garden pests 花園害蟲

pesticide [`pɛstɪˌsaɪd]　　　　　　①②③④

★　*n.* 殺蟲劑、除害藥物

補充 homicide 殺人（犯）；suicide 自殺；insecticide
　　殺蟲劑；herbicide 除草劑

L1　**pet** [pɛt]　　　　　　　　　　　①②③④

★　*n.* 寵物；*v.* 寵愛

用法 **have / keep** a pet 飼養寵物

petal [`pɛt!]　　　　　　　　　　①②③④

★　*n.* 花瓣

用法 rose petals 玫瑰花瓣

L5　**petition** [pə`tɪʃən]　　　　　　　①②③④

★　*n.* 請願（書）、申訴書、訴狀

用法 sign a petition against sth.
　　簽署反對某事的請願書

L6　**petrol** [`pɛtrəl]　　　　　　　　①②③④

★　*n.* 汽油

用法 run out of petrol 用光汽油

L6　**petroleum** [pə`trolɪəm]　　　　　①②③④

★　*n.* 石油、汽油

用法 petroleum industry 石油工業

L5 **petty** [`pɛtɪ] ①②③④
★ *adj.* 瑣碎的、不重要的、心胸狹窄的
用法 petty cash 小額現金、零用錢

L6 **pharmacist** [`farməsɪst] ①②③④
★ *n.* 藥劑師、藥商
用法 a professional pharmacist 專業的藥劑師

L6 **pharmacy** [`farməsɪ] ①②③④
★ *n.* 藥房、藥局、配藥室、藥劑學
用法 **at / in** the pharmacy 在藥局

L5 **phase** [fez] ①②③④
★★★ *n.* 階段、時期、方面;*v.* 分階段實行
用法 phase out + N 逐步停止使用……

L4 **phenomenon** [fə`namə,nan] ①②③④
★★★ *n.* 現象
用法 the natural phenomenon 自然現象

L4 **philosopher** [fə`lasəfɚ] ①②③④
★★ *n.* 哲學家、思想家、達觀的人
用法 Greek philosophers 希臘哲學家

L4 **philosophical** [,fɪlə`safɪk!] ①②③④
★★ *adj.* 哲學的、豁達的
用法 philosophical writings 哲學著作

L4 **philosophy** [fə`lasəfɪ] ①②③④
★★★ *n.* 哲學、人生觀

用法 a philosophy of life 人生哲學

L1 **photograph** [`fotə,græf] ①②③④

★★ *n.* 照片（= photo）；*v.* 拍照、拍攝

用法 take a **photograph** / **photo** 拍照

L3 **photographer** [fə`tagrəfə] ①②③④

★ *n.* 照相師、攝影師

用法 an amateur photographer 業餘攝影師

L5 **photographic** [,fotə`græfɪk] ①②③④

★ *adj.* 攝影的、生動的、攝影術的

用法 a photographic memory 照相般的鮮明記憶力

L4 **photography** [fə`tagrəfɪ] ①②③④

★ *n.* 攝影術、照相術

用法 an expert in photography 攝影專家

L2 **phrase** [frez] ①②③④

★★★ *n.* 片語、詞組、措辭；*v.* 用言語表達、用詞

用法 catchphrases 妙語、名言

L4 **physical** [`fɪzɪk!] ①②③④

★★★ *adj.* 身體的、物質上的

用法 **PE** / **physical education** class 體育課

L4 **physician** [fɪ`zɪʃən] ①②③④

★★ *n.* 內科醫生、醫師（= doctor）

用法 a family physician 家庭醫生

L4 **physicist** [`fɪzɪsɪst] ①②③④

★ *n.* 物理學家

用法 an outstanding physicist 傑出的物理學家

L4　**physics** [`fɪzɪks]　①②③④

★★　*n.* 物理、物理學

用法 applied physics 應用物理學

L6　**pianist** [pɪ`ænɪst]　①②③④

★★　*n.* 鋼琴家、鋼琴演奏者

用法 a jazz pianist 爵士樂鋼琴演奏者

L1　**piano** [pɪ`æno]　①②③④

★★　*n.* 鋼琴

用法 play the piano 彈鋼琴

L1　**pick** [pɪk]　①②③④

★★★　*v.* 挑選、摘取；*n.* 選擇、選擇權

用法 pick out + N 挑選……

L4　**pickle** [`pɪk!]　①②③④

★　*n.* 泡菜、醃黃瓜；*v.* 醃製泡菜

用法 hot pickles 辣泡菜

L6　**pickpocket** [`pɪk,pakɪt]　①②③④

★　*n.* 扒手

用法 Beware of pickpockets! 小心扒手！

L5　**pickup** [`pɪk,ʌp]　①②③④

★　*n.* 接送處、搭車、取物

用法 a pickup truck 小貨車

L2　**picnic** [`pɪknɪk]　①②③④

★★　*n.* 野餐；*v.* 去野餐

用法 go **on** / **for** a picnic 去野餐

L1 **picture** [`pɪktʃɚ] ①②③④

*** *n.* 圖片、照片；*v.* 繪畫、想像

用法 take a picture of sb. 為某人拍照

picturesque [ˌpɪktʃə`rɛsk] ①②③④

* *adj.* 風景如畫的、圖畫般的、美麗的

用法 the picturesque scenery 圖畫般的風景

L1 **pie** [paɪ] ①②③④

** *n.* 派餅、餡餅

用法 a pie in the sky 難以實現的事、空想

L1 **piece** [pis] ①②③④

*** *n.* 一片、一張、一塊；*v.* 修補、拼湊

用法 go to pieces 裂為碎片、身心崩潰

L5 **pier** [pɪr] ①②③④

*** *n.* 碼頭、（向海中突出的）長堤

用法 **at** / **on** the pier 在碼頭

pierce [pɪrs] ①②③④

*** *v.* 刺穿、識破

用法 pierce **into** / **through** + N 刺穿……

piety [`paɪətɪ] ①②③④

* *n.* 虔誠、恭敬

用法 filial piety 孝順、孝道

L1 **pig** [pɪg] ①②③④

** *n.* 豬；*v.* 生小豬

成語 Pigs might fly! 天底下無奇不有（豬也有可能飛）！

L3 **pigeon** [`pɪdʒɪn] ①②③④
★ *n.* 鴿子
用法 a **carrier** / **homing** pigeon 通信鴿

L3 **pile** [paɪl] ①②③④
★ *n.* 一堆、大量；*v.* 堆積、累積
用法 a pile of wood 一堆木材

L6 **pilgrim** [`pɪlgrɪm] ①②③④
★ *n.* 朝聖者、香客
用法 pilgrims to Mecca 到麥加的朝聖者

L3 **pill** [pɪl] ①②③④
★ *n.* 藥丸、藥片
用法 take pills 吃藥

L5 **pillar** [`pɪlə] ①②③④
★ *n.* 柱子、柱狀物
用法 stone pillars 石柱

L2 **pillow** [`pɪlo] ①②③④
★ *n.* 枕頭、靠墊；*v.* 枕著頭、靠著
用法 fluff a pillow 拍鬆枕頭

L3 **pilot** [`paɪlət] ①②③④
★★★ *n.* 飛行員、駕駛員；*v.* 駕駛（飛機）
用法 pilot a helicopter 駕駛直升機

L6 **pimple** [`pɪmp!] ①②③④

★　　*n.* 面皰、粉刺、青春痘

　　補充 acne 粉刺、痘痘；freckle 雀斑

L1　**pin** [pɪn]　　①②③④

★★　*n.* 大頭針、胸針、別針；*v.* 用釘釘住、按住

　　用法 pin the paper down 把紙釘住

L6　**pinch** [pɪntʃ]　　①②③④

★★　*v.* 捏、掐、夾；*n.* 掐、夾、緊急時刻

　　用法 at / in a pinch 必要時、不得已時

L3　**pine** [paɪn]　　①②③④

★★　*n.* 松樹

　　用法 pine needles 松針、松葉

L3　**pineapple** [`paɪn͵æp!]　　①②③④

★　　*n.* 鳳梨、菠蘿

　　用法 a pineapple plantation 鳳梨種植園

　　ping-pong [`pɪŋ͵pɑŋ]　　①②③④

★　　*n.* 乒乓球、桌球（= table tennis）

　　用法 play ping-pong 打桌球

L1　**pink** [pɪŋk]　　①②③④

★★★　*adj.* 粉紅色的；*n.* 粉紅色

　　用法 in the pink 非常健康、最佳狀態

L3　**pint** [paɪnt]　　①②③④

★★★　*n.* 品脫

　　用法 a pint of milk 一品脫牛奶

L4　**pioneer** [͵paɪə`nɪr]　　①②③④

P 6000+
Words a High School
Student Must Know

★★ *n.* 開拓者、先驅、先鋒；*v.* 開闢、當先驅
用法 venturous pioneers 富冒險精神的開拓者

pious [`paɪəs]　　　　　　　　　　　①②③④
★ *adj.* 虔誠的、篤信的
用法 a pious Buddhist 虔誠的佛教徒

L1 pipe [paɪp]　　　　　　　　　　　①②③④
★★ *n.* 煙斗、輸送管；*v.* 以管傳送、吹奏管樂器
用法 an exhaust pipe 排氣管

L5 pipeline [`paɪp,laɪn]　　　　　　　①②③④
★ *n.* 管線、導管、管道
用法 in the pipeline 在籌劃中、進行中

L5 pirate [`paɪrət]　　　　　　　　　　①②③④
★ *n.* 海盜、盜版者；*v.* 掠奪、剽竊
用法 pirate original music 剽竊原創音樂

piss [pɪs]　　　　　　　　　　　　　①②③④
★ *v./n.* 小便、灑尿
用法 piss off 走開

pistol [`pɪst!]　　　　　　　　　　　①②③④
★★ *n.* 手槍；*v.* 用手槍射擊
用法 fire a pistol 開槍

L3 pit [pɪt]　　　　　　　　　　　　　①②③④
★★ *n.* 坑洞、陷阱、礦坑；*v.* 挖坑、造成坑洞
用法 dig a pit for sb. 給某人設陷阱

L3 pitch [pɪtʃ]　　　　　　　　　　　①②③④

★★ **v.** 調音、投擲；**n.** 音高、音調

用法 a perfect pitch 完全音感；pitch a ball 投球

L5 **pitcher** [`pɪtʃɚ] ①②③④

★★ **n.** 投手、大水罐、有耳陶罐

成語 Pitchers have ears. 隔牆有耳。

L3 **pity** [`pɪtɪ] ①②③④

★ **n.** 憐憫、同情、可惜的事、憾事；**v.** 憐憫、同情

句型 It's a pity that S + V ……十分可惜。

L2 **pizza** [`pitsə] ①②③④

★ **n.** 披薩、披薩餅

用法 pizza delivery 披薩外送

L1 **place** [ples] ①②③④

★★★ **n.** 地方、位置、名次；**v.** 放置、安置

用法 be in place of = take the place of + N 取代……

L5 **placement** [`plesmənt] ①②③④

★ **n.** 放置、佈置

用法 the placement of the camera 安排鏡頭

L6 **plague** [pleg] ①②③④

★ **n.** 瘟疫、傳染病、天災、禍患

用法 the fast-spreading plague 快速蔓延的瘟疫

L2 **plain** [plen] ①②③④

★★★ **adj.** 簡樸的、明白的、直率的；**n.** 平原、曠野

用法 to be **plain / frank** 坦白說

L1 **plan** [plæn] ①②③④

6000+ Words

*** *n.* 計畫、方案；*v.* 訂計畫、設計

用法 make a plan 訂定計畫

L1 **planet** [`plænɪt]　　　　　①②③④

** *n.* 行星、星球

用法 the Nine Major Planets 九大行星

L1 **plant** [plænt]　　　　　①②③④

*** *n.* 工廠、植物；*v.* 種植、栽培、設置

用法 a water power plant 水力發電廠

L6 **plantation** [plæn`teʃən]　　　　　①②③④

** *n.* 大農場、農園、造林地

用法 a coffee plantation 咖啡園

L3 **plastic** [`plæstɪk]　　　　　①②③④

** *n.* 塑膠、塑膠製品；*adj.* 塑膠的、可塑的

用法 be made of plastic 塑膠做的

L1 **plate** [plet]　　　　　①②③④

*** *n.* 盤子、碟子、牌子、車牌；*v.* 電鍍、鍍

用法 a license plate 車牌

L2 **platform** [`plæt͵fɔrm]　　　　　①②③④

*** *n.* 月台、講台、平台

用法 mind the platform gap 注意月台間隙

L1 **play** [ple]　　　　　①②③④

*** *v.* 遊玩、扮演、打球、彈奏；*n.* 玩耍、戲劇

用法 play fair 公平地比賽

L1 **player** [`pleə]　　　　　①②③④

*** ***n.** 演員、演奏者、選手、播放器

用法 a weight-lifting player 舉重選手

L3 **playful** [`plefəl]   ①②③④

*** **adj.** 愛玩耍的、頑皮的、開玩笑的

用法 as playful as a kitten 像小貓般地頑皮

L2 **playground** [`ple‚graund]   ①②③④

*** **n.** 操場、運動場、遊樂場

用法 playground facilities 運動場設施

L6 **playwright** [`ple‚raɪt]   ①②③④

*   **n.** 劇作家

字構 play 劇本 + wright 製作者

L5 **plea** [pli]   ①②③④

*   **n.** 懇求、請求、藉口

用法 **make / put forward** a plea 提出請求

L5 **plead** [plid]   ①②③④

** **v.** 懇求、辯護、認罪、以……為藉口

用法 plead for mercy 懇求寬恕；plead guilty 認罪

L2 **pleasant** [`plɛzənt]   ①②③④

*** **adj.** 愉快的、快樂的、舒適的

同義 cheerful / delightful / enjoyable / happy

L1 **please** [pliz]   ①②③④

*** **v.** 使高興、討好、喜歡；**excl.** 請

成語 To please everybody is to please nobody.
　　 想討好每個人，終將討好不了任何人。

L1 pleasure [`plɛʒɚ] ①②③④

★★★ *n.* 愉快、樂趣

用法 my pleasure 別客氣；with pleasure 樂意之至

L5 pledge [plɛdʒ] ①②③④

★★★ *n.* 誓言、諾言；*v.* 保證、發誓

用法 pledge oneself to-V 保證、發誓要……

L4 plentiful [`plɛntɪfəl] ①②③④

★ *adj.* 豐富的、充足的、許多的

用法 a plentiful supply of water 有豐沛的供水

L3 plenty [`plɛntɪ] ①②③④

★★★ *pron./n.* 豐富、充足、大量；*adv.* 足夠地、非常

用法 plenty of sweets 許多糖果

plight [plaɪt] ①②③④

★★★ *n.* 困境、處境

用法 get caught in a plight 陷入困境

L4 plot [plɑt] ①②③④

★★★ *n.* 情節、陰謀；*v.* 策劃、密謀

用法 **devise / frame** a plot 策劃陰謀

L6 plow [plaʊ] ①②③④

★★ *n.* 犁、耕作；*v.* 耕種、用犁耕地

用法 plow the field 犁地

pluck [plʌk] ①②③④

★ *v.* 採、摘、拔、鼓起（勇氣）；*n.* 採摘、膽量

成語 A drowning man plucks at any straw. 急不暇擇。

P

L3 **plug** [plʌg]　　①②③④
★★ *n.* 插頭、塞子；*v.* 插上插頭、堵住、塞住
用法 **plug** in the fridge 接上冰箱的電源

L4 **plum** [plʌm]　　①②③④
★ *n.* 李子、梅子
用法 **plum** blossoms 梅花

L4 **plumber** [`plʌmɚ]　　①②③④
★ *n.* 水電工、鉛管工
用法 a **plumber's** kit 水管工的工具箱

L5 **plunge** [plʌndʒ]　　①②③④
★★ *v./n.* 跳入、投入、衝進、暴跌
用法 **plunge** into the forest 衝進森林中

L5 **plural** [`plʊrəl]　　①②③④
★ *adj.* 複數的；*n.* 複數、複數型
用法 a **plural** / **singular** noun 複數 / 單數名詞

L2 **plus** [plʌs]　　①②③④
★ *prep.* 加上；*n.* 加號、正號；*adj.* 正數的、正電的
用法 get an **A plus** / **A+** in essays 作文得 A+

L6 **pneumonia** [nju`monjə]　　①②③④
★ *n.* 肺炎
用法 contract **pneumonia** 得到肺炎

poach [potʃ]　　①②③④
★ *v.* 盜獵、竊取、燉、水煮
用法 **poach** on sb.'s land 在某人的土地上盜獵

poacher [`potʃɚ] ①②③④

* *n.* 盜獵者、非法捕獵者、煮蛋鍋

用法 an ivory poacher 象牙盜獵者

L1 **pocket** [`pakɪt] ①②③④

*** *n.* 口袋；*v.* 裝入口袋

用法 pick sb.'s pocket 扒竊

pocketbook [`pakɪtˌbuk] ①②③④

*** *n.* 皮夾、錢包

用法 one's pocketbook 財力、經濟利益

L2 **poem** [`poɪm] ①②③④

*** *n.* 詩、詩篇

用法 **compose / write** poems 寫詩

L2 **poet** [`poɪt] ①②③④

*** *n.* 詩人

用法 Poet Laureate 桂冠詩人

L5 **poetic** [po`ɛtɪk] ①②③④

** *adj.* 詩的、充滿詩意的

用法 a collection of the poetic works 詩集

L2 **poetry** [`poɪtrɪ] ①②③④

*** *n.* （總稱）詩、詩集、詩歌

用法 romantic poetry 浪漫的詩集

L1 **point** [pɔɪnt] ①②③④

*** *v.* 指向、瞄準；*n.* 要點、尖端、得分

用法 be beside the point 離題

L2 **poison** [`pɔɪzən]　①②③④

★　*n.* 毒、毒藥；*v.* 下毒、中毒
用法 food poisoning 食物中毒

L4 **poisonous** [`pɔɪznəs]　①②③④

★　*adj.* 有毒的、有害的
用法 poisonous chemicals 有毒的化學物質

L5 **poke** [pok]　①②③④

★　*v./n.* 戳、刺、撥弄
用法 poke sb. in the eye with sth. 用某物戳某人眼睛

L6 **polar** [`polə]　①②③④

★　*adj.* 南極的、北極的、極地的
用法 a polar bear 北極熊

L3 **pole** [pol]　①②③④

★★　*n.* 柱子、竿、極地
用法 the **South / North** Pole 南 / 北極

L1 **police** [pə`lis]　①②③④

★★★　*n.* 警察、警方；*v.* 維持治安、管制
用法 ask the police officer for directions 向警察問路

L2 **policeman** [pə`lismən]　①②③④

★★　*n.* 警察、警員（ = cop ）
用法 a traffic policeman 交通警察

L2 **policy** [`paləsɪ]　①②③④

★★★　*n.* 政策、方針
用法 **carry out / make** a policy 實施 / 制定政策

L4　**polish** [`palɪʃ]　　　　　　　　①②③④
** 　 *v.* 擦亮、磨亮；*n.* 光亮、光澤、亮光劑
　　　用法 polish the silverware 擦亮銀器

L1　**polite** [pə`laɪt]　　　　　　　　①②③④
* 　 *adj.* 有禮貌的、客氣的
　　　用法 be **polite / impolite** to sb. 對某人有 / 沒禮貌

L3　**political** [pə`lɪtɪk!]　　　　　　①②③④
*** 　 *adj.* 政治的、政府的
　　　用法 a political party 政黨

L3　**politician** [ˌpalə`tɪʃən]　　　　①②③④
** 　 *n.* 政治家、從政者、政客
　　　用法 a lame duck politician 跛腳鴨政客（指任期快滿
　　　　　而失去政治影響力的政治人物）

L3　**politics** [`palətɪks]　　　　　　①②③④
*** 　 *n.U* 政治、政治學；*n.pl* 政見
　　　用法 **go in for / participate in** politics 參加政治活動

L3　**poll** [pol]　　　　　　　　　　①②③④
** 　 *n.* 民意調查、投票票數；*v.* 進行民調、投票
　　　用法 conduct a poll 進行民調

　　　pollutant [pə`lutənt]　　　　　①②③④
* 　 *adj.* 污染的；*n.* 污染物、污染源
　　　用法 domestic pollutants 家庭污染物

L3　**pollute** [pə`lut]　　　　　　　　①②③④
* 　 *v.* 污染、弄髒

用法 pollute the air 污染空氣

L3 **pollution** [pə`luʃən]   ①②③④

★   *n.* 污染

用法 environmental pollution 環境污染

L1 **pond** [pɑnd]   ①②③④

★★   *n.* 池塘

用法 keep ducks in the pond 在池塘裡養鴨

L6 **ponder** [`pɑndɚ]   ①②③④

★   *v.* 深思、仔細考慮

用法 ponder **on / over / upon** sth. 深思某事

L6 **pony** [`ponɪ]   ①②③④

★   *n.* 小馬

用法 ride a pony 騎小馬

L1 **pool** [pul]   ①②③④

★★★ *n.* 水池、水坑、撞球；*v.* 合夥、合資

用法 a swimming pool 游泳池

L1 **poor** [pʊr]   ①②③④

★★★ *adj.* 貧窮的、可憐的、貧乏的

用法 be poor in natural resources 缺乏自然資源

L2 **pop** [pɑp]   ①②③④

★   *v.* 砰一聲爆開；*n.* 砰的一聲；*adv.* 突然地

用法 pop up 突然出現；pop corn 爆玉米花

L1 **popcorn** [`pɑp͵kɔrn]   ①②③④

★   *n.* 爆米花

6000+ words

用法 eat popcorn 吃爆米花

L1 **popular** [`pɑpjələ] ①②③④

*** *adj.* 普及的、流行的、受歡迎的

用法 be popular **among / with** + N 受……的歡迎

L4 **popularity** [ˌpɑpjə`lærətɪ] ①②③④

** *n.* 普及、流行、名氣、大眾化

用法 **acquire / gain / win** popularity 受歡迎

L6 **populate** [`pɑpjəˌlet] ①②③④

* *v.* 居住於、殖民於

用法 be **densely / heavily** populated 人口稠密

L2 **population** [ˌpɑpjə`leʃən] ①②③④

*** *n.* 人口、居民

用法 population control 人口控制

L3 **porcelain** [`pɔrslɪn] ①②③④

* *n.* 瓷、瓷器（= china）

用法 a porcelain figure 瓷像

L5 **porch** [pɔrtʃ] ①②③④

*** *n.* 門廊、入口處

用法 the **front / back** porch 前 / 後門廊

L2 **pork** [pork] ①②③④

* *n.* 豬肉

用法 pork sausage 豬肉香腸

L2 **port** [port] ①②③④

** *n.* 港、港口

用法 a fishing port 漁港

L4 **portable** [`portəb!] ①②③④
★★ **adj.** 便於攜帶的、手提式的
用法 a portable stereo 手提音響

L6 **porter** [`portɚ] ①②③④
★ **n.** 搬運工人、搬行李的服務員
字構 port 運載 + er 人

L5 **portfolio** [port`folɪ,o] ①②③④
★ **n.** 文件夾、公事包、代表作
用法 a learning portfolio 學習歷程

L3 **portion** [`porʃən] ①②③④
★★★ **n.** 一部分、一客；**v.** 分配
用法 a small portion of + N 小部分的……

L3 **portrait** [`portret] ①②③④
★★ **n.** 畫像、肖像
用法 paint a portrait of sb. 替某人畫肖像

L4 **portray** [por`tre] ①②③④
★★ **v.** 描繪、描寫、扮演
用法 portray sb. as + N 把某人描繪成……

L2 **pose** [poz] ①②③④
★★ **v.** 擺姿勢、造成；**n.** 姿勢
用法 pose a threat to leopard cats 對石虎構成威脅

L2 **position** [pə`zɪʃən] ①②③④
★★★ **n.** 位置、地點、立場、職位；**v.** 定位

用法 be in position 就定位、在適當位置

L2 **positive** [`pazətɪv] ①②③④

★★★ *adj.* 肯定的、積極的、有把握的;*n.* 正面

用法 take a positive attitude toward + N

對……採積極的態度

L4 **possess** [pə`zɛs] ①②③④

★★★ *v.* 擁有、持有、附身

用法 be possessed of a gold mine 擁有金礦

L4 **possession** [pə`zɛʃən] ①②③④

★★★ *n.* 擁有、財產、所有物

用法 be in possession of + N 擁有……

L2 **possibility** [,pasə`bɪlətɪ] ①②③④

★★★ *n.* 可能性、可能發生的事

用法 **exclude / rule out** the possibility 排除可能性

L1 **possible** [`pasəb!] ①②③④

★★★ *adj.* 可能的

用法 as soon as possible = ASAP 盡可能地快

L2 **post** [post] ①②③④

★★★ *n.* 郵件、職位、公告;*v.* 郵寄、調派、貼公告

用法 send the letter by post 郵寄信件

L4 **postage** [`postɪdʒ] ①②③④

★ *n.* 郵資、郵費

用法 postage **paid / free** 郵資已付 / 免郵資

L2 **postcard** [`post,kard] ①②③④

P

★   *n.* 明信片

   用法 drop sb. a postcard 寄明信片給某人

L3   **poster** [`postɚ]   ①②③④

★   *n.* 海報、廣告單

   用法 put up a poster 張貼海報

L3   **postpone** [post`pon]   ①②③④

★★   *v.* 延期、延遲、延緩

   用法 postpone + Ving to + N 延後做……到……

L3   **postponement** [post`ponmənt]   ①②③④

★   *n.* 延期、延遲、延緩

   用法 postponement of + N 延後做……

L6   **posture** [`pastʃɚ]   ①②③④

★★   *n.* 姿勢、姿態、立場；*v.* 擺姿勢、故作姿態

   用法 keep an upright posture 保持直立的姿勢

L1   **pot** [pat]   ①②③④

★★★ *n.* 鍋、壺、容器；*v.* 放鍋裡、種盆栽

   用法 a melting pot（文化）大熔爐

L1   **potato** [pə`teto]   ①②③④

★★   *n.* 馬鈴薯、洋芋

   用法 small potatoes 無足輕重的人或物

L6   **potent** [`potn̩t]   ①②③④

★   *adj.* 強力的、有效力的

   用法 have potent side-effects 有強力的副作用

L4   **potential** [pə`tɛnʃəl]   ①②③④

6000 Words

*** *adj.* 潛在的、可能的；*n.* 潛力、可能性
用法 have a potential for + N 有……的潛力

L3 **pottery** [`pɑtərɪ] ①②③④
* *n.* 陶器、陶器類（= ceramic）
用法 hand-painted pottery 手繪陶器

L6 **poultry** [`poltrɪ] ①②③④
* *n.* 家禽
用法 **breed / keep** poultry 飼養家禽

L2 **pound** [paʊnd] ①②③④
*** *n.* 磅、英鎊；*v.* 猛擊、連續不斷地打
用法 pound **on / onto** + N 重擊……

L3 **pour** [por] ①②③④
*** *v.* 傾盆而降、傾注、大量投入
成語 It never rains but it pours. 不雨則已，一雨傾盆。

L3 **poverty** [`pɑvɚtɪ] ①②③④
** *n.* 貧窮、貧困、缺乏
用法 live in poverty 生活貧困

L3 **powder** [`paʊdɚ] ①②③④
** *n.* 粉末；*v.* 磨成粉、使成粉末
用法 **milk / soap** powder 奶 / 肥皂粉

L1 **power** [`paʊɚ] ①②③④
*** *n.* 力量、能力、權力；*v.* 運轉、推動
用法 come into power 執政、當權

L2 **powerful** [`paʊɚfəl] ①②③④

MP3

P

★★★	***adj.*** 強而有力的、有權力的	

用法 **amazingly / incredibly** powerful 驚人地強大

L3 **practical** [`præktɪk!] ①②③④

★★★ ***adj.*** 實用的、實際的

用法 play a practical joke 耍惡作劇

L1 **practice** [`præktɪs] ①②③④

★★★ ***n.*** 練習、實行、慣例；***v.*** 練習、開業

用法 in practice 實際上、實踐上

L5 **practitioner** [præk`tɪʃənɚ] ①②③④

★ ***n.*** 開業者、從業人員

用法 a dental practitioner 牙醫

prairie [`prɛrɪ] ①②③④

★ ***n.*** 大草原、牧場

成語 A single spark can start a prairie fire.
星星之火可以燎原。

L2 **praise** [prez] ①②③④

★★ ***v./n.*** 讚揚、稱讚、歌頌

用法 in praise of + N 讚揚……

L2 **pray** [pre] ①②③④

★★★ ***v.*** 祈禱、請求、懇求

用法 pray for fine weather 祈求好天氣

L2 **prayer** [prɛɚ] ①②③④

★★★ ***n.*** 祈禱（文）、禱告

用法 say one's prayers 念禱告

6000+ Words

L6 **preach** [pritʃ]　　　　　　①②③④

★★ *v.* 傳道、說教、訓誡、鼓吹

用法 practice what one preaches 身體力行

L5 **precaution** [prɪˋkɔʃən]　　　　①②③④

★★ *n.* 預防、預防措施、警戒

用法 take precautions against sth. 對某事採預防措施

L6 **precede** [priˋsid]　　　　　　①②③④

★★★ *v.* 在……之前、領先於……

用法 the preceding **years / chapter** 前幾年 / 前一章

L6 **precedent** [ˋprɛsədənt]　　　　①②③④

★ *n.* 前例、先例

用法 without precedent 史無前例、沒有先例

L3 **precious** [ˋprɛʃəs]　　　　　　①②③④

★★★ *adj.* 珍貴的、貴重的、珍愛的

用法 precious memories 珍貴的回憶

L4 **precise** [prɪˋsaɪs]　　　　　　①②③④

★★★ *adj.* 精確的、精準的

用法 to be more precise 更確切地說

L6 **precision** [prɪˋsɪʒən]　　　　　①②③④

★★★ *n.* 精確、精準

用法 with precision = precisely 精確地

L5 **predator** [ˋprɛdətə]　　　　　①②③④

★ *n.* 掠奪者、捕食性動物

用法 predator and prey 掠食者與獵物

L6 predecessor [`prɛdɪˌsɛsɚ] ①②③④

★ **n.** 前輩、前任、祖先

反義 successor 繼承者

L4 predict [prɪ`dɪkt] ①②③④

★★★ **v.** 預言、預報、預料

字構 pre 預先 + dict 說、宣告

L4 prediction [prɪ`dɪkʃən] ①②③④

★★ **n.** 預言、預報、預測

用法 make a prediction about + N 預言……

preface [`prɛfɪs] ①②③④

★ **n.** 序言、序幕、前奏；**v.** 作序、開端

用法 the preface to a book 書的序言

L2 prefer [prɪ`fɝ] ①②③④

★★★ **v.** 更喜歡、寧可

用法 prefer A to B 喜歡 A 勝於 B

preferable [`prɛfərəb!] ①②③④

★ **adj.** 較合適的、更合意的、更好的

用法 be preferable to + N / Ving 比……更好

L5 preference [`prɛfərəns] ①②③④

★★ **n.** 愛好、偏愛、偏袒

用法 **have / show** a preference for + N 偏好……

L4 pregnancy [`prɛgnənsɪ] ①②③④

★★ **n.** 懷孕、懷孕期

用法 during pregnancy 懷孕期間

P 6000+
Words a High School
Student Must Know

L4 **pregnant** [`prɛgnənt] ①②③④

★★ *adj.* 懷孕的、充滿的、富有……的

用法 be pregnant with + N 充滿、懷著……

L6 **prehistoric** [ˌprihɪsˈtɔrɪk] ①②③④

★ *adj.* 史前的

用法 in prehistoric times 在史前時代

L5 **prejudice** [`prɛdʒədɪs] ①②③④

★★ *n.* 偏見、歧視；*v.* 抱持偏見、偏袒

用法 *Pride and Prejudice*《傲慢與偏見》

L5 **preliminary** [prɪˈlɪməˌnɛrɪ] ①②③④

★★ *adj.* 初步的、預備的；*n.* 初步、開端、預賽

用法 pack bags preliminary to **departure / leaving**
在離開之前先打包行李

L5 **premature** [ˌpriməˈtjʊr] ①②③④

★ *adj.* 過早的、早產的、未成熟的

字構 pre 前、先 + mature 成熟的

L5 **premier** [`primɪə] ①②③④

★ *n.* 首相、總理；*adj.* 首要的、第一的

用法 one of the premier scientists 首席科學家之一

L6 **premiere** [prɪˈmjɛr] ①②③④

★ *n.* 首映、首演

用法 the premiere of the opera 歌劇的首演

L5 **premise** [`prɛmɪs] ①②③④

★ *n.* 假定、前提

P

用法 be based on a false premise 根據錯的假設

L5 **premium** [`primɪəm]　①②③④
★　　n. 獎金、津貼；adj. 優質的、頂級的
用法 premium chocolate 頂級巧克力

L3 **preparation** [,prɛpə`reʃən]　①②③④
★★★　n. 準備、預備
用法 make preparations for the picnic 為野餐做準備

L1 **prepare** [prɪ`pɛr]　①②③④
★★★　v. 準備、預備
用法 prepare for + N 準備做……

preposition [,prɛpə`zɪʃən]　①②③④
★★★　n. 介系詞
字構 pre 在前 + position 位置

L5 **prescribe** [prɪ`skraɪb]　①②③④
★★　v. 開藥方、指定、規定
用法 prescribe medicine for sb. 為某人開藥方

L6 **prescription** [prɪ`skrɪpʃən]　①②③④
★　　n. 藥方、處方、規定
用法 fill a prescription 配藥

L3 **presence** [`prɛzəns]　①②③④
★★★　n. 出席、在場、存在
用法 in the presence of sb. 當著某人的面

L1 **present** [`prɛzənt ; prɪ`zɛnt]　①②③④
★★★　adj. 現在的；n. 現在、目前、禮物；v. 贈送、呈現

用法 at present = presently 目前

L4 **presentation** [ˌprɛzn̩ˋteʃən]　　　　①②③④

*** *n.* 贈送、介紹、演講、呈現

用法 give a presentation of + N 介紹……

L4 **preservation** [ˌprɛzɚˋveʃən]　　　　①②③④

** *n.* 保存、保護、保育、防腐

用法 forestry preservation 森林保育

L4 **preserve** [prɪˋzɝv]　　　　①②③④

*** *v.* 維持、保護、防腐

用法 preserve the body from decay 讓屍體免於腐壞

L6 **preside** [prɪˋzaɪd]　　　　①②③④

* *v.* 主持、擔任主席

用法 preside **at / over** a conference 主持會議

L5 **presidency** [ˋprɛzədənsɪ]　　　　①②③④

* *n.* 總統（裁）職位、總統（裁）任期

用法 in the presidency of Roosevelt 羅斯福總統任內

L2 **president** [ˋprɛzədənt]　　　　①②③④

*** *n.* 總統、總裁、董事長

用法 elect the president 選總統

L5 **presidential** [ˌprɛzəˋdɛnʃəl]　　　　①②③④

* *adj.* 總統的、總統選舉的

用法 a presidential campaign 總統競選活動

L2 **press** [prɛs]　　　　①②③④

*** *n.* 報刊、新聞界、印刷廠、按壓；*v.* 按、壓、強迫

P

用法 a press conference 記者招待會

L2 **pressure** [`prɛʃɚ] ①②③④

*** *n.* 壓力;*v.* 施壓

用法 under pressure 在壓力下

L6 **prestige** [prɛs`tiʒ] ①②③④

*** *n.* 聲望、威望、名譽

用法 have / gain international prestige 享有國際聲譽

L5 **presume** [prɪ`zum] ①②③④

** *v.* 假設、推測

延伸 presumption *n.* 推測;presumptive *adj.* 推斷的

L3 **pretend** [prɪ`tɛnd] ①②③④

** *v.* 假裝、佯裝、自稱

用法 pretend to-V 假裝……

L1 **pretty** [`prɪtɪ] ①②③④

*** *adj.* 漂亮的、美麗的;*adv.* 相當、非常

用法 pretty **good / bad / serious** 相當好 / 糟 / 嚴重

L5 **prevail** [prɪ`vel] ①②③④

*** *v.* 盛行、風行、戰勝、流行

延伸 prevailing / prevalent *adj.* 普 遍 的、 流 行 的;
prevalence *n.* 盛行;prevalently *adv.* 流行地

L3 **prevent** [prɪ`vɛnt] ①②③④

*** *v.* 預防、阻止、妨礙

用法 prevent sb. from Ving 阻止某人做……

L4 **prevention** [prɪ`vɛnʃən] ①②③④

** **n.** 預防、阻止、妨礙

成語 Prevention is better than cure. 預防勝於治療。

L6 **preventive** [prɪ`vɛntɪv] ①②③④

* **adj.** 預防的、防止的；**n.** 預防措施、預防物

用法 take preventive measures 採取預防措施

L6 **preview** [`pri,vju] ①②③④

* **n.** 預告片、預習；**v.** 預看、試映、預習

字構 pre 先、前 + view 觀看

L3 **previous** [`priviəs] ①②③④

*** **adj.** 先前的、以前的

用法 be previous to + N 在……之前

L5 **prey** [pre] ①②③④

*** **n.** 獵物、犧牲品；**v.** 捕食、獵食

用法 fall (a) prey to + N 成為……的獵物

L1 **price** [praɪs] ①②③④

*** **n.** 價格、代價；**v.** 定價、標出價格

用法 at any price 不惜任何代價

L6 **priceless** [`praɪslɪs] ①②③④

* **adj.** 貴重的、無價的

用法 priceless assets 貴重的資產

prick [prɪk] ①②③④

* **v./n.** 刺痛、穿刺、扎、驅使

用法 prick sb. on to + VR 驅使某人去……

L2 **pride** [praɪd] ①②③④

*** *n.* 驕傲、自尊心；*v.* 使得意、以……自豪

成語 Pride goes before a fall. 驕者必敗。

L2 **priest** [prist]　　　　　　　　　①②③④

** *n.* 牧師、神父

補充 pope 教宗；bishop 主教；cardinal 樞機主教

L2 **primary** [`praɪˌmɛrɪ]　　　　　　①②③④

*** *adj.* 主要的、最初的、初級的

用法 a primary concern 首要關心的事

L4 **prime** [praɪm]　　　　　　　　　①②③④

*** *adj.* 原始的、最好的、主要的；*n.* 初期、全盛時期

用法 prime minister 首相

L4 **primitive** [`prɪmətɪv]　　　　　　①②③④

*** *adj.* 原始的、未開化的

用法 primitive culture 原始文化

L2 **prince** [prɪns]　　　　　　　　　①②③④

*** *n.* 王子、親王

用法 the Prince Imperial 皇太子

L2 **princess** [`prɪnsɪs]　　　　　　　①②③④

* *n.* 公主、王妃

用法 the royal princesses 王室女性成員

L2 **principal** [`prɪnsəpl]　　　　　　①②③④

*** *adj.* 主要的、資本的；*n.* 校長、首長、資本

用法 the principal cause 主要原因

L2 **principle** [`prɪnsəpl]　　　　　　①②③④

*** *n.* 原理、原則、主義
用法 in principle 原則上

L2 **print** [prɪnt]　①②③④
*** *v.* 用印刷體寫、出版、印刷；*n.* 出版、出版品
用法 out of print 絕版

L2 **printer** [`prɪntɚ]　①②③④
* *n.* 印表機、印刷機、印刷工、印刷業者
用法 printer cartridges 印表機墨水匣

L5 **prior** [`praɪɚ]　①②③④
* *adj.* 在前的、優先的；*adv.* 在前
用法 be prior to + N 在……之前

L4 **priority** [praɪ`ɔrətɪ]　①②③④
** *n.* 首要之務、優先、優先權
用法 give priority to + N 給予……優先權

L2 **prison** [`prɪzən]　①②③④
*** *n.* 監獄、監禁
用法 be sent to **jail / prison** 被送去坐牢

L2 **prisoner** [`prɪzənɚ]　①②③④
** *n.* 囚犯、犯人、俘虜
用法 **hold / keep** sb. prisoner 俘虜某人

L4 **privacy** [`praɪvəsɪ]　①②③④
* *n.* 隱私、私生活
用法 **protect / invade** sb.'s privacy 保護 / 侵犯某人隱私

L2 **private** [`praɪvɪt]　①②③④

*** *adj.* 私人的、個人的、祕密的、私立的

用法 in private = privately 私底下

L6 **privatize** [`praɪvətaɪz] ①②③④

* *v.* 使私有化、使民營化

用法 privatization of the state-owned enterprises
國營企業民營化

L4 **privilege** [`prɪv!ɪdʒ] ①②③④

** *n.* 特權、殊榮、恩典；*v.* 給予特權

用法 privileged classes 特權階級

L2 **prize** [praɪz] ①②③④

*** *n.* 獎品、獎賞；*v.* 給予評價、珍視、重視

用法 award a prize 頒獎

L3 **probable** [`prɑbəb!] ①②③④

** *adj.* 大概的、可能的、很有可能發生的

用法 **highly / very** probable 很有可能

L6 **probe** [prob] ①②③④

* *n.* 探查、探測器、探針

用法 a probe into sth. 調查某事

L1 **problem** [`prɑbləm] ①②③④

*** *n.* 問題、習題、困難

用法 **resolve / settle / solve** a problem 解決問題

L4 **procedure** [prə`sidʒɚ] ①②③④

*** *n.* 程序、步驟、手續

用法 standard operating procedure 標準作業程序

P **6000+**
Words a High School
Student Must Know

L4 **proceed** [prə`sid]   ①②③④
*** *v.* 繼續進行、著手
用法 proceed **to-V / with + N** 繼續……

L3 **process** [`prasɛs]   ①②③④
*** *n.* 過程、步驟、進行；*v.* 加工、處理
用法 be in the process of + N 在……的過程中

L6 **procession** [prə`sɛʃən]   ①②③④
** *n.* 行列、隊伍、進行
用法 organize a procession 組織遊行

L5 **proclaim** [prə`klem]   ①②③④
* *v.* 宣佈、聲明
用法 proclaim oneself independent 宣佈獨立

L2 **produce** [prə`djus；`pradjus]   ①②③④
*** *v.* 製造、生產；*n.U* 產品、農產品
用法 farm produce 農產品

L3 **producer** [prə`djusɚ]   ①②③④
* *n.* 生產者、製作人
用法 a **film / movie** producer 電影製片人

L3 **product** [`pradʌkt]   ①②③④
*** *n.* 產品、產物、成果
用法 promote new products 促銷新產品

L2 **production** [prə`dʌkʃən]   ①②③④
*** *n.* 生產、製造、產物
用法 production line 生產線

L4 **productive** [prə`dʌktɪv] ①②③④
★★ *adj.* 有生產力的、多產的、生產的
用法 the productive fruit-bearing plant 結果多的植物

L5 **productivity** [ˌprodʌk`tɪvətɪ] ①②③④
★ *n.* 生產力、生產率、豐饒
用法 **increase / raise** productivity 提高生產力

L4 **profession** [prə`fɛʃən] ①②③④
★★★ *n.* 職業、專業
用法 by profession 就職業來說

L4 **professional** [prə`fɛʃən!] ①②③④
★★★ *adj.* 職業的、專家的；*n.* 專家、職業選手
用法 seek professional advice 尋求專業諮詢

L3 **professor** [prə`fɛsɚ] ①②③④
★★★ *n.* 教授、老師、講師
用法 an assistant professor 助理教授

L6 **proficiency** [prə`fɪʃənsɪ] ①②③④
★ *n.* 精通、熟練
用法 show proficiency in languages 精通語言

L5 **profile** [`profaɪl] ①②③④
★ *n.* 側面像、輪廓、人物素描、人物簡介；*v.* 畫輪廓
用法 keep a **high / low** profile 保持高 / 低調

L3 **profit** [`prafɪt] ①②③④
★★★ *n.* 利潤、利益；*v.* 有益於、獲利
用法 profit **from / by** the work 從工作中得益

6000+ Words

L4	**profitable** [`prɑfɪtəb!]	①②③④

★★ **adj.** 利益的、營利的、有利潤的

用法 a profitable business 高獲利的企業

| L5 | **profound** [prə`faʊnd] | ①②③④ |

★★★ **adj.** 深遠的、深奧的、深邃的

用法 have profound effects on + N
對……造成深遠的影響

| L1 | **program** [`progræm] | ①②③④ |

★★★ **n.** 節目、計畫、電腦程式；**v.** 規劃、程式設計

用法 program an event 規劃活動

| L2 | **progress** [`prɑgrɛs ; prə`grɛs] | ①②③④ |

★★★ **n.** 進步、進展；**v.** 促進、前進

用法 make progress in + N 在……有進步

| L5 | **progressive** [prə`grɛsɪv] | ①②③④ |

★★ **adj.** 進步的、革新的；**n.** 革新者、改革派

用法 a progressive decline in + N ……逐漸衰退

| L5 | **prohibit** [prə`hɪbɪt] | ①②③④ |

★★ **v.** 禁止、妨礙、阻止

用法 prohibit sb. from **Ving** / N 禁止某人做……

| L6 | **prohibition** [ˌproə`bɪʃən] | ①②③④ |

★★ **n.** 禁令、禁止

用法 a prohibition against drunken driving
禁止酒後開車

| L2 | **project** [`prɑdʒɛkt ; prə`dʒɛkt] | ①②③④ |

	***	*n.* 計畫、方案；*v.* 計畫、投射、預測、突出	
		用法 launch a project 啟動計畫	
L5	**projection** [prə`dʒɛkʃən]	①②③④
*		*n.* 投射、規劃、推斷、突出部分	
		用法 slide projection 幻燈片投影	
L5	**prolong** [prə`lɔŋ]	①②③④
**		*v.* 延長、拉長、拖延	
		用法 prolong one's life expectancy 延長壽命	
L4	**prominent** [`pramənənt]	①②③④
***		*adj.* 突出的、顯著的、卓越的	
		用法 be prominent in + N 在……很傑出	
L2	**promise** [`pramɪs]	①②③④
***		*n.* 承諾、諾言、約定；*v.* 答應、約定、允諾	
		用法 **fulfill / keep** sb.'s promise 遵守某人的諾言	
L4	**promising** [`pramɪsɪŋ]	①②③④
**		*adj.* 有希望的、有前途的	
		用法 promising young army officers 年輕有為的軍官	
L3	**promote** [prə`mot]	①②③④
***		*v.* 晉升、提升、宣傳	
		用法 be promoted to sales manager 被升為業務經理	
L4	**promotion** [prə`moʃən]	①②③④
**		*n.* 晉升、增進、促銷	
		用法 **attain / get** a promotion 晉升、升職	
L4	**prompt** [prampt]	①②③④

★ *adj.* 迅速的、立刻的；*v.* 促使、激起；*n.* 催促
　用法 give a prompt reply 快速回應

L5 **prone** [pron] ①②③④

★ *adj.* 有……傾向的、易於……、傾斜的
　用法 be prone to (have) headaches 容易頭痛

pronoun [`pronaʊn] ①②③④

★ *n.* 代名詞
　用法 relative pronouns 關係代名詞

L3 **pronounce** [prə`naʊns] ①②③④

★★ *v.* 發音、宣告、宣稱
　用法 pronounce after sb. 跟著某人發音

L4 **pronunciation** [prə,nʌnsɪ`eʃən] ①②③④

★ *n.* 發音、讀法、發音方法
　用法 a pronunciation drill 發音練習

L3 **proof** [pruf] ①②③④

★★★ *n.* 證明、證據
　用法 have proof of one's guilt 掌握某人有罪的證據

prop [prɑp] ①②③④

★ *n.* 道具、支持者、支架；*v.* 支撐、支持
　用法 a financial prop 經濟支柱

L5 **propaganda** [,prɑpə`gændə] ①②③④

★★ *n.U* 宣傳、宣傳活動
　用法 engage in propaganda 從事宣傳活動

L6 **propel** [prə`pɛl] ①②③④

♩ 580

★　　***v.*** 推動、推進、激勵

用法 be propelled by wind 由風力推進

　　propeller [prə`pɛlə] ①②③④

★　　***n.*** 螺旋槳、推進器

用法 the blades of a propeller 螺旋槳葉

L2　**proper** [`prapə] ①②③④

***　***adj.*** 適合的、適當的、恰當的

同義 accurate / correct / fitting / right

L3　**property** [`prapətɪ] ①②③④

***　***n.*** 財產、房地產、特性、性質

用法 inherit property 繼承財產

L5　**prophet** [`prafɪt] ①②③④

★　　***n.*** 先知、預言家

用法 a prophet's warnings 預言家的警告

L5　**proportion** [prə`porʃən] ①②③④

***　***n.*** 比例、均衡、部分；***v.*** 使成比例、使均衡

用法 be in proportion to + N 與……成比例、相稱

L4　**proposal** [prə`pozl] ①②③④

***　***n.*** 提案、計畫、建議、求婚

用法 **make / present** a proposal 提出建議

L2　**propose** [prə`poz] ①②③④

***　***v.*** 提議、建議、求婚

用法 propose to sb. 向某人求婚

L6　**prose** [proz] ①②③④

★ *n.* 散文、散文體

用法 an article in prose 散文寫成的文章

L6 **prosecute** [`prasɪˌkjut] ①②③④

★ *v.* 起訴、執行、進行

用法 be prosecuted for treason 被以叛國罪起訴

L5 **prosecution** [ˌprasɪˈkjuʃən] ①②③④

★ *n.* 起訴、執行、告發、控方

用法 conduct a prosecution 進行起訴

L5 **prospect** [`praspɛkt ; prəˈspɛkt] ①②③④

★★★ *n.* 視野、前景；*v.* 展望、預期

用法 have prospects for the future 未來大有前途、展望

L6 **prospective** [prəˈspɛktɪv] ①②③④

★★ *adj.* 未來的、預期的、有希望的

用法 a prospective consequence 預期的後果

L4 **prosper** [`praspɚ] ①②③④

★ *v.* 繁榮、興盛、成功

用法 prosper in business 生意興榮

L4 **prosperity** [prasˈpɛrətɪ] ①②③④

★★ *n.* 繁榮、興旺、成功

用法 promote economic prosperity 促進經濟繁榮

L4 **prosperous** [`praspərəs] ①②③④

★ *adj.* 繁榮的、昌盛的、繁華的

用法 a prosperous society 繁榮的社會

L2 **protect** [prəˈtɛkt] ①②③④

*** *v.* 保護、防護、防禦

用法 protect A from B 保護 A 免受 B 的傷害

L3 **protection** [prə`tɛkʃən] ①②③④

*** *n.* 保護、防護、防護物

用法 give protection against the cold 提供禦寒

L2 **protective** [prə`tɛktɪv] ①②③④

★★ *adj.* 保護的、防護的

用法 animals' protective coloring 動物的保護色

L4 **protein** [`protiɪn] ①②③④

★★ *n.* 蛋白質

用法 **furnish / provide** protein 提供蛋白質

L4 **protest** [`protɛst ; prə`tɛst] ①②③④

★★ *n./v.* 抗議、反對

用法 make a protest against + N 對……提出抗議

L6 **prototype** [`protə,taɪp] ①②③④

★ *n.* 原型、標準

用法 a prototype of a new cellphone 新手機原型

L1 **proud** [praʊd] ①②③④

*** *adj.* 驕傲的、得意的、有自尊心的

用法 **be proud of / take pride in** + N 以……為榮

L2 **prove** [pruv] ①②③④

*** *v.* 證明、證實

用法 prove (to be) **true / dead** 證實是真 / 死掉的

L6 **proverb** [`pravɝb] ①②③④

★   *n.* 諺語、俗語、格言

句型 A proverb goes that S + V 俗語說……。

L2 **provide** [prə`vaɪd]   ①②③④

★★★ *v.* 提供、供應、供給

用法 provide sb. with sth. 提供某人某物

L5 **province** [`pravɪns]   ①②③④

★★ *n.* 省、地方、領域

用法 outside one's province 非某人所熟知的領域

L6 **provincial** [prə`vɪnʃəl]   ①②③④

★ *adj.* 省的、地方的、偏狹的；*n.* 鄉下人

用法 the provincial government 地方政府

L5 **provision** [prə`vɪʒən]   ①②③④

★★ *n.* 供給、準備

用法 make provision for sth. 為某事做好準備

L6 **provisional** [prə`vɪʒən!]   ①②③④

★ *adj.* 臨時的、暫時的

用法 a provisional license 臨時實習駕照

L5 **provoke** [prə`vok]   ①②③④

★★ *v.* 激怒、惱怒、挑釁

延伸 provoking / provocative *adj.* 挑釁的；provocation
     n. 惱怒；provocatively *adv.* 煽動地

prowl [praʊl]   ①②③④

★ *v./n.* 精神病學

用法 **be / go** on the prowl 徘徊、潛行

prune [prun] ①②③④
★ *n.* 梅乾；*v.* 修剪、修整、削減、刪除
用法 prune **away** / **off** the budget 刪剪預算

L6 **psychiatry** [saɪˋkaɪətrɪ] ①②③④
★ *n.* 精神病學
用法 specialize in psychiatry 專攻精神病學

L6 **psychic** [ˋsaɪkɪk] ①②③④
★ *adj.* 精神的、心靈的、有特異功能的
用法 psychic powers 特異功能

L4 **psychological** [ˌsaɪkəˋladʒɪkl̩] ①②③④
★★★ *adj.* 心理上的、精神上的
用法 a psychological barrier 心理障礙

L4 **psychologist** [saɪˋkalədʒɪst] ①②③④
★★ *n.* 心理學家
用法 a clinical psychologist 臨床心理學家

L4 **psychology** [saɪˋkalədʒɪ] ①②③④
★ *n.* 心理學、心理狀態
用法 social psychology 社會心理學

L6 **psychotherapy** [saɪkoˋθɛrəpɪ] ①②③④
★ *n.* 精神療法、心理治療
延伸 psycho *n.* 精神變態者

L3 **pub** [pʌb] ①②③④
★ *n.* 酒館、酒吧
用法 the local pub = public house 當地酒館

6000+ Words

P 6000+
Words a High School Student Must Know

L1	public [`pʌblɪk]	①②③④

★★★ *adj.* 公開的、大眾的、公立的；*n.* 公眾、群眾
用法 in public 公開地

| L4 | publication [ˌpʌblɪˈkeʃən] | ①②③④ |

★★★ *n.* 出版刊物、公佈、發行
用法 suspend publication 中止發行

| L4 | publicity [pʌbˈlɪsətɪ] | ①②③④ |

★★ *n.* 廣告、宣傳、知名度
用法 a publicity agent 廣告代理商

| L6 | publicize [`pʌblɪˌsaɪz] | ①②③④ |

★★ *v.* 宣傳、廣告、傳播
用法 publicize worldwide 大肆宣傳

| L4 | publish [`pʌblɪʃ] | ①②③④ |

★★★ *v.* 出版、發行、發表
用法 publish an e-book 出版電子書

| L4 | publisher [`pʌblɪʃɚ] | ①②③④ |

★ *n.* 出版者、出版社、發行人
用法 a magazine publisher 雜誌出版社

| L2 | pudding [`pʊdɪŋ] | ①②③④ |

★★ *n.* 布丁
用法 caramel pudding 焦糖布丁

| L6 | puff [pʌf] | ①②③④ |

★ *n.* (一) 吹、(一) 陣；*v.* 吹出、噴出、喘氣
用法 puff on a cigarette 抽煙

L1 **pull** [pʊl] ①②③④

★★★ *v./n.* 拉、拔、拖

用法 pull a cart 拉馬車

L5 **pulse** [pʌls] ①②③④

★ *n.* 脈搏；*v.* 跳動、搏動

用法 **feel / take** sb.'s pulse 為某人把脈

L3 **pump** [pʌmp] ①②③④

★ *n.* 幫浦、抽水機；*v.* 打氣、灌注（知識）

用法 pump water out of the pond 把水從池塘打出

L2 **pumpkin** [`pʌmpkɪn] ①②③④

★ *n.* 南瓜

用法 pumpkin lanterns 南瓜燈籠

L3 **punch** [pʌntʃ] ①②③④

★ *v.* 用力猛擊、以拳重擊；*n.* 拳擊、打洞器

用法 punch sb. in the belly 給某人腹部一拳

L6 **punctual** [`pʌŋktʃʊəl] ①②③④

★ *adj.* 準時的、守時的、精確的

用法 be punctual for + N 準時於……

L2 **punish** [`pʌnɪʃ] ①②③④

★ *v.* 處罰、懲罰、刑罰

用法 be punished by law 受到法律制裁

L2 **punishment** [`pʌnɪʃmənt] ①②③④

★★ *n.* 處罰、懲罰、刑罰

用法 **physical / corporal** punishment 體罰

P 6000+
Words a High School Student Must Know

L2 **pupil** [`pjupḷ] ①②③④
★★★ *n.* 瞳孔、學生（尤指小學生）

用法 **dilate / contract** one's pupils 擴張 / 收縮瞳孔

L3 **puppet** [`pʌpɪt] ①②③④
★ *n.* 木偶、魁儡

用法 **manipulate** a puppet 操縱木偶

L2 **puppy** [`pʌpɪ] ①②③④
★ *n.* 小狗、幼犬

用法 puppy love 青少年的初戀

L5 **purchase** [`pɝtʃəs] ①②③④
★★★ *v.* 購買、採購；*n.* 購買的物件

用法 make some purchases 買些東西

L3 **pure** [pjʊr] ①②③④
★★★ *adj.* 純淨的、清純的、純粹的、完全的

用法 pure and simple 純粹是、就只是

L6 **purify** [`pjʊrəˏfaɪ] ①②③④
★ *v.* 淨化、使純淨、精煉

用法 purify sb.'s mind 淨化某人心靈

L6 **purity** [`pjʊrətɪ] ①②③④
★ *n.* 純潔、純淨

用法 **moral / spiritual** purity 道德 / 心靈純潔

L2 **purple** [`pɝpḷ] ①②③④
★ *adj.* 紫色的、帝王的；*n.* 紫色

用法 **light / dark** purple 淺 / 深紫色

L2 **purpose** [`pɝpəs]　　　　①②③④
*** *n.* 目的、用途、意圖
　　用法 on purpose = intentionally 故意地

L2 **purse** [pɝs]　　　　①②③④
** *n.* 錢包、女用手提包
　　用法 open one's purse 出錢、解囊

L4 **pursue** [pə`su]　　　　①②③④
*** *v.* 追求、追趕、追隨
　　用法 pursue aggressively 積極地追求

L4 **pursuit** [pə`sut]　　　　①②③④
** *n.* 追求、尋求
　　用法 in pursuit of + N 追求……

L1 **push** [puʃ]　　　　①②③④
*** *v./n.* 推動、擠、逼迫
　　用法 push the window open 推開窗戶

L1 **put** [put]　　　　①②③④
*** *v.* 放置、寫上
　　成語 Don't put off till tomorrow what you can do today.
　　　　今日事今日畢。

L2 **puzzle** [`pʌz!]　　　　①②③④
* *n.* 猜謎、難題、拼圖；*v.* 使困惑、為難
　　用法 a crossword puzzle 填字遊戲

L5 **pyramid** [`pɪrəmɪd]　　　　①②③④
* *n.* 金字塔、角錐狀物

6000+ Words

用法 the Great Pyramid of Giza 吉薩大金字塔

    quack [kwæk]   ①②③④

★ *n.* 鴨叫聲、庸醫、江湖醫生；*v.* 呱呱叫

用法 quack doctors 庸醫

L6 **quake** [kwek]   ①②③④

★ *v./n.* 顫抖、震動、搖晃

同義 quiver / shake / tremble / vibrate

L6 **qualification** [ˌkwɑləfəˈkeʃən]   ①②③④

★★ *n.* 資格、資格證書

用法 meet the qualifications 符合條件

L5 **qualify** [ˈkwɑləˌfaɪ]   ①②③④

★★★ *v.* 使合格、取得資格

用法 be qualified for + N 有……的資格

L2 **quality** [ˈkwɑlətɪ]   ①②③④

★★★ *n.* 品質、性質、優質

用法 be of **high** / **low** quality 高 / 差的品質

L2 **quantity** [ˈkwɑntətɪ]   ①②③④

★★★ *n.* 量、數量

用法 in **large** / **small** quantities 大 / 少量地

L4 **quarrel** [ˈkwɔrəl]   ①②③④

★★ *n./v.* 口角、爭論、不和、吵架

用法 quarrel with sb. over + N 因……和某人起口角

    quarrelsome [ˈkwɔrəlsəm]   ①②③④

★ *adj.* 好爭吵的、愛爭論的

用法 quarrelsome neighbors 好爭吵的鄰居

quart [kwɔrt] ①②③④

★ *n.* 夸脫

用法 a quart of olive oil 一夸脫橄欖油

L1 **quarter** [ˋkwɔrtɚ] ①②③④

★★★ *n.* 四分之一、一刻、二十五分硬幣；*v.* 分四等分

用法 quarter the pie 把派切成四等分

L1 **queen** [kwin] ①②③④

★★★ *n.* 女王、皇后

用法 a **beauty** / **prom** queen 選美 / 高中舞會皇后

L3 **queer** [kwɪr] ①②③④

★ *adj.* 古怪的、奇怪的、可疑的

用法 a queer costume 奇怪的裝扮

quench [kwɛntʃ] ①②③④

★ *v.* 解渴、熄滅

用法 quench the fire with water 用水熄滅火

query [ˋkwɪrɪ] ①②③④

★★★ *n.* 疑問、懷疑；*v.* 詢問、質問

用法 put a query to + N 向……提出質問

L5 **quest** [kwɛst] ①②③④

★★ *n.* 尋找、要求、探索

用法 in quest **for** / **of** + N 尋找……

L1 **question** [ˋkwɛstʃən] ①②③④

★★★ *n.* 問題、疑問；*v.* 詢問、懷疑

用法 out of the question 不可能的

| L5 | **questionnaire** [ˌkwɛstʃənˋɛr] | ①②③④ |

★★ *n.* 問卷、意見調查表

用法 fill in the questionnaire 填寫問卷

| L1 | **quick** [kwɪk] | ①②③④ |

★★★ *adj.* 敏捷的、迅速的；*adv.* 快速地

用法 take a quick look 快速看一下

| L1 | **quiet** [ˋkwaɪət] | ①②③④ |

★★★ *adj.* 安靜的；*n.* 安寧、靜止；*v.* 使安靜

用法 keep quiet 保持安靜、不要出聲

| L4 | **quilt** [kwɪlt] | ①②③④ |

★ *n.* 被子、棉被；*v.* 縫被子、拼湊

用法 make a quilt 製作棉被

| L3 | **quit** [kwɪt] | ①②③④ |

★★ *v.* 停止、放棄、辭職、拋棄

用法 quit **drinking / smoking** 戒酒 / 煙

| L1 | **quite** [kwaɪt] | ①②③④ |

★★ *adv.* 相當、頗、十分

用法 quite a **few / little** + N 相當多的……

| L5 | **quiver** [ˋkwɪvɚ] | ①②③④ |

★ *v./n.* 發抖、顫抖、抖動、震動

用法 quiver with fear 因害怕而發抖

| L2 | **quiz** [kwɪz] | ①②③④ |

★ *n.* 小考、測驗、考試；*v.* 給予測驗

用法 pop quizzes 隨堂抽考

L5 **quota** [`kwotə] ①②③④

★ *n.* 配額、限額

用法 do one's quota 完成分內事

L4 **quotation** [kwo`teʃən] ①②③④

★ *n.* 引文、引證、引用

用法 quotation marks 引號

L3 **quote** [kwot] ①②③④

★★★ *v.* 引用、引述、引證；*n.* 引文、引號

用法 in quotes 在引號中

L1 **rabbit** [`ræbɪt] ①②③④

★★ *n.* 兔子、野兔

補充 hare 野兔；bunny （小）兔子

L1 **race** [res] ①②③④

★★★ *v.* 比賽、賽跑；*n.* 種族、民族、比賽

用法 an armament race 軍備競賽

L3 **racial** [`reʃəl] ①②③④

★★ *adj.* 種族的、人種的

用法 racial disputes 種族紛爭

L5 **racism** [`resɪzəm] ①②③④

★ *n.* 種族歧視、種族主義

用法 **stamp / wipe** out racism 消除種族主義

L5 **rack** [ræk] ①②③④

★ *n.* 架子、掛物架、拷問台；*v.* 放上架子、折磨

用法 rack one's brains 絞盡腦汁

L4 **radar** [`redɑr] ①②③④
★★ **n.** 雷達
用法 track by radar 以雷達追蹤

L6 **radiant** [`redjənt] ①②③④
★★★ **adj.** 容光煥發的、輻射的；**n.** 發光體、光點
用法 be radiant with joy 喜氣洋洋

L6 **radiate** [`redɪˌet] ①②③④
★ **v.** 輻射、散發；**adj.** 輻射狀的、有射線的
用法 radiate heat from the core 由核心散發出熱源

L5 **radiation** [ˌredɪ`eʃən] ①②③④
★★★ **n.** 輻射（能）、傳播、放射線、發光
用法 nuclear radiation 核能輻射

radiator [`redɪˌetɚ] ①②③④
★★★ **n.** 暖氣設備、散熱器
用法 an electric radiator 電熱器

L5 **radical** [`rædɪk!] ①②③④
★★ **adj.** 激進的、基本的；**n.** 根部、激進分子
用法 the radical party 激進派

L1 **radio** [`redɪˌo] ①②③④
★★★ **n.** 收音機、無線電；**v.** 傳送、用無線電發送
用法 listen to the radio 聽廣播

L6 **radish** [`rædɪʃ] ①②③④
★ **n.** 蘿蔔

用法 a bunch of radishes 一綑蘿蔔

L6 radius [ˋredɪəs] ①②③④
★ **n.** 半徑、範圍
用法 within a radius of a meter 在半徑一公尺內

raft [ræft] ①②③④
★ **n.** 木筏、橡皮艇；**v.** 乘筏、划筏
用法 an inflatable raft 可充氣的橡皮筏

L3 rag [ræg] ①②③④
★★ **n.** 破布、破爛衣衫
用法 from rags to riches 由窮變富

L4 rage [redʒ] ①②③④
★★ **n.** 憤怒、盛怒、風行一時之物；**v.** 發怒、肆虐
用法 **be in / fly into** a rage 勃然大怒

L5 ragged [ˋrægɪd] ①②③④
★ **adj.** 破爛的、蓬亂的、衣衫襤褸的
用法 a ragged beggar 衣衫襤褸的乞丐

L5 raid [red] ①②③④
★ **n./v.** 突襲、突擊、襲擊
用法 make a raid on the enemy's base 襲擊敵方基地

L5 rail [rel] ①②③④
★★ **n.** 鐵軌、欄杆
用法 hold (firm) the handrail 緊握扶手

L2 railroad [ˋrelˌrod] ①②③④
★★★ **n.** 鐵路、鐵道（= railway）

用法 an **aerial / elevated** railroad 高架鐵路

L1 **rain** [ren] ①②③④
*** *n.* 雨；*v.* 下雨、降雨

用法 take a rain check 改天再說、改期

L1 **rainbow** [`ren,bo] ①②③④
* *n.* 虹、彩虹

字構 rain 雨 + bow 弓

L2 **raincoat** [`ren,kot] ①②③④
* *n.* 雨衣

用法 a plastic raincoat 塑膠雨衣

L4 **rainfall** [`ren,fɔl] ①②③④
* *n.* 下雨、降雨量

用法 **annual / yearly** rainfall 年降雨量

L1 **rainy** [`renɪ] ①②③④
* *adj.* 多雨的、下雨的

補充 raindrop 雨滴

L1 **raise** [rez] ①②③④
*** *v./n.* 舉起、養育、飼養、提升

用法 raise the living standard 提高生活水準

L4 **raisin** [`rezən] ①②③④
* *n.* 葡萄乾

用法 a handful of raisins 一把葡萄乾

L5 **rally** [`rælɪ] ①②③④
* *n.* 大型集會、汽車競賽會；*v.* 集合、召集、復元

R

用法 hold a rally 舉行集會

L5 **ranch** [ræntʃ]　　　　　　　　　①②③④

★★　*n.* 大農場、大牧場；*v.* 在農場工作、經營牧場

　　用法 work on a ranch 在牧場工作

L5 **random** [`rændəm]　　　　　　　①②③④

★★　*adj.* 隨機的、隨便的、任意的

　　用法 at random 隨機地、隨便地

L2 **range** [rendʒ]　　　　　　　　　①②③④

★★★　*n.* 排、行、幅度、範圍；*v.* 排列、排行

　　用法 range from A to B 範圍從 A 到 B

L3 **rank** [ræŋk]　　　　　　　　　　①②③④

★★★　*n.* 等級、地位、社會階層；*v.* 分等、評級、分級

　　用法 be ranked **first / second** 排名第一 / 二

　　ransom [`rænsəm]　　　　　　　①②③④

★　*n.* 贖金；*v.* 贖回

　　用法 pay ransom for the hostage 為人質付贖金

L6 **rap** [ræp]　　　　　　　　　　　①②③④

★　*n.* 饒舌音樂、敲擊聲

　　用法 a rap artist 饒舌藝人

L2 **rapid** [`ræpɪd]　　　　　　　　　①②③④

★★★　*adj.* 快速的、迅速的

　　用法 a rapid growth in economy 經濟快速的成長

L2 **rare** [rɛr]　　　　　　　　　　　①②③④

★★★　*adj.* 罕見的、珍貴的

用法 a rare species 一種稀有的品種

rascal [`ræsk!] ①②③④

★ *n.* 流氓、惡棍、淘氣鬼

用法 a mean and shameless rascal 可惡且無恥的惡棍

L6 **rash** [ræʃ] ①②③④

★★★ *n.* 疹子；*adj.* 魯莽的、急躁的、草率的

用法 a diaper rash 尿布疹

L2 **rat** [ræt] ①②③④

★ *n.* 老鼠

用法 smell a rat 懷疑事情不妙

L3 **rate** [ret] ①②③④

★★★ *n.* 比率、速度；*v.* 估價、評估

用法 at any rate = in any case 無論如何

L2 **rather** [`ræðɚ] ①②③④

★★★ *adv.* 相當、頗、寧願

用法 would rather do A than do B 寧願做 A 而非 B

L6 **ratify** [`rætə,faɪ] ①②③④

★★ *v.* 正式批准、使正式生效

用法 ratify a treaty 批准條約

L5 **ratio** [`reʃo] ①②③④

★★★ *n.* 比例、比率

用法 the ratio of the box's height to its width
盒子的高與寬的比率

L5 **rational** [`ræʃən!] ①②③④

R

★★	*adj.* 理性的、合理的	
	用法 rational analysis 理性的分析	
L5	**rattle** [`ræt!]	①②③④
★★	*v.* 使咯咯作響、喋喋不休；*n.* 咯咯聲、吵鬧聲	
	用法 rattle on 喋喋不休地講	
	ravage [`rævɪdʒ]	①②③④
★	*v.* 摧毀、毀壞、破壞；*n.* 災難、毀滅、荒蕪	
	同義 damage / destroy / devastate / ruin	
L3	**raw** [rɔ]	①②③④
★★★	*adj.* 生的、無經驗的	
	用法 raw materials 原料；raw fish 生魚片	
L3	**ray** [re]	①②③④
★	*n.* 光線、電流、射線	
	用法 **ultraviolet / UV rays** 紫外線	
L3	**razor** [`rezɚ]	①②③④
★	*n.* 剃刀	
	用法 an electric razor 電動刮鬍刀	
L1	**reach** [ritʃ]	①②③④
★★★	*v.* 抵達、伸手可及、擴及；*n.* 伸手可及的範圍	
	用法 **beyond / out of** sb.'s reach 某人拿不到	
L3	**react** [rɪ`ækt]	①②③④
★★★	*v.* 反應、起作用	
	用法 react to + N 對……做出反應	
L3	**reaction** [rɪ`ækʃən]	①②③④

*** ***n.*** 反應、回應

用法 chemical reactions 化學反應

L1 **read** [rid]　　　　　　　　　　①②③④

*** ***v.*** 閱讀、朗讀、理解

用法 read between the lines 領悟言外之意

L1 **ready** [`rɛdɪ]　　　　　　　　　　①②③④

*** ***adj.*** 預備好的；***v.*** 預備、使準備好

用法 get ready for + N 準備好……

L1 **real** [`riəl]　　　　　　　　　　①②③④

*** ***adj.*** 真實的、實際的、現實的

用法 a real estate agent 不動產經紀人

L5 **realism** [`riəl‚ɪzəm]　　　　　　　①②③④

** ***n.*** 寫實主義、現實主義

字構 real 真實的 + ism 名詞、主義

L4 **realistic** [riə`lɪstɪk]　　　　　　①②③④

*** ***adj.*** 現實的、實際的、寫實的

用法 be realistic about + N 面對……的現實

L2 **reality** [ri`ælətɪ]　　　　　　　①②③④

*** ***n.*** 事實、現實、真實

用法 in **reality** / **fact** 事實上

L6 **realization** [‚rɪələ`zeʃən]　　　　①②③④

** ***n.*** 了解、實現、領悟

用法 the realization of an ambition 實現抱負

L2 **realize** [`rɪə‚laɪz]　　　　　　　①②③④

*** *v.* 了解、領悟、實現

用法 **realize / fulfill** one's dream 實現夢想

L5 **realm** [rɛlm] ①②③④

** *n.* 領域、王國、範圍

用法 in the realm of science 在科學的領域裡

L6 **reap** [rip] ①②③④

* *v.* 收穫、收割

成語 As you sow, so shall you reap.
種瓜得瓜，種豆得豆。

L5 **rear** [rɪr] ①②③④

** *n.* 後面、背後；*adj.* 後面的、後部的

用法 in the rear 在後方

L1 **reason** [`rizən] ①②③④

*** *n.* 理由、原因；*v.* 思考、推理

用法 for some reason 為了某種理由

L3 **reasonable** [`riznəb!] ①②③④

*** *adj.* 合理的、有理性的

用法 **fairly / quite / rather** reasonable 相當合理

L5 **reassure** [ˌriə`ʃʊr] ①②③④

* *v.* 使安心、使打消疑慮

用法 reassure the public 安撫大眾

L4 **rebel** [`rɛb! ; rɪ`bɛl] ①②③④

** *n.* 叛徒、反抗者；*v.* 造反、反叛（= revolt）

用法 rebel against tyranny 奮起反抗暴政

6000+ Words

R 6000+
Words a High School Student Must Know

L5	**rebellion** [rɪ`bɛljən]	①②③④

★★   *n.* 反叛、反抗、叛亂

用法 an armed rebellion 武裝反叛

L4	**recall** [rɪ`kɔl]	①②③④

★★★   *v.* 回想起、召回；*n.* 回想、收回、回憶

成語 A word spoken is past recalling.

一言既出，馴馬難追。

L3	**receipt** [rɪ`sit]	①②③④

★   *n.* 收到、得到、收據

用法 on receipt of + N 收到……時

L2	**receive** [rɪ`siv]	①②③④

★★★   *v.* 接受、接收、收到、取得

用法 receive sth. from sb. 從某人那裡收到某物

L3	**receiver** [rɪ`sivɚ]	①②③④

★★   *n.* 接收器、接待員、收件人、電話聽筒

用法 pick up the receiver 拿起話筒

L2	**recent** [`risənt]	①②③④

★★★   *adj.* 近來的、最近的、近期的

用法 in recent years 近年來

L4	**reception** [rɪ`sɛpʃən]	①②③④

★★★   *n.* 接待會、歡迎會、接納

用法 the reception desk 接待處、服務台

L5	**recession** [rɪ`sɛʃən]	①②③④

★   *n.* 經濟衰退、不景氣、蕭條

用法 in economic recession 處於經濟蕭條

L4 recipe [`rɛsəpɪ] ①②③④

★ **n.** 食譜、烹飪法、訣竅

用法 follow a recipe 按照食譜烹飪

L5 recipient [rɪ`sɪpɪənt] ①②③④

★ **n.** 接受者、受領者;**adj.** 接受的、領受的

用法 an award recipient 領獎人

L5 recite [ri`saɪt] ①②③④

★ **v.** 背誦、朗讀

用法 recite a Tang poem 背誦一首唐詩

L6 reckless [`rɛklɪs] ①②③④

★ **adj.** 魯莽的、不在乎的

用法 reckless driving 魯莽開車

L6 reckon [`rɛkən] ①②③④

★ **v.** 認為、猜想、估計

用法 reckon on + N 依賴、指望……

L4 recognition [ˌrɛkəg`nɪʃən] ①②③④

★★★ **n.** 認出、承認、認知、賞識

用法 beyond (all) recognition 無法辨認

L3 recognize [`rɛkəgˌnaɪz] ①②③④

★★★ **v.** 認出、識別、承認、認同

用法 recognize sb. as a celebrity 認出某人是名人

L5 recommend [ˌrɛkə`mɛnd] ①②③④

★★★ **v.** 推薦、建議、勸告

用法 be strongly recommended 強烈建議

L5　recommendation [ˌrɛkəmɛn`deʃən]　①②③④

***　n. 推薦、建議、勸告、推薦信

　　用法 a recommendation letter 推薦信

L6　reconcile [`rɛkənˌsaɪl]　①②③④

*　v. 和解、調停、調解

　　用法 reconcile with + N 與……和解、調和

L2　record [rɪ`kɔrd；`rɛkəd]　①②③④

***　v. 記錄、記載、錄音；n. 紀錄、記載、唱片

　　用法 off the record 非正式地、私下地

L3　recorder [rɪ`kɔrdə]　①②③④

*　n. 紀錄器、紀錄者、紀錄員、錄音機

　　用法 a video recorder 錄影機

L2　recover [rɪ`kʌvə]　①②③④

***　v. 康復、復元、恢復

　　用法 recover from the surgery 從手術中恢復

L4　recovery [rɪ`kʌvərɪ]　①②③④

**　n. 康復、復元、痊癒

　　用法 make a quick recovery 迅速恢復

L4　recreation [ˌrɛkrɪ`eʃən]　①②③④

**　n. 消遣、娛樂

　　用法 a recreation room 娛樂室

L6　recreational [ˌrɛkrɪ`eʃən!]　①②③④

*　adj. 娛樂的、消遣的

public recreational facilities 大眾娛樂設施

L5 **recruit** [rɪ`krut] ①②③④

★★ *n.* 新兵、新手、新成員；*v.* 招募新成員、補充

用法 recruit volunteers for charity work 招募慈善志工

L3 **rectangle** [rɛk`tæŋɡ!] ①②③④

★ *n.* 矩形、長方形、長方形物

字構 rect 直 + angle 角

recur [rɪ`kɝ] ①②③④

★ *v.* 再發生、重現、循環

延伸 recurrent *adj.* 一再發生的；recurrence *n.* 重現

L4 **recycle** [ri`saɪk!] ①②③④

★ *v.* 回收、再利用

用法 recycle used bottles 回收舊瓶子

L1 **red** [rɛd] ①②③④

★★★ *adj.* 紅色的；*n.* 紅色

用法 be caught red-handed 當場被逮到

L3 **reduce** [rɪ`djus] ①②③④

★★★ *v.* 減少、縮小、降低

用法 reduce the discount of the price 降低價格折扣

L4 **reduction** [rɪ`dʌkʃən] ①②③④

★★★ *n.* 減少、縮減、降低

用法 a massive personnel reduction 大規模的裁員

redundant [rɪ`dʌndənt] ①②③④

★ *adj.* 多餘的、累贅的、過剩的

用法 redundant labor 過剩勞動力

L6 redundancy [rɪ`dʌndənsɪ]　　　①②③④
★　*n.* 多餘、累贅、被解雇
　　用法 redundancy payment 遣散費

L6 reef [rif]　　　①②③④
★　*n.* 礁、暗礁
　　用法 the Great Barrier Reef 大堡礁

　　reel [ril]　　　①②③④
★　*n.* 捲線、捲軸；*v.* 捲繞、旋轉
　　用法 reel **in / out** the fishing line 繞起 / 放開釣魚線

L4 refer [rɪ`fɝ]　　　①②③④
★★★　*v.* 提及、參閱、有關
　　用法 refer to + N 提及、參考……

L6 referee [ˌrɛfə`ri]　　　①②③④
★★★　*n.* 裁判、仲裁人（= umpire）；*v.* 調停、仲裁
　　用法 an impartial referee 公正的裁判

L4 reference [`rɛfərəns]　　　①②③④
★★★　*n.* 提及、參考、參考文獻
　　用法 for reference 作為參考

L6 referendum [ˌrɛfə`rɛndəm]　　　①②③④
★　*n.* 公民投票、全民公決
　　用法 hold a referendum 舉行公投

L6 refine [rɪ`faɪn]　　　①②③④
★　*v.* 精煉、提煉、使優美

用法 refine crude oil 提煉原油

L6 **refinement** [rɪ`faɪnmənt] ①②③④

★ *n.* 優雅、精緻；提煉

　　用法 the refinement of essential oil 精油的提煉

L4 **reflect** [rɪ`flɛkt] ①②③④

★★★ *v.* 反射、反應、深思、反省

　　用法 reflect on + N 反省、思考……

L4 **reflection** [rɪ`flɛkʃən] ①②③④

★★★ *n.* 倒影、反射、反應、深思

　　用法 on reflection 深思熟慮後

L6 **reflective** [rɪ`flɛktɪv] ①②③④

★ *adj.* 反射的、反映的

　　用法 reflective lights 反射的光線

L4 **reform** [ˌrɪ`fɔrm] ①②③④

★★★ *v.* 改革、革新；*n.* 改革、改良

　　用法 advocate social reforms 提倡社會改革

L6 **refresh** [rɪ`frɛʃ] ①②③④

★ *v.* 恢復活力、消除疲勞、清新

　　用法 refresh sb.'s memory 喚起某人的記憶

L6 **refreshment** [rɪ`frɛʃmənt] ①②③④

★ *n.U* 心曠神怡；*n.pl* 茶點

　　用法 **offer / provide / serve** refreshments 供應點心

L2 **refrigerator** [rɪ`frɪdʒəˌretɚ] ①②③④

★★ *n.* 冰箱、冷凍庫、冷藏室（= fridge / icebox）

用法 put fish in the refrigerator 把魚放進冰箱

L5 refuge [`rɛfjudʒ] ①②③④
★　*n.* 避難、躲避、避難所（= sanctuary）
　　用法 take refuge from the rain 找地方躲雨

L4 refugee [ˌrɛfjʊ`dʒi] ①②③④
★　*n.* 難民、流亡者
　　用法 refugees seeking asylum 尋求庇護的難民

L4 refund [`riˌfʌnd] ①②③④
★　*v.* 退費、歸還；*n.* 償還、退款
　　用法 get / **receive** a refund 獲得退款

L4 refusal [rɪ`fjuzḷ] ①②③④
★★　*n.* 拒絕、回絕
　　用法 get / **meet with** a cold refusal 遭到冷漠的拒絕

L2 refuse [rɪ`fjuz] ①②③④
★★★　*v.* 拒絕、回絕
　　用法 refuse to-V 拒絕⋯⋯

L6 refute [rɪ`fjut] ①②③④
★　*v.* 駁斥、反駁
　　用法 refute that made-up news 駁斥那條捏造的新聞

L2 regard [rɪ`gard] ①②③④
★★★　*v.* 考慮、尊敬、視為；*n.* 考慮、尊重、問候
　　用法 **in / with** regard to + N 關於⋯⋯

L4 regarding [rɪ`gardɪŋ] ①②③④
★★★　*prep.* 關於、就⋯⋯而論

用法 regarding the former letter 關於前一封信

L5 **regardless** [rɪ`gɑrdlɪs]　①②③④

***　*adj.* 不關心的、不注意的；*adv.* 無論如何

用法 regardless of + N 不論……

L5 **regime** [rɪ`ʒim]　①②③④

**　*n.* 政權、政體、養生法

用法 establish a regime 建立政權

L2 **region** [`ridʒən]　①②③④

***　*n.* 地區、區域、範圍、領域

用法 a rural region 鄉村地區

L3 **regional** [`ridʒən!]　①②③④

***　*adj.* 地區的、區域性的、局部的

補充 2020 年 11 月 15 日由東協 10 國與中、日、韓、紐、澳共同簽訂的 RCEP（Regional Comprehensive Economic Partnership，區域全面經濟夥伴協定）為世界最大的自由貿易體系。

L4 **register** [`rɛdʒɪstɚ]　①②③④

***　*v./n.* 登記、註冊、掛號郵寄

用法 registered **mail / post** 掛號郵件

L4 **registration** [,rɛdʒɪ`streʃən]　①②③④

**　*n.* 登記、註冊、掛號

用法 registration fees 註冊費

L3 **regret** [rɪ`grɛt]　①②③④

**　*v./n.* 後悔、懊悔、遺憾

用法 (much) to sb.'s regret 令某人遺憾的是

L2 **regular** [`rɛgjələ] ①②③④

*** *adj.* 規則的、定期的；*n.* 正規兵、老客戶

用法 keep regular hours 作息規律

L4 **regulate** [`rɛgjəˌlet] ①②③④

* *v.* 管理、調節、控制、規定

用法 regulate the traffic 管制交通

L4 **regulation** [ˌrɛgjə`leʃən] ①②③④

*** *n.* 規定、規章、控制、規則

用法 traffic regulations 交通法規

L6 **rehabilitate** [ˌrihə`bɪləˌtet] ①②③④

* *v.* 使恢復原狀、使康復

用法 rehabilitate the bridge 修復橋樑

L5 **rehearsal** [rɪ`hɝs!] ①②③④

* *n.* 預演、排練、排演、試演

用法 schedule a rehearsal 安排預演

L6 **rehearse** [rɪ`hɝs] ①②③④

* *v.* 預演、排演、排練

用法 rehearse a play 排練話劇

L6 **reign** [ren] ①②③④

* *v.* 支配、統治、掌權；*n.* 在位期間、統治時期

用法 during sb.'s reign 在某人統治的時期

rein [ren] ①②③④

* *n.* 韁繩、統馭；*v.* 駕馭、控制、統治

用法 keep a tight rein on + N 對……管控嚴格

L5 **reinforce** [ˌriɪnˈfɔrs] ①②③④

★★ *v.* 加強、強化、增援

用法 be reinforced **with / by** a troop 增援一支軍隊

L2 **reject** [rɪˈdʒɛkt] ①②③④

★★★ *v.* 拒絕、否決、駁回

用法 reject the job offer 拒絕這份工作提議

L4 **rejection** [rɪˈdʒɛkʃən] ①②③④

★★★ *n.* 拒絕、排斥、退回

用法 a flat rejection 斷然的拒絕

L6 **rejoice** [rɪˈdʒɔɪs] ①②③④

★ *v.* 欣喜、歡樂、歡慶

用法 rejoice **at / over** sb.'s return 為某人的歸來而高興

L2 **relate** [rɪˈlet] ①②③④

★★★ *v.* 有關聯、講述、有關

用法 be related to + N 和……有關

L2 **relation** [rɪˈleʃən] ①②③④

★★★ *n.* 關係、關聯

用法 in relation to + N 與……有關聯

L2 **relationship** [rɪˈleʃənˌʃɪp] ①②③④

★★★ *n.* 關係、關聯、人際關係

用法 interpersonal relationship 人際關係

L1 **relative** [ˈrɛlətɪv] ①②③④

★★★ *adj.* 有關的、相關的、相對的；*n.* 親戚、親屬

用法 be relative to + N 與……相關的

L3 **relax** [rɪ`læks] ①②③④

*** *v.* 輕鬆、緩和、鬆弛

字構 re 回復、重返 + lax 放鬆

L4 **relaxation** [,rilæks`eʃən] ①②③④

*** *n.* 放鬆、鬆弛、緩和、消遣

用法 for relaxation 為了放鬆、消遣

L6 **relay** [rɪ`le] ①②③④

*** *n.* 接力賽跑、輪換者；*v.* 轉播、傳達

用法 run a relay race 跑接力賽

L3 **release** [rɪ`lis] ①②③④

*** *v./n.* 釋放、解放、發表、發行

用法 release a fox from a trap 把狐狸從陷阱中放出

L6 **relentless** [rɪ`lɛntlɪs] ①②③④

★ *adj.* 殘酷的、持續強烈的

用法 relentless heat 持續高溫

L4 **relevant** [`rɛləvənt] ①②③④

** *adj.* 有關的、相關的、適當的

用法 be relevant to + N 和……有關

L3 **reliable** [rɪ`laɪəb!] ①②③④

** *adj.* 可靠的、可信賴的、可相信的

用法 according to reliable sources 據可靠的消息來源

L6 **reliance** [rɪ`laɪəns] ①②③④

★ *n.* 依賴、信賴、信任

用法 place reliance on + N 信賴、仰賴……

L6 **reliant** [rɪˋlaɪənt]　　　　　　　　①②③④

★　*adj.* 依靠的、有信心的

　　用法 be reliant on sth. 依賴某事

L6 **relic** [ˋrɛlɪk]　　　　　　　　　①②③④

★　*n.* 遺物、遺跡

　　用法 relics of early civilization 早期文明的遺跡

L3 **relief** [rɪˋlif]　　　　　　　　　①②③④

★★★　*n.* 減輕、緩和、解除

　　用法 bring (some) relief to sb.'s pain 舒緩某人的疼痛

L4 **relieve** [rɪˋliv]　　　　　　　　①②③④

★★★　*v.* 緩解、解除、減輕

　　用法 relieve sb. of + N 緩解某人……的負擔

L2 **religion** [rɪˋlɪdʒən]　　　　　　①②③④

★★★　*n.* 宗教

　　用法 believe in the Buddhist religion 信奉佛教

L3 **religious** [rɪˋlɪdʒəs]　　　　　　①②③④

★★★　*adj.* 宗教的、虔誠的

　　用法 profoundly religious 篤信宗教的

　　relish [ˋrɛlɪʃ]　　　　　　　　　①②③④

★　*n.* 喜好、風味、美味；*v.* 喜愛、喜歡

　　用法 show relish for + N 喜愛……

L4 **reluctant** [rɪˋlʌktənt]　　　　　①②③④

★★　*adj.* 不情願的、勉強的

6000 Words

用法 **be reluctant to-V** 不情願的去……

L3 **rely** [rɪ`laɪ] ①②③④

★★★ *v.* 依靠、信賴、依賴

用法 **rely on + N** 依賴……

L3 **remain** [rɪ`men] ①②③④

★★★ *v.* 存留、保持、依舊是

用法 **remain silent / still** 保持沉默 / 靜止不動

L6 **remainder** [rɪ`mendə] ①②③④

★★ *n.* 剩餘的部分、剩餘物

用法 **dispose of the remainders** 處理剩餘物

L4 **remark** [rɪ`mark] ①②③④

★★★ *v.* 評論、談到、注意；*n.* 評論、言詞、議論

用法 **remark on / upon + N** 評論……

L4 **remarkable** [rɪ`markəb!] ①②③④

★★★ *adj.* 值得注意的、非凡的、卓越的

用法 **a remarkable achievement** 非凡的成就

L4 **remedy** [`rɛmədɪ] ①②③④

★★ *n.* 治療法、藥物；*v.* 治療、補救

用法 **work out a remedy for + N** 想出補救……的方法

L1 **remember** [rɪ`mɛmbə] ①②③④

★★★ *v.* 記憶、記得、回憶起、想起

用法 **remember sth. in mind** 把某事牢記心中

L3 **remind** [rɪ`maɪnd] ①②③④

★★★ *v.* 提醒、使想起

MP3

R

用法 remind sb. of sth. 提醒某人某事

L5 **reminder** [rɪ`maɪndɚ] ①②③④

*** **n.** 提醒者、提醒物、引起回憶的事物

用法 serve as a reminder 充當提醒物

L6 **reminiscent** [ˌrɛmə`nɪsn̩t] ①②③④

* **adj.** 回憶往事的、懷舊的

用法 be reminiscent on sth. 令人回憶起某事

L3 **remote** [rɪ`mot] ①②③④

*** **adj.** 遙遠的、偏遠的、遙控的

用法 remote control 遙控（器）

L5 **removal** [rɪ`muvl̩] ①②③④

*** **n.** 去除、移除、消除、移動、遷移

用法 the removal of the lid 移走蓋子

L2 **remove** [rɪ`muv] ①②③④

*** **v.** 移動、移除、消除

用法 remove A from B 從 B 中移除 A

renaissance [`rɛnəˌsɑns] ①②③④

** **n.** 復甦、再生、文藝復興

用法 the Renaissance 文藝復興時期

L5 **render** [`rɛndɚ] ①②③④

*** **v.** 使得、使成為、提供

用法 render help to sb. 提供某人協助

L4 **renew** [rɪ`nju] ①②③④

** **v.** 更新、重建、更換

6000 words

用法 renew a contract 重訂合約

L6 **renowned** [rɪˋnaʊnd] ①②③④
★ *adj.* 著名的、有聲譽的
用法 be renowned as + N 以……（身分）著名

L2 **rent** [rɛnt] ①②③④
★★ *n.* 租金、租用；*v.* 出租
用法 an apartment for rent 出租公寓

L5 **rental** [ˋrɛnt!] ①②③④
★★ *n.* 出租、租賃、出租費
用法 car rental 汽車出租（費）

L2 **repair** [rɪˋpɛr] ①②③④
★★ *v./n.* 修理、修補、彌補、補償
用法 under repair 修護中

L5 **repay** [rɪˋpe] ①②③④
★ *v.* 償還、報答
用法 repay sb. for + N 報答某人的……

L1 **repeat** [rɪˋpit] ①②③④
★★★ *v./n.* 重複、複誦
用法 repeat after sb. 跟著某人複誦

L4 **repetition** [ˌrɛpɪˋtɪʃən] ①②③④
★★ *n.* 重複的事物、反覆
用法 learn by repetition 經由重複來學習

L3 **replace** [rɪˋples] ①②③④
★★★ *v.* 取代、代替、放回原處

用法 replace matches with a lighter 以打火機取代火柴

L3 **replacement** [rɪˋplesmənt]　　　①②③④

★★ *n.* 代替者、更換物

　　用法 the replacement for the post 這個職位的代替者

L2 **reply** [rɪˋplaɪ]　　　①②③④

★★★ *v./n.* 回覆、回答、答覆

　　用法 in **reply** / **response** to + N 回應⋯⋯

L1 **report** [rɪˋport]　　　①②③④

★★★ *v.* 報告、報導；*n.* 報告、傳聞、報導

　　句型 Report has it that S + V 據報導、傳聞⋯⋯。

L1 **reporter** [rɪˋportɚ]　　　①②③④

★★★ *n.* 報告人、記者、通訊員

　　用法 a weekly reporter 週刊記者

L3 **represent** [ˏrɛprɪˋzɛnt]　　　①②③④

★★★ *v.* 描繪、代表、表示、意味著

　　用法 represent the management at the Union meeting
　　　在工會大會上代表資方

L4 **representation** [ˏrɛprɪzɛnˋteʃən]　　　①②③④

★★ *n.* 代表、代理、陳述

　　用法 a symbolic representation 象徵

L3 **representative** [rɛprɪˋzɛntətɪv]　　　①②③④

★★★ *adj.* 代表性的、典型的；*n.* 代表、代理人

　　用法 send a representative to the meeting 派代表去開會

repress [rɪˋprɛs]　　　①②③④

* *v.* 壓抑、壓制、抑制、鎮壓
  用法 repress one's feelings 壓抑情緒

L6 **reproduce** [ˌriprəˈdjus]　　　　　①②③④
** *v.* 繁殖、複製、再生、翻印
  延伸 reproduction *n.* 複製；reproductive *adj.* 再生的

L6 **reptile** [ˈrɛptaɪl]　　　　　①②③④
* *n.* 爬蟲類、爬行動物；*adj.* 爬蟲類的、爬行的
  用法 teem with reptiles 充滿爬行動物

L3 **republic** [rɪˈpʌblɪk]　　　　　①②③④
*** *n.* 共和國、共和政體
  用法 a democratic republic 民主共和國

L5 **republican** [rɪˈpʌblɪkən]　　　　　①②③④
* *adj.* 共和國的、共和政體的；*n.* 擁護共和政體者
  用法 a republican government 共和政體

L4 **reputation** [ˌrɛpjəˈteʃən]　　　　　①②③④
*** *n.* 名譽、聲望、名聲
  用法 **lose / ruin** one's reputation 名譽掃地

L3 **request** [rɪˈkwɛst]　　　　　①②③④
*** *n./v.* 請求、要求、命令
  用法 at sb.'s request 應某人請求

L2 **require** [rɪˈkwaɪr]　　　　　①②③④
*** *v.* 要求、需求
  句型 require that S (should) VR 要求……應該……

L2 **requirement** [rɪˈkwaɪrmənt]　　　　　①②③④

*** *n.* 需要、必要條件、要求

用法 meet sb.'s requirements 符合某人的要求

L4 **rescue** [`rɛskju] ①②③④

** *v./n.* 救援、營救、拯救

用法 come to sb.'s rescue 拯救某人

L4 **research** [rɪ`sɝtʃ] ①②③④

*** *n./v.* 研究、調查、探究

用法 conduct a research 做研究

L4 **researcher** [ri`sɝtʃɚ] ①②③④

* *n.* 研究人員、調查者

用法 a market researcher 市場調查員

L5 **resemblance** [rɪ`zɛmbləns] ①②③④

** *n.* 相似處、相似物、類似、相像

用法 bear a strong resemblance to sb. 跟某人極相似

L4 **resemble** [rɪ`zɛmb!] ①②③④

*** *v.* 相像、相似、類似

用法 resemble sb. in character 個性上很像某人

L6 **resent** [rɪ`zɛnt] ①②③④

** *v.* 憎恨、憤慨

用法 resent + **Ving** / N 討厭做……

L6 **resentment** [rɪ`zɛntmənt] ①②③④

** *n.* 憎恨、憤慨、憤恨、怨恨

用法 **arouse** / **cause** resentment 激起憤恨

L4 **reservation** [ˌrɛzɚ`veʃən] ①②③④

** *n.* 預訂、自然保護區

用法 make a reservation for four 預訂四人的座位

L3 **reserve** [rɪ`zɝv] ①②③④

** *v.* 保留、預訂、保護；*n.* 保護區、儲備選手

用法 a wildlife reserve 野生動物保護區

L5 **reservoir** [`rɛzɚˏvɔr] ①②③④

* *n.* 儲水池、蓄水庫、蓄水池

用法 an artificial reservoir 人工蓄水池

L6 **reside** [rɪ`zaɪd] ①②③④

** *v.* 居住、住、駐在

用法 reside in + N 居住在……

L5 **residence** [`rɛzədəns] ①②③④

*** *n.* 住宅、居住、住所

用法 in residence 住校的、進駐的

L5 **resident** [`rɛzədənt] ①②③④

** *n.* 居民、定居者、住院醫生；*adj.* 居住的

用法 foreign residents 外僑

L5 **residential** [ˏrɛzə`dɛnʃəl] ①②③④

*** *adj.* 住宅的、居住的、適於居住的

用法 a residential **area / district** 住宅區

L4 **resign** [rɪ`zaɪn] ①②③④

* *v.* 辭職、放棄

用法 resign one's post 辭去職位

L4 **resignation** [ˏrɛzɪg`neʃən] ①②③④

MP3

R

| | ★ | *n.* 辭職、辭呈 |
| | | 用法 hand in one's resignation 遞交辭呈 |

L3 **resist** [rɪ`zɪst]　①②③④

*** *v.* 抵抗、抗拒、忍耐

用法 resist + **N / Ving** 抵抗……

L4 **resistance** [rɪ`zɪstəns]　①②③④

*** *n.* 反抗、抗拒、阻力

用法 passive resistance 消極抵抗

L6 **resistant** [rɪ`zɪstənt]　①②③④

*** *adj.* 抗拒的、抵抗的

用法 be resistant to + N 可抵抗……的

resolute [`rɛzə‚lut]　①②③④

★ *adj.* 堅決的、堅定的、剛毅的

用法 be resolute in + N 在……上很堅決

L4 **resolution** [‚rɛzə`luʃən]　①②③④

*** *n.* 決心、解答、解決、解析度、決議

用法 make a resolution to-V 下定決心……

L4 **resolve** [rɪ`zalv]　①②③④

*** *v.* 決定、解決、溶解；*n.* 決心、果斷

用法 resolve into + N 分解成……

L5 **resort** [rɪ`zɔrt]　①②③④

*** *n.* 訴諸、度假勝地；*v.* 訴諸、憑藉、經常去

用法 resort to + N 訴諸於……

L3 **resource** [`risors]　①②③④

R 6000+
Words a High School Student Must Know

*** *n.* 資源、財力、對策

用法 human resources 人力資源

L2 **respect** [rɪ`spɛkt]　①②③④

*** *n.* 敬意、敬重、方面、問候；*v.* 尊敬、敬重

用法 in / with respect to + N 有關於……

L4 **respectable** [rɪ`spɛktəb!]　①②③④

** *adj.* 值得尊敬的、體面的、有聲望的

用法 make oneself respectable 令自己很體面

L4 **respectful** [rɪ`spɛktfəl]　①②③④

★ *adj.* 恭敬的、尊重人的、禮貌的

用法 be respectful to sb. 對某人很恭敬

L6 **respective** [rɪ`spɛktɪv]　①②③④

** *adj.* 各自的、分別的

同義 individual / separate

L2 **respond** [rɪ`spand]　①②③④

*** *v.* 回答、反應、回覆

用法 respond to + N 回應……

L5 **respondent** [rɪ`spandənt]　①②③④

★ *n.* 應答者、被告

用法 respondents of the poll 回覆問卷調查的人

L3 **response** [rɪ`spans]　①②③④

*** *n.* 回答、回覆、回應

用法 in response to + N 對……做回應

L3 **responsibility** [rɪˌspansə`bɪlətɪ]　①②③④

*** *n.* 責任、責任感、職責、義務

用法 take full responsibility for the loss
對這次的損失負全責

L2 **responsible** [rɪ`spɑnsəb!] ①②③④

*** *adj.* 應負責的、有責任感的

用法 be responsible for + N 對……負責

L1 **rest** [rɛst] ①②③④

*** *v.* 休息、休養、依賴；*n.* 休息、剩餘部分

用法 for the rest of the life 有生之年

L2 **restaurant** [`rɛstə‚rant] ①②③④

*** *n.* 餐廳、飯店

用法 a fast-food restaurant 速食餐廳

L6 **restoration** [‚rɛstə`reʃən] ①②③④

* *n.* 恢復、整修、復位

用法 be closed for restoration 關店整修

L4 **restore** [rɪ`stor] ①②③④

*** *v.* 恢復、修復、復原、歸還

用法 restore A to B 使 A 恢復為 B

L6 **restrain** [rɪ`stren] ①②③④

*** *v.* 抑制、壓抑、限制

用法 restrain sb. from + Ving 制止某人做……

L6 **restraint** [rɪ`strent] ①②③④

** *n.* 克制、抑制、壓抑、拘束

用法 without restraint 不受束縛、自由自在地

L3 **restrict** [rɪ`strɪkt]   ①②③④

*** *v.* 限制、約束、限定

　用法 restrict A to B 把 A 限制在 B 範圍內

L4 **restriction** [rɪ`strɪkʃən]   ①②③④

*** *n.* 限制、約束、規定

　用法 **impose / put** restrictions on + N 限制……

L2 **restroom** [`rɛst,rum]   ①②③④

*　 *n.* 廁所、休息室、洗手間（= rest room）

　用法 powder one's nose in the restroom

　　　在洗手間裡補妝

L2 **result** [rɪ`zʌlt]   ①②③④

*** *n.* 結果、成果；*v.* 導致、產生

　用法 as a result 因此、結果

L5 **resume** [rɪ`zjum ; ,rɛzjʊ`me]   ①②③④

*** *v.* 重新開始、恢復、取回；*n.* 摘要、履歷表

　用法 resume + Ving 重新開始……

L5 **retail** [`ritel]   ①②③④

*　 *n.* 零售；*adj.* 零售的；*adv.* 以零售方式；*v.* 零賣

　用法 sell goods (by) retail 零售貨物

L4 **retain** [rɪ`ten]   ①②③④

*** *v.* 保持、保留、記住

　延伸 retention *n.* 保持、記憶力；retentive *adj.* 保持的

　　 retaliate [rɪ`tælɪ,et]   ①②③④

*　 *v.* 報復、反擊

用法 retaliate against sb. by Ving 藉由……報復某人

L4 **retire** [rɪ`taɪr] ①②③④

*** *v.* 退休、退隱、撤退

用法 a retired police officer 退休警官

L4 **retirement** [rɪ`taɪrmənt] ①②③④

** *n.* 退休、退隱、引退

用法 take early retirement from + N 從……提早退休

L6 **retort** [rɪ`tɔrt] ①②③④

*** *n./v.* 回嘴、反駁、反擊

字構 re 回、反 + tort 扭、擰

L4 **retreat** [rɪ`trit] ①②③④

** *v.* 撤退、退縮；*n.* 撤退、引退處

用法 **carry out / make** a retreat 撤退

L6 **retrieve** [rɪ`triv] ①②③④

* *v.* 取回、收回、恢復、尋回

用法 a golden retriever 黃金獵犬

L2 **return** [rɪ`tɜn] ①②③④

*** *v.* 返回、歸還；*n.* 歸還、恢復、回報

用法 in return for + N 用以回報……

L4 **reunion** [ri`junjən] ①②③④

** *n.* 重聚、團聚、再聯合、聚會

用法 a class reunion 同學會

L3 **reveal** [rɪ`vil] ①②③④

*** *v.* 透露、展現、洩漏

用法 reveal A to B 向 B 透露 A

L6 **revelation** [‚rɛv!`eʃən]　　　①②③④

★★　*n.* 透露、顯示、真相、天啟

字構 re 去除 + vel 面紗 + ation 名詞

L4 **revenge** [rɪ`vɛndʒ]　　　①②③④

★　*n./v.* 復仇、報復、報仇

用法 **(get / take)** revenge on sb. 向某人報仇

L5 **revenue** [`rɛvə‚nju]　　　①②③④

★★★　*n.* 歲入、稅收、收益

用法 **generate / produce / yield** revenue 帶來收入

L5 **reverse** [rɪ`vɝs]　　　①②③④

★★★　*v.* 翻轉、倒轉；*adj.* 相反的；*n.* 相反面

用法 in reverse order 按倒序

L2 **review** [rɪ`vju]　　　①②③④

★★★　*n.* 評論、複習；*v.* 評論、複習

用法 a book review 書評

L4 **revise** [rɪ`vaɪz]　　　①②③④

★★　*v.* 修訂、修改、校訂

用法 a revised version 修訂的版本

L4 **revision** [rɪ`vɪʒən]　　　①②③④

★★　*n.* 修訂、修正、校訂版

用法 make some revisions to + N 對……做些修改

L6 **revival** [rɪ`vaɪv!]　　　①②③④

★★　*n.* 復甦、復活、再生

626

用法 an economical revival 經濟的復甦

L6 **revive** [rɪ`vaɪv]　　①②③④

★★　*v.* 復甦、復活、恢復、復興

字構 re 再、重新 + vive 活、生命

L6 **revolt** [rɪ`volt]　　①②③④

★★　*v./n.* 叛亂、反叛、造反、厭惡

用法 **crush / put down / suppress** a revolt 鎮壓叛亂

L4 **revolution** [ˌrɛvə`luʃən]　　①②③④

★★★　*n.* 革命、旋轉、週期

用法 the French Revolution 法國大革命

L4 **revolutionary** [ˌrɛvə`luʃənˌɛrɪ]　　①②③④

★★　*adj.* 革新的、旋轉的；*n.* 革命者

用法 a revolutionary hypothesis 革命性的假說

L6 **revolve** [rɪ`valv]　　①②③④

★　*v.* 旋轉、循環、環繞、反覆思考

用法 revolve (a)round the earth 繞著地球轉

L4 **reward** [rɪ`wɔrd]　　①②③④

★★　*n.* 報酬、獎賞；*v.* 報償、報答

用法 in reward for + N 做為……的回報

L5 **rhetoric** [`rɛtərɪk]　　①②③④

★　*n.* 修辭（學）、浮誇之詞、辭令

用法 the eloquent rhetoric 雄辯的辭令

rhinoceros [raɪ`nasərəs]　　①②③④

★　*n.* 犀牛（= rhino）

用法 hunt for the rhinoceros horn 獵捕犀牛角

L4　**rhyme** [raɪm]　　①②③④

★★★　*n.* 韻文、韻腳；*v.* 押韻

用法 a nursery rhyme 兒歌、童謠

L4　**rhythm** [`rɪðəm]　　①②③④

★　*n.* 節奏、韻律、節拍

用法 rhythm and meter 節奏與節拍

rhythmic [`rɪðmɪk]　　①②③④

★　*adj.* 有節奏的、有韻律的

用法 the rhythmic ticking 有節奏的滴答聲

L5　**rib** [rɪb]　　①②③④

★　*n.* 肋、肋骨；*v.* 裝肋於、嘲笑

用法 **break / fracture** one's rib 弄斷肋骨

L3　**ribbon** [`rɪbən]　　①②③④

★★　*n.* 緞帶、絲帶

用法 tie a yellow ribbon 繫上黃絲帶

L1　**rice** [raɪs]　　①②③④

★★　*n.* 稻米、米飯

用法 a bowl of boiled rice 一碗熟米飯

L1　**rich** [rɪtʃ]　　①②③④

★★★　*adj.* 富有的、有錢的、豐富的；*n.pl* 財富

用法 be rich in natural resources 富含大自然資源

L3　**rid** [rɪd]　　①②③④

★　*v./n.* 清除、免除、擺脫；*adj.* 免除的

用法 get rid of burdens 擺脫、除去負擔

L4 **riddle** [`rɪd!] ①②③④
★ *n.* 謎、謎語、費解的事
用法 solve a riddle 解謎

L1 **ride** [raɪd] ①②③④
★★★ *v./n.* 騎乘、搭乘
用法 give sb. a ride 載某人一程

L5 **ridge** [rɪdʒ] ①②③④
★★ *n.* 山脊、屋脊、隆起的脊形物；*v.* 使成脊狀
用法 along the mountain ridge 沿著山脊

ridicule [`rɪdɪkjul] ①②③④
★ *n./v.* 嘲笑、譏諷、戲弄
用法 ridicule sb.'s idea 嘲笑某人的看法

L5 **ridiculous** [rɪ`dɪkjələs] ①②③④
★★ *adj.* 荒謬的、荒唐的、可笑的
用法 What a ridiculous excuse! 多荒謬的藉口！

L5 **rifle** [`raɪf!] ①②③④
★ *n.* 來福槍、步槍；*v.* 用步槍射擊
用法 assemble a rifle 組裝來福槍

L1 **right** [raɪt] ①②③④
★★★ *adj.* 正確的；*adv.* 對地、向右；*n.* 右邊、權利
用法 fight for human rights 捍衛人權

L5 **rigid** [`rɪdʒɪd] ①②③④
★★ *adj.* 嚴格的、僵硬的、頑固的

R 6000+
Words a High School
Student Must Know

同義 stern / strict / stubborn / unyielding

L6 **rigorous** [`rɪgərəs] ①②③④
★ **adj.** 嚴格的、嚴厲的、精確的、嚴密的
用法 do a rigorous survey 進行精確的調查

L5 **rim** [rɪm] ①②③④
★ **n.** 邊緣、邊框；**v.** 鑲邊、裝框
用法 the rim of spectacles 眼鏡框

L1 **ring** [rɪŋ] ①②③④
★★★ **n.** 環、鈴聲；**v.** 使成環形、鈴聲響、打電話
用法 ring a bell 聽來耳熟、依稀有印象

L5 **riot** [`raɪət] ①②③④
★ **n.** 暴動、騷亂；**v.** 騷動、喧鬧、聚眾鬧事
用法 cause a riot 引起暴動

L5 **rip** [rɪp] ①②③④
★ **v.** 撕開、撕扯、扯裂；**n.** 裂口、裂
用法 rip off + N 扯掉、剝掉……

L3 **ripe** [raɪp] ①②③④
★★ **adj.** 成熟的、圓滑的、時機成熟的
用法 at the ripe old age of + N 在……歲的高齡

L6 **ripple** [`rɪp!] ①②③④
★ **n.** 漣漪、波紋、起伏的聲音；**v.** 起漣漪
用法 a ripple of applause 一陣陣的掌聲

L1 **rise** [raɪz] ①②③④
★★★ **v./n.** 上升、起立、增加

用法 give rise to + N 引起、導致……

L3　**risk** [rɪsk]　　①②③④

*** **n.** 風險、冒險；**v.** 冒風險

用法 at the risk of + N 冒著……的風險

L5　**risky** [`rɪskɪ]　　①②③④

** **adj.** 有風險的、冒險的

用法 risky investments 有風險的投資

rite [raɪt]　　①②③④

* **n.** 儀式、慣例

用法 a religious rite 宗教儀式

L5　**ritual** [`rɪtʃʊəl]　　①②③④

** **n.** 儀式、慣例；**adj.** 儀式的、典禮的

用法 go through the ritual of Ving 按……的慣例

L5　**rival** [`raɪv!]　　①②③④

* **n.** 競爭者、對手；**v.** 競爭、抗衡

用法 a rival in the business 生意上的對手

L6　**rivalry** [`raɪv!rɪ]　　①②③④

* **n.** 競爭、對抗、敵對

用法 intense rivalry among + N ……間激烈的競爭

L1　**river** [`rɪvɚ]　　①②③④

*** **n.** 江、河

用法 cross the river 越過河流

L1　**road** [rod]　　①②③④

*** **n.** 道路、公路

成語 All roads lead to Rome. 條條大路通羅馬。

L6 **roam** [rom] ①②③④
★ *v./n.* 漫步、漫遊、徘徊
用法 roam around town 在城裡閒逛

L3 **roar** [ror] ①②③④
★★ *n.* 吼叫、轟隆聲；*v.* 吼叫、呼嘯、轟隆巨響
用法 a thunderous roar 強有力的吼聲

L3 **roast** [rost] ①②③④
★★ *v.* 烤、烘；*adj.* 烤烘的；*n.* 烤肉
用法 roast a turkey 烤火雞；a roast turkey 烤火雞

L3 **rob** [rab] ①②③④
★★ *v.* 搶奪、搶劫、劫掠、剝奪
用法 rob the woman of her purse 搶走婦人的皮包

L4 **robber** [`rabɚ] ①②③④
★★ *n.* 搶匪、強盜
用法 a gang of bank robbers 一幫銀行劫匪

L3 **robbery** [`rabərɪ] ①②③④
★★ *n.* 搶奪、搶劫案、盜取
用法 an armed bank robbery 武裝銀行搶案

L3 **robe** [rob] ①②③④
★ *n.* 長袍、睡袍、禮服、禮袍；*v.* 穿上長袍
用法 be robed in black 穿著黑色長袍

robin [`rabɪn] ①②③④
★ *n.* 知更鳥

R

用法 the chirping and hopping robin 唧啾唱跳的知更鳥

L1 **robot** [`robat] ①②③④

★ *n.* 機器人、自動控制裝置

用法 invent industrial robots 發明工業用機器人

L6 **robust** [rə`bʌst] ①②③④

★ *adj.* 強壯的、強健的、穩固的

用法 robust constitution 強壯的體格

L1 **rock** [rak] ①②③④

★★★ *n.* 礁岩、岩石、搖滾樂；*v.* 搖動、搖晃

用法 as steady as a rock 穩如泰山

L3 **rocket** [`rakɪt] ①②③④

★★ *n.* 火箭、火箭彈；*v.* 用火箭彈攻擊、急速上升

用法 launch a rocket 發射火箭

L2 **rocky** [`rakɪ] ①②③④

★ *adj.* 多岩石的、多障礙的、無情的

用法 a **rocky / sandy** shore 岩/沙岸

L5 **rod** [rad] ①②③④

★ *n.* 桿、竿、棒、棍子

成語 Spare the rod and spoil the child. 不打不成器。

L2 **role** [rol] ①②③④

★★★ *n.* 角色、作用、任務

用法 role-playing game = RPG 角色扮演遊戲

L1 **roll** [rol] ①②③④

★★★ *v.* 滾動、運轉；*n.* 滾動、捲狀物、名冊

用法 call the roll 點名

L4 **romance** [`romæns] ①②③④

★ *n.* 浪漫文學、傳奇故事、浪漫史、浪漫情調

用法 legendary romances 傳奇故事

L3 **romantic** [rə`mæntɪk] ①②③④

★★ *adj.* 浪漫的、富幻想的；*n.* 浪漫主義者

用法 the romantic atmosphere 浪漫的氣氛

L2 **roof** [ruf] ①②③④

★★★ *n.* 屋頂、車頂；*v.* 蓋屋頂、覆蓋

用法 hit the roof 大發雷霆

L1 **room** [rum] ①②③④

★★★ *n.* 房間、空間；*v.* 居住、提供住處

用法 make room for others 為別人留些空間

L2 **rooster** [`rustɚ] ①②③④

★ *n.* 公雞、狂妄自負的人

用法 the long crow of the rooster 公雞的長鳴

L1 **root** [rut] ①②③④

★★★ *n.* 根、根源；*v.* 生根、固定

成語 Money is the root of all evil. 金錢為萬惡之源。

L1 **rope** [rop] ①②③④

★★ *n.* 繩索、粗繩；*v.* 用繩索綁、綑緊

用法 on the ropes 瀕於失敗

L1 **rose** [roz] ①②③④

★★ *n.* 玫瑰花、玫瑰色

用法 a bouquet of roses 一束玫瑰花

L3 **rot** [rɑt] ①②③④
★ *v.* 腐壞、墮落；*n.* 腐敗、荒唐事、蠢話
用法 rot away 腐爛、爛掉

L6 **rotate** [`rotet] ①②③④
★★ *v.* 旋轉、輪流、循環、轉動
用法 rotate the handle to open the door 轉動把手開門

L6 **rotation** [ro`teʃən] ①②③④
★ *n.* 旋轉、輪流、循環
用法 in rotation 輪流、循環、交替

L3 **rotten** [`rɑtən] ①②③④
★ *adj.* 腐爛的、腐敗的、糟糕的
用法 be rotten to the core 壞透了、非常腐敗

L3 **rough** [rʌf] ①②③④
★★★ *adj.* 粗糙的；*adv.* 粗暴地；*n.* 未加工狀態
用法 in the rough 未加工的；in rough 大略地

L3 **roughly** [`rʌflɪ] ①②③④
★★ *adv.* 粗略地、大致地、粗暴地
用法 roughly speaking 大致來說

L1 **round** [raʊnd] ①②③④
★★★ *adj.* 圓的；*n.* 回合；*adv.* 在周圍；*prep.* 在四周
用法 spin round and round 一圈又一圈地打轉

L4 **route** [rut] ①②③④
★★★ *n.* 路線、途徑；*v.* 定路線、按規定路線發送

用法 the best route to take 最佳路線

L3 **routine** [ru`tin] ①②③④
★★ *n.* 例行公事、日常工作；*adj.* 例行的、日常的
用法 break the routine 打破成規

L1 **row** [ro] ①②③④
★★★ *n.* 行、排、列；*v.* 划船
用法 2 years in a row 連續兩年；row a boat 划船

L2 **royal** [`rɔɪəl] ①②③④
★★★ *adj.* 王室的、高貴的、堂皇的、極好的
用法 royal wedding 皇室婚禮

L6 **royalty** [`rɔɪəltɪ] ①②③④
★ *n.* 貴族、王位、堂皇、版稅
用法 book royalties 書籍的版稅

L2 **rub** [rʌb] ①②③④
★★★ *v.* 磨擦、惹怒；*n.* 磨擦、磨損處、困難
用法 rub sb. the wrong way 惹惱某人

L2 **rubber** [`rʌbɚ] ①②③④
★★ *n.* 橡膠、橡膠製品
用法 synthetic rubber 合成橡膠；rubber band 橡皮筋

L6 **rubbish** [`rʌbɪʃ] ①②③④
★★ *n.* 垃圾、廢物、廢話
用法 talk rubbish 胡說八道

ruby [`rubɪ] ①②③④
★★ *n.* 紅寶石、深紅色；*adj.* 紅寶石色的

用法 ruby wine 深紅色葡萄酒

L2 **rude** [rud]　　　　　　　　　　　①②③④
★ **adj.** 粗魯的、粗野的、未加工的
用法 be rude to sb. 對某人很粗魯

L3 **rug** [rʌg]　　　　　　　　　　　①②③④
★★ **n.** 小塊地毯、墊子、毛皮地毯
用法 vacuum a rug 用吸塵器吸地毯

L6 **rugged** [`rʌgɪd]　　　　　　　　①②③④
★★ **adj.** 崎嶇不平的、粗壯的、堅毅的
用法 a rugged coastline 崎嶇的海岸線

L4 **ruin** [`rʊɪn]　　　　　　　　　　①②③④
★★ **v.** 毀滅、毀壞；**n.** 廢墟、遺跡
用法 be in ruins 成為廢墟

L1 **rule** [rul]　　　　　　　　　　　①②③④
★★★ **n.** 統治、規則；**v.** 統治、管理、控制
用法 make it a rule to-V 習慣……

L1 **ruler** [`rulɚ]　　　　　　　　　①②③④
★★ **n.** 統治者、管理者、尺
用法 put a ruler into power 使統治者掌權

rumble [`rʌmb!]　　　　　　　　①②③④
★ **v.** 發出隆隆聲、低沉地說；**n.** 隆隆聲
用法 rumble on 隆隆前進

L3 **rumor** [`rumɚ]　　　　　　　　①②③④
★★ **n.** 謠言、傳聞；**v.** 謠傳、傳說

用法 spread rumors 散播謠言

L1 **run** [rʌn] ①②③④
- ★★★ *v.* 跑步、賽跑、經營、管理
  用法 run **across / into** sb. 偶遇某人

L4 **rural** [`rʊrəl] ①②③④
- ★★★ *adj.* 鄉村的、田園的、農業的
  用法 rural economy 農業經濟

L3 **rush** [rʌʃ] ①②③④
- ★★★ *v./n.* 衝、奔、匆忙、猛攻
  用法 during rush hour 在交通尖峰期間

L3 **rust** [rʌst] ①②③④
- ★★★ *n.* 鐵鏽、遲鈍；*v.* 生鏽、變遲鈍
  用法 rust away 生鏽

  rustle [`rʌs!] ①②③④
- ★★★ *v.* 沙沙作響、發出沙沙聲；*n.* 沙沙聲
  用法 a rustle of leaves 樹葉的沙沙聲

L4 **rusty** [`rʌstɪ] ①②③④
- ★ *adj.* 生鏽的、遲鈍的、過時的、生疏的
  用法 get rusty in memory 記憶力衰退

L6 **ruthless** [`ruθlɪs] ①②③④
- ★ *adj.* 無情的、冷酷的
  用法 a ruthless hitman 冷酷的殺手

L3 **sack** [sæk] ①②③④
- ★ *n.* 袋子、粗布袋、解雇

用法 get the sack 被解雇

L5 **sacred** [`sekrɪd] ①②③④

*** *adj.* 神聖的、莊嚴的、受崇敬的

用法 sacred shrines 神聖的聖地

L4 **sacrifice** [`sækrə‚faɪs] ①②③④

*** *n.* 犧牲、牲禮；*v.* 犧牲、獻出、獻祭

用法 make sacrifices for + N 為……犧牲

L1 **sad** [sæd] ①②③④

*** *adj.* 悲傷的、悲痛的

用法 sad to say 說起來可悲、不幸的是

L5 **saddle** [`sæd!] ①②③④

** *n.* 馬鞍；*v.* 套上馬鞍

用法 in the saddle 在馬上、掌權的

L1 **safe** [sef] ①②③④

*** *adj.* 安全的、平安的、可靠的；*n.* 保險箱

用法 safe and sound 安然無恙

safeguard [`sef‚gard] ①②③④

*** *n.* 護衛者、警衛、預防措施；*v.* 保護、護送

字構 safe 安全 + guard 守護

L2 **safety** [`seftɪ] ①②③④

*** *n.* 安全、平安

用法 in safety = safely 安全地

L2 **sail** [sel] ①②③④

* *n.* 帆、篷；*v.* 啟航、航行

用法 set sail for Manchester 啟航前往曼徹斯特

L2　**sailor** [`selɚ] 　　　　　　　　①②③④

★　*n.* 船員、水手

用法 a fair-weather sailor 沒經驗的水手

L5　**saint** [sent] 　　　　　　　　①②③④

★★★　*n.* 聖人、聖徒；*v.* 成為聖徒

用法 a patron saint 守護神

L3　**sake** [sek] 　　　　　　　　①②③④

★★★　*n.* 緣故、理由、利益

用法 for the sake of safety 為了安全著想

L1　**salad** [`sæləd] 　　　　　　　　①②③④

★★★　*n.* 沙拉

用法 season a salad 給沙拉調味

L3　**salary** [`sælərɪ] 　　　　　　　　①②③④

★★★　*n.* 薪水、薪資；*v.* 給薪水

用法 an annual salary 年薪

L1　**sale** [sel] 　　　　　　　　①②③④

★★★　*n.* 出售、銷路、販賣

用法 be on sale 大拍賣；for sale 出售

L2　**salesperson** [`selz͵pɚsən] 　　　　①②③④

★★　*n.* 推銷員、售貨員（= salesman / saleswoman）

字構 sales 銷售 + person 人

L5　**salmon** [`sæmən] 　　　　　　　　①②③④

★★　*n.* 鮭魚、鮭魚肉；*adj.* 鮭肉色的

用法 smoked salmon 煙燻鮭魚

L5 **salon** [sə`lɑn] ①②③④

★ **n.** 會客室、交誼廳、沙龍

用法 a literary salon 文學沙龍

saloon [sə`lun] ①②③④

★★ **n.** 酒館、酒吧、交誼廳、餐廳

用法 a dining saloon 餐廳

L1 **salt** [sɔlt] ①②③④

★★★ **n.** 鹽；**adj.** 含鹽的；**v.** 加鹽、用鹽醃

用法 rub salt into sb.'s wound(s) 在某人傷口上灑鹽

L2 **salty** [`sɔltɪ] ①②③④

★★★ **adj.** 鹹的、有鹽分的

用法 salty sea air 海邊帶鹹味的空氣

L6 **salute** [sə`lut] ①②③④

★ **n.** 舉手禮、致敬；**v.** 行舉手禮、致意、打招呼

用法 give sb. a salute 向某人行禮

L6 **salvage** [`sælvɪdʒ] ①②③④

★ **v.** 海難救助、打撈

用法 salvage a gold watch from a shipwreck
　　從沉船中打撈出金手錶

salvation [sæl`veʃən] ①②③④

★★ **n.** 救贖、拯救、救星

用法 seek salvation from sth. 向某物尋求救贖

L1 **same** [sem] ①②③④

★★ *adj.* 同樣的；*pron.* 同樣事物；*adv.* 同樣地

用法 all the same = still 仍舊、依然

L2 **sample** [`sæmp!] ①②③④

★★★ *n.* 樣本、樣品、實例；*v.* 取樣（檢查）

用法 distribute free samples 散發免費試用品

sanction [`sæŋkʃən] ①②③④

★ *n./v.* 認可、批准、制裁

用法 **lift / impose** sanctions 解除 / 施以制裁

sanctuary [`sæŋktʃʊˌɛrɪ] ①②③④

★ *n.* 聖堂、庇護所

用法 seek sanctuary in the temple 在寺廟尋求庇護

L2 **sand** [sænd] ①②③④

★★★ *n.* 沙、沙地、沙灘；*v.* 撒沙、磨光

用法 a grain of sand 一粒沙

L5 **sandal** [`sænd!] ①②③④

★ *n.* 涼鞋、拖鞋

用法 a pair of beach sandals 一雙海灘涼鞋

L2 **sandwich** [`sændwɪtʃ] ①②③④

★ *n.* 三明治；*v.* 將……夾在中間、擠進

用法 a bacon sandwich 培根三明治

sane [sen] ①②③④

★ *adj.* 神智正常的、明智的

延伸 sanity *n.* 精神正常；insanity *n.* 瘋狂

L6 **sanitation** [ˌsænə`teʃ n] ①②③④

★	*n.* 公共衛生、衛生設備	
	用法 environmental sanitation 環境衛生	
L4	**satellite** [`sæt!ˌaɪt]	①②③④
★★	*n.* 衛星、人造衛星	
	用法 a man-made satellite 人造衛星	
L4	**satisfaction** [ˌsætɪs`fækʃən]	①②③④
★★★	*n.* 滿足、滿意	
	用法 derive great satisfaction from work 從工作中得到極大的滿足	
L3	**satisfactory** [ˌsætɪs`fæktərɪ]	①②③④
★★★	*adj.* 令人滿意的、符合要求的	
	用法 a satisfactory result 令人滿意的結果	
L2	**satisfy** [`sætɪsˌfaɪ]	①②③④
★★★	*v.* 滿足、滿意	
	用法 be satisfied with + N 滿意於……	
	Saturday [`sætɚˌde]	①②③④
★★★	*n.* 星期六（= Sat.）	
	字構 Satur 農神、土星 + day 日	
L3	**sauce** [sɔs]	①②③④
★	*n.* 醬汁、調味醬；*v.* 調味、添加趣味	
	成語 Hunger is the best sauce. 飢不擇食。	
L3	**saucer** [`sɔsɚ]	①②③④
★	*n.* 杯碟、淺碟、碟狀物	
	用法 a flying saucer 飛碟	

L3	**sausage** [ˋsɔsɪdʒ]	①②③④

★　*n.* 香腸、臘腸

用法 a grilled sausage 烤香腸

L6	**savage** [ˋsævɪdʒ]	①②③④

★★　*adj.* 野蠻的、殘酷的；*n.* 野蠻人；*v.* 兇猛地攻擊

用法 savage rituals 野蠻的儀式

L1	**save** [sev]	①②③④

★★★　*v.* 拯救、節省、儲蓄

用法 save up for sth. 為某物存錢

L3	**saving** [ˋsevɪŋ]	①②③④

★★　*n.* 存款、儲金、積蓄

用法 invest all one's savings 投資全部存款

L2	**saw** [sɔ]	①②③④

★　*n.* 鋸子；*v.* 鋸開

用法 saw the log up into pieces 把木頭鋸成小塊

L1	**say** [se]	①②③④

★★★　*v.* 說、宣布、發言

句型 What do you say to + N / Ving?

　　　你認為……好不好？

L3	**scale** [skel]	①②③④

★★★　*n.* 規模、天平、刻度、比例尺

用法 on a **big** / **small** scale 大 / 小規模地

L5	**scan** [skæn]	①②③④

★★　*v./n.* 瀏覽、掃描、審視

用法 **do / perform** a brain scan 做腦部掃描

L5 **scandal** [`skænd!] ①②③④
★ *n.* 醜聞、醜事、誹謗、公憤
用法 uncover a scandal 揭露醜聞

L5 **scar** [skɑr] ①②③④
★★ *n.* 疤痕、傷疤、創傷；*v.* 留下疤痕、損傷
用法 leave a scar on the surface 在表面留下損傷

L3 **scarce** [skɛrs] ①②③④
★★ *adj.* 缺乏的、不足的、稀少的、珍貴的
用法 increasingly scarce 日益稀少

L4 **scarcely** [`skɛrslɪ] ①②③④
★★★ *adv.* 幾乎不、幾乎沒有
延伸 scarcity *n.* 稀罕、缺乏

L2 **scare** [skɛr] ①②③④
★★★ *v./n.* 驚嚇、恐懼、害怕、恐慌
用法 be scared of + **N / Ving** 害怕……

scarecrow [`skɛr,kro] ①②③④
★ *n.* 稻草人
字構 scare 驚嚇 + crow 烏鴉

L2 **scared** [skɛrd] ①②③④
★ *adj.* 驚恐的、嚇壞的
用法 be scared of sth. 害怕某物

L3 **scarf** [skɑrf] ①②③④
★ *n.* 圍巾、披巾、頭巾

6000+ Words

用法 knit a scarf 編織圍巾

L3 **scary** [`skɛrɪ]　　①②③④

★　*adj.* 嚇人的、可怕的、恐怖的

用法 a scary haunted house 恐怖的鬼屋

L3 **scatter** [`skætɚ]　　①②③④

★★★　*v.* 散播、散佈、分散；*n.* 散播、零星散佈

用法 scatter seeds on the field 在田裡播撒種子

L5 **scenario** [sɪ`nɛrɪ,o]　　①②③④

★　*n.* 情節、場景

用法 in a worst-case scenario 在最壞的情況下

L2 **scene** [sin]　　①②③④

★★★　*n.* 景色、風景、情景、現場

用法 on the **scene** / **spot** 在現場、當場

L4 **scenery** [`sinərɪ]　　①②③④

★★　*n.* 風景、景色、舞台佈景

用法 **spectacular** / **magnificent** scenery 壯麗的景色

L6 **scenic** [`sinɪk]　　①②③④

★　*adj.* 風景的、景色優美的、舞台佈景的

用法 a scenic spot 風景景點

L5 **scent** [sɛnt]　　①②③④

★★　*n.* 香味、氣味；*v.* 嗅出、聞到、察覺

同義 aura / fragrance / odor / smell

L2 **schedule** [`skɛdʒʊl]　　①②③④

★★★　*n.* 計畫表、行程表；*v.* 製表、排定時間

用法 **ahead of / on** schedule 進度提前 / 準時

L5 **scheme** [skim] ①②③④

*** *n.* 企圖、陰謀、詭計；*v.* 計劃、設計、密謀

用法 **devise / think up** a scheme 想出一項計畫

L3 **scholar** [`skɑlɚ] ①②③④

* *n.* 學者、有學問的人

用法 a **distinguished / eminent** scholar 傑出的學者

L3 **scholarship** [`skɑlɚ,ʃɪp] ①②③④

*** *n.* 獎學金、學問、學識

用法 **apply for** a scholarship 申請獎學金

L1 **school** [skul] ①②③④

*** *n.* 學校、學業、學派；*v.* 教育、訓練、培養

用法 **drop out of / quit** school 輟學

L1 **science** [`saɪəns] ①②③④

*** *n.* 科學、自然科學、學科

用法 science and technology 科學與技術

L3 **scientific** [,saɪən`tɪfɪk] ①②③④

*** *adj.* 科學的、科學上的、精確的

用法 make scientific discoveries 科學發現

L3 **scientist** [`saɪəntɪst] ①②③④

*** *n.* 科學家、自然科學家

用法 a nuclear scientist 核子科學家

L3 **scissors** [`sɪzɚz] ①②③④

* *n.* 剪刀

用法 a pair of scissors 一把剪刀

L4 **scold** [skold] ①②③④

★ *v.* 責罵、訓斥、嘮叨地罵；*n.* 責罵、訓斥

用法 scold sb. for + N 因……責罵某人

L4 **scoop** [skup] ①②③④

★ *n.* 勺子、鏟子；*v.* 用勺子舀、用鏟子鏟

用法 scoop **from / out of** + N 從……舀出

L2 **scooter** [`skutɚ] ①②③④

★ *n.* 速克達機車、滑板車

用法 a motor scooter 小型機車

L5 **scope** [skop] ①②③④

★★ *n.* 望遠鏡、範圍、領域

用法 broaden the scope of + N 開拓……的範圍

L2 **score** [skor] ①②③④

★★★ *n.* 分數、成績；*v.* 得分、記分、評分

用法 mark the score 記分

L6 **scorn** [skɔrn] ①②③④

★ *n.* 輕蔑、嘲笑、藐視的對象；*v.* 鄙視、藐視

用法 pour scorn on sb. 惡毒嘲弄某人

L3 **scout** [skaʊt] ①②③④

★ *n.* 童子軍、偵察兵、偵察機；*v.* 偵察、搜索

用法 make a quick scout around here 快速查看這裡

L5 **scramble** [`skræmb!] ①②③④

★ *v./n.* 爬行、蔓延、搶奪、炒蛋

用法 scramble over + N 翻越過……

L5　**scrap** [skræp]　　　　　　　　①②③④
★★　*n.* 碎片、小塊、廢料；*v.* 廢棄、報廢
　　用法 a scrap of paper 一張小紙片

L6　**scrape** [skrep]　　　　　　　　①②③④
★★　*v.* 刮掉、擦撞、勉強過日；*n.* 刮痕、擦傷、困境
　　用法 scrape off the paint 刮掉油漆

L4　**scratch** [skrætʃ]　　　　　　　①②③④
★★　*v.* 抓、搔、劃破；*n.* 抓痕、擦傷、起跑線
　　用法 start from scratch 從頭開始

L3　**scream** [skrim]　　　　　　　　①②③④
★★★　*v.* 尖叫、高聲喊叫；*n.* 尖叫、尖銳刺耳的聲音
　　用法 let out a loud scream 發出尖叫

L2　**screen** [skrin]　　　　　　　　①②③④
★★★　*n.* 螢幕、屏風、紗門；*v.* 播放、屏障、篩選
　　用法 on a computer screen 電腦螢幕上

L3　**screw** [skru]　　　　　　　　　①②③④
★　*n.* 螺絲釘；*v.* 旋、擰、轉動
　　用法 screw up (sth.) 搞砸（某事）

L6　**screwdriver** [`skru͵draɪvɚ]　　①②③④
★　*n.* 螺絲刀、螺絲起子
　　用法 with a screwdriver 用螺絲起子

L5　**script** [skrɪpt]　　　　　　　　①②③④
★　*n.* 腳本、劇本；*v.* 編成劇本

6000+ Words

用法 a film script 電影劇本

L6 **scroll** [skrol] ①②③④

★ *n.* 紙卷、畫卷、卷軸；*v.* 捲起、使成捲形

用法 a calligraphy scroll 書法卷軸

L3 **scrub** [skrʌb] ①②③④

★ *v.* 擦洗、刷洗、取消；*n.* 擦洗、擦淨

用法 scrub the table clean 把桌子擦乾淨

L6 **scrutiny** [`skrutn̩ɪ] ①②③④

★ *n.* 仔細查看、監督

用法 under (close) scrutiny 受到密切觀察

L6 **sculptor** [`skʌlptɚ] ①②③④

★ *n.* 雕刻家

用法 a skilled sculptor 技巧純熟的雕刻家

L4 **sculpture** [`skʌlptʃɚ] ①②③④

★★ *n.* 雕塑品、雕像；*v.* 雕刻、雕塑

用法 create a sculpture 創作雕刻品

L1 **sea** [si] ①②③④

★★★ *n.* 大海、海洋

用法 be at sea = at a loss 茫然、不知所措

L2 **seafood** [`siˌfud] ①②③④

★ *n.* 海鮮、海產

用法 seafood-flavored ramen 海鮮味拉麵

L6 **seagull** [`siˌgʌl] ①②③④

★ *n.* 海鷗（= gull）

字構 sea 海 + gull 鷗

L3 **seal** [sil] ①②③④

★★ *n.* 封印、封口、海豹；*v.* 密封、蓋章

用法 seal the envelope shut with tape 用膠帶封住信封

L2 **search** [sɜtʃ] ①②③④

★★★ *v./n.* 搜尋、搜查、探索

用法 **search for / be in search of** + N 尋找……

L1 **season** [`sizən] ①②③④

★★★ *n.* 季節、時期

用法 **in / off** season 當 / 淡季的

L1 **seat** [sit] ①②③④

★★★ *n.* 座位、席位；*v.* 就座、容納……人

用法 take a seat = be seated 坐下、就座

L1 **second** [`sɛkənd] ①②③④

★★★ *adj.* 第二；*n.* 第二名、秒、瞬間；*adv.* 居第二

用法 be second to none 是最棒的

L2 **secondary** [`sɛkənˌdɛrɪ] ①②③④

★★★ *adj.* 第二的、次要的、中等的

用法 secondary education 中等教育

L2 **secret** [`sikrɪt] ①②③④

★★★ *adj.* 祕密的、機密的；*n.* 祕密、內情

用法 **expose / reveal** a secret 洩漏祕密

L1 **secretary** [`sɛkrəˌtɛrɪ] ①②③④

★★★ *n.* 祕書

用法 an executive secretary 執行祕書

L2　**section** [`sɛkʃən]　①②③④

*** *n.* 部分、段、區域；*v.* 切開、切片、區分

　　用法 the business section 商業區

L5　**sector** [`sɛktɚ]　①②③④

** *n.* 部門、部分、區域、行業

　　用法 the service sector 服務業

L4　**secure** [sɪ`kjʊr]　①②③④

*** *adj.* 安全的、堅固的；*v.* 使安全、穩固

　　用法 feel secure about + N 對……感到放心

L3　**security** [sɪ`kjʊrətɪ]　①②③④

*** *n.* 安全、安全感、防護、防禦

　　用法 aviation security 飛行安全

L6　**seduce** [sɪ`djus]　①②③④

* *v.* 誘惑、引誘

　　延伸 seduction *n.* 誘惑；seductive *adj.* 誘惑的

L1　**see** [si]　①②③④

*** *v.* 看見、知道、了解

　　用法 see eye to eye with sb. 與某人看法一致

L1　**seed** [sid]　①②③④

*** *n.* 種子、起因；*v.* 播種、結果實

　　用法 **plant / sow / spread** seeds 播種

L2　**seek** [sik]　①②③④

*** *v.* 尋找、追求、探索

用法 seek help from sb. 向某人求助

L2 **seem** [sim] ①②③④

*** *v.* 似乎、好像

延伸 seeming *adj.* 看似……的；seemingly *adv.* 看來

L2 **seesaw** [`si,sɔ] ①②③④

* *n.* 蹺蹺板、起伏不定的局面；*v.* 上下搖動

用法 play on the seesaw 玩蹺蹺板

L5 **segment** [`sɛgmənt] ①②③④

** *n.* 部分、部門；*v.* 分割、劃分

用法 a segment of the trailer 預告片的一個片段

L3 **seize** [siz] ①②③④

*** *v.* 抓住、奪取、利用

用法 seize the day 把握今朝

L2 **seldom** [`sɛldəm] ①②③④

*** *adv.* 很少、不常

用法 seldom or never 幾乎沒有、難得

L2 **select** [sə`lɛkt] ①②③④

*** *v.* 選擇、挑選；*adj.* 精選的

用法 select one from + N 從……中挑出一個

L2 **selection** [sə`lɛkʃən] ①②③④

*** *n.* 選擇、挑選、選集

用法 natural selection 物競天擇

L6 **selective** [sə`lɛktɪv] ①②③④

** *adj.* 有選擇的、有選擇性的

用法 be more selective about sth. 對某事有更多選擇

L2 **self** [sɛlf]   ①②③④

*** *n.* 自己、自身

    用法 by oneself 靠自己、獨自

L2 **selfish** [ˋsɛlfɪʃ]   ①②③④

* *adj.* 自私的、任性的、只顧自己的

    延伸 selfishness *n.* 利己主義；unselfish *adj.* 無私的

L1 **sell** [sɛl]   ①②③④

*** *v.* 賣、銷售

    用法 sell out 售完

L3 **semester** [səˋmɛstɚ]   ①②③④

* *n.* 學期

    用法 in the **spring** / **fall** semester 春 / 秋季學期中

L5 **seminar** [ˋsɛməˏnar]   ①②③④

* *n.* 研討會、專題研討會

    用法 hold a seminar 舉行研討會

L5 **senator** [ˋsɛnətɚ]   ①②③④

*** *n.* 參議員

    用法 a **junior** / **senior** senator 資淺 / 深議員

L1 **send** [sɛnd]   ①②③④

*** *v.* 寄送、發送、派遣

    用法 send for a doctor 延請醫生

L3 **senior** [ˋsinjɚ]   ①②③④

** *adj.* 較年長的、資深的；*n.* 長輩、高年級生

用法 be 2 years senior to sb. 比某人年長兩歲

L5 **sensation** [sɛn`seʃən]　　　　　①②③④

★★ *n.* 知覺、感覺、轟動

用法 **cause / create** a sensation 造成轟動

L2 **sense** [sɛns]　　　　　①②③④

★★★ *n.* 感官、意識、意義；*v.* 意識到、感覺到

用法 in a sense 就某種意義而言

L3 **sensible** [`sɛnsəb!]　　　　　①②③④

★★ *adj.* 明理的、合乎情理的、察覺到的

用法 be sensible of + N 察覺出……

L2 **sensitive** [`sɛnsətɪv]　　　　　①②③④

★★★ *adj.* 敏感的、易受傷害的、靈敏的

用法 be sensitive to + N 對……很敏感

L5 **sensitivity** [ˌsɛnsə`tɪvətɪ]　　　　　①②③④

★★ *n.* 敏感性、敏感度、感受性

用法 have great sensitivity to light 對光高度敏感

L5 **sensor** [`sɛnsɚ]　　　　　①②③④

★ *n.* 感應器、感測器

用法 a sensor faucet 感應式水龍頭

L1 **sentence** [`sɛntəns]　　　　　①②③④

★★★ *n.* 句子、判決；*v.* 宣判

用法 a life sentence 無期徒刑、終生監禁

L5 **sentiment** [`sɛntəmənt]　　　　　①②③④

★★★ *n.* 感情、感傷

用法 share a similar sentiment with sb. on sth.
與某人在某事上有同感

L5 **sentimental** [ˌsɛntə`mɛnt!] ①②③④
★★ **adj.** 情感的、多愁善感的、傷感的
用法 sentimental melody 傷感的旋律

L2 **separate** [`sɛpəˌret] ①②③④
★★★ **adj.** 各別的、不同的；**v.** 分開、分離、分居
用法 separate A from B 將 A 與 B 分開

L3 **separation** [ˌsɛpə`reʃən] ①②③④
★★ **n.** 分離、分開、分居
用法 separation from + N 與……分離

September [sɛp`tɛmbə] ①②③④
★★★ **n.** 九月（= Sept.）
用法 begin / start school in September 九月開學

L5 **sequence** [`sikwəns] ①②③④
★★★ **n.** 連續、順序；**v.** 依序、按順序排列
用法 keep sth. in sequence 依順序將某物排好

L6 **serene** [sə`rin] ①②③④
★ **adj.** 寧靜的、平靜的、晴朗的
用法 calm and serene 平靜安詳

serenity [sə`rɛnətɪ] ①②③④
★ **n.** 寧靜、沉穩、晴朗
用法 the serenity of the community 社區的寧靜

L6 **sergeant** [`sɑrdʒənt] ①②③④

**   *n.* 中士、警佐

用法 a police sergeant 警官

L6   **serial** [`sɪrɪəl]   ①②③④

★   *adj.* 連續的、一連串的

用法 a serial murderer 連環殺手

L5   **series** [`siriz]   ①②③④

★★★   *n.* 連續、系列、接連

用法 a series of air raids 一連串的空襲

L1   **serious** [`sɪrɪəs]   ①②③④

★★★   *adj.* 嚴重的、嚴肅的、認真的

用法 take sth. seriously 認真看待某事

L6   **sermon** [`sɝmən]   ①②③④

★   *n.* 講道、佈道、說教

用法 **deliver / give / preach** a sermon 講道

L2   **servant** [`sɝvənt]   ①②③④

★★★   *n.* 僕人、雇工、職員

用法 a **public / civil** servant 公務員、公僕

L2   **serve** [sɝv]   ①②③④

★★★   *v.* 服務、侍候、供應

用法 serve sb. right 某人罪有應得、活該

L5   **server** [`sɝvɚ]   ①②③④

★   *n.* 侍者、服務生、伺服器

用法 an online server（電腦）線上伺服器

L1   **service** [`sɝvɪs]   ①②③④

6000+ Words

S 6000+
Words a High School Student Must Know

    ***   *n.* 服務、效勞、儀式；*v.* 提供服務、維修

    用法 be at sb.'s service 隨時聽候某人差遣

L6   **serving** [`sɝvɪŋ]   ①②③④

  *   *n.* 服務、一份（食物、飲料）

    用法 three servings of vegetables 三份蔬菜

L5   **session** [`sɛʃən]   ①②③④

  ***   *n.* 開會、會期、開庭期間

    用法 in session 開會中

L1   **set** [sɛt]   ①②③④

  ***   *n.* 一套、一組；*v.* 放置、落下、佈置、安排

    用法 set the table 擺好餐桌碗筷

L6   **setback** [`sɛt͵bæk]   ①②③④

  ***   *n.* 失敗、妨礙、挫折、（疾病）復發

    同義 failure / frustration / hindrance

L5   **setting** [`sɛtɪŋ]   ①②③④

  ***   *n.* 裝置、設定、環境

    用法 adjust the setting of + N 調整……的設定

L2   **settle** [`sɛt!]   ①②③④

  ***   *v.* 安定、安頓、解決、沉澱

    用法 settle down 安定下來

L2   **settlement** [`sɛt!mənt]   ①②③④

  **   *n.* 定居、和解、殖民（地）

    用法 the British settlement 大不列顛殖民地

L4   **settler** [`sɛtlɚ]   ①②③④

★ *n.* 殖民者、開拓者、移居者
用法 early settlers 早期移民

seven [`sɛvən] ①②③④

★ *n.* 七；*adj.* 七的
用法 Seven Wonders of the World 古代世界七大奇觀

seventeen [ˌsɛvən`tin] ①②③④

★★ *n.* 十七；*adj.* 十七的
用法 a beauty of seventeen 十七歲的美女

seventy [`sɛvəntɪ] ①②③④

★★★ *n.* 七十；*adj.* 七十的
用法 Philadelphia 76ers 費城 76 人隊（NBA 球隊）

L1 **several** [`sɛvərəl] ①②③④

★★★ *adj.* 幾個的、數個的；*pron.* 幾個、數個
用法 for several days 持續好幾天

L4 **severe** [sə`vɪr] ①②③④

★★★ *adj.* 嚴重的、嚴厲的、猛烈的
用法 Severe Acute Respiratory Syndrome = SARS 嚴重急性呼吸道綜合症

L4 **sew** [so] ①②③④

★★ *v.* 縫製、縫補
用法 sew a patch onto the coat 把補丁縫到大衣上

sewer [`suɚ] ①②③④

★ *n.* 污水管、下水道、縫紉工
用法 a sanitary sewer 下水道

L2 **sex** [sɛks]　　　　　　　　　①②③④

★★★ **n.** 性、性別

用法 both sexes 兩性

L3 **sexual** [`sɛkʃʊəl]　　　　　　　①②③④

★★★ **adj.** 性別的、兩性的

用法 sexual discrimination 性別歧視

L3 **sexy** [`sɛksɪ]　　　　　　　　①②③④

★★★ **adj.** 性感的、迷人的

用法 sexy and charming 性感且迷人

L6 **shabby** [`ʃæbɪ]　　　　　　　①②③④

★★★ **adj.** 破舊的、破爛的

用法 in shabby clothes 穿著衣衫襤褸

L4 **shade** [ʃed]　　　　　　　　①②③④

★★★ **n.** 陰涼處、陰影、樹蔭；**v.** 遮蔽、遮蓋

用法 put sth. in the shade 令某物相形失色

L3 **shadow** [`ʃædo]　　　　　　　①②③④

★ **n.** 影子、陰暗處、陰影；**v.** 遮蔽

用法 cast a shadow on the ground 在地上投下影子

L4 **shady** [`ʃedɪ]　　　　　　　①②③④

★ **adj.** 遮蔽的、成蔭的、陰暗的

用法 a shady forest 濃蔭蔽日的森林

L1 **shake** [ʃek]　　　　　　　　①②③④

★★★ **v./n.** 發抖、搖動、震動、握手

用法 shake hands with sb. 與某人握手

S

L3	**shallow** [`ʃælo]	①②③④
★★	*adj.* 淺的、膚淺的	
	用法 a shallow stream 淺溪	
L2	**shame** [ʃem]	①②③④
★★	*n.* 羞愧、羞恥；*v.* 感到羞愧、羞辱	
	用法 bring shame on sb. 令某人蒙羞	
L4	**shameful** [`ʃemfəl]	①②③④
★★	*adj.* 可恥的、丟臉的、不光榮的	
	用法 a shameful behavior 可恥的行為	
L3	**shampoo** [ʃæm`pu]	①②③④
★	*n.* 洗髮精；*v.* 洗頭髮	
	補充 get / have a shampoo 洗頭髮	
L1	**shape** [ʃep]	①②③④
★★★	*n.* 形狀、外形；*v.* 使成形、形成、塑造	
	用法 be in good shape 狀態良好、健康	
L1	**share** [ʃɛr]	①②③④
★★★	*n.* 一份、分攤、股份；*v.* 分享、均分	
	用法 a **shareholder / stockholder** 股東	
L5	**shareholder** [`ʃɛr,holdə]	①②③④
★	*n.* 股東、股票持有人	
	用法 a shareholders' meeting 股東大會	
L2	**shark** [ʃark]	①②③④
★	*n.* 鯊魚	
	用法 a fatal shark attack 鯊魚的致命襲擊	

S 6000+
Words a High School Student Must Know

L1 **sharp** [ʃarp] ①②③④
*** *adj.* 敏銳的、精明的；*adv.* 銳利地、……點整
用法 at twelve o'clock sharp 在十二點整

L6 **sharpen** [`ʃarpən] ①②③④
*** *v.* 使銳利、使鋒利、削尖
字構 sharp 銳利的 + en 動詞，使成為

L4 **shatter** [`ʃætɚ] ①②③④
** *v.* 粉碎、擊碎、破滅
用法 shatter to pieces 碎成碎片

L4 **shave** [ʃev] ①②③④
** *v.* 刮鬍子、刮臉、刨；*n.* 剃鬍、剃刀
用法 a **close / narrow call / shave** 僥倖脫險

L6 **shaver** [`ʃevɚ] ①②③④
* *n.* 刮鬍刀、理髮師
用法 an electric shaver 電動刮鬍刀

L5 **shed** [ʃɛd] ①②③④
** *n.* 棚、小屋、庫房；*v.* 流下、散發、放射
用法 shed light (up)on sth. 闡明、照亮某物

L1 **sheep** [ʃip] ①②③④
** *n.* 綿羊
用法 a black sheep in the flock 團體中的害群之馬

L5 **sheer** [ʃɪr] ①②③④
** *adj.* 薄透的、全然的、純粹的；*adv.* 十足地
用法 wear a sheer white dress 穿著白色薄紗洋裝

L2 **sheet** [ʃit]　　　　　　　　　　①②③④
*** *n.* 一張、床單、薄片
用法 a sheet of paper 一張紙

L2 **shelf** [ʃɛlf]　　　　　　　　　　①②③④
** *n.* 架子、書架、置物架
用法 (be left) on the shelf 被擱置、棄置不用的

L2 **shell** [ʃɛl]　　　　　　　　　　①②③④
** *n.* 殼、外殼；*v.* 剝殼、去殼
用法 shell **peas / oysters** 剝豌豆莢 / 牡蠣殼

L4 **shelter** [`ʃɛltə]　　　　　　　　　①②③④
*** *n.* 庇護所、躲避處、遮蓋物；*v.* 躲避、庇護
用法 (take) shelter from bombing 躲避轟炸

L3 **shepherd** [`ʃɛpəd]　　　　　　　　①②③④
* *n.* 牧羊人、牧羊犬、指導者
字構 shep 羊 + herd 放牧者

L5 **sheriff** [`ʃɛrɪf]　　　　　　　　　①②③④
** *n.* 警長、行政司法長官
用法 the county sheriff 郡、縣警長

L5 **shield** [ʃild]　　　　　　　　　　①②③④
** *n.* 盾、防護物、護罩；*v.* 掩蓋、保護、防禦
用法 shield oneself from attack 防禦以免受攻擊

L4 **shift** [ʃɪft]　　　　　　　　　　①②③④
*** *v.* 轉移、變動、換檔；*n.* 變換、輪班
用法 the **day / night** shift 日 / 夜班

shilling [`ʃɪlɪŋ] ①②③④

★★★ *n.* 先令（英國舊貨幣單位）

用法 2 shillings and 3 pence 二先令三便士

L2 **shine** [ʃaɪn] ①②③④

★★★ *v.* 擦亮、發光；*n.* 光澤、陽光

用法 rain or shine 無論晴雨

L3 **shiny** [`ʃaɪnɪ] ①②③④

★★★ *adj.* 發亮的、閃耀的、輝煌的

同義 bright / glistening / glossy / glowing / radiant

L1 **ship** [ʃɪp] ①②③④

★★★ *n.* 船、艦；*v.* 船運、運送

用法 board the ship 上船

L1 **shirt** [ʃɝt] ①②③④

★★ *n.* 襯衫

用法 a short-sleeved shirt 短袖襯衫

L5 **shiver** [`ʃɪvə] ①②③④

★★ *v./n.* 顫抖、發抖

同義 quiver / shake / shudder / tremble

L2 **shock** [ʃɑk] ①②③④

★★★ *n./v.* 震驚、衝擊、休克

用法 come as a shock 來得令人震驚

L1 **shoe** [ʃu] ①②③④

★★★ *n.* 鞋子

用法 be in sb.'s shoes 處於某人的境地、設身處地

L2 **shoot** [ʃut] ①②③④

*** *v.* 發芽、射擊、拍攝;*n.* 幼芽、幼枝、發射

用法 shoot (at) an antelope 射擊羚羊

L1 **shop** [ʃɑp] ①②③④

*** *n.* 商店(= store);*v.* 購物

用法 **close / shut up** shop 打烊、歇業

shoplift [`ʃɑp͵lɪft] ①②③④

*** *v.* 順手牽羊、偷竊商品

字構 shop 商店 + lift 偷竊

L2 **shopkeeper** [`ʃɑp͵kipɚ] ①②③④

* *n.* 店主

用法 a flower shopkeeper 花店店主

L2 **shore** [ʃɔr] ①②③④

*** *n.* 海岸、海濱

用法 off the shore 離岸

L1 **short** [ʃɔrt] ①②③④

*** *adj.* 短的、矮的;*n.pl* 短褲

用法 to be **short / brief** 簡言之

L5 **shortage** [`ʃɔrtɪdʒ] ①②③④

** *n.* 短缺、不足、缺乏

用法 a housing shortage 住宅不足

L6 **shortcoming** [`ʃɔrt͵kʌmɪŋ] ①②③④

* *n.* 缺點、短處

同義 defect / fault / flaw / weakness

L3 **shorten** [`ʃɔrtən] ①②③④
★★ **v.** 弄短、縮短、變矮
用法 the shortened form 縮寫形式

L3 **shortly** [`ʃɔrtlɪ] ①②③④
★★★ **adv.** 不久、馬上、簡短地
用法 shortly after + N 在……之後不久

L6 **shortsighted** [`ʃɔrt`saɪtɪd] ①②③④
★ **adj.** 近視的、目光短淺的、缺乏遠見的
用法 a shortsighted politician 短視近利的政客

L2 **shot** [ʃat] ①②③④
★★★ **n.** 發射、嘗試、照片、注射
用法 have a shot **at / for** + N 嘗試做……

L1 **shoulder** [`ʃoldɚ] ①②③④
★★★ **n.** 肩、肩膀；**v.** 挑起、擔負
用法 shoulder to shoulder 並肩、齊心協力

L1 **shout** [ʃaʊt] ①②③④
★★★ **v.** 叫喊、大聲說；**n.** 喊叫、喊叫聲
用法 shout at + N 朝……大喊

L5 **shove** [ʃʌv] ①②③④
★★★ **v./n.** 推擠、推撞
用法 push and shove to get on the bus 推擠著上公車

L3 **shovel** [`ʃʌvl] ①②③④
★ **n.** 鏟子、鐵鏟；**v.** 用鏟子鏟、鏟起
用法 dig a hole with a shovel 用鏟子挖洞

L1　**show** [ʃo]　①②③④

★★★　*v.* 出示、演出；*n.* 顯示、演出節目、展示

　　用法 show off 炫耀；show up 出現

l1　**shower** [ˋʃaʊɚ]　①②③④

★★★　*n.* 淋浴、陣雨；*v.* 淋浴、下陣雨

　　用法 take a shower 淋浴

L6　**shred** [ʃrɛd]　①②③④

★★★　*n.* 細條、碎片；*v.* 切絲、用碎紙機撕毀

　　用法 tear sth. to shreds 將某物撕成碎片

　　shrewd [ʃrud]　①②③④

★　　*adj.* 敏銳的、機靈的、靈巧的、精明的

　　同義 clever / cunning / keen / smart / sharp

L6　**shriek** [ʃrik]　①②③④

★　　*v.* 尖叫、發出尖叫聲；*n.* 尖叫、尖銳的響聲

　　用法 utter a shriek 發出尖叫聲

L3　**shrimp** [ʃrɪmp]　①②③④

★　　*n.* 蝦、小蝦

　　用法 grilled meat and shrimps 烤肉和烤蝦

　　shrine [ʃraɪn]　①②③④

★　　*n.* 神殿、聖地、聖壇

　　用法 an ancestral shrine 祠堂、宗祠

L3　**shrink** [ʃrɪŋk]　①②③④

★　　*v.* 縮水、退縮、萎縮

　　用法 shrink away 退縮、衰退

L6 **shrub** [ʃrʌb] ①②③④

★★ *n.* 灌木、矮樹

用法 evergreen shrubs 常綠灌木

L5 **shrug** [ʃrʌg] ①②③④

★★ *v.* 聳肩、聳肩表示；*n.* 聳肩

用法 answer with a shrug 聳聳肩膀回答

shudder [`ʃʌdɚ] ①②③④

★ *v./n.* 發抖、戰慄、震動、抖動

用法 shudder with horror 怕得發抖

L6 **shuffle** [`ʃʌf!] ①②③④

★ *v.* 拖著腳走、坐立不安

用法 shuffle along 拖著腳走

shun [ʃʌn] ①②③④

★ *v.* 避開、躲開、迴避

同義 avoid / dodge / escape / evade

L2 **shut** [ʃʌt] ①②③④

★★★ *v.* 關閉、關上

用法 keep one's mouth shut 保持沉默

L6 **shutter** [`ʃʌtɚ] ①②③④

★ *n.* 百葉窗、活動遮板；*v.* 拉下百葉窗、關店

用法 put up the shutters 打烊、歇業

L5 **shuttle** [`ʃʌt!] ①②③④

★★★ *n.* 梭子、太空梭；*v.* 穿梭

用法 a shuttle bus 接駁車、區間車

L2 **shy** [ʃaɪ] ①②③④

★ *adj.* 膽怯的、害羞的、畏縮的

成語 Once bitten, twice shy. 一朝被蛇咬，十年怕草繩。

L5 **sibling** [`sɪblɪŋ] ①②③④

★ *n.* 兄弟姊妹、手足

用法 sibling rivalry 手足相爭

L1 **sick** [sɪk] ①②③④

★★★ *adj.* 生病的、想吐的、噁心的

用法 be sick of + N 對……感到厭惡

L1 **side** [saɪd] ①②③④

★★★ *n.* 邊、側、方面

用法 take sides with sb. 偏袒某人

L2 **sidewalk** [`saɪd‚wɔk] ①②③④

★★ *n.* 人行道

字構 side 邊、側面 + walk 步行

L5 **siege** [sidʒ] ①②③④

★★ *n.* 圍攻、包圍、圍困

用法 be under siege 處於圍困的狀態

L3 **sigh** [saɪ] ①②③④

★★ *v./n.* 嘆氣、嘆息

用法 sigh with despair 失望而嘆氣

L1 **sight** [saɪt] ①②③④

★★★ *n.* 視力、視野、見解；*v.* 看見、發現

成語 Out of sight, out of mind. 眼不見為淨。

6000+ Words

L4 **sightseeing** [`saɪtˌsiɪŋ]　　①②③④
★　*n.* 觀光、遊覽
　用法 go sightseeing 去觀光

L1 **sign** [saɪn]　　①②③④
★★★　*n.* 記號、手勢、標誌；*v.* 標示、簽名
　用法 communicate with sign language 用手語溝通

L3 **signal** [`sɪgn!]　　①②③④
★★★　*n.* 信號、交通號誌；*v.* 打信號
　用法 a digital signal 數位訊號

L4 **signature** [`sɪgnətʃə]　　①②③④
★　*n.* 簽名、簽署
　用法 forge sb.'s signature 偽照某人的簽名

L4 **significance** [sɪg`nɪfəkəns]　　①②③④
★★★　*n.* 重要、重要性、意義
　用法 be of great significance 非常重要、意義重大

L3 **significant** [sɪg`nɪfəkənt]　　①②③④
★★★　*adj.* 重要的、重大的、有意義的
　用法 significant studies 重大的研究

　　signify [`sɪgnəˌfaɪ]　　①②③④
★　*v.* 意味著、表示、象徵
　用法 signify one's approval with a nod 點頭表示贊同

L2 **silence** [`saɪləns]　　①②③④
★★★　*n.* 沉默、無聲、寂靜；*v.* 沉默、壓制
　用法 in silence = silently 安靜地、沉默地

L2 **silent** [`saɪlənt] ①②③④

★★★ *adj.* 沉默的、無聲的、寂靜的

用法 keep silent 保持安靜

silicon [`sɪlɪkən] ①②③④

★ *n.* 矽

用法 Silicon Valley（美國加州）矽谷

L3 **silk** [sɪlk] ①②③④

★ *n.* 蠶絲、絲織物

用法 silk fabric 絲織品

silkworm [`sɪlk͵wɜ˙m] ①②③④

★ *n.* 蠶

字構 silk 絲、蠶絲 + worm 蟲

L2 **silly** [`sɪlɪ] ①②③④

★ *adj.* 愚蠢的、糊塗的；*n.* 傻瓜

句型 It is silly of sb. to-V 某人……是愚蠢的。

L2 **silver** [`sɪlvə] ①②③④

★★ *n.* 銀、銀製品、銀色；*adj.* 銀色的、鍍銀的

成語 Every cloud has a silver lining. 否極泰來。

L2 **similar** [`sɪmələ] ①②③④

★★★ *adj.* 類似的、相似的、相像的

用法 be similar to + N 和……類似

L3 **similarity** [͵sɪmə`lærətɪ] ①②③④

★★★ *n.* 相似處、類似

用法 similarities between A and B A 和 B 間的相似處

simmer [ˈsɪmɚ]

①②③④

*** v. 慢煮、燉、醞釀；n. 慢火燉

用法 leave the soup to simmer 用文火燉湯

L1 **simple** [ˈsɪmp!]

①②③④

*** adj. 簡單的、單純的

用法 simple and effective 簡單又有效的

L6 **simplicity** [sɪmˈplɪsətɪ]

①②③④

** n. 簡單、樸素、單純

用法 be simplicity itself 極為容易

L6 **simplify** [ˈsɪmpləˌfaɪ]

①②③④

** v. 簡化、精簡

用法 simplify the procedure 簡化程序

L2 **simply** [ˈsɪmplɪ]

①②③④

*** adv. 簡單地、僅僅、只不過

用法 simply put 簡單來說

L6 **simultaneous** [ˌsaɪmlˈtenɪəs]

①②③④

*** adj. 同時的、同時發生的、同步的

用法 simultaneous interpretation 同步口譯

L3 **sin** [sɪn]

①②③④

*** n. 罪、（宗教或道德的）罪惡；v. 犯罪

用法 commit a sin 犯罪

L1 **since** [sɪns]

①②③④

*** prep. 自從；conj. 自從、既然；adv. 此後

用法 since then 從那時起

L3　**sincere** [sɪn`sɪr]　　　　　①②③④

★★　*adj.* 誠摯的、真誠的

用法 Yours sincerely 謹啟（用於信末簽名前）

L4　**sincerity** [sɪn`sɛrətɪ]　　　　①②③④

★　*n.* 真誠、誠意

用法 **demonstrate / show** sincerity 表現出誠意

L1　**sing** [sɪŋ]　　　　　　①②③④

★★★　*v.* 唱歌、歌頌

用法 the best singing group 最佳歌唱團體

L1　**singer** [`sɪŋɚ]　　　　　①②③④

★★★　*n.* 歌唱家、歌手

用法 a **jazz / pop** singer 爵士樂／流行歌歌手

L2　**single** [`sɪŋg!]　　　　　①②③④

★　*adj.* 單獨的、單一的、單身的；*n.* 單身者

用法 stay single 保持單身；Singles' Day 光棍節

L4　**singular** [`sɪŋgjəlɚ]　　　　①②③④

★★　*adj.* 單一的、單數的；*n.* 單數（形）

用法 in the singular form 用單數形

L3　**sink** [sɪŋk]　　　　　　①②③④

★★★　*v.* 下沉、沉沒；*n.* 洗滌槽、洗臉槽

用法 sink into the bottom of the ocean 沉入海底

L3　**sip** [sɪp]　　　　　　　①②③④

★★★　*v.* 啜飲、小口喝；*n.* 啜飲、一小口

用法 sip at the hot milk 小口喝熱牛奶

L1 **sir** [sɝ] ①②③④

*** *n.* 先生、閣下

 用法 Dear Sir(s) 敬啟者（用於書信開端的稱呼）

L1 **sister** [`sɪstɚ] ①②③④

*** *n.* 姊妹

 用法 an **elder / older / big** sister 姊姊

L1 **sit** [sɪt] ①②③④

*** *v.* 坐、就座

 用法 **sit / stay** up + Ving 熬夜……

L4 **site** [saɪt] ①②③④

*** *n.* 地點、位置、場所；*v.* 使……位於、設置

 用法 a **building / construction** site 建築工地

L3 **situation** [ˌsɪtʃʊ`eʃən] ①②③④

*** *n.* 情形、狀況、處境

 用法 **deal with / handle** the situation 處理狀況

 six [sɪks] ①②③④

*** *n.* 六；*adj.* 六的

 用法 a six footer 身高六呎的人

 sixteen [`sɪks`tin] ①②③④

** *n.* 十六；*adj.* 十六的

 用法 a girl of sweet sixteen 芳齡十六的少女

 sixty [`sɪkstɪ] ①②③④

** *n.* 六十；*adj.* 六十的

 用法 in the sixties 60 年代（1960-1969 年間）

L1 **size** [saɪz]　　　　　　　　　　①②③④

★★★ *n.* 大小、尺寸；*v.* 按大小排列、估算大小

用法 of **the same** / **a** size 大小相同

L3 **skate** [sket]　　　　　　　　　①②③④

★★★ *n.* 溜冰鞋；*v.* 溜冰

用法 a pair of in-line skates 一雙直排輪溜冰鞋

L5 **skeleton** [`skɛlətən]　　　　　①②③④

★★★ *n.* 骨骼、骨架、輪廓

用法 the human skeleton 人體骨骼

L6 **skeptical** [`skɛptɪk!]　　　　①②③④

★★ *adj.* 懷疑的、懷疑論的、多疑的

用法 be skeptical about sb.'s testimony
　　 對某人的證詞抱持懷疑態度

L4 **sketch** [skɛtʃ]　　　　　　　①②③④

★★ *n.* 素描、草圖；*v.* 寫生、概略敘述

用法 sketch the cottage by the lake 素描湖邊小屋

L3 **ski** [ski]　　　　　　　　　　①②③④

★★ *n.* 滑雪、滑雪板；*v.* 滑雪

用法 ski down the trail 由小道滑雪而下

L2 **skill** [skɪl]　　　　　　　　　①②③④

★★★ *n.* 技術、技巧、熟練

用法 with skill = skillfully 熟練地

L2 **skilled** [skɪld]　　　　　　　①②③④

★★ *adj.* 熟練的、有技能的

用法 be skilled **at / in** + Ving 善於做……

L3　**skillful** [`skɪlfəl]　①②③④

★　*adj.* 有技術的、巧妙的、熟練的（= skilled）

　　用法 a skillful calligraphist 技術純熟的書法家

L6　**skim** [skɪm]　①②③④

★　*v.* 瀏覽、略讀、撇去；*n.* 撇去物、表面層

　　用法 skim **along / over / through** + N 瀏覽……

L2　**skin** [skɪn]　①②③④

★★★　*n.* 皮、皮膚、毛皮；*v.* 去皮、擦破皮

　　成語 Beauty is only skin deep. 美貌是膚淺的。

L3　**skinny** [`skɪnɪ]　①②③④

★　*adj.* 很瘦的、皮包骨的

　　用法 tall and skinny 高瘦的

L3　**skip** [skɪp]　①②③④

★★★　*v.* 跳躍、翻閱、略過；*n.* 跳躍、省略、跳繩

　　用法 skip over many paragraphs 跳過許多段落

L1　**skirt** [skɝt]　①②③④

★★　*n.* 裙子、邊緣；*v.* 裝邊、環繞……的邊緣

　　用法 **lengthen / shorten** a skirt 放長 / 改短裙子

L5　**skull** [skʌl]　①②③④

★★　*n.* 頭蓋骨、頭顱、腦袋

　　用法 a fractured skull 顱骨骨折

L1　**sky** [skaɪ]　①②③④

★★★　*n.* 天空、太空

用法 a rainbow in the sky 天空中的一道彩虹

L4 **skyscraper** [`skaɪˌskrepɚ] ①②③④
★ *n.* 摩天大樓、超高層大樓
字構 sky 天 + scrap(e) 刮、擦、削 + er 物

L5 **slam** [slæm] ①②③④
★★ *v.* 砰然關上、猛烈抨擊；*n.* 砰然聲、猛烈攻擊
用法 slam dunk 灌籃；slam the door shut 砰一聲關門

L6 **slang** [slæŋ] ①②③④
★★ *n.* 俚語、行話；*v.* 用粗話罵
用法 a slang word for money money 的俚語詞

L5 **slap** [slæp] ①②③④
★★ *v.* 掌摑；*n.* 摑、打、拍打聲；*adv.* 砰地
用法 slap sb. in the face 打某人一記耳光

L6 **slash** [slæʃ] ①②③④
★ *v.* 猛砍、削減、抨擊；*n.* 猛砍、傷痕、斜線
用法 be slashed to the bone 被削減到最低程度

L5 **slaughter** [`slɔtɚ] ①②③④
★ *n./v.* 屠殺、屠宰
用法 a mass slaughter 大屠殺

L3 **slave** [slev] ①②③④
★★★ *n.* 奴隸、苦工；*v.* 奴隸般地工作、做苦工
用法 liberate slaves 解放奴隸

L5 **slavery** [`slevərɪ] ①②③④
★★ *n.* 奴隸身分、奴隸制度、蓄奴

用法 abolish the slavery 廢除奴隸制度

L6 **slay** [sle]　　　　　　　　　　　①②③④

★ *v.* 殺死、殺害、殘害

　　用法 be found slain in an alley 被發現死在小巷

sledge [slɛdʒ]　　　　　　　　　　①②③④

★ *n.* 雪橇（＝sled）；*v.* 乘雪橇、用雪橇運送

　　用法 go on a sledge 乘雪橇

L1 **sleep** [slip]　　　　　　　　　　　①②③④

★★★ *n.* 睡眠；*v.* 睡覺

　　成語 Let sleeping dogs lie. 不要惹事生非。

L2 **sleepy** [`slipɪ]　　　　　　　　　　①②③④

★★★ *adj.* 想睡覺的、寂靜的

　　用法 feel sleepy 昏昏欲睡

L3 **sleeve** [sliv]　　　　　　　　　　①②③④

★★ *n.* 袖子

　　用法 roll up one's sleeves 捲起袖子，準備做事

sleigh [sle]　　　　　　　　　　　①②③④

★ *n.* 雪橇；*v.* 乘雪橇、用雪橇運輸

　　用法 a sleigh ride 乘坐雪橇

L3 **slender** [`slɛndɚ]　　　　　　　　①②③④

★★ *adj.* 細長的、苗條的、微小的

　　同義 lean / thin / slight / slim

L3 **slice** [slaɪs]　　　　　　　　　　①②③④

★★ *n.* 薄片、一片；*v.* 切成薄片、切開、切片

用法 a slice of lettuce 一片生菜

L2　**slide** [slaɪd]　　　　　　　①②③④

★★　**v.** 滑動、下降；**n.** 滑行、滑梯、幻燈片

用法 go into a slide on the ice 在冰上打滑

L4　**slight** [slaɪt]　　　　　　　①②③④

★★★　**adj.** 輕微的、少量的；**v.** 忽視；**n.** 怠慢、輕蔑

用法 get slightly hurt 輕微擦傷

L1　**slim** [slɪm]　　　　　　　①②③④

★★★　**adj.** 纖瘦的、苗條的、渺茫的；**v.** 變苗條、縮減

用法 a slim chance of winning 贏的機會渺茫

L2　**slip** [slɪp]　　　　　　　①②③④

★★★　**v./n.** 溜走、滑倒、疏忽

用法 a slip of the **tongue** / **lip** 失言、說錯話

L2　**slipper** [ˋslɪpɚ]　　　　　　　①②③④

★　**n.** 拖鞋

用法 a pair of slippers 一雙拖鞋

L3　**slippery** [ˋslɪpərɪ]　　　　　　　①②③④

★　**adj.** 滑的、滑溜的、狡猾的

用法 slippery as an eel 油滑的、不可靠的

L4　**slogan** [ˋslogən]　　　　　　　①②③④

★★★　**n.** 標語、口號

用法 a catchy slogan 琅琅上口的標語

L3　**slope** [slop]　　　　　　　①②③④

★　**n.** 傾斜、斜坡、斜面

6000+ Words

用法 go **up / down** a slope 上／下坡

L6　sloppy [`slapɪ]　　　①②③④

★　**adj.** 懶散的、馬虎的、草率的

用法 a sloppy working attitude 馬虎的工作態度

L5　slot [slat]　　　①②③④

★　**n.** 投幣口、狹長孔；**v.** 投入槽溝中、塞進

用法 a slot machine 吃角子老虎機、自動販賣機

L1　slow [slo]　　　①②③④

★★★　**adj.** 緩慢的、遲鈍的；**adv.** 慢地；**v.** 變慢

用法 slow **down / up** 減速、慢下來

L6　slum [slʌm]　　　①②③④

★★　**n.** 貧民窟、陋巷；**v.** 去貧民窟

用法 visit the slum **area / district** 探望貧民區

L6　slump [slʌmp]　　　①②③④

★★　**n.** 暴跌、衰退；**v.** 猛然掉落、暴跌、衰退

用法 an economic slump 經濟不景氣

L6　sly [slaɪ]　　　①②③④

★　**adj.** 狡猾的、狡詐的、詭祕的

用法 like a sly old fox 像狡猾的老狐狸

smack [smæk]　　　①②③④

★★　**n.** 掌擊、砰一聲；**v.** 碰擊、摑掌；**adv.** 砰然作聲

用法 get a smack on the face 被打耳光

L1　small [smɔl]　　　①②③④

★★★　**adj.** 小的、少量的；**n.** 小件物品；**adv.** 小小地

用法 make a small talk 閒談家常

smallpox [`smɔl,paks] ①②③④

★ *n.* 天花

補充 measles 麻疹；chickenpox 水痘

L1 **smart** [smart] ①②③④

★★ *adj.* 聰明的、機靈的、漂亮的、時髦的

同義 bright / brilliant / clever / intelligent

L5 **smash** [smæʃ] ①②③④

★★ *v./n.* 打碎、粉碎、猛撞

用法 smash into the safety island 衝撞安全島

L1 **smell** [smɛl] ①②③④

★★★ *n.* 嗅覺、氣味、味道；*v.* 嗅出、聞味道

用法 smell something unusual 察覺到不尋常的事

L1 **smile** [smaɪl] ①②③④

★★★ *v.* 微笑、露出笑容；*n.* 微笑、笑容

用法 be all smiles 眉開眼笑

L5 **smog** [smag] ①②③④

★ *n.* 霧霾

補充 由 smoke（煙）及 fog（霧）結合而成。

L1 **smoke** [smok] ①②③④

★★★ *n.* 煙；*v.* 抽煙、冒煙

成語 There is no smoke without fire. 無風不起浪。

L2 **smooth** [smuð] ①②③④

★★★ *adj.* 光滑的、流暢的；*v.* 使光滑、使平滑

S 6000⁺
Words a High School
Student Must Know

用法 as smooth as silk 像絲綢一樣平滑

smother [`smʌðɚ]   ①②③④

★　*v.* 使窒息、抑制；*n.* 窒息狀態、被壓抑狀態

用法 smother A with B 用 B 悶死 A

L6　**smuggle** [`smʌg!]   ①②③④

★　*v.* 走私、偷運

用法 smuggle...across the border 走私……過邊境

L2　**snack** [snæk]   ①②③④

★　*n.* 點心、小吃；*v.* 吃點心

用法 midnight snacks 宵夜點心

L2　**snail** [snel]   ①②③④

★　*n.* 蝸牛、動作遲緩的人

用法 as slow as a snail 緩慢如蝸牛

L1　**snake** [snek]   ①②③④

★★★　*n.* 蛇、卑劣的人；*v.* 蛇行、曲折前進

用法 a **poisonous** / **venomous** snake 毒蛇

L3　**snap** [snæp]   ①②③④

★　*v.* 折斷、怒罵、拍快照；*n.* 折斷、斥責、快照

用法 take a snap of sb. 替某人拍張快照

snare [snɛr]   ①②③④

★　*n.* 陷阱、圈套；*v.* 捕捉、誘捕

用法 fall into a snare 落入圈套

snarl [snɑrl]   ①②③④

★　*v.* 咆哮、吼叫；*n.* 咆哮、憤怒叫嚷

用法 snarl at + N 對……咆哮、低吼

L5 **snatch** [snætʃ]   ①②③④

★★ ***v./n.*** 攫取、奪取、抓住

用法 snatch at + N 伸手抓、試圖奪……

L5 **sneak** [snik]   ①②③④

★ ***v.*** 偷偷做、偷溜；***n.*** 偷偷摸摸的人、溜走

用法 sneak into + N 潛入……；sneak in 溜進去

L6 **sneaker** [`snikɚ]   ①②③④

★ ***n.*** 鬼鬼祟祟的人、球鞋、運動鞋

用法 signature sneakers 簽名運動鞋

L6 **sneaky** [`snikɪ]   ①②③④

★ ***adj.*** 偷偷摸摸的、鬼鬼祟祟的、暗中悄悄的

用法 play a sneaky trick 玩卑劣的手段

sneer [snɪr]   ①②③④

★ ***n./v.*** 嘲笑、冷笑、譏諷

用法 sneer at + N 譏笑……

L6 **sneeze** [sniz]   ①②③④

★ ***v.*** 打噴嚏；***n.*** 噴嚏、噴嚏聲

用法 make sb. sneeze 令人打噴嚏

L5 **sniff** [snɪf]   ①②③④

★ ***v./n.*** 嗅、聞

用法 sniff perfume 嗅聞香水；a sniffer dog 緝毒犬

L6 **snore** [snor]   ①②③④

★ ***n.*** 打鼾聲；***v.*** 打鼾

6000+ Words

683

用法 **heavy / loud** snores 如雷鼾聲

snort [snɔrt] ①②③④

★ *n.* 鼻息聲、哼；*v.* 噴鼻息、憤怒地哼

用法 snort with annoyance 惱怒地哼了一聲

L1 **snow** [sno] ①②③④

★★★ *n.* 雪；*v.* 下雪、降雪

用法 be covered with snow 被雪覆蓋

L2 **snowy** [`snoɪ] ①②③④

★★★ *adj.* 下雪的、多雪的

用法 enjoy the snowy scenery 觀賞雪景

L5 **soak** [sok] ①②③④

★ *v./n.* 浸泡、吸收、溼透

用法 soak oneself in + N 專心於……

L2 **soap** [sop] ①②③④

★★ *n.* 肥皂；*v.* 用肥皂洗

用法 a **bar / cake** of soap 一塊肥皂

L5 **soar** [sor] ①②③④

★ *v.* 高飛、翱翔、高聳、暴漲

用法 soar high into the **sky / air** 高達天際

L5 **sob** [sɑb] ①②③④

★ *v.* 啜泣、哭訴；*n.* 啜泣、哭訴、嗚咽

用法 sob bitterly 悲痛地啜泣

L5 **sober** [`sobɚ] ①②③④

★★ *adj.* 未醉的、清醒的；*v.* 使醒酒、使冷靜

用法 sober sb. up 令某人酒醒

L2 **soccer** [`sakɚ]　①②③④

★　*n.* 足球

用法 a professional soccer player 職業足球運動員

L6 **sociable** [`soʃəb!]　①②③④

★　*adj.* 善交際的、社交的、隨和的

補充 sociable 修飾人，解釋為「活躍的、善於交際的」；social 則帶有「有關社會的」，比如 social life（社交生活）、social history（社會史），不能形容人。

L2 **social** [`soʃəl]　①②③④

★★★　*adj.* 社會的、群居的、聯誼的

用法 social science 社會科學

L6 **socialism** [`soʃəl,ɪzəm]　①②③④

★★　*n.* 社會主義

用法 democratic socialism 民主社會主義

L6 **socialist** [`soʃəlɪst]　①②③④

★★　*n.* 社會主義者

用法 easy-chair socialists 空談的社會主義者

L6 **socialize** [`soʃə,laɪz]　①②③④

★★　*v.* 社會化、參與社交、適應社會

用法 socialize with sb. 和某人互動來往

L2 **society** [sə`saɪətɪ]　①②③④

★★★　*n.* 社會、協會、團體、社團

用法 join a society 加入協會、社團

L6 **sociology** [,soʃɪ`alədʒɪ] ①②③④

★ *n.* 社會學

用法 a sociology series 一套社會學叢書

L2 **sock** [sak] ①②③④

★ *n.* 短襪、半統襪

用法 pull up one's socks 努力向上

L4 **socket** [`sakɪt] ①②③④

★ *n.* 插座、眼窩

用法 an electric bulb socket 電燈泡插座

L2 **soda** [`sodə] ①②③④

★ *n.* 蘇打、蘇打水、汽水

用法 ice cream soda 冰淇淋汽水

sodium [`sodɪəm] ①②③④

★ *n.* 鈉

用法 sodium chloride 氯化鈉、食鹽

L1 **sofa** [`sofə] ①②③④

★ *n.* 沙發、長椅

用法 a **convertible** sofa / sofa bed 沙發床

L2 **soft** [sɔft] ①②③④

★★★ *adj.* 柔和的、軟弱的、寬厚的

用法 soft texture 柔軟的觸感

L5 **soften** [`sɔfən] ①②③④

★★ *v.* 變柔軟、緩和、軟化

用法 soften up sb. 打動、拉攏某人

L4 **software** [`sɔft͵wɛr] ①②③④

★★ *n.* 軟體

用法 software pirates 軟體盜版者

L2 **soil** [sɔɪl] ①②③④

★★★ *n.* 泥土、土壤、國土；*v.* 弄髒

用法 on foreign soil 在外國領地上

L4 **solar** [`solɚ] ①②③④

★ *adj.* 太陽的、日光的

用法 a solar **cell** / **panel** 太陽能電池 / 電板

L1 **soldier** [`soldʒɚ] ①②③④

★★★ *n.* 士兵、軍人

成語 Old soldiers never die; they only fade away.

老兵不死，只是凋零。

L5 **sole** [sol] ①②③④

★★ *n.* 腳底、鞋底；*v.* 給鞋裝底；*adj.* 唯一的

用法 the soles of the feet 腳掌

L6 **solemn** [`saləm] ①②③④

★★ *adj.* 嚴肅的、莊嚴的、隆重的

延伸 solemnity *n.* 嚴肅、莊重；solemnly *adv.* 莊嚴地

L3 **solid** [`salɪd] ①②③④

★★★ *adj.* 固體的、堅固的、可信賴的、團結的

用法 **hard** / **solid** evidence 可靠的證據

L6 **solidarity** [͵salə`dærətɪ] ①②③④

* ***n.*** 團結、齊心協力、團結一致

  用法 express solidarity with sb. 表示跟某人團結一致

L6 **solitary** [`salə‚tɛrɪ] ①②③④

** ***adj.*** 單獨的、隱居的；***n.*** 獨居者、隱士

  用法 be in solitary confinement 被單獨監禁

L6 **solitude** [`salə‚tjud] ①②③④

* ***n.*** 孤獨、單獨、隱居

  用法 in solitude 孤獨地

L5 **solo** [`solo] ①②③④

* ***n.*** 獨唱、獨奏；***v.*** 單獨表演；***adv.*** 單獨地

  用法 sing solo 獨唱

L2 **solution** [sə`luʃən] ①②③④

*** ***n.*** 解決、解答、溶解

  用法 a solution to the problem 問題的解決方法

L2 **solve** [salv] ①②③④

*** ***v.*** 解決、解答

  用法 solve a problem 解決問題

L1 **some** [sʌm] ①②③④

*** ***adj.*** 某個、某些；***pron.*** 一些、若干

  用法 some other day 改天

L1 **somebody** [`sʌm‚badɪ] ①②③④

*** ***pron.*** 某人、有人；***n.*** 重要人物、大人物

  用法 somebody or other 某個人（不確定或未加說明）

L3 **someday** [`sʌm‚de] ①②③④

S

	*** *adv.* 未來某天、有朝一日	
	用法 someday in the future 未來某一天	
L3	**somehow** [`sʌm͵haʊ]	①②③④
***	*adv.* 用某種方法、不知何故	
	用法 somehow look different 不知為何看起來不同	
L1	**someone** [`sʌm͵wʌn]	①②③④
***	*n.* 有名氣的人；*pron.* 某人、有人	
	用法 someone else 別人	
L1	**something** [`sʌmθɪŋ]	①②③④
***	*n.* 重要的事物、部分；*pron.* 某事、某物	
	用法 have something to do with the explosion	
	跟爆炸事故有關	
L3	**sometime** [`sʌm͵taɪm]	①②③④
*	*adv.* 在某時、某個時候	
	用法 sometime last month 上個月某時	
L1	**sometimes** [`sʌm͵taɪmz]	①②③④
***	*adv.* 偶爾、有時	
	成語 Sometimes it is better to lose than to win.	
	有時吃虧就是佔便宜。	
L2	**somewhat** [`sʌm͵hwɑt]	①②③④
***	*adv.* 有點、有幾分、稍微	
	用法 (be) somewhat of + N 有點……	
L1	**somewhere** [`sʌm͵hwɛr]	①②③④
***	*adv.* 在某處、到某處	

6000+ Words

用法 somewhere in the neighborhood 在附近某處

L1 **son** [sʌn]　　　　①②③④

*** **n.** 兒子、孩子（年長者對年輕男子的稱呼）

用法 the **eldest / youngest** son 長子 / 幼子

L1 **song** [sɔŋ]　　　　①②③④

*** **n.** 歌曲

用法 **compose / write** a song 作曲

L1 **soon** [sun]　　　　①②③④

*** **adv.** 不久、即刻、早、快

用法 **sooner or later** 遲早、早晚

L6 **soothe** [suð]　　　　①②③④

** **v.** 安慰、緩和、減輕

用法 **soothing words** 安慰的話語

L5 **sophisticated** [sə`fɪstɪˌketɪd]　　　　①②③④

*** **adj.** 世故的、老練的、精密的

反義 naive / simple / unsophisticated

L5 **sophomore** [`safəˌmor]　　　　①②③④

* **n.** 大二或高二的學生、二年級生

用法 in one's sophomore year 就讀二年級

L1 **sore** [sor]　　　　①②③④

* **adj.** 痠痛的、發炎的；**n.** 痛處、傷處

用法 have a sore throat 喉嚨痛

L3 **sorrow** [`saro]　　　　①②③④

* **n./v.** 悲傷、悲痛

S

用法 be overcome with sorrow 悲痛欲絕

L6 **sorrowful** [`sarəfəl]　　　　①②③④
★　*adj.* 悲傷的、傷心的、悲痛的

　　用法 in a sorrowful mood 心情悲傷

L1 **sorry** [`sarɪ]　　　　①②③④
★★★　*adj.* 抱歉的、遺憾的

　　用法 feel sorry for + N 為……感到難過、抱歉或遺憾

L2 **sort** [sɔrt]　　　　①②③④
★★★　*n.* 種類；*v.* 分類

　　用法 sort out + N 分類、解決……

L2 **soul** [sol]　　　　①②③④
★★★　*n.* 人、靈魂、心靈

　　用法 do sth. heart and soul 全心全意地做某事

L1 **sound** [saʊnd]　　　　①②③④
★★★　*adj.* 合理的、健全的；*n.* 聲音；*v.* 聽起來

　　用法 a sound body and mind 健全的身心

L1 **soup** [sup]　　　　①②③④
★★　*n.* 湯

　　用法 **eat / have** soup 喝湯

L2 **sour** [saʊr]　　　　①②③④
★　*adj.* 酸的；*n.* 酸味；*v.* 變酸、使不愉快

　　用法 **go / turn** sour 變酸、令人失望的

L2 **source** [sɔrs]　　　　①②③④
★★★　*n.* 來源、根源、源頭

6000+ Words

用法 at source 在源頭、在一開始

L1 south [saʊθ] ①②③④

★★★ *n.* 南方；*adj.* 南方的；*adv.* 在南方

用法 go south 往南方走

L2 southern [`sʌðən] ①②③④

★★★ *adj.* 南方的、南部的

用法 in the Southern Hemisphere 在南半球

L5 souvenir [`suvəˌnɪr] ①②③④

★ *n.* 紀念品、紀念物

用法 a souvenir shop 紀念品店

L6 sovereign [`savrɪn] ①②③④

★ *n.* 元首、君主；*adj.* 有主權的、最高權力的

用法 the **present / reigning / ruling** sovereign 現任君主

L5 sovereignty [`savrɪntɪ] ①②③④

★★ *n.* 君權、主權、獨立自主

用法 sovereignty of the people 人民的主權

L5 sow [so] ①②③④

★ *v.* 播種、散佈、傳播

用法 sow in autumn 秋季播種

L2 soybean [`sɔɪˌbin] ①②③④

★ *n.* 大豆（= soya bean / soy）

用法 press oil from soybeans 榨取豆油

L1 space [spes] ①②③④

★★★ *n.* 空間、太空；*v.* 留出空間、間隔

S

用法 a parking space 停車位

L6 **spacecraft** [`spes͵kræft]　　　　①②③④
*** **n.** 太空船、宇宙飛船（= spaceship）
字構 space 太空 + craft 航空器

L5 **spacious** [`speʃəs]　　　　①②③④
* **adj.** 寬敞的、寬廣的、廣大的
用法 a bright and spacious apartment 明亮寬敞的公寓

L4 **spade** [sped]　　　　①②③④
* **n.** 鏟子、鍬、（紙牌）黑桃
用法 call a spade a spade 直言不諱

L3 **spaghetti** [spə`gɛtɪ]　　　　①②③④
* **n.** 義大利麵條
補充 macaroni 通心粉；vermicelli 義大利細麵條

L6 **span** [spæn]　　　　①②③④
** **n.** 跨度、礅距、持續時間；**v.** 橫跨、持續
用法 a **long** / **short** life span 長 / 短的壽命

L4 **spare** [spɛr]　　　　①②③④
** **adj.** 多餘的、備用的；**n.** 備用品；**v.** 撥出時間
用法 spare no efforts + to-V 做……不遺餘力

L4 **spark** [spɑrk]　　　　①②③④
** **n.** 火花、閃光；**v.** 發出火花、閃爍
用法 a shower of sparks 一陣火花

L5 **sparkle** [`spɑrk!]　　　　①②③④
** **v.** 發光、閃爍；**n.** 火花、閃光、閃耀

用法 sparkle with excitement 因興奮而閃耀

L6 **sparrow** [`spæro]　　　　　①②③④

★ **n.** 麻雀

用法 a flock of chirping sparrows 一群啁啾叫的麻雀

L1 **speak** [spik]　　　　　①②③④

★★★ **v.** 說話、講話、演說

成語 Actions speak louder than words. 事實勝於雄辯。

L2 **speaker** [`spikɚ]　　　　　①②③④

★★★ **n.** 說話者、演講者、揚聲器

用法 an eloquent speaker 辯才無礙的演說家

L4 **spear** [spɪr]　　　　　①②③④

★★★ **n.** 矛、魚叉；**v.** 用矛刺、戳、用叉叉住

用法 throw a spear at the shark 對鯊魚擲魚叉

L1 **special** [`spɛʃəl]　　　　　①②③④

★★★ **adj.** 特別的、專門的

用法 welcome the special guests 歡迎特別來賓

L5 **specialist** [`spɛʃəlɪst]　　　　　①②③④

★★★ **n.** 專家

用法 consult a specialist 諮詢專家

L5 **specialize** [`spɛʃəlˌaɪz]　　　　　①②③④

★★★ **v.** 專門研究、專攻

用法 specialize in + N 專精於……

L5 **specialty** [`spɛʃəltɪ]　　　　　①②③④

★ **n.** 專業、專長、特產

用法 a local specialty 地方特產

L4 **species** [`spiʃiz] ①②③④
★★ **n.** 物種、種類
用法 a mutant species 突變的物種

L3 **specific** [spɪ`sɪfɪk] ①②③④
★★★ **adj.** 明確的、特定的
用法 set a specific aim 設定明確的目標

L5 **specify** [`spɛsə,faɪ] ①②③④
★★★ **v.** 指定、詳述、具體說明、明確規定
用法 specify its size 具體說明它的尺寸

L5 **specimen** [`spɛsəmən] ①②③④
★★★ **n.** 標本、樣品、範例
用法 collections of butterfly specimens 蝴蝶標本的收藏

L6 **spectacle** [`spɛktək!] ①②③④
★★ **n.** 壯觀、景象、精彩的表演、眼鏡
用法 wear a pair of spectacles 戴眼鏡

L5 **spectacular** [spɛk`tækjələ] ①②③④
★★ **adj.** 壯觀的；**n.** 奇觀、精彩的表演
用法 a spectacular grand canyon 壯觀的大峽谷

L5 **spectator** [spɛk`tetə] ①②③④
★★ **n.** 觀眾、旁觀者、觀看者
用法 **attract / draw** spectators 吸引觀眾

L5 **spectrum** [`spɛktrəm] ①②③④
★★ **n.** 譜、光譜

用法 **visible / invisible** spectra 可見／不可見的光譜

L5　**speculate** [`spɛkjə,let]　　　　①②③④

★★　*v.* 推測、沉思、投機

　　用法 speculate **about / (up)on** + N 推測、思考……

L2　**speech** [spitʃ]　　　　①②③④

★★★　*n.* 演說、發言、致詞

　　用法 make a speech **about / on** + N 就……發言

L2　**speed** [spid]　　　　①②③④

★★★　*n.* 速度、速率；*v.* 迅速前進、加速、超速

　　用法 **at full speed** 全速

L1　**spell** [spɛl]　　　　①②③④

★★　*v.* 拼字、拼寫

　　用法 spell sb.'s name 拼寫出某人的名字

L2　**spelling** [`spɛlɪŋ]　　　　①②③④

★★　*n.* 拼字、拼寫、拼法

　　用法 several spelling mistakes 幾個拼寫錯誤

L1　**spend** [spɛnd]　　　　①②③④

★★★　*v.* 花費、度過

　　句型 S spend **money / time** + Ving 花金錢、時間……。

L5　**sphere** [sfɪr]　　　　①②③④

★★　*n.* 球體、球形、範疇、領域

　　用法 widen sb.'s sphere of knowledge
　　　　擴大某人的知識範圍

L3　**spice** [spaɪs]　　　　①②③④

	n. 香料、調味品；*v.* 增添趣味	
★	**成語** Variety is the spice of life. 變化是生活的調味料。	
L5	**spicy** [`spaɪsɪ]	①②③④
★	*adj.* 辛辣的、加香料的、刺激的	
	用法 hot spicy Thai food 辛辣的泰式食物	
L2	**spider** [`spaɪdɚ]	①②③④
★	*n.* 蜘蛛	
	用法 a web-spinning spider 結網的蜘蛛	
	spike [spaɪk]	①②③④
★	*n.* 長釘、尖狀物；*v.* 釘牢、阻撓、把烈酒摻入	
	用法 spikes on top of the wall 牆壁頂端的尖釘	
L3	**spill** [spɪl]	①②③④
★	*v.* 潑灑、溢出；*n.* 散落、溢出的東西	
	成語 It is no use crying over spilt milk. 覆水難收。	
L3	**spin** [spɪn]	①②③④
★★	*v.* 旋轉、吐絲、紡紗；*n.* 旋轉、疾馳	
	用法 **go for / have** a spin 乘車兜風	
L3	**spinach** [`spɪnɪtʃ]	①②③④
★	*n.* 菠菜	
	用法 spinach noodles 菠菜麵	
L5	**spine** [spaɪn]	①②③④
★	*n.* 脊椎、脊柱、骨氣、勇氣	
	用法 spine deformation 脊椎變形	
L6	**spiral** [`spaɪrəl]	①②③④

★ *adj.* 螺旋形的；*n.* 螺旋；*v.* 盤旋、螺旋而上或下
  用法 go down the spiral staircase 走下螺旋階梯

spire [spaɪr] ①②③④
★ *n.* 尖頂、錐形體；*v.* 發芽、聳立
  用法 church spires 教堂的尖頂

L2 spirit [`spɪrɪt] ①②③④
★★★ *n.* 精神、靈魂、心靈、心情
  用法 be in high spirits 心情很好、興高采烈

L4 spiritual [`spɪrɪtʃʊəl] ①②③④
★★★ *adj.* 精神上的、心靈的
  用法 spiritual consolation 精神慰藉

L3 spit [spɪt] ①②③④
★★ *v.* 吐口水、口出惡言；*n.* 口水、唾液
  用法 spit out curses at sb. 咒罵某人

L3 spite [spaɪt] ①②③④
★★★ *n.* 惡意、怨恨
  用法 **in spite of / despite** + N 儘管、縱使……

L3 splash [splæʃ] ①②③④
★★★ *v.* 潑水、濺開；*n.* 濺潑（聲）、水花
  用法 splash mud on the pants 泥巴濺到褲子上

L4 splendid [`splɛndɪd] ①②③④
★★ *adj.* 燦爛輝煌的、壯觀的、傑出的、極好的
  用法 splendid reasoning 絕妙的推論

L6 splendor [`splɛndɚ] ①②③④

** *n.* 光輝、壯麗、顯赫

用法 the splendor of the palace 皇宮的富麗堂皇

L4 **split** [splɪt]　　　①②③④

** *v.* 分裂、劈開；*n.* 分開、裂縫、裂片

用法 split the brick 劈磚塊

L3 **spoil** [spɔɪl]　　　①②③④

★ *v.* 破壞、腐壞、寵壞、溺愛

用法 spoiled children 被寵壞的小孩

L6 **spokesperson** [`spoks͵pɝsən]　　　①②③④

** *n.* 發言人、代言人（= spokesman / spokeswoman）

用法 a government spokesperson 政府發言人

L5 **sponge** [spʌndʒ]　　　①②③④

** *n.* 海綿；*v.* 用海綿擦拭、吸取、敲詐

用法 sponge **on / off** sb. 依賴某人生活

L5 **sponsor** [`spansɚ]　　　①②③④

** *n.* 贊助（者）、主辦者；*v.* 贊助、發起、主辦

用法 a sponsor **for / of** + N ……的贊助者

L5 **sponsorship** [`spansɚ͵ʃɪp]　　　①②③④

★ *n.* 贊助、資助

用法 brand sponsorship 品牌贊助

L6 **spontaneous** [span`tenɪəs]　　　①②③④

** *adj.* 自發的、自然的

用法 a spontaneous cleanup 自發性的大掃除

L2 **spoon** [spun]　　　①②③④

★ *n.* 湯匙；*v.* 用湯匙舀

用法 be born with a silver spoon in one's mouth 出身富裕

L2 **sport** [sport] ①②③④

*** *n.* 運動、運動會；*v.* 參加運動、誇耀

用法 sports delegation 體育代表團

L6 **sportsman** [`sportsmən] ①②③④

★ *n.* 男運動員（sportswoman 女運動員）

用法 well-trained sportsmen 訓練有素的運動員

L6 **sportsmanship** [`sportsmən‚ʃɪp] ①②③④

★ *n.* 運動家精神

字構 sports 運動 + man 人 + ship 狀態、性質

L2 **spot** [spat] ①②③④

*** *n.* 斑點、污點、場所；*v.* 弄髒、認出、發現

用法 on the spot 當場、立刻

L6 **spotlight** [`spat‚laɪt] ①②③④

** *n.* 聚光燈、公眾注意的中心；*v.* 聚光、引發注意

用法 in the spotlight 公眾注目的焦點

L5 **spouse** [spaʊs] ①②③④

★ *n.* 配偶

用法 foreign spouses 外籍配偶

sprain [spren] ①②③④

★ *v.* 扭、擰；*n.* 扭傷

用法 sprain the wrist 扭傷手腕

sprawl [sprɔl] ①②③④

★ **v./n.** 伸開四肢躺臥、手足伸開而臥

用法 sprawl on the sofa 四肢展開躺臥沙發上

L3 **spray** [spre] ①②③④

★★ **n.** 噴霧（器）、浪花、噴液；**v.** 噴灑、噴塗

用法 an insect spray 殺蟲噴劑

L2 **spread** [sprɛd] ①②③④

★★★ **v.** 展開、傳播、蔓延；**n.** 擴張、範圍、普及

用法 spread germs 散播細菌

L1 **spring** [sprɪŋ] ①②③④

★★★ **n.** 春天、泉源、跳躍、彈性；**v.** 彈跳、興起

用法 spring up 湧現、冒出、躍起

L4 **sprinkle** [`sprɪŋk!] ①②③④

★★★ **v.** 灑、撒、零星散佈；**n.** 灑水、噴灑、小雨

用法 the night sky sprinkled with stars 夜空繁星點點

sprint [sprɪnt] ①②③④

★★★ **v.** 全速奔跑、衝刺；**n.** 短跑、衝刺

用法 sprint to the finish line 衝向終點線

L6 **spur** [spɝ] ①②③④

★★ **n.** 馬刺、靴刺；**v.** 用靴刺踢、刺激、激勵

用法 spur sb. (on) to-V 激勵某人去……

L3 **spy** [spaɪ] ①②③④

★ **n.** 間諜、密探；**v.** 當間諜、暗中監視

用法 spy on sb. 暗中監視某人

L5 **squad** [skwad] ①②③④

S 6000+
Words a High School Student Must Know

★   *n.*【軍】班、小組、小隊

用法 an anti-terrorist squad 反恐小組

L1   **square** [skwɛr]   ①②③④

★★★ *adj.* 正方形的、正直的；*n.* 正方形、廣場、平方

用法 by the square 精確地；square roots 平方根

L5   **squash** [skwɑʃ]   ①②③④

★★ *v.* 壓碎、擠壓、擠入；*n.* 壓碎、南瓜、回力球

用法 squash in(to) the room 擠進房間

L5   **squat** [skwɑt]   ①②③④

★   *v.* 蹲坐；*adj.* 蹲著的、矮胖的；*n.* 蹲下

用法 squat down 蹲坐

L3   **squeeze** [skwiz]   ①②③④

★★★ *v.* 擠壓、壓榨、緊握；*n.* 壓榨、榨出、擁擠

用法 squeeze cream out of a tube 從軟管中擠出奶油

L3   **squirrel** [`skwɝəl]   ①②③④

★   *n.* 松鼠

用法 as nimble as a squirrel 敏捷似松鼠

L4   **stab** [stæb]   ①②③④

★   *v.* 戳刺、刺入；*n.* 刺傷、刺痛

用法 stab sb. in the back 暗中傷人

L5   **stability** [stə`bɪlətɪ]   ①②③④

★★ *n.* 安定、穩定性、穩固

用法 political stability 政治穩定

L6   **stabilize** [`stebḷˌaɪz]   ①②③④

MP3

S

★★ *v.* 穩定、安定、穩固

用法 stabilize a wavering boat 穩定搖晃的船

L3 **stable** [`steb!] ①②③④

★★ *adj.* 穩定的、可靠的

用法 live a stable life 過穩定的生活

L5 **stack** [stæk] ①②③④

★★ *n.* 一堆、一疊、書架；*v.* 堆疊、堆放

用法 be stacked with books 堆滿書本

L3 **stadium** [`stedɪəm] ①②③④

★ *n.* 運動場、競技場、體育場

用法 a baseball stadium 棒球運動場

L3 **staff** [stæf] ①②③④

★★★ *n.* 杖、棍、工作人員、幕僚；*v.* 配備職員

用法 recruit the staff 招募員工

L2 **stage** [stedʒ] ①②③④

★★★ *n.* 舞台、階段；*v.* 上演、演出、籌劃

用法 stage fright 怯場

L6 **stagger** [`stægɚ] ①②③④

★★ *v./n.* 蹣跚、搖晃

用法 stagger to one's feet 搖搖晃晃地起身

L5 **stain** [sten] ①②③④

★★★ *v.* 弄髒、污染；*n.* 污點、污漬、瑕疵

用法 remove a stain 去除污漬

L1 **stair** [stɛr] ①②③④

703

★★ *n.* 樓梯、階梯

用法 **climb / go up** the stairs 上樓梯

L5 **stake** [stek] ①②③④

★★ *n.* 木樁、賭注；*v.* 打樁、繫於樁上、下賭注

用法 at stake = in danger 瀕臨危險

L3 **stale** [stel] ①②③④

★ *adj.* 不新鮮的、陳腐的、厭倦的

用法 stale jokes 老掉牙的笑話

stalk [stɔk] ①②③④

★★ *n.* 莖、柄、梗、悄悄跟蹤；*v.* 追蹤、潛近

用法 grass stalks 草莖

L5 **stall** [stɔl] ①②③④

★ *n.* 馬廄、攤位；*v.* 停頓、拋錨、關入畜舍

用法 a book stall 書攤

stammer [`stæmə] ①②③④

★ *v.* 結巴地說；*n.* 口吃

用法 have a nervous stammer 因緊張而口吃

L2 **stamp** [stæmp] ①②③④

★★ *v.* 跺腳、蓋章、撲滅；*n.* 郵票、圖章、跺腳

用法 stamp out + N 滅絕……

L5 **stance** [stæns] ①②③④

★ *n.* 態度、立場、站立的姿勢

用法 sb.'s stance on sth. 某人對某事的立場

L1 **stand** [stænd] ①②③④

*** *v.* 站立、座落、忍受；*n.* 站、立場、貨攤

用法 stand for democracy 代表、象徵民主

L2 **standard** [`stændəd]　　　　　①②③④

*** *n.* 標準、水準；*adj.* 標準的

用法 raise the living standard 提高生活水準

stanza [`stænzə]　　　　　①②③④

* *n.* （詩的）一節、一段、（比賽的）一局、一場

用法 a poem with four stanzas 分成四小節的詩

L6 **staple** [`step!]　　　　　①②③④

* *n.* 訂書針；*v.* 用訂書機釘

用法 staple these sheets together 把這幾頁紙訂起來

stapler [`steplə]　　　　　①②③④

* *n.* 訂書機

用法 a handy stapler 使用方便的訂書機

L1 **star** [star]　　　　　①②③④

*** *n.* 恆星、明星；*v.* 主演、扮演主角

用法 observe stars 觀察星星

starch [start∫]　　　　　①②③④

* *n.* 澱粉；*v.* 上漿

用法 potato starch 馬鈴薯澱粉

L3 **stare** [stɛr]　　　　　①②③④

*** *v.* 凝視、注視、瞪眼；*n.* 盯著看

用法 stare at + N 凝視……

L1 **start** [start]　　　　　①②③④

*** *v./n.* 開始、著手、出發
用法 start off 動身、啟程

L5 **startle** [`start!] ①②③④
★ *v.* 使驚嚇、驚奇、吃驚
用法 be startled at sth. 對某事感到吃驚

L6 **starvation** [star`veʃən] ①②③④
★★ *n.* 飢餓、挨餓、餓死
用法 die of starvation 因飢餓而死亡

L3 **starve** [starv] ①②③④
★ *v.* 挨餓、餓死、渴望
用法 starve to death 飢餓而死

L2 **state** [stet] ①②③④
*** *n.* 狀態、國家、州；*v.* 聲明、陳述
用法 a **state** / **national** university 州 / 國立大學

L2 **statement** [`stetmənt] ①②③④
*** *n.* 聲明
用法 **issue** / **make** a statement 發表聲明

L6 **statesman** [`stetsmən] ①②③④
★★ *n.* 政治家
用法 an ambitious statesman 有雄心抱負的政治家

L1 **station** [`steʃən] ①②③④
*** *n.* 車站、台、局、所；*v.* 駐紮、部署
用法 a broadcasting station 廣播電台

L6 **stationary** [`steʃən‚ɛrɪ] ①②③④

★ *adj.* 固定不動的、靜止的

用法 a stationary bike 室內腳踏車

L6 **stationery** [`steʃənˌɛrɪ]　　　　　①②③④

★ *n.* 文具

用法 a stationery store 文具店

L4 **statistic** [stə`tɪstɪk]　　　　　①②③④

★★ *n.* 統計數值；*n.pl* 統計、統計學

用法 according to official statistics 根據官方統計

L5 **statistical** [stə`tɪstɪk!]　　　　　①②③④

★ *adj.* 統計的、統計學的

用法 statistical methods 統計方法

L3 **statue** [`stætʃʊ]　　　　　①②③④

★★ *n.* 雕像、塑像

補充 stature 身高；status 地位；statute 法令

L6 **stature** [`stætʃɚ]　　　　　①②③④

★★ *n.* 身高、身材

用法 be tall in stature 個子很高

L4 **status** [`stetəs]　　　　　①②③④

★★★ *n.* 地位、身分、狀況

用法 **high** / **low** social status 高 / 低的社會地位

L6 **statute** [`stætʃʊt]　　　　　①②③④

★ *n.* 法令、法規、成文法

用法 by statute 按照法令

L1 **stay** [ste]　　　　　①②③④

*** *v.* 停留、留下、住宿、保持；*n.* 停留、逗留
用法 **keep / stay** away from + N 遠離……

L3 **steady** [`stɛdɪ] ①②③④
*** *adj.* 穩定的、堅定的；*v.* 穩定；*adv.* 平穩地
用法 go steady with sb. 與某人穩定交往

L2 **steak** [stek] ①②③④
* *n.* 牛排、肉排
用法 T-bone steak 丁骨牛排

L3 **steal** [stil] ①②③④
*** *v.* 偷竊、竊取、偷偷進行
用法 It's a steal. 太便宜了。

L3 **steam** [stim] ①②③④
* *n.* 水蒸汽；*v.* 蒸發、蒸、冒水汽、行駛
用法 be driven by steam 由蒸氣所驅動

steamer [`stimɚ] ①②③④
* *n.* 汽船、輪船、蒸籠、蒸鍋
用法 an ocean-going steamer 遠洋輪船

L2 **steel** [stil] ①②③④
*** *n.* 鋼鐵、鋼（製品）；*v.* 堅如鋼鐵、堅硬
用法 stainless steel 不銹鋼

L3 **steep** [stip] ①②③④
*** *adj.* 陡峭的、險峻的
用法 a steep slope 陡坡

L5 **steer** [stɪr] ①②③④

**	*v.* 駕駛、掌舵、引導；*n.* 指點、建議	
	用法 steer away from storms 避開暴風雨	
L4	**stem** [stɛm]	①②③④
**	*n.* 莖、柄、幹；*v.* 阻止、起源、由……造成	
	用法 stem from + N 源於……	
L2	**step** [stɛp]	①②③④
***	*n.* 腳步、步驟、步伐；*v.* 踩跨、踏步、步行	
	用法 step by step 逐步地	
L6	**stepchild** [`stɛp͵tʃaɪld]	①②③④
*	*n.* 繼子女	
	用法 grownup stepchildren 成年的繼子女	
L4	**stereo** [`stɛrɪo]	①②③④
*	*n.* 立體音響、立體聲	
	用法 play music in stereo 用立體聲播放音樂	
L5	**stereotype** [`stɛrɪə͵taɪp]	①②③④
*	*n.* 刻板印象；*v.* 使成為陳規、使模式化	
	用法 fit a common stereotype 符合一般的印象	
	stern [stɝn]	①②③④
*	*adj.* 嚴厲的、嚴格的、苛刻的	
	用法 stern parents 嚴厲的家長	
L5	**stew** [stju]	①②③④
*	*v.* 燉煮、坐立不安、煩惱；*n.* 燉菜、憂慮	
	用法 be in a stew 坐立不安	
	steward [`stjuwəd]	①②③④

6000+ words

* **n.** 男空服員、服務員

  用法 a flight **stewardess / attendant** 女空服員 / 空服員

L2 **stick** [stɪk] ①②③④

*** **n.** 棍棒、手杖；**v.** 戳刺、刺入、黏貼

  用法 a walking stick 拐杖；stick to + N 堅持……

L3 **sticky** [`stɪkɪ] ①②③④

* **adj.** 黏性的、棘手的

  用法 in a sticky situation 身處棘手的局面

L3 **stiff** [stɪf] ①②③④

** **adj.** 僵直的、僵硬的

  用法 stiff **with / because of** + N 因……而僵硬

L1 **still** [stɪl] ①②③④

*** **adj.** 靜止的、不動的；**adv.** 還是、仍舊、更

  成語 Still waters run deep. 靜水流深、大智若愚。

L5 **stimulate** [`stɪmjə‚let] ①②③④

** **v.** 刺激、激勵、振奮

  用法 stimulate the blood circulation 刺激血液循環

L6 **stimulation** [‚stɪmjə`leʃən] ①②③④

** **n.** 刺激、鼓舞、興奮

  用法 visual stimulation 視覺刺激

L5 **stimulus** [`stɪmjələs] ①②③④

** **n.** 刺激物、興奮劑、促進因素

  用法 a stimulus to hair growth 讓頭髮生長的刺激物

L3 **sting** [stɪŋ] ①②③④

★	*n.* 螫針、刺痛、刺傷、*v.* 螫、刺、叮	
	用法 get stung by a bumblebee 被大黃蜂螫	
L4	**stingy** [ˋstɪndʒɪ]	①②③④
★	*adj.* 吝嗇的、小氣的	
	用法 be stingy with one's money 給錢很小氣	
L5	**stink** [stɪŋk]	①②③④
★	*v.* 發惡臭、名聲臭、壞透；*n.* 惡臭、臭味	
	用法 stink of + N 因……發臭	
L3	**stir** [stɜ]	①②③④
★★★	*v.* 攪拌、激勵；*n.* 攪動、騷動、動亂	
	用法 stir up + N 煽動、鼓舞……	
L3	**stitch** [stɪtʃ]	①②③④
★★★	*n.* 一針、一縫；*v.* 縫繡、縫	
	成語 A stitch in time saves nine. 及時行事，事半功倍。	
L5	**stock** [stak]	①②③④
★★★	*n.* 股票、股份、庫存、存貨；*v.* 儲藏、存貨	
	用法 **in / out of** stock 有現貨 / 缺貨	
L4	**stocking** [ˋstakɪŋ]	①②③④
★★	*n.* 長襪	
	用法 a pair of stockings 一雙長襪	
L3	**stomach** [ˋstʌmək]	①②③④
★★★	*n.* 胃、肚子、腹部、胃口	
	用法 have no stomach for dessert 沒胃口吃點心	
L2	**stomachache** [ˋstʌmək‚ek]	①②③④

★   *n.* 胃痛

     用法 get a stomachache 肚子疼

L2   **stone** [ston]   ①②③④

★★★ *n.* 石頭、石塊、果核；*v.* 扔石頭

     用法 within a stone's throw of + N 離……僅咫尺之遠

L3   **stool** [stul]   ①②③④

★   *n.* 凳子、擱腳凳

     用法 sit on a stool 坐在凳子上

     stoop [stup]   ①②③④

★   *v./n.* 彎腰、屈身、屈服

     用法 stoop to + N / Ving 屈服於……

L1   **stop** [stap]   ①②③④

★★★ *v.* 停止、逗留、攔阻；*n.* 停止、逗留、停車站

     用法 stop by 順道拜訪

L5   **storage** [`storɪdʒ]   ①②③④

★★★ *n.* 儲藏、儲存、庫存量

     用法 put crops into storage 儲存作物

L1   **store** [stor]   ①②③④

★★★ *n.* 店鋪、儲存、積蓄；*v.* 保存、儲存

     用法 store nuts for winter 儲藏堅果過冬

L2   **storm** [stɔrm]   ①②③④

★★★ *n.* 暴風雨、猛攻；*v.* 猛衝、怒衝

     用法 ride out a storm 安然度過難關

L3   **stormy** [`stɔrmɪ]   ①②③④

*** **adj.** 暴風雨的、暴躁的

用法 have a stormy temper 脾氣暴躁

L1 **story** [`stɔrɪ] ①②③④

*** **n.** 故事、內容、報導、樓、樓層

用法 to make a long story short 簡言之、長話短說

stout [staʊt] ①②③④

* **adj.** 矮胖的、堅毅的、頑強的

用法 a man of stout build 體格粗壯結實的男人

L3 **stove** [stov] ①②③④

** **n.** 火爐、暖爐、爐灶

用法 cook a hot pot on a gas stove 用瓦斯爐煮火鍋

L1 **straight** [stret] ①②③④

*** **adj.** 筆直的、正直的；**n.** 筆直；**adv.** 直接地

用法 straight **away / off** 立刻、馬上

L5 **straighten** [`stretən] ①②③④

** **v.** 弄直、矯正、整頓

用法 straighten a bent clip 把彎曲的迴紋針弄直

L5 **straightforward** [ˌstret`fɔrwəd] ①②③④

** **adj.** 直接的、坦率的、正直的

字構 straight 直的 + forward 向前

L5 **strain** [stren] ①②③④

*** **v.** 拉緊、使勁、竭盡全力；**n.** 張力、扭傷、緊張

用法 do sth. at full strain 全力以赴去做某事

L6 **strait** [stret] ①②③④

★	*n.* 海峽、困境	
	用法 in financial straits 身處財務困境中	
L5	**strand** [strænd]	①②③④
★★★	*v.* 擱淺、處於困境；*n.* 海濱、滯留、股、縷、束	
	用法 leave sb. stranded 令某人滯留、處於困境	
L1	**strange** [strendʒ]	①②③④
★★★	*adj.* 奇怪的、奇異的、陌生的	
	用法 strange to say 說來奇怪	
L2	**stranger** [`strendʒɚ]	①②③④
★★★	*n.* 陌生人、外地人	
	用法 a mysterious stranger 神祕的陌生人	
L6	**strangle** [`stræŋg!]	①②③④
★	*v.* 勒死、壓抑、絞死	
	用法 strangle sb. to death 把某人勒死	
L5	**strap** [stræp]	①②③④
★★★	*n.* 帶子、皮帶；*v.* 用帶子綑綁、束縛	
	用法 hold onto a strap 拉住吊環	
L5	**strategic** [strə`tidʒɪk]	①②③④
★★	*adj.* 戰略上的、策略的	
	用法 of strategic importance 具重大戰略意義	
L3	**strategy** [`strætədʒɪ]	①②③④
★★	*n.* 策略、戰略、計謀	
	用法 **map out / plan / work out** a strategy 制定策略	
L2	**straw** [strɔ]	①②③④

★★	*n.* 稻草、吸管	
	用法 the last straw 致命的一擊	
L2	**strawberry** [`strɔ⁏bɛrɪ]	①②③④
★	*n.* 草莓	
	用法 strawberry jam 草莓果醬	
L6	**stray** [stre]	①②③④
★	*v.* 誤入歧途、迷路；*n.* 迷路者；*adj.* 流浪的	
	用法 a shelter for stray animals 流浪動物收容所	
	streak [strik]	①②③④
★	*n.* 條紋、斑紋；*v.* 留下條紋、飛奔	
	用法 disappear like a streak of lightning 閃電般消失	
L2	**stream** [strim]	①②③④
★★★	*n.* 小河、溪流、潮流；*v.* 流動	
	用法 go with the stream 順（應潮）流	
L1	**street** [strit]	①②③④
★★★	*n.* 街道、道路	
	用法 a one-way street 單行道	
L3	**strength** [strɛŋθ]	①②③④
★★★	*n.* 力量、強度、體力	
	成語 Union is strength. 團結就是力量。	
L4	**strengthen** [`strɛŋθən]	①②③④
★★★	*v.* 加強、增強、強化	
	用法 strengthen the border defences 加強邊防	
L2	**stress** [strɛs]	①②③④

S 6000+
Words a High School Student Must Know

***n.* 壓力、緊張、重音;*v.* 強調、著重
用法 lay / put stress (up)on + N 強調……

L2 **stretch** [strɛtʃ] ①②③④

*** *v./n.* 拉長、延伸、伸展、伸懶腰
用法 stretch out + N 伸出、延長……

L2 **strict** [strɪkt] ①②③④

* *adj.* 嚴厲的、嚴格的、周密的
用法 be strict with sb. 對某人嚴格

L6 **stride** [straɪd] ①②③④

** *v.* 邁大步走、跨越;*n.* 大步、步伐、進展
用法 make great strides in + N 在……突飛猛進

L2 **strike** [straɪk] ①②③④

*** *v./n.* 敲打、碰撞、突然想起、罷工
用法 go on strike 舉行罷工

L5 **striking** [`straɪkɪŋ] ①②③④

* *adj.* 引人注目的、出眾的、打擊的
用法 striking similarities 驚人的相似之處

L1 **string** [strɪŋ] ①②③④

*** *n.* 弦、線、細繩;*v.* 懸掛、串連
用法 a string of cyber frauds 一連串的網路詐騙案

L3 **strip** [strɪp] ①②③④

** *n.* 條、帶、狹長一片;*v.* 剝除、脫掉、剝奪
用法 comic strips 連載漫畫

L4 **stripe** [straɪp] ①②③④

*** **n.** 條紋、斑紋

用法 dark zebra stripes 黑色斑馬條紋

L4 **strive** [straɪv] ①②③④

** **v.** 奮鬥、努力、抗爭

用法 strive for + N 為……奮鬥

L4 **stroke** [strok] ①②③④

** **n.** 中風、游泳姿勢、筆觸；**v.** 撫摸、打擊

用法 **have / suffer** a stroke 中風

L6 **stroll** [strol] ①②③④

** **v./n.** 散步、漫步、閒逛

用法 stroll through the park 閒逛公園

L1 **strong** [strɔŋ] ①②③④

*** **adj.** 強壯的、濃烈的、優秀的

用法 have a strong will 有堅定的意志

L5 **structural** [ˋstrʌktʃərəl] ①②③④

** **adj.** 結構上的、構造的、建築的

用法 structural linguistics 結構語言學

L3 **structure** [ˋstrʌktʃɚ] ①②③④

*** **n.** 構造、結構、建築物；**v.** 構造、建造

用法 analyze the structure of the sentence 分析句子結構

L2 **struggle** [ˋstrʌg!] ①②③④

*** **v./n.** 努力、掙扎、奮鬥

用法 struggle against poverty 與貧窮對抗

L3 **stubborn** [ˋstʌbɚn] ①②③④

★	**adj.** 固執的、倔強的、堅決的
	同義 immovable / inflexible / obstinate / willful

L1 **student** [`stjudənt]　　　　①②③④
*** **n.** 學生、研究者
用法 an exchange student 交換學生

L3 **studio** [`stjudɪˌo]　　　　①②③④
** **n.** 攝影棚、工作室、畫室
用法 a film studio 攝影棚

L1 **study** [`stʌdɪ]　　　　①②③④
*** **n.** 讀書、研究、書房；**v.** 讀書、學習、調查
用法 study for a degree 攻讀學位

L3 **stuff** [stʌf]　　　　①②③④
** **n.** 物品、東西、材料；**v.** 填塞、塞入、塞滿
用法 stuffed toys 填充玩具

L5 **stumble** [`stʌmb!]　　　　①②③④
** **v./n.** 絆倒、躊躇、失策
用法 stumble on a rock 被石頭絆倒

stump [stʌmp]　　　　①②③④
** **n.** 殘株、殘幹、樹樁；**v.** 砍去殘幹、清除樹樁
用法 take a rest on a stump 在樹墩上休息

L6 **stun** [stʌn]　　　　①②③④
** **v.** 驚嚇、大吃一驚、使昏迷
用法 be stunned by her beauty 被她的美貌驚呆

stunt [stʌnt]　　　　①②③④

★　　*v.* 表演特技；*n.* 特技、驚險動作、噱頭
　　用法 **do / perform** stunts 表演特技

L1　**stupid** [`stjupɪd]　　　　　　①②③④
★★　*adj.* 愚蠢的、愚笨的
　　用法 a piece of stupid advice 一個愚蠢的建議

L5　**sturdy** [`stɝdɪ]　　　　　　①②③④
★★　*adj.* 強健的、健壯的、堅固的
　　用法 a sturdy model house 堅固的樣品屋

L6　**stutter** [`stʌtɚ]　　　　　　①②③④
★　　*v.* 結巴地說；*n.* 口吃、結巴
　　用法 speak with a stutter 結巴地說話

L2　**style** [staɪl]　　　　　　①②③④
★★★　*n.* 風格、作風、型式；*v.* 設計、變時髦
　　用法 be **in / out of** style 流行 / 不流行

L6　**stylish** [`staɪlɪʃ]　　　　　　①②③④
★★★　*adj.* 時髦的、流行的
　　同義 fashionable / trendy / modish / voguish

L2　**subject** [`sʌbdʒɪkt]　　　　　　①②③④
★★★　*n.* 科目、主題、主詞、實驗對象
　　用法 the subject of the debate 辯論的主題

L6　**subjective** [səb`dʒɛktɪv]　　　　　　①②③④
★★　*adj.* 主觀的、主詞的；*n.* 主格
　　用法 subjective judgments 主觀的判斷

L4　**submarine** [`sʌbməˌrin]　　　　　　①②③④

** *n.* 潛水艇；*adj.* 海底的、海中的
字構 sub 底下、下面 + marine 海洋

L5 **submit** [səb`mɪt] ①②③④
*** *v.* 服從、提交、屈服、順從
用法 submit (oneself) to sb. 服從某人

L6 **subordinate** [sə`bɔrdənɪt；sə`bɔrdə،net] ①②③④
*** *adj.* 次要的、下級的；*n.* 部屬；*v.* 使居下位
用法 be subordinate to + N 居於……之下

L6 **subscribe** [səb`skraɪb] ①②③④
* *v.* 訂閱、訂購、捐款
用法 subscribe to a magazine 訂閱雜誌

L6 **subscription** [səb`skrɪpʃən] ①②③④
* *n.* 訂閱、訂購、捐款、訂閱費
用法 renew a subscription to a newspaper 續訂報紙

L5 **subsequent** [`sʌbsɪ،kwɛnt] ①②③④
** *adj.* 後來的、隨後的
用法 be subsequent to + N 接在……之後

L6 **subsidize** [`sʌbsə،daɪz] ①②③④
* *v.* 給予津貼、補助、資助
用法 subsidize the vocational training 補助職業培訓

L5 **subsidy** [`sʌbsədɪ] ①②③④
* *n.* 津貼、補助
用法 receive a government subsidy 得到政府津貼

L3 **substance** [`sʌbstəns] ①②③④

S

*** *n.* 物質、實質、內容

用法 in substance 實質上

L5 **substantial** [səb`stænʃəl] ①②③④

*** *adj.* 實質的、大量的、重大的、大致上的

用法 reach a substantial agreement 大致上同意

L5 **substitute** [`sʌbstəˌtjut] ①②③④

** *n.* 代理人、代替品；*v.* 代替

用法 substitute A for B 用 A 取代 B

substitution [ˌsʌbstə`tjuʃən] ①②③④

* *n.* 代替、代理、取代

用法 in substitution for + N 取代……

L5 **subtle** [`sʌt!] ①②③④

** *adj.* 微妙的、精巧的、敏感的

用法 subtle changes 微妙、細微的變化

L3 **subtract** [səb`trækt] ①②③④

* *v.* 減去、扣除

用法 subtract 5 from 10 10 減掉 5

L3 **suburb** [`sʌbɝb] ①②③④

*** *n.* 郊區、近郊、外圍

用法 in the suburbs 在郊區

L5 **suburban** [sə`bɝbən] ①②③④

** *adj.* 郊區的、近郊的

用法 suburban areas 郊區

L2 **subway** [`sʌbˌwe] ①②③④

★	*n.* 地鐵、地下道
	用法 take the subway 搭地鐵

L2 **succeed** [sək`sid] ①②③④

★★★ *v.* 成功、繼承、後繼

用法 succeed in + N / Ving 在……方面成功

L2 **success** [sək`sɛs] ①②③④

★★★ *n.* 成功、成就、勝利

用法 **achieve / attain / gain / win** a success 獲得成功

L1 **successful** [sək`sɛsfəl] ①②③④

★★★ *adj.* 成功的、勝利的

用法 be successful in + N 在……上成功

L6 **succession** [sək`sɛʃən] ①②③④

★★ *n.* 繼承、連續

用法 in succession 連續地

L6 **successive** [sək`sɛsɪv] ①②③④

★★ *adj.* 繼承的、連續的、連續發生的

用法 for three successive years 連續三年

L5 **successor** [sək`sɛsɚ] ①②③④

★★ *n.* 繼承人、繼任者、後繼者

用法 the successor to the throne 王位繼承人

L2 **such** [sʌtʃ] ①②③④

★★★ *adj.* 這樣的、如此的；*pron.* 這樣的人或事物

用法 have such a good time 如此地愉快

L3 **suck** [sʌk] ①②③④

★　*n.* 吸吮；*v.* 吸吮、吸入、糟糕透頂
　　用法 suck up to sb. 奉承某人

L2　**sudden** [`sʌdən]　　①②③④
★★★　*adj.* 突然的、意外的；*n.* 忽然、突然發生的事
　　用法 all of a sudden = suddenly 突然之間

L4　**sue** [su]　　①②③④
★　*v.* 控告、提起訴訟
　　用法 sue sb. for sth. 因為某事控告某人

L3　**suffer** [`sʌfɚ]　　①②③④
★★★　*v.* 蒙受痛苦、遭遇、經歷
　　用法 suffer from + N 蒙受……之苦、罹患……

L3　**sufficient** [sə`fɪʃənt]　　①②③④
★★★　*adj.* 足夠的、充分的、適當的
　　延伸 sufficiency *n.* 足夠；insufficient *adj.* 不足的

L6　**suffocate** [`sʌfəˌket]　　①②③④
★　*v.* 窒息、悶死
　　延伸 suffocating *adj.* 窒息的；suffocation *n.* 窒息

L1　**sugar** [`ʃʊgɚ]　　①②③④
★★　*n.* 糖；*v.* 加糖
　　用法 a cube of sugar / sugar cube 一顆方糖

L2　**suggest** [sə`dʒɛst]　　①②③④
★★★　*v.* 建議、提議、暗示
　　句型 suggest that S (should) VR 建議 S 應該……

L4　**suggestion** [sə`dʒɛstʃən]　　①②③④

*** **n.** 提議、暗示、啟發

用法 make a suggestion 提出建議

L3 **suicide** [`suə,saɪd]　①②③④

** **n.** 自殺、自殺行為

用法 a **suicide** / **homicide** case 自殺 / 他殺案件

L2 **suit** [sut]　①②③④

*** **n.** 西裝、一套衣服、訴訟；**v.** 適合、相稱

用法 in a suit 穿著西裝

L2 **suitable** [`sutəb!]　①②③④

*** **adj.** 適合的、適當的、適宜的

用法 be suitable for this vacancy 適合這個職缺

L6 **suitcase** [`sut,kes]　①②③④

** **n.** 手提箱、（小型）行李箱

用法 pack a suitcase 打包手提箱

L5 **suite** [swit]　①②③④

** **n.** 套房、一套家具

用法 a presidential suite 總統套房

　　sulfur [`sʌlfə]　①②③④

* **n.** 硫、硫磺

用法 sulfur dioxide 二氧化硫

L3 **sum** [sʌm]　①②③④

*** **n.** 總數、總和、摘錄；**v.** 總計、概括

用法 to sum up 總而言之

L4 **summarize** [`sʌmə,raɪz]　①②③④

* **v.** 概述、概括、總結

  用法 summarize sth. in a few words 用幾句話總結某事

L3 **summary** [`sʌmərɪ]　　　　　　　①②③④

** **n.** 摘要、概要、總結、大意

  用法 in summary 概括來說

summer [`sʌmɚ]　　　　　　　①②③④

*** **n.** 夏天、夏季

  用法 an Indian summer 秋老虎（印地安夏日）

L3 **summit** [`sʌmɪt]　　　　　　　①②③④

* **n.** 山頂、尖峰、高峰、高層

  用法 a summit **meeting / conference** 高峰會議

L6 **summon** [`sʌmən]　　　　　　　①②③④

* **v.** 召喚、召集、傳喚、鼓起勇氣

  用法 summon sb. as a witness 傳喚某人做證人

L1 **sun** [sʌn]　　　　　　　①②③④

*** **n.** 陽光、太陽；**v.** 曬太陽、曝曬

  用法 under the sun 在太陽下、在世界上

Sunday [`sʌnde]　　　　　　　①②③④

*** **n.** 星期日（ = Sun. ）

  用法 on Sundays 每逢星期日

L1 **sunny** [`sʌnɪ]　　　　　　　①②③④

* **adj.** 陽光普照的、晴朗的、開朗的

  用法 have a sunny disposition 有開朗的個性

L2 **super** [`supɚ]　　　　　　　①②③④

★ *adj.* 超級的、極佳的、過度的；*adv.* 極度地
用法 Super Bowl 美國橄欖球超級盃大賽

L5 **superb** [sʊ`pɝb] ①②③④
★ *adj.* 堂皇的、極好的、卓越的
用法 superb teamwork 絕佳的團隊合作

L6 **superficial** [ˌsupɚ`fɪʃəl] ①②③④
★ *adj.* 表面的、膚淺的、淺薄的
用法 superficial knowledge 膚淺的知識

L6 **superintendent** [ˌsupərɪn`tɛndənt] ①②③④
★ *n.* 主管、負責人、看管人
用法 a cemetery superintendent 墓園看守人

L3 **superior** [sə`pɪrɪɚ] ①②③④
★★★ *adj.* 比較優秀的、上等的；*n.* 上司、優越者
用法 be superior to + N 優於……

L6 **superiority** [səˌpɪrɪ`ɔrətɪ] ①②③④
★ *n.* 優越、優勢
用法 superiority complex 優越感

L1 **supermarket** [`supɚˌmarkɪt] ①②③④
★ *n.* 超級市場
用法 shop **at / in** a supermarket 在超市購物

supersonic [ˌsupɚ`sanɪk] ①②③④
★ *adj.* 超音速的、超音波的
用法 a supersonic aircraft 超音速飛機

L5 **superstition** [ˌsupɚ`stɪʃən] ①②③④

★	*n.* 迷信、迷信行為	
	用法 religious superstitions 宗教上的迷信	
L6	**superstitious** [ˌsupə`stɪʃəs]	①②③④
★	*adj.* 迷信的	
	用法 be superstitious about + N 迷信於……	
L5	**supervise** [ˌsupə`vaɪz]	①②③④
★★	*v.* 監督、指導、管理	
	用法 supervise the class attendance 監督學生出席	
L5	**supervision** [ˌsupə`vɪʒən]	①②③④
★★	*n.* 監督、指導、管理	
	用法 under sb.'s supervision 在某人的監督下	
L5	**supervisor** [ˌsupə`vaɪzə]	①②③④
★	*n.* 監督者、指導者、管理人	
	用法 a department supervisor 部門主管	
L2	**supper** [`sʌpə]	①②③④
★★★	*n.* 晚餐	
	用法 **eat / have**...for supper 晚餐吃……	
L6	**supplement** [`sʌpləmənt]	①②③④
★★	*n.* 補充物、補給品、副刊；*v.* 補充、增補	
	用法 supplement A with B 用 B 補充 A	
L2	**supply** [sə`plaɪ]	①②③④
★★★	*v.* 供應、供給；*n.* 提供、供給品	
	用法 supply sb. with sth. 供應某人某物	
L2	**support** [sə`port]	①②③④

S 6000+
Words a High School
Student Must Know

*** *v.* 支持、扶養、援助；*n.* 支持、維持生計

用法 in support of + N 支持……

L2 **suppose** [sə`poz] ①②③④

*** *v.* 猜想、假定、推測

用法 be supposed + to-V 應該……

L6 **suppress** [sə`prɛs] ①②③④

** *v.* 壓抑、抑制、鎮壓

延伸 suppression *n.* 抑制；suppressive *adj.* 壓抑的

L5 **supreme** [sə`prim] ①②③④

*** *adj.* 最高的、至高無上的、極度的

用法 the supreme court 最高法院

L1 **sure** [ʃʊr] ①②③④

*** *adj.* 確實的、肯定的、確信的；*adv.* 當然

用法 make sure of + N / that S + V 確定……

L2 **surf** [sɝf] ①②③④

* *n.* 海浪、浪花；*v.* 衝浪、上網

用法 couchsurfing 沙發衝浪（住陌生人家的一種旅行
方式）

L2 **surface** [`sɝfɪs] ①②③④

*** *n.* 表面、外觀；*v.* 浮出水面、露面

用法 on the surface 表面上、外表上

L6 **surge** [sɝdʒ] ①②③④

* *n.* 大浪、洶湧；*v.* 洶湧澎湃、激增、湧入

用法 surge up 翻騰、飛漲

S

L4 **surgeon** [ˋsɝdʒən] ①②③④
★ *n.* 外科醫生
用法 a plastic surgeon 整形外科醫生

L4 **surgery** [ˋsɝdʒərɪ] ①②③④
★ *n.* 手術、外科手術
用法 undergo a surgery 接受手術

L6 **surgical** [ˋsɝdʒɪkl] ①②③④
★ *adj.* 手術用的、外科的
用法 a surgical mask 外科口罩

L6 **surname** [ˋsɝ͵nem] ①②③④
★ *n.* 姓氏
補充 surname = family name = last name 姓氏

L6 **surpass** [səˋpæs] ①②③④
★ *v.* 勝過、超越過、凌駕
用法 surpass sb. in sth. 在某方面超越某人

L5 **surplus** [ˋsɝpləs] ①②③④
★★ *n.* 過剩、剩餘（物）；*adj.* 過剩的、剩餘的
字構 sur 超過 + plus 額外的

L1 **surprise** [səˋpraɪz] ①②③④
★★★ *n./v.* 驚奇、驚嚇、吃驚
用法 take sb. by surprise 令某人吃驚、出其不意

L4 **surrender** [səˋrɛndə] ①②③④
★★ *v./n.* 投降、放棄、屈服
用法 surrender oneself to sb. 向某人屈服、投降

L3 **surround** [sə`raʊnd]　　　　　　　①②③④

★★★ *v.* 包圍、環繞、圍住

　　用法 be surrounded **by / with** + N 被……圍繞

L4 **surroundings** [sə`raʊndɪŋz]　　　　①②③④

★ *n.* 環境、周遭的事物、境遇

　　用法 blend in with the surroundings 融入周遭環境中

L5 **surveillance** [sə`veləns]　　　　　①②③④

★ *n.* 監視、看守

　　用法 keep sb. under surveillance 監視某人

L3 **survey** [sə`ve ; `sɜve]　　　　　　①②③④

★★★ *v.* 調查、測量；*n.* 調查（報告）、檢視

　　用法 **conduct / do** a survey of + N 調查……

L2 **survival** [sə`vaɪv!]　　　　　　　①②③④

★★★ *n.* 存活、倖存

　　用法 the survival of the fittest 適者生存

L2 **survive** [sə`vaɪv]　　　　　　　　①②③④

★★★ *v.* 存活、倖存、保存性命

　　用法 survive the earthquake 在地震中倖活

L3 **survivor** [sə`vaɪvə]　　　　　　　①②③④

★ *n.* 生還者、倖存者

　　用法 survivors of the air crash 空難的倖存者

L3 **suspect** [sə`spɛkt ; `sʌspɛkt]　　　①②③④

★★★ *v.* 懷疑、察覺；*n.* 嫌疑犯；*adj.* 可疑的

　　用法 identify the suspect 指認嫌犯

L5 **suspend** [sə`spɛnd]　　　　　①②③④

★★★ *v.* 懸掛、中止、暫停

用法 suspended sentence 緩刑

L6 **suspense** [sə`spɛns]　　　　　①②③④

★★★ *n.* 掛慮、懸而不決、擔心

用法 keep sb. in suspense 使某人掛慮

L6 **suspension** [sə`spɛnʃən]　　　　①②③④

★ *n.* 懸掛、中止、暫停

用法 a suspension bridge 吊橋

L3 **suspicion** [sə`spɪʃən]　　　　　①②③④

★★★ *n.* 懷疑、嫌疑、猜疑

用法 **above / beyond** suspicion 不容懷疑

L4 **suspicious** [sə`spɪʃəs]　　　　　①②③④

★★ *adj.* 懷疑心重的、可疑的、多疑的

用法 **be suspicious of + N** 對……懷疑

L5 **sustain** [sə`sten]　　　　　　　①②③④

★★★ *v.* 支持、維持、支撐、承受

用法 sustainable development 永續發展

L5 **sustainable** [sə`stenəb!]　　　　①②③④

★★ *adj.* 可持續的、能維持的

用法 sustainable agriculture 永續農業

L2 **swallow** [`swalo]　　　　　　　①②③④

★★ *n.* 燕子、吞嚥之量；*v.* 吞、嚥、吞沒

成語 One swallow doesn't make a summer.

凡事不可以偏概全。

L6 **swamp** [swɑmp]　　　　　①②③④

★★　　*n.* 沼澤、困境；*v.* 陷於沼澤中、窮於應付

用法 be swamped with work 忙於應付工作

L3 **swan** [swɑn]　　　　　①②③④

★　　*n.* 天鵝

用法 as graceful as a swan 如天鵝般優雅

L5 **swap** [swɑp]　　　　　①②③④

★　　*v./n.* 交換、交易

用法 swap A for B 用 A 交換 B

L6 **swarm** [swɔrm]　　　　　①②③④

★　　*n.* 一群、大量；*v.* 群集、成群移動、擠滿

用法 a swarm of **bees** / **flies** 一大群蜜蜂 / 蒼蠅

L4 **sway** [swe]　　　　　①②③④

★　　*v./n.* 搖動、統治、影響、支配

用法 sway from side to side 左右搖晃

L3 **swear** [swɛr]　　　　　①②③④

★★　　*v.* 發誓、宣示、詛咒

用法 swear the oath in court 在法庭上宣誓

L3 **sweat** [swɛt]　　　　　①②③④

★★　　*n.* 汗水、苦差事；*v.* 流汗、焦慮

用法 No sweat! 不費力、不麻煩！

L2 **sweater** [`swɛtɚ]　　　　　①②③④

★　　*n.* 毛衣

用法 a turtleneck sweater 高領毛衣

L2 **sweep** [swip] ①②③④

*** *v./n.* 打掃、清掃

用法 sweep **through / over** the city 席捲整個城市

L1 **sweet** [swit] ①②③④

*** *adj.* 甜的、甜美的、悅耳的

用法 have a sweet tooth 愛吃甜食

L3 **swell** [swɛl] ①②③④

** *v./n.* 腫脹、膨脹、增大

用法 a swell in population 人口膨脹

L3 **swift** [swɪft] ①②③④

** *adj.* 迅速的、快速的、即時的

用法 take swift action 迅速採取行動

L2 **swim** [swɪm] ①②③④

*** *v./n.* 游泳

用法 **go for / have / take** a swim 游泳

L2 **swimsuit** [`swɪmsut] ①②③④

* *n.* 泳衣

用法 a one-piece swimsuit 連身泳衣

L2 **swing** [swɪŋ] ①②③④

*** *v.* 搖擺、擺動；*n.* 搖擺、鞦韆

用法 play on the swing 盪鞦韆

L2 **switch** [swɪtʃ] ①②③④

** *n.* 開關；*v.* 轉換開關、改變

733

用法 switch **on** / **off** + N 開啟 / 關掉……

L3 **sword** [sord]　　　　　　　　　①②③④

★　*n.* 劍、刀

　　用法 cross swords with sb. 與某人針鋒相對

L4 **syllable** [`sɪləbḷ]　　　　　　　　①②③④

★　*n.* 音節

　　用法 stress the first syllable 重讀第一音節

L2 **symbol** [`sɪmbḷ]　　　　　　　　①②③④

★★★　*n.* 象徵、符號、記號

　　用法 a symbol of evil 邪惡的象徵

L5 **symbolic** [sɪm`balɪk]　　　　　　①②③④

★★　*adj.* 象徵的、象徵性的、符號的

　　用法 be symbolic of + N 象徵……

L6 **symbolize** [`sɪmbḷ͵aɪz]　　　　　①②③④

★★　*v.* 象徵、表示、使用符號

　　用法 be symbolized as + N 被當作……的象徵

L6 **symmetry** [`sɪmɪtrɪ]　　　　　　①②③④

★　*n.* 對稱、對稱性、勻稱

　　用法 the symmetry of the two angles 兩角度的對稱

L4 **sympathetic** [͵sɪmpə`θɛtɪk]　　　①②③④

★★★　*adj.* 同情的、體諒的、同感的

　　用法 be sympathetic to + N 支持……

L6 **sympathize** [`sɪmpə͵θaɪz]　　　　①②③④

★　*v.* 同情、憐憫、體諒、同感

用法 sympathize with sb. 同情某人

L4 **sympathy** [`sɪmpəθɪ] ①②③④

*** *n.* 同情、同情心、憐憫、同感

用法 feel sympathy for sb. 同情某人

L6 **symphony** [`sɪmfənɪ] ①②③④

*** *n.* 交響樂、交響曲、和諧

用法 a symphony orchestra 交響樂團

L5 **symptom** [`sɪmptəm] ①②③④

** *n.* 症狀、徵兆、徵候

用法 clinical symptoms 臨床症狀

L6 **synonym** [`sɪnə͵nɪm] ①②③④

* *n.* 同義字、類義字

反義 antonym 反義詞

L6 **synthetic** [sɪn`θɛtɪk] ①②③④

* *adj.* 合成的、綜合的；*n.* 合成物、合成劑

用法 synthetic fiber 合成纖維

L6 **syrup** [`sɪrəp] ①②③④

* *n.* 糖漿

用法 cough syrup 咳嗽糖漿

L2 **system** [`sɪstəm] ①②③④

*** *n.* 制度、系統、體制、方法

用法 system analysis 系統分析

L4 **systematic** [͵sɪstə`mætɪk] ①②③④

** *adj.* 有系統的、有條理的、有計畫的

用法 a systematic approach 有系統的方法

L1　**table** [`teb!] ①②③④
*** n. 桌子、表、目錄
　　用法 under the table 私底下

L3　**tablet** [`tæblɪt] ①②③④
* n. 匾額、碑、藥片
　　用法 take an aspirin tablet 吃阿斯匹靈藥片

L5　**tackle** [`tæk!] ①②③④
* v. 處理、應付、擒抱、逮住
　　用法 tackle the crisis 解決危機

　　tact [tækt] ①②③④
* n. 機智、老練、圓滑
　　延伸 tactful *adj.* 機智的；tactfulness *n.* 機智

L5　**tactic** [`tæktɪk] ①②③④
** n.pl 策略、戰術、手法
　　用法 scare tactics 恐嚇戰術

L3　**tag** [tæg] ①②③④
* n. 標籤、標示；v. 加標籤、尾隨、跟著
　　用法 tag along (with sb.) 尾隨、跟隨（某人）

L1　**tail** [tel] ①②③④
*** n. 尾巴、跟蹤者；v. 盯梢、跟蹤
　　用法 tail (after) sb. 跟蹤某人

L3　**tailor** [`telɚ] ①②③④
* n. 裁縫師；v. 修改、裁製衣服

T

成語 The tailor makes the man. 佛靠金裝，人靠衣裝。

L1 **take** [tek]　　　　　　　　　　　①②③④

★★★ *v.* 拿取、做、佔據、拍攝、搭乘、相像

　　用法 **take after / resemble** + N 與……相像

L2 **tale** [tel]　　　　　　　　　　　①②③④

★★★ *n.* 故事、敘述、捏造的話

　　用法 narrate a **tale** 講故事

L3 **talent** [`tælənt]　　　　　　　　①②③④

★★★ *n.* 天分、天資、有才能的人

　　用法 have a **talent / gift** for + N 有……的天分

L1 **talk** [tɔk]　　　　　　　　　　　①②③④

★★★ *v.* 說、談論、演講；*n.* 談話、講話、演講

　　用法 **talk** sb. into Ving 說服某人做……

L3 **talkative** [`tɔkətɪv]　　　　　　①②③④

★　*adj.* 話多的、健談的

　　用法 active and **talkative** 活躍且健談

L1 **tall** [tɔl]　　　　　　　　　　　①②③④

★★★ *adj.* 高的、高大的、誇大的

　　用法 be six feet **tall** 六英呎高

L3 **tame** [tem]　　　　　　　　　　①②③④

★　*adj.* 馴服的、順從的；*v.* 馴養、使順從

　　用法 as **tame** as a lamb 溫馴似羔羊

L6 **tan** [tæn]　　　　　　　　　　　①②③④

★　*n.* 棕褐色；*adj.* 棕褐色的；*v.* 曬黑

用法 have a **good** / **nice** tan 皮膚曬得很黑

L3 **tangerine** [ˌtændʒəˈrin]　①②③④
★　*n.* 橘子
　　用法 pluck tangerines off the tree 從樹上採摘橘子

L5 **tangle** [ˈtæŋg!]　①②③④
★★　*v.* 糾結、糾纏；*n.* 糾纏、糾紛、口角、混亂
　　用法 tangle with sb. over + N 因……和某人爭論

L3 **tank** [tæŋk]　①②③④
★★★　*n.* 容器、箱、槽、坦克車
　　用法 a fish tank 水族箱

L3 **tap** [tæp]　①②③④
★★　*n.* 水龍頭、塞子、輕拍；*v.* 裝上塞子、輕拍
　　用法 tap water 自來水

L1 **tape** [tep]　①②③④
★★★　*n.* 膠帶、錄音（影）帶；*v.* 錄音、錄影
　　用法 red tape 官樣文章、繁瑣的正式手續、繁文縟節

tar [tɑr]　①②③④
★　*n.* 焦油、柏油、瀝青；*v.* 塗焦油、鋪柏油
　　用法 a tarred road 鋪上柏油的馬路

L2 **target** [ˈtɑrgɪt]　①②③④
★★★　*n.* 靶子、目標；*v.* 對準、定為目標
　　用法 hit the target 擊中標靶

tariff [ˈtærɪf]　①②③④
★　*n.* 關稅、稅率、收費表

用法 impose a tariff on imported cars
徵收進口車的關稅

tart [tɑrt] ①②③④

★ *n.* 水果餡餅、水果蛋糕

用法 an apple tart 蘋果餡餅

L2 **task** [tæsk] ①②③④

★★★ *n.* 任務、工作；*v.* 指派任務、做苦差事

用法 **carry out / do / perform** a task 執行任務

L1 **taste** [test] ①②③④

★★ *n.* 味覺、嗜好、鑑賞力；*v.* 品嚐

成語 There is no accounting for tastes. 人各有所好。

L3 **tasty** [`testɪ] ①②③④

★★ *adj.* 美味的、可口的

用法 tasty pizzas 美味的披薩

taunt [tɔnt] ①②③④

★ *n./v.* 嘲笑、嘲弄、辱罵

用法 taunt sb. for sth. 為某事嘲笑某人

tavern [`tævən] ①②③④

★ *n.* 酒館、客棧

用法 put up at a tavern 在客棧留宿

L2 **tax** [tæks] ①②③④

★★ *n.* 稅金、負擔；*v.* 課稅、給予負擔

用法 dodge taxes 逃稅

L1 **taxicab** [`tæksɪ͵kæb] ①②③④

****** ***n.*** 計程車（= taxi / cab）

用法 get **into / out of** a taxicab 上／下計程車

L1 **tea** [ti]　　　　　　　　　　　①②③④

****** ***n.*** 茶、茶葉

用法 make **strong / weak** tea 泡濃／淡茶

L1 **teach** [titʃ]　　　　　　　　　　①②③④

********** ***v.*** 教書、講授、教導

用法 teach sb. a lesson 教訓某人

L1 **teacher** [`titʃɚ]　　　　　　　　①②③④

********** ***n.*** 老師、教師

用法 a qualified teacher 符合資格的老師

L1 **team** [tim]　　　　　　　　　　①②③④

********** ***n.*** 隊、組；***v.*** 組成一隊、合作

用法 the national team 國家代表隊

L2 **teapot** [`ti͵pat]　　　　　　　　①②③④

****** ***n.*** 茶壺

用法 a ceramic teapot 陶瓷茶壺

L2 **tear** [tɪr ; tɛr]　　　　　　　　①②③④

********** ***n.*** 眼淚、撕裂處；***v.*** 流淚、撕裂、破裂

用法 tear down + N 拆毀……

L3 **tease** [tiz]　　　　　　　　　　①②③④

****** ***v./n.*** 取笑、逗弄、戲弄

用法 tease sb. about sth. 取笑某人某事

L3 **technical** [`tɛknɪk!]　　　　　　①②③④

MP3

*** *adj.* 技術的、專門的、工藝的、工業的

用法 technical terms 專門術語

L4 **technician** [tɛk`nɪʃən] ①②③④

** *n.* 技術人員、技師

用法 a skilled technician 熟練的技術人員

L3 **technique** [tɛk`nik] ①②③④

*** *n.* 技巧、技術

用法 apply a technique 應用一項技術

L4 **technological** [ˌtɛknə`ladʒɪk!] ①②③④

** *adj.* 技術的、工藝的

用法 a technological breakthrough 科技突破

L2 **technology** [tɛk`nalədʒɪ] ①②③④

*** *n.* 科技、工藝、工程技術

用法 Information Technology industry 資訊科技工業

L6 **tedious** [`tidɪəs] ①②③④

* *adj.* 冗長乏味的、單調厭煩的

用法 tedious administrative affairs 沉悶的行政事務

teen [tin] ①②③④

*** *n.* 青少年（13 ～ 19 歲）、十幾歲

用法 in one's teens 在青少年時期

L3 **teenage** [`tinˌedʒ] ①②③④

** *adj.* 青少年時期的

用法 teenage shows 青少年節目

L1 **teenager** [`tinˌedʒɚ] ①②③④

6000+ Words

T

** **n.** 青少年、十幾歲的青少年

用法 books written for teenagers 青少年讀物

telegram [`tɛləˌgræm】 ①②③④

** **n.** 電報

用法 **get / receive** a telegram 收電報

L4 **telegraph** [`tɛləˌgræf] ①②③④

* **n.** 電報、電信；**v.** 打電報

用法 send a message by telegraph 用電報發送訊息

L1 **telephone** [`tɛləˌfon] ①②③④

*** **n.** 電話（= phone）；**v.** 打電話

用法 make a (tele)phone call 打電話

L4 **telescope** [`tɛləˌskop] ①②③④

** **n.**（單筒）望遠鏡

用法 an astronomical telescope 天文望遠鏡

L1 **television** [`tɛləˌvɪʒən] ①②③④

*** **n.** 電視、電視機（= TV）

用法 turn up the TV 提高電視機的音量

L1 **tell** [tɛl] ①②③④

*** **v.** 講訴、告知、區分、辨別

用法 tell A from B = tell A and B apart 區分 A 與 B

L6 **teller** [`tɛlə] ①②③④

* **n.** 敘述者、出納員

用法 a bank teller 銀行行員

L3 **temper** [`tɛmpə] ①②③④

	**	*n.* 脾氣、性情、鎮定
		用法 **keep / lose** one's temper 忍住 / 發脾氣
		temperament [`tɛmprəmənt]　①②③④
	*	*n.* 氣質、性情
		用法 have a nervous temperament 具緊張的個性

L2 **temperature** [`tɛmprətʃɚ]　①②③④

*** *n.* 溫度、氣溫、體溫

　用法 **have / run** a high temperature 發高燒

　　tempest [`tɛmpɪst]　①②③④

* *n.* 暴風雨、風暴、風波

　用法 a tempest in the teapot 茶壺裡的風暴

L1 **temple** [`tɛmp!]　①②③④

*** *n.* 寺廟、神殿、聖堂、太陽穴

　用法 renovate the temple 整修寺廟

L6 **tempo** [`tɛmpo]　①②③④

* *n.* 拍子、速度、節奏

　用法 follow the tempo 跟著節奏

L3 **temporary** [`tɛmpəˏrɛrɪ]　①②③④

*** *adj.* 暫時的、臨時的

　用法 a temporary job 短期的工作

L5 **tempt** [tɛmpt]　①②③④

** *v.* 引誘、誘惑

　用法 tempt sb. into + Ving 引誘某人去做……

L5 **temptation** [tɛmp`teʃən]　①②③④

★★ *n.* 引誘、誘惑（物）

用法 **yield to / give way to** temptation 禁不起誘惑

ten [tɛn]　①②③④

★★ *n.* 十；*adj.* 十的

用法 the Ten Commandments（聖經中的）十誡

L6　**tenant** [`tɛnənt]　①②③④

★ *n.* 房客、佃戶；*v.* 承租

用法 the landlord and his tenants 房東與房客

L3　**tend** [tɛnd]　①②③④

★★★ *v.* 傾向於、易於、照顧、照料

用法 tend + to-V 有……的傾向

L4　**tendency** [`tɛndənsɪ]　①②③④

★★★ *n.* 傾向、趨勢、潮流

用法 have a tendency + to-V 做……的趨勢

L3　**tender** [`tɛndɚ]　①②③④

★ *adj.* 溫柔的、體貼的、和善的

用法 a tender-hearted person 軟心腸的人

L1　**tennis** [`tɛnɪs]　①②③④

★ *n.* 網球

用法 a game of table tennis 一場桌球賽

L4　**tense** [tɛns]　①②③④

★ *adj.* 緊張的、緊繃的；*v.* 使緊張、拉緊

用法 tense nerves 緊張的神經

L4　**tension** [`tɛnʃən]　①②③④

***   *n.* 緊張（情勢）、緊繃、緊急

用法 ease the tension 緩和緊張

L3   **tent** [tɛnt]   ①②③④

**   *n.* 帳篷

用法 put up a tent 搭帳篷

L6   **tentative** [`tɛntətɪv]   ①②③④

*   *adj.* 暫時的、猶豫不定的、試驗性的

用法 tentative measures 試驗性措施

L2   **term** [tɝm]   ①②③④

***   *n.* 期間、學期、術語；*v.* 稱為、叫做

用法 in terms of + N 就……而言

L5   **terminal** [`tɝmən!]   ①②③④

*   *adj.* 終點的、末端的；*n.* 終點站、末端、航廈

用法 the terminal station 終點站

terminate [`tɝmə‚net]   ①②③④

**   *v.* 終結、期滿、免職

用法 terminate in success 終獲成功

L6   **terrace** [`tɛrəs]   ①②③④

**   *n.* 梯田、陽台、看台；*v.* 使有露台

用法 a roof terrace 屋頂露台

L1   **terrible** [`tɛrəb!]   ①②③④

***   *adj.* 可怕的、恐怖的、很糟的

用法 **look / sound** terrible 看 / 聽起來很糟

L3   **terrific** [tə`rɪfɪk]   ①②③④

6000+ words

★ **adj.** 很棒的、極度的、非常好的

同義 awesome / excellent / great / marvelous

L5 **terrify** [`tɛrəˏfaɪ] ①②③④

★★ **v.** 害怕、恐懼、驚嚇

用法 be terrified **at / with** + N 因……受到驚嚇

L3 **territory** [`tɛrəˏtorɪ] ①②③④

★★★ **n.** 領土、版圖、領域、地域

用法 the unexplored territory 未探測的領域

L4 **terror** [`tɛrə] ①②③④

★★★ **n.** 恐怖、驚駭、可怕的事物或人

延伸 terrorism **n.** 恐怖主義；terrorist **n.** 恐怖分子

L2 **terrorism** [`tɛrəˏrɪzəm] ①②③④

★★ **n.** 恐怖主義

用法 anti-terrorism 反恐怖主義

L2 **terrorist** [`tɛrərɪst] ①②③④

★★ **n.** 恐怖分子

用法 an anti-terrorist drill 反恐演習

L1 **test** [tɛst] ①②③④

★★★ **n.** 測驗、考驗；**v.** 試驗、檢查

用法 take an **oral / written** test 參加口 / 筆試

L5 **testify** [`tɛstəˏfaɪ] ①②③④

★★ **v.** 作證、證實

用法 testify for the accused 為被告作證

L2 **text** [tɛkst] ①②③④

*** **n.** 正文、本文、課文

用法 edit the text 編輯本文文稿

L2 **textbook** [`tɛkstˌbʊk] ①②③④

* **n.** 課本、教科書

用法 an introductory textbook 入門教科書

L6 **textile** [`tɛkstaɪl] ①②③④

** **n.** 紡織原料、紡織品；**adj.** 紡織的、織物的

用法 textile industry 紡織工業

L5 **texture** [`tɛkstʃɚ] ①②③④

** **n.** 組織、結構、質地、質感

用法 delicate texture 細軟的質地

L1 **than** [ðæn] ①②③④

*** **prep.** 比……更；**conj.** 比較

用法 more often than not 往往、多半

L1 **thank** [θæŋk] ①②③④

*** **v.** 感謝；**n.** 謝意、謝辭

用法 thanks to + N 幸虧、由於……

L3 **thankful** [`θæŋkfəl] ①②③④

*** **adj.** 感謝的、感激的

用法 be thankful to sb. for sth. 因某事感謝某人

L1 **theater** [`θɪətɚ] ①②③④

*** **n.** 戲劇、劇場、電影院

用法 go to the theater 去看劇

theatrical [θɪ`ætrɪk!] ①②③④

  ★★ **adj.** 戲劇的、劇場的、誇張的

    用法 theatrical performances 戲劇表演

L5 **theft** [θɛft]   ①②③④

  ★ **n.** 偷竊、竊盜

    用法 commit a theft 犯竊盜罪

L4 **theme** [θim]   ①②③④

  ★★★ **n.** 主題、題目、話題

    用法 a theme park 主題樂園

L1 **then** [ðɛn]   ①②③④

  ★★★ **adv.** 那時、然後；**n.** 那時；**adj.** 當時的

    用法 from then on 從那時起

L5 **theology** [θɪ`ɑlədʒɪ]   ①②③④

  ★ **n.** 神學、宗教信仰

    用法 Catholic theology 天主教體系

L5 **theoretical** [ˌθiə`rɛtɪk!]   ①②③④

  ★★ **adj.** 理論上的、假設的、推理的

    用法 theoretical hypotheses 理論上的假設

L3 **theory** [`θɪərɪ]   ①②③④

  ★★★ **n.** 理論、學說

    用法 in theory 理論上

L5 **therapist** [`θɛrəpɪst]   ①②③④

  ★ **n.** 治療師、治療專家

    用法 a professional therapist 專業的治療師

L5 **therapy** [`θɛrəpɪ]   ①②③④

748

*   *n.* 治療、療法

     用法 alternative therapies 另類療法、民俗療法

L1   **there** [ðɛr]   ①②③④

*** *adv.* 在那裡；*n.* 那裡、那邊

     用法 over **there** / **here** 就在那 / 這裡

L6   **thereafter** [ðɛr`æftɚ]   ①②③④

**   *adv.* 從那之後、以後、後來

     用法 what happened thereafter 從那之後發生的事

L5   **thereby** [ðɛr`baɪ]   ①②③④

*** *adv.* 因此、由此、從而

     用法 thereby hangs a tale 其中大有文章

L2   **therefore** [`ðɛr,for]   ①②③④

*** *adv.* 因此、所以

     成語 I think, therefore I am. 我思故我在。

L6   **thermometer** [θɚ`mɑmətɚ]   ①②③④

*   *n.* 溫度計、寒暑表

     字構 thermo 熱、溫度 + meter 計、儀表

L5   **thesis** [`θisɪs]   ①②③④

*   *n.* 論文、論點

     用法 a doctoral thesis 博士論文

L1   **thick** [θɪk]   ①②③④

*** *adj.* 厚的、粗的、濃的、密集的

     成語 Blood is thicker than water. 血濃於水。

L2   **thief** [θif]   ①②③④

** *n.* 竊賊、小偷

用法 a gang of thieves 一幫竊賊

L5 **thigh** [θaɪ] ①②③④

★ *n.* 大腿

用法 rise up to sb.'s thighs 上升到某人的大腿

L1 **thin** [θɪn] ①②③④

★★★ *adj.* 薄的、細的、瘦的、稀疏的

用法 through thick and thin 同甘共苦

L1 **thing** [θɪŋ] ①②③④

★★★ *n.* 東西、事情、事件

用法 for one thing...for another 一來……再者……

L1 **think** [θɪŋk] ①②③④

★★★ *v.* 想、思考、認為

用法 think of A as B 把 A 視為 B

L1 **third** [θɝd] ①②③④

★★★ *adj.* 第三的；*n.* 第三；*adv.* 在第三

用法 give sb. the third degree 拷問、逼供某人

L3 **thirst** [θɝst] ①②③④

★ *n./v.* 口渴、渴望

用法 (have a) thirst for + N 對……有熱切期盼

L2 **thirsty** [ˋθɝstɪ] ①②③④

★ *adj.* 口渴的、渴望的、熱切的

用法 be thirsty for + N 渴望……

thirteen [ˋθɝtin] ①②③④

★	*n.* 十三；*adj.* 十三的	

用法 at the age of thirteen 在十三歲時

thirty [`θɝtɪ]　①②③④

★★★ *n.* 三十；*adj.* 三十的

用法 become independent at thirty 三十而立

thorn [θɔrn]　①②③④

★★★ *n.* 刺、荊棘、惱人的事物

用法 a thorn in sb.'s flesh 某人的眼中釘、肉中刺

L4 **thorough** [`θɝo]　①②③④

★★ *adj.* 徹底的、周全的、完全的

用法 a thorough investigation 全面的調查

L1 **though** [ðo]　①②③④

★★★ *conj.* 雖然、儘管；*adv.* 然而、但是

用法 as though 好像、彷彿

L2 **thought** [θɔt]　①②③④

★★★ *n.* 思考、見解、思想、想法

用法 on second thoughts 再三考慮後

L4 **thoughtful** [`θɔtfəl]　①②③④

★★ *adj.* 體貼的、考慮周到的、深思的

同義 concerned / considerate / kind / sympathetic

L1 **thousand** [`θaʊzənd]　①②③④

★★★ *n.* 一千；*adj.* 一千的

用法 hundreds of thousands of + N 數十萬的……

L3 **thread** [θrɛd]　①②③④

** *n.* 線；*v.* 穿針線、穿過

用法 hang by a thread 千鈞一髮、岌岌可危

L3 **threat** [θrɛt] ①②③④

*** *n.* 威脅、恐嚇、脅迫

用法 make threats against sb. 威脅某人

L3 **threaten** [`θrɛtən] ①②③④

*** *v.* 威脅、恐嚇、要脅

用法 threaten sb. with + N 以……恐嚇某人

three [θri] ①②③④

*** *n.* 三；*adj.* 三的

補充 three R（環保 3R）分別為 Reduce（減少使用）、
Reuse（物盡其用）、Recycle（循環再造）。

L5 **threshold** [`θrɛʃhold] ①②③④

** *n.* 門檻、起點、開端

用法 on the threshold of + N 在……的開始

thrift [θrɪft] ①②③④

* *n.* 節約、節儉

用法 practice thrift 實行節約

thrifty [`θrɪftɪ] ①②③④

* *adj.* 節儉的、節約的、節省的

用法 lead a thrifty life 節儉度日

L5 **thrill** [θrɪl] ①②③④

* *n.* 恐怖、激動；*v.* 激動、顫抖、興奮

用法 experience a thrill for + N 經歷……的激動

L5 thriller [ˋθrɪlɚ] ①②③④

★   *n.* 驚悚小說、驚悚片、恐怖電影

     用法 thriller films 恐怖片

L5 thrive [θraɪv] ①②③④

★   *v.* 繁榮、茂盛、興旺

     用法 thrive on + N 因……而繁榮

L1 throat [θrot] ①②③④

★★★   *n.* 喉嚨、咽喉

     用法 clear one's throat 清清嗓子

     throb [θrab] ①②③④

★   *v.* 跳動、抽痛；*n.* 跳動、悸動

     用法 throb with excitement 因興奮而悸動

L5 throne [θron] ①②③④

★★★   *n.* 王位、王室、王權

     用法 **abdicate / give up** the throne 君王退位

     throng [θrɔŋ] ①②③④

★   *n.* 人群、群眾、大群；*v.* 群集、湧入

     用法 throng to the station 湧入車站

L1 through [θru] ①②③④

★★★   *prep.* 穿過、透過；*adv.* 通過、從頭至尾

     用法 run through the village 流經村子

L2 throughout [θruˋaʊt] ①②③④

★★★   *prep.* 遍及、貫穿、整個；*adv.* 從頭到尾

     用法 throughout the world 遍及全世界

T 6000+
Words a High School Student Must Know

L1 **throw** [θro]   ①②③④

★★★ *v./n.* 扔、投擲

用法 throw straws against the wind 自不量力

L5 **thrust** [θrʌst]   ①②③④

★★ *v.* 插刺、用力推；*n.* 猛推、刺、目標

用法 thrust one's way through the crowd 擠過人群前行

L3 **thumb** [θʌm]   ①②③④

★ *n.* 大拇指；*v.* 翹大拇指

用法 be all thumbs 非常笨拙

L2 **thunder** [`θʌndə]   ①②③④

★ *n.* 雷鳴、雷聲；*v.* 打雷

用法 steal sb.'s thunder 竊取某人點子、先發制人

Thursday [`θɝzde]   ①②③④

★★★ *n.* 星期四（= Thurs. / Thur.）

用法 on Thursday morning 星期四早上

L2 **thus** [ðʌs]   ①②③④

★★★ *adv.* 因此、如此

用法 thus and so 如此這般

L5 **tick** [tɪk]   ①②③④

★★ *n.* 滴答聲；*v.* 發出滴答聲

用法 tick **away / by / past**（時間）流逝、過去

L1 **ticket** [`tɪkɪt]   ①②③④

★★ *n.* 票、入場券、罰單；*v.* 售票、開罰單

用法 **book / reserve** a ticket 訂票

L4 tickle [`tɪk!]   ①②③④

★ *v.* 搔癢、逗樂；*n.* 搔癢、逗樂、愉悅

用法 tickle sb. into laughter 逗某人發笑

L3 tide [taɪd]   ①②③④

★★ *n.* 潮汐、浪潮、風潮、趨勢

成語 Time and tide wait for no man. 歲月不饒人。

L1 tidy [`taɪdɪ]   ①②③④

★ *adj.* 整齊的、整潔的；*v.* 收拾乾淨、整理

用法 tidy up the mess 收拾乾淨這一團亂

L1 tie [taɪ]   ①②③④

★★★ *n.* 領帶、結、平手；*v.* 繫、綑、打結、得同分

用法 end in a tie 結果不分勝負、平手

L1 tiger [`taɪgɚ]   ①②③④

★ *n.* 老虎

用法 fight fiercely like a tiger 似老虎般勇猛地奮戰

L3 tight [taɪt]   ①②③④

★★ *adj.* 緊的、牢固的；*adv.* 緊地、緊密地

用法 hold tight to + N 緊抓住……

L3 tighten [`taɪtən]   ①②③④

★★ *v.* 拉緊、變緊、繃緊

用法 tighten up on + N 在……更嚴格

L5 tile [taɪl]   ①②③④

★★ *n.* 磁磚、地磚；*v.* 鋪磁磚、貼地磚

用法 ceramic floor tiles 陶瓷地磚

6000 Words

L6 **tilt** [tɪlt] ①②③④

★★ **v.** 傾斜、偏向；**n.** 傾斜、傾側

用法 tilt to **the left** / **one side** 向左 / 一邊傾斜

L3 **timber** [`tɪmbɚ] ①②③④

★★ **n.** 木材、木料

用法 **cut** / **fell** timbers 伐木

L1 **time** [taɪm] ①②③④

★★★ **n.** 時間、次數、時代；**v.** 計時、安排時間

成語 Time flies like an arrow. 光陰似箭。

L4 **timetable** [`taɪm,teb!] ①②③④

★ **n.** 時刻表、課程表

用法 set up a timetable 制定行程表

L4 **timid** [`tɪmɪd] ①②③④

★ **adj.** 膽小的、膽怯的

延伸 timidity **n.** 膽怯；timidness **n.** 羞怯

L5 **tin** [tɪn] ①②③④

★ **n.** 錫、錫製品、罐頭；**v.** 鍍錫

用法 tin cans 錫罐

L2 **tiny** [`taɪnɪ] ①②③④

★★★ **adj.** 微小的、極小的

用法 a little tiny piece of + N 一小塊……

L1 **tip** [tɪp] ①②③④

★★★ **n.** 尖端、訣竅、小費；**v.** 暗示、給小費

用法 give sb. a tip 給某人小費

T

L6 **tiptoe** [`tɪp‚to] ①②③④
★ *n.* 腳尖；*v.* 踮著腳尖走；*adv.* 踮著腳
字構 tip 尖端 + toe 腳趾

L2 **tire** [taɪr] ①②③④
★★★ *n.* 輪胎（英式為 tyre）；*v.* 疲倦、厭煩
用法 a flat tire 輪胎爆了；be tired of sth. 厭煩某事

L6 **tiresome** [`taɪrsəm] ①②③④
★★ *adj.* 討厭的、令人疲倦的、令人厭倦的
用法 a tiresome day 令人厭倦的一天

L2 **tissue** [`tɪʃʊ] ①②③④
★★★ *n.* 組織、薄紙、面紙
用法 disposable paper tissues 一次性餐巾紙

L2 **title** [`taɪt!] ①②③④
★★★ *n.* 書名、標題、頭銜；*v.* 加標題、授予頭銜
用法 win the title 獲得冠軍

toad [tod] ①②③④
★ *n.* 蟾蜍、癩蛤蟆
補充 tadpole *n.* 蝌蚪

L2 **toast** [tost] ①②③④
★ *n.* 吐司、敬酒；*v.* 烤麵包、舉杯慶祝、乾杯
用法 propose a toast to sb. 向某人舉杯敬酒

L3 **tobacco** [tə`bæko] ①②③④
★★★ *n.* 煙草、煙葉
用法 **cultivate / grow** tobacco 種煙草

L1 **today** [tə`de] ①②③④

★★★ *adv.* 在今天、現今；*n.* 今天、現代

用法 the youth of today 現今的年輕人

L1 **toe** [to] ①②③④

★ *n.* 腳趾；*v.* 動腳尖、用腳尖踢

用法 from **tip** / **top** to toe 從頭到腳、全身

L2 **tofu** [`tofu] ①②③④

★ *n.* 豆腐（= bean curd）

用法 **smelly** / **stingky** tofu 臭豆腐

L1 **together** [tə`gɛðə] ①②③④

★★★ *adv.* 一起、同時、共同地

用法 get together 聚在一起

toil [tɔɪl] ①②③④

★ *v.* 辛苦地工作；*n.* 辛勞、辛苦、苦工

成語 Pleasure comes through toil. 苦盡甘來。

L1 **toilet** [`tɔɪlɪt] ①②③④

★★ *n.* 廁所、馬桶、洗手間

用法 flush the toilet 沖馬桶

L6 **token** [`tokən] ①②③④

★ *n.* 象徵、標誌、代幣

用法 in token of + N 做為……的表徵、表示……

L4 **tolerable** [`talərəb!] ①②③④

★ *adj.* 可容忍的、可忍受的

反義 intolerable

L4	**tolerance** [`talərəns]	①②③④

★ *n.* 容忍、寬容

用法 have tolerance for + N 對……寬容

L4	**tolerant** [`talərənt]	①②③④

★ *adj.* 容忍的、寬容的

用法 be tolerant of + N 能容忍……

L4	**tolerate** [`talə,ret]	①②③④

★★ *v.* 忍受、容忍

用法 tolerate disagreement 容忍不同的意見

L5	**toll** [tol]	①②③④

★★ *n.* 通行費、損失、死傷人數；*v.* 敲鐘

用法 pay a toll 付通行費

L1	**tomato** [tə`meto]	①②③④

★ *n.* 番茄

用法 a pound of tomatoes 一磅番茄

L4	**tomb** [tum]	①②③④

★ *n.* 墳墓、墳地

用法 sweep a tomb 掃墓

L1	**tomorrow** [tə`mɔro]	①②③④

★★★ *adv.* 在明天；*n.* 明天

用法 the day after tomorrow 後天

L3	**ton** [tʌn]	①②③④

★★★ *n.* 噸、公噸、大量

用法 tons of + N 大量的……

L2 **tone** [ton] ①②③④

*** *n.* 音調、聲調、語氣

用法 in angry tones 以憤怒的口氣

L2 **tongue** [tʌŋ] ①②③④

*** *n.* 舌頭；*v.* 發音、舔、用舌吹奏

用法 hold one's tongue 保持沉默

L1 **tonight** [təˋnaɪt] ①②③④

* *adv.* 在今夜；*n.* 今晚

用法 tonight's headlines 今晚報紙的頭條新聞

L1 **tool** [tul] ①②③④

*** *n.* 工具、器具；*v.* 使用工具、用工具加工

用法 farm tools 農用工具

L2 **tooth** [tuθ] ①②③④

*** *n.* 牙齒

用法 a tube of toothpaste 一管牙膏

L2 **toothache** [ˋtuθˌek] ①②③④

* *n.* 牙痛

用法 suffer from a toothache 牙疼

L2 **toothbrush** [ˋtuθˌbrʌʃ] ①②③④

* *n.* 牙刷

用法 upright your toothbrush 豎起牙刷

L1 **top** [tɑp] ①②③④

*** *n.* 頂部、頂尖；*adj.* 頂部的；*v.* 勝過

用法 blow one's top 生氣、大發脾氣

| L1 | **topic** [`tɑpɪk] | ①②③④ |

** *n.* 題目、主題、話題

用法 discuss the topic 討論主題

topple [`tɑp!] ①②③④

★ *v.* 使傾倒、倒塌、推翻

用法 topple the throne 推翻王權

| L5 | **torch** [tɔrtʃ] | ①②③④ |

** *n.* 火炬、火把；*v.* 引火燃燒

用法 **bear** / **hold** a torch 舉火炬

| L5 | **torment** [`tɔrmɛnt ; tɔr`mɛnt] | ①②③④ |

★ *n.* 折磨、痛苦；*v.* 使苦惱、使受苦

用法 be in torment 在痛苦、折磨中

| L6 | **tornado** [tɔr`nedo] | ①②③④ |

** *n.* 龍捲風、旋風、颶風

用法 a devastating tornado 嚴重的龍捲風

| L6 | **torrent** [`tɔrənt] | ①②③④ |

★ *n.* 激流、急流、傾盆大雨

用法 pour in torrents 傾盆大雨

| L4 | **tortoise** [`tɔrtəs] | ①②③④ |

★ *n.* 烏龜、陸龜

用法 compete with the tortoise 跟烏龜競賽

| L4 | **torture** [`tɔrtʃɚ] | ①②③④ |

★ *n.* 痛苦、折磨、酷刑；*v.* 使痛苦、扭曲

用法 put sb. to torture 拷問某人

T 6000+
Words a High School
Student Must Know

L3 **toss** [tɔs] ①②③④
★★★ *v.* 投、拋、扔;*n.* 拋、投、拋錢幣打賭
用法 toss and turn at night 夜裡輾轉難眠

L1 **total** [`totl] ①②③④
★★★ *adj.* 全部的;*n.* 總數;*v.* 合計、計算總數
用法 in total 總計

L1 **touch** [tʌtʃ] ①②③④
★★★ *v.* 觸摸、接觸、感動;*n.* 接觸、觸感、風格
用法 keep in touch with sb. 跟某人保持聯絡

L3 **tough** [tʌf] ①②③④
★★★ *adj.* 硬的、艱困的、嚴厲的、固執的
用法 a tough guy 硬漢

L2 **tour** [tʊr] ①②③④
★★★ *n.* 旅遊、遊覽;*v.* 旅遊、周遊、巡迴演出
用法 a one-day tour 一日遊;on tour 巡迴演出中

L3 **tourism** [`tʊrɪzəm] ①②③④
★★★ *n.* 旅遊業、觀光業
用法 develop local tourism 發展當地觀光

L3 **tourist** [`tʊrɪst] ①②③④
★★ *n.* 觀光客、遊客
用法 boost the tourist industry 振興旅遊業

L5 **tournament** [`tɝnəmənt] ①②③④
★ *n.* 比賽、競賽、錦標賽
用法 take part in a golf tournament 參加高爾夫球比賽

| L3 | **tow** [to] | ①②③④ |

★ *v.* 拖拉、拖曳、牽引；*n.* 拖拉、拖船、牽引

用法 be towed away 被拖走

| L2 | **toward** [tə`wɔrd] | ①②③④ |

★★★ *prep.* 朝向、面對、接近、關於

用法 walk toward(s) sb. 走向某人

| L1 | **towel** [`tauəl] | ①②③④ |

★ *n.* 毛巾、手巾；*v.* 用毛巾擦

用法 a bath towel 浴巾

| L3 | **tower** [`tauɚ] | ①②③④ |

★★ *n.* 塔、高樓；*v.* 高聳、聳立

用法 tower above the rest 出類拔萃

| L1 | **town** [taun] | ①②③④ |

★★★ *n.* 城鎮、市鎮、市區

用法 on the outskirts of town 在郊區

| L5 | **toxic** [`taksɪk] | ①②③④ |

★ *adj.* 有毒的、中毒的

延伸 toxin *n.* 毒素；toxication *n.* 中毒

| L1 | **toy** [tɔɪ] | ①②③④ |

★ *n.* 玩具；*v.* 戲弄、玩弄

用法 make a toy of + N 玩弄……

| L3 | **trace** [tres] | ①②③④ |

★★ *v.* 追蹤、追溯、描繪；*n.* 痕跡、足跡

用法 be traced back to + N 追溯到……

T 6000⁺
Words a High School Student Must Know

L2 track [træk] ①②③④
★★★ *n.* 小徑、足跡、跑道；*v.* 追蹤、跟蹤
用法 keep track of + N 追蹤、記錄……

L2 trade [tred] ①②③④
★★★ *n.* 貿易、買賣；*v.* 貿易、交換、做生意
成語 Two of a trade never agree. 同行相忌。

L6 trademark [`tred͵mɑrk] ①②③④
★ *n.* 商標、特徵、標記
字構 trade 商業、貿易 + mark 符號

L3 trader [`tredɚ] ①②③④
★★ *n.* 商人、貿易商、商船
用法 a sharp trader 精明的商人

L2 tradition [trə`dɪʃən] ①②③④
★★★ *n.* 傳統、習俗、慣例
用法 preserve a tradition 維護傳統

L2 traditional [trə`dɪʃən!] ①②③④
★★★ *adj.* 傳統的、慣例的、傳說的
用法 traditional customs 傳統習俗

L1 traffic [`træfɪk] ①②③④
★★★ *n.* 交通、交易；*v.* 通行、交易、做生意
用法 get a traffic ticket 被開罰單

L4 tragedy [`trædʒədɪ] ①②③④
★★ *n.* 悲劇（事件）、不幸
用法 end in a tragedy 以悲劇收場

L4 **tragic** [`trædʒɪk] ①②③④
★★　**adj.** 悲劇的、悲慘的
　　用法 a tragic flaw 悲劇性缺點

L3 **trail** [trel] ①②③④
★★★　**n.** 足跡、痕跡、小徑；**v.** 追蹤、拖曳
　　用法 trail **along / behind** + N 跟著……走

L1 **train** [tren] ①②③④
★★★　**n.** 火車、列車、隊伍；**v.** 訓練、鍛鍊
　　用法 catch the train 趕上火車

L5 **trait** [tret] ①②③④
★　**n.** 特點、特徵、特質
　　用法 personality traits 人格特質

L5 **traitor** [`tretɚ] ①②③④
★★★　**n.** 叛徒、叛逆者、背叛者
　　用法 a traitor to one's country 賣國賊

　　tramp [træmp] ①②③④
★　**v.** 腳步沉重地走、流浪；**n.** 徒步旅行、流浪者
　　用法 be on the tramp 到處流浪

　　trample [`træmp!] ①②③④
★　**v.** 踩踏、重步踩過；**n.** 踏步、踐踏
　　用法 trample on the grass 踩踏草皮

　　tranquil [`træŋkwɪl] ①②③④
★★★　**adj.** 寧靜的、平靜的、穩定的
　　同義 calm / peaceful / quiet / serene / still

765

tranquilizer [`træŋkwɪˌlaɪzɚ]　①②③④

★　*n.* 鎮靜劑、鎮定藥

延伸 tranquilize *v.* 使鎮靜；tranquility *n.* 寧靜祥和

L5　**transaction** [trænˈzækʃən]　①②③④

★　*n.* 交易、處理、處置

用法 deal with every transaction 處理每筆交易

L6　**transcript** [`trænˌskrɪpt]　①②③④

★　*n.* 抄本、文字紀錄、成績單

用法 a grade transcript 成績單

L4　**transfer** [trænsˈfɝ；`trænsfɚ]　①②③④

★★★　*v.* 移轉、換乘；*n.* 移轉、轉學、遷移

用法 transfer A to B 移轉 A 到 B

L4　**transform** [trænsˈfɔrm]　①②③④

★★　*v.*（形狀、外觀上的）改變、變化、改造

字構 trans 轉移 + form 形狀

L5　**transformation** [ˌtrænsfɚˈmeʃən]　①②③④

★★　*n.* 轉換、變形、變化

用法 formulate a transformation 規劃轉換

transistor [trænˈzɪstɚ]　①②③④

★　*n.* 電晶體、晶體管

用法 a transistor radio 電晶體收音機

L5　**transit** [`trænsɪt]　①②③④

★　*n.* 運輸、通路、轉變；*v.* 通過、運送、運輸

用法 the Mass Rapid Transit = the MRT 大眾捷運系統

L5 **transition** [træn`zɪʃən] ①②③④

*** *n.* 轉變、過渡（時期）、變遷

用法 the transition from A to B 從 A 到 B 的過渡期

L4 **translate** [træns`let] ①②③④

*** *v.* 翻譯、轉譯

用法 translate A into B 把 A 翻譯成 B

L4 **translation** [træns`leʃən] ①②③④

** *n.* 翻譯、譯文

用法 literal translation 逐字翻譯

L4 **translator** [træns`letɚ] ①②③④

* *n.* 譯者、翻譯機

用法 a Chinese-French translator 漢法翻譯機（者）

L5 **transmission** [træns`mɪʃən] ①②③④

* *n.* 傳送、播放、傳導、傳染

用法 the transmission of radio waves 無線電波發送

L6 **transmit** [træns`mɪt] ①②③④

** *v.* 傳送、播放、傳導、傳染

用法 transmit a pandemic 散播大流行病

L5 **transparent** [træns`pɛrənt] ①②③④

* *adj.* 透明的、一目了然的、明顯的

用法 transparent crystals 透明的水晶

L6 **transplant** [træns`plænt ; `træns͵plænt] ①②③④

* *v.* 器官移植、移居；*n.* 移植

用法 do a transplant operation 做器官移植手術

L3 **transport** [træns`pɔrt ; `træns͵pɔrt] ①②③④

★★ *v.* 運輸、運送；*n.* 運輸、運送、運輸工具

字構 trans 轉移 + port 攜帶、運載

L4 **transportation** [͵trænspə`teʃən] ①②③④

★★★ *n.* 輸送、交通、運輸業、運輸工具

用法 **mass / public** transportation 大眾運輸

L2 **trap** [træp] ①②③④

★★ *n.* 陷阱、圈套；*v.* 設陷阱、落入圈套

用法 set a trap to catch the boar 設陷阱抓野豬

L2 **trash** [træʃ] ①②③④

★ *n.* 垃圾、廢物、謬論；*v.* 丟棄、破壞

用法 **dispose of / dump** trash 清除垃圾

L5 **trauma** [`trɔmə] ①②③④

★ *n.* 創傷、外傷、損傷

延伸 traumatize *v.* 精神受創；traumatic *adj.* 創傷的

L2 **travel** [`trævl] ①②③④

★★★ *v.* 旅行、傳播；*n.* 旅遊、遊記

成語 Bad news travels fast. 好事不出門，壞事傳千里。

L3 **traveler** [`trævlə] ①②③④

★★ *n.* 旅客、遊客、旅行者

用法 sightseeing travelers 觀光旅遊者

L3 **tray** [tre] ①②③④

★★ *n.* 托盤

用法 a tray of + N 一托盤的……

tread [trɛd] ①②③④

★ *v.* 踩踏、行走；*n.* 踩踏、踏步、步伐、踏板

用法 tread a tightrope 小心謹慎行事

treason [`trizən] ①②③④

★ *n.* 叛逆、謀反、叛國罪

用法 commit treason against + N 背叛……

L2 **treasure** [`trɛʒɚ] ①②③④

★ *n.* 寶藏、財富；*v.* 珍惜、珍藏

用法 an art treasure 貴重的藝術品

L6 **treasury** [`trɛʒərɪ] ①②③④

★★★ *n.* 金庫、國庫、寶庫

用法 a treasury of information 資料寶庫

L1 **treat** [trit] ①②③④

★★★ *n.* 款待、請客；*v.* 治療、對待、處理、請客

用法 It's my treat! 我請客！

L1 **treatment** [`tritmənt] ①②③④

★★★ *n.* 治療、處理、款待、待遇

用法 **receive** / **undergo** a treatment 接受治療

L5 **treaty** [`tritɪ] ①②③④

★★ *n.* 條約、協定、協議

用法 **break** / **sign** a treaty 違反 / 簽署條約

L1 **tree** [tri] ①②③④

★★★ *n.* 樹、樹木

用法 fell the cherry tree 砍倒櫻桃樹

L6 **trek** [trɛk] ①②③④

★★★ *v.* 艱辛跋涉；*n.* 長途跋涉、艱難的旅程

用法 go on a space trek 太空旅行

L4 **tremble** [`trɛmb!] ①②③④

★★★ *v./n.* 顫抖、發抖、顫慄

用法 tremble with cold 冷得發抖

L4 **tremendous** [trɪ`mɛndəs] ①②③④

★★★ *adj.* 巨大的、極大的、極好的

用法 tremendous sounds 轟天巨響

tremor [`trɛmɚ] ①②③④

★ *n.* 顫抖、震動、激動

用法 violent tremors 劇烈的顫抖

trench [trɛntʃ] ①②③④

★ *n.* 溝、溝渠、戰壕；*v.* 掘溝渠、挖戰壕

用法 dig a trench 挖溝渠

L3 **trend** [trɛnd] ①②③④

★★★ *n.* 趨勢、時尚、傾向、走向

用法 have a trend towards + N 呈現……趨勢

trespass [`trɛspəs] ①②③④

★ *v.* 擅自進入、非法侵入；*n.* 非法侵入

用法 No trespassing! 禁止擅自進入！

L2 **trial** [`traɪəl] ①②③④

★★★ *n.* 試驗、嘗試、審問、審判

用法 trial and error 嘗試錯誤

L2 **triangle** [`traɪˌæŋ!] ①②③④

★　*n.* 三角形、三角鐵

用法 Bermuda Triangle 百慕達三角

L4 **tribal** [`traɪb!] ①②③④

★★★　*adj.* 部落的、種族的、部族的

用法 tribal artifacts 部落手工藝品

L3 **tribe** [traɪb] ①②③④

★★　*n.* 部落、種族

用法 a primitive tribe 原始部落

L5 **tribute** [`trɪbjut] ①②③④

★★　*n.* 進貢、供品、頌詞

用法 pay (a) tribute to + N 向……進貢、致敬

L2 **trick** [trɪk] ①②③④

★★　*n.* 騙局、詐欺、花招；*v.* 惡作劇、欺騙

用法 Trick or treat! 不給糖就搗蛋！

L3 **tricky** [`trɪkɪ] ①②③④

★★　*adj.* 狡猾的、詭計多端的、靈巧的

用法 a rather tricky situation 相當棘手的情況

L6 **trifle** [`traɪf!] ①②③④

★　*n.* 瑣事、少許；*v.* 輕視、疏忽、閒混

用法 trifle with + N 輕忽、戲弄……

L5 **trigger** [`trɪgɚ] ①②③④

★　*n.* 扳機、引爆器、起因；*v.* 扣扳機、觸發

用法 trigger off a crisis 引發危機

L6 **trillion** [`trɪljən] ①②③④

★ **n.** 萬億、兆

用法 trillions of stars 幾萬億顆星星

L5 **trim** [trɪm] ①②③④

★ **v.** 修剪、削減、調整；**n.** 修整；**adj.** 整齊的

用法 trim **away / off** branches 修剪樹枝

L1 **trip** [trɪp] ①②③④

★★★ **n.** 旅行；**v.** 絆倒、犯錯、旅行

用法 go on a business trip 出差

L5 **triple** [`trɪp!] ①②③④

★★★ **adj.** 三倍的；**n.** 三倍；**v.** 三倍於、增至三倍

用法 triple jump 三級跳遠

L4 **triumph** [`traɪəmf] ①②③④

★★ **n.** 勝利、凱旋；**v.** 獲得勝利、戰勝、成功

用法 in triumph 勝利地、得意洋洋地

triumphant [traɪ`ʌmfənt] ①②③④

★ **adj.** 得意洋洋的、獲勝的、勝利的

用法 make a triumphant return 凱旋而歸

L5 **trivial** [`trɪvɪəl] ①②③④

★ **adj.** 瑣碎的、不重要的、無價值的

用法 waste time on trivial things 浪費時間在小事上

L3 **troop** [trup] ①②③④

★★★ **n.** 部隊、軍隊、群；**v.** 群集、結隊行動

用法 in great troops 大群地

L5 **trophy** [`trofɪ] ①②③④

★ *n.* 獎杯、獎品、戰利品

用法 win numerous trophies 獲獎無數

L6 **tropic** [`trɑpɪk] ①②③④

★ *n.* 回歸線、熱帶（地區）；*adj.* 熱帶的

用法 the Tropic of Cancer 北回歸線

L3 **tropical** [`trɑpɪk!] ①②③④

★★ *adj.* 熱帶的、酷熱的、溼熱的

用法 tropical rainforests 熱帶雨林

trot [trɑt] ①②③④

★ *v.* 快步走、小跑步；*n.* 快步、匆忙步伐

用法 trot a horse down the path 策馬在路上小跑

L1 **trouble** [`trʌb!] ①②③④

★★★ *n.* 煩惱、憂慮；*v.* 煩惱、麻煩、費心

用法 get sb. into trouble 給某人惹麻煩

L4 **troublesome** [`trʌb!səm] ①②③④

★★★ *adj.* 麻煩的、使人苦惱的、困難的

字構 trouble 煩惱 + some 引起……的

trousers [`traʊzɚz] ①②③④

★ *n.* 褲子、長褲

用法 take off trousers 脫下長褲

L6 **trout** [traʊt] ①②③④

★ *n.* 鱒魚、鱒魚肉

用法 trout fishing 捕鱒魚

truant [`truənt] ①②③④
★ *n.* 曠課者、逃學者；*adj.* 懶散的；*v.* 逃學
用法 play truant 曠課、逃學

truce [trus] ①②③④
★ *n.* 休戰、停戰協定、暫停、中止
用法 **announce / declare** a truce 宣佈休戰

L1 **truck** [trʌk] ①②③④
★★★ *n.* 卡車；*v.* 用卡車運送
用法 **load / unload** a truck 卡車裝貨 / 卸貨

L2 **true** [tru] ①②③④
★★★ *adj.* 真實的、忠誠的；*adv.* 真實地
用法 dreams come true 夢想成真

L3 **trumpet** [`trʌmpɪt] ①②③④
★★★ *n.* 喇叭、小號；*v.* 吹喇叭、鼓吹、吹噓
用法 blow one's own trumpet 自吹自擂

L3 **trunk** [trʌŋk] ①②③④
★★★ *n.* 樹幹、軀幹、象鼻、汽車後行李箱
用法 whack the tree trunk 劈樹幹

L2 **trust** [trʌst] ①②③④
★★★ *n.* 信任、信用、委託；*v.* 信任、託付
用法 trust sth. to sb. 把某物託付給某人

L6 **trustee** [trʌs`ti] ①②③④
★ *n.* 受託管理人、受託人
用法 the firm's board of trustee 公司的受託人理事會

L2　**truth** [truθ]　　　　　　　　　①②③④

★★★ *n.* 事實、真相、真理

用法 to tell the truth 老實說

L3　**truthful** [`truθfəl]　　　　　　①②③④

★★★ *adj.* 真實的、確實的、誠實的

同義 actual / authentic / genuine / real

L1　**try** [traɪ]　　　　　　　　　　①②③④

★★★ *v./n.* 嘗試、試驗

用法 try on the suit 試穿西裝

L3　**tub** [tʌb]　　　　　　　　　　①②③④

★★ *n.* 盆、桶、浴缸

用法 **fill** / **empty** the tub 把浴缸的水注滿 / 放掉

L2　**tube** [tjub]　　　　　　　　　①②③④

★★★ *n.* 管、筒、地下鐵道

用法 test-tube babies 試管嬰兒

　　　tuberculosis [tju‚bɝkjə`losɪs]　①②③④

★ *n.* 肺結核、結核病

用法 contract tuberculosis 患肺結核病

L6　**tuck** [tʌk]　　　　　　　　　①②③④

★ *v.* 塞進、打摺、捲起；*n.* 打摺、縫摺

用法 tuck food into the mouth 把食物塞進嘴裡

　　　Tuesday [`tjuzde]　　　　　　①②③④

★ *n.* 星期二（ = Tues. / Tue.）

用法 on Tuesday afternoon 在星期二的下午

L3 **tug** [tʌg]　　　①②③④
*** *v.* 用力拉或拖、奮鬥；*n.* 猛拉、競爭
　用法 tug (at) sb.'s sleeve 拉某人的袖子

tug-of-war [`tʌg əv`wɔr]　　　①②③④
* *n.* 拔河比賽、拉鋸戰
　用法 win in the tug-of-war 拔河比賽獲勝

L5 **tuition** [tju`ɪʃən]　　　①②③④
* *n.* 學費、講授、教學
　用法 pay tuition by credit card 刷卡付學費

tulip [`tjuləp]　　　①②③④
* *n.* 鬱金香
　用法 tulip bulbs 鬱金香球莖

L4 **tumble** [`tʌmb!]　　　①②③④
* *v.* 絆倒、跌倒、翻滾；*n.* 翻跟斗、翻滾
　用法 tumble down the stairs 由樓梯滾落

tummy [`tʌmɪ]　　　①②③④
* *n.* 胃、肚子
　用法 have a tummy ache 肚子痛

L5 **tumor** [`tjumɚ]　　　①②③④
** *n.* 腫瘤、腫塊
　用法 **remove / take out** a tumor 切除腫瘤

L5 **tuna** [`tunə]　　　①②③④
* *n.* 鮪魚、鮪魚肉
　用法 **cans / tins** of tuna 鮪魚罐頭

| *L3* | **tune** [tjun] | ①②③④ |

★★ *n.* 曲調、歌曲、調和；*v.* 調音、調整頻道

用法 out of tune 走調；stay tuned 不要轉台

| *L3* | **tunnel** [`tʌn!] | ①②③④ |

★ *n.* 地道、隧道；*v.* 鑿地道、挖掘隧道

用法 drive through a tunnel 開車過隧道

| | **turkey** [`tɝkɪ] | ①②③④ |

★ *n.* 火雞、火雞肉、土耳其（大寫）

用法 talk turkey 直接了當地說

| *L6* | **turmoil** [`tɝmɔɪl] | ①②③④ |

★ *n.* 混亂、騷動、動亂

用法 be in a turmoil 處於混亂之中

| *L1* | **turn** [tɝn] | ①②③④ |

★★★ *v.* 轉動、旋轉、變成；*n.* 旋轉、轉角、變化

用法 turn sb. down = refuse sb. 拒絕某人

| *L2* | **turtle** [`tɝt!] | ①②③④ |

★ *n.* 海龜

用法 turn turtle 傾覆、翻船

| *L3* | **tutor** [`tjutɚ] | ①②③④ |

★ *n.* 家教、私人教師；*v.* 指導

用法 study under a tutor 家教指導下學習

| | **twelve** [twɛlv] | ①②③④ |

★★★ *n.* 十二；*adj.* 十二的

用法 work twelve hours a day 每天工作 12 小時

6000+ Words

twenty [`twɛntɪ`] ①②③④

*** *n.* 二十；*adj.* 二十的

用法 in one's twenties 20 多歲

L1 **twice** [twaɪs] ①②③④

*** *adv.* 兩次、兩倍

用法 think twice 三思

L4 **twig** [twɪg] ①②③④

* *n.* 細細的樹枝、嫩枝、小枝

用法 make a fire with twigs 用細樹枝生火

L6 **twilight** [`twaɪ͵laɪt`] ①②③④

* *n.* 黎明、薄暮、黃昏

用法 at twilight 薄暮時

L3 **twin** [twɪn] ①②③④

** *n.* 雙胞胎

用法 identical twins 同卵雙胞胎

L6 **twinkle** [`twɪŋk!`] ①②③④

** *v.* 閃爍、閃耀；*n.* 閃爍、亮光、光輝

用法 the twinkle of stars 星光閃爍

L3 **twist** [twɪst] ①②③④

*** *v./n.* 扭轉、曲解、編織、纏繞

用法 twists and turns 彎彎曲曲、曲折

L1 **type** [taɪp] ①②③④

* *n.* 類型、風格、字體；*v.* 作為典型、打字

用法 type a letter 打一封信

typewriter [`taɪpˌraɪtɚ] ①②③④

★ *n.* 打字機

用法 a portable typewriter 手提式打字機

L2 **typhoon** [taɪ`fun] ①②③④

★ *n.* 颱風

用法 be hit by a typhoon 遭颱風襲擊

L2 **typical** [`tɪpɪk!] ①②③④

★★★ *adj.* 典型的、特有的、具代表性的

用法 be typical of + N 典型的……

typist [`taɪpɪst] ①②③④

★ *n.* 打字員、打字者

補充 pianist 鋼琴家；dentist 牙醫；violinist 小提琴家

tyranny [`tɪrənɪ] ①②③④

★ *n.* 暴政、專制、殘暴

用法 protest against tyranny 抗議暴政

tyrant [`taɪrənt] ①②③④

★ *n.* 暴君、專制君主

用法 a **cruel / ruthless** tyrant 殘酷的暴君

L2 **ugly** [`ʌglɪ] ①②③④

★★ *adj.* 醜陋的、難看的、討厭的

用法 an ugly sketch 難看的素描

ulcer [`ʌlsɚ] ①②③④

★ *n.* 潰瘍、腐敗、積弊

用法 have a stomach ulcer 有胃潰瘍

L5 ultimate [`ʌltəmɪt] ①②③④

*** **adj.** 最終的、終極的；**n.** 結局、終極

用法 in the ultimate = ultimately 最後

L2 umbrella [ʌm`brɛlə] ①②③④

* **n.** 雨傘、保護傘

用法 under the umbrella of + N 在……的保護下

umpire [`ʌmpaɪr] ①②③④

* **n.** 裁判員、裁決者；**v.** 仲裁、裁決

用法 umpire a match 當比賽的裁判

L6 unanimous [jʊ`nænəməs] ①②③④

*** **adj.** 全體一致的、無異議的

用法 be unanimous in + N / Ving 一致同意……

L1 uncle [`ʌŋk!] ①②③④

*** **n.** 叔叔、伯伯、舅舅

用法 Uncle Sam 山姆大叔（美國政府）

L6 unconditional [ʌnkən`dɪʃən!] ①②③④

* **adj.** 無條件的、無限制的

用法 unconditional surrender 無條件投降

L5 uncover [ʌn`kʌvɚ] ①②③④

* **v.** 揭發、打開、揭露

用法 uncover a scheme 揭發詭計

L1 under [`ʌndɚ] ①②③④

*** **prep.** 在下面、隸屬於、根據；**adv.** 在下方

用法 right under sb.'s very nose 就在某人眼前

L6 underestimate [ˋʌndɚˋɛstəˌmet] ①②③④
★ *v.* 低估、輕視；*n.* 低估
　反義 overestimate

L5 undergo [ˌʌndɚˋgo] ①②③④
★★★ *v.* 經歷、遭受、接受
　同義 encounter / experience / go through / suffer

L5 undergraduate [ˌʌndɚˋgrædʒʊɪt] ①②③④
★ *n.* 在學的大學生
　用法 a college undergraduate 大學生

L5 underline [ˌʌndɚˋlaɪn] ①②③④
★ *v.* 劃底線、強調；*n.* 底線
　用法 underline key words 在關鍵字下面劃底線

L3 underlying [ˌʌndɚˋlaɪɪŋ] ①②③④
★ *adj.* 在下面的、潛在的
　用法 underlying significance 隱含的意義

L5 undermine [ˌʌndɚˋmaɪn] ①②③④
★ *v.* 逐漸損害、暗中破壞
　用法 be undermined by raindrops 被雨滴侵蝕

L6 underneath [ˌʌndɚˋniθ] ①②③④
★ *prep.* 之下；*adv.* 在下面；*n.* 底部
　用法 the underneath of the mug 馬克杯底部

L6 underpass [ˋʌndɚˌpæs] ①②③④
★ *n.* 地下通道、高架橋下的通道
　反義 overpass 天橋、高架道路

L1 **understand** [ˌʌndɚˋstænd] ①②③④

★★★ *v.* 理解、得知、領悟

用法 make oneself understood 使自己被了解

understandable [ˌʌndɚˋstændəbl̩] ①②③④

★★ *adj.* 可理解的、可了解的

用法 perfectly understandable 完全可理解的

L5 **undertake** [ˌʌndɚˋtek] ①②③④

★★★ *v.* 著手做、承擔、保證

用法 undertake the mission 承接任務

L3 **underwear** [ˋʌndɚˌwɛr] ①②③④

★ *n.* 內衣、襯衣

字構 under 在下面 + wear 穿著

L5 **undo** [ʌnˋdu] ①②③④

★ *v.* 解開、回復原狀、取消

成語 What is done cannot be undone. 覆水難收。

L5 **undoubtedly** [ʌnˋdaʊtɪdlɪ] ①②③④

★★★ *adv.* 毫無疑問地、確定地

用法 be undoubtedly true 無疑是真的

L5 **unemployment** [ˌʌnɪmˋplɔɪmənt] ①②③④

★ *n.* 失業、失業狀態、失業人數

用法 reduce unemployment 減少失業人數

L5 **unfold** [ʌnˋfold] ①②③④

★★ *v.* 展開、顯露、呈現、發展

用法 unfold a table cloth 攤開桌布

U

L6	**unification** [ˌjunəfə`keʃən]	①②③④
★	*n.* 統一、聯合	
	用法 German Reunification 兩德統一	
L1	**uniform** [`junəˌfɔrm]	①②③④
★★★	*adj.* 相同的；*n.* 制服；*v.* 使一致、使固定不變	
	字構 uni 單一、統一 + form 形式	
L6	**unify** [`junəˌfaɪ]	①②③④
★★	*v.* 統一、一致、聯合、使相同	
	用法 unify warring tribes 整合交戰的部落	
L3	**union** [`junjən]	①②③④
★★★	*n.* 聯合、團結、聯盟、工會	
	用法 organize a labor union 組織工會	
L3	**unique** [ju`nik]	①②③④
★★★	*adj.* 獨特的、唯一的	
	用法 be unique to + N 對……是獨一無二的	
L2	**unit** [`junɪt]	①②③④
★★★	*n.* 個體、單位	
	用法 a **basic** / **primary** unit 基本單位	
L3	**unite** [ju`naɪt]	①②③④
★★★	*v.* 團結、聯合、統一	
	成語 United we stand, divided we fall. 合則立，分則亡。	
L3	**unity** [`junətɪ]	①②③④
★★★	*n.* 團結、協調、一致、統一	
	用法 bring about the unity 達成團結一致	

L4 **universal** [ˌjunəˋvɝs!] ①②③④

★★★ *adj.* 全宇宙的、普遍的；*n.* 普遍性、一般現象

用法 universal truth 普遍真理

L2 **universe** [ˋjunəˌvɝs] ①②③④

★★★ *n.* 宇宙、全世界

用法 the infinite universe 無垠的宇宙

L2 **university** [ˌjunəˋvɝsətɪ] ①②③④

★★★ *n.* 大學、綜合性大學

用法 a **national** / **private** university 國 / 私立大學

L2 **unless** [ʌnˋlɛs] ①②③④

★★★ *conj.* 除非、要不是、如果不

用法 unless and until 直到……時才

L5 **unlock** [ʌnˋlak] ①②③④

★★ *v.* 開鎖、開啟、透露

用法 unlock the door 打開門鎖

unpack [ʌnˋpæk] ①②③④

★ *v.* 打開、拆封、解開

字構 un 做相反的動作 + pack 包裝

L5 **unprecedented** [ʌnˋprɛsəˌdɛntɪd] ①②③④

★ *adj.* 史無前例的、空前的

用法 an unprecedented level 前所未有的程度

L1 **until** [ənˋtɪl] ①②③④

★★★ *prep.* 直到……；*conj.* 直到……（= till）

用法 not...until... 直到……才……

L6	**unveil** [ʌnˋvel]	①②③④

★★★ *v.* 揭露、除去面紗、揭幕

　　用法 the unveiling ceremony 揭幕儀式

L1	**up** [ʌp]	①②③④

★★★ *adv.* 向上；*prep.* 往上；*adj.* 上行的；*n.* 上升

　　用法 undergo ups and downs 經歷起起落落

	upbringing [ˋʌp‚brɪŋɪŋ]	①②③④

★ *n.* 養育、培養、教養、教育

　　用法 have a **good / bad** upbringing 有好 / 壞的教養

L5	**update** [ʌpˋdet；ʌpdet]	①②③④

★ *v.* 使現代化、更新；*n.* 最新情報

　　用法 an updated version 升級版

L5	**upgrade** [ˋʌp‚gred]	①②③④

★ *v.* 升級、提拔、改進；*n.* 提高品質、升級

　　字構 up 向上、在上 + grade 等級

	uphold [ʌpˋhold]	①②③④

★★ *v.* 支持、維護、高舉、贊成

　　用法 uphold labor rights 維護勞工權利

L2	**upload** [ʌpˋlod]	①②③④

★ *v.* 上傳

　　反義 download

L2	**upon** [əˋpan]	①②③④

★★★ *prep.* 在……之上

　　用法 once upon a time 很久以前

6000+ Words

U 6000⁺
Words a High School Student Must Know

L2 **upper** [`ʌpɚ] ①②③④
*** *adj.* 上部的、上面的、上流的
用法 the upper-middle class 中上階層

L6 **upright** [`ʌpˏraɪt] ①②③④
*** *adj.* 直立的、筆直的；*adv.* 直立地；*n.* 豎立、柱
用法 sit upright 坐得直挺

L6 **uprising** [`ʌpˏraɪzɪŋ] ①②③④
* *n.* 起義、暴動
用法 an uprising against sb. 針對某人的起義

L2 **upset** [ʌp`sɛt ; `ʌpˏsɛt] ①②③④
** *v.* 顛覆、苦惱；*adj.* 心煩的；*n.* 心煩、不舒服
用法 upset sb.'s stomach 令某人反胃

L2 **upstairs** [`ʌp`stɛrz] ①②③④
** *adv.* 在樓上、往樓上；*adj.* 樓上的；*n.* 樓上
用法 a neighbor upstairs 樓上的鄰居

L6 **upward** [`ʌpˏwɚd] ①②③④
** *adj.* 向上的、升高的；*adv.* 向上地、在上面、以上
用法 an upward trend in prices 物價上升的趨勢

uranium [jʊ`renɪəm] ①②③④
* *n.* 鈾
用法 the demand for uranium 對鈾的需求

L3 **urban** [`ɝbən] ①②③④
*** *adj.* 都市的、市區的、城市的
用法 urban renewal 都市更新

U

L4 **urge** [ɝdʒ]

★★★ *v.* 力勸、催促；*n.* 迫切的主張、衝動
　用法 urge sb. to-V 強烈要求某人去……

　①②③④

L6 **urgency** [`ɝdʒənsɪ]

★★ *n.* 緊急、迫切
　用法 speak with great urgency 非常迫切地說

　①②③④

L4 **urgent** [`ɝdʒənt]

★★ *adj.* 緊急的、迫切的、堅持要求的
　用法 in urgent need of help 急需幫助

　①②③④

urine [`jʊrɪn]

★★ *n.* 尿、小便
　用法 the urine sample 尿檢樣品

　①②③④

L4 **usage** [`jusɪdʒ]

★★ *n.* 用法、使用、慣例
　用法 common usage 一般用法

　①②③④

L1 **use** [juz ; jus]

★★★ *v.* 使用、利用；*n.* 使用、用法、用途
　句型 It is (of) no use + Ving 做……是無用的。

　①②③④

L2 **used** [juzd]

★★★ *adj.* 用過的、二手貨的、習慣的
　用法 a used car 二手車

　①②③④

L1 **useful** [`jusfəl]

★★★ *adj.* 有用的、實用的、有幫助的
　用法 be useful **to / for** sb. 對某人是實用的

　①②③④

L2 user [ˋjuzɚ] ①②③④
★★ *n.* 使用者、用戶
用法 user-friendly computers 操作方便的電腦

L6 usher [ˋʌʃɚ] ①②③④
★ *n.* 帶位員、接待員；*v.* 迎接、引導
用法 be ushered to + N 被引領到……

L2 usual [ˋjuʒʊəl] ①②③④
★★★ *adj.* 通常的、常見的、慣常的
用法 as **usual** / **always** 如往常般、照例

L6 utensil [juˋtɛnsl̩] ①②③④
★ *n.* 用具、器皿、器具
用法 **cooking** / **culinary** utensils 烹飪用具

L5 utility [juˋtɪlətɪ] ①②③④
★★★ *n.* 實用、效用、公用事業
用法 pay utility bills 繳付水電瓦斯等帳單

L5 utilize [ˋjutl̩ˌaɪz] ①②③④
★★ *v.* 利用、善用
用法 utilize one's abilities fully 充分利用自身的能力

utmost [ˋʌtˌmost] ①②③④
★ *adj.* 極度的、最大的；*n.* 極度、最大極限
用法 do one's utmost + to-V 盡全力去……

L6 utter [ˋʌtɚ] ①②③④
★ *adj.* 完全的、絕對的；*v.* 說、發出聲音、表達
用法 utter a few words to sb. 對某人說一些話

L4 **vacancy** [`vekənsɪ]　　①②③④

★　　*n.* 空缺、空間、空虛

字構 vac 空、虛 + ancy 名詞、狀態

L3 **vacant** [`vekənt]　　①②③④

★　　*adj.* 空著的、有空缺的、茫然的

用法 fill a vacant position 補空缺職位

L2 **vacation** [ve`keʃən]　　①②③④

★★★　*n.* 假期；*v.* 休假

用法 be on **vacation** / **holiday** 度假中

L6 **vaccine** [`væksin]　　①②③④

★　　*n.* 疫苗

延伸 vaccinate *v.* 接種疫苗；vaccination *n.* 注射疫苗

L5 **vacuum** [`vækjʊəm]　　①②③④

★★　*n.* 真空、空虛、吸塵器；*v.* 用吸塵器清掃

用法 use a vacuum cleaner 使用真空吸塵器

L5 **vague** [veg]　　①②③④

★★★　*adj.* 模糊不清的、不明確的、含糊的

用法 with sb.'s vague description 由某人含糊的描述

L4 **vain** [ven]　　①②③④

★　　*adj.* 徒勞無功的、空虛的、虛榮的

用法 in vain 徒勞無功

valiant [`væljənt]　　①②③④

★　　*adj.* 英勇的、勇敢的、果敢的

同義 brave / courageous / dauntless / gallant / heroic

L5 **valid** [`vælɪd] ①②③④

★★ *adj.* 有效的、合法的、正當的

用法 a pass valid for a week 有效期一星期的通行證

validity [və`lɪdətɪ] ①②③④

★★ *n.* 正當性、合法性、效力

用法 affect the validity of + N 影響……的合法性

L2 **valley** [`vælɪ] ①②③④

★★★ *n.* 山谷、溪谷、流域

用法 be located in the valley 座落於山谷中

L2 **valuable** [`væljʊəb!] ①②③④

★★★ *adj.* 貴重的、有價值的

用法 valuable jewelry 貴重的珠寶

L2 **value** [`vælju] ①②③④

★★ *n.* 價值、價格、評價；*v.* 重視、估價、評價

用法 of great value 有極大價值的、用處極大的

L3 **van** [væn] ①②③④

★ *n.* 有蓋貨車、客貨車、小貨車

用法 a delivery van 廂型送貨車；a minivan 小客車

L6 **vanilla** [və`nɪlə] ①②③④

★ *n.* 香草、香草精

用法 vanilla ice cream 香草冰淇淋

L3 **vanish** [`vænɪʃ] ①②③④

★★ *v.* 消失不見、突然消失

用法 vanish into thin air 消失地無影無蹤

L6 **vanity** [`vænətɪ]　　　　　①②③④

★　*n.* 虛榮心、自負、空虛

用法 do...out of vanity 因虛榮心而做……

L6 **vapor** [`vepɚ]　　　　　①②③④

★　*n.* 蒸氣、水氣、霧氣

延伸 vaporize *v.* 使蒸發；vaporizer *n.* 噴霧器

L5 **variable** [`vɛrɪəb!]　　　　　①②③④

★★　*adj.* 易變的、多變的；*n.* 變數

用法 have a variable temper 脾氣反覆無常

L5 **variation** [͵vɛrɪ`eʃən]　　　　　①②③④

★★★　*n.* 變化、變動、差異

用法 climatic variations 氣候變化

L3 **variety** [və`raɪətɪ]　　　　　①②③④

★★★　*n.* 種類、多變化、多樣性

用法 variety shows 綜藝節目

L3 **various** [`vɛrɪəs]　　　　　①②③④

★★★　*adj.* 各式各樣的、不同的、多樣的

用法 various excuses for being late 各種遲到的藉口

L3 **vary** [`vɛrɪ]　　　　　①②③④

★★★　*v.* 變化、改變、變更

用法 vary with + N 隨……變化

L3 **vase** [ves]　　　　　①②③④

★　*n.* 花瓶

用法 an antique vase 古董花瓶

L4 **vast** [væst] ①②③④

★★★ *adj.* 廣闊的、廣大的、巨大的

同義 enormous / gigantic / huge / immense / large

L1 **vegetable** [`vɛdʒətəb!] ①②③④

★★ *n.* 蔬菜、植物、植物人

用法 vegetable kingdom 植物界

L4 **vegetarian** [ˌvɛdʒə`tɛrɪən] ①②③④

★ *n.* 素食者、草食動物

用法 a vegetarian diet 素食飲食

vegetation [ˌvɛdʒə`teʃən] ①②③④

★ *n.U* 植物、草木

用法 subtropical vegetation 亞熱帶植物

L3 **vehicle** [`viɪk!] ①②③④

★★★ *n.* 車輛、交通工具、傳播媒介

用法 a recreational vehicle = RV 休旅車

L6 **veil** [vel] ①②③④

★ *n.* 面紗、帷幕、託詞；*v.* 遮掩、戴面紗

用法 under a veil of mystery 在神祕的面紗下

L5 **vein** [ven] ①②③④

★★★ *n.* 靜脈、礦脈、紋理、心情、風格

用法 a vein of gold 金礦脈

L6 **velvet** [`vɛlvɪt] ①②③④

★★ *n.* 天鵝絨、絲絨；*adj.* 天鵝絨似的、光滑的

用法 as smooth as velvet 光滑似絲絨

vend [vɛnd] ①②③④

★ *v.* 販賣、出售

用法 a vending machine 自動販賣機

L5 **vendor** [`vɛndɚ] ①②③④

★ *n.* 小販、攤販

用法 a street vendor 街頭小販

L5 **venture** [`vɛntʃɚ] ①②③④

★★ *n.* 冒險事業、投機活動；*v.* 冒險、大膽從事

用法 venture on + N 冒險、嘗試……

L5 **venue** [`vɛnju] ①②③④

★ *n.* 發生地、會場、審判地

用法 assemble in the venue 在會場集合

verb [vɝb] ①②③④

★ *n.* 動詞

用法 an auxiliary verb 助動詞

L5 **verbal** [`vɝbl] ①②③④

★★ *adj.* 口頭的、言語的；*n.* 準動詞

用法 verbal instructions 口頭指示

L5 **verdict** [`vɝdɪkt] ①②③④

★ *n.* 判決、決定

用法 reach a unanimous verdict 達成一致決定

verge [vɝdʒ] ①②③④

★ *n.* 邊緣、界限；*v.* 處在邊緣、瀕臨、接近

用法 on the verge of + N 在……的邊緣

6000+ Words

L6 **versatile** [ˋvɝsətḷ] ①②③④

★ *adj.* 多才多藝的、多技能的、多功能的

用法 a versatile artist 多才多藝的藝術家

L3 **verse** [vɝs] ①②③④

★★ *n.* 韻文、詩歌、詩句

用法 recite a verse 背誦詩

L5 **version** [ˋvɝʒən] ①②③④

★★★ *n.* 版本、說法、譯本、改編本

用法 the official version 官方說法

L5 **versus** [ˋvɝsəs] ①②③④

★★★ *prep.* 對抗、相對（= v. / vs.）

用法 Warriors versus Lakers 勇士隊對抗湖人隊

L5 **vertical** [ˋvɝtɪkḷ] ①②③④

★★ *adj.* 垂直的；*n.* 垂直線、垂直位置

用法 vertical angles 對頂角

L1 **very** [ˋvɛrɪ] ①②③④

★★ *adv.* 很、非常；*adj.* 正是、只要、確實的

用法 the very last moment 最後關鍵的一刻

L4 **vessel** [ˋvɛsḷ] ①②③④

★★ *n.* 容器、船艦

成語 Great vessels take years to produce. 大器晚成。

L3 **vest** [vɛst] ①②③④

★ *n.* 背心、汗衫

用法 a bulletproof vest 防彈背心

L5　**veteran** [`vɛtərən]　　　　　①②③④

★　*n.* 老手、退伍軍人、經驗豐富的人

　　用法 a disabled veteran 身障的退伍軍人

L6　**veterinarian** [͵vɛtərə`nɛrɪən]　　①②③④

★　*n.* 獸醫（＝ vet）

　　用法 see the vet 看獸醫

L6　**veto** [`vito]　　　　　①②③④

★　*n.* 否決權、反對；*v.* 否決、否認、禁止

　　用法 **exercise** / **use** the veto 行使否決權

L5　**via** [`vaɪə]　　　　　①②③④

★★　*prep.* 經由、通過、憑藉

　　用法 broadcast via satellite 經由衛星播送

L5　**viable** [`vaɪəb!]　　　　①②③④

★　*adj.* 可行的、有望成功的

　　用法 be considered viable 被認為行得通

L6　**vibrate** [`vaɪbret]　　　　①②③④

★　*v.* 震動、顫動、猶豫

　　字構 vibr 搖動 + ate 動詞、動作

L6　**vibration** [vaɪ`breʃən]　　①②③④

★　*n.* 震動、顫動、擺動

　　用法 feel a vibration 感受到顫動

L6　**vice** [vaɪs]　　　　　①②③④

★★　*n.* 惡習、邪惡、罪行

　　用法 virtues and vices 善良與邪惡

vice-president [vaɪs`prɛzədənt]　①②③④

★　　*n.* 副總統、副總裁

用法 duties of the vice-president 副總統的職責

L5　**vicious** [`vɪʃəs]　①②③④

★★　*adj.* 邪惡的、惡毒的、惡意的

用法 a vicious circle 惡性循環

L3　**victim** [`vɪktɪm]　①②③④

★★★　*n.* 受害者、犧牲者

用法 fall victim to sth. 成為某事的受害者

　　victimize [`vɪktɪ,maɪz]　①②③④

★　　*v.* 犧牲、受害

用法 be victimized for + N 因……而受到迫害

L6　**victor** [`vɪktɚ]　①②③④

★　　*n.* 勝利者、戰勝者

用法 the victor of the game 比賽的獲勝者

　　victorious [vɪk`torɪəs]　①②③④

★　　*adj.* 勝利的、戰勝的

用法 come out victorious 終獲勝利

L2　**victory** [`vɪktərɪ]　①②③④

★★★　*n.* 勝利、成功、戰勝

用法 **achieve** / **gain** a victory 獲取勝利

L1　**video** [`vɪdɪ,o]　①②③④

★　　*adj.* 電視的、錄影的；*n.* 錄影帶；*v.* 錄影

用法 record a video 錄製影片

videotape [`vɪdɪo`tep] ①②③④

*** *n.* 錄影帶；*v.* 錄影

用法 watch a videotape 看影片

L2 **view** [vju] ①②③④

*** *n.* 視野、景色、觀點；*v.* 觀看、觀察、視為

用法 in view of + N 鑑於……

L5 **viewer** [`vjuɚ] ①②③④

*** *n.* 觀眾、觀察者、觀片機

用法 a regular viewer 固定觀眾

L5 **viewpoint** [`vju͵pɔɪnt] ①②③④

** *n.* 觀點、視角

用法 from the opposite viewpoint 從相反的角度

L6 **vigor** [`vɪgɚ] ①②③④

** *n.* 活力、精力、元氣

字構 vig 活潑、活力 + or 名詞

L6 **vigorous** [`vɪgərəs] ①②③④

*** *adj.* 精力充沛的、有活力的、強健的

用法 vigorous cheerleaders 有活力的啦啦隊員

L6 **villa** [`vɪlə] ①②③④

* *n.* 別墅、郊區住宅

用法 rent a villa at the beach 租一棟海邊別墅

L2 **village** [`vɪlɪdʒ] ①②③④

*** *n.* 村莊、村落

用法 the global village 地球村

L6 **villain** [`vɪlən]　　　　　　　　①②③④
★　　*n.* 惡棍、壞人、反派角色
　　用法 a notorious villain 惡名昭彰的壞人

L6 **vine** [vaɪn]　　　　　　　　①②③④
★　　*n.* 藤、蔓、葡萄樹
　　用法 grow on vines 生長於蔓藤上

L5 **vinegar** [`vɪnɪgɚ]　　　　　　　　①②③④
★　　*n.* 醋
　　用法 **wine / cider** vinegar 紅酒 / 蘋果醋

L6 **vineyard** [`vɪnjɚd]　　　　　　　　①②③④
★　　*n.* 葡萄園
　　用法 a fruitful vineyard 多產的葡萄園

L4 **violate** [`vaɪəˌlet]　　　　　　　　①②③④
★★　　*v.* 違反、擾亂
　　用法 violate the school regulations 違反校規

L4 **violation** [ˌvaɪə`leʃən]　　　　　　　　①②③④
★★　　*n.* 違反、違背、侵害
　　用法 traffic violations 交通違規

L3 **violence** [`vaɪələns]　　　　　　　　①②③④
★★★　　*n.* 暴力、暴行、猛烈
　　用法 do violence to + N 破壞、冒犯……

L3 **violent** [`vaɪələnt]　　　　　　　　①②③④
★★★　　*adj.* 暴力的、猛烈的、粗暴的
　　用法 die a violent death 死於非命

L3　violet [`vaɪəlɪt]　①②③④

★　　*n.* 紫羅蘭（色）；*adj.* 紫羅蘭的、藍紫色的

　　用法 violet patterns 紫羅蘭花紋

L1　violin [͵vaɪə`lɪn]　①②③④

★　　*n.* 小提琴

　　用法 play the violin 拉小提琴

L6　violinist [͵vaɪə`lɪnɪst]　①②③④

★　　*n.* 小提琴家、小提琴手

　　用法 a talented violinist 有天賦的小提琴家

L6　virgin [`vɝdʒɪn]　①②③④

★★　*n.* 未婚女子；*adj.* 純潔的、未經開墾的

　　用法 the Virgin Mary 聖母瑪利亞

L5　virtual [`vɝtʃʊəl]　①②③④

★★★　*adj.* 實際上的、虛擬的

　　用法 virtual reality = VR 虛擬實境

L4　virtue [`vɝtʃu]　①②③④

★★★　*n.* 美德、道德、優點

　　用法 by virtue of + N 藉由……

L4　virus [`vaɪrəs]　①②③④

★　　*n.* 病毒

　　用法 the computer virus 電腦病毒

L5　visa [`vizə]　①②③④

★　　*n.* 簽證

　　用法 apply for the visa on arrival 申請落地簽證

L3 **visible** [`vɪzəb!] ①②③④

*** *adj.* 可看見的、清楚的、顯而易見的

延伸 visibility *n.* 能見度；invisible *adj.* 看不見的

L3 **vision** [`vɪʒən] ①②③④

*** *n.* 視力、洞察力、遠見、幻覺、夢想

用法 have a vision of + N 對……有憧憬

L1 **visit** [`vɪzɪt] ①②③④

*** *v.* 參觀、拜訪；*n.* 探望、訪問

用法 pay a visit to sb. 探望某人

L1 **visitor** [`vɪzɪtɚ] ①②③④

*** *n.* 訪客、遊客、探望者、訪問者

用法 the visitor center 遊客中心

L4 **visual** [`vɪʒuəl] ①②③④

*** *adj.* 視覺的、視力的、光學的

用法 make good use of the visual aids 善用視覺教具

L6 **visualize** [`vɪʒuəˌlaɪz] ①②③④

* *v.* 顯現、想像、使形象化

字構 visual 看得見的 + ize 動詞、使成為

L4 **vital** [`vaɪt!] ①②③④

*** *adj.* 生命的、有活力的、極重要的

用法 be vital to + N 對……非常重要

L6 **vitality** [vaɪ`tælətɪ] ①②③④

** *n.* 活力、生氣、生命力

用法 lose one's vitality 失去活力

V

L3 **vitamin** [`vaɪtəmɪn]　　　　①②③④
★　*n.* 維他命、維生素
　　用法 take vitamins 服用維他命

L3 **vivid** [`vɪvɪd]　　　　①②③④
★★　*adj.* 生動的、鮮明的、清晰的
　　用法 a vivid painting 生動的畫作

L3 **vocabulary** [və`kæbjəˌlɛrɪ]　　　　①②③④
★★　*n.* 字彙、詞彙、單字集
　　用法 build up one's vocabulary 累積字彙

L5 **vocal** [`vok!]　　　　①②③④
★　*adj.* 聲音的、口頭的；*n.* 歌唱部分、聲樂作品
　　用法 vocal music 聲樂

L6 **vocation** [vo`keʃən]　　　　①②③④
★　*n.* 職業、行業
　　用法 **choose / select** a vocation 選擇職業

L6 **vocational** [vo`keʃən!]　　　　①②③④
★　*adj.* 職業的
　　用法 a vocational school 職業學校

　　vogue [vog]　　　　①②③④
★　*n.* 時髦、流行、風行、時尚
　　用法 be in vogue 正流行

L1 **voice** [vɔɪs]　　　　①②③④
★★★　*n.* 聲音、意見、語態；*v.* 表達
　　用法 give one's voice to + N 表達……的意見

L5　**volcano** [val`keno]　　　　①②③④

★　　*n.* 火山

　　用法 an **active** / **dormant** / **extinct** volcano 活 / 休 / 死火山

L3　**volleyball** [`vɑlɪ,bɔl]　　　　①②③④

★　　*n.* 排球、排球運動

　　用法 play volleyball 打排球

L3　**volume** [`vɑljəm]　　　　①②③④

★★★　*n.* 冊、卷、音量、容量

　　用法 a paperback volume 平裝本

L4　**voluntary** [`vɑlən,tɛrɪ]　　　　①②③④

★★　　*adj.* 自願的、自發的、自動的

　　用法 voluntarily offer services 自願提供服務

L4　**volunteer** [,vɑlən`tɪr]　　　　①②③④

★★★　*n.* 自願者、義工；*v.* 自願、自願服務

　　用法 volunteer for the army 自願從軍

L5　**vomit** [`vɑmɪt]　　　　①②③④

★　　*v.* 嘔吐、吐出；*n.* 嘔吐、嘔吐物

　　用法 vomit up + N 嘔吐出……

L2　**vote** [vot]　　　　①②③④

★　　*n.* 投票、表決；*v.* 投票、表決、選舉

　　用法 vote **for** / **against** + N 投票支持 / 反對……

L3　**voter** [`votə]　　　　①②③④

★　　*n.* 投票者、選舉人、選民

　　用法 an eligible voter 有選舉資格的選民

| L5 | **voucher** [`vaʊtʃɚ] | ①②③④ |

★   *n.* 現金券、票券

用法 a **gift** / **shopping** voucher 禮 / 消費券

| L5 | **vow** [vaʊ] | ①②③④ |

★   *n.* 誓言、誓約；*v.* 發誓

用法 take a vow 發誓

| L6 | **vowel** [`vaʊəl] | ①②③④ |

★   *n.* 母音

用法 **long** / **short** vowels 長 / 短母音

| L4 | **voyage** [`vɔɪɪdʒ] | ①②③④ |

★   *n./v.* 航行、航海、旅行

用法 Bon voyage! 一路順風！

    vulgar [`vʌlgɚ]   ①②③④

★   *adj.* 低俗的、通俗的、粗野的

同義 coarse / crude / indecent / offensive / unrefined

| L5 | **vulnerable** [`vʌlnərəb!] | ①②③④ |

★★   *adj.* 容易受傷的、脆弱的

用法 be vulnerable to + N 易蒙受……的

    wade [wed]   ①②③④

★   *v.* 涉水而行、奮力地做；*n.* 涉水、跋涉

用法 wade across the stream 涉水過溪

| L6 | **wag** [wæg] | ①②③④ |

★★   *v./n.* 搖擺、擺動

用法 wag the tail 搖尾巴

L3	**wage** [wedʒ]	①②③④

★   *n.* 工資、薪水、報酬

補充 wages 指付出勞力所得的工資；pay 指按鐘點計算的酬勞；salary 則指固定每個月獲取的薪水。

L3	**wagon** [`wægən]	①②③④

★★★   *n.* 馬車、貨車、旅行車

用法 **be / go** on the wagon 戒酒

	wail [wel]	①②③④

★   *n./v.* 嚎啕大哭、悲嘆、呼嘯

用法 wail **about / over** sth. 哀嘆某事

L2	**waist** [west]	①②③④

★   *n.* 腰部、腰身部分、腰圍

用法 wriggle the waist 扭腰

L1	**wait** [wet]	①②③④

★★★   *v.* 等待、服侍；*n.* 等待

用法 wait on sb. 服侍某人

L2	**waiter** [`wetɚ]	①②③④

★   *n.* 服務生、侍者

用法 tip the **waitress / waiter** 給女 / 服務生小費

L2	**wake** [wek]	①②③④

★★★   *v.* 醒來、喚醒、覺醒

用法 wake sb. up 叫醒某人

L4	**waken** [`wekən]	①②③④

★★★   *v.* 醒來、喚醒、吵醒

用法 waken from sleep 由睡夢中醒來

L1 walk [wɔk]　　　　　　　　　①②③④

*** *v.* 走路、散步；*n.* 走路、散步

用法 **all walks / every walk** of life 各行各業

L1 wall [wɔl]　　　　　　　　　①②③④

*** *n.* 牆壁；*v.* 用牆圍住

用法 tear down the wall 拆牆

L2 wallet [`wɑlɪt]　　　　　　　①②③④

*　 *n.* 皮夾、錢包

用法 a leather wallet 皮製錢包

L6 walnut [`wɔlnət]　　　　　　①②③④

**　 *n.* 胡桃樹、胡桃木

用法 a walnut table 胡桃木桌子

L3 wander [`wɑndɚ]　　　　　　①②③④

**　 *v./n.* 漫步、徘徊、流浪、閒逛

用法 wander around 四處徘徊

L1 want [wɑnt]　　　　　　　　①②③④

*** *v.* 想要、需要、不足；*n.* 需要、缺乏

用法 for **want / lack** of funds 因缺乏資金

L2 war [wɔr]　　　　　　　　　①②③④

*** *n.* 戰爭；*v.* 戰爭、對抗、衝突

用法 put an end to war 停戰

L6 ward [wɔrd]　　　　　　　　①②③④

**　 *n.* 病房、病室；*v.* 保護、抵擋

6000+ Words

用法 a hospital ward 醫院病房

L6 **wardrobe** [`wɔrdˌrob] ①②③④

★ *n.* 衣櫥、全部的服裝

用法 one's spring wardrobe 春季服裝

ware [wɛr] ①②③④

★ *n.* 製品、器物、貨物、商品

用法 display wares 陳列商品

L5 **warehouse** [`wɛrˌhaʊs] ①②③④

★ *n.* 倉庫；*v.* 存入倉庫

字構 ware 貨品 + house 房子、儲藏處

warfare [`wɔrˌfɛr] ①②③④

★★★ *n.* 戰爭、戰爭狀態、衝突

用法 engage in warfare 參戰

L1 **warm** [wɔrm] ①②③④

★★ *adj.* 溫暖的、熱誠的；*v.* 使溫暖；*n.* 溫暖

用法 warm up 熱身、暖身

L3 **warmth** [wɔrmθ] ①②③④

★★ *n.* 溫暖、熱情、熱烈

用法 shed warmth and light 發出熱與光

L3 **warn** [wɔrn] ①②③④

★★★ *v.* 警告、告誡、警誡

用法 warn sb. of sth. 提醒某人某事

L6 **warrant** [`wɔrənt] ①②③④

★ *n.* 授權、批准、搜查令

用法 a search warrant 搜查令

L6 **warranty** [`wɔrəntɪ] ①②③④
★ **n.** 擔保、保單、保證書
用法 under warranty 在保固期間

L5 **warrior** [`wɔrɪɚ] ①②③④
★ **n.** 勇士、戰士
用法 the terra-cotta warriors 兵馬俑

L5 **wary** [`wɛrɪ] ①②③④
★ **adj.** 謹慎的、小心的、警惕的
用法 be wary of + **Ving** / **N** 警惕、警防……

L2 **wash** [waʃ] ①②③④
★★★ **v.** 洗滌、清洗；**n.** 洗滌、清洗、待洗之物
用法 do the wash 洗衣服

L2 **waste** [west] ①②③④
★★★ **v.** 浪費、荒廢；**n.** 浪費、廢棄物、荒地
用法 waste one's breath 白費唇舌

L1 **watch** [watʃ] ①②③④
★★★ **n.** 手錶、注意、警戒；**v.** 監視、觀賞
用法 watch out for + **N** 小心注意……

L1 **water** [`wɔtɚ] ①②③④
★★★ **n.** 水、水域；**v.** 澆水、灌溉、流口水
用法 pour cold water on sb. 對某人潑冷水、挑某人毛病

L3 **waterfall** [`wɔtɚ͵fɔl] ①②③④
★★ **n.** 瀑布

用法 jump off the waterfall 跳下瀑布

| L2 | **watermelon** [`watə͵mɛlən] | ①②③④ |

★   *n.* 西瓜

字構 water 水 + melon 瓜

| L6 | **waterproof** [`watə͵pruf] | ①②③④ |

★   *adj.* 防水的（= watertight）；*v.* 防水、不透水

字構 water 水 + proof 不能穿透的

| L1 | **wave** [wev] | ①②③④ |

★★★   *n.* 波浪、揮動；*v.* 揮動、揮手

用法 wave **at / to** sb. 向某人揮手

| L3 | **wax** [wæks] | ①②③④ |

★   *n.* 蠟、蠟劑、蠟狀物；*v.* 上蠟

用法 wax candles 蠟燭

| L1 | **way** [we] | ①②③④ |

★★★   *n.* 道路、方法、方向、手段

用法 by the way 順便一提

| L1 | **weak** [wik] | ①②③④ |

★★★   *adj.* 虛弱的、軟弱的、淡薄的

延伸 weakness *n.* 弱點、短處

| L3 | **weaken** [`wikən] | ①②③④ |

★★   *v.* 變弱、削弱、動搖、變淡

字構 weak 虛弱 + en 動詞、使變得

| L2 | **wealth** [wɛlθ] | ①②③④ |

★★   *n.* 財富、富裕、豐富

用法 a wealth of + N 大量的、豐富的……

L3　**wealthy** [`wɛlθɪ]　①②③④

★　*adj.* 富有的、富裕的、豐富的

　　用法 be wealthy in + N 在……是豐富的

L3　**weapon** [`wɛpən]　①②③④

★★★　*n.* 武器、兵器

　　用法 lethal weapons 致命武器

L1　**wear** [wɛr]　①②③④

★★★　*v.* 穿戴、磨損、疲倦；*n.* 穿戴、磨損、衣服

　　用法 wear and tear 磨損

L6　**weary** [`wɪrɪ]　①②③④

★★　*adj.* 疲倦的、厭煩的；*v.* 使疲倦、使厭煩

　　用法 be weary of + N 厭煩於……

L1　**weather** [`wɛðɚ]　①②③④

★★★　*n.* 天氣、氣候；*v.* 平安度過（暴風雨、難關）

　　用法 **be / feel** under the weather 身體不舒服

L3　**weave** [wiv]　①②③④

★★　*v.* 編織、編排；*n.* 編法、編織物

　　用法 weave a spell over sb. 對某人施展魔力

L3　**web** [wɛb]　①②③④

★　*n.* 蜘蛛網、網狀物、蹼；*v.* 織網、使成網狀

　　用法 World Wide Web = WWW 全球資訊網

L4　**website** [`wɛbˌsaɪt]　①②③④

★　*n.* 網站

用法 visit a website 瀏覽網站

L3 **wed** [wɛd]　　　　　　　　　①②③④

★ *v.* 嫁、娶、結婚

用法 be wedded to sb. 嫁 / 娶某人

L2 **wedding** [`wɛdɪŋ]　　　　　　①②③④

★★★ *n.* 結婚典禮

用法 a golden wedding anniversary 五十年金婚紀念

Wednesday [`wɛnzde]　　　　　①②③④

★★★ *n.* 星期三（= Wed. / Weds.）

用法 next Wednesday 下星期三

L3 **weed** [wid]　　　　　　　　①②③④

★ *n.* 雜草、野草；*v.* 除去雜草

用法 pull up weeds 拔野草

L1 **week** [wik]　　　　　　　　①②③④

★★★ *n.* 星期、週

用法 for several weeks 數星期以來

L2 **weekday** [`wik,de]　　　　　①②③④

★★★ *n.* 工作日、平日

用法 work on weekdays 平日工作

L1 **weekend** [`wik,ɛnd]　　　　①②③④

★★★ *n.* 週末；*v.* 度週末

用法 spend a weekend with sb. 與某人共度週末

L3 **weekly** [`wikli]　　　　　　①②③④

★★ *adj.* 每週的；*adv.* 一週一次地；*n.* 週刊

用法 a weekly magazine 週刊

L3 weep [wip] ①②③④
★★ **v.** 哭泣、悲嘆、流淚；**n.** 哭泣
用法 weep for the deceased 為死者哀悼

L2 weigh [we] ①②③④
★★★ **v.** 秤重量、考慮、斟酌
用法 weigh out + N 秤出……（重量）

L2 weight [wet] ①②③④
★ **n.** 重量、體重、重要性
用法 put weight on + N 強調……

L5 weird [wɪrd] ①②③④
★★★ **adj.** 奇怪的、詭異的、奇特的
同義 bizarre / odd / peculiar / queer / strange

L1 welcome [`wɛlkəm] ①②③④
★★★ **v.** 歡迎；**adj.** 受歡迎的；**n.** 歡迎、熱情接待
用法 You're welcome! 不用客氣！

L4 welfare [`wɛl,fɛr] ①②③④
★★★ **n.** 福利、幸福、福利事業
用法 social welfare system 社會福利制度

L1 well [wɛl] ①②③④
★★★ **adj.** 好的、健康的；**adv.** 好地；**n.** 井
用法 may / might as well do sth. 做某事也無妨

L1 west [wɛst] ①②③④
★★★ **n.** 西方；**adj.** 西方的；**adv.** 在西方、向西地

6000+ Words

用法 **go / head** west 向西走

L2 **western** [`wɛstən] ①②③④

*** ***adj.*** 西方的、西部的；***n.*** 西部電影

用法 western nations 西方國家

L2 **wet** [wɛt] ①②③④

*** ***adj.*** 溼的、潮溼的；***v.*** 弄溼

同義 damp / humid / moist / soaking

L2 **whale** [hwel] ①②③④

* ***n.*** 鯨魚

用法 a school of whales 一群鯨魚

L6 **wharf** [hwɔrf] ①②③④

* ***n.*** 碼頭、停泊處；***v.*** 停靠碼頭

用法 on the wharf 在碼頭上

L2 **whatever** [hwat`ɛvə] ①②③④

*** ***adj.*** 任何的、無論怎樣的；***pron.*** 不論什麼

用法 Whatever you say! 隨便你了！

L5 **whatsoever** [ˌhwatso`ɛvə] ①②③④

* ***adj.*** 無論任何的；***pron.*** 不論什麼事物

用法 for whatsoever reason 不論什麼理由

L3 **wheat** [hwit] ①②③④

* ***n.*** 小麥

用法 grains of wheat 麥粒

L2 **wheel** [hwil] ①②③④

*** ***n.*** 輪子、方向盤；***v.*** 轉動輪子、轉變方向

用法 a steering wheel 方向盤、駕駛盤

L5 **wheelchair** [`hwil`tʃɛr] ①②③④
★ *n.* 輪椅
字構 wheel 輪子 + chair 椅子

L2 **whenever** [hwɛn`ɛvɚ] ①②③④
★★★ *conj.* 無論何時、每當；*adv.* 無論何時、每逢
用法 whenever needed 每當有需要時

L5 **whereabouts** [`hwɛrə`baʊts] ①②③④
★ *adv.* 在哪裡、在何處；*n.* 行蹤、下落、所在
用法 keep an eye on sb.'s whereabouts 留意某人的行蹤

L5 **whereas** [hwɛr`æz] ①②③④
★★★ *conj.* 然而、但是、卻、鑑於
同義 while / though / but

L2 **wherever** [hwɛr`ɛvɚ] ①②③④
★★★ *adv.* 無論哪裡；*conj.* 無論何處
用法 wherever possible 只要有可能

L1 **whether** [`hwɛðɚ] ①②③④
★★★ *conj.* 是否、不論……或……
用法 whether or not 不論……與否、不管是否

L1 **while** [hwaɪl] ①②③④
★★★ *conj.* 當時、雖然；*n.* 一會兒
用法 once in a while 偶而、有時

L5 **whine** [hwaɪn] ①②③④
★ *n.* 哀鳴、嗚咽聲；*v.* 哀訴、抱怨

6000+ Words

6000⁺
Words a High School
Student Must Know

用法 whine about + N 抱怨……

whip [hwɪp] ①②③④

★ *n.* 鞭子；*v.* 鞭打、抽打、攪拌

用法 lash the horse with a whip 用鞭子抽打馬匹

whirl [hwɝl] ①②③④

★ *v./n.* 旋轉、迴旋

用法 be in a whirl 頭腦一片混亂

whisk [hwɪsk] ①②③④

★★ *v.* 撢、疾行、攪動；*n.* 迅速移動、打蛋器

用法 an egg whisk 打蛋器

L6 **whiskey / whisky** [`hwɪskɪ] ①②③④

★★ *n.* 威士忌酒

用法 order a whiskey 點一杯威士忌酒

L2 **whisper** [`hwɪspɚ] ①②③④

★★ *v.* 耳語、低聲說；*n.* 密談、私語

用法 speak in a whisper 低聲地說

L3 **whistle** [`hwɪs!] ①②③④

★ *n.* 口哨、警笛、汽笛；*v.* 吹哨子、鳴笛、吹口哨

用法 blow the whistle 鳴汽笛、吹哨子

L1 **white** [hwaɪt] ①②③④

★★★ *adj.* 白色的；*n.* 白色

用法 a white lie 善意的謊言

L2 **whoever** [hu`ɛvɚ] ①②③④

★★★ *pron.* 無論是誰、任何人

成語 Whoever plays with fire will get burnt. 玩火自焚。

L2 **whole** [hol]   ①②③④

★★★ *adj.* 整個的、全部的；*n.* 全體、全部

　　用法 on the whole 整體而言、大致上

L6 **wholesale** [`hol,sel]   ①②③④

★ 　*n.* 批發；*adj.* 批發的；*adv.* 大批地；*v.* 批發

　　反義 retail 零售

L6 **wholesome** [`holsəm]   ①②③④

★ 　*adj.* 健全的、有益健康的、有益身心的

　　用法 wholesome food 有益健康的食物

L3 **wicked** [`wɪkɪd]   ①②③④

★ 　*adj.* 邪惡的、惡劣的、調皮的

　　用法 a wicked witch 邪惡女巫

L1 **wide** [waɪd]   ①②③④

★★★ *adj.* 寬闊的、廣泛的；*adv.* 廣泛地；*n.* 壞球

　　同義 ample / broad / expansive / extensive / spacious

L3 **widen** [`waɪdən]   ①②③④

★ 　*v.* 擴大、加寬、弄寬廣

　　用法 widen one's knowledge 增長見識

L5 **widespread** [`waɪd,sprɛd]   ①②③④

★★★ *adj.* 普及的、廣佈的、廣泛流傳的

　　字構 wide 廣闊的 + spread 延伸、展開

L6 **widow** [`wɪdo]   ①②③④

★★★ *n.* 寡婦（widower 鰥夫）

W 6000⁺
Words a High School
Student Must Know

用法 a war widow 丈夫死於戰爭的寡婦

L2 **width** [wɪdθ] ①②③④
★ *n.* 寬度、寬闊
用法 in width 就寬度而言

L1 **wife** [waɪf] ①②③④
★★★ *n.* 妻子、太太
用法 take sb. to wife 娶某人為妻

L5 **wig** [wɪg] ①②③④
★★ *n.* 假髮
用法 **wear / put on** a wig 戴假髮

L2 **wild** [waɪld] ①②③④
★★★ *adj.* 野生的；*adv.* 胡亂地；*n.* 荒地、荒野
用法 give a wild guess 胡亂地猜測一下

L5 **wilderness** [`wɪldənɪs] ①②③④
★ *n.* 荒野、荒地
用法 pioneer wilderness 開拓荒野

L5 **wildlife** [`waɪld͵laɪf] ①②③④
★ *n.* 野生生物、野生動植物
用法 wildlife reserves 野生動物保護區

L1 **will** [wɪl] ①②③④
★★★ *n.* 意志、意願、遺囑；*aux.* 將、會、願意
用法 at will 任意地、自由地

L2 **willing** [`wɪlɪŋ] ①②③④
★★★ *adj.* 樂意的、願意的、自動的

用法 be **unwilling** / **willing** + to-V 不願 / 願意……

willow [`wɪlo] ①②③④

★ *n.* 柳、柳樹

用法 the drooping willow 垂柳

L1 **win** [wɪn] ①②③④

★★★ *v.* 贏、獲勝；*n.* 勝利

用法 win or lose 不論輸贏

L1 **wind** [wɪnd；waɪnd] ①②③④

★★★ *n.* 風；*v.* 纏繞、蜿蜒、上發條

用法 wind up + N 纏繞、結束、上發條

L1 **window** [`wɪndo] ①②③④

★★★ *n.* 窗戶

用法 a French window 落地窗（法式窗）

L5 **windshield** [`wɪnd,ʃild] ①②③④

★ *n.* 擋風玻璃

字構 wind 風 + shield 護罩、擋板

L2 **windy** [`wɪndɪ] ①②③④

★★★ *adj.* 多風的、刮風的、風大的

用法 on a windy day 在一個刮風的日子

L2 **wine** [waɪn] ①②③④

★★★ *n.* 葡萄酒、水果酒；*v.* 以酒款待

用法 **brew** / **produce** wine 釀酒

L2 **wing** [wɪŋ] ①②③④

★★★ *n.* 翅膀、翼、機翼；*v.* 飛行

6000+ Words

用法 spread one's wings 充分發揮才能

L4 **wink** [wɪŋk] ①②③④

★ *v.* 眨眼睛、使眼色、閃爍；*n.* 眼色、瞬間

用法 in a wink 一眨眼、瞬間

winner [`wɪnɚ] ①②③④

★★★ *n.* 勝利者、獲獎者、贏家

用法 the lucky lottery winner 幸運的樂透得主

winter [`wɪntɚ] ①②③④

★★★ *n.* 冬天

用法 in the dead of winter 在隆冬、在嚴冬

L3 **wipe** [waɪp] ①②③④

★★★ *v./n.* 擦拭、揩抹

用法 wipe out + N 擦掉、滅絕……

L2 **wire** [waɪr] ①②③④

★★★ *n.* 金屬線、電話線；*v.* 連上電線、發電報

用法 by wire 打電報

L3 **wisdom** [`wɪzdəm] ①②③④

★★★ *n.* 智慧、才智、知識

用法 **pearls / words** of wisdom 金玉良言

L1 **wise** [waɪz] ①②③④

★★★ *adj.* 有智慧的、明智的、博學的

用法 make a wise choice 做出明智的選擇

L1 **wish** [wɪʃ] ①②③④

★★★ *v.* 希望、想要；*n.* 願望、心願、祝福

用法 as you wish 悉聽尊便

L4 **wit** [wɪt] ①②③④
★★ *n.* 機智、智力、風趣
　　用法 be at one's wits' end 不知所措

L4 **witch** [wɪtʃ] ①②③④
★ *n.* 女巫、巫婆（wizard 男巫、巫師、術士）
　　用法 a witch on a broomstick 騎掃帚的女巫

L1 **with** [wɪð] ①②③④
★★★ *prep.* 和……一起、攜帶、具有
　　用法 **along / together** with + N 連同……

L4 **withdraw** [wɪð`drɔ] ①②③④
★★★ *v.* 收回、撤退、提款、撤回
　　用法 withdraw money 領錢

L5 **wither** [`wɪðɚ] ①②③④
★★★ *v.* 枯萎、凋謝、衰亡
　　用法 wither away 枯萎、破滅

L6 **withhold** [wɪð`hold] ①②③④
★ *v.* 扣住、阻擋、拒絕給予
　　用法 withhold support 拒絕給予支援

L2 **within** [wɪ`ðɪn] ①②③④
★★★ *prep.* 在……之內；*adv.* 在裡面、在內部
　　用法 within a month 在一個月內

L1 **without** [wɪ`ðaʊt] ①②③④
★★★ *prep.* 沒有；*adv.* 沒有的情況下、在外面

用法 never...without... 每當……必定……

withstand [wɪð`stænd]   ①②③④

★ *v.* 抵擋、反抗、經得起

用法 withstand earthquakes 抗震

L4 **witness** [`wɪtnɪs]   ①②③④

*** *n.* 目擊者、證人、證明；*v.* 目擊、見證

用法 a witness to the fire 火災的目擊者

L5 **witty** [`wɪtɪ]   ①②③④

*** *adj.* 機智的、聰明的、詼諧的

用法 have a witty tongue 有機智的口才

L6 **woe** [wo]   ①②③④

★ *n.* 悲痛、悲哀、困難

用法 economic woes 經濟困境

L2 **wolf** [wʊlf]   ①②③④

★ *n.* 狼

補充 werewolf 狼人

L1 **woman** [`wʊmən]   ①②③④

*** *n.* 女人、成年女子、女性

用法 a **married** / **single** woman 已婚 / 單身女子

L2 **wonder** [`wʌndɚ]   ①②③④

*** *n.* 驚嘆、奇觀；*v.* 驚訝、想知道

用法 no wonder 怪不得、難怪

L1 **wonderful** [`wʌndɚfəl]   ①②③④

*** *adj.* 驚奇的、精彩的、絕妙的、極好的

用法 a wonderful show 精彩的表演

L2 **wood** [wʊd] ①②③④
*** *n.* 木材、木頭、樹林、森林
用法 in the woods 樹林裡

L2 **wooden** [`wʊdən] ①②③④
*** *adj.* 木製的、木頭的、呆板的
用法 carve a wooden figure 雕木雕

L6 **woodpecker** [`wʊd‚pɛkɚ] ①②③④
*** *n.* 啄木鳥
用法 a rare species of woodpecker 稀有品種的啄木鳥

L2 **wool** [wʊl] ①②③④
★ *n.* 羊毛、毛織品
成語 A sheep gives wool. 羊毛出在羊身上。

L1 **word** [wɝd] ①②③④
*** *n.* 單字、話、諾言；*v.* 用言語表達、用詞
用法 keep one's word 信守諾言

L1 **work** [wɝk] ①②③④
*** *v.* 工作、運轉、作用；*n.* 工作、作品
用法 be out of **work / employment** 失業

L2 **workbook** [`wɝk‚bʊk] ①②③④
★ *n.* 習題本、作業簿
用法 a math workbook 數學作業簿

L1 **worker** [`wɝkɚ] ①②③④
*** *n.* 工人、工作者、勞動者

用法 manual workers 體力勞動者

L6 **workforce** [`wɝk,fɔrs] ①②③④

★ *n.* 勞動力、工人

用法 the manufacturing workforce 製造勞動力

L4 **workout** [`wɝk,aʊt] ①②③④

★ *n.* 鍛鍊、訓練、測驗

用法 a regular workout 規律運動

L4 **workplace** [`wɝk,ples] ①②③④

★ *n.* 工作場所

用法 at the workplace 在工作場所

L5 **workshop** [`wɝk,ʃap] ①②③④

★★★ *n.* 工作室、小工廠、研討會

字構 work 工作 + shop 場所

L1 **world** [wɝld] ①②③④

★★★ *n.* 世界、地球、人類

用法 in the world = on earth 究竟、到底

L2 **worm** [wɝm] ①②③④

★ *n.* 蟲、蠕蟲；*v.* 蠕動、緩慢前進

用法 worm oneself into + N 緩慢地爬進……

L1 **worry** [`wɝɪ] ①②③④

★★★ *v./n.* 擔心、憂慮、煩惱

用法 be worried about + N 擔心……

L2 **worse** [wɝs] ①②③④

★★★ *adj.* 更糟的；*adv.* 更惡化地；*n.* 更壞的事

用法 what is worse 更糟的是

L5　**worship** [`wɝ∫ɪp] ①②③④

★★★ **n./v.** 崇拜、敬奉、敬仰

　　用法 worship the god 拜神

L2　**worst** [wɝst] ①②③④

★★★ **adj.** 最壞的；**adv.** 最壞地；**n.** 最壞的事

　　用法 at worst 從最壞的情況來看

L2　**worth** [wɝθ] ①②③④

★★★ **adj.** 值得的、有價值的；**n.** 價值

　　用法 be worth + Ving 值得去……

L5　**worthwhile** [`wɝθ`hwaɪl] ①②③④

★★★ **adj.** 值得做的、值得努力的

　　句型 It is worthwhile + to-V 做……是值得的。

L5　**worthy** [`wɝðɪ] ①②③④

★★ **adj.** 有價值的、值得的、配得上的

　　用法 be worthy **of + N / to-V** 值得……

L2　**wound** [wund] ①②③④

★★ **n.** 創傷、傷口；**v.** 受傷、傷害

　　用法 heal wounds 治療創傷

L3　**wrap** [ræp] ①②③④

★★ **v.** 包裹住；**n.** 包裹物、圍巾

　　用法 wrap oneself up 穿得暖和

　　wreath [riθ] ①②③④

★ **n.** 花環、花圈、花冠

用法 a Christmas wreath 耶誕花環

L4　**wreck** [rɛk]　　　　　　　　　①②③④

★★　**n.** 失事、殘骸；**v.** 失事、破壞、毀壞

用法 salvage the wreck 營救失事的船隻

wrench [rɛntʃ]　　　　　　　　①②③④

★　**n.** 扭傷、曲解；**v.** 扭轉、用力擰

用法 wrench the door open 用力把門拉開

L6　**wrestle** [`rɛs!]　　　　　　　①②③④

★　**n.** 摔角、鬥爭；**v.** 摔角、搏鬥

用法 wrestle with sb. 與某人搏鬥

wring [rɪŋ]　　　　　　　　　①②③④

★　**v.** 擰、絞、扭、苦惱；**n.** 擰、絞、扭、痛苦

用法 wring wet clothes out 擰乾溼衣服

L6　**wrinkle** [`rɪŋk!]　　　　　　①②③④

★　**n.** 皺紋；**v.** 起皺紋、使皺起來

用法 wrinkle up + N 皺起……

L3　**wrist** [rɪst]　　　　　　　　①②③④

★★　**n.** 手腕、腕關節

用法 a wrist watch 腕錶

L1　**write** [raɪt]　　　　　　　　①②③④

★★★　**v.** 書寫、寫字、寫作

用法 write down some notes 寫下一些筆記

L1　**writer** [`raɪtɚ]　　　　　　①②③④

★★★　**n.** 書寫者、作者、作家

用法 a free-lance writer 自由作家

L1 **wrong** [rɔŋ]　　　　　　　　　①②③④

*** *adj.* 錯誤的；*adv.* 錯誤地；*n.* 錯誤

用法 do something **wrong / right** 做錯 / 對

Xerox / xerox [`zıraks]　　　　　①②③④

* *n.* 全錄影印、影印本、複印本；*v.* 影印

用法 xerox papers 影印文件

X-ray / x-ray [`ɛks`re]　　　　　①②③④

* *n.* X 光線、X 光片；*v.* 用 X 光檢查；*adj.* X 光的

用法 take an X-ray 照 X 光片

L5 **yacht** [jɑt]　　　　　　　　　　①②③④

* *n.* 遊艇、快艇；*v.* 乘坐遊艇、駕駛快艇

用法 go sailing a yacht 乘快艇出遊

L2 **yam** [jæm]　　　　　　　　　　①②③④

* *n.* 番薯（= sweet potato）

用法 wild yam 野生番薯

L1 **yard** [jɑrd]　　　　　　　　　　①②③④

*** *n.* 碼、庭院

用法 sell sth. by the yard 以碼出售某物

yarn [jɑrn]　　　　　　　　　　①②③④

* *n.* 紗、紗線、冒險故事；*v.* 編造故事

用法 spin yarns about + N 編造關於……的故事

L4 **yawn** [jɔn]　　　　　　　　　　①②③④

* *v.* 打呵欠；*n.* 呵欠

6000+ Words

用法 give a big yawn 打個大呵欠

L1 **year** [jɪr]　　　　　　　　　　①②③④

★★★ *n.* 年、歲數

用法 all the year round 一年到頭

L3 **yearly** [ˋjɪrlɪ]　　　　　　　　①②③④

★★★ *adj.* 每年的；*adv.* 一年一度、每年一次

用法 on a yearly basis 每年一次

L6 **yearn** [jɝn]　　　　　　　　　①②③④

★ *v.* 想念、嚮往、渴望

用法 **yearn / long** for + N 嚮往……

yeast [jist]　　　　　　　　　①②③④

★ *n.* 酵母、酵母菌

用法 brewer's yeast 乾酵母粉

L3 **yell** [jɛl]　　　　　　　　　　①②③④

★★ *v.* 大聲叫、叫喊；*n.* 叫喊、吼叫

用法 yell at sb. 對著某人大喊大叫

L1 **yellow** [ˋjɛlo]　　　　　　　　①②③④

★★★ *adj.* 黃色的；*n.* 黃色；*v.* 變黃

用法 turn yellow 變黃

L1 **yesterday** [ˋjɛstɚˏde]　　　　①②③④

★★★ *adv.* 昨天、在昨天；*n.* 昨天

用法 the day before yesterday 前天

L1 **yet** [jɛt]　　　　　　　　　　①②③④

★★★ *adv.* 尚未、還沒；*conj.* 但是、然而

用法 as yet 迄今、直到現在

L5 **yield** [jild] ①②③④

★★ *v.* 屈服、讓於、出產；*n.* 產量、產出

用法 yield to + N 對……讓步、屈服於……

L6 **yoga** [`jogə] ①②③④

★ *n.* 瑜珈

用法 **do / practice** yoga 做瑜珈

L6 **yogurt** [`jogət] ①②③④

★ *n.* 優酪乳、酸乳酪、優格

用法 natural yogurt 天然優格

L3 **yolk** [jok] ①②③④

★ *n.* 蛋黃

用法 egg **yolks / whites** 蛋黃 / 白

L1 **young** [jʌŋ] ①②③④

★★★ *adj.* 年輕的、幼小的；*n.* 年輕人、幼小者

用法 young and old 無論老少

L3 **youngster** [`jʌŋstə] ①②③④

★★ *n.* 年輕人、少年、小孩

用法 among the youngsters 在年輕人中

L2 **youth** [juθ] ①②③④

★★★ *n.* 青少年時期、年輕人、青春

用法 a gang of youths 一夥年輕人

L4 **youthful** [`juθfəl] ①②③④

★★ *adj.* 年輕的、朝氣蓬勃的、初期的

6000+ Words

用法 youthful looks 年輕的樣貌

yucky [`jʌkɪ]　　　　　　　　　①②③④
★ *adj.* 難吃的、噁心的、令人厭惡的
同義 awful / disgusting / nasty / unpleasant

yummy [`jʌmɪ]　　　　　　　　①②③④
★ *adj.* 好吃的、美味的
用法 yummy desserts 美味的點心

zeal [zil]　　　　　　　　　　①②③④
★ *n.* 熱心、熱忱、熱情
用法 show great zeal for work 對工作展現熱忱

L2　**zebra** [`zibrə]　　　　　　　①②③④
★ *n.* 斑馬
用法 a zebra crossing 斑馬線

L1　**zero** [`zɪro]　　　　　　　　①②③④
★ *n.* 零、零度；*v.* 歸零
用法 seven degrees below zero 零下七度

zinc [zɪŋk]　　　　　　　　　①②③④
★ *n.* 鋅
用法 zinc oxide 氧化鋅

zip [zɪp]　　　　　　　　　　①②③④
★ *n.* 拉鍊；*v.* 拉上拉鍊
用法 zip up 拉上拉鍊

L3　**zipper** [`zɪpɚ]　　　　　　　①②③④
★ *n.* 拉鍊；*v.* 拉上拉鍊

用法 pull **up** / **down** a zipper 拉上 / 下拉鍊

L3 **zone** [zon] ①②③④

★ *n.* 區域、地帶；*v.* 劃分區域、分區

用法 in the **combat** / **war** zone 在作戰地區

L1 **zoo** [zu] ①②③④

★ *n.* 動物園

延伸 zoology *n.* 動物學；zoologist *n.* 動物學家

L6 **zoom** [zum] ①②③④

★ *v.* 推進或拉遠畫面、疾行；*n.* 嗡嗡聲、上升

用法 zoom **in** / **out** 推進 / 拉遠畫面

6000+ Words

▶ 序數

first 第 1 的
second 第 2 的
third 第 3 的
fourth 第 4 的
fifth 第 5 的
sixth 第 6 的
seventh 第 7 的
eighth 第 8 的
ninth 第 9 的
tenth 第 10 的
eleventh 第 11 的
twelfth 第 12 的
thirteenth 第 13 的
fourteenth 第 14 的
fifteenth 第 15 的
sixteenth 第 16 的
seventeenth 第 17 的
eighteenth 第 18 的
nineteenth 第 19 的
twentieth 第 20 的
twenty-first 第 21 的
twenty-second 第 22 的
twenty-third 第 23 的

twenty-fourth 第 24 的
twenty-fifth 第 25 的
thirtieth 第 30 的
fortieth 第 40 的
fiftieth 第 50 的
sixtieth 第 60 的
seventieth 第 70 的
eightieth 第 80 的
ninetieth 第 90 的
hundredth 第 100 的
thousandth 第 1000 的
millionth 第 100 萬的
billionth 第 10 億的

▶ 國家與地區

Argentina 阿根廷
Australia 澳大利亞
Brazil 巴西
Canada 加拿大
China 中國
France 法國
Germany 德國
India 印度
Indonesia 印尼
Italy 義大利

Appendix 附錄

Japan 日本
Malaysia 馬來西亞
Mexico 墨西哥
(the) Philippines 菲律賓
Republic of China 中華民國
Russia 俄羅斯
Saudi Arabia 沙烏地阿拉伯
Singapore 新加坡
South Africa 南非
South Korea 南韓
Spain 西班牙
Taiwan 台灣
Thailand 泰國
(the) United Kingdom 英國
(the) United States 美國
Vietnam 越南

▶ 洲

Africa 非洲
Antarctica 南極洲
Asia 亞洲
Australia 澳洲
Europe 歐洲
North America 北美洲
South America 南美洲

▶ 世界主要海洋

(the) Arctic Ocean 北冰洋
(the) Atlantic Ocean 大西洋
(the) Indian Ocean 印度洋
(the) Pacific Ocean 太平洋

▶ 宗教

Buddhism 佛教
Buddhist 佛教徒
Catholicism 天主教
Catholic 天主教徒
Christianity 基督教
Christian 基督徒
Eastern Orthodoxy 東正教
Eastern Orthodox 東正教的
Hinduism 印度教
Hindu 印度教教徒
Islam 伊斯蘭教、回教
Muslim 回教徒
Judaism 猶太教
Jewish 猶太教的
Taoism 道教
Taoist 道教徒

學霸必修課
6000⁺ 單字這樣背

編著者●孟瑞秋、張翔、黃翊帆　　　　總 顧 問●王寶玲

出版者●鴻漸文化　　　　　　　　　　出版總監●歐綾纖

發行人●Jack　　　　　　　　　　　　副總編輯●陳雅貞

美術設計●陳君鳳　　　　　　　　　　責任編輯●吳欣怡

排版●王芋崴

編輯中心●新北市中和區中山路二段366巷10號10樓

電話●(02)2248-7896　　　　　　　　傳真●(02)2248-7758

總經銷●采舍國際有限公司

發行中心●235新北市中和區中山路二段366巷10號3樓

電話●(02)8245-8786　　　　　　　　傳真●(02)8245-8718

退貨中心●235新北市中和區中山路三段120-10號（青年廣場）B1

電話●(02)2226-7768　　　　　　　　傳真●(02)8226-7496

郵政劃撥戶名●采舍國際有限公司

郵政劃撥帳號●50017206

新絲路網路書店●www.silkbook.com

華文網路書店●www.book4u.com.tw

PChome 24h書店●24h.pchome.com.tw/books/

出版日期●2021年5月

ISBN●978-986-99524-8-4

國家圖書館出版品預行編目（CIP）資料

學霸必修課6000⁺單字這樣背／孟瑞秋、
張翔、黃翊帆 著
--新北市：鴻漸文化出版，采舍國際有限
公司發行
2021.4 面；　公分
ISBN 978-986-99524-8-4（平裝）
1. 英語 2. 詞彙

805.12　　　　　　　　　109021579